W0273037

HÉSITATION

L'édition originale de cet ouvrage
a paru sous le titre :
Eclipse

This edition published by arrangement with Little, Brown and Company Inc.,
New York, New York USA. All rights reserved.
© Stephenie Meyer, 2007.
© Hachette Livre, 2007, pour la traduction française, et 2011, pour la présente édition.

STEPHENIE MEYER

HÉSITATION

Traduit de l'anglais (États-Unis) par Luc Rigoureau

À mon mari, Pancho, pour sa patience, son amour, son amitié, son humour et son empressement à dîner dehors.

À mes enfants aussi, Gabe, Seth et Eli, pour m'avoir offert de goûter à un amour pour lequel plus d'un serait prêt à mourir.

Fire and Ice
Some say the world will end in fire,
Some say in ice.
From what I've tasted of desire
I hold with those who favor fire.
But if it had to perish twice,
I think I know enough of hate
To say that for destruction ice
Is also great
And would suffice.

Robert Frost[1]

1. Poète américain (1874-1963). *(Toutes les notes sont du traducteur.)*

Prologue

Tous nos subterfuges s'étaient révélés vains.

Le cœur glacé, je le regardai se préparer à me défendre. Son intense concentration trahissait une assurance absolue, en dépit du surnombre de nos ennemis. Inutile d'espérer de l'aide – en ce moment même, les siens luttaient pour leur vie, à l'instar de ce que lui s'apprêtait à faire pour nous.

Saurais-je jamais comment cet autre combat se terminerait ? Découvrirais-je qui avait gagné, qui perdu ? Vivrais-je assez longtemps pour cela ?

Les chances étaient minces.

Des prunelles noires que le désir forcené de me voir morte teintait d'un féroce éclat guettaient l'instant où faiblirait l'attention de mon protecteur ; l'instant qui marquerait à coup sûr mon trépas.

Quelque part au loin, dans les tréfonds de la forêt glacée, un loup hurla.

1

ULTIMATUM

Bella,

~~*Je ne comprends pas pourquoi tu obliges Charlie à porter des notes à Billy, comme si nous étions encore à l'école primaire. Si j'avais envie de te parler, je répondrais aux*~~

~~*Tu as fait un choix, d'accord ? Tu ne peux pas gagner sur les deux tableaux, alors que*~~

~~*Dans « ennemis mortels », quel mot est trop compliqué pour que tu*~~

~~*Écoute, je sais que je suis nul, mais il n'y a pas d'autre solution*~~

~~Il nous est impossible d'être amis quand tu passes ton temps avec une bande de~~

~~Penser à toi trop souvent ne fait qu'aggraver la situation, alors n'écris plus~~

Oui, tu me manques aussi. Beaucoup. Ça ne change rien. Désolé.

Jacob.

Mes doigts caressèrent la feuille, s'arrêtant sur les creux où il avait appuyé si fort sa plume que le papier avait failli se déchirer. Je l'imaginais rédigeant cette missive, traçant maladroitement de son écriture grossière les mots furieux, barrant ligne après ligne les phrases insatisfaisantes, jusqu'à briser de ses mains puissantes, peut-être, son stylo, ce qui expliquerait les taches d'encre. Je devinais ses sourcils sombres se fronçant sous l'effet de la frustration, les rides de son front. Aurais-je été là-bas, je me serais esclaffée : « Pas la peine de te coller la migraine, Jacob. Crache le morceau. »

Rire était cependant la dernière chose dont j'avais envie, tandis que je relisais ces mots que je connaissais par cœur. Sa réponse à ma supplication – transmise par l'intermédiaire de Charlie et de Billy, exactement comme des élèves de primaire, ainsi qu'il l'avait souligné – ne me surprenait pas. J'avais pressenti la teneur du pli avant que de l'avoir ouvert.

M'étonnait toutefois la force avec laquelle chacune de

ses lignes raturées me blessait, à croire que les pointes des lettres étaient tranchantes. Et puis, tous ces débuts rageurs cachaient mal un océan de douleur ; la souffrance de Jacob me tailladait plus que ma propre peine.

Fourrant la page froissée dans ma poche arrière, je descendis à toutes jambes au rez-de-chaussée. Juste à temps ! Le bocal de sauce tomate que Charlie avait flanqué dans le micro-ondes n'avait effectué qu'un tour lorsque j'interrompis vivement les opérations.

— Qu'est-ce que j'ai encore fait ? grommela mon père.

— Tu es censé retirer le couvercle avant, papa. Le métal bousille les micro-ondes.

Tout en parlant, j'ouvris le bocal, en vidai la moitié dans un bol que je plaçai au four avant de ranger le restant de sauce dans le réfrigérateur. J'enclenchai la minuterie et appuyai sur le bouton.

— M'en suis-je mieux tiré avec les pâtes ? s'enquit Charlie.

Il m'avait observée agir, lèvres pincées. Je regardai, sur la cuisinière, la casserole – source de l'odeur qui m'avait alertée.

— Remuer aide, lui répondis-je gentiment.

Dénichant une cuiller, j'entrepris de décoller le tas gluant qui avait attaché au fond. Il soupira.

— Explique-moi un peu ce qu'il t'arrive, lançai-je.

Mon père croisa les bras sur son torse et fixa la pluie qui, derrière les fenêtres, tombait à seaux.

— Je ne vois pas de quoi tu parles, marmonna-t-il.

Charlie aux fourneaux ? J'étais perplexe. Ajoutons-y son attitude revêche. Edward n'était pas encore là ; d'ordinaire, mon père réservait ce genre de comportement à mon petit ami, déployant des trésors d'imagination tant dans ses paroles que dans ses postures afin de lui faire sentir à quel point il n'était pas le bienvenu. Ces efforts étaient d'ailleurs inutiles – Edward savait très précisément ce que pensait Charlie sans avoir besoin de ces représentations.

Petit ami... Je me surpris à mordiller l'intérieur de ma joue, en proie à une tension familière. Ces mots n'étaient pas les bons, n'exprimant en rien l'engagement éternel qui était le nôtre. Certes, les termes « destinée » ou « sort » sonnaient ridicules dans une conversation courante. Edward en avait un autre à l'esprit, origine de ma tension. Rien que d'y songer, j'étais nerveuse. « Fiancée ». Pouah ! J'en frissonnai.

— Aurais-tu quelque chose à m'annoncer ? repris-je. Depuis quand prépares-tu le dîner ? Ou, du moins, t'y *essayes*-tu ? ajoutai-je en enfonçant dans l'eau les spaghettis amalgamés.

— Nulle loi n'interdit que je cuisine dans ma propre maison, rétorqua Charlie avec un haussement d'épaules.

— Tu serais en effet au courant, répliquai-je avec bonne humeur en regardant le badge de shérif épinglé sur son blouson de cuir.

— Très drôle.

Il retira le vêtement, comme si, avant mon coup d'œil, il avait oublié qu'il le portait encore, et alla le suspendre à la patère. La ceinture et l'étui de son pistolet s'y trouvaient déjà. Il n'avait pas jugé nécessaire de les emporter au commissariat depuis plusieurs semaines. Les disparitions susceptibles de troubler la petite ville de Forks, dans l'État de Washington, avaient cessé. Plus aucun témoin ne venait jurer avoir aperçu de mystérieux loups géants dans les bois de cette région éternellement humide.

Je n'insistai pas, sachant que Charlie finirait par m'avouer en temps voulu ce qui le préoccupait. Il était d'un naturel taciturne ; ses tentatives malheureuses pour orchestrer le dîner à ma place laissaient supposer qu'il avait nombre de choses à dire ce soir-là. Par habitude, je jetai un coup d'œil à la pendule, geste que j'avais tendance à répéter fréquemment à cette heure. Plus que trente minutes.

Les après-midi constituaient l'étape la plus difficile de mes journées. Depuis que mon ancien et meilleur ami (loup-garou de surcroît) Jacob Black avait crié haut et fort que je faisais de la moto en douce – trahison destinée à ce que je sois punie et privée de la compagnie de mon amoureux (et vampire) Edward Cullen –, ce dernier n'avait l'autorisation de me fréquenter que de dix-neuf à vingt et une heures trente, dans le confinement de ma maison *et* sous la surveillance rapprochée, réprobatrice et grincheuse de mon père. Ce châtiment s'ajoutait aux mesures de rétorsion que j'avais récoltées pour avoir disparu sans explication durant trois jours et m'être amusée à sauter dans la mer du haut d'une falaise.

Certes, je continuais à côtoyer Edward au lycée, Charlie ne pouvant décemment s'y opposer. Par ailleurs, Edward passait presque toutes ses nuits dans ma chambre, ce dont mon géniteur n'était toutefois pas averti. La faculté qu'avait mon ami de se hisser sans bruit jusqu'à ma fenêtre, à l'étage, était aussi utile que sa capacité à déchiffrer les pensées de mon père.

Bref, les après-midi avaient beau être les seuls

moments où j'étais séparée d'Edward, ils me pesaient, interminables. J'endurais pourtant ma condamnation sans protester : et d'une, je l'avais amplement méritée ; et de deux, je n'aurais pas supporté de heurter Charlie en déménageant (j'étais majeure, après tout), alors qu'une séparation beaucoup plus définitive se dessinait à l'horizon, ce qu'il ignorait.

Bougon, il s'attabla et déplia le journal humide ; quelques secondes après, il émettait des claquements de langue mécontents.

— Je ne comprends pas pourquoi tu lis les nouvelles si ça doit te mettre dans cet état, papa.

— Voilà pourquoi tout le monde souhaite habiter de petites villes, éluda-t-il en plissant le nez.

— Allons bon ! Que reproches-tu aux grandes, à présent ?

— Seattle est en bonne position pour décrocher le titre de capitale du meurtre. Cinq homicides non élucidés ces deux dernières semaines. Tu te vois vivre dans pareille ambiance ?

— Il me semble que Phoenix est plus dangereuse, or j'y ai vécu des années.

Et je n'avais jamais autant risqué d'être victime d'un assassinat que depuis mon installation dans la charmante bourgade de Forks qu'il croyait si sûre. Plusieurs tueurs étaient encore à mes trousses, du reste. Dans ma main, la cuiller trembla, déclenchant les frissons de l'eau.

— Eh bien moi, on me paierait que je refuserais d'y emménager, décréta Charlie.

Renonçant à sauver notre repas, je le servis. Je dus recourir à un couteau à viande pour couper les spaghettis. Mon père affichait une mine penaude. Il recouvrit sa part de sauce et s'y attaqua. Je suivis son exemple sans grand enthousiasme. Nous mangeâmes en silence pendant quelques instants. Charlie étant retourné à ses articles, je m'emparai de mon exemplaire défraîchi des *Hauts de Hurlevent* et tentai de me perdre dans l'Angleterre de la fin du XIXe siècle en attendant qu'il daigne m'adresser la parole.

J'en étais au moment où Heathcliff revient, lorsque Charlie se racla la gorge et jeta le journal par terre.

— C'est vrai, dit-il, j'avais une raison de préparer... ça. (Il brandit sa fourchette en direction de son assiette.) Je voulais te parler.

Je reposai mon livre ; la reliure en était si abîmée qu'il s'écrasa à plat sur la table.

— Il suffisait de le dire, répondis-je.

Il acquiesça, sourcils froncés.

— Je tâcherai de m'en souvenir, la prochaine fois. Je pensais que te débarrasser de la corvée de cuisine te mettrait de meilleure humeur.

— Et ça marche ! ris-je. Tes talents de chef m'ont ramollie comme une guimauve. Allez, je t'écoute.

— Ça concerne Jacob.

— Qu'est-ce qu'il a, Jacob ? ripostai-je, lèvres serrées, en me fermant comme une huître.

— Du calme, Bella. Je sais que tu ne lui as pas pardonné son mouchardage, mais il a eu raison. Il s'est comporté de manière responsable.

— Pardon ? m'offusquai-je en levant les yeux au ciel. Enfin, passons. Alors, qu'en est-il ?

Cette question anodine résonna dans mon esprit, rien moins que banale. Qu'en était-il de Jacob, en effet ?

Qu'allais-je faire à son sujet ? Mon ancien ami était désormais... quoi ? Mon ennemi ?

— Ne t'énerve pas, d'accord ? plaida Charlie, les traits soudain soucieux.

— Pourquoi m'énerverais-je ?

— Eh bien... Edward est également concerné.

Je grimaçai.

— Je lui permets de venir ici, non ? se défendit mon père.

— Oui. Pour des visites chronométrées à la seconde près. À propos, ne pourrais-tu pas m'autoriser à sortir d'ici ? J'ai été plutôt sage, non ?

Le tout dit sur le ton de la plaisanterie. Je savais pertinemment que j'étais punie jusqu'à la fin de l'année scolaire.

— Justement, j'y arrivais.

De manière assez inattendue, le visage de Charlie se fendit d'un grand sourire. Un instant, il parut rajeunir de vingt ans. J'entrevis une vague possibilité dans ce sourire, décidai cependant de rester prudente.

— Excuse-moi, je suis perdue. De quoi discutons-nous ? De Jacob ? D'Edward ? De ma punition ?

— Un peu des trois.

— Et... le lien ?

— Bon, d'accord, soupira-t-il en levant les mains comme s'il rendait les armes. J'estime que tu mérites une remise de peine pour bon comportement. J'ai rarement rencontré d'adolescente aussi peu pleurnicheuse que toi.

— Tu es sérieux ? m'écriai-je, ahurie. Je suis libre ?

D'où venait cette soudaine mansuétude ? J'avais été

certaine de rester aux arrêts jusqu'à ce que je quitte définitivement la maison, et Edward n'avait rien décelé de ce retournement de situation dans l'esprit de mon père. Ce dernier leva un doigt.

— À une condition.

— Super, grognai-je, douchée.

— Écoute, il s'agit plus d'une requête que d'un ordre. Tu es libre. J'espère seulement que tu utiliseras cette liberté de manière... judicieuse.

— Précise.

Une fois encore, il poussa un soupir.

— J'ai conscience que la compagnie d'Edward te suffit...

— Je passe aussi du temps avec Alice, l'interrompis-je.

La sœur d'Edward n'était pas soumise aux heures de visite ; elle allait et venait comme bon lui semblait. Entre ses mains habiles, Charlie n'était qu'un jouet.

— Oui, mais tu as des amis en dehors des Cullen. Ou du moins, tu en avais.

Nous nous dévisageâmes un long moment.

— Quand as-tu discuté avec Angela Weber pour la dernière fois ? finit-il par lâcher.

— Vendredi midi, ripostai-je aussitôt.

Avant le retour d'Edward à Forks, mes camarades de classe s'étaient divisés en deux groupes que j'aimais à opposer en « bons » et « méchants », « nous » et « eux ». Les gentils étaient Angela, son amoureux Ben Cheney, ainsi que Mike Newton. Tous trois m'avaient généreusement pardonné ma folie après qu'Edward m'avait quittée. Lauren Mallory était l'âme damnée de la bande des vilains, laquelle regroupait pratiquement tous mes pairs, y compris ma première amie, Jessica Stanley, qui paraissait s'entendre à merveille avec le clan des anti-Bella.

Edward revenu dans le jeu, la ligne de séparation s'était encore accentuée. Sa réapparition avait laissé des traces sur l'amitié que me portait Mike. Angela, elle, m'était restée loyale, et Ben avait suivi le mouvement. En dépit de l'aversion naturelle que la plupart des humains éprouvaient pour les Cullen, Angela se faisait un point d'honneur de s'asseoir au côté d'Alice, tous les jours à la cantine. Au bout de quelques semaines, elle avait même semblé être à l'aise. Il était difficile de rester insensible au charme des Cullen une fois qu'on les laissait exercer leur pouvoir de séduction.

— En dehors du lycée, insista Charlie, me ramenant à la réalité.

— Comment aurais-je vu qui que ce soit en dehors du lycée ? Tu m'as punie, je te rappelle. Angela a un petit copain, elle aussi. Elle est toujours fourrée avec. Si tu décides de me lâcher la bride, nous pourrons sans doute sortir tous les quatre ensemble, d'ailleurs.

— J'entends bien. N'empêche... Toi et Jake étiez comme des siamois. Maintenant...

— Va droit au but, le coupai-je. Quelle est ta condition ?

— J'estime que tu ne devrais pas négliger tes amis au profit du seul Edward, Bella, lança-t-il d'une voix ferme. Ce n'est pas bien. Je crois aussi que ta vie serait plus équilibrée si tu y intégrais d'autres personnes. Ce qui s'est passé en septembre dernier...

Je sursautai.

— Eh bien, se justifia-t-il, si tu avais eu une vie en

dehors d'Edward Cullen, les choses se seraient déroulées différemment.

— Non, elles auraient été pareilles, murmurai-je.

— Va savoir.

— Qu'attends-tu de moi ?

— Que tu mettes à profit ta liberté pour fréquenter d'autres camarades. Que tu rétablisses un équilibre.

— D'accord, acquiesçai-je lentement. As-tu défini des quotas ?

— Restons simples, maugréa-t-il. Je te demande simplement de ne pas oublier tes amis.

Mes amis. C'était un dilemme avec lequel je me débattais depuis un moment déjà. Des gens que, pour leur propre sécurité, je ne recontacterais plus jamais après mon bac. Quelle était la meilleure façon d'agir ? Les voir le plus possible tant que cela m'était donné ou amorcer dès à présent notre séparation, en douceur ? Cette seconde solution, avec ce qu'elle supposait de préparation, me rebutait.

— Surtout Jacob, ajouta Charlie.

Un problème encore plus épineux que le premier, qui m'obligea à choisir soigneusement mes mots.

— Ça risque d'être... difficile.

— Les Black sont presque de la famille, Bella, protesta Charlie sur un ton sévère et très paternaliste. Jacob a été un très, *très* bon ami pour toi.

— J'en suis consciente.

— Il ne te manque donc pas ?

Ma gorge se noua, et je dus toussoter à deux reprises avant de réussir à parler.

— Si. Beaucoup, même.

— Alors, où est la difficulté ?

Malheureusement, je n'avais pas le droit de le lui expliquer. Les personnes normales, les humains comme Charlie et moi, n'étaient pas censées connaître l'existence clandestine de l'univers peuplé de mythes et de monstres qui côtoyait le nôtre. C'était enfreindre les règles. Pour être au courant, je pataugeais dans les ennuis. Je ne souhaitais pas que mon père se retrouve dans une situation identique.

— Jacob et moi sommes... en conflit, chuchotai-je. À propos de notre amitié. Elle ne lui suffit pas toujours, apparemment.

Cette excuse, réelle quoique insignifiante, n'était rien en comparaison de la réalité – la meute de loups-garous de Jack haïssait copieusement le clan vampirique d'Edward, et moi avec, puisque j'avais l'intention de m'unir à la famille. Il m'était impossible de régler ce différend avec Jacob au travers d'une simple lettre, et il refusait de répondre à mes coups de fil. Du côté des Cullen, ma décision de clarifier en personne la situation avec les loups-garous était très mal acceptée.

— Edward ne supporterait donc pas un petit défi ? se moqua Charlie.

— Il n'y a aucun défi qui tienne ! rétorquai-je, peu amène.

— En évitant Jake, tu le blesses. Il préfère sans doute une amitié à rien du tout.

Parce que, maintenant, c'était moi qui l'évitais ?

— Je suis certaine qu'il se fiche de mon amitié, objectai-je avec amertume. Je me demande où tu es allé pêcher ça.

— Bah ! le sujet a dû venir sur le tapis avec Billy, marmonna Charlie, un peu gêné.

— Lui et toi jacassez comme deux vieilles pies ! m'emportai-je en plantant ma fourchette dans mes pâtes froides.

— Billy s'inquiète pour Jacob. Il ne va pas bien... il est déprimé.

Si ces mots m'arrachèrent une grimace, je ne pipai mot.

— Et puis, poursuivit mon père, tu étais si heureuse après avoir passé une journée avec lui.

— Je *suis* heureuse, grondai-je.

Le contraste entre mes paroles et mon ton brisa soudain la tension. Charlie éclata de rire, je ne pus m'empêcher de me joindre à lui.

— D'accord, d'accord, admis-je. L'équilibre.

— Et Jacob.

— Je te promets d'essayer.

— Bien. Je compte sur toi, Bella. Oh ! à propos, tu as du courrier. Je l'ai posé près de la cuisinière.

Je ne réagis pas, encore partagée entre regrets et colère. Quant au courrier, je n'en attendais pas, ayant reçu un colis de ma mère la veille. Sûrement de la pub. Charlie se leva et s'étira, puis alla porter son assiette dans l'évier. Avant d'ouvrir le robinet pour la rincer, il me lança une épaisse enveloppe qui glissa sur la table et heurta mon coude.

— Merci, marmonnai-je, étonnée par son insistance.

Je découvris alors le nom de l'expéditeur, l'université d'Alaska.

— Ils ont été rapides, commentai-je. Un refus, sans doute. J'ai sûrement raté la date limite de dépôt des dossiers d'inscription.

Mon père se borna à rigoler.

— Elle est déjà ouverte, protestai-je en le fusillant du regard.

— J'étais curieux.

— Ton attitude me choque, shérif. Lire le courrier des autres est un crime fédéral.

— Tais-toi et regarde.

Je sortis de l'enveloppe une lettre et un emploi du temps.

— Félicitations ! s'exclama Charlie avant que j'aie parcouru la moindre ligne. Ce sont les premiers à accepter ta candidature.

— Merci.

— Il faudra que nous en discutions. J'ai quelques économies...

— Ne t'emballe pas ! Je ne toucherai pas à l'argent de ta retraite, papa. J'ai le livret d'épargne destiné à mes études, je te rappelle.

Enfin, ce qu'il en restait, sachant qu'il n'y avait jamais eu grand-chose dessus.

— Ces facs sont très onéreuses, Bella, objecta-t-il. J'ai envie de t'aider. Tu n'es pas obligée de t'exiler en Alaska parce que c'est moins cher.

Ce qui n'était absolument pas la raison de l'exil en question. C'était l'éloignement qui avait primé, justement, suivi par l'avantage non négligeable que présentait Juneau d'être située à une latitude garantissant en moyenne trois cent vingt et un jours de mauvais temps par an. La première exigence était la mienne, la seconde celle d'Edward.

— J'ai les moyens, mentis-je. Il existe aussi des tas de financements. On obtient facilement des prêts.

C'était là un coup de bluff un peu gros, car je ne m'étais guère renseignée sur le sujet.

— Et..., commença Charlie avant de s'interrompre.

— Quoi ?

— Rien. Je... je me demandais juste quels étaient les plans d'Edward pour l'année prochaine.

— Ah.

— Donc ?

On frappa soudain à la porte, ce qui me sauva. Mon père soupira, je bondis sur mes pieds.

— J'arrive ! criai-je, tandis que Charlie marmonnait dans sa barbe quelque chose qui ressemblait à « Qu'il aille au diable ! ».

L'ignorant, j'allai ouvrir, tirant le battant à la volée avec un empressement ridicule. Apparut alors mon miracle personnel. Malgré le temps, je succombais encore à la perfection de ses traits, que je ne tiendrais jamais pour acquise, j'en étais persuadée. Mes yeux balayèrent la pâleur de son visage, sa mâchoire carrée et dure, la courbe plus tendre de ses lèvres pleines qui, en cet instant, me souriaient, la ligne droite de son nez, l'angle saillant de ses pommettes, l'étendue lisse de son front en partie obscurcie par une mèche de cheveux cuivre que la pluie avait foncés, les dotant d'une couleur bronze...

Je gardai ses prunelles pour la fin, sachant que, quand j'y plongerais les miennes, j'avais toutes les chances de divaguer. Larges, allumées par un or liquide et encadrées de cils épais et sombres, elles ne manquaient jamais de déclencher en moi des émotions extraordinaires et de transformer mes os en éponges. Je fus prise d'un léger vertige, peut-être parce que j'avais oublié de respirer. Une fois de plus.

Un mannequin masculin aurait vendu son âme pour un visage pareil. C'était d'ailleurs le prix exact de la transaction – une âme.

Non. Je ne le croyais pas, et je me sentis coupable d'avoir évoqué la comparaison, et soulagée, comme souvent, d'être l'unique personne au monde dont les pensées restaient mystérieuses à Edward.

Je tendis la main et soupirai d'aise lorsque ses doigts glacés se refermèrent autour des miens. Son contact m'apportait toujours un étrange apaisement, comme si je cessais brusquement d'avoir mal.

— Salut !

Accueil quelque peu banal, dont je m'excusai d'un pauvre sourire. Il caressa ma joue avec le revers de sa main sans rompre la chaîne de nos doigts entrelacés.

— Bon après-midi ?

— Lent.

— Le mien aussi.

Il porta ensuite mon poignet à son nez et, paupières fermées, huma ma peau, l'air béat. Jouissant du bouquet tout en résistant au vin, ainsi qu'il l'avait formulé un jour. Je savais que l'odeur de mon sang, plus tentatrice pour lui que celle de n'importe quel autre, différence identique à celle qui séparait le vin de l'eau pour un alcoolique, provoquait en lui une soif dévorante et douloureuse. Il semblait cependant moins la fuir qu'auparavant. J'imaginais mal les efforts herculéens que ce simple geste cachait, même si j'étais triste qu'il dût déployer autant de volonté pour se contenir. Je me réconfortais en songeant que, bientôt, j'aurais cessé d'être pour lui une source de souffrance.

Charlie approcha en traînant des pieds, sa manière d'exprimer sa réprobation coutumière à l'égard de notre invité. Edward ouvrit aussitôt les yeux, et nos mains retombèrent, toujours nouées.

— Bonsoir, Charlie.

Mon amoureux ne se départait jamais de son implacable politesse, bien que mon père ne la méritât pas. Il le gratifia d'ailleurs d'un grognement boudeur et se planta derrière nous, bras croisés. Ces derniers temps, il jouait son rôle de tuteur avec un zèle qui frôlait l'absurde.

— Je t'ai apporté de nouvelles demandes d'inscription, m'annonça Edward en brandissant une enveloppe de papier Kraft rebondie.

Il tenait également un rouleau de timbres, pareil à une bague autour de son auriculaire. Je gémis. Restait-il encore beaucoup d'universités auxquelles il ne m'avait pas contrainte à postuler ? Comment se débrouillait-il d'ailleurs pour dénicher ces opportunités ? L'année était déjà si avancée ! Il me sourit comme s'il lisait dans mon esprit, et j'en conclus que mes pensées s'affichaient clairement sur mes traits.

— Les inscriptions ne sont pas toutes closes, enchaîna-t-il. Et puis, certaines facs font des exceptions.

Je ne devinais que trop bien les motifs qui se cachaient derrière ces dérogations. Et la quantité de dollars qu'elles impliquaient. Edward s'esclaffa.

— Au boulot ! lança-t-il en désignant la table de la cuisine.

Pinçant les lèvres, Charlie nous emboîta le pas, même

s'il pouvait difficilement objecter aux activités prévues ce soir-là, lui qui me harcelait quotidiennement pour que je choisisse enfin une université. Je débarrassai rapidement le couvert, tandis qu'Edward empilait un nombre impressionnant de formulaires. Lorsque je déplaçai *Les Hauts de Hurlevent* sur le plan de travail, il sourcilla. Il s'apprêtait à lâcher un commentaire, mais mon père lui coupa l'herbe sous le pied.

— À propos de candidatures, Edward, lança-t-il sur un ton encore plus boudeur (il tâchait de ne jamais s'adresser à mon ami directement, se renfrognait quand il ne pouvait l'éviter), Bella et moi parlions justement de l'année prochaine. As-tu décidé de l'endroit où tu poursuivrais tes études ?

— Pas encore, répondit suavement Edward. J'ai été accepté dans plusieurs facs. J'hésite encore.

— Où as-tu été admis ?

— Syracuse, Harvard, Dartmouth. Sans compter l'université d'Alaska, dont j'ai reçu l'accord hier.

Edward se détourna légèrement et m'adressa un clin d'œil. J'étouffai un rire.

— Harvard ? Dartmouth ? marmonna Charlie, incapable de dissimuler son admiration. Eh bien, c'est... quelque chose. Bien sûr, l'Alaska ne saurait rivaliser avec les établissements de l'Ivy League[1]. Ton père souhaiterait sûrement que tu...

— Carlisle se range toujours à mes décisions, quelles qu'elles soient.

— Hum.

— Devine un peu, Edward ! m'exclamai-je d'une voix joyeuse, histoire d'entrer dans son jeu.

1. Groupement des universités américaines les plus prestigieuses.

— Qu'y a-t-il, Bella ?

— Moi aussi, je suis prise à l'université d'Alaska, l'informai-je en montrant l'enveloppe.

— Félicitations ! Quelle coïncidence !

Le front plissé, Charlie nous toisa l'un après l'autre.

— Bon, grommela-t-il, je vais regarder le match. Vingt et une heures trente, Bella.

Son ordre coutumier avant de nous laisser tranquilles.

— Papa ? Tu n'as pas oublié notre petite conversation sur ma liberté ?

Il soupira.

— Tu as raison. Vingt-deux heures trente, alors. Nous sommes en semaine, tu vas au lycée demain.

— Bella n'est plus punie ? feignit de s'étonner Edward avec un enthousiasme toutefois crédible.

— Sous certaines conditions, précisa mon père entre ses dents. En quoi ça te concerne, d'ailleurs ?

Je lui fis les gros yeux, il ne s'en aperçut pas.

— Je suis content de l'apprendre, rien de plus. Alice trépigne depuis qu'elle n'a plus de partenaire de shopping. Je suis sûr que Bella adorerait respirer un peu l'air de la grande ville.

— Pas question ! rugit Charlie.

— Voyons, papa, où est le problème ?

— Je t'interdis d'aller à Seattle en ce moment.

— Pardon ?

— Je t'ai parlé de cette affaire de meurtres. C'était dans le journal. Seattle est en proie à une espèce de guerre des gangs, alors tu évites de t'y rendre. Compris ?

— J'ai plus de chances d'être frappée par la foudre que de...

— Vous avez raison, Charlie, m'interrompit Edward, et je ne pensais pas à Seattle. Plutôt à Portland. Moi non plus, je ne tiens pas à ce que Bella aille là-bas. Cela va de soi.

Je lui lançai un regard ahuri. Il s'était emparé du journal et en lisait la première page. Bah ! Il avait dû dire ça pour calmer mon père. L'idée même que je coure un risque alors que j'étais en compagnie d'Alice ou d'Edward était tout bonnement risible. Y compris face au pire tueur en série qui soit. Quoi qu'il en soit, la ruse fonctionna. Après une minute de silence, Charlie haussa les épaules.

— Parfait, gronda-t-il avant de disparaître à grands pas dans le salon, sans doute pressé d'assister à l'ouverture du match.

J'attendis que la télévision couvre mes paroles pour réagir.

— Qu'est-ce que...

— Un instant, me coupa Edward sans lever les yeux du journal mais en poussant le premier formulaire de demande d'inscription vers moi. Tu devrais pouvoir réutiliser ta lettre de motivation pour celui-là, ajouta-t-il. Et leurs questions sont les mêmes.

Charlie nous écoutait donc. En soupirant, je me mis à fournir les ennuyeuses informations qu'on exigeait de moi : nom, adresse, profession des parents... Au bout de quelques minutes, je redressai la tête. Edward regardait pensivement par la fenêtre, à présent. Je retournai à ma tâche, remarquant pour la première fois de quel établissement il s'agissait. Agacée, j'écartai les papiers d'un geste impatient.

— Bella ?

— Dartmouth, Edward ? Sois sérieux !

Il s'empara du formulaire et le replaça doucement devant moi.

— Je crois que le New Hampshire te plaira, dit-il. Ils proposent des cours du soir qui me conviendront, et les forêts recèlent plein de promesses pour les marcheurs de mon genre. La faune y est fabuleuse.

Il me gratifia du sourire en coin auquel j'étais incapable de résister. Je pris une profonde inspiration.

— Je t'autoriserai à me rembourser tes études si ça doit te rendre heureuse, me jura-t-il. J'irai même jusqu'à te compter des intérêts.

— Comme s'ils allaient m'accepter sans un énorme pot-de-vin ! Ou étais-je comprise dans la promesse de don ? Une nouvelle aile Cullen pour la bibliothèque ? C'est dégoûtant. Pourquoi faut-il que nous revenions sur ce sujet ?

— S'il te plaît, Bella, contente-toi de remplir ces documents. Demander ne coûte rien, non ?

— Tu sais quoi ? m'énervai-je. Il n'en est pas question.

Je comptais me jeter sur les formulaires pour les rouler en boule et les balancer à la poubelle, mais ils disparurent avant que je n'aie eu le temps d'esquisser un mouvement. Je contemplai la table vide, puis Edward. Il semblait ne pas avoir bougé, mais les papiers étaient sans doute déjà enfoncés dans sa poche.

— À quoi joues-tu ? grognai-je.

— J'imite très bien ta signature. Et tu as déjà rédigé ta lettre de motivation.

— Tu dépasses les bornes, fulminai-je en prenant soin de parler bas, des fois que Charlie ne soit pas entièrement absorbé par son match. Je n'ai nul besoin de postuler ailleurs, j'ai été admise en Alaska. Là-bas, j'ai presque de quoi régler mon premier semestre. C'est un alibi aussi bon qu'un autre. Inutile de jeter l'argent par les fenêtres, que ce soit le tien ou le mien.

Un éclair chagriné traversa son visage.

— Bella...

— Ne recommence pas. J'ai accepté de jouer le jeu pour donner le change à Charlie, mais nous savons très bien toi et moi que je ne serai pas en état de suivre des études à l'automne prochain. Et qu'un éloignement sera indispensable.

Mes connaissances concernant les débuts d'un vampire nouveau-né étaient floues. Edward avait beau ne jamais être entré dans les détails – il préférait éviter le sujet –, j'étais consciente que ce n'était pas joli-joli. Le contrôle de soi nécessitait apparemment pas mal d'années d'entraînement. Il était exclu que je suive autre chose que des cours par correspondance.

— Je croyais que nous n'avions pas encore arrêté la date, me rappela doucement Edward. Tu apprécieras peut-être de passer un ou deux semestres à la fac. Il y a beaucoup d'expériences humaines que tu n'as pas encore vécues.

— Je les vivrai après.

— Elles ne seront plus humaines, alors. Tu n'auras pas de deuxième chance, Bella.

— Sois raisonnable, il est trop dangereux de reculer l'échéance.

— Nous avons du temps devant nous.

Je le fusillai du regard. Du temps devant nous ? Ben voyons ! Une dame vampire aux instincts sadiques s'efforçait de venger la mort de son compagnon en me tuant, de préférence au moyen de longues et pénibles méthodes. Victoria n'était donc pas un souci ? Ha ! Et puis, il y avait les Volturi, la famille royale des vampires et son armée de guerriers, qui insistaient pour que mon cœur cesse de battre, peu importe comment, dans un futur proche, car il était interdit aux humains de savoir qu'ils existaient. Et Edward osait affirmer que je n'avais aucune raison de m'affoler ? Certes, Alice montait la garde. Son frère comptait sur ses visions étrangement justes du futur pour nous avertir. Toutefois, il était insensé de continuer à courir autant de risques.

De toute façon, j'avais remporté cette victoire. Le jour de ma transformation avait été provisoirement fixé – ce serait d'ici quelques semaines, après l'obtention de mon diplôme.

Mon estomac se tordit quand je me rendis compte à quel point le délai se rapprochait. Bien sûr, ce changement était nécessaire. Il était la clé de mon accession à ce que je désirais plus que tout au monde. Mais il y avait Charlie, assis dans la pièce voisine à profiter de son match, comme tous les soirs. Quant à ma mère, Renée, exilée dans sa Floride ensoleillée, elle n'avait pas renoncé à me supplier de venir passer l'été sur la plage avec elle et son nouveau mari. Sans parler de Jacob qui, à l'inverse de mes parents, savait très exactement ce qui se produirait lorsque je disparaîtrais pour quelque université lointaine. Même si j'arrivais à retarder les soupçons de mes parents, en prétextant le coût des voyages, une maladie, le prêt de mes études à rembourser, Jacob ne serait pas dupe.

Un instant, l'idée de son dégoût supplanta mes autres chagrins.

— Il n'y a pas d'urgence, Bella, chuchota Edward, le visage tordu par la peine que lui inspiraient les tourments qu'il lisait sur mes traits. Je ne laisserai personne te faire du mal. Tu peux prendre tout le temps que tu veux.

— Je suis pressée, murmurai-je. Moi aussi, j'ai envie d'être un monstre.

Il serra les mâchoires.

— Tu dis des bêtises.

Il jeta brutalement le journal humide sur la table. Son doigt se posa comme une épée sur le gros titre de la une :

MEURTRES EN SÉRIE,
LA POLICE CRAINT UN RÈGLEMENT
DE COMPTES ENTRE BANDES RIVALES

— Quel rapport ?

— On ne plaisante pas avec les monstres, Bella.

De nouveau, je parcourus l'intitulé de l'article, puis relevai la tête vers lui.

— C'est... c'est l'œuvre d'un vampire ? soufflai-je.

Il eut un sourire sans joie.

— Tu serais surprise du nombre de fois où mon espèce est à l'origine des horreurs qui nourrissent vos informations d'humains, dit-il d'une voix froide. Ils sont faciles à identifier, pour peu qu'on sache ce que l'on cherche. Ce journal n'annonce rien d'autre que la présence d'un vampire nouveau-né, lâché dans les rues de Seattle. Sanguinaire, sauvage, incontrôlable. Comme nous l'avons tous été à nos débuts.

Évitant ses yeux, je balayai derechef l'article des yeux.

— Nous exerçons une surveillance depuis quelques semaines, enchaîna-t-il. Tous les signes sont là – disparitions inexpliquées, toujours la nuit, cadavres abandonnés n'importe comment, manque de preuves... Oui, un bébé tout neuf, un néophyte que personne ne semble avoir pris en charge. (Il poussa un gros soupir.) Ce n'est pas notre problème. Nous n'y aurions même pas prêté attention si les événements ne se déroulaient pas aussi près de chez nous. Cela arrive tout le temps, après tout. L'existence de monstres a des conséquences forcément monstrueuses.

J'eus beau m'efforcer d'ignorer les noms qui s'étalaient sur la page, ils me sautèrent à la figure comme s'ils avaient été écrits en gras. Cinq personnes à qui l'on avait arraché la vie, cinq familles en deuil. Ces noms rendaient les meurtres concrets. Maureen Gardiner, Geoffrey Campbell, Grace Razi, Michelle O'Connell, Ronald Albrook. Des gens qui avaient des parents, des enfants, des amis, des chiens et des chats, des boulots et des espoirs, des projets et des souvenirs, un avenir...

— Mon cas sera différent, soufflai-je, en partie pour moi seule. Tu ne me laisseras pas devenir comme ça. Nous irons nous installer en Antarctique.

Edward ricana, brisant la tension.

— Des pingouins ? Formidable !

Partant d'un rire tremblotant, je repoussai le journal, qui tomba sur le sol. Il était normal qu'Edward songeât aux possibilités de chasse. Lui et sa famille de « végétariens » qui s'étaient dévoués à la sauvegarde des vies humaines préféraient la saveur des grands prédateurs naturels quand il s'agissait de satisfaire leurs besoins alimentaires.

— L'Alaska, repris-je. Mais un endroit un peu plus reculé que Juneau. Un endroit fourmillant de grizzlis.

— Les ours polaires sont très féroces. Et les loups plutôt imposants.

Je me raidis aussitôt.

— Qu'y a-t-il ? s'inquiéta-t-il.

Lorsqu'il comprit, il se figea à son tour.

— Bon, d'accord, maugréa-t-il, tant pis pour les loups, si l'idée te déplaît tant que ça.

— Il était mon meilleur ami, Edward, balbutiai-je, peinée de devoir m'exprimer au passé. Il est logique que l'idée me rebute, non ?

— Pardonne ma maladresse, répondit-il, toujours aussi compassé. Je n'aurais pas dû suggérer cela.

— Ce n'est pas grave.

Je baissai les yeux sur mes mains serrées en deux poings. Il y eut un silence, puis son doigt froid glissa sous mon menton, m'obligeant à relever la tête. Son expression s'était adoucie.

— Désolé. Vraiment.

— Je sais, je sais que ce n'est pas pareil. Je n'aurais pas dû réagir ainsi. Seulement... il se trouve que je pensais à Jacob, avant que tu n'arrives.

J'hésitai. Ses prunelles fauves paraissaient s'assombrir chaque fois que je prononçais ce prénom. Mes intonations se firent suppliantes, du coup.

— D'après Charlie, il ne va pas bien. Il souffre, et... c'est ma faute.

— Tu n'es coupable de rien, Bella.

— Il faut que j'arrange les choses, je le lui dois bien. D'ailleurs, c'est l'une des conditions de Charlie...

Encore une fois, son expression se durcit, lui donnant des airs de statue.

— Il est hors de question que tu traînes près d'un loup-garou sans protection, Bella, objecta-t-il. Or, si l'un de nous pénétrait sur leur territoire, cela romprait la trêve. Tu souhaites donc déclencher une guerre ?

— Non ! Bien sûr que non !

— Alors, inutile d'en discuter plus avant.

Il détourna la tête, cherchant un autre sujet de conversation. Ses yeux s'arrêtèrent derrière moi, et il eut un sourire, bien que son regard restât circonspect.

— Je suis heureux que Charlie ait décidé de t'autoriser à sortir. Tu as vraiment besoin d'aller dans une librairie. Je n'en reviens pas que tu relises *Les Hauts de Hurlevent*. Tu dois le connaître par cœur, non ?

— Contrairement à toi, tout le monde n'a pas une mémoire photographique.

— Mémoire photographique ou pas, j'ai du mal à comprendre comment tu peux aimer ce roman. Les personnages sont des gens horribles qui se pourrissent mutuellement l'existence. Qu'on ait élevé Heathcliff et Cathy au rang de Roméo et Juliette ou d'Elizabeth Bennet et de M. Darcy me laisse pantois. Ce n'est pas une histoire d'amour, c'est une histoire de haine.

— Tu es vraiment nul en littérature.

— Sans doute parce que les vieilleries ne m'impressionnent pas.

Il affichait un air satisfait, content de m'avoir entraînée sur un nouveau terrain.

— Franchement, reprit-il, pourquoi le relire sans cesse ? Qu'est-ce qui t'attire autant dans ce livre ?

Il était réellement intéressé, maintenant, tâchant, une fois encore, de débobiner les méandres compliqués que suivait mon esprit. Tendant le bras, il posa sa main sur ma joue.

— Je ne sais pas trop, avouai-je, désarmée par son authentique curiosité et perturbée par l'intensité de ses prunelles qui me scrutaient. L'inéluctable, peut-être. La façon dont rien n'arrive à les séparer, ni l'égoïsme de Cathy, ni la malfaisance de Heathcliff, ni même la mort...

Edward médita mes paroles, puis un sourire moqueur se dessina sur ses lèvres.

— L'histoire serait mieux si chacun était doté d'une qualité rédemptrice, commenta-t-il.

— L'amour qu'ils éprouvent l'un pour l'autre est leur seule qualité rédemptrice.

— Alors, je te souhaite d'avoir plus de jugeote qu'eux et de ne pas commettre l'erreur de t'amouracher d'un être funeste.

— Il est un peu tard pour t'inquiéter de celui dont je tomberai amoureuse. Du reste, je crois m'être plutôt bien débrouillée.

— J'en suis ravi.

— Quant à toi, je te souhaite de ne pas t'éprendre d'une égoïste comme Cathy. C'est elle qui est à l'origine de tous leurs malheurs, pas Heathcliff.

— Je te promets de rester sur mes gardes.

Il excellait toujours à me divertir de mes pensées. Posant ma main sur la sienne, je soupirai.

— Il faut que je voie Jacob.

Il ferma les paupières.

— Non.

— Il n'y a aucun danger, plaidai-je. J'ai passé beaucoup de temps à La Push avec toute la bande, et il n'est jamais rien arrivé.

Ma voix dérailla toutefois au moment où je prononçai ces derniers mots, car ils étaient mensongers. Il s'était produit quelque chose, et le brusque souvenir d'un énorme loup gris prêt à me sauter à la gorge, babines retroussées sur ses crocs acérés comme des poignards, me renvoya à la panique que j'avais alors éprouvée et mouilla mes paumes de sueur. Captant la chamade de mon cœur, Edward hocha la tête comme si j'avais avoué lui avoir menti.

— Les loups-garous sont instables, blessant parfois leur entourage. Ou les tuant.

J'aurais voulu protester. Hélas, une autre image s'imposa à moi, m'obligeant à ravaler mes objections, celle du visage autrefois si beau d'Emily Young, aujourd'hui labouré par trois cicatrices sombres qui s'étiraient de son œil à sa bouche, désormais figée dans un rictus de guingois. Edward attendit, triomphant, que je retrouve la parole.

— Tu ne les connais pas, murmurai-je.

— Mieux que tu ne le penses, Bella. J'étais présent, la dernière fois.

— La dernière fois ?

— Nos chemins ont commencé à se croiser il y a environ soixante-dix ans... Nous venions de nous installer près de Hoquiam. Alice et Jasper ne nous avaient pas encore rejoints. Nous étions plus nombreux que ces chiens, ce qui ne les aurait pas empêchés de se battre sans l'intervention de Carlisle. Il est parvenu à persuader Ephraïm Black que la coexistence était possible. C'est ainsi qu'un armistice a été conclu. Nous croyions la lignée éteinte avec la mort d'Ephraïm, d'ailleurs, et que la bizarrerie génétique à l'origine de leur transmutation s'était perdue...

Il se tut, me contempla d'un air vaguement accusateur.

— Ta poisse semble augmenter de jour en jour, poursuivit-il. Te rends-tu compte que ton insatiable attirance pour les dangers mortels a réussi le tour de force de ressusciter une meute de mutants ? Si l'on pouvait embouteiller ta malchance, on obtiendrait une arme de destruction massive de tout premier ordre.

J'ignorai ses sarcasmes, intriguée par son jugement. Il ne pouvait être sérieux !

— Ce n'est pas moi qui les ai ramenés, me défendis-je. Tu n'es donc pas au courant ?

— De quoi ?

— Les loups-garous sont réapparus parce que les vampires étaient revenus. Je n'y suis pour rien.

Edward parut étonné.

— Jacob m'a expliqué que l'installation de votre clan dans la région avait déclenché le processus. Je croyais que tu le savais...

— Telle est leur opinion ?

— Les faits parlent d'eux-mêmes, Edward. Il y a soixante-dix ans, vous êtes arrivés ici, les loups-garous ont surgi. Aujourd'hui, vous revenez, eux aussi. Ce n'est pas une coïncidence.

— Voilà une théorie qui risque d'intéresser Carlisle, convint-il en se détendant.

— Une théorie ! raillai-je.

Il garda le silence durant quelques secondes, les yeux fixés sur la fenêtre, méditant cette perspective nouvelle selon laquelle la présence des siens transformait les Indiens locaux en monstres.

— Tout cela est fort intéressant, finit-il par chuchoter, mais nous ne sommes pas plus avancés. La situation reste inchangée.

Je traduisis sans peine : pas d'amitié possible avec les loups-garous. Il me fallait être patiente avec Edward. Il n'était pas tant buté qu'ignorant. Il n'avait aucune idée de ce que je devais à Jacob Black – ma vie, à de nombreuses reprises, la raison très certainement. J'évitais d'évoquer ma traversée du désert et ma tentation de la folie, surtout avec Edward. Il avait juste voulu me préserver en rompant avec moi, sauver mon âme. Je ne lui tenais pas rigueur des bêtises que j'avais commises en son absence, ni de ma profonde souffrance.

Lui, si.

J'allais être obligée de plaider mon cas avec soin. Me levant, je contournai la table et m'assis sur ses genoux, me blottissant dans l'étreinte glacée et marmoréenne de ses bras.

— S'il te plaît, commençai-je, écoute-moi une minute. Il ne s'agit pas d'une lubie consistant à faire un saut chez un vieil ami. Jacob *souffre*. Je n'ai pas le droit de ne pas l'aider, de l'abandonner au moment où il a besoin de moi sous prétexte que, quelquefois, il n'est pas humain... Il a été là pour moi lorsque je... lorsque je n'étais plus vraiment humaine non plus. Tu ignores ce que ç'a été...

Je m'interrompis, hésitante. Edward s'était pétrifié,

ses mains n'étaient plus que deux poings aux tendons saillants.

— Si Jacob n'était pas venu à mon secours... je ne suis pas sûre de ce que tu aurais retrouvé en revenant ici. J'ai une véritable dette envers lui, Edward.

Je le regardai. Il avait fermé les paupières, sa mâchoire était serrée.

— Je ne me pardonnerai jamais de t'avoir quittée, chuchota-t-il. Même si je vis cent mille ans.

Ma main frôla son visage froid, il finit par soupirer et rouvrir les yeux.

— Tu voulais agir au mieux. Je suis persuadée que ça aurait fonctionné avec une fille moins cinglée que moi. Et puis, tu es là, maintenant, c'est l'essentiel.

— Si j'étais resté, tu n'estimerais pas nécessaire de risquer ta vie pour réconforter un clébard.

Je sursautai. Autant j'étais accoutumée aux insultes de Jacob – buveur de sang, parasite, sangsue –, autant le sobriquet sonnait plus méprisant, prononcé par la voix veloutée d'Edward.

— J'ignore comment formuler ça, enchaîna-t-il avec tristesse, et ça va te sembler cruel, mais j'ai déjà trop manqué de te perdre par le passé. Je sais les affres dans lesquelles cela m'a plongé. Je ne tolérerai pas d'autres mises en danger.

— Aie confiance en moi. Tout ira bien.

— Je t'en prie, Bella, murmura-t-il, peiné.

— Quoi ?

— Tâche de ne pas t'exposer. Fais-le pour moi. Je m'efforce de te préserver, ton aide n'est pas de trop, cependant.

— Je vais essayer.

— Devines-tu à quel point tu m'es précieuse ? Comprends-tu combien je t'aime ?

Il me serra contre son torse dur, coinça ma tête sous son menton. J'embrassai son cou de neige.

— Je sais combien *je* t'aime, répondis-je.

— C'est comparer un arbre frêle à une forêt.

Je levai les yeux au ciel, ce qu'il ne vit pas.

— Impossible.

En soupirant, il baisa mon crâne.

— Pas de loups-garous.

— Hors de question. Il faut que je rencontre Jacob.

— Je t'en empêcherai.

Il paraissait très sûr d'y parvenir, et il avait sans doute raison.

— C'est ce qu'on verra, bluffai-je. Il reste mon ami.

Dans ma poche, la lettre de Jacob paraissait soudain peser des tonnes. J'entendais les mots qu'il avait écrits comme s'il les avait prononcés, et il avait l'air d'accord avec Edward, ce qui était inconcevable.

« Ça ne change rien. Désolé. »

2

LIBERTÉ

Un entrain surprenant s'empara de moi quand je sortis du cours d'espagnol pour gagner la cafétéria. La raison n'en était pas seulement que je marchais main dans la main avec l'être le plus parfait qui fût, bien que ce détail comptât certainement.

Entrait en jeu aussi la fin de mon châtiment, le retour de mon émancipation.

À moins que cela n'eût rien à voir avec moi, mais avec l'atmosphère jubilatoire qui planait sur le lycée. La fin de l'année se dessinait et, surtout pour les terminales, elle s'accompagnait d'une effervescence perceptible. La liberté était si proche qu'on pouvait la palper, la goûter. Elle se manifestait partout. Multiples affiches sur les murs de la cantine, poubelles débordant de dépliants multicolores rappelant aux élèves d'acheter l'annuaire de l'établissement ou des bagues souvenirs, annonces diverses et variées sur la date limite de commande des robes et toques de cérémonie, modèles d'invitations[1] ; publicités roses invitant à participer au bal de fin d'année (pouah !). Les festivités étaient prévues pour le week-end prochain, mais j'avais la promesse ferme et définitive d'Edward que je ne serais pas obligée d'y aller. Cette expérience humaine, je l'avais déjà vécue, non merci pour une deuxième manche.

À la réflexion, c'était sûrement ma propre liberté recouvrée qui m'emplissait de joie. En finir avec le lycée ne me procurait pas autant de plaisir qu'à mes pairs. En vérité, j'étais nerveuse au point d'avoir le cœur au bord des lèvres lorsque je réfléchissais à la fin de l'année, et je m'efforçais de ne pas y penser. Ce qui était difficile, dans l'ambiance qui régnait.

— As-tu déjà envoyé tes cartons d'invitation ? me demanda Angela quand Edward et moi nous assîmes à notre table.

Les cheveux clairs de mon amie, d'ordinaire si bien coiffée, étaient rassemblés en une queue-de-cheval lâche ; ses prunelles trahissaient une vague panique. Alice et Ben étaient présents aussi, encadrant Angela. Ben était plongé dans une BD, ses lunettes glissant sur son nez fin. Alice détaillait ma tenue banale (jean et T-shirt) d'une façon telle que je fus gênée. Elle complotait sans doute une énième transformation. Mon indifférence envers la mode était une épine dans son pied.

---

1. Aux États-Unis, le couronnement de chaque cycle d'études (ou « graduation », ici l'équivalent de notre baccalauréat) fait l'objet d'une véritable cérémonie de remise des diplômes, avec élèves en toge, familles officiellement prévenues et/ou invitées au grand jour, bal. Le sentiment d'appartenance à un établissement est également plus fort qu'en France, d'où l'achat d'annuaires et de souvenirs destinés à rappeler les années lycée.

Si je l'y avais autorisée, elle m'aurait habillée tous les jours, voire plusieurs fois par jour, telle une poupée surdimensionnée.

— Non, répondis-je à Angela. C'est inutile. Renée est au courant, et je n'ai personne d'autre à prévenir.

— Et toi, Alice ?

— J'ai terminé, sourit cette dernière.

— Quelle veine ! soupira Angela. Ma mère a des milliers de cousins et exige que je rédige à la main une invitation à chacun. Je vais me coller un syndrome du canal carpien. Je redoute l'épreuve, or je ne peux plus la reculer.

— Je t'aiderai, proposai-je. Si tu ne crains pas mon écriture abominable.

Voilà qui ravirait Charlie. De coin de l'œil, je vis Edward sourire. Lui aussi devait être content – j'obéissais à l'une des conditions posées par mon père sans pour autant fréquenter les loups-garous.

— Comme c'est gentil ! s'exclama Angela, soulagée. Dis-moi quand je peux passer.

— Je préférerais qu'on fasse cela chez toi, si ça ne te gêne pas. Je suis lasse de mes quatre murs. Charlie a levé ma punition hier soir.

— Vraiment ? se réjouit Angela. Toi qui te croyais condamnée à vie !

— Je suis aussi étonnée que toi. J'étais sûre qu'il ne relâcherait pas la garde avant le bac.

— En tout cas, c'est génial, Bella. Il faut que nous fêtions ça !

— Tu n'imagines pas comme je suis heureuse.

— Voyons un peu, pépia Alice en s'animant, comment pourrions-nous célébrer la bonne nouvelle ?

Sa conception d'une petite sauterie était toujours trop grandiose à mon goût, car elle avait tendance à en rajouter systématiquement.

— Quels que soient tes projets, lui dis-je, je doute d'être libre de mes mouvements à ce point.

— Ton père a levé ta punition, oui ou non ?

— Oui. N'empêche, il y a encore quelques restrictions. Ne pas sortir des États-Unis, par exemple.

Angela et Ben s'esclaffèrent, alors qu'Alice grimaçait, visiblement déçue.

— Alors, que fait-on ce soir ? insista-t-elle.

— Rien. Écoute, attendons quelques jours pour nous assurer qu'il ne plaisante pas. De toute façon, nous sommes en milieu de semaine.

— Très bien ! On organisera quelque chose ce week-end.

Son enthousiasme était décidément difficile à contenir.

— C'est ça, cédai-je pour l'apaiser.

Les bizarreries étaient exclues. Mieux valait y aller doucement et montrer à Charlie que j'étais mature et digne de confiance avant de demander une quelconque faveur. Angela et Alice se mirent à échafauder des plans, Ben délaissa sa BD et se joignit à leur conversation. Mon attention s'égara. Bizarrement, ma liberté retrouvée ne constituait plus un sujet aussi satisfaisant que quelques minutes plus tôt. Tandis que mes amis discutaient des opportunités qu'offraient Port Angeles, voire Hoquiam, je fus envahie par une certaine morosité, dont la raison ne tarda pas à s'imposer à moi.

Depuis que Jacob et moi nous étions séparés, dans les bois près de chez moi, une image particulière, persistante et dérangeante, n'avait cessé de me tourmenter. Elle surgissait à mon esprit à intervalles réguliers, telle une agaçante sonnerie de réveil réglée pour carillonner toutes les demi-heures, et m'imposait le visage de Jacob déformé par le chagrin. C'était le dernier souvenir que j'avais de lui. Cette réminiscence me frappait de nouveau et, en dépit des circonstances, j'identifiai la source de mon mécontentement – ma liberté était incomplète.

Certes, j'avais le droit d'aller où bon me semblait, sauf à La Push. J'avais le loisir d'agir comme je le souhaitais, pas de voir Jacob. Il devait bien y avoir un juste milieu.

— Alice ? Alice ?

La voix d'Angela me tira de ma rêverie. Mon amie agitait la main devant la figure figée et insondable d'Alice, une expression familière qui déclencha une vague d'affolement en moi. Ce regard vide indiquait qu'elle était en train de voir autre chose que la scène banale alentour, un événement pourtant réel qui se produirait, dans peu de temps au demeurant. Mon sang se glaça dans mes veines. Soudain, Edward éclata de rire, bruit naturel et détendu qui eut le don d'attirer l'attention d'Angela et de Ben, tandis que je continuais de fixer sa sœur. Celle-ci tressaillit comme si un de ses voisins lui avait donné un coup de pied sous la table.

— Tu fais déjà la sieste, Alice ? se moqua Edward

— Désolée, se ressaisit-elle, je rêvassais.

— C'est toujours mieux qu'affronter encore deux heures de cours, commenta Ben.

Alice réintégra la discussion avec encore plus d'entrain qu'auparavant, un petit peu trop, même. Ses prunelles rencontrèrent celles de son frère, rien qu'un instant, avant de revenir se poser sur Angela. Personne ne s'en aperçut, à part moi. Silencieux, Edward jouait avec une mèche de mes cheveux.

Je guettai anxieusement une occasion de lui demander en quoi avait consisté la vision d'Alice, mais l'après-midi s'écoula sans que nous ayons une minute à nous. Cela me parut étrange, presque délibéré. En quittant la cafétéria, Edward s'attarda auprès de Ben pour lui parler d'un devoir dont je savais qu'il l'avait terminé. À l'interclasse, il se trouva systématiquement quelqu'un avec nous, alors que nous réussissions d'ordinaire à nous octroyer cinq minutes seul à seule. Lorsque la cloche annonçant la fin de la journée retentit, Edward se lança dans une conversation amicale et étonnante avec Mike Newton (!) et l'accompagna à sa voiture. Je leur emboîtai le pas, perplexe. Mike expliquait à Edward que son moteur avait des ratés.

— ... pourtant, je viens de remplacer la batterie, disait-il, apparemment aussi étonné que moi par les attentions inattendues d'Edward.

— Un problème de câbles, peut-être ? suggéra ce dernier.

— Je n'y connais rien, en bagnoles. Je devrais porter la mienne au garage. Malheureusement, Dowling est trop cher.

J'ouvris la bouche pour proposer mon mécanicien personnel, la refermai. Le garçon en question était très occupé ces derniers temps – occupé à tourner en rond comme un loup géant dans une cage.

— Je me débrouille un peu, offrit Edward. Je jetterai un coup d'œil, si tu veux. Le temps de ramener Alice et Bella à la maison, et je suis ton homme.

Tant Mike que moi le dévisageâmes avec ahurissement.

— Euh... merci, répondit Mike, la surprise passée. Il faut que j'aille bosser, là. Une autre fois, peut-être.

— Pas de soucis !

— À plus !

Mike grimpa dans sa voiture en secouant la tête, incrédule. La Volvo était garée à deux places de là. Alice nous y attendait déjà.

— Qu'est-ce que ça signifie ? murmurai-je tandis qu'Edward me tenait la portière.

— Je rends service, c'est tout.

— Tu n'es pas aussi doué que cela en mécanique, mon cher, débita Alice à toute vitesse depuis la banquette arrière. Tu devrais demander à Rosalie d'examiner ça cette nuit, histoire de ne pas avoir l'air ridicule quand Mike décidera de recourir à ton aide. Remarque, ce serait rigolo de voir sa réaction si Rosalie débarquait à ta place. Mais vu qu'elle est censée être en fac, à l'autre bout du pays... Dommage ! Enfin, pour la voiture de Mike, tu suffiras sûrement. Seules les belles sportives italiennes te donnent du fil à retordre. À propos d'Italie et des sportives que j'y ai volées, tu me dois toujours cette Porsche jaune. Et je n'ai pas envie de patienter jusqu'à Noël...

Je cessai de l'écouter au bout d'un moment, et son débit rapide se transforma en bourdonnement de fond tandis que je me résignais à attendre. Il était clair qu'Edward évitait mes questions. Très bien. Il serait assez tôt seul avec moi. Ce n'était qu'une question de temps. Il dut le comprendre aussi, car il déposa Alice à l'entrée du chemin menant chez les Cullen au lieu de la conduire jusqu'à la maison. Quand elle descendit, elle lui lança un regard inquisiteur. Lui était parfaitement à l'aise.

— À plus tard ! lui dit-il en hochant le menton de façon presque imperceptible.

Alice s'enfonça dans les bois. Sans un mot, Edward fit demi-tour et reprit la route de Forks. Allait-il aborder la question de lui-même ? Non, apparemment. Ces tergiversations me rendirent nerveuse. Que diable Alice avait-elle vu durant le déjeuner ? Quelque chose dont il ne tenait pas à me parler ? Pour quelle raison ? Il valait mieux que j'envisage tout et son contraire avant de l'interroger si je souhaitais ne pas flancher et lui donner l'impression que je n'étais pas capable d'encaisser la nouvelle, quelle qu'elle soit.

Un silence pesant régnait dans l'habitacle quand nous arrivâmes chez Charlie.

— Pas beaucoup de devoirs, ce soir, commenta Edward.

— En effet.

— À ton avis, suis-je de nouveau autorisé à entrer ?

— Charlie n'a pas piqué sa crise lorsque tu es passé me chercher ce matin.

J'étais toutefois certaine qu'il redeviendrait vite boudeur s'il surprenait Edward à la maison quand il rentrerait. Bah ! Je me mettrais en quatre pour le dîner.

Une fois à l'intérieur, je grimpai l'escalier, Edward sur mes talons. Il s'allongea sur mon lit et s'absorba dans la contemplation du paysage, de l'autre côté de la vitre, complètement imperméable à mon exaspération. Je rangeai mon sac, allumai l'ordinateur. Il me fallait répondre à un mail en souffrance de ma mère, et elle avait tendance à s'affoler quand je ne réagissais pas assez vite.

Pendant que j'attendais que ma machine décrépite daigne se mettre en route, mes doigts tambourinèrent sur le bureau en un staccato angoissé. Soudain, sa main couvrit la mienne.

— Serait-on impatiente, aujourd'hui ? murmura-t-il.

Je relevai la tête, prête à lui lancer une repartie cinglante mais, plus proche de moi que je ne le soupçonnais, il me coupa dans mon élan. Ses prunelles dorées brûlaient à quelques centimètres à peine des miennes, et son haleine rafraîchissait ma bouche entrouverte. Je goûtais son odeur au bout de ma langue, et ma réponse spirituelle se perdit dans les limbes de l'oubli. Je ne savais même plus comment je m'appelais. Le traître ne me laissa aucune chance de recouvrer mes esprits.

Si j'avais pu, j'aurais passé l'essentiel de mon temps à embrasser Edward. Rien de ce que j'avais eu le loisir d'expérimenter n'était comparable à l'effet que me procuraient ses lèvres froides et dures comme le marbre, pourtant si douces lorsqu'elles bougeaient à l'unisson des miennes. Hélas, cette opportunité m'était rarement donnée, et je m'étonnai quelque peu lorsque ses doigts fourragèrent dans mes cheveux, amenant mon visage vers le sien. Mes bras crochetèrent sa nuque, et je regrettai de n'être pas plus forte, pas assez en tout cas pour le garder prisonnier de mon étreinte. Sa deuxième main glissa le long de mes reins, m'écrasant contre son torse de pierre. Malgré son pull, sa peau était assez glacée pour déclencher mes frissons – des frissons de plaisir. Las ! Conscient de la température qu'il dégageait, il me relâcha.

Dans trois secondes, il soupirerait et me repousserait avec diplomatie, me gratifierait d'une phrase affirmant que nous avions suffisamment mis ma vie en péril pour l'après-midi. Profitant des ultimes instants qui m'étaient accordés, je me collai à lui, me fondis dans le moule de son corps. La pointe de ma langue suivit le contour de sa lèvre inférieure, aussi lisse que si elle avait été polie, et d'une saveur sans pareille...

Il m'écarta de lui, brisant l'étau de mes bras sans difficulté – il ne s'était sans doute pas rendu compte que j'y avais mis toutes mes forces. Un rire guttural lui échappa. Ses yeux luisaient du désir qu'il disciplinait avec une rigueur ahurissante.

— Ah, Bella ! soupira-t-il.

— Je m'excuserais si j'étais désolée, mais ce n'est pas le cas.

— Ce que je devrais regretter, ce qui n'est pas le cas non plus. Je crois que je vais retourner sur le lit.

— Si tu estimes que c'est nécessaire.

J'eus droit au sourire en coin, et il se dégagea. Je secouai la tête pour tenter de m'éclaircir les idées avant de pivoter vers l'ordinateur. La bête avait chauffé et ronronnait. Enfin, gémissait plutôt.

— Transmets mes salutations à Renée.

— Bien sûr.

Je relus le message de ma mère, incrédule devant ses toquades insensées. J'en fus à la fois divertie et horrifiée, avec autant d'intensité que lors de ma première lecture. Cela lui ressemblait tellement d'oublier qu'elle souffrait d'un vertige paralysant jusqu'au moment où elle se retrouvait attachée à un parachute et à un moniteur. Je reprochais à Phil, l'homme qu'elle avait épousé environ deux ans auparavant, de l'avoir laissée s'engager dans cette aventure. Je la connaissais beaucoup mieux que lui.

Il fallait que j'apprenne à leur ficher la paix, m'exhortai-je à plusieurs reprises. J'avais consacré l'essentiel de ma vie à prendre soin de Renée, à la détourner de ses projets les plus fous, à supporter avec bonne humeur ceux dont je n'avais pas réussi à l'éloigner. J'avais toujours fait preuve d'indulgence à son égard, de condescendance, même. Ses innombrables erreurs m'amusaient. Quelle tête de linotte ! J'étais différente – réfléchie et prudente ; responsable et adulte. C'est ainsi que je me voyais, du moins. Telle était celle que je connaissais.

Le sang battant encore à mes tempes suite au baiser d'Edward, je ne pus me retenir de repenser à la bêtise qui avait le plus influencé l'existence de Renée. En sotte romantique, elle s'était mariée, sitôt le lycée terminé, à un quasi-inconnu et m'avait mise au monde un an plus tard. Elle m'avait juré n'éprouver aucun regret – j'étais le plus beau cadeau de sa vie. Nonobstant, elle m'avait seriné encore et encore que les gens intelligents considéraient le mariage avec sérieux. Les gens matures suivaient des études et entamaient une carrière avant de s'engager durablement. Elle était d'ailleurs sûre que je ne me montrerais jamais aussi irresponsable, idiote et provinciale qu'elle...

Grinçant des dents, je m'appliquai à répondre à son mot. J'en arrivais à sa phrase d'adieu quand je me souvins pourquoi j'avais tardé à écrire. « Tu ne m'as rien dit de Jacob depuis un bon moment. Que devient-il ? » Charlie avait dû l'asticoter à ce sujet, c'était à parier. Poussant un soupir, je me mis à taper à toute vitesse, la renseignant entre deux paragraphes aux propos moins brûlants.

> Jacob va bien, je crois. Je ne le vois guère ;
> il passe la plupart de son temps avec
> une bande d'amis à La Push.

J'ajoutai le salut d'Edward et expédiai mon mail.

Je ne m'aperçus qu'il se tenait derrière moi qu'après avoir éteint la machine et m'être reculée. J'allais le réprimander pour avoir lu par-dessus mon épaule lorsque je me rendis compte qu'il ne me prêtait aucune attention, focalisé sur une boîte plate et noire d'où s'échappaient des fils électriques tire-bouchonnés qui n'auguraient rien de bon pour l'objet en question. Au bout d'un instant, je reconnus l'autoradio qu'Emmett, Rosalie et Jasper m'avaient offert lors de mon dernier anniversaire. J'avais complètement oublié que j'avais caché mes cadeaux au bas de mon placard, où ils prenaient la poussière.

— Nom d'un chien ! s'exclama Edward, horrifié. Que lui as-tu fait subir ?

— Je n'arrivais pas à l'extraire du tableau de bord.

— Alors, tu t'es sentie obligée de le torturer ?

— Je ne suis pas douée avec les outils, tu le sais. C'était involontaire.

— C'est un meurtre, oui ! assena-t-il en secouant le menton, l'air faussement tragique.

— Bah !

— Ils seraient blessés s'ils l'apprenaient. Heureusement que ta punition t'a tenue loin de chez nous. Je vais devoir le remplacer avant qu'ils ne remarquent quelque chose.

— C'est gentil, mais je n'ai pas l'usage d'un appareil aussi sophistiqué.

— Ce n'est pas pour toi que j'en rachèterai un.

Je me bornai à soupirer.

— Tu as vraiment maltraité tes cadeaux, ajouta-t-il, mécontent, en s'éventant avec un rectangle cartonné.

Je ne pipai mot, par crainte que ma voix ne tremblât. L'anniversaire désastreux de mes dix-huit ans et son cortège de conséquences durables n'étaient pas un moment que je souhaitais me rappeler. J'étais d'ailleurs étonnée qu'il prenne la peine de le mentionner. Il était encore plus à cran que moi sur l'événement.

— As-tu conscience qu'ils sont sur le point d'expirer ? me demanda-t-il en me tendant le papier.

C'était un autre présent, deux billets d'avion pour la Floride, donnés par Esmé et Carlisle.

— Non, dis-je d'un ton neutre. Je ne me souvenais même plus que je les avais.

Ses traits affichaient une expression à la fois réjouie et prudente.

— Il nous reste encore un peu de temps, poursuivit-il, impassible. Tu n'es plus punie, et nous n'avons aucun projet pour ce week-end, puisque tu refuses d'être ma cavalière au bal de fin d'année. Et si nous fêtions ta liberté retrouvée ainsi ?

— En rendant visite à Renée ?

— Il me semble t'avoir entendue dire que le territoire américain t'était permis.

Je le toisai avec suspicion, tâchant de saisir l'origine de cette surprenante proposition.

— Alors ? insista-t-il avec un grand sourire. Oui ou non ?

— Charlie s'y opposera.

— Il n'a pas le droit de t'interdire de voir ta mère. De plus, elle a officiellement ta garde.

— Personne n'a ma garde. Je suis majeure.

— Certes.

Je réfléchis pendant une bonne minute sous son œil scrutateur avant de décider que le jeu n'en valait pas la chandelle. Charlie serait furieux, non que je me rende chez ma mère, mais qu'Edward m'accompagne. Il refuserait de m'adresser la parole durant des mois, et je risquerais sûrement une nouvelle punition. Il était plus intelligent de ne pas soulever le problème. Dans quelques semaines, peut-être, en guise de récompense pour avoir obtenu mon diplôme.

J'avais pourtant très envie d'aller chez Renée. Maintenant, pas plus tard. Nous ne nous étions pas vues depuis longtemps, et pas dans les circonstances les plus favorables, qui plus était. La dernière fois que je m'étais rendue à Phoenix, j'avais terminé sur un lit d'hôpital ; la dernière fois qu'elle m'avait rejointe ici, j'étais dans un état catatonique. Pas franchement les meilleurs souvenirs que je puisse lui laisser. Du reste, si elle constatait que j'étais heureuse avec Edward, elle conseillerait peut-être à Charlie de se détendre.

— Pas ce week-end, finis-je par décréter.

— Pourquoi ?

— Je refuse de me battre avec Charlie. Pas si tôt après qu'il m'a pardonné.

— Moi, je trouve que ce serait parfait.

— Non. Une autre fois.

— Tu n'es pas la seule à avoir été confinée dans cette maison, me reprocha-t-il.

Mes soupçons se réveillèrent. Cette insistance ne lui correspondait pas, lui toujours tellement altruiste, me passant mes moindres désirs au point de me transformer en enfant gâtée.

— Tu peux aller où bon te semble, lui signalai-je.

— Le monde sans toi ne m'intéresse pas.

Je levai les yeux au ciel.

— Je suis sérieux, protesta-t-il.

— Commençons doucement, d'accord ? Par un film à Port Angeles, par exemple...

— Laisse tomber, maugréa-t-il. On en reparlera une autre fois.

— Tout a été dit à ce propos.

Il haussa les épaules.

— Parfait. Autre chose : qu'est-ce qu'Alice a vu aujourd'hui au déjeuner ?

J'avais bien failli oublier mes inquiétudes (son but initial ?). Je le fixai afin d'évaluer sa réaction. Il conserva sa contenance, bien que ses prunelles topaze eussent pris un éclat très légèrement plus dur.

— Jasper, expliqua-t-il. Dans un drôle d'endroit. Quelque part dans le sud-ouest, d'après elle. Pas loin de son ancien clan. Or, il n'a aucune intention consciente de retourner là-bas. Cela l'inquiète.

— Oh !

La nouvelle ne correspondait en rien à mes craintes. Il était normal qu'Alice fût aux aguets quant à l'avenir de Jasper, son âme sœur, sa deuxième moitié, même si leur relation n'avait pas l'extravagance de celle unissant Rosalie et Emmett.

— Pourquoi ne m'en as-tu pas parlé plus tôt ? m'enquis-je.

— Il m'avait échappé que tu t'en étais aperçue. De toute façon, c'est sûrement sans importance.

Décidément, mon imagination était par trop galopante. J'avais gâché un après-midi normal en me convainquant qu'Edward s'efforçait de me dissimuler une information vitale. Il fallait que je me soigne.

Nous descendîmes au rez-de-chaussée pour faire nos devoirs, juste au cas où Charlie rentrerait tôt. Edward liquida les siens en quelques minutes. Je peinai sur mes maths, puis vint l'heure de préparer le dîner. Edward se montra pénible, grimaçant devant chaque ingrédient cru que j'utilisais – la nourriture humaine lui répugnait quelque peu. Je cuisinai un bœuf Stroganov selon la recette de ma grand-mère Swan – seule, je l'aurais ratée. Ce plat n'était pas mon préféré, mais Charlie serait ravi.

Il avait l'air d'humeur charmante quand il arriva. Il ne fit même pas l'effort d'être impoli avec Edward qui, comme d'habitude, s'excusa de ne pas partager notre repas et s'éclipsa au salon. Les échos du journal du soir nous parvinrent en arrière-fond, mais je doutai qu'il regardât réellement la télévision.

Après s'être resservi deux fois, Charlie posa ses pieds sur la chaise libre et croisa ses bras sur sa panse rebondie.

— C'était excellent, Bella, commenta-t-il, béat.

— Heureuse que ça t'ait plu. La journée s'est bien passée ?

Il avait été si absorbé par la dégustation de son dîner que j'avais décidé de ne pas le déranger.

— Ennuyeuse. Mark et moi avons joué aux cartes

une bonne partie de l'après-midi, rigola-t-il. J'ai gagné, dix-neuf manches à sept. Ensuite, j'ai bavardé avec Billy un bon moment.

— Comment va-t-il ? demandai-je en tâchant de garder ma sérénité.

— Bien. Ses articulations le tourmentent, sinon ça va.

— J'espère que ça ne durera pas.

— Oui. Il nous a invités à lui rendre visite ce week-end. Il y aura les Clearwater et les Uley.

— Ah !

Réaction un peu mince, certes. Que pouvais-je répondre, cependant ? Je ne serais pas autorisée à me rendre à une fête de loups-garous, y compris sous la surveillance paternelle. Que Charlie fréquente la réserve ne posait sans doute pas de problème à Edward qui estimait qu'il ne risquait rien, dans la mesure où il passait la plupart de son temps avec Billy, lequel n'était qu'humain.

Je débarrassai les assiettes et m'attaquai à la vaisselle. Edward se matérialisa à mon côté sans un bruit et s'empara d'un torchon. Charlie soupira mais décida de ne pas déclencher les hostilités pour l'instant, même si j'étais sûre qu'il me reparlerait de cette soirée quand nous serions seuls. Il se mit debout pour se rendre au salon.

— Charlie ? lui lança Edward d'une voix détendue.

Mon père stoppa net.

— Oui ?

— Bella vous a-t-elle dit que mes parents lui avaient offert des billets d'avion à son anniversaire afin d'aller voir Renée ?

J'en lâchai l'assiette que je nettoyais ; elle rebondit sur le bord de l'évier et dégringola avec fracas par terre. Si elle ne se brisa pas, elle aspergea toute la pièce d'eau savonneuse, et nous trois par la même occasion. Charlie parut ne même pas le remarquer.

— C'est vrai, Bella ? me demanda-t-il, stupéfait.

— Oui, avouai-je sans lever les yeux.

Il déglutit bruyamment et fronça les sourcils avant de tourner la tête vers Edward.

— Je n'étais pas au courant, non.

— Je vois..., murmura le félon.

— As-tu une raison de soulever la question aujourd'hui ? s'enquit mon géniteur.

— Leur validité est sur le point d'expirer, expliqua Edward avec désinvolture. Je crains qu'Esmé ne se vexe si Bella n'utilise pas son cadeau. Certes, il suffirait de le lui dissimuler, mais...

Je le contemplai avec hébétude, tandis que Charlie réfléchissait.

— Ce ne serait pas une mauvaise idée que tu rendes visite à ta mère, Bella, déclara-t-il enfin. Elle serait contente. Je ne comprends pas pourquoi tu ne m'en as pas parlé.

— J'ai oublié.

— Pardon ? On te donne des billets d'avion, et ça te sort de l'esprit ?

Marmonnant un son incompréhensible, je me remis à ma vaisselle.

— Edward, continua mon père, tu as mentionné *des* billets. Combien y en a-t-il exactement ?

— Un pour elle et... un pour moi.

Cette fois, l'assiette tomba au fond de l'évier. J'entendis distinctement le soupir de Charlie. Je rougis, irritée et dépitée en même temps. À quoi jouait Edward ? Oppressée, je fixai la mousse dans le bac.

— C'est hors de question ! s'emporta soudain mon père.

— Pourquoi ? insista mon ami, l'innocence incarnée. Vous venez de dire que ce serait une bonne idée que Bella voie sa mère.

— Tu n'iras nulle part avec ce garçon, jeune fille ! brailla Charlie en l'ignorant.

Je virevoltai – il brandissait un doigt vengeur sur moi. Aussitôt, la rage s'empara de moi, réaction épidermique au ton sur lequel il se permettait de s'adresser à moi.

— Je ne suis plus une enfant, papa. Et je ne suis plus punie, je te rappelle.

— Oh que si ! À partir de tout de suite.

— En quel honneur ?

— Parce que je l'ai décidé.

— Je te signale que je suis majeure.

— Ceci est ma maison. Tu obéis à mes règles !

— Ah oui ? lâchai-je, ma voix colérique virant au glacial. Tu veux la jouer ainsi ? Très bien. Quand souhaites-tu que je parte ? Dès ce soir ? Ou ai-je quelques jours pour emballer mes affaires ?

Charlie tourna à l'écarlate, et je me sentis minable d'avoir recouru au chantage. Je respirai profondément, m'efforçai de me calmer.

— Je ne protesterai jamais contre une punition tant qu'elle sera méritée, repris-je. Mais je refuse de faire les frais de tes préjugés.

Il voulut répondre, ne réussit pas à articuler de phrase cohérente.

— Tu sais très bien que j'ai le droit de voir maman le week-end, enchaînai-je. Tu ne t'y opposerais pas si j'y allais avec Alice ou Angela.

— Des filles, éructa-t-il.

— Réagirais-tu ainsi si je partais avec Jacob ?

J'avais choisi cet exemple, parce que Charlie préférait le fils de Billy à Edward. Tactique peu habile, à en juger par la façon dont mon ami serra les dents, au point que je les entendis grincer. Mon père s'efforça de se ressaisir.

— Oui, finit-il par décréter. Cela m'ennuierait aussi.

— Tu mens mal, papa.

— Bella...

— Ce n'est pas comme si j'allais à Las Vegas pour assister à un spectacle cochon. C'est *maman*, dont il s'agit. Elle est tout autant responsable de moi que tu l'es.

Il me fusilla du regard.

— Serais-tu en train de suggérer que maman n'est pas capable de veiller sur moi ?

Il tressaillit.

— Méfie-toi que je ne lui rapporte ça.

— Tu n'as pas intérêt, gronda-t-il. Tout cela ne me plaît pas, Bella.

— Cesse de te monter le bourrichon, et ça ira mieux !

Il leva les mains au ciel, mais je devinai que l'orage s'éloignait. Me retournant face à l'évier, j'ôtai la bonde.

— Mes devoirs sont terminés, repris-je, tu as dîné, la vaisselle est faite, et je ne suis plus punie. Je sors. Je serai rentrée avant vingt-deux heures trente.

— Où vas-tu ? grogna-t-il en s'empourprant de nouveau.

— Je n'en sais trop rien. Je resterai dans un rayon de quinze kilomètres. D'accord ?

Il maugréa quelques mots incompréhensibles qui ne ressemblaient guère à une approbation avant de quitter la cuisine à grands pas. Ma victoire arrachée, je fus aussitôt submergée par une bouffée de culpabilité. Comme par hasard.

— Nous sortons ? murmura Edward, tout content.

— Oui, rétorquai-je en le toisant. J'ai deux mots à te dire en privé.

Il n'eut pas l'air aussi inquiet qu'il aurait dû l'être, à mon avis. J'attendis que nous soyons installés dans sa voiture.

— Qu'est-ce qui t'a pris ? explosai-je alors.

— Je sais que tu as envie de revoir ta mère, Bella. Tu en as parlé en dormant. Tu t'inquiètes pour elle.

— Ah bon ?

— Oui. Comme tu avais la frousse d'affronter Charlie, je me suis borné à intercéder en ta faveur.

— Tu plaisantes ? Tu m'as jetée dans la fosse aux lions, oui !

— Je n'ai pas eu l'impression que le péril était si grand.

— Je t'avais pourtant averti que je ne voulais pas me disputer avec mon père.

— Tu n'y étais pas forcée.

— C'est plus fort que moi, fulminai-je. Quand il se met à être injuste, mes instincts adolescents reprennent le dessus.

— Je n'y suis pour rien, rigola Edward.

Je l'inspectai du coin de l'œil, ce dont il ne sembla pas s'apercevoir. Il scrutait la nuit avec sérénité. Je subodorais quelque chose, sans arriver pourtant à mettre le doigt dessus. Ou alors, mon imagination s'emballait une fois de plus.

— L'urgence d'une visite en Floride aurait-elle un lien avec la fête chez Billy ?

— Du tout. Que tu restes ici ou que tu sois à l'autre bout du monde n'y changerait rien : tu n'irais pas.

C'était le même scénario qu'avec Charlie quelques instants auparavant – j'étais traitée en petite fille désobéissante. Serrant les poings, je me retins de hurler. Je ne tenais pas à me fâcher avec Edward aussi. Ce dernier soupira. Lorsqu'il reprit la parole, sa voix avait retrouvé sa chaleur veloutée.

— Bon, où va-t-on ?

— Chez toi ? Je n'ai pas vu Esmé depuis longtemps.

— Cela lui fera plaisir, sourit-il. Surtout quand elle apprendra où nous allons ce week-end.

Vaincue, je ronchonnai.

Comme promis, nous ne nous attardâmes pas chez les Cullen, et les lumières étaient encore allumées quand je rentrai. Charlie m'aurait attendue, histoire de continuer à me brailler dessus.

— Mieux vaut que tu ne m'accompagnes pas, conseillai-je à Edward. Inutile d'aggraver la situation.

— Ses pensées sont assez calmes.

Son expression moqueuse et son sourire contenu m'amenèrent à me demander si je ratais quelque chose d'amusant.

— À plus, grommelai-je.

— Je reviendrai quand Charlie ronflera, rigola-t-il en embrassant le sommet de mon front.

La télévision beuglait lorsque je pénétrai dans la maison. Une seconde, j'envisageai de me faufiler en douce jusqu'à ma chambre. Mon père déjoua mes plans.

— Bella ? Viens ici, s'il te plaît.

J'obtempérai en traînant des pieds.

— Qu'y a-t-il, papa ?

— Tu t'es bien amusée ?

Il paraissait embarrassé. Je cherchai une signification cachée dans ses mots, en vain.

— Oui.

— Où êtes-vous allés ?

— Chez eux. Nous avons passé la soirée avec Alice et Jasper. Edward a battu sa sœur aux échecs, Jasper m'a ratatinée.

Je souris. Une partie d'échecs entre Edward et Alice était l'un des spectacles les plus drôles auxquels il m'eût été donné d'assister. Presque immobiles, ils ne quittaient pas le plateau des yeux. Alice voyait à l'avance les mouvements qu'envisageait Edward, lui, lisait les siens dans ses pensées. L'essentiel de la partie se jouait mentalement. Ils n'avaient déplacé que deux pions avant qu'Alice ne renverse son roi en signe de reddition. Le tout n'avait duré que trois minutes.

Charlie baissa le son de la télévision.

— Écoute, se lança-t-il, très mal à l'aise, il faut que je te dise quelque chose.

— Oui ?

— Je ne suis pas très doué pour ces trucs, soupira-t-il. Je ne sais par où commencer.

Je patientai. Il se leva et se mit à arpenter le salon en gardant le regard fixé sur ses pieds.

— Hum... Edward et toi m'avez plutôt l'air sérieux. Or, tu dois te méfier de certaines choses. J'ai conscience que tu es une adulte, mais tu es encore jeune, Bella. Il y a des aspects importants à ne pas négliger quand on... eh bien, quand on est physiquement impliqué dans...

— Oh ! Je t'en prie ! Pas ça ! Pas de conversation sur le sexe avec moi !

— Je suis ton père, quand même. Et je suis aussi gêné que toi.

— Peu probable. De toute façon, maman t'a coiffé au poteau il y a une dizaine d'années.

— Il y a dix ans, tu ne sortais avec personne.

Il résistait apparemment à son envie de laisser tomber le sujet tout de go. Rouges comme des pivoines, nous n'osions nous regarder ni bouger.

— Les règles de base n'ont pas changé depuis, non ? objectai-je.

C'était le septième cercle de l'enfer. Le pire était qu'Edward avait deviné ce qui allait arriver. Pas étonnant qu'il ait affiché pareille jubilation, dans la voiture.

— Jure-moi seulement que vous vous comportez tous deux en êtres responsables, me supplia Charlie.

— Ne t'inquiète pas. Nous n'en sommes pas là.

— Ce n'est pas que je n'ai pas confiance en toi, Bella. Toi comme moi sommes réticents à aborder le sujet, mais je vais m'efforcer d'avoir l'esprit ouvert. Les temps ont changé, j'en suis conscient.

— Les temps, oui, pas Edward, m'esclaffai-je. Tu n'as aucune raison de te faire du souci.

— Bon, marmonna-t-il, peu convaincu.

— Je regrette vraiment que tu me forces à formuler cela à haute voix, mais sache que je suis vierge et que je n'ai pas l'intention de remédier à cet état dans l'immédiat.

Il sursauta. Pourtant, ses traits s'apaisèrent – il me croyait.

— Puis-je aller me coucher, maintenant ?

— Une dernière chose.

— Papa !

— Rien de gênant, m'assura-t-il en se rasseyant sur le canapé, visiblement soulagé et plus détendu. Je me demande seulement comment l'équilibrage de ta vie se déroule.

— Oh... ça ? Bien, j'imagine. Angela et moi nous sommes entendues aujourd'hui pour que je l'aide à rédiger ses invitations à la cérémonie de remise des diplômes. Entre filles.

— Parfait. Et Jake ?

— Je n'ai pas encore résolu ce problème.

— Continue d'y réfléchir. Je sais que tu agiras comme il faut, tu es une gosse bien, Bella.

Super. Cela signifiait-il que, si je ne réussissais pas à me réconcilier avec Jacob, je serais une sale gosse ? Quel coup bas !

— D'accord, d'accord.

Ma réponse m'amusa brièvement. C'était du Jacob tout craché. J'avais même imité le ton paternaliste qu'il employait envers Billy. Satisfait, Charlie remonta le son de la télévision.

— Bonne nuit, Bella.

— À demain !

Je filai à l'étage.

Edward ne réapparaîtrait pas avant que Charlie ne se fût endormi. Il chassait sans doute quelque part, histoire de passer le temps. Me préparer pour la nuit ne revêtait donc pas un caractère d'urgence. J'avais beau ne pas avoir envie d'être seule, il était exclu que je redescende pour traîner en compagnie de mon père, des fois qu'il repense à quelque sujet d'éducation sexuelle qu'il n'avait pas encore abordé. Par sa faute, j'étais énervée et anxieuse. Mes devoirs étaient terminés, et je ne me sentais pas assez calme pour lire ou écouter de la musique. J'envisageai d'appeler Renée afin de lui annoncer notre prochaine visite, puis calculai qu'il était trois heures du matin en Floride. Je pouvais toujours téléphoner à Angela.

Puis je compris que ce n'était pas à elle que je souhaitais parler. Que *j'avais besoin* de parler.

Je contemplai la fenêtre sombre en me mordant la lèvre. J'ignore combien de temps j'hésitai, pesant le pour – bien me comporter avec Jacob, revoir mon ami le plus cher, être une fille bien – et le contre – fâcher Edward. Une dizaine de minutes, peut-être. Assez en tout cas pour conclure que le pour l'emportait sur le contre. Après tout, seule ma sécurité inquiétait Edward, ce qui était absurde.

Inutile d'appeler. Jacob avait décliné tous mes coups de fil depuis le retour d'Edward. Et puis, il me fallait le rencontrer en chair et en os, il m'était nécessaire de le revoir sourire comme autrefois, de remplacer l'abominable dernier souvenir que j'en avais gardé – ses traits déformés par le chagrin. Sinon, je ne serais jamais en paix. Je disposais d'environ une heure devant moi pour faire un saut à La Push avant qu'Edward ne s'aperçoive que j'avais filé. L'heure de mon couvre-feu était certes dépassée, mais Charlie n'objecterait pas, puisqu'il s'agissait de Jake.

Enfilant ma veste à toute vitesse, je dégringolai l'escalier. Mon père leva la tête, soupçonneux.

— Ça ne t'ennuie pas si je vais chez Jacob ce soir ? Je ne resterai pas longtemps.

Dès qu'il entendit le prénom, il se détendit et sourit, très content de lui, comme s'il n'était pas étonné que sa leçon de morale eût agi aussi vite.

— Pas de souci, chérie. Ne te presse pas.

— Merci, papa.

Je déguerpis. À l'instar de tout fugitif, je ne pus me retenir de regarder à plusieurs reprises par-dessus mon épaule tandis que je trottais vers ma camionnette. La nuit était si sombre, cependant, que ça ne servit à rien. Je fus même obligée de tâtonner pour trouver la poignée de la portière. Mes yeux commençaient à s'habituer à l'obscurité quand j'enfonçai la clé dans le contact. Je la tournai à gauche, rien ne se produisit. Le moteur cliqueta au lieu de rugir. J'essayai de nouveau, en vain. Soudain, à la périphérie de ma vision, un mouvement me fit sursauter.

— Aaaaahhh ! hurlai-je en constatant que je n'étais pas seule dans l'habitacle.

Edward était là, immobile, légère lueur dans la pénombre. Seules ses mains bougeaient, tripotant un objet noir.

— Alice m'a prévenu, murmura-t-il.

Flûte ! J'avais oublié de la prendre en compte dans mes plans, celle-là. Elle avait dû me surveiller.

— Elle a pris peur en découvrant que ton futur avait brutalement disparu, il y a cinq minutes.

Mes prunelles, déjà écarquillées par la stupeur, s'agrandirent encore.

— Les loups lui sont invisibles, précisa Edward, la voix toujours aussi basse. Tu as oublié ? Lorsque tu décides de les côtoyer, ton destin s'évapore aussi. Tu comprends pourquoi cela me rend un petit peu... nerveux. Alice a cessé de te voir, sans pouvoir déterminer si tu reviendrais ou non. Nous ignorons les raisons de ce phénomène. Les loups-garous ont peut-être une défense innée, mais l'explication laisse à désirer, puisque moi, je n'ai aucune difficulté à lire leurs pensées. D'après Carlisle, cela est dû au fait que leur transmutation régit leur existence. Elle tiendrait moins de la décision volontaire que de la réaction spontanée bouleversant tout autour d'eux. À l'instant où ils changeraient de forme, ils n'existeraient plus vraiment. Du coup, le futur ne les concerne plus...

J'étais ahurie.

— Je réparerai ta voiture à temps pour que tu ailles au lycée, au cas où tu préférerais t'y rendre seule, ajouta Edward après une minute de silence.

Lèvres pincées, je récupérai mes clés et descendis avec raideur du véhicule.

— Ferme ta fenêtre si tu ne veux pas de moi cette nuit, chuchota-t-il juste avant que je ne claque la portière. Je comprendrai.

Je regagnai la maison d'un pas furibond, en claquai également la porte.

— Que se passe-t-il ? s'enquit Charlie depuis le canapé.

— Ma camionnette refuse de démarrer.
— Tu veux que je jette un œil ?
— Non. On verra ça demain.
— Je peux te prêter ma voiture.

Je n'avais pas le droit de conduire son véhicule de patrouille. Il devait vraiment brûler d'envie que j'aille à La Push. Presque autant que moi.

— Non merci, je suis fatiguée. Bonne nuit.

Je montai dans ma chambre, fonçai droit sur la vitre que je fermai si brutalement que l'encadrement métallique trembla. Je restai plantée devant pendant de longues minutes puis, en soupirant, je la rouvris.

3

MOTIVATIONS

Les nuages étaient si denses qu'il était impossible de déterminer si le soleil s'était levé ou non, ce qui était très déstabilisant, alors que nous l'avions pourchassé durant tout notre long retour vers l'ouest, au point qu'il avait donné l'impression d'être immobile dans le ciel ; le cours du temps semblait subir d'étranges variations. Lorsque, à l'extérieur de la voiture, la forêt s'estompa pour laisser apparaître les premiers bâtiments indiquant que nous n'étions plus loin de Forks, j'en fus presque étonnée.

— Tu es bien silencieuse, fit remarquer Edward. L'avion t'a rendue malade ?

— Non.

— Tu es triste d'être partie ?

— Plutôt soulagée, je crois.

Il se tourna vers moi, perplexe. Inutile de lui demander de regarder devant lui, même si je détestais qu'il quittât le pare-brise des yeux.

— Renée est tellement plus intuitive que Charlie, expliquai-je. Ça me rend nerveuse.

— Ta mère est dotée d'un esprit très intéressant, s'esclaffa-t-il. Enfantin et perspicace à la fois. Elle envisage les choses d'une manière très personnelle.

Perspicace. Oui, du moins quand elle prêtait attention aux autres. En général, elle était si déroutée par sa propre existence qu'elle avait tendance à occulter le reste. Ce week-end cependant, elle m'avait observée avec beaucoup d'acuité. Phil ayant été occupé par le tournoi de l'équipe de base-ball qu'il entraînait, Edward et moi avions été seuls avec elle la plupart du temps. Cela avait contribué à renforcer son intérêt pour nous. Les embrassades et cris de joie passés, elle ne nous avait pas quittés du regard, ses grands yeux bleus se teintant peu à peu d'un éclat interrogateur et soucieux.

Ce matin encore, nous avions fait une longue promenade sur la plage. Elle avait tenu à me montrer les merveilles de son nouvel environnement, en espérant toujours, sans doute, que le soleil finirait par m'attirer loin de Forks. Elle avait aussi désiré me parler seule à seule, ce qui n'avait pas été difficile à obtenir : Edward s'était inventé un exposé à terminer en guise d'excuse pour ne pas sortir dans la journée.

Notre conversation me revint en mémoire.

Nous marchions sur le trottoir en essayant de rester à l'ombre des rares palmiers. Bien qu'il fût tôt, la chaleur était accablante. L'air était si chargé d'humidité que respirer relevait du défi.

— Bella ? avait demandé Renée en fixant les vagues qui s'écrasaient doucement sur la grève.

— Oui ?

— Je suis inquiète, avait-elle soupiré en évitant de me regarder.

— Pour quoi ? m'étais-je aussitôt affolée. Je peux t'aider ?

— Pas pour moi. Pour toi... et Edward.

Elle avait enfin tourné la tête vers moi, l'air de s'excuser.

— Oh !

— Votre relation est bien plus sérieuse que ce que je pensais.

Plissant le front, je m'étais mentalement repassé le film de ces deux derniers jours. Edward et moi nous étions à peine touchés, devant elle en tout cas. Renée s'apprêtait-elle à me servir une leçon de morale sur le sens des responsabilités, à l'instar de Charlie ? Cela ne m'aurait pas autant gênée qu'avec lui. De plus, c'était moi qui, durant dix ans, l'avais chapitrée ; un juste retour des choses, en quelque sorte.

— Votre liaison est étrange, avait-elle continué, sourcils froncés. Il est si... protecteur envers toi. Comme s'il était prêt à se jeter devant une balle de pistolet pour te sauver.

— C'est donc si mal ? avais-je plaisanté.

— Non. Juste différent. Il éprouve des sentiments très forts pour toi... tout en se montrant prudent. J'ai l'impression de ne pas bien saisir ce qui vous unit. Comme si vous partagiez... un secret.

— Que vas-tu inventer, maman ? m'étais-je empressée de protester en feignant la légèreté.

Pourtant, j'avais l'estomac noué. J'avais oublié à quel point ma mère était capable de discernement. Parfois, sa vision simpliste du monde et sa distraction naturelle étaient balayées par des illuminations qui la menaient droit à la vérité. Cela ne m'avait pas posé de problème auparavant, n'ayant jamais eu de secrets pour elle.

— Et ce n'est pas que lui, avait-elle précisé. Tu verrais ton comportement en sa présence !

— Comment ça ?

— Tu te déplaces comme si tu t'orientais systématiquement en fonction de lui. Lorsqu'il bouge, même un tout petit peu, tu ajustes ta position à la sienne. On dirait des aimants... une sorte de réaction gravitationnelle. À croire que tu es un satellite. C'est très bizarre.

— Laisse-moi deviner, tu t'es remise à lire des livres fantastiques, toi ? Ou de la SF.

— Cela n'a aucun rapport, avait-elle protesté en rosissant et en pinçant les lèvres.

— Tu es tombée sur un ouvrage sympa, ces derniers temps ?

— Eh bien, il y en a un qui... mais oublions cela. C'est de toi que nous parlons, pour l'instant.

— Tu devrais t'en tenir aux romans d'amour, maman. Tu sais combien tu es impressionnable.

Elle avait souri.

— Je suis sotte, hein ?

Cette réflexion m'avait déstabilisée pendant une seconde. Renée était si influençable ! Ce travers se révélait parfois positif, car ses idées manquaient souvent de sens pratique. En même temps, j'étais peinée de constater à quelle vitesse elle s'était rangée à mes arguments banals, d'autant que, pour le coup, elle avait parfaitement raison.

— Mais non, m'étais-je ressaisie, tu es juste une mère.

En s'esclaffant, elle avait eu un vaste geste pour englober la plage de sable blanc qui s'étirait jusqu'aux eaux bleues.

— Et rien de tout cela n'est suffisant pour t'inciter à revenir vivre avec ta gourde de mère ?

Je m'étais essuyé le front, avais fait semblant d'essorer mes cheveux.

— On s'habitue à l'humidité, m'avait-elle garanti.

— À la pluie aussi, avais-je contré.

Elle m'avait flanqué un coup de coude joueur dans les côtes, s'était emparée de ma main, et nous étions reparties vers sa voiture.

Hormis ses inquiétudes à mon égard, elle m'avait paru plutôt heureuse. Bien dans sa peau. Elle avait toujours les yeux de l'amour pour Phil, ce qui m'avait rassurée. Sa vie était pleine et agréable. Je ne lui manquais plus autant...

Les doigts glacés d'Edward caressèrent ma joue, me ramenant à l'instant présent. Il se pencha, embrassa mon front.

— Nous sommes arrivés, Bella au Bois Dormant Debout !

Nous étions garés devant chez Charlie. Le perron était allumé, la voiture de patrouille rangée dans l'allée. Un rideau bougea à la fenêtre du salon, dessinant un rayon jaune sur la pelouse sombre. J'étouffai un soupir. Naturellement, mon père était à l'affût, prêt à me sauter dessus. L'expression un peu raide d'Edward, son regard terne lorsqu'il m'accompagna à la porte m'indiquèrent qu'il partageait mes pensées.

— C'est si terrible que cela ? lui demandai-je.

— Il n'est pas en colère. Tu lui as juste manqué.

J'eus des doutes. Si tel était le cas, pourquoi Edward était-il tendu comme un arc ? Bien que mon sac fût léger, il insista pour le porter à l'intérieur. Charlie nous ouvrit.

— Bienvenue, chérie ! m'accueillit-il, l'air sincèrement ravi. Comment c'était, Jacksonville ?

— Humide et infesté de moustiques.

— Renée n'a pas réussi à te vendre l'université de Floride ?

— Elle a essayé. Je préférerais me pendre.

— Vous vous êtes bien amusés ? continua mon père avec un coup d'œil réticent à Edward.

— Oui, répondit ce dernier d'une voix sereine. Renée est très hospitalière.

— Hum... parfait. Tant mieux pour vous.

Se détournant de lui, Charlie me serra dans ses bras, un geste plutôt rare chez lui.

— Impressionnant, murmurai-je à son oreille.

Il rit.

— Tu m'as vraiment manqué, Bella. Quand tu n'es pas là, la bouffe est carrément nulle.

— Je vais te préparer à dîner.

— Téléphone d'abord à Jacob, veux-tu ? Il me sonne toutes les cinq minutes depuis six heures ce matin. Je lui ai promis que tu l'appellerais sitôt rentrée.

Je n'eus pas besoin de regarder Edward pour sentir sa rigidité et sa froideur. Là était donc la véritable raison de sa tension.

— Il souhaite me parler ?

— Apparemment. Il a refusé de me confier de quoi il s'agissait. A juste précisé que c'était important.

À cet instant, l'appareil retentit, strident, insistant.

— Je te parie mon prochain salaire que c'est lui, marmonna Charlie.

— Je le prends, annonçai-je en me dirigeant vers la cuisine.

Je décrochai, Edward sur les talons, tandis que mon père s'éclipsait au salon.

— Allô ?

— Tu es rentrée, lâcha la voix de Jacob.

Ses intonations rauques, familières, déclenchèrent une vague de nostalgie qui me secoua. Des dizaines de souvenirs entremêlés affluèrent à ma mémoire – une plage de galets jonchée de bois flotté, un garage constitué de deux abris de jardin assemblés, des canettes de Coca chaudes dans un sachet en papier, une chambre minuscule meublée d'un canapé défoncé et trop petit. Le rire de ses prunelles noires profondément enfoncées dans leurs orbites, la chaleur fiévreuse de sa grande main autour de la mienne, l'éclat de ses dents blanches sur sa peau mate, son visage se fendant du vaste sourire qui était la clé d'accès à une porte secrète par laquelle seules les âmes sœurs avaient le droit de pénétrer. Mon désir de retrouver l'endroit et la personne qui m'avaient recueillie pendant la période la plus noire de mon existence avait un goût de mal du pays.

— Oui, répondis-je après m'être gratté la gorge.

— Pourquoi ne m'as-tu pas contacté ? bougonna-t-il.

— Parce que je suis chez moi depuis deux secondes exactement, rétorquai-je, agacée par son ton, et que ton appel vient d'interrompre Charlie, qui m'annonçait justement que tu avais téléphoné.

— Oh ! Pardon.

— Pas de souci. Et maintenant, explique-moi pourquoi tu as harcelé Charlie ?

— Il faut que je te parle.

— J'avais compris. Vas-y.

Il y eut un bref silence.

— Tu seras au lycée, demain ?

— Évidemment, répondis-je, déstabilisée. Pourquoi cette question ?

— Comme ça. Je me renseignais, c'est tout.

Autre pause.

— Alors, Jacob, de quoi désires-tu m'entretenir ?

Il hésita.

— De rien de précis... j'avais envie d'entendre ta voix.

— Ah !... Bon, écoute, je suis très heureuse que tu m'aies contactée, je...

Je restai à court de mots. J'aurais voulu lui dire que je le rejoignais immédiatement à La Push. Or, cela m'était interdit.

— Faut que j'y aille, lança-t-il, abrupt.

— Quoi ?

— À bientôt, d'accord ?

— Mais, Jake...

Il m'avait déjà raccroché au nez.

— Plutôt expéditif, marmonnai-je.

— Rien de grave ? s'enquit Edward d'un ton prudent.

Je me tournai lentement vers lui. Ses traits étaient impassibles.

— Aucune idée. Je ne suis pas sûre de comprendre les raisons de cet appel.

Cela n'avait en effet aucun sens. Pourquoi Jacob avait-il embêté mon père toute la sainte journée, alors qu'il désirait seulement savoir si j'irais au lycée le jour suivant ? Et s'il tenait tant que ça à entendre ma voix, pourquoi avait-il coupé la communication aussi brusquement ?

— Désolé, là je ne peux pas t'aider, murmura Edward avec une ombre de sourire.

J'acquiesçai. Mais je connaissais Jake par cœur. Deviner ses motivations ne devrait pas être si compliqué que ça. L'esprit à des lieues de là – à la réserve, en vérité, soit à une bonne vingtaine de kilomètres –, j'entrepris de fourrager dans le réfrigérateur afin d'y dénicher de quoi cuisiner un repas. Edward s'adossa au plan de travail. Ses yeux posés sur moi ne m'inquiétaient pas, j'étais trop préoccupée.

Cette mention du lycée semblait être vitale. Jake ne m'avait interrogée sur rien d'autre. En quoi mon assiduité pouvait-elle l'intéresser ? Je m'efforçai de réfléchir en toute logique. Si je séchais le lendemain, où serait le problème du point de vue de Jake ? Lorsque j'étais partie en week-end, Charlie n'avait pas été très heureux, mais je l'avais convaincu que louper un vendredi ne risquait pas de remettre en cause l'obtention de mon diplôme. De cela, Jake se fichait comme d'une guigne. J'eus beau me creuser l'esprit, aucune solution brillante ne m'apparut. Un détail essentiel me faisait sans doute défaut. Que s'était-il passé durant ces trois derniers jours pour que Jacob revînt sur sa décision de couper les ponts avec moi ?

Soudain, je me figeai au milieu de la cuisine, et le paquet de hamburgers surgelés me glissa des mains. Il me fallut une seconde pour m'apercevoir qu'il n'avait émis aucun bruit en tombant par terre – Edward l'avait rattrapé et jeté sur le comptoir. Ses bras m'enlaçaient déjà, ses lèvres se collaient à mon oreille.

— Qu'y a-t-il ?

Trois jours pouvaient tout changer.

À Pâques dernier, ce laps de temps n'avait-il pas suffi pour que je conclue qu'aller à la fac me serait impossible ? Que je ne serais plus en état d'approcher personne, une fois accomplie la douloureuse transmutation qui me libérerait du statut de mortelle afin de me permettre de rester au côté d'Edward pour l'éternité ? La transformation qui me rendrait prisonnière de ma propre soif...

Charlie avait-il révélé à Billy que je venais de repartir pour trois jours ? Billy en avait-il tiré des conclusions hâtives ? L'anodine question sur le lycée était-elle une façon détournée de me demander si j'étais encore humaine ? Jacob s'était-il assuré que le traité n'avait pas été rompu, et qu'aucun des Cullen n'avait osé me mordre ? Mais croyait-il sincèrement que je serais revenue chez Charlie si tel avait été le cas ?

— Bella ? me secoua Edward, inquiet pour de bon, à présent.

— Je crois... je crois qu'il vérifiait, murmurai-je. Que j'étais encore humaine, s'entend.

Edward se figea, lâcha un sifflement bas.

— Il nous faudra partir, chuchotai-je. Avant. Pour ne pas trahir votre accord. Nous ne serons jamais en mesure de revenir ici.

— Je sais, acquiesça-t-il en resserrant son étreinte.

— Hum !

Derrière nous, Charlie s'était raclé bruyamment la gorge. Je sursautai et, écarlate, me libérai d'Edward. Ce dernier reprit sa place initiale près du plan de travail, le visage fermé. Ses prunelles trahissaient colère et anxiété.

— Si ça t'ennuie de préparer à manger, dit Charlie, je peux commander une pizza.

— Inutile, j'ai déjà commencé.

— Très bien.

Charlie s'adossa à l'encadrement de la porte, bras croisés. Agacée, je me remis à ma cuisine en tâchant d'ignorer mon public.

— Si je te demande un service, me feras-tu confiance ? s'enquit Edward.

La tension était palpable sous la douceur de sa voix. Nous étions presque arrivés au lycée. Lui qui s'était montré joyeux et décontracté serra soudain les doigts autour du volant, et ses jointures blanchirent sous l'effort qu'elles déployaient pour ne pas le briser. Son regard paraissait lointain, comme focalisé sur des murmures distants. Mon cœur battit soudain plus fort.

— Hum, ça dépend, répondis-je, prudente.

— J'étais certain que tu dirais cela.

— Qu'attends-tu de moi ?

— Que tu restes dans la voiture, m'expliqua-t-il en se rangeant à sa place habituelle. Jusqu'à ce que je revienne te chercher.

— Pourquoi donc ?

Ce fut alors que je l'aperçus. Il aurait été difficile de le manquer d'ailleurs, car il dominait les élèves d'une bonne tête, bien qu'il fût appuyé contre sa moto noire, illégalement garée sur le trottoir.

— Oh !

Jacob arborait un masque serein que je ne connaissais que trop – celui qu'il affichait lorsqu'il était décidé à dissimuler ses émotions et à contrôler ses emportements. Cela lui donnait des airs de Sam, le plus âgé des loups-garous, le chef de meute. Toutefois, Jacob n'atteignait jamais au calme impeccable et constant de son chef. L'agacement que cette attitude provoquait en moi resurgit. J'avais beau apprendre à apprécier Sam, avant le retour des Cullen, je n'avais pas réussi à me débarrasser d'une espèce de ressentiment que j'éprouvais quand Jake l'imitait. En effet, son visage devenait alors celui d'un étranger ; en l'empruntant, il cessait d'être *mon* Jacob.

— Tu t'es trompée de conclusion, hier soir, murmura Edward. S'il t'a interrogée sur ta présence au lycée, c'est parce qu'il savait que je serais avec toi. Il cherchait un endroit où me contacter en toute sécurité. Devant témoins.

Ainsi, j'avais mal interprété les motivations de Jacob. Le manque d'informations était mon éternel problème. Mais pourquoi diable Jake souhaitait-il s'entretenir avec Edward ?

— Pas question que je reste dans la voiture, annonçai-je.

— Comme par hasard ! Bon, débarrassons-nous de lui le plus vite possible.

Les traits de Jacob se durcirent quand nous approchâmes de lui, main dans la main. Je remarquai aussi que les yeux de mes camarades s'élargissaient en prenant la mesure du mètre quatre-vingt-quinze de l'Indien, de son corps musclé comme celui d'aucun garçon de seize ans. Ils détaillaient son T-shirt moulant noir, sans manches en dépit de la journée frisquette pour la saison, son jean déchiré et taché de graisse et l'engin sombre et luisant sur lequel il avait posé une fesse. Ils ne s'y attardaient pas cependant, quelque chose dans l'allure de l'étranger les incitant à se détourner. Ils passaient au large, ménageant une bulle territoriale dans laquelle personne n'osait pénétrer. Jacob avait l'air *dangereux*. Comme c'était bizarre !

Edward se posta à quelques mètres de lui. Il n'appréciait guère que je me retrouve dans les parages aussi immédiats d'un loup-garou. D'une main, il me repoussa en partie derrière lui.

— Il te suffisait de téléphoner, lâcha-t-il sur un ton glacial.

— Désolé, ricana Jacob, je n'ai pas de sangsues dans mon répertoire.

— J'étais joignable chez Bella.

Jake serra les mâchoires, fronça les sourcils et ne releva pas.

— Ici n'est pas le bon endroit, Jacob, reprit Edward. Pourrions-nous en rediscuter plus tard ?

— Ben tiens ! Sûr que je vais passer à ta crypte après les cours. Où est le problème ?

Edward désigna du menton les badauds de la scène qui se trouvaient presque à portée de voix. Quelques personnes hésitaient à poursuivre leur chemin, l'air d'espérer une bagarre qui romprait la monotonie d'un énième lundi matin. Tyler Crowley donna un coup de coude à Austin Marks, et tous deux s'arrêtèrent à quelques mètres de nous.

— Je sais déjà ce que tu es venu m'annoncer, signala

Edward à Jacob, si bas que j'eus moi-même du mal à l'entendre. Tu as délivré ton message, considère-nous comme avertis.

— Comment ça ? intervins-je d'une voix blanche. Que se passe-t-il ?

— Tu ne l'as pas informée ? sursauta Jacob. Tu as eu peur qu'elle prenne notre parti ou quoi ?

— Laisse tomber, s'il te plaît, rétorqua Edward sur un ton encore plus mesuré.

— En quel honneur ?

— De quoi devrais-je être au courant ? insistai-je.

Edward m'ignora, fusillant l'Indien des yeux.

— Jake ? grognai-je.

— Il ne t'a donc pas dit que son grand... frère avait traversé la ligne de démarcation dans la nuit de samedi ? lâcha celui-ci, moqueur, avant de s'adresser de nouveau à Edward : Paul était en droit de...

— C'était un no man's land, siffla Edward.

— Non ! fulmina Jacob, les mains tremblant de rage et soufflant fort.

— Emmett et Paul ? marmonnai-je.

Ce dernier était le plus instable de la meute. C'était lui qui avait dérapé, un jour en forêt, et le souvenir d'un loup gris qui grondait me revint brusquement en mémoire.

— Qu'est-il arrivé ? poursuivis-je avec angoisse. Ils se sont battus ? Pourquoi ? Paul a été blessé ?

— Personne ne s'est battu, m'apaisa Edward, et personne n'a été blessé. Du calme.

— C'est pour cela que tu l'as éloignée, hein ? devina Jacob. Tu ne voulais pas qu'elle...

— Va-t'en, l'interrompit Edward, le visage soudain effrayant.

L'espace d'une seconde, il ressembla à... un vampire. Il toisait son adversaire avec un évident mépris plein de malfaisance.

— Pourquoi lui avoir caché les choses ? demanda Jacob sans flancher.

Un long moment, ils s'affrontèrent en silence. D'autres élèves s'étaient attroupés derrière Tyler et Austin, parmi lesquels Ben et Mike. Ce dernier avait posé la main sur l'épaule de Ben comme pour le retenir. De mon côté, j'avais enfin l'explication à mon week-end forcé en Floride. Edward m'avait dissimulé un événement que Jacob m'aurait révélé, lui. Un incident qui avait attiré tant les Cullen que les Quileute dans les bois, à proximité risquée les uns des autres. Une circonstance qui avait poussé Edward à m'emmener à l'autre bout du pays. Une vision qu'Alice avait eue la semaine précédente, et à propos de laquelle Edward m'avait menti. Une péripétie destinée à se produire, que j'avais guettée en la redoutant.

Cela n'aurait donc jamais de fin ? Je haletais, incapable de contrôler ma respiration. J'avais l'impression que le sol tanguait, comme sous l'effet d'un tremblement de terre.

— Elle est revenue, balbutiai-je.

Moi vivante, Victoria ne renoncerait pas. Elle réitérerait ses attaques – assauts avortés et fuites – jusqu'à ce qu'elle ait trouvé une faille dans la défense de mes protecteurs. Avec un peu de chance, les Volturi régleraient mon sort les premiers – au moins, eux me tueraient plus vite. Edward me serra contre lui, sans pour autant cesser de s'interposer entre moi et Jacob, et caressa mes joues.

— Tout va bien, me rassura-t-il. Je ne lui permettrai jamais de t'approcher. Ça répond à tes questions, clébard ? ajouta-t-il à l'intention de Jacob.

— Tu estimes qu'elle n'a pas à savoir, hein ? le provoqua celui-ci. C'est sa vie qui est en jeu, pourtant.

— Elle n'a rien à craindre et elle ne court aucun danger.

— Le mensonge vaut mieux que la peur ?

Je tentai de reprendre pied, sans grand résultat. Mes yeux se mouillèrent et, derrière le voile de larmes, je vis Victoria, lèvres retroussées sur ses crocs, prunelles cramoisies que rougissait encore la soif de vengeance. Elle tenait Edward pour responsable du décès de son aimé, James. Elle n'abandonnerait sa quête qu'après avoir réussi à m'enlever à lui. Edward sécha mes paupières du bout des doigts.

— Crois-tu vraiment que l'exposer à la vérité vaut mieux que la protéger ? murmura-t-il.

— Elle est plus résistante que tu ne le penses. Et elle a connu pire.

Tout à coup, l'expression de Jacob se modifia, et ce fut avec un drôle d'air intrigué qu'il dévisagea Edward, fronçant les sourcils comme s'il avait été face à un difficile problème de maths. Edward tressaillit. Levant la tête, je constatai que ses traits étaient tordus par... la douleur. Un court instant atroce, je me remémorai cet après-midi italien où, dans le macabre quartier général des Volturi, Jane l'avait torturé à l'aide de son talent malsain, le clouant au pilori par la seule force de ses pensées. Ce souvenir eut au moins le don de me tirer de ma catatonie. Je réussis à remettre les choses en perspective. Je préférais cent fois que Victoria me tue, plutôt qu'assister à la peine d'Edward.

— Amusant, commenta Jacob, plutôt satisfait de lui.

Edward grimaça puis recouvra d'un coup son impassibilité, même si le chagrin continuait de se lire dans ses yeux.

— Qu'est-ce que tu lui fais ? lançai-je à Jacob.

— Ne t'inquiète pas, Bella, me calma Edward. Il a bonne mémoire, c'est tout.

L'Indien sourit, Edward sursauta derechef.

— Arrête ! Je te somme d'arrêter ! lui ordonnai-je.

— À ta guise. Mais je décline toute responsabilité s'il n'aime pas ce que je me rappelle.

Je le gratifiai d'un regard noir, il m'adressa un sourire narquois, celui d'un enfant surpris en train de commettre une bêtise par un adulte dont il sait pertinemment qu'il ne le punira pas.

— Le proviseur arrive, me chuchota Edward, histoire de refroidir mes ardeurs belliqueuses. Allons en cours, Bella. Je ne veux pas t'attirer des ennuis.

— Le buveur de sang prend sa tâche de protecteur drôlement au sérieux, hein ? railla Jacob. Des ennuis, c'est amusant. N'aurais-tu pas le droit de t'amuser non plus, Bella ?

Edward s'empourpra de colère, ses lèvres frémirent.

— Ferme-la, Jake, lançai-je.

— J'en conclus que non, s'esclaffa carrément le Quileute. Si jamais tu as envie de goûter de nouveau à la vie, fais-moi signe. Ta moto est toujours dans mon garage.

— Tu étais censé la vendre, je te signale. Tu l'avais promis à Charlie.

Si je ne m'étais pas interposée – après tout, Jacob avait consacré des semaines à réparer nos deux engins, et il ne méritait pas que son travail fût ainsi réduit à néant –, mon père aurait purement et simplement jeté le mien à la poubelle. Nul doute qu'il y aurait mis le feu ensuite pour faire bonne mesure.

— Des clous ! Elle t'appartient, de toute façon. Je te la garde jusqu'à ce que tu la reprennes.

Tout à coup, l'ombre du sourire que j'aimais tant se dessina sur sa bouche.

— Jake...

Il se pencha vers moi, les traits dénués d'ironie à présent.

— Je me suis trompé sur ton compte, m'interrompit-il. Quand j'ai affirmé que tu n'étais pas capable d'être une amie. Nous y parviendrons peut-être. Sur mon territoire. Passe me voir.

Bras toujours serrés autour de moi, Edward était une statue au visage calme et résigné.

— Euh... je ne sais pas trop, Jake.

Celui-ci avait renoncé à l'agressivité, comme s'il avait oublié la présence de son ennemi, comme si, du moins, il avait décidé de l'oublier.

— Tu me manques chaque jour, Bella. Sans toi, l'existence n'est plus pareille.

— Je sais. Je suis désolée. C'est seulement que...

— T'inquiète, soupira-t-il, je survivrai. Qui a besoin d'amis, hein ?

Il grimaça, dissimulant son chagrin sous un air bravache. Sa souffrance avait toujours déclenché mes instincts maternels. C'était absurde, dans la mesure où il n'en avait pas besoin. Pourtant, mes bras coincés sous ceux d'Edward éprouvèrent une brusque envie de se tendre vers lui, d'enlacer sa taille imposante et brûlante afin de lui dispenser réconfort et protection. De bouclier, l'étreinte d'Edward se fit prison.

— Allez, tout le monde en cours ! lança brusquement une voix sévère derrière nous. Bougez-vous, monsieur Crowley.

— Va-t'en, Jake, chuchotai-je, ayant identifié le proviseur, M. Greene.

Jacob fréquentait le lycée de la réserve, ce qui ne l'empêcherait pas d'avoir des ennuis pour avoir pénétré sur le territoire d'un autre établissement. Edward me relâcha, se bornant à me tirer par la main. M. Greene franchit les rangées de curieux, ses sourcils froncés comme une nuée orageuse au-dessus de ses petits yeux.

— Je ne rigole pas, reprit-il. Je colle tous ceux qui seront encore ici quand je me retournerai.

La foule se dispersa avant même qu'il ait terminé sa phrase.

— Monsicur Cullen ! Un problème ?

— Aucun, monsieur Greene. Nous allions en classe.

— Extra ! Je n'ai pas l'heur de connaître votre ami. Seriez-vous un nouvel élève, jeune homme ?

Il contempla Jacob, en arriva à la même conclusion que les autres gens – ce garçon était un dangereux semeur de troubles.

— Non, répondit Jacob avec une moue narquoise.

— Alors, merci de quitter cet établissement immédiatement, sinon j'alerte la police.

Le rictus se transforma en un vaste sourire, et je devinai sans peine que Jake imaginait Charlie débarquant pour l'arrêter. Sa bonne humeur était cependant empreinte de trop d'amertume pour me plaire, et j'aurais préféré avoir droit au sourire authentique et chaleureux.

— Oui monsieur, répondit Jake en effectuant une parodie de salut militaire.

Puis il enfourcha sa moto, démarra, fit demi-tour dans un crissement de pneus et disparut en quelques secondes. Ce spectacle enragea le proviseur.

— Monsieur Cullen, j'attends de vous que vous demandiez à votre ami de ne plus revenir ici.

— Ce n'est pas un ami, monsieur Greene, mais je transmettrai le message.

Les excellents résultats d'Edward et son dossier sans tache jouèrent en sa faveur.

— Ah !... Si jamais vous craignez des ennuis, je serai heureux de...

— Vous n'avez aucune raison de vous inquiéter, monsieur Greene. Il n'y aura aucun ennui.

— Je l'espère. Et maintenant, filez. Vous aussi, mademoiselle Swan.

Hochant la tête, Edward m'entraîna vivement en direction de la classe d'anglais.

— Tu es en état de suivre les cours ? me chuchota-t-il.

— Oui, répondis-je de même, bien qu'incertaine que ce fût la vérité.

De toute façon, mon état n'avait guère d'importance. Il me fallait avoir une petite discussion avec Edward sans plus tarder. Hélas, une heure de littérature n'était pas le meilleur moment pour cela. Mais avec M. Greene derrière nous, nous n'avions pas tellement le choix.

Nous arrivâmes en retard et nous empressâmes de nous installer. M. Berty récitait un poème de Frost et nous ignora, refusant d'interrompre sa tirade. Arrachant une page à mon cahier, je me mis à griffonner aussitôt, d'une écriture que mon agitation rendait encore plus illisible que d'ordinaire.

Que s'est-il passé ? Raconte-moi tout.
Et épargne-moi les âneries destinées
à me protéger, merci.

Je passai mon mot à Edward. En soupirant, il entreprit d'y répondre. Cela lui demanda moins de temps

Alice a vu que Victoria revenait. Je t'ai emmenée loin d'ici par simple mesure de précaution – elle n'aurait jamais réussi à t'approcher. Emmett et Jasper ont failli l'attraper, mais elle a l'air d'avoir un sens inné de l'évasion. Elle a filé en plein territoire Quileute, à croire qu'elle avait une carte en main. L'environnement de la réserve étouffant le talent d'Alice, nous avons cafouillé. Pour être juste, les Indiens auraient pu la coincer si nous ne nous étions pas retrouvés sur leur chemin. Le grand gris a cru qu'Emmett avait franchi la frontière, et il est devenu agressif. Évidemment, Rosalie a réagi, et tout le monde a abandonné la chasse pour protéger les siens. Carlisle et Jasper ont calmé le jeu avant que les choses ne dérapent. Malheureusement, Victoria en a profité pour se sauver. C'est tout.

qu'à moi, alors qu'il rédigea un long paragraphe de sa calligraphie somptueuse.

Je plissai le front, mécontente. Ils avaient tous été de la partie, Emmett, Jasper, Alice, Rosalie et Carlisle. Esmé aussi, sans doute, bien qu'il ne l'ait pas mentionnée. Pareil de l'autre côté – Paul et la meute. Les choses auraient facilement pu virer à un affrontement entre ma future famille d'adoption et mes anciens amis. N'importe lequel d'entre eux aurait pu être blessé. Je pensais que les loups couraient un plus grand danger, mais imaginer la minuscule Alice à côté d'une de ces énormes bêtes, *luttant* contre elle... Je frissonnai. Je gommai soigneusement ces lignes, écrivis à la place :

Et Charlie ? Elle était peut-être après lui ?

Je n'avais pas terminé mon mot qu'Edward secouait déjà la tête. Minimisait-il les périls encourus par mon père ? Je poursuivis néanmoins :

Tu ignores quelles étaient ses intentions,
tu n'étais pas là. Aller en Floride était
une mauvaise idée.

Il m'arracha la feuille.

Il était hors de question de t'y envoyer seule.
Avec la chance qui te caractérise, même la boîte
noire n'aurait pas survécu.

Je n'avais pas du tout songé à cela. Je n'avais même pas envisagé de partir là-bas sans lui. Pour moi, nous aurions dû rester ici ensemble. Sa réponse me fit perdre le fil, tout en me vexant. Comme si j'étais incapable de traverser le pays en avion sans que celui-ci s'écrase ! Très drôle.

En admettant que ma poisse ait provoqué une catastrophe, comment aurais-tu réussi à l'empêcher ?

Raisons du crash ?

Il essayait de retenir un sourire, maintenant.

Facile. J'aurais piloté à leur place.

Bien sûr ! Je me mordis les lèvres, fis une nouvelle tentative.

Les moteurs ont explosé et nous dégringolons vers une mort certaine.

J'aurais attendu que nous soyons suffisamment près du sol, je t'aurais attrapée, j'aurais démoli la carlingue d'un coup de pied et nous aurions sauté. Puis je t'aurais emmenée loin de l'accident, et nous serions passés pour deux miraculés.

*Les pilotes sont tombés dans
un coma éthylique.*

Je le fixai, à court de mots.

— Ben quoi ? murmura-t-il.

— Rien, répondis-je du bout des lèvres.

Secouant la tête, je m'efforçai d'oublier cette conversation déroutante et revins à la précédente.

La prochaine fois, tu m'avertiras.

Car il y aurait une prochaine fois, je le pressentais. Le jeu du chat et de la souris se poursuivrait jusqu'à ce que l'une des deux parties perde. Edward me contemplait, et je me demandai quel air j'affichais. Mes joues étaient glacées, le sang n'y était pas encore revenu, et mes cils étaient encore humides. En soupirant, il opina.

Merci.

Le papier disparut soudain de sous ma paume. Je sursautai et relevai les yeux, juste à temps pour découvrir M. Berty qui venait vers nous.

— Vous souhaitez partager quelque chose avec toute la classe, monsieur Cullen ?

— Mes notes ? s'étonna Edward en sortant une feuille de son classeur, innocent comme l'agneau.

Le prof parcourut la page, impeccable transcription de ce qu'il venait de raconter, puis s'éloigna en sourcillant.

Ce fut plus tard, durant un cours de maths que je ne partageais pas avec Edward, que la rumeur me parvint.

— Je mets mon fric sur l'Indien, chuchota quelqu'un.

Je me retournai. Tyler, Mike, Austin et Ben étaient plongés dans une conversation à mi-voix.

— Oui, murmura Mike. Vous avez vu la taille de ce Jacob ? Pour moi, il est capable de rétamer Cullen.

Perspective qui semblait le réjouir, au demeurant.

— Je ne pense pas, objecta Ben. Edward a quelque chose. Il a tellement confiance en lui. À mon avis, il est à même de se défendre.

— D'accord avec Ben, renchérit Tyler. Et puis, si ce gamin embêtait Edward, il a ses frangins. Ils le vengeraient.

— Tu as mis les pieds à La Push, récemment ? s'enquit Mike. Lauren et moi sommes allés à la plage il y a une quinzaine de ça. Les potes de Jacob sont aussi imposants que lui.

— Ah bon ? marmonna Tyler. Dommage que la confrontation n'ait rien donné. Nous ne saurons jamais comment la bagarre aurait tourné.

— Ce n'est pas fini, intervint Austin. Si ça se trouve, on aura une deuxième chance.

— Un pari vous tente, les gars ? rigola Mike.

— Dix sur Jacob, lança aussitôt Austin.

— Dix sur Cullen, contra Tyler.

— Dix sur Edward, renchérit Ben.

— Jacob, conclut Mike.

— À propos, vous savez pourquoi ils se sont chauffés ? demanda Austin. Parce que ça peut changer la donne.

— Je devine, susurra Mike en me jetant un coup d'œil, imité par Ben et Tyler.

Je compris à leur expression qu'aucun d'eux ne s'était

rendu compte que je les avais entendus. Tous se détournèrent rapidement et firent mine de tripoter des papiers sur leurs pupitres.

— Je tiens toujours pour Jacob, souffla Mike.

4

NATURE

Je vivais une semaine difficile.

Pour l'essentiel, rien n'avait changé. Victoria n'avait pas renoncé, mais avais-je jamais osé rêver qu'elle abandonnerait la lutte ? Son retour avait juste confirmé mes craintes, et il ne servirait à rien de paniquer. Ça, c'était la théorie. La réalité n'était pas aussi simple.

La cérémonie de remise des diplômes se profilait (plus que quelques semaines), et je m'interrogeais : était-il bien raisonnable de rester là sans bouger, proie facile et goûteuse attendant la catastrophe imminente, appelant sur elle les ennuis ? Une fille comme moi ne devait pas être humaine. Une fille aussi peu chanceuse que moi méritait d'être moins impuissante face à son destin. Hélas, personne ne m'écoutait.

Carlisle m'avait dit :

— Nous sommes sept, Bella. Avec l'aide d'Alice, je ne pense pas que Victoria parviendra à nous prendre au dépourvu. Il me semble, pour la sécurité de Charlie, qu'il est important de coller au plan initial.

Avant de m'embrasser sur le front, Esmé m'avait dit :

— Nous te protégeons, ma chérie. Alors, ne t'angoisse pas.

Emmett m'avait dit :

— Je suis super-content qu'Edward ne t'ait pas tuée. Avec toi, on se marre drôlement plus.

Rosalie l'avait fusillé du regard. Levant les yeux au ciel, Alice m'avait dit :

— Tu es vexante, Bella. Rassure-moi, tu n'es quand même pas *réellement* soucieuse ?

— Si Victoria est aussi insignifiante, pourquoi Edward m'a-t-il traînée en Floride ? avais-je rétorqué.

— Tu n'as pas encore remarqué que mon frère a tendance à réagir de manière excessive ?

Sans bruit, Jasper avait gommé mon affolement et mes tensions, grâce au don curieux qui lui permettait de contrôler les émotions des personnes alentour. Ainsi rassurée, je les avais laissés me détourner de mes supplications désespérées. Bien sûr, cette paix artificielle s'était volatilisée dès qu'Edward et moi avions quitté la pièce.

Ils me priaient tous d'oublier qu'une folle vampirique me pourchassait pour me tuer. Et de vaquer à mes petites occupations. Je m'y efforçai donc. Étrangement d'ailleurs, des choses encore plus stressantes s'étaient ajoutées à l'inscription de mon nom sur la liste des espèces menacées. Ainsi, la réaction d'Edward avait été la plus agaçante de toutes.

— C'est entre toi et Carlisle, avait-il suavement décrété. Naturellement, je suis prêt à m'en charger, dès que tu en exprimeras le désir. Tu connais ma condition.

Beurk. Pour la connaître, je la connaissais. Il avait promis de me transformer lui-même... pour peu que je l'épouse d'abord. Parfois, je me demandais s'il ne feignait pas l'inaptitude à lire dans mes pensées. Comment expliquer sinon qu'il ait réussi à poser l'unique clause rédhibitoire ? La seule susceptible de refréner mes élans ?

Bref, j'avais passé une semaine épouvantable, et aujourd'hui était la cerise sur le gâteau.

Les jours où Edward s'absentait étaient toujours pénibles. Alice n'ayant rien présagé d'extraordinaire pour le week-end à venir, j'avais insisté pour que lui et ses frères en profitent et partent chasser. Je savais qu'il s'ennuyait à traquer les proies faciles des environs.

— Va t'amuser, lui avais-je conseillé. Dégomme quelques pumas pour moi.

Jamais je n'aurais admis en sa présence combien le temps me durait sans lui, combien cette désertion ravivait le sentiment d'abandon qui peuplait mes cauchemars. L'eût-il appris qu'il aurait eu l'impression d'être un monstre et aurait craint de me quitter, y compris pour ses obligations vitales, comme au début, juste après son retour d'Italie. Cette fois, ses prunelles dorées ayant viré au noir, j'avais deviné qu'il souffrait de la soif plus que nécessaire. J'avais alors affiché un courage que je n'avais pas et l'avais fichu dehors dès qu'Emmett et Jasper avaient mentionné leur envie de chasser. Je ne l'avais pas dupé, cependant. Pas entièrement du moins, puisque, ce matin-là, j'avais découvert un mot sur mon oreiller :

Je reviens vite, je n'aurai pas le temps
de te manquer. Veille sur mon cœur,
je l'ai confié à tes soins.

Par conséquent, je me retrouvai face à un long samedi vacant, sans rien pour me distraire, mis à part mon service du matin à la boutique de sport des Newton. Et la promesse si peu réconfortante d'Alice.

— Je chasserai près de chez toi. Si tu as besoin de moi, je ne serai qu'à une quinzaine de minutes de là. Je veillerai au grain.

Traduction : ne profite pas de l'absence d'Edward pour faire des bêtises. Elle était tout aussi capable que son frère de saboter ma camionnette.

Je tentai de voir le bon côté des choses. Après le boulot, je me rendrais chez Angela afin de l'aider à rédiger ses invitations. Charlie serait d'excellente humeur parce qu'Edward manquait à l'appel – autant m'en réjouir tant que ça durerait. Alice accepterait de rester avec moi pendant la nuit, si j'étais assez minable pour l'en prier. Demain, mon amoureux serait de retour à la maison. Bref, je survivrais.

Peu désireuse de me ridiculiser en arrivant trop tôt au travail, je pris tout mon temps pour avaler mon petit déjeuner, céréale après céréale. Je lavai la vaisselle puis organisai en une ligne parfaite les aimants du réfrigérateur. J'étais sans doute en train de développer un trouble obsessionnel compulsif.

Les deux derniers magnets, des pastilles noires toutes simples que j'aimais bien parce qu'elles retenaient sans difficulté dix feuilles de papier, refusèrent toutefois d'entrer dans ma composition. Leurs pôles se repoussaient ; chaque fois que j'essayais de placer le dernier, l'autre s'éloignait. Pour une raison idiote, le début d'une manie sans doute, cela m'irrita. Pourquoi ces aimants refusaient-ils de jouer le jeu ? M'entêtant sottement, je ne cessai d'insister, comme si j'escomptais qu'ils finiraient par céder. J'aurais pu les changer de place, mais j'aurais eu l'impression de perdre. Finalement, exaspérée – plus par moi-même que par eux –, je les ôtai de la porte du réfrigérateur et les réunit entre mes mains. Il me fallait les contenir, car leur pouvoir était inexorable ; je réussis cependant à les obliger à coexister.

— Na ! m'exclamai-je à voix haute. Ce n'est pas si pénible, non ?

Je restai plantée là comme une idiote pendant quelques secondes, luttant pour ne pas m'avouer que mon geste n'aurait aucun effet durable sur les principes scientifiques puis, en soupirant, remis les magnets en place, à quelques centimètres de distance l'un de l'autre.

— Pas la peine d'être aussi rigides, marmonnai-je.

Il était encore tôt, je décidai cependant qu'il valait mieux que je m'en allasse avant que les objets inanimés de la maison se mettent à me répondre.

Lorsque j'arrivai au magasin, Mike lavait les allées à grande eau tandis que sa mère arrangeait un nouveau présentoir. Je les surpris en pleine dispute.

— Mais Tyler ne peut pas y aller à un autre moment ! geignait Mike. Tu m'as promis qu'après le bac...

— Tu attendras, rétorqua sa mère. Tyler et toi vous trouverez d'autres occupations. Tu n'iras pas à Seattle tant que la police n'aura pas mis un terme à ce qui se passe là-bas. Beth Crowley est d'accord avec moi, alors pas la peine de chercher à me culpabiliser... Bella ! Bonjour. Tu es bien matinale.

Karen Newton aurait été la dernière personne au monde à qui j'aurais songé pour vendre des équipements sportifs. Ses cheveux aux impeccables mèches blondes étaient rassemblés en un chignon élégant, le vernis de ses ongles devait tout à une manucure professionnelle, de même que celui de ses orteils, visibles dans les sandales à talons hauts qui étaient fort loin des modèles de chaussures vendues dans la boutique.

— Il y avait peu de circulation, plaisantai-je en attrapant sous le comptoir la hideuse veste orange fluorescent de rigueur.

Que Mme Newton fût aussi tracassée que Charlie par les événements de Seattle m'étonnait. Contrairement à ce que j'avais cru, mon père n'exagérait pas la gravité des événements.

— Hum..., fit-elle en secouant les dépliants qu'elle arrangeait près de la caisse.

Je me figeai, un bras dans une manche, devinant ce qui allait suivre. Lorsque j'avais annoncé à mes patrons que je ne bosserais pas chez eux cet été, les lâchant en pleine saison touristique, ils avaient décidé de former ma future remplaçante, Katie Marshall. Ils n'avaient pas les moyens de payer deux personnes en même temps, surtout quand les affaires étaient médiocres...

— J'allais t'appeler, reprit Karen. La journée va être calme. Mike et moi devrions nous en sortir seuls. Je suis désolée que tu te sois levée et déplacée...

À tout autre moment, j'aurais été heureuse de cette

liberté inattendue. Avec Edward au loin... c'était différent.

— D'accord, soupirai-je en me voûtant.

Comment allais-je remplir ma journée, maintenant ?

— C'est injuste, maman, intervint Mike. Si Bella veut travailler...

— Non, c'est bon, l'interrompis-je. Il faut que je révise, de toute façon...

Pas question d'être à l'origine d'une autre discorde familiale, alors que l'ambiance était déjà électrique.

— Merci, Bella. Tu as oublié de laver l'allée quatre, Mike. Ça ne t'ennuie pas de jeter ces dépliants en sortant, Bella ? Je voulais les mettre sur le comptoir, mais je n'ai plus de place.

— Pas de souci.

Rangeant ma veste, je fourrai les papiers sous mon bras et sortis sous la pluie fine. Les conteneurs se trouvaient derrière la boutique, où les employés étaient priés de se garer. Je m'y rendis en shootant dans des cailloux pour passer mes nerfs. Je m'apprêtais à balancer le tas de feuillets jaunes dans une poubelle quand le gros titre attira mon œil. Un mot en particulier retint mon attention. Mains crispées sur les prospectus, gorge nouée, je contemplai l'illustration placée sous l'appel rédigé en gras.

SAUVEZ LE LOUP
DE LA PÉNINSULE D'OLYMPIC

Le dessin représentait une bête sous un sapin, tête penchée en arrière comme si elle hurlait à la lune.

Tout à coup, je me ruai vers ma camionnette, sans avoir lâché les dépliants. Je ne disposais que de quinze minutes ; le trajet jusqu'à La Push ne prenait en effet guère plus, et j'aurais franchi la ligne invisible interdisant le territoire aux vampires en moins de temps. Le moteur rugit sans protester. Alice n'avait pu déchiffrer mes intentions, car je n'avais rien prémédité. Se décider au tout dernier moment, telle était la solution. Si, par la suite, j'agissais rapidement, la ruse devait fonctionner, en toute logique.

Dans ma hâte, j'avais jeté les papiers humides sur le siège passager. Une centaine de titres en gras, une centaine de loups hurlant à la lune sur un fond jaune vif.

Je m'engouffrai sur la nationale, essuie-glaces poussés à fond, ne tenant aucun compte des protestations de mon antique mécanique. Ma voiture ne dépassait malheureusement pas le quatre-vingt-dix kilomètres-heure, je croisai les doigts pour que cela suffise. Je n'avais pas la moindre idée de l'endroit où commençait la frontière mais fus soulagée lorsque je doublai les faubourgs de la réserve. Alice n'avait sans doute pas l'autorisation de me suivre jusqu'ici. Je lui téléphonerais lorsque je me rendrais chez Angela, dans l'après-midi, histoire de la rassurer. Et de calmer sa rancune – Edward serait en colère pour deux quand il rentrerait, inutile d'en rajouter.

Ma camionnette était littéralement hors d'haleine lorsque je me garai devant la maisonnette familière aux façades d'un rouge fané. De nouveau, ma gorge se serra face à mon ancien refuge. Je n'étais pas venue ici depuis tellement longtemps !

Avant même que j'aie coupé le contact, Jacob sortit sur le seuil, blême de me découvrir chez lui.

— Bella ?

— Salut, Jake !

— Bella !

Son visage se fendit d'un immense sourire, celui que j'avais tant regretté, pareil à un soleil émergeant des nuages. Ses dents luirent sur sa peau sombre.

— Je n'y crois pas ! s'écria-t-il.

Il courut vers moi, m'arracha à mon siège, et nous nous mîmes à sautiller sur place, comme deux mômes.

— Comment t'es-tu débrouillée pour venir ?

— J'ai filé en douce.

— Génial !

— Bonjour, Bella, me lança Billy en émergeant sur le porche dans son fauteuil roulant.

— Bonjour, B...

Je ne pus poursuivre, le souffle coupé par l'étreinte de Jacob, qui me faisait tournoyer.

— C'est super que tu sois là !

— Je... ne... peux plus... respirer.

Rieur, il me reposa sur le sol.

— Sois la bienvenue à la maison, Bella !

Ses intonations me donnèrent le sentiment d'être l'enfant prodigue réintégrant son foyer.

Trop excités pour rester à l'intérieur, nous partîmes en promenade. Jacob bondissait plus qu'il ne marchait, et je dus lui rappeler à plusieurs reprises que mes jambes n'étaient pas aussi longues que les siennes. Au fur et à mesure de la balade, je me surpris à me couler dans une autre version de moi-même, celle que j'avais été à l'époque de mon amitié avec Jake. Un peu plus jeune, un peu moins mature, une fille capable, à l'occasion, de commettre un acte stupide sans raison apparente.

Notre exubérance marqua le début de notre conversation : comment chacun de nous allait, nos projets respectifs, le temps qu'il me restait, ce qui m'avait amenée à La Push. Lorsque je lui confiai, hésitante, le déclic des dépliants, il partit d'un rire énorme qui résonna dans les bois.

Plus tard cependant, alors que nous dépassions l'épicerie pour nous enfoncer dans les épais fourrés qui bordaient la plage, nous en arrivâmes aux sujets épineux. Trop vite, nous dûmes évoquer les causes de notre longue séparation, et les traits de mon ami se durcirent, affichant le masque amer qui m'était par trop familier.

— Alors, où en es-tu ? me demanda-t-il en donnant un coup de pied à un morceau de bois avec une violence mal contenue. Depuis la dernière fois... depuis... tu sais, quoi. Ce que je veux dire, c'est... tout est-il redevenu comme avant son départ ? Lui as-tu pardonné ?

— Il n'y avait rien à pardonner, soupirai-je.

J'aurais voulu éviter d'aborder les trahisons et les accusations, mais cette étape était incontournable si nous souhaitions sauver notre relation. Jacob fit la grimace, l'air d'avoir suçoté un citron.

— Je regrette que Sam n'ait pas pris de photo, la nuit où il t'a retrouvée. Rien n'aurait été plus parlant.

— Nous ne sommes pas ici pour juger.

— C'est peut-être un tort.

— Si tu savais pourquoi il est parti, tu ne le blâmerais pas.

— Ah bon ? Alors, vas-y, étonne-moi.

L'hostilité de Jacob me pesait ; sa colère me blessait.

Elle me rappelait ce lointain et sinistre après-midi où, obéissant aux ordres de Sam, il m'avait annoncé que notre amitié n'était pas possible.

— Edward m'a quittée à l'automne dernier parce qu'il trouvait préférable que je ne traîne pas en compagnie de vampires. Il m'a abandonnée pour mon bien.

Jacob sursauta, désarçonné. La réplique qu'il tenait toute prête n'avait plus lieu d'être, visiblement. Je lui avais toutefois tu ce qui avait déclenché la décision d'Edward – le fait que Jasper ait tenté de me tuer.

— Pourtant, il est revenu, marmotta l'Indien. Dommage qu'il change d'avis comme de chemise.

— Je te rappelle que c'est moi qui suis allée le chercher.

Il me toisa un instant, fit machine arrière. Son visage se détendit, et ce fut d'une voix plus calme qu'il reprit la parole.

— C'est vrai. Je n'ai jamais eu droit aux détails. Que s'est-il passé ?

Je me mordis la lèvre, hésitante.

— C'est un secret ? insista-t-il. Tu n'as pas le droit de me le confier ?

— Non, me défendis-je. Simplement, c'est une longue histoire.

Plein d'arrogance, il bifurqua vers la grève, ne doutant pas que je le suivrais. S'il se comportait ainsi, ça risquait d'être pénible. Je lui emboîtai le pas en me demandant s'il ne valait pas mieux que je tourne les talons. Sauf que j'allais devoir affronter Alice. Entre deux maux... Jacob se dirigea vers un gros tronc échoué sur le sable et blanchi par le sel. L'endroit m'était familier, c'était *notre* arbre, d'une certaine manière. Il s'y assit et tapota l'écorce à côté de lui.

— J'aime les longues histoires, rigola-t-il. Il y a de l'action ?

— Un peu, admis-je.

— Sans action, ce ne serait pas de l'horreur.

— Retire ça ! grondai-je. Et écoute-moi en évitant de lancer des remarques déplaisantes sur mes amis.

Il mima le geste de verrouiller sa bouche à double tour et de jeter la clé par-dessus son épaule. Je tentai de retenir mon sourire, en vain.

— Je vais être obligée de commencer par des choses dont tu as été témoin, annonçai-je.

Il leva la main pour demander la permission de s'exprimer. Je hochai la tête.

— Tant mieux, dit-il, parce que, à l'époque, je n'ai rien pigé aux événements.

— C'est un peu compliqué, alors sois attentif. Bon, tu sais qu'Alice est capable de voir le futur ?

Considérant son froncement de sourcils – les loups n'appréciaient guère de constater que les légendes sur les talents des vampires étaient vraies – comme un acquiescement, j'entrepris de narrer ma course jusqu'en Italie afin de sauver Edward. Je me contraignis à rester la plus succincte possible en expliquant la façon dont Alice avait présagé le projet que nourrissait Edward de mettre fin à ses jours après qu'il m'avait cru morte. J'écartai tout ce qui n'était pas primordial. De son côté, Jacob afficha un air indéchiffrable. Il semblait parfois si profondément absorbé par ses réflexions que je n'étais pas certaine qu'il m'écoutait. Il ne m'interrompit qu'une seule fois.

— La buveuse de sang ne nous voit pas ? s'exclama-t-il joyeusement. Mais c'est génial !

Serrant les dents, je ne relevai pas. Le silence s'installa, que je laissai durer jusqu'à ce qu'il comprît son erreur.

— Oh, pardon ! s'excusa-t-il en feignant, une fois encore, de fermer ses lèvres à clé.

Lorsque j'en arrivai aux Volturi, son comportement fut plus aisé à lire. Il se crispa, fronça le nez, la peau de ses bras se hérissa, comme s'il avait la chair de poule. J'évitai les détails, me bornant à préciser qu'Edward nous avait tirés d'affaire, sans cependant lui révéler la promesse que nous avions été obligés de faire, ni la prochaine visite de vérification que nous redoutions. Inutile de lui flanquer des cauchemars !

— Et voilà, conclus-je, tu connais toute l'histoire. À ton tour, maintenant. Que s'est-il passé ce week-end, pendant que j'étais chez ma mère ?

Jacob serait plus explicite qu'Edward. Lui ne craignait pas de m'effrayer. Se penchant en avant, il s'anima aussitôt.

— Embry, Quil et moi étions en train de patrouiller, dans la nuit de samedi, la routine, quand, surgie de nulle part, vlan ! une trace toute fraîche, vieille d'à peine quinze minutes. Sam nous a ordonné de l'attendre, mais comme j'ignorais que tu étais absente, comme je ne savais pas non plus si les sangsues veillaient sur toi ou non, nous avons démarré au quart de tour. Malheureusement, elle a franchi la frontière du pacte avant que nous ne la rattrapions. Nous nous sommes déployés le long de la ligne de démarcation en espérant qu'elle reviendrait. C'était super-énervant, crois-moi. (Il secoua la tête, et ses cheveux, qui avaient repoussé depuis qu'il les avait tondus lorsqu'il avait rejoint la meute, lui tombèrent devant les yeux.) Nous sommes allés trop au sud. Les Cullen l'ont acculée de notre côté, quelques kilomètres plus au nord. Si nous avions su où l'attendre, l'embuscade aurait été parfaite.

Il grimaça.

— C'est alors que ça s'est compliqué, enchaîna-t-il. Sam et les autres l'ont rejointe avant nous, mais elle était en plein sur la frontière, avec les vampires en face. Le costaud, là, comment s'appelle-t-il...

— Emmett.

— Ouais, lui. Il a plongé pour la choper, sauf qu'elle est drôlement rapide, la rouquine. Elle lui a échappé, et il a failli heurter Paul. Ce dernier... ben, tu le connais, quoi.

— Oui.

— Bref, il a perdu la boule. Qui le lui reprocherait ? Cette énorme sangsue le menaçait. Il a bondi... Hé ! Ne me regarde pas comme ça ! L'autre était sur notre territoire !

Je tâchai de rester sereine afin qu'il poursuivît. Mes ongles s'enfonçaient dans mes paumes, bien que je connusse la fin – heureuse – de l'histoire.

— De toute façon, Paul l'a raté, et le mastodonte a regagné son clan. Mais là, eh bien, la... la blonde...

Il arborait une expression du plus haut comique, mélange de dégoût et d'admiration irrépressible.

— Rosalie.

— C'est ça. Elle est devenue super-teigneuse, si bien que Sam et moi nous sommes rapprochés de Paul. C'est là que leur chef et l'autre mec blond...

— Carlisle et Jasper.

— Tu sais, je me fous complètement de leurs noms, s'emporta-t-il. Bon, je reprends. Donc, ce Carlisle a parlé à Sam pour calmer le jeu. Il y a eu un truc bizarre, d'ailleurs, car tout le monde s'est apaisé drôlement vite. C'était l'autre, là, qui devait interférer dans nos têtes. Impossible de lui résister, d'ailleurs.

— Oui, j'ai déjà vécu ça.

— Sacrément agaçant, je trouve. Même si, après, tu n'arrives plus à l'être, agacé. Bref, Sam et leur chef sont tombés d'accord pour déclarer que la rouquine, Victoria, était prioritaire, et nous sommes repartis en chasse. Carlisle nous avait tuyautés de façon à ce que nous identifiions bien sa trace. Elle est arrivée aux falaises qui sont juste au nord du pays Makah, là où la frontière se confond avec la côte sur quelques kilomètres. Elle a filé par l'océan, comme la dernière fois. Le costaud et le calme voulaient qu'on les autorise à franchir la ligne pour qu'ils la poursuivent. On a refusé, bien sûr.

— Bien. Enfin, vous avez été idiots, avec vos rivalités stupides, mais je suis contente. Emmett n'est jamais assez prudent. Il risquait d'être blessé.

— Ton vampire a prétendu que nous avions attaqué sa bande d'innocents sans aucune raison ?

— Non. Edward m'a raconté la même chose que toi, avec moins de détails seulement.

— Ah bon ! maugréa-t-il en ramassant un galet qu'il expédia à une bonne centaine de mètres de là d'un geste désinvolte. Elle recommencera, j'imagine. On aura bien une autre occasion de la coincer.

Je frissonnai. Il était évident qu'elle recommencerait. Edward m'en parlerait-il ? Rien de moins sûr. Il faudrait aussi que je garde à l'œil Alice, que je guette les signes indiquant si elle avait détecté une nouvelle tentative de Victoria. Jacob parut ne pas remarquer ma réaction. Il contemplait les vagues d'un air méditatif, une moue sur les lèvres.

— À quoi penses-tu ? finis-je par demander après un long silence.

— À ce que tu m'as dit. L'extralucide qui t'a vue sauter de la falaise et qui a cru que tu t'étais suicidée. Comment tout a dérapé ensuite... Te rends-tu compte que si tu m'avais attendu ainsi que je t'en avais priée la buv... Alice n'aurait été au courant de rien ? La situation n'aurait pas changé, et nous serions dans mon garage, à l'heure qu'il est, comme tous les samedis. Il n'y aurait plus de vampires à Forks, et toi et moi...

Il se tut, songeur. Ses regrets, sa façon de présupposer que l'absence de vampires à Forks serait une bonne chose me déconcertaient. La perte qu'il venait d'évoquer me serra le cœur.

— Edward serait revenu, quoi qu'il en soit, objectai-je.

— En es-tu bien certaine ? contra-t-il, aussitôt belliqueux.

— La séparation... nous ne l'avons bien supportée, ni lui ni moi.

Ses traits s'assombrirent, colériques, puis il se contrôla, respira un grand coup.

— Sam est furieux contre toi, tu sais ? reprit-il.

— Quoi ? Oh ! Il estime que, si je n'avais pas été là, ils n'auraient pas réintégré la ville, c'est ça ?

— Non.

— Quel est le problème, alors ?

Jacob s'empara d'un nouveau galet qu'il se mit à tripoter.

— Sam se rappelle... l'état dans lequel tu étais, expliqua-t-il d'une voix sourde, les yeux fixés sur la pierre noire. Billy évoquant l'inquiétude de Charlie, toi qui n'allais pas mieux. Puis tu as voulu sauter des falaises...

Je tressaillis. Voilà une expérience que personne ne me laisserait jamais oublier, apparemment. Les prunelles de Jacob croisèrent brièvement les miennes.

— Il croyait que tu avais autant de raisons que lui de haïr les Cullen. Aujourd'hui, il a l'impression... d'avoir été trahi. Parce que tu les as autorisés à réintégrer ta vie, comme s'ils ne t'avaient jamais fait de mal.

— Eh bien, tu diras à Sam qu'il peut aller se...

— Hé, regarde ça, m'interrompit-il.

Il me montrait un aigle qui plongeait vers la mer d'une hauteur vertigineuse. L'oiseau redressa sa trajectoire au tout dernier moment, et seules ses griffes brisèrent la surface de l'eau, l'espace d'un court instant. Puis il s'envola en battant fort des ailes pour soulever le gros poisson qu'il venait de pêcher.

— Ces choses-là arrivent tout le temps, murmura Jacob. La nature a ses règles, chasseur et proie, cycle infini de la vie et de la mort.

La raison de cette leçon de sciences naturelles m'échappa. Sans doute essayait-il juste de changer de sujet de conversation. Il m'adressa un coup d'œil moqueur avant de poursuivre.

— En revanche, le poisson n'essaye jamais d'embrasser l'aigle. Ce n'est pas dans l'ordre de la nature.

Je lui opposai un sourire, en dépit de l'acidité qui m'emplissait la bouche.

— Si ça se trouve, protestai-je, le poisson voudrait embrasser l'aigle. Qui saurait décrypter les pensées d'un poisson ? Et les aigles sont de beaux volatiles.

— C'est donc à ça que ça se résume ? s'emporta-t-il brusquement. À l'apparence ?

— Ne sois pas idiot, Jacob.

— C'est l'argent, alors ?

— Quel toupet ! m'offusquai-je en me levant. Je suis ravie de constater l'estime que tu me portes.

Lui tournant le dos, je m'éloignai à grands pas.

— Allez, ne te fâche pas ! s'écria-t-il en bondissant derrière moi pour attraper mon poignet et m'obliger à lui faire face. Je ne me moque pas, je te le jure. Je m'efforce de comprendre... ça me dépasse.

Sous ses sourcils froncés, la fureur obscurcissait ses prunelles déjà sombres.

— Je l'aime, rétorquai-je. Pour *lui*, pas parce qu'il est beau ou riche. Je préférerais d'ailleurs qu'il ne soit ni l'un ni l'autre. Cela comblerait un peu le gouffre qui nous sépare, même si ça n'empêcherait pas qu'il soit encore l'être le plus aimant, le plus généreux, le plus brillant et le plus décent qu'il m'ait été donné de rencontrer. Alors, oui, je l'aime. Évidemment que je l'aime. C'est si difficile à admettre ?

— C'est carrément impossible.

— Alors, éclaire ma lanterne. Sur quoi devrait se baser l'amour à ton avis, puisque moi, je me trompe ?

— Pour commencer, je crois qu'il faut chercher l'âme sœur parmi sa propre espèce.

— Flûte alors ! Me voilà condamnée à Mike Newton pour le restant de mon existence !

Il recula et se mordit la lèvre. Mes paroles l'avaient

blessé, mais j'étais trop en colère pour les regretter. Tout de suite du moins. Me lâchant, il croisa ses bras sur son torse et se tourna vers l'océan.

— Je suis humain, bougonna-t-il, à peine audible.

— Moins que Mike, ripostai-je, impitoyable. Alors, tu persistes à penser que l'appartenance à une même espèce est une condition essentielle ?

— Ce n'est pas pareil. Moi, je n'ai pas choisi.

J'éclatai d'un rire incrédule.

— Parce que tu penses qu'Edward si ? Pas plus que toi, il n'a compris ce qui lui arrivait. Et le moins que l'on puisse dire, c'est qu'il ne s'est pas porté volontaire.

Buté, Jacob secoua la tête.

— Je te trouve drôlement hypocrite, mon vieux. De la part d'un loup-garou...

— Ce n'est pas pareil, répéta-t-il en me toisant, furibond.

— Je ne vois pas pourquoi. Tu pourrais te montrer un peu plus tolérant envers les Cullen. Tu ignores à quel point ils sont bons, Jake. Vraiment bons.

— Ils ne devraient pas exister, se renfrogna-t-il encore. C'est contre nature.

Je le contemplai longuement, ce dont il mit un moment à s'apercevoir.

— Quoi ?

— C'est toi qui oses parler de contre nature...

— Bella ! soupira-t-il avec une intonation différente soudain, lasse, comme s'il était plus âgé que moi, un peu comme un parent ou un enseignant. Ce que je suis est né avec moi. Cela appartient à celui que je suis, à ma lignée, à la tribu. C'est à l'origine de notre survie. Et je reste humain.

Reprenant ma main, il plaqua ma paume contre sa poitrine brûlante, me donnant à sentir les palpitations de son cœur à travers son T-shirt.

— Les humains normaux ne conduisent pas leur moto comme toi, blaguai-je.

Il eut un demi-sourire.

— Ils se sauvent aussi devant les monstres. Et je n'ai jamais prétendu être normal. Juste humain.

M'acharner dans la colère exigeait trop d'énergie. Je me détendis, tout en récupérant ma main.

— Tu m'as l'air très humain, en effet, admis-je. Pour l'instant.

— Je *suis* humain.

Il regarda au-delà de moi, le visage lointain. Sa lèvre tremblait.

— Oh, Jake ! chuchotai-je en attrapant ses doigts.

Telle était la raison de ma présence ici. Voilà pourquoi j'étais prête à endurer la réception à laquelle j'aurais droit en rentrant à la maison. Parce que, sous la colère et les sarcasmes, Jacob souffrait. Cela se lisait dans ses yeux. J'ignorais comment le soulager, je savais juste qu'il était de mon devoir d'essayer. C'était le minimum. Je lui devais tant. Sa douleur me blessait. Il était une partie de moi, et cela ne changerait jamais.

5

IMPRÉGNATION

— Tu tiens le choc, Jake ? D'après Charlie, tu vis une période difficile... pas d'amélioration en vue ?

— Ce n'est pas grave, répondit-il en enroulant ses doigts autour des miens mais sans me regarder.

Lentement, il m'entraîna vers l'arbre mort, tête baissée sur les galets multicolores. Je me rassis sur le tronc, lui préféra le sol humide et inconfortable. Peut-être pour mieux cacher ses émotions. Il ne me lâcha pas cependant.

— Je ne suis pas venue ici depuis si longtemps, me mis-je à jacasser pour combler le silence J'ai sûrement loupé des tas de choses. Comment vont Sam et Emily ? Embry ? Quil a-t-il...

Je m'interrompis en me rappelant que l'ami de Jacob était un sujet sensible.

— Ah, Quil ! soupira-t-il.

Cela s'était donc produit. Lui aussi avait rallié la meute.

— Navrée, marmonnai-je.

— Ne va surtout pas lui dire ça ! s'exclama Jacob, à ma grande surprise.

— Comment ça ?

— Qu'il ne veut pas qu'on ait pitié de lui. Au contraire. Il est ravi. Enthousiaste.

— Ah bon ?

Je n'y comprenais plus rien. Les autres avaient été tellement déprimés à l'idée que leur ami subisse leur sort. Jake tourna la tête vers moi, sourit et leva les yeux au ciel.

— Quil estime que c'est la meilleure chose qui lui soit arrivée. En partie parce que, maintenant, il n'est plus tenu à l'écart du secret, en partie parce qu'il est heureux d'avoir retrouvé ses potes. D'être de « ceux qui comptent ». Pas très surprenant quand on le connaît.

— Ça lui *plaît* ?

— Oui... ainsi qu'à la plupart d'entre nous. Il y a d'ailleurs des bons côtés... la vitesse, la liberté, la force, l'esprit de famille. Sam et moi sommes les seuls à avoir vraiment ressenti de l'amertume. Lui a dépassé ce stade depuis longtemps. Il n'y a plus que moi pour pleurnicher, désormais.

Il rit de lui-même. Les questions se bousculaient dans ma tête.

— Pourquoi Sam et toi êtes différents ? Et que lui est-il arrivé, à lui ? Quel est son problème ?

— C'est une longue histoire, répondit Jacob, amusé par cette rafale.

— Je t'ai raconté la mienne et je ne suis pas pressée de rentrer.

Comme une grimace m'échappait à la perspective de l'accueil auquel j'aurais droit, Jake réagit.

— Il va être furieux ?

— Oui. Il déteste que je me mette dans des situations qu'il juge... périlleuses.

— Fréquenter les loups-garous, par exemple.

— Oui.

— Tu n'as qu'à rester ici, alors. Je dormirai sur le divan.

— Quelle idée géniale ! grommelai-je. Il n'hésitera pas à venir me chercher, dans ce cas.

— Il oserait ?

— S'il craignait pour ma vie, sans doute.

— Alors, ma suggestion est excellente.

— S'il te plaît, Jake. Cette attitude me met hors de moi.

— Quelle attitude ?

— Votre envie mutuelle de vous éliminer ! Ça me rend dingue. Est-il si compliqué de se comporter en êtres civilisés ?

— Il tient vraiment à me tuer ? rigola Jacob, guère ému par ma colère.

— Presque autant que tu te ferais un plaisir de le massacrer, braillai-je, folle de rage. Au moins, lui sait être adulte. Il a compris que toucher à toi me blesserait, alors il se retiendra toujours. Toi en revanche, tu as l'air de te moquer complètement de mes sentiments.

— Ben voyons ! Monsieur est un pacifiste, maintenant !

— Ah, tu m'énerves !

J'arrachai ma main à la sienne, ramenai mes genoux contre ma poitrine et m'enroulai étroitement dans mes bras, yeux fixés sur l'horizon. Je fulminais. Jacob garda le silence durant quelques minutes, puis finit par se lever et par s'asseoir à mon côté. Il tenta de me prendre par l'épaule, je le repoussai.

— Excuse-moi, murmura-t-il. Je vais tâcher d'être sage.

Je ne répondis pas.

— L'histoire de Sam t'intéresse encore ?

Je réfléchis, acquiesçai.

— Comme je te l'ai dit, elle est longue. Et très... étrange. Notre nouvelle vie comporte tant d'aspects bizarres, du reste. Je n'ai pas eu le temps de t'en raconter la moitié. Quant à ce qui s'est passé pour Sam... je ne suis pas certain d'être capable de l'expliquer convenablement.

Malgré mon irritation, ces paroles avaient piqué ma curiosité.

— Je t'écoute, lâchai-je, revêche.

Du coin de l'œil, je remarquai son sourire.

— Les choses ont été bien plus difficiles pour lui que pour nous. Il était le premier, et seul, sans quiconque pour lui expliquer les événements. Son grand-père était mort avant que lui ne naisse, et son père n'avait jamais été là. Bref, personne pour identifier les signes. La première fois que ça s'est produit, qu'il a muté, il a cru qu'il était devenu fou. Il lui a fallu deux semaines pour recouvrer son calme et son apparence. C'était avant ton emménagement à Forks, donc tu ne t'en souviens pas. Sa mère et Leah Clearwater ont alerté les gardes forestiers et la police, des recherches ont été entreprises. On croyait à un accident...

— Leah ? m'étonnai-je.

Leah était la fille de Harry, le vieil ami de Charlie qui était mort d'une crise cardiaque au printemps.

— Oui, acquiesça Jacob, la voix soudain plus grave. Leah et Sam sortaient ensemble depuis qu'elle était en seconde. Le couple du lycée. Quand il a disparu, elle était morte d'inquiétude.

— Mais Emily et lui...

— J'y arrive.

Il inspira lentement une goulée d'air, la rejeta d'un seul coup. Il était bête de croire que Sam n'avait jamais fréquenté personne avant Emily. La plupart des gens tombent amoureux et rompent plusieurs fois dans leur existence. Simplement, j'avais vu comment lui et elle se comportaient l'un envers l'autre, et je n'imaginais pas Sam avec une autre femme. Cette façon qu'il avait de la regarder... elle me rappelait l'expression d'Edward, parfois, quand il me contemplait.

— Sam est revenu, reprit Jake. Il a refusé de dire où il était passé. Des rumeurs ont commencé à se propager, qu'il filait un mauvais coton, notamment. Puis, un jour, il a croisé le grand-père de Quil, alors que ce dernier rendait visite à Mme Uley. Sam lui a serré la main, le vieux Quil Ateara a failli avoir une attaque.

Jacob rit.

— Pourquoi ?

Mon ami posa sa main sur ma joue et m'attira à lui. Son visage n'était qu'à quelques centimètres du mien – proximité gênante –, et sa paume me brûlait comme s'il avait été fiévreux.

— Ah oui ! compris-je. Sam avait de la température.

— Il irradiait comme s'il était resté assis des heures sur la gazinière.

Jacob était si près de moi que son haleine m'enveloppait. D'un geste décontracté, j'ôtai sa main de ma joue, en prenant soin cependant de nouer mes doigts autour des siens pour ne pas le blesser. Il sourit et recula, pas dupe de ma fausse désinvolture.

— Bref, M. Ateara est allé trouver les autres anciens, enchaîna-t-il. Les survivants qui étaient au courant, qui se rappelaient. Le vieux Quil, Billy et Harry avaient vu leurs grands-pères muter. Une fois au courant, ils ont convoqué Sam à une réunion secrète et lui ont expliqué. Après, les choses ont été plus faciles. Il n'était plus seul. Par ailleurs, les anciens avaient deviné que d'autres garçons seraient affectés par l'installation des Cullen (il prononça ce nom avec une amertume inconsciente), même s'ils n'étaient pas encore assez âgés. Sam a donc attendu que nous le rejoignions...

— Les Cullen ne se doutaient de rien, chuchotai-je. Ils pensaient que les loups-garous n'existaient plus. Ils ignoraient que leur arrivée provoquerait votre retour.

— Cela ne change rien aux faits.

— Rappelle-moi de ne jamais être ton ennemie.

— Excuse-moi si je suis incapable de leur pardonner, contrairement à toi. Tout le monde n'est pas voué à être saint ou martyr.

— Cesse de faire l'enfant, Jacob.

— J'aimerais bien.

— Pardon ? demandai-je, déroutée.

— C'est l'un de ces détails étranges que j'ai mentionnés.

— Tu ne... tu ne grandis pas ? Tu ne *vieillis* pas ? C'est une plaisanterie !

— Non.

Je me sentis rougir, et des larmes de rage emplirent mes yeux.

— Bella ? Qu'est-ce que j'ai encore dit ?

Je m'étais de nouveau levée, poings serrés, le corps tremblant.

— Tu... ne... vieillis... pas, grondai-je.

— Aucun de nous ne vieillit, précisa-t-il en me tirant doucement par la manche pour que je me rasseye. Pourquoi te mets-tu dans un tel état ?

— Alors, je serai la seule à décrépir ? Parce que moi, je prends une fichue ride tous les jours ! Nom d'un chien ! Qu'est-ce que c'est que ce monde injuste ?

Je criais presque, agitant les bras dans tous les sens, vaguement consciente de piquer une crise à la Charlie, incapable pourtant de me retenir – l'irrationnel avait pris le pas sur la raison.

— Calme-toi, Bella.

— Et toi, ferme-la ! Compris ? Boucle-la ! C'est dégoûtant !

— Sérieux, tu viens vraiment de taper du pied par terre ? s'esclaffa-t-il. Je croyais que les filles ne faisaient ça qu'à la télé.

Je grognai, il resta de marbre.

— Ce n'est pas aussi grave que tu as l'air de le penser, reprit-il. Assieds-toi, que je te raconte.

— Je préfère rester debout.

— Comme tu voudras. En tout cas, écoute-moi. Je vieillirai... un jour.

— Précise.

Il tapota le tronc. J'hésitai, puis finis par m'installer dessus. Ma colère s'était évaporée aussi brutalement qu'elle était née, et la sottise de ma conduite me frappa.

— Lorsque nous nous contrôlons suffisamment pour cesser de muter pendant assez longtemps, nous recommençons à vieillir. Mais cette maîtrise demande pas mal d'années. Même Sam n'a pas encore atteint ce stade. Qu'une bande de vampires traîne dans les parages n'aide pas non plus. Nous ne sommes pas en mesure de renoncer à notre statut quand la tribu doit être protégée. Ce n'est pas une raison pour que tu pètes les plombs. Je suis déjà plus âgé que toi, physiquement parlant du moins.

— Hein ?

— Regarde-moi. Est-ce que je ressemble à un môme de seize ans ?

J'étudiai brièvement sa stature monumentale.

— Pas vraiment, admis-je.

— Exact. Nous atteignons notre maturité en quelques mois lorsque nos gènes lupins sont activés. Une sacrée crise de croissance, au passage. D'un point de vue physique, j'ai sans doute dans les vingt-cinq ans. Alors, inutile de t'angoisser. Tu ne m'auras dépassé en âge que d'ici sept ans.

Vingt-cinq ans. Difficile à avaler. Mais je n'avais pas oublié cette crise de croissance, la façon dont Jake avait grandi d'un coup, quasiment sous mes yeux. Comment il avait changé de jour en jour. Je secouai la tête, en proie au vertige.

— Bon, je continue sur Sam ou tu préfères me hurler dessus pour des choses dont je ne suis en rien responsable ? se moqua-t-il.

— Désolée. Ce sujet est épineux, pour ce qui me concerne.

Il plissa les paupières comme s'il hésitait à formuler ou non une réponse. Désireuse d'éviter certains aspects délicats – mes plans futurs et les traités qu'ils risquaient de rompre –, je l'incitai à poursuivre.

— Donc, résumai-je, quand Sam a pigé ce qui se passait, quand il a reçu le soutien de M. Ateara, de Billy et de Harry, ça n'a plus été aussi dur. Il y avait aussi les côtés... sympa. Pourquoi, enchaînai-je après une brève hésitation, Sam déteste-t-il autant les Cullen ? Et pourquoi voudrait-il que je les déteste également ?

— C'est là que ça devient très bizarre, soupira-t-il.

— T'inquiète, je suis une pro, dans ce domaine.

— Je sais, s'esclaffa-t-il. Tu as raison, Sam sachant ce qui lui arrivait, la suite a été presque chouette. De bien des façons, sa vie est redevenue... sinon normale, mieux. Sauf que Sam ne pouvait rien révéler à Leah. Nous avons interdiction de mettre au courant qui n'a pas besoin d'être dans le secret. De plus, il n'était pas très sain pour lui de traîner avec elle. Il a triché, comme moi avec toi. Leah était furax qu'il ne lui explique rien, ni où il avait disparu, ni où il se rendait la nuit, ni pourquoi il était toujours si fatigué. Malgré tout, ils parvenaient à tenir le coup. Ils s'y efforçaient. Ils s'aimaient vraiment.

— Et elle a fini par découvrir la vérité ?

— Non. Sa cousine, Emily Young est venue de la réserve Makah, en visite pour le week-end.

— Emily est la cousine de Leah ! m'écriai-je, ahurie.

— Au deuxième degré. Mais les familles sont proches. Elles étaient comme des sœurs, petites.

— C'est... affreux ! Comment Sam a-t-il pu...

— Ne le juge pas trop vite. As-tu déjà entendu parler d'*imprégnation* ?

— Non. Qu'est-ce que c'est ?

— Une des bizarreries avec lesquelles nous devons composer. C'est assez rare, l'exception plutôt que la règle. Sam connaissait les histoires, désormais, ces récits dont nous pensions tous qu'ils constituaient nos légendes ancestrales. L'imprégnation en faisait partie. Pourtant, il ne se serait jamais attendu à ce que...

— Dépêche ! m'impatientai-je.

— Sam aimait Leah, murmura-t-il, le regard perdu sur l'océan. Mais, quand il a vu Emily, cet amour n'a plus compté. Parfois, et nous ne comprenons pas exactement pourquoi, nous trouvons nos partenaires de cette façon. Nos âmes sœurs, s'empressa-t-il de corriger en rougissant.

— Le coup de foudre ? ricanai-je.

— C'est un peu plus fort que ça, répondit-il, réprobateur. Plus absolu.

— Navrée. Tout cela est très sérieux, n'est-ce pas ?

— Oui.

— L'amour à la première rencontre. Plus puissant que le coup de foudre.

Il perçut mon scepticisme.

— Ce n'est pas facile à définir. De toute façon, ça n'a aucune importance. Tu demandais pourquoi Sam hait les vampires qui l'ont amené à muter et à se haïr lui-même. Tu le sais, maintenant. Il a brisé le cœur de Leah. Il a repris toutes les promesses qu'il lui avait faites, il est condamné à croiser ses yeux accusateurs chaque jour et il est conscient qu'elle est dans son droit.

Il se tut soudain, comme s'il regrettait d'en avoir trop dit.

— Comment Emily gère-t-elle la situation ? Si elle était proche de Leah...

Il était tellement évident pour moi que Sam et elle étaient *destinés* l'un à l'autre. Ils formaient les deux pièces d'un unique puzzle. Néanmoins, Emily avait dû surmonter l'attachement premier de Sam à une autre, à sa sœur ou tout comme.

— Au début, elle s'est fâchée. Mais il est dur de résister à un tel degré d'adoration et de dévouement. Et puis, Sam avait le droit de tout lui raconter. Les règles ne s'appliquent plus dès lors que tu as trouvé ta moitié. Tu te rappelles comment elle a été blessée ?

— Oui.

À Forks, la rumeur évoquait l'attaque d'un ours. J'étais dans le secret, cependant. « Les loups-garous sont instables, blessant parfois leur entourage », m'avait rappelé Edward.

— Ça peut sembler paradoxal, mais c'est comme ça qu'ils ont fini par régler leur différend. Sam était si horrifié, si dégoûté de lui-même, si plein de haine pour son geste... Il se serait jeté sous un bus si cela avait pu arranger les choses. Ne serait-ce que pour échapper à la culpabilité. Il était démoli. C'est elle qui l'a réconforté, et après...

Il ne termina pas sa phrase – la suite était sans doute trop personnelle.

— Pauvre Emily, murmurai-je. Pauvre Sam, pauvre Leah...

— Oui, c'est elle qui a souffert le plus. Elle a été courageuse. Elle sera leur demoiselle d'honneur.

Je regardai en direction des rochers déchiquetés qui, au sud de la baie, émergeaient de la mer comme des moignons de doigts brisés. J'essayais de donner un sens à ce que je venais d'entendre. Je sentais les prunelles de Jacob posées sur moi, guettant ma réaction.

— Est-ce que ça t'est arrivé ? finis-je par m'enquérir sans me tourner vers lui. Ce coup de foudre ?

— Non, rétorqua-t-il sèchement. Sam et Jared sont les seuls.

— Ah ! opinai-je en tâchant de ne montrer qu'un intérêt poli.

En réalité, j'étais soulagée. Heureuse que Jake n'affirmât pas qu'un lien mystique nous unissait. Notre relation était déjà assez confuse comme ça, et j'avais largement ma dose de surnaturel sans en rajouter. Un silence un peu embarrassé s'installa.

— Comment cela s'est-il passé, pour Jared ? lançai-je, afin de dissiper le malaise.

— Rien d'aussi dramatique que pour Sam. Juste une fille, sa voisine de classe depuis un an et à laquelle il n'avait jamais prêté attention. Lorsqu'il l'a revue, après sa transformation, il en est devenu obsédé. Kim est ravie. Elle était éprise de lui depuis un moment. Elle avait même inscrit leurs prénoms entremêlés dans son journal intime.

Il éclata d'un rire moqueur.

— C'est lui qui te l'a raconté ? Il n'aurait pas dû.

— Tu as raison, c'est mal de rire. Mais c'est drôle.

— Jolie âme sœur, ce Jared, à colporter les secrets de sa chérie !

— Oh ! il ne nous a rien dit, soupira Jacob. Je t'en ai déjà parlé, tu te souviens ?

— Ah, oui ! Vous percevez les pensées des autres. Juste quand vous êtes loups, c'est ça ?

— Oui. Comme ton buveur de sang.

— Edward.

— Oui, oui. Voilà pourquoi j'en sais tant sur les ressentis de Sam. Lui aurait préféré garder cela pour lui. D'ailleurs, nous détestons cela, tous. C'est abominable. Aucune intimité, aucun secret. Toutes tes hontes étalées au grand jour.

Il frissonna.

— Ça paraît en effet assez atroce, convins-je.

— Des fois, c'est utile. Quand nous avons besoin de coordonner nos mouvements, par exemple. Lorsqu'une sangsue pénètre sur notre territoire. On s'est bien amusés, avec Laurent. Et si les Cullen ne s'étaient pas mis dans nos pattes samedi dernier... Nom d'une pipe ! On l'aurait eue.

Il serra les poings, je sursautai. J'avais beau m'inquiéter pour Jasper et Emmett, mon angoisse n'était rien en comparaison de celle que j'éprouvais à l'idée que Jacob affronte Victoria. Les frères d'Edward étaient presque indestructibles. Jake était encore plein de chaleur, plus humain. Mortel. J'imaginai mon ennemie intime, tignasse rousse ébouriffée encadrant un visage étonnamment félin... et frémis.

— Mais ça fonctionne comme ça pour toi aussi, non ? me demanda Jacob, intrigué. Ton buv... il est tout le temps dans ton esprit.

— Oh, non ! Cela ne se produit jamais. Il le regrette assez, au demeurant.

Jake parut décontenancé.

— Edward ne perçoit pas mes pensées, précisai-je.

Je suis une exception, apparemment. Pas d'explication logique, au passage.

— Zarbi.

— Oui. Je dois être dérangée.

— Exactement ce que je me disais.

— Merci.

Soudain, le soleil surgit derrière les nuages, surprise inattendue qui m'obligea à plisser les paupières pour m'éviter d'être éblouie par les reflets qui dansaient sur l'océan. Le paysage changea de couleur – les vagues virèrent du gris au bleu, les arbres d'un olive sourd à un jade luisant, et les galets bigarrés se firent joyaux. Mis à part le grondement creux du ressac qui rebondissait sur les falaises entourant la baie, le crissement des galets roulant les uns sur les autres, les cris des mouettes qui volaient haut dans le ciel, il n'y avait aucun bruit. Nous étions en paix.

Jacob se rapprocha de moi, s'appuyant contre mon bras. Il émanait une telle chaleur de lui que, au bout d'un moment, je retirai ma veste. Posant sa joue au sommet de mon crâne, il émit un petit ronronnement de plaisir issu du fond de la gorge. Le soleil caressait ma peau, moins bouillant que Jacob. Vaguement, je m'interrogeai sur le temps que je mettrais à me consumer. Sans réfléchir, je tournai ma main sur le côté, observant la façon dont le soleil se reflétait sur la cicatrice dont James m'avait marquée.

— À quoi songes-tu ? murmura Jacob.

— Au soleil.

— Mmm. C'est bon.

— Oui. Et toi ?

— Je me rappelais ce film idiot où tu m'as traîné. À Mike Newton, dégobillant tripes et boyaux.

Je ris, surprise de constater à quel point les mois avaient modifié ce souvenir. À l'époque, il avait été empreint de tension et de confusion. Tant de choses avaient changé, ce soir-là... or, voilà que j'étais capable d'en rigoler. Cela avait été notre dernière nuit avant que je n'apprenne la vérité à propos de l'héritage des Quileute. L'ultime réminiscence de Jake en tant qu'humain. Or, elle était devenue agréable.

— Ça me manque, soupira-t-il. Tout était si facile, à l'époque. Je suis heureux d'avoir bonne mémoire.

Ces paroles réveillèrent aussitôt un point sensible, et je me raidis.

— Qu'y a-t-il ? me demanda-t-il.

— À propos de mémoire, marmonnai-je en m'écartant de lui afin de pouvoir le regarder, cela ne t'ennuierait pas de m'expliquer ce que tu as fabriqué lundi matin ? Tu t'es rappelé un truc qui a perturbé Edward.

« Perturbé » n'était pas le mot exact mais, si je voulais une réponse, mieux valait ne pas être trop sévère. Le visage de Jake s'éclaircit, et il s'esclaffa.

— Je pensais juste à toi. Il n'a pas beaucoup apprécié, hein ?

— À moi ? Comment ça, à moi ?

De nouveau, il céda à l'hilarité, quoique son rire fût plus tendu à présent.

— M'est revenu l'état dans lequel tu étais la nuit où Sam t'a retrouvée. Je le connais pour l'avoir vu dans sa tête, comme si j'avais été là. Ce souvenir l'a toujours hanté. Je me suis aussi rappelé la première fois où tu t'es pointée ici, après. Je parie que tu n'as aucune idée de ce à quoi tu ressemblais alors, Bella. Tu as mis des semaines avant de reprendre figure humaine. J'ai ravivé ton image, ces bras que tu serrais autour de toi comme pour t'empêcher de te déliter. Il m'est douloureux d'évoquer ton chagrin, bien que je n'en aie été en rien responsable. Je me suis dit que ce serait encore plus dur pour lui. Et qu'il méritait d'avoir un aperçu de ce qu'il avait fait.

Je lui frappai l'épaule. Aïe !

— Promets-moi de ne jamais recommencer, Jacob Black ! grondai-je. Jure-le-moi !

— Pas question. Je ne m'étais pas autant amusé depuis des mois.

— Aide-moi, Jake, je...

— Pas de panique ! De toute façon, je ne suis pas près de le rencontrer, alors ne t'inquiète pas.

Je bondis sur mes pieds, commençai à m'éloigner, mais il me retint. Je me débattis.

— Je fiche le camp, annonçai-je.

— Non, pas déjà. Je suis désolé. Bon... d'accord, je te le promets.

— Merci, soupirai-je.

— Allons chez moi, proposa-t-il.

— Il est temps que je me sauve. Angela Weber m'attend, et Alice est soucieuse.

— Mais tu viens juste d'arriver !

— C'est l'impression que tu as.

Le soleil était à son zénith. Comment les heures avaient-elles pu filer aussi vite ?

— Je ne sais pas quand je te reverrai, protesta-t-il, blessé.

— La prochaine fois qu'il partira, décrétai-je sous le coup de l'impulsion.

— Tu appelles ça « partir » ? Bel euphémisme pour décrire les actes de ces répugnants parasites !

— Si tu es incapable d'être gentil, tu devras te passer de moi, le menaçai-je.

De nouveau, j'essayai de me libérer, il ne céda pas.

— Réaction épidermique, ne te fâche pas, blagua-t-il.

— Je suis prête à me battre pour te revoir, à une condition. Je me fiche qu'un tel soit vampire, tel autre loup-garou. C'est un débat stérile. Tu es Jacob, il est Edward, je suis Bella. Rien d'autre ne compte.

— Je suis un loup-garou, lui un vampire, tu n'y changeras rien.

— Et moi, je suis Vierge ! hurlai-je, exaspérée.

Il sourcilla, surpris, puis haussa les épaules.

— Si tu arrives à envisager les choses ainsi...

— Oui.

— Bien. Juste Bella et Jacob. Pas de Vierges stupides, ici.

Il m'adressa le sourire chaleureux et familier qui m'avait tant manqué. Je le lui retournai.

— Le temps m'a duré, sans toi, Jake.

— À moi aussi. Plus que tu ne l'imagines. Je peux espérer te revoir bientôt ?

Ses prunelles avaient un éclat joyeux, elles avaient perdu leur colère amère.

— Dès que ce sera possible.

6

NEUTRALITÉ

Sur le chemin du retour, je ne prêtai guère attention à la route dont la chaussée humide luisait sous le soleil, repensant à tout ce que m'avait confié Jacob, tâchant de trier les informations, de donner un sens au fatras qui encombrait mon esprit. Je me sentais légère – Jake m'avait souri, les secrets avaient été abordés... sans être parfaite, la situation s'était améliorée. J'avais eu raison d'effectuer cette visite. Jacob avait besoin de moi, je ne courais aucun risque avec lui.

Le danger surgit de nulle part. Soudain, l'éclat aveuglant de la nationale dans mon rétroviseur fut remplacé par une Volvo argentée qui collait à mon pare-chocs arrière.

— Flûte ! marmonnai-je entre mes dents.

Je faillis me ranger sur le bas-côté, me ravisai : j'avais

trop la frousse pour l'affronter tout de suite. J'avais espéré disposer d'un peu de temps... et de Charlie pour jouer les tampons – Edward n'aurait pas osé élever la voix en sa présence. Je me contraignis à fixer le pare-brise et à ignorer le véhicule qui me suivait. En poule mouillée accomplie, je me rendis droit chez Angela sans croiser une seule fois le regard qui, je le sentais, vrillait mon dos. Il m'accompagna jusqu'à destination, ne s'arrêta pas quand je me garai devant la maison des Weber. De mon côté, je l'ignorai, guère désireuse d'affronter l'expression qu'il pouvait arborer, et je me ruai vers la porte, cependant qu'il s'éloignait.

Ben m'ouvrit avant même que j'aie terminé de frapper, comme s'il s'était tenu juste derrière le battant.

— Salut, Bella ! s'exclama-t-il, surpris.

— Salut, Ben ! Angela est ici ?

Pourvu qu'elle n'ait pas oublié nos projets ! Je ne tenais pas à rentrer chez moi maintenant.

— Oui.

Au même instant, mon amie apparut en haut de l'escalier.

— Bella ! s'écria-t-elle.

Un bruit de moteur retentit dans la rue, attirant l'attention de Ben. Je ne m'alarmai pas – ces crachotements et pétarades n'avaient rien de commun avec le ronronnement de la Volvo. Sans doute le visiteur que Ben avait guetté.

— Austin est là, annonça-t-il d'ailleurs à Angela qui l'avait rejoint.

Un avertisseur claironna.

— À plus, dit Ben. Tu me manques déjà.

Passant son bras autour du cou de sa bonne amie, il

l'attira à lui et l'embrassa avec fougue. Austin klaxonna de nouveau.

— Je file, Ang ! Je t'aime !

Ben se rua dehors. Angela tangua, les joues rosies, puis se ressaisit et agita le bras jusqu'à ce que les deux garçons eussent disparu. Puis elle se tourna vers moi et me sourit, un peu gênée.

— Merci, Bella. Du fond du cœur. Non seulement, tu vas m'éviter des crampes dans les doigts, mais tu m'épargnes deux longues heures d'ennui devant un film d'arts martiaux sans intrigue et mal doublé.

— Toujours ravie de te rendre service.

J'étais déjà moins nerveuse, je respirais mieux. Tout était tellement ordinaire, ici. Les événements banalement humains qui ponctuaient la vie d'Angela me rassuraient. Savoir que l'existence pouvait être normale m'emplissait d'un étrange sentiment de bien-être. Je suivis mon amie dans le couloir, au milieu d'un fouillis de jouets qu'elle écarta du pied.

— Où est passée toute la famille ?

— Mes parents ont emmené les jumeaux à une fête d'anniversaire à Port Angeles. Je n'en reviens pas que tu aies accepté de m'aider. Ben s'est défilé en s'inventant une tendinite.

— Ça ne me dérange pas du tout.

Nous entrâmes dans sa chambre, et je découvris la pile d'enveloppes qui nous attendaient.

— Oh ! murmurai-je.

Angela se tourna vers moi et m'adressa un regard d'excuse. Je comprenais maintenant pourquoi elle avait tant repoussé la corvée et pourquoi Ben l'avait esquivée.

— Je croyais que tu exagérais, avouai-je.
— J'aurais bien aimé. Toujours partante ?
— Allons-y. Je n'ai rien de mieux à faire, de toute façon.

Angela divisa le tas en deux et posa le carnet d'adresses de sa mère entre nous. Nous nous attaquâmes au pensum avec application et, au début, seul résonna le bruit de nos plumes sur le papier.

— Edward est absent ? me demanda Angela au bout d'un moment.

Mon stylo écorcha l'enveloppe que j'étais en train de rédiger.

— Emmett est rentré pour le week-end. Ils devaient partir en randonnée.
— Tu n'as pas l'air d'en être très sûre.

Je haussai les épaules.

— Tu as de la chance qu'Edward ait des frères. Si Austin n'était pas là pour Ben et leurs trucs de garçons, je ne sais pas comment je tiendrais le coup. Je ne suis pas du genre à être tout le temps dehors.

Elle se concentra quelques minutes sur son travail, j'écrivis quatre nouvelles adresses. En compagnie d'Angela, le silence n'exigeait jamais qu'on le comblât. Comme Charlie, elle n'éprouvait pas le besoin de parler à tout bout de champ. Comme lui cependant, elle était parfois un peu trop observatrice.

— Quelque chose ne va pas ? s'enquit-elle un peu après. Tu sembles... anxieuse.
— C'est donc si évident ? marmonnai-je, penaude.
— Non, ça se devine, c'est tout.

Un petit mensonge sans doute, histoire de ne pas m'enfoncer.

— Tu n'es pas obligée d'en parler, assura-t-elle. Mais je suis prête à t'écouter si ça peut t'aider.

Je m'apprêtais à la remercier, sans donner suite – j'étais liée par trop de secrets que je n'avais pas le droit d'évoquer avec des humains –, mais ressentis brusquement une étrange urgence à me confier à une amie, à l'instar de n'importe quelle adolescente. Je regrettais que mes soucis ne fussent assez simples pour pouvoir les décortiquer en toute confiance avec une personne extérieure au conflit entre vampires et loups-garous, quelqu'un capable de mettre les choses en perspective, en dehors de tout parti pris.

— Oublie, murmura Angela avec bonne humeur. Je me mêle de ce qui ne me regarde pas.

— Non. Tu as raison. Je suis préoccupée. C'est... c'est Edward.

— Que se passe-t-il ?

Il était si facile de parler à Angela ! Dans sa bouche, la question ne relevait en rien d'une curiosité morbide ni d'une soif de ragots, au contraire de Jessica, par exemple. Son intérêt était sincère.

— Il est furieux après moi.

— J'ai du mal à le croire. Que te reproche-t-il ?

— Tu te souviens de Jacob Black ?

— Ah !

— Oui.

— Il est jaloux.

— Non, ce n'est pas ça...

Je m'interrompis, m'apercevant un peu tard que j'aurais mieux fait de me taire. Comment expliquer la situation sans enfreindre les règles ? Pourtant, j'avais soif de me lâcher, tant j'étais frustrée de conversations normales.

— Edward estime que Jacob... a une mauvaise influence sur moi, repris-je. Qu'il est... dangereux. Or, tu sais que j'ai déjà eu pas mal d'ennuis il y a quelques mois... c'est idiot.

À ma grande surprise, Angela secoua la tête.

— Quoi ? demandai-je.

— Bella, j'ai vu la manière dont Jacob Black te regarde. Crois-moi, c'est la jalousie le vrai problème.

— Jacob n'est pas comme ça.

— À tes yeux. Toutefois...

— Il connaît mes sentiments pour Edward. Je ne lui ai rien caché.

— Edward est humain. Il réagit comme n'importe quel garçon.

Cette assertion m'arracha une grimace.

— Détends-toi, dit-elle en me tapotant la main. Ça lui passera.

— Je l'espère. Jake traverse une période difficile. Il a besoin de moi.

— Vous êtes très proches, hein ?

— Comme un frère et une sœur.

— Et Edward ne l'apprécie pas. C'est difficile, j'imagine. Je ne sais pas comment Ben réagirait dans la même situation.

— Comme n'importe quel garçon, plaisantai-je.

— Sûrement, s'esclaffa-t-elle.

Puis, sentant que je ne voulais – ne pouvais – pas m'étendre plus avant sur la question, et n'étant pas du genre à insister, elle changea de sujet.

— J'ai appris hier dans quel dortoir je serais à la rentrée prochaine, m'annonça-t-elle. Comme par hasard, c'est l'un des plus reculés du campus.

— Et Ben ?

— Il sera dans la résidence la plus proche de la fac. Quel veinard ! Et toi ? Tu as choisi ton université ?

Je baissai les yeux sur mes pattes de mouche. Durant quelques instants, je songeai à Angela et Ben s'installant à Seattle. La ville aurait-elle retrouvé la paix d'ici là ? Le jeune vampire qu'avait évoqué Edward serait-il parti ailleurs ? Un autre endroit serait-il en proie à l'angoisse en lisant les gros titres du journal local annonçant des meurtres abominables ? Serais-je la responsable de ces gros titres ?

— Celle d'Alaska, je pense, finis-je par répondre. Juneau.

— Ah bon ? s'étonna-t-elle. C'est super... Je pensais cependant que tu aurais préféré un coin... un peu plus chaud.

— Il faut croire que Forks m'a changée, rigolai-je.

— Et Edward ?

— Il ne craint pas le froid.

— Tant mieux. N'empêche, c'est si loin. Tu ne pourras pas revenir très souvent. Tu me manqueras. Tu m'enverras des mails ?

Un chagrin diffus se répandit en moi. Me rapprocher d'Angela maintenant était peut-être une erreur. D'un autre côté, n'aurait-il pas été encore plus triste de manquer cette ultime occasion de le faire ? Je me sortis de ces sombres pensées par une pirouette.

— Bien sûr ! Enfin, si j'arrive encore à taper sur mon clavier après avoir écrit toutes ces adresses.

Ce fut en riant que nous continuâmes, bavardant

joyeusement de nos futures unités de valeur, ce qui me permit de ne plus réfléchir à l'avenir. Au demeurant, un souci plus urgent m'attendait ce jour-là – le courroux d'Edward. Je gagnai un peu de répit en aidant à coller les timbres.

— Alors, ces mains ? s'enquit Angela quand nous eûmes terminé.

— Elles s'en remettront ! dis-je en pliant et dépliant mes doigts.

En bas, la porte d'entrée claqua.

— Ang ? appela Ben.

— Il est temps que je me sauve, murmurai-je.

— Reste, si tu veux. Mais je te préviens, il risque de nous raconter son film dans les moindres détails.

— Charlie va s'inquiéter.

— En tout cas, merci.

— De rien. Je me suis bien amusée. Il faudra qu'on renouvelle ce moment entre filles.

— Aucun souci.

On frappa légèrement à la porte de la chambre.

— Entre, Ben !

Je me levai et m'étirai.

— Tu as survécu, Bella ! s'exclama Ben en se dépêchant de gagner ma place près d'Angela. Joli boulot, ajouta-t-il après avoir contemplé le tas d'enveloppes prêtes à être expédiées. Dommage qu'il n'en reste plus. J'aurais...

Il s'interrompit avant de reprendre d'une voix excitée :

— C'est trop nul que tu aies raté le film, Ang ! Le combat final, c'était quelque chose ! Génial ! Tu aurais vu ce type… Il faut absolument que tu y ailles si tu veux saisir toute la portée du truc.

Angela leva les yeux au ciel.

— À plus ! lançai-je avec un rire nerveux.

— C'est ça, soupira-t-elle.

Je regagnai ma camionnette dans un état d'extrême nervosité, n'aperçus personne. Je passai l'essentiel du chemin à jeter des coups d'œil dans mon rétroviseur, sans repérer la Volvo argent. Elle n'était pas garée devant chez nous non plus, quand j'y arrivai.

— Bella ? me héla Charlie.

— Salut, papa.

Il était devant la télévision.

— Bonne journée ?

— Oui. Comme ils n'avaient pas besoin de moi au travail, je suis allée à La Push.

Autant le lui révéler tout de suite. Cela lui ferait plaisir, et Billy le lui apprendrait tôt ou tard. Son visage n'exprima d'ailleurs pas de réelle surprise – il était déjà au courant.

— Comment va Jacob ? demanda-t-il en feignant l'indifférence.

— Bien, répondis-je avec une identique désinvolture.

— Tu es passée chez les Weber ?

— Oui. Nous avons terminé les invitations d'Angela.

— Formidable ! Je suis heureux que tu aies consacré un peu de ton temps à tes amis.

— Moi aussi.

Cet intérêt pour mes activités me sembla étrange. Je me rendis à la cuisine, histoire de calmer mon anxiété en m'occupant. Malheureusement, Charlie avait nettoyé les reliefs de son déjeuner. Je lambinai durant quelques minutes, contemplant le carré de lumière vive que le soleil dessinait sur le sol. Bon, autant y aller, je ne pouvais reculer indéfiniment les choses.

— Je monte travailler, annonçai-je, maussade, en me dirigeant vers l'escalier.

— Oui, à tout à l'heure.

Si j'étais encore vivante.

Je refermai soigneusement la porte de ma chambre avant de me retourner. Naturellement, il m'attendait, dans l'ombre de la fenêtre ouverte. Ses traits étaient durs, son attitude rigide. Il me toisa sans mot dire, et je me recroquevillai, prête à subir un torrent de reproches, qui ne vint pas toutefois. Edward continua à me fixer, trop furieux pour s'exprimer.

— Salut ! finis-je par chuchoter.

J'eus l'impression d'être devant une statue. Je comptai jusqu'à cent – il ne rompit pas le silence.

— Euh... je suis vivante.

Un grondement sourd monta de sa poitrine.

— Aucun bobo, insistai-je.

Il réagit enfin. Fermant les paupières, il se pinça l'arête du nez.

— J'ai failli franchir la frontière, Bella, murmura-t-il. Te rends-tu compte que j'ai manqué de rompre le traité rien que pour venir te chercher ? Comprends-tu ce à quoi cela aurait mené ?

J'étouffai un gémissement, il ouvrit les yeux, des yeux aussi froids et intraitables que la nuit.

— Je te l'interdis ! lançai-je. Ils sont prêts à n'importe quelle excuse pour se battre. Ils adoreraient ça. Ne transgresse jamais les règles établies !

— Ils ne seraient sûrement pas les seuls qu'une bonne bagarre ravirait.

— Pas de ça ! Vous avez accepté une trêve, tenez-vous-y.

— S'il t'avait blessée...

— Assez ! Tu n'as aucune raison de t'inquiéter. Jacob n'est pas un danger.

— Excuse-moi, mais tu n'es pas la mieux placée pour juger de ce qui est ou non périlleux.

— Je suis sûre que je n'ai pas à me soucier de Jake. Toi non plus d'ailleurs.

Ses mâchoires se crispèrent, ses mains formèrent deux poings. Il ne s'était pas approché de moi, et je haïssais la distance qui nous séparait. Respirant un bon coup, je traversai la pièce. Il ne broncha pas quand je l'étreignis. En comparaison de la tiédeur du soleil couchant qui pénétrait par la fenêtre, sa peau me parut particulièrement froide. Il semblait de glace, ainsi figé.

— Je suis désolée que tu te sois inquiété, soufflai-je.

Il soupira, se détendit un peu, m'enlaça enfin.

— C'est peu dire, maugréa-t-il. La journée a été très longue.

— Tu n'étais pas censé être au courant. Je pensais que tu chasserais plus longtemps.

Relevant la tête, je remarquai que ses prunelles étaient trop sombres et cernées d'un anneau violet. Il était sur ses gardes. Je fronçai les sourcils, mécontente.

— Quand Alice a vu que tu avais disparu, je suis revenu, expliqua-t-il.

— Tu n'aurais pas dû. Maintenant, tu vas être obligé d'y retourner.

— Rien ne presse.

— Ne sois pas ridicule. Ta sœur a eu tort de...

— Inutile d'ergoter. Et n'espère pas non plus que je t'autorise à...

— Oh que si ! C'est exactement ce que j'espère.

— Cela ne se reproduira pas.

— N'y compte pas. Et, la prochaine fois, tu sauras te maîtriser.

— Il n'y aura pas de prochaine fois.

— Moi, j'accepte que tu t'en ailles, même si ça ne me plaît pas...

— C'est différent. Je ne risque pas ma vie.

— Moi non plus.

— Les loups-garous représentent un danger.

— Je ne suis pas d'accord.

— Ce n'est pas négociable, Bella.

— Je ne suis pas en train de négocier, Edward !

De nouveau, il serra les poings.

— Par ailleurs, je me demande si tes réticences ne sont dues qu'à ton souci de ma sécurité, enchaînai-je.

— Pardon ?

— Tu n'es pas... Tu devines qu'il serait idiot d'être jaloux de lui, n'est-ce pas ?

— Ah bon ?

— Sois sérieux !

— Je suis tout ce qu'il y a de plus sérieux.

— Alors, ton attitude relève juste de stupidités du genre « les vampires et les loups-garous seront toujours ennemis » ? D'une rivalité alimentée par la testostérone qui te...

— C'est toi qui m'importes ! me coupa-t-il, furibond. Ma seule préoccupation, c'est que tu restes indemne.

Le feu noir de ses yeux prouvait qu'il était sincère.

— D'accord. Une chose cependant : ne compte pas sur moi pour prendre parti dans vos querelles imbéciles. J'opte pour la neutralité. Je suis la Suisse, dans ce conflit. Je refuse de prendre en compte des chamailleries d'ordre territorial entre créatures mythiques. Jacob fait partie de ma famille. Toi, tu es l'amour de ma vie. Si je puis m'exprimer ainsi, car j'ai bien l'intention de t'aimer plus longtemps que cela. Vampires, loups-garous, aucune importance. Et si Angela se transforme en sorcière, je continuerai à la fréquenter.

Il me contempla d'un air mauvais sans piper mot.

— Je suis neutre, répétai-je.

— Bella..., commença-t-il avant de s'interrompre en plissant le nez, comme gêné.

— Qu'y a-t-il encore ?

— Eh bien... sans vouloir te vexer, tu sens le chien.

Puis il m'adressa son sourire en coin, et je compris que la paix était revenue. Pour l'instant du moins.

Edward devant se rattraper suite à sa partie de chasse manquée, il m'annonça qu'il partirait le vendredi en compagnie de Jasper, d'Emmett et de Carlisle, quelque part dans une réserve naturelle de Californie du Nord où la surpopulation de pumas posait problème.

Nous avions beau ne pas être parvenus à un accord concernant les loups-garous, je n'éprouvai aucune culpabilité lorsque je téléphonai à Jacob durant un de mes rares moments de liberté – entre l'instant où Edward ramena sa voiture chez lui et celui où il revint ici en grimpant par la fenêtre – pour lui annoncer que je le verrais le samedi suivant. Ce n'était pas une trahison : Edward connaissait mes intentions. Si jamais il osait démolir ma camionnette une nouvelle fois, je m'arrangerais pour que Jacob passe me chercher. Forks était un territoire neutre, comme la Suisse. Comme moi.

Lorsque, le jeudi, je quittai les cours et découvris qu'Alice, et non Edward, m'attendait dans la Volvo, je ne nourris donc aucun soupçon. La portière passager était ouverte, laissant échapper une musique que je n'identifiai pas, et les basses secouaient l'habitacle.

— Alice, salut ! criai-je pour être entendue. Où est ton frère ?

Elle chantait, une octave trop haut, en même temps que la radio. Ignorant ma question, elle se concentra sur la mélodie. Je grimpai à côté d'elle, claquai la portière et me bouchai les oreilles. Souriant, elle baissa le volume puis, d'un seul mouvement, verrouilla les serrures et démarra en trombe.

— Que se passe-t-il ? demandai-je, brusquement mal à l'aise. Et où est Edward ?

— Ils sont partis plus tôt que prévu.

— Oh !

Je tâchai de dissimuler ma déception. Cela signifiait qu'ils rentreraient également plus tôt que prévu.

— Comme les garçons ont fichu le camp, nous avons décidé d'organiser une soirée entre filles ! annonça Alice, ravie.

— Quoi ? m'écriai-je, carrément soupçonneuse, à présent.

— Ça ne te fait pas plaisir ?

— C'est un enlèvement ou je ne m'y connais pas, rétorquai-je, amère.

— Exact ! s'esclaffa-t-elle. Tu es ma prisonnière jusqu'à samedi. Esmé s'est déjà arrangée avec Charlie. Tu passeras deux nuits à la maison, c'est moi qui t'accompagnerai au lycée.

Je me détournai, en proie à une colère grandissante.

— Désolée, poursuivit-elle sur un ton qui laissait entendre le contraire. Il m'a soudoyée.

— Combien t'a-t-il payée ?

— La Porsche ! s'exclama-t-elle joyeusement. Le même modèle que celui que j'ai volé en Italie. Je ne suis pas censée la conduire ici, elle est trop voyante, mais nous pourrions l'essayer, histoire de voir combien de temps nous mettons pour rallier Los Angeles. À mon avis, nous devrions être rentrées avant minuit.

— Non merci, répliquai-je en réprimant un frisson.

Nous bifurquâmes dans l'allée, trop vite comme toujours, et Alice s'arrêta devant le garage. Une Porsche flambant neuve, jaune canari, était en effet parquée entre l'énorme Jeep d'Emmett et le coupé rouge de Rosalie. Sautant gracieusement à terre, Alice alla caresser l'aile rutilante de son pot-de-vin.

— Jolie, non ?

— Il t'a offert cet engin uniquement pour me retenir en otage deux jours ?

Elle m'adressa une grimace, et l'horrible vérité s'imposa à moi.

— C'est pour chaque fois qu'il s'absentera ? hurlai-je, effarée.

Elle acquiesça. Claquant ma portière, je me dirigeai à grands pas vers la maison. Alice m'escorta, guillerette, absolument étrangère à tout remords.

— Tu ne trouves pas qu'il exagère ? repris-je. Qu'il se montre un tantinet psychotique ?

— Non. Tu n'as pas l'air de saisir à quel point les loups-garous sont dangereux. D'autant que je suis incapable de les voir. Tu devrais être plus prudente.

— Quelle sotte en effet ! rétorquai-je, acide. Une soirée en compagnie de vampires constitue le summum de la prudence.

— Je te promets une manucure, mains, pieds, la totale ! éluda-t-elle, primesautière.

Bien que je fusse là contre mon gré, nous passâmes un agréable moment. Esmé avait acheté un dîner italien de la meilleure qualité, directement en provenance de Port Angeles, et Alice avait loué mes films préférés. Même Rosalie participa, quoique en retrait et silencieuse. Alice tint absolument à commencer en vernissant mes orteils, et je me demandai si elle suivait une liste préalablement établie des rites incontournables d'une soirée entre filles en s'inspirant de mauvais feuilletons.

— Jusqu'à quelle heure souhaites-tu veiller ? s'enquit-elle, une fois mes ongles rouge éclatant.

Ma mauvaise humeur glissait sur son enthousiasme comme de l'eau sur les plumes d'un canard.

— J'ai l'intention de me coucher tôt, ripostai-je. J'ai cours, demain matin.

Elle fit la moue, frustrée.

— D'ailleurs, enchaînai-je en contemplant le canapé trop court, où suis-je censée dormir ? Ne serait-il pas plus simple que tu me surveilles chez moi ?

— Ce ne serait pas pareil ! protesta-t-elle, exaspérée. Et tu coucheras dans la chambre d'Edward.

Je poussai un soupir. Le divan de cuir noir qui s'y trouvait était à peine plus long que celui sur lequel j'étais assise. Mais bon, sa moquette dorée devait être assez épaisse pour offrir un lit confortable.

— Suis-je au moins autorisée à aller chercher mes affaires ?

— Je m'en suis déjà chargée.

— Ai-je le droit à un coup de fil ?

— Charlie sait que tu es ici.

— Je ne pensais pas à lui. Il faut que j'annule certains plans.

— Hum... laisse-moi réfléchir.

— S'il te plaît, Alice !

— Bon, d'accord, d'accord, marmonna-t-elle. Il n'a spécifiquement pas interdit les appels.

Elle s'éclipsa du salon, y revint une seconde plus tard avec un portable. Je composai le numéro de Jacob en priant pour qu'il ne soit pas sorti se dégourdir les pattes avec ses amis ce soir-là. J'eus de la chance, il décrocha.

— Allô ?

— Salut, Jake, c'est moi.

Alice me contempla sans expression particulière avant de rejoindre Esmé et Rosalie sur le sofa.

— Salut, Bella, murmura Jacob avec circonspection. Comment va ?

— Pas génial. Je ne pourrai pas me libérer samedi, en fin de compte.

— Foutus buveurs de sang, râla-t-il après une seconde de silence. Je le croyais absent. Tu n'as donc pas le droit de vivre un peu quand il n'est pas là ? Il t'enferme dans un cercueil ?

Je ris.

— Je ne trouve pas ça drôle, maugréa-t-il.

— Je rigole parce que tu n'es pas loin de la vérité. Il sera ici samedi, donc...

— Quoi ? Il se nourrit à Forks ?

— Non, répondis-je en retenant un élan d'irritation. Il a avancé son départ.

— Tu n'as qu'à venir tout de suite, alors ! Il n'est pas tard. Si tu préfères, je peux passer chez Charlie.

— Je n'y suis pas. Disons que... hum, on m'a enlevée.

Nouveau silence, le temps qu'il comprenne.

— Je viens te chercher avec les autres, gronda-t-il.

Retenant un frisson, je m'obligeai à parler d'une voix légère.

— Tentant. Figure-toi qu'on m'a torturée. Alice m'a verni les ongles de doigts de pied.

— Je ne rigole pas.

— Tu devrais. Ils cherchent juste à me protéger.

Il grommela.

— D'accord, c'est idiot, mais ça part d'un bon sentiment, le calmai-je.

— Tu parles !

— Excuse-moi pour samedi. Je vais me coucher, là, mais je te rappelle très vite.

— Tu es sûre qu'ils t'auront libérée ?

— Non. Bonne nuit, Jake.

— À plus.

Alice se matérialisa brusquement à mon côté et tendit la main pour récupérer son téléphone. Je composai déjà un nouveau numéro, qu'elle identifia.

— Je ne pense pas qu'il ait son mobile sur lui, fit-elle remarquer.

— Je laisserai un message.

Il y eut quatre tonalités, puis un bip. Pas de mots de bienvenue.

— Tu as des ennuis, mon pote, articulai-je lentement en insistant sur chaque syllabe. De gros ennuis. Les grizzlis enragés te paraîtront adorables quand tu verras ce qui t'attend à ton retour.

Je coupai brutalement et déposai l'appareil dans les doigts d'Alice.

— J'en ai terminé, annonçai-je.

— Finalement, c'est marrant de prendre quelqu'un en otage, commenta-t-elle, hilare.

— Je monte, décrétai-je sèchement.

Elle me suivit dans l'escalier.

— Écoute, soupirai-je, je n'ai pas l'intention de filer. De toute façon, tu le saurais et tu me rattraperais.

— Oh ! je te montre juste où sont les choses, murmura-t-elle en jouant l'innocence.

La chambre d'Edward était située au fond du couloir, au dernier étage. Il m'aurait été difficile de ne pas la trouver, même si l'immense maison m'avait été moins familière. J'allumai la lumière, m'arrêtai, interdite. M'étais-je trompée de porte ? Alice sourit. Non, c'était la bonne pièce, si ce n'est que les meubles avaient été déplacés. Le canapé avait été poussé contre le mur et la chaîne posée contre les étagères de CD afin de libérer une place suffisante et d'installer un lit colossal qui dominait à présent le centre de la chambre. La paroi exposée au sud, tout en verre, reflétait la scène, la faisant paraître deux fois plus grande – et pire – qu'elle ne l'était en réalité.

Tout y était : l'édredon d'un or terni, à peine plus clair que celui des murs ; le cadre noir, sculpté dans un fer forgé compliqué ; les roses de métal qui s'enroulaient en rameaux alambiqués le long des quatre montants avant de former un dais végétal. Mon pyjama était soigneusement plié au pied du lit, à côté de ma trousse de toilette.

— Nom d'un chien ! Qu'est-ce que c'est que ce truc ?

— Tu ne t'attendais tout de même pas à ce qu'il te laisse dormir sur le divan ?

Marmonnant des paroles inintelligibles, je m'approchai et arrachai mes effets de la couche royale.

— Je te laisse, jubila Alice. À demain.

Les dents brossées, mon pyjama enfilé, je m'emparai d'un oreiller rebondi et de l'édredon doré. Je réagissais bêtement, tant pis ! Des Porsche en guise de dessous-de-table, des lits gigantesques où personne ne dormait – tout cela était plus qu'agaçant. J'éteignis la lumière et me blottis sur le canapé, quoique trop énervée pour céder au sommeil.

Dans l'obscurité, le pan de fenêtre avait cessé d'être un miroir noir. Derrière les vitres, la lune illuminait les nuages. Mes yeux s'ajustèrent au noir, et je distinguai la cime des arbres ainsi qu'un pan de la rivière. J'en fixai le ruban argenté, attendant que mes paupières se ferment.

Soudain, on frappa à la porte.

— Quoi encore, Alice ? pestai-je, sur la défensive, imaginant déjà son amusement quand elle découvrirait mon campement.

— C'est moi, murmura Rosalie en entrebâillant le battant. Je peux entrer ?

7

TOUTES LES HISTOIRES NE FINISSENT PAS BIEN

Sur le seuil, Rosalie hésitait, ses traits d'une beauté à couper le souffle empreints d'incertitude.

— Bien sûr, répondis-je, surprise. Entre.

Je me rassis et m'écartai pour lui ménager une place à côté de moi. Celle qui, au sein de la famille Cullen, m'appréciait le moins me rejoignit sans un bruit. Mon estomac se noua, tandis que j'essayais de deviner, sans résultat, la raison de cette visite.

— Pouvons-nous discuter quelques instants ? s'enquit-elle. Je ne t'ai pas réveillée, au moins ?

Ses yeux allèrent du lit au divan.

— Non, je ne dormais pas. Et, bien sûr, nous pouvons parler.

Percevait-elle l'inquiétude de ma voix aussi clairement que moi ? Elle partit d'un rire léger qui carillonna comme un chœur de clochettes.

— Il te laisse si rarement seule ! Je me suis dit qu'il fallait profiter de l'occasion.

Qu'avait-elle à m'annoncer qui ne supportât pas la présence d'Edward ? Mes doigts se mirent à jouer nerveusement avec l'ourlet de l'édredon.

— S'il te plaît, ne va pas penser que je me mêle de ce qui ne me regarde pas, continua Rosalie sur un ton aimable, presque suppliant, yeux fixés sur ses mains, qu'elle avait croisées sur ses genoux. Je sais que je t'ai blessée par le passé, je ne suis pas ici pour recommencer.

— Ne t'inquiète pas. Je suis capable d'encaisser. De quoi s'agit-il ?

De nouveau, elle rit, mais sa gaieté était embarrassée.

— Je voudrais t'expliquer pourquoi, à mon avis, il serait mieux que tu restes humaine. Pourquoi, à ta place, je choisirais cette option.

— Oh !

Mon air choqué lui arracha une moue.

— Edward t'a-t-il raconté ce qui m'a amenée à cela ? soupira-t-elle ensuite en désignant son magnifique corps d'immortelle.

— Non. Il a juste mentionné qu'il t'était arrivé la même mésaventure que celle que j'ai frôlée une nuit à Port Angeles, et que, contrairement à moi, personne n'avait été là pour te secourir.

— C'est tout ?

— Oui. Pourquoi, il y a autre chose ?

— Beaucoup plus, oui.

Levant la tête, elle esquissa un sourire dur et amer,

sans pour autant rien perdre de sa beauté. J'attendis, tandis que son regard se portait sur la baie vitrée. J'eus l'impression qu'elle s'exhortait au calme.

— Aimerais-tu entendre mon histoire, Bella ? Elle ne se termine pas bien, mais n'est-ce pas le cas de tous nos destins, à nous autres vampires ? Pour moi, le seul *happy end* possible serait une rangée de tombes.

Effrayée par la tension de sa voix, j'opinai néanmoins.

— Humaine, je vivais dans un monde différent du tien, Bella. Mon univers était plus simple. Année 1933, j'avais dix-huit ans et j'étais belle, je menais une existence parfaite.

Elle contemplait les nuages argentés, perdue dans ses souvenirs.

— Mes parents appartenaient à la classe moyenne, enchaîna-t-elle. Mon père avait un emploi stable dans la banque, un poste dont il n'était pas peu fier, j'en suis consciente aujourd'hui. Pour lui, sa prospérité récompensait son talent et son ardeur au travail, ce qui revenait à négliger la chance qui accompagne toute chose. À l'époque, je prenais tout pour acquis. Chez nous, c'était comme si la grande crise économique de ces années-là se limitait à une rumeur déplaisante. Certes, il y avait des pauvres, les malchanceux. Mon père laissait cependant entendre qu'ils étaient responsables de leurs malheurs.

« Ma mère s'occupait du foyer, de moi-même et de mes deux jeunes frères. Elle veillait à maintenir un ordre impeccable à la maison. J'étais à la fois sa priorité et sa préférée. Sans m'en rendre vraiment compte, je devinais que mes parents ne se satisfaisaient pas de ce qu'ils avaient, bien que cela dépassât de loin ce qu'avait la majorité. Ils désiraient plus, ils nourrissaient des ambitions sociales. Ma beauté était un don du ciel, ils y décelaient un potentiel qui m'échappait.

« Car, moi, j'étais heureuse, tout bêtement, ravie d'être moi, Rosalie Hale. Flattée que le regard des hommes me suive partout où j'allais, et ce dès mes douze ans. Enchantée que mes amies bavent d'envie lorsqu'elles touchaient mes cheveux. Contente que ma mère soit fière de moi, que mon père aime à m'offrir de jolies robes.

« Je savais ce que j'attendais de la vie et, apparemment, aucun obstacle ne se dresserait jamais devant moi. J'aspirais à être chérie, adulée. Je rêvais d'un grand mariage fleuri, je me voyais remonter l'allée de l'église au bras de mon père sous les yeux de toute la ville ébahie par ma splendeur. L'admiration des autres m'était aussi indispensable que l'oxygène. J'étais sotte et superficielle, mais radieuse.

Rosalie semblait amusée par cette description d'elle-même.

— L'influence de mes parents sur moi était telle que je finis par désirer l'aisance matérielle, moi aussi. Une belle demeure aux meubles élégants qu'une autre entretiendrait, une cuisine moderne où une autre préparerait les repas. Oui, j'étais sans profondeur, très jeune, et certaine d'obtenir ce que je souhaitais.

« J'aspirais cependant à d'autres buts, plus authentiques. Un, en particulier. Ma meilleure amie, Vera, s'était mariée à dix-sept ans à peine. Elle avait épousé un homme auquel mes parents n'auraient pas accordé un regard – un charpentier. Un an plus tard, elle avait eu un fils, un joli petit garçon avec des fossettes et des boucles brunes. Pour la première fois de mon existence, j'éprouvai en le voyant une jalousie profonde.

Elle tourna vers moi ses prunelles insondables.

— C'était une autre époque. J'avais ton âge, mais j'étais déjà prête à affronter l'existence. Je désirais enfanter, gérer ma maison, vivre auprès d'un mari qui m'embrasserait en rentrant le soir du travail. Exactement comme Vera. Si ce n'est que j'avais à l'esprit une demeure très différente de la sienne...

J'avais du mal à imaginer l'univers de Rosalie. Son histoire ressemblait à un conte de fées. Je me rendais également compte, un peu perplexe, que son monde avait été très proche de celui qu'Edward avait connu en tant qu'humain, celui dans lequel il avait grandi. Tandis que Rosalie méditait en silence, je me demandai si mon environnement était aussi déconcertant pour lui que l'était pour moi celui de sa sœur. Poussant un soupir, cette dernière reprit son récit, la voix désormais dénuée de toute nostalgie.

— Nous avions notre famille royale, à Rochester. Les King. Amusant, non ? Royce King possédait la banque employant mon père ainsi que presque toutes les autres affaires rentables de la ville. C'est ainsi que son fils, Royce King, deuxième du nom, me rencontra.

Sa bouche se tordit quand elle prononça ce nom.

— Comme il était censé reprendre les rênes de la banque, poursuivit-elle, il se mit à diriger les différents services les uns après les autres. Deux jours après son arrivée dans le département de mon père, ma mère oublia fort opportunément de donner son déjeuner à ce dernier. Je me souviens de ne pas avoir compris son insistance à ce que je mette ma robe d'organdi blanc et me coiffe, rien que pour aller le lui porter.

Elle éclata d'un rire sans joie.

— Je ne remarquai pas spécialement le regard de Royce, ce jour-là, j'étais tellement habituée à l'admiration des hommes. Le soir même pourtant, on livra des roses. À partir de là, et durant tout le temps où il me courtisa, il me fit envoyer un bouquet de ces fleurs. Au point que ma chambre en était surchargée, et que leur parfum m'accompagnait partout, y compris quand je sortais.

« Royce était beau. Il avait des cheveux plus clairs que les miens, des yeux bleu pâle. Il déclara plus tard que les miens étaient des violettes, et celles-ci se mirent à accompagner les roses. Mes parents approuvaient cette fréquentation, et c'est une litote. Leur rêve s'accomplissait. Royce semblait être tout ce dont j'avais rêvé, d'ailleurs. Le prince charmant surgi pour me transformer en princesse. Il était ce que j'avais voulu, ce que j'espérais. Nos fiançailles eurent lieu au bout de deux mois.

« Nous ne passions guère de temps seuls. Royce m'avait confié qu'il avait de lourdes responsabilités à la banque et, quand nous nous retrouvions, il appréciait que les gens nous regardent, qu'ils me voient à son bras. Cela me plaisait aussi. Il y eut de nombreuses fêtes, des bals, de jolies tenues. Toutes les portes s'ouvraient devant les King, à qui l'on déroulait le tapis rouge.

« On projeta le mariage le plus onéreux qui soit. Exactement ce que j'avais désiré. J'étais sur un petit nuage. Lorsque je rendais visite à Vera, je ne ressentais plus de jalousie. J'imaginais mes enfants blonds jouant sur les vastes pelouses de la propriété des King et j'avais pitié de mon amie.

Rosalie s'interrompit brusquement, serra les dents, et je compris que l'horreur allait venir. Comme elle l'avait promis, il n'y aurait pas de fin heureuse. Était-ce pour cela qu'elle était plus amère que les autres Cullen ? Parce qu'elle avait touché du doigt ses désirs humains avant qu'ils ne lui fussent arrachés ?

— Un soir, j'étais chez Vera, continua-t-elle en chuchotant, le visage lisse comme du marbre, dur comme la pierre aussi. Son petit Henry était adorable, tout sourires et fossettes. Il commençait à se tenir assis. Vera me raccompagna à la porte, le bébé dans les bras, son mari à côté d'elle, enlaçant sa taille. Il l'avait embrassée sur la joue à un moment où il avait cru que je ne les regardais pas. Ce geste m'avait alertée. Lorsque Royce m'embrassait, c'était légèrement différent, pas aussi tendre. J'avais repoussé cette pensée. Royce était mon prince. Un jour, je serais sa reine.

En dépit de l'obscurité, il me sembla qu'elle pâlissait, elle déjà si blanche.

— Les rues étaient sombres, les réverbères déjà éteints, enchaîna-t-elle, presque inaudible. Je ne m'étais pas rendu compte qu'il était si tard. Il faisait froid. Très froid, la fin avril. Le mariage était prévu pour dans une semaine, et le mauvais temps m'inquiétait. Je me dirigeai rapidement en direction de la maison. Je me rappelle cela très clairement. Je me souviens de chaque détail de cette nuit-là. Je m'y suis accrochée avec tant de force, au début. Je n'ai pensé à rien d'autre. Voilà pourquoi la mémoire m'en est restée alors que tellement d'autres souvenirs plus agréables se sont entièrement effacés.

« Oui, la météo me donnait du souci. Je ne voulais pas être obligée de rapatrier la cérémonie, prévue dans le jardin, à l'intérieur. J'étais à quelques rues de chez moi quand je les entendis. Un groupe d'hommes attroupés autour d'un lampadaire brisé, riant trop fort. Ivres. Je regrettai de ne pas avoir appelé mon père pour qu'il m'escorte à la maison, mais le trajet était court, cela m'avait paru sot. Soudain, il me héla.

« — Rose ! hurla-t-il, et ses camarades rigolèrent bêtement.

« Ces ivrognes étaient bien habillés, ce qui m'avait échappé. Il s'agissait de Royce et de quelques-uns de ses amis, des gosses de riches.

« — Voilà ma Rose ! brailla mon futur époux, s'esclaffant avec la bande, l'air tout aussi idiot qu'eux. Tu es dehors bien tard, chérie. Tu nous as fait attendre si longtemps que nous sommes transis.

« Je ne l'avais encore jamais vu boire. Un petit verre par-ci par-là, lors de soirées, rien de plus. Il m'avait avoué ne pas aimer le champagne. Je n'avais pas compris qu'il préférait les boissons beaucoup plus fortes. Il avait un nouvel ami, venu d'Atlanta.

« — Qu'est-ce que je te disais, John ? croassa-t-il en m'attrapant par le bras pour m'attirer à lui. N'est-elle pas plus mignonne que toutes tes fleurs de Georgie ?

« Le John en question était brun et mat de peau. Il m'inspecta comme un maquignon une jument.

« — Difficile de juger, répondit-il avec un accent du sud traînant. On ne voit rien, sous ces fanfreluches.

« Ils rirent, Royce inclus. Soudain, ce dernier m'ôta

brutalement ma veste, une veste qu'il m'avait offerte, cassant au passage les boutons qui se répandirent par terre.

« — Montre-lui donc tes attributs ! s'exclama-t-il, hilare en me retirant mon chapeau cette fois.

« Les épingles m'arrachèrent des cheveux, et je poussai un cri de souffrance. Cela sembla leur plaire... ma souffrance.

Rosalie me fixa soudain, comme si elle avait oublié ma présence. Mon visage devait être aussi blanc que le sien. À moins que je ne fusse verte.

— Je t'épargne la suite, reprit-elle. M'abandonnant sur le pavé, ils s'éloignèrent en titubant, sans cesser de rire. Ils me croyaient morte. La bande se moquait de Royce, qui manquait par trop de patience.

« J'attendis mon trépas. Le froid me dérangeait, ce qui me surprit, au regard de ma douleur. Il se mit à neiger, et je me demandai pourquoi je ne mourais pas. J'avais hâte. Pour que ma souffrance cesse. Cela était si long... Ce fut alors que Carlisle me découvrit. Attiré par l'odeur du sang, il était venu aux nouvelles. Je me souviens avoir été vaguement irritée par ses gestes, ses tentatives pour me sauver. Je n'avais jamais aimé le docteur Cullen, sa femme et son frère. À l'époque, c'est ce qu'Edward prétendait être, son frère. J'étais vexée qu'ils soient plus beaux que moi, surtout les hommes. Ils ne se mêlaient pas à la bonne société, cependant, et je ne les avais vus qu'une ou deux fois.

« Je crus ma dernière heure arrivée quand il me prit dans ses bras et s'enfuit. Sa vitesse était telle que j'avais le sentiment de voler. Je fus effarée en constatant que la peine physique ne s'estompait pas...

« Je revins à moi dans une pièce claire et tiède, puis reperdis conscience, heureuse que la douleur ait commencé à se dissiper. Brusquement, une chose acérée s'enfonça dans ma gorge, mes poignets, mes chevilles. Sous le choc, je hurlai, pensant qu'il m'avait amenée ici pour m'infliger de nouvelles tortures. Un feu se répandit en moi, et je le suppliai de me tuer. Lorsque Esmé et Edward rentrèrent, ils le conjurèrent d'en finir. Carlisle resta à mon chevet, me tenant la main, me priant de lui pardonner, promettant que ce serait bientôt fini. Il me raconta tout, je l'écoutai quelquefois. Il m'expliqua qui il était, celle que j'étais en train de devenir. Je ne le crus pas. Il se confondait en excuses à chacun de mes cris.

« Edward était furieux. Je me souviens qu'ils discutèrent de mon cas. Je les entendis. Il m'arrivait de cesser de m'époumoner, car cela empirait ma souffrance.

« — À quoi as-tu pensé, Carlisle ? s'énerva Edward. Rosalie Hale ?

(Rosalie imitait son frère à la perfection.)

— Le ton sur lequel il prononçait mon nom me déplut. Comme si je n'étais pas quelqu'un de bien.

« — Je ne pouvais pas la laisser mourir, murmura Carlisle. C'était trop horrible. Un tel gâchis.

« — Je sais, admit Edward avec un dédain qui me fâcha.

« J'ignorais alors qu'il lisait dans les pensées de son père, qu'il voyait ce dont Carlisle avait été témoin.

« — Un tel gâchis, répéta ce dernier en chuchotant. Il m'était impossible de l'abandonner.

« — Naturellement, renchérit Esmé.

« — Des gens meurent tous les jours, lui rappela

Edward avec dureté. Tu ne crois pas qu'elle est un peu trop reconnaissable ? Les King ne manqueront pas de lancer une vaste battue pour la retrouver, ne serait-ce pour que personne n'identifie le monstre responsable de ce drame.

« Je fus heureuse de découvrir qu'ils savaient Royce coupable. Ma transformation était presque terminée, ce dont je n'avais pas encore conscience. Je recouvrais mes forces, pouvais désormais me concentrer sur ce qu'ils disaient. La douleur commençait à se dissiper, au niveau de mes doigts du moins.

« — Qu'allons-nous faire d'elle ? demanda Edward.

« — C'est à elle de décider, soupira Carlisle. Elle souhaitera peut-être partir de son côté.

« Ce qu'il m'avait raconté m'avait suffisamment convaincue pour que ces paroles me terrifient. Je savais que ma vie avait pris fin, qu'il n'y avait pas de retour en arrière possible. L'idée d'être seule m'était insupportable. Lorsque la souffrance s'acheva enfin, ils me réexpliquèrent ce que j'étais devenue. Je ne mis plus rien en doute. J'avais soif, ma peau était dure, mes yeux rouges et brillants.

« Superficielle comme je l'étais, je me rassurai en découvrant pour la première fois mon reflet dans un miroir. Malgré mes prunelles, j'étais plus belle que jamais. Il allait du reste me falloir un certain temps pour accuser ma beauté de ce qui était arrivé, pour que je prenne la mesure de sa malédiction. Pour regretter de ne pas avoir été... sinon laide, du moins banale. Comme Vera. Ainsi, j'aurais épousé quelqu'un qui m'aimait pour moi, j'aurais eu des bébés. C'était ce que j'avais désiré depuis le début. Aujourd'hui encore, je n'estime pas qu'il s'agissait là d'exigences outrancières.

Elle se plongea dans ses réflexions pendant quelques instants, et je me demandai si elle avait oublié ma présence. Puis elle me sourit, l'air triomphant tout à coup.

— Tu sais, me confia-t-elle fièrement, mon dossier est presque aussi vierge que celui de Carlisle. Meilleur que celui d'Esmé. Mille fois meilleur que celui d'Edward. Je n'ai jamais goûté au sang humain. Je n'ai assassiné que cinq hommes, en prenant soin néanmoins de ne pas répandre leur sang, car je savais que je ne pourrais y résister. Or, je refusais qu'un seul atome d'eux me contamine.

« J'ai gardé Royce pour la fin. Je voulais qu'il ait entendu parler de la mort de ses amis et deviné ce qui l'attendait. Je désirais que la peur aggrave son trépas. Ç'a fonctionné. Lorsque je l'ai rattrapé, il se terrait dans une pièce dépourvue de fenêtre, à l'abri d'une porte épaisse comme celle d'un coffre-fort devant laquelle des hommes armés montaient la garde. Oh, pardon ! J'avais oublié ces deux-là. Cela fait sept meurtres, donc. J'en suis venue à bout en quelques secondes.

« Pour Royce, j'en ai rajouté. J'ai agi de manière théâtrale, puérile. Je portais ma robe de mariée, que j'avais dérobée pour l'occasion. Quand il m'a vue, il a hurlé de terreur. Il a d'ailleurs beaucoup crié, cette nuit-là. Le liquider en dernier était une bonne idée, cela m'a aidée à mieux me contrôler, à l'achever plus lentement...

Une fois encore, elle se tut, me jeta un coup d'œil penaud.

— Désolée, s'excusa-t-elle. Je t'effraye, n'est-ce pas ?

— Ça va, mentis-je.

— Je me suis laissé entraîner.

— Ne t'inquiète pas pour ça.

— Je suis surprise qu'Edward ne t'en ait pas dit plus à mon propos.

— Il n'aime pas parler des autres en leur absence. Il a l'impression de les trahir, dans la mesure où il sait toujours plus que ce qu'il est censé entendre, à cause de sa faculté de lire dans leurs pensées.

— Je ne le respecte pas assez, admit Rosalie en souriant. C'est vraiment quelqu'un de bien.

— Tout à fait d'accord.

— Je m'en doute. Avec toi aussi, je me suis montrée injuste, Bella. T'a-t-il raconté pourquoi ou a-t-il estimé que cela était trop confidentiel également ?

— Il a mentionné mon statut d'humaine. Tu as du mal à accepter qu'un extérieur sache.

— Pour le coup, je me sens réellement coupable. Il a été trop gentil avec moi, je n'en méritais pas tant. Ce garçon est un joli menteur.

Quand elle riait, elle paraissait se réchauffer, un peu comme si elle avait baissé sa garde, ce qui ne s'était jamais produit en ma présence.

— Ah bon ? m'écriai-je. Il a menti ?

— Le mot est un peu fort. Simplement, il ne t'a pas tout avoué. Ce qu'il t'a expliqué est vrai, mais... c'est gênant, vois-tu. En réalité, je t'ai d'abord jalousée parce qu'il te désirait, et pas moi.

La peur me submergea aussitôt. Dans la lumière argentée de la lune, Rosalie était d'une beauté incomparable. Je n'étais en aucun cas en mesure de rivaliser avec elle.

— Mais tu aimes Emmett, murmurai-je.

— Je ne *désire* pas Edward, Bella. Je l'aime comme un frère, bien qu'il m'ait irritée, au début. Cependant, j'étais habituée à ce que les hommes me convoitent. Or, lui ne s'intéressait nullement à moi. Cela m'a énervée, offensée. Puis j'ai cessé de me tracasser quand j'ai constaté que personne ne l'émouvait. Y compris quand nous avons rejoint le clan de Tanya, à Denali. Edward n'a marqué de préférence pour aucune de ces femmes. Puis il t'a rencontrée.

Elle se tut, m'interrogea du regard, étonnée par mes lèvres pincées. Je ne l'avais écoutée que d'une oreille sitôt qu'elle avait évoqué les femmes de Denali.

— Tu es jolie, s'empressa-t-elle de préciser, en interprétant mal mon expression. Simplement, il te trouvait plus attirante que moi, et je suis assez vaine pour m'en offusquer.

— Cela ne t'ennuie plus que lui et moi soyons ensemble ? Toi comme moi savons que tu es la personne la plus belle du monde.

Avoir à prononcer ces paroles si évidentes déclencha mon rire. Il était étrange que Rosalie eût besoin d'être rassurée sur ce point. Elle joignit son hilarité à la mienne.

— Merci, Bella. Non, ça ne me gêne plus. Edward a toujours été un peu étrange.

— Pourtant, tu continues à ne pas m'aimer, soufflai-je.

— J'en suis désolée.

Le silence s'installa, Rosalie donnant l'impression de ne pas souhaiter s'étendre davantage.

— Accepterais-tu de m'expliquer pourquoi ? finis-je par demander. Ai-je commis quelque acte qui...

Me reprochait-elle d'avoir mis sa famille – son Emmett – en danger ? À de multiples reprises – James, Victoria à présent...

— Non, tu n'es coupable de rien, murmura-t-elle. Pas encore, du moins.

Je la dévisageai, perplexe.

— N'est-ce pas évident ? enchaîna-t-elle, soudain plus passionnée. Tu as tout. Tout ce qui me manque, une vie pleine et entière devant toi. Or, tu vas bientôt la jeter aux orties. Comprends que je serais prête à n'importe quoi pour être à ta place. Tu as le choix qu'on ne m'a pas laissé, et tu optes pour le *mauvais* !

Sa soudaine férocité déclencha mes frissons. Me rendant compte que j'avais la bouche ouverte, je la refermai. Longtemps, elle me fusilla du regard, puis ses yeux s'éteignirent, et elle perdit tout éclat.

— Et moi qui pensais être capable d'en parler avec calme, soupira-t-elle en secouant la tête. C'est aussi difficile maintenant qu'alors, à l'époque où ça n'était que vanité.

Elle se perdit dans la contemplation de la lune. Plusieurs minutes passèrent avant que je ne rompe sa rêverie.

M'apprécierais-tu davantage si je décidais de rester humaine ?

— Peut-être, répondit-elle en me gratifiant d'une ébauche de sourire.

— Tu as fini par obtenir une sorte de *happy end*, lui rappelai-je. Grâce à Emmett.

— En partie. Je l'ai sauvé des griffes d'un ours, rapporté à Carlisle, tu connais l'histoire. Mais sais-tu pourquoi j'ai empêché la bête de le dévorer ?

— Non.

— Ses boucles noires... les fossettes de douleur qui se dessinaient sur ses joues... son étrange innocence, déplacée sur ce visage d'homme... il m'a rappelé le petit garçon de Vera, Henry. Je ne voulais pas qu'il meure. Au point où, tout en haïssant ma vie, j'ai été assez égoïste pour prier Carlisle de le transformer.

« Je n'étais pas digne d'autant de chance. Emmett représente tout ce que j'aurais demandé à la vie si je m'étais suffisamment connue pour savoir que demander alors. Il correspond exactement à la personne dont quelqu'un comme moi a besoin. Bizarrement, c'est réciproque. Cela a fonctionné mieux que je ne m'y attendais. Nous ne serons jamais que deux, cependant. Lui et moi ne nous assiérons pas sur une véranda, chenus, entourés par nos petits-enfants.

« Mes regrets, mes aspirations t'étonnent, sans doute. Par bien des aspects, tu es beaucoup plus mûre que moi au même âge. Par d'autres... il y a tant de choses auxquelles tu n'as pas sérieusement réfléchi. Tu es trop jeune pour savoir ce que tu voudras dans dix, quinze ans. Et trop jeune pour y renoncer sans y avoir réfléchi au préalable. Dès lors que la permanence est en jeu, la circonspection s'impose, Bella.

Elle me tapota la tête, sans condescendance cependant.

— Songes-y. Ton choix sera irrémédiable. Esmé nous a eus en guise de substituts... Alice a tout oublié de sa période humaine, alors elle ne souffre pas du manque. Toi en revanche, tu te rappelleras. C'est un gros sacrifice.

La récompense en valait la peine, pensai-je sans le formuler.

— Merci d'avoir partagé tout cela avec moi, Rosalie. Je suis heureuse... de mieux te connaître.

— Excuse-moi d'avoir été aussi monstrueuse. Je vais tâcher de m'amender, dorénavant.

Nous échangeâmes un grand sourire. Nous n'étions pas encore amies, mais la haine qu'elle avait éprouvée finirait par disparaître, j'en étais certaine.

— Je vais te laisser dormir, déclara-t-elle en regardant le lit avant de pincer les lèvres. Tu es agacée qu'il te retienne ainsi prisonnière. Ne sois pas trop dure avec lui quand il rentrera. Il t'aime plus que tu ne le mesures. Il est terrifié quand il s'éloigne de toi.

Elle se leva et, tel un fantôme, gagna la sortie.

— Bonne nuit, Bella, chuchota-t-elle en refermant la porte derrière elle.

Après cette conversation, j'eus du mal à m'endormir.

Lorsque je sombrai, je fus la proie d'un cauchemar. Je rampais sur les pavés froids et sombres d'une rue inconnue, de légers flocons de neige tombaient, je laissais une traînée de sang sur la chaussée. Un ange en longue robe blanche m'observait d'un air réprobateur.

Le lendemain, Alice me conduisit au lycée. J'étais de mauvaise humeur. Je manquais de sommeil, ma privation de liberté n'en était que plus dure à tolérer.

— Ce soir, m'annonça-t-elle, nous irons à Olympia, si tu veux. Ou ailleurs. Sympa, non ?

— Et si tu te contentais de m'enfermer à la cave en oubliant ces sucreries, hein ?

— Il me reprendra la Porsche, s'offusqua-t-elle. Je me débrouille mal. Tu es censée t'amuser.

— Ce n'est pas ta faute, marmonnai-je, envahie par un incompréhensible sentiment de culpabilité. Je te retrouve à la cantine.

Je m'éloignai à pas lourds vers mon cours d'anglais. Sans Edward, la journée promettait d'être insupportable. Je boudai ainsi durant une heure, très consciente que mon attitude n'arrangeait rien. Lorsque la cloche retentit, je me levai sans enthousiasme. Mike me tint la porte.

— Edward est parti en randonnée ? s'enquit-il aimablement alors que nous émergions sous la bruine.

— Oui.

— Ça te dit de sortir ce soir ?

Comment pouvait-il nourrir pareil espoir ?

— Désolée, ronchonnai-je, c'est impossible. Je suis invitée ailleurs.

Il me jeta un coup d'œil surpris.

— Qui va...

Il fut interrompu par un rugissement en provenance du parking. Tous les élèves se retournèrent et virent, désarçonnés, une moto noire s'arrêter dans un crissement de pneus près du trottoir. Jacob agita la main.

— Cours, Bella, cours ! me hurla-t-il pour couvrir le bruit du moteur.

Je me figeais puis compris. Je regardai brièvement Mike. Je n'avais que quelques secondes. Alice oserait-elle me retenir en public ?

— Je me suis sentie mal et suis rentrée chez moi, d'accord ? lançai-je à Mike, tout excitée.

— Très bien.

Je l'embrassai vivement sur la joue.

— Merci, Mike, je te le revaudrai.

Sur ce, je déguerpis. Jacob fit demi-tour, hilare, et je sautai derrière lui avant d'enrouler mes bras autour de sa taille. J'eus le temps d'apercevoir Alice près de la cafétéria, les yeux rageurs, les lèvres retroussées sur un rictus mauvais. Je lui adressai un regard d'excuse. Puis nous filâmes, si vite que je laissai mon estomac sur place.

— Accroche-toi ! brailla Jake.

J'enfouis ma tête dans son dos tandis qu'il fonçait sur la nationale. Il ralentirait lorsque nous atteindrions la frontière du territoire Quileute. Il me suffisait de tenir jusque-là. En silence, je priai pour qu'Alice ne nous suive pas, et que Charlie ne nous voie pas.

Je n'eus effectivement aucune difficulté à deviner que nous avions atteint la zone de sécurité, car la moto perdit de la vitesse, Jacob se redressa et partit d'un immense éclat de rire.

— On les a eus ! s'écria-t-il. Sacrée évasion, hein ?

— Bien joué, Jake.

— Je me suis souvenu de ce que tu m'avais raconté sur la sangsue incapable de deviner mes intentions. Je suis content que tu n'y aies pas songé, toi. Sinon, elle ne t'aurait pas autorisée à aller au bahut.

— C'est bien pourquoi je ne l'ai même pas envisagé.

— Alors, qu'as-tu envie de faire, aujourd'hui ?

— Tout ce que tu voudras !

Nous rîmes. Quel bonheur d'être libre !

8

MAUVAIS CARACTÈRE

Une fois de plus, nous nous retrouvâmes à arpenter la plage sans but précis. Jacob ne cessait de se rengorger d'avoir mis au point mon escapade.

— Penses-tu qu'ils vont venir te chercher ? s'enquit-il d'une voix pleine d'espoir.

— Non, affirmai-je avec certitude. En revanche, ils seront furieux après moi quand je rentrerai

— Alors, reste, proposa-t-il de nouveau en ramassant un galet qu'il lança dans les vagues.

— Voilà qui ravirait Charlie.

— Il n'aurait rien contre.

Je ne relevai pas, il avait sans doute raison, ce qui me mettait hors de moi. La préférence évidente de mon père pour mes amis Quileute était injuste. Aurait-il réagi ainsi s'il avait su que je devais choisir entre des vampires et des loups-garous ?

— Raconte-moi le dernier scandale qui secoue la meute, lançai-je d'un ton léger.

Jacob se figea sur place et me toisa, choqué.

— Quoi ? me défendis-je. Je plaisantais.

— Ah...

Il détourna les yeux. J'attendis qu'il se remette en route, mais il semblait perdu dans ses pensées.

— Il y a vraiment un scandale ? m'étonnai-je.

— J'oublie à quoi ça ressemble de ne pas être constamment au courant de tout, rigola Jacob avec amertume. D'avoir un endroit intime et silencieux dans un coin de la tête.

Nous avançâmes pendant quelques instants sans rien ajouter, puis je le relançai.

— Alors, de quoi s'agit-il, maintenant ?

Il hésita, soupesant ce qu'il pouvait ou non me révéler.

— L'imprégnation de Quil a eu lieu, soupira-t-il ensuite. Cela en fait trois, à présent. Nous autres, qui restons en plan, commençons à nous inquiéter. Si ça se trouve, c'est plus courant que ce que les légendes laissent entendre...

Il s'interrompit, me dévisagea, sourcils froncés.

— Qu'est-ce que tu as à me regarder comme ça ? demandai-je, gênée.

— Rien.

Il reprit sa marche. Sans y prêter attention apparemment, il s'empara de ma main. Notre image s'imposa à moi – un couple se promenant sur la grève – et je faillis objecter. Mais il en avait toujours été ainsi avec Jacob, et je n'avais guère de raison de me mettre dans tous mes états.

— Pourquoi cet événement provoque-t-il une histoire ? m'enquis-je quand je compris qu'il n'avait pas l'intention de continuer de lui-même. Est-ce parce qu'il est le plus récent de vous tous ?

— Non, rien à voir.

— Quoi, alors ?

— Encore une de ces choses que mentionnent les légendes, marmotta-t-il. Quand cesserons-nous d'être surpris par leur véracité ?

— Tu craches le morceau ou il faut que je devine ?

— Tu n'y arriveras pas. Bon, tu te souviens que, jusqu'à récemment, Quil n'était pas très proche de nous. Il n'a donc pas beaucoup fréquenté la maison d'Emily.

— Il s'est imprégné d'Emily, lui aussi ? m'exclamai-je.

— Non ! Ne cherche pas, tu ne trouveras pas. Emily a reçu la visite de ses deux nièces, il y a quelque temps, et Quil a rencontré... Claire.

— Et Emily ne souhaite pas que sa nièce soit avec un loup-garou ? Voilà qui est un peu hypocrite.

Je comprenais cependant qu'elle plus que toute autre réagisse ainsi, et je revis les cicatrices qui marquaient son visage et son bras droit. Sam avait perdu le contrôle de lui-même, une fois, une seule, alors qu'il était près d'elle. Cela avait suffi... Je me remémorai la souffrance qui nimbait les prunelles de Sam quand il regardait les blessures qu'il avait infligées à sa bien-aimée. Que cette dernière souhaitât protéger sa nièce de pareille mésaventure n'avait rien d'étonnant.

— Tu es à des kilomètres de la vérité, rétorqua Jacob.

Emily n'a rien contre. Le problème, c'est qu'il est... un peu tôt.

— Comment ça ?

— Essaye de ne pas porter de jugement hâtif, d'accord ?

J'acquiesçai.

— Claire a deux ans.

Il se mit à pleuvoir à verse, je clignai des paupières pour chasser les gouttes qui m'aveuglaient. Jake attendait, le visage impénétrable. Comme d'habitude, il n'avait pas de veste, et son T-shirt noir était constellé de taches plus sombres, tandis que ses cheveux dégoulinaient.

— Quil... s'est imprégné d'une... enfant de deux ans ? finis-je par articuler.

— Cela se produit parfois. Du moins c'est ce que prétendent nos histoires.

Il ramassa un autre galet, l'envoya valser dans l'eau.

— Mais ce n'est qu'un bébé !

— Quil ne vieillira pas, me rappela-t-il d'une voix acide. Il n'aura qu'à patienter durant deux décennies.

— Je... je suis estomaquée.

En réalité, j'étais horrifiée, même si je m'efforçais de ne pas critiquer. Jusqu'à présent, et depuis que j'avais découvert qu'ils n'étaient pas responsables de la série de meurtres dont je les avais un temps soupçonnés, il n'y avait rien eu concernant les loups-garous qui m'eût gênée. Là, cependant...

— Tu portes des jugements, m'accusa-t-il. Je le lis sur tes traits.

— Excuse-moi. Mais ça flanque la frousse.

— Tu n'y piges rien ! s'emporta-t-il, véhément soudain. J'ai assisté au phénomène, je l'ai lu dans les yeux de Quil. Il n'y a rien de romantique là-dedans, pour lui... pas encore. C'est tellement difficile à décrire. Ça n'a rien à voir avec un coup de foudre, ça ressemble plutôt à... la gravité. Lorsque tu vois ton âme sœur, c'est comme si, tout à coup, tu ne dépendais plus de l'attraction terrestre, mais de celle qu'*elle* exerce sur toi. Plus rien ne compte, sauf elle. Tu ferais n'importe quoi pour elle, tu deviendrais n'importe qui. Tu te transformes en celui qu'elle veut, protecteur, amant, ami ou frère. Quil sera le meilleur grand frère que Claire n'aura jamais. Pas un bébé sur la planète ne bénéficiera d'autant de soins que cette petite fille. Plus tard, quand elle aura besoin d'un confident, il sera plus compréhensif et digne de confiance que n'importe qui. Adulte, il lui apportera le même bonheur que celui que partagent Emily et Sam.

Une étrange amertume teinta ces dernières paroles.

— Mais elle, lui laisse-t-on l'opportunité de choisir ? demandai-je.

— Naturellement. Pourquoi rejetterait-elle Quil, cependant ? Il sera sa moitié, comme s'il n'avait été créé que pour elle.

Nous fîmes quelques pas en silence, puis je m'arrêtai pour lancer à mon tour un galet dans l'océan. Il retomba piteusement sur la grève, à quelques mètres de l'eau, ce qui déclencha les rires moqueurs de Jacob.

— Tout le monde ne peut être doté d'une force monstrueuse, murmura-t-il en soupirant.

— Quand penses-tu que cela t'arrivera ?

— Jamais ! répondit-il aussitôt.

— Ce n'est pas une chose que tu peux contrôler, si je ne m'abuse ?

Il se tut. Inconsciemment, nous avions tous deux ralenti, avancions à peine maintenant.

— En effet, admit-il. Pour autant, tu dois *voir* l'objet de l'imprégnation, celle qui t'est destinée.

— Et tu crois que, parce que tu n'as pas encore rencontré la tienne, elle n'existe pas ? Pardonne-moi, Jacob, mais tu ne connais pratiquement rien du monde. Encore moins que moi.

— C'est vrai, reconnut-il à voix basse avant de me transpercer de ses prunelles sombres. Sauf que je ne vois personne d'autre que toi, Bella. Y compris quand je ferme les yeux et que j'essaye de penser à autre chose. Interroge Quil et Embry. Ça les rend dingues.

Je baissai la tête. Nous ne bougions plus. Le seul bruit était celui des vagues s'abattant sur le sable, fracas qui dissimulait le clapotis de la pluie.

— Je ferais mieux de rentrer, chuchotai-je.

— Non ! protesta-t-il, déstabilisé.

Je le regardai. Il avait l'air anxieux.

— Tu as la journée devant toi, non ? Le buveur de sang est toujours absent.

Je le toisai.

— Désolé, s'empressa-t-il de s'excuser.

— J'ai en effet toute la journée, Jake. N'empêche...

— Je suis navré, se défendit-il en levant les mains. Je te promets de ne plus parler ainsi. D'être moi.

— Il y a ce que tu penses, soupirai-je.

— Ne t'inquiète pas pour cela, insista-t-il avec un sourire forcé. Préviens-moi seulement si je t'offense.

— N'empêche...

— Viens, retournons chercher nos motos. Il faut que

tu conduises régulièrement si tu tiens à ne pas perdre le coup.

— Je n'ai pas franchement le droit de...

— Et qui te l'interdit ? Charlie ou la sang... lui ?

— Les deux.

Il m'adressa le sourire que j'aimais, redevenant le garçon solaire et chaleureux qui me manquait tant. Je fus forcée de me dérider également. L'averse s'estompa, se transformant en bruine.

— Je te promets de garder le secret, s'esclaffa-t-il.

— Pas auprès de tes amis.

— Je te jure de ne pas y penser.

— Si je me blesse, c'est que j'aurai trébuché.

— Tout ce que tu voudras.

Nous prîmes les motos et nous baladâmes autour de La Push jusqu'à ce que la pluie rende les chemins trop boueux. De plus, Jacob affirma qu'il allait s'évanouir s'il ne mangeait pas. Billy m'accueillit avec décontraction, à croire que ma réapparition n'impliquait rien d'autre que mon envie de passer la journée avec son fils, mon ami. Une fois les sandwiches terminés, nous allâmes au garage afin de nettoyer les machines. Je n'y avais pas mis les pieds depuis des mois – depuis le retour d'Edward –, mais j'eus l'impression de ne l'avoir jamais quitté.

— C'est sympa, dis-je à Jake lorsqu'il sortit deux canettes tièdes d'un sac. Cet endroit m'a manqué.

Il observa avec fierté son royaume – deux abris de jardin en plastique qu'il avait réunis.

— Je te comprends ! La splendeur du Taj Mahal sans le fric que ça coûterait d'y aller.

— Au petit Taj Mahal de l'État de Washington, alors ! lançai-je en levant mon soda.

Nous trinquâmes.

— Tu te souviens de la Saint-Valentin ? me demanda-t-il ensuite. La dernière fois que tu es venue ici. La dernière fois que les choses ont été... normales.

— Oui. J'ai troqué une vie de servitude contre une boîte de cœurs en sucre. Pas de danger que j'oublie cela.

— La servitude, c'est vrai. Il va falloir que je trouve comment m'y prendre. J'ai l'impression que des années ont passé. Que c'était une autre époque. Plus heureuse.

Je ne pouvais être d'accord. J'étais heureuse, à présent, même si me surprenait la quantité d'éléments datant de ma traversée du désert que j'avais perdus au passage. Je contemplai la lisière de la forêt inhospitalière. L'averse avait repris du poil de la bête, mais il faisait bon dans le garage, près de Jacob. Il dégageait une chaleur de chaudière. Ses doigts frôlèrent les miens.

— Tout a vraiment changé, murmura-t-il.

— Oui, admis-je en tapotant le pneu arrière de ma moto. Charlie ne m'en voulait plus, j'espère que Billy ne vendra pas la mèche.

— Ne t'inquiète pas pour ça. Il ne s'angoisse pas autant que ton père. À propos, je n'ai pas eu l'occasion de présenter mes excuses pour t'avoir dénoncée. Je regrette d'avoir parlé.

— Moi aussi !

— Je suis vraiment, vraiment désolé.

Il me fixa, plein d'espoir, ses cheveux noirs et humides emmêlés pointant dans toutes les directions.

— Oh, d'accord ! Je te pardonne !

— Merci, Bella !

Il afficha une expression rayonnante, puis s'assombrit de nouveau.

— Tu sais, le jour où j'ai rapporté la moto chez toi... je voulais te demander quelque chose. Tout en... ne le voulant pas.

Je me raidis, une habitude que j'avais empruntée à Edward.

— Étais-tu sérieuse, ou cherchais-tu seulement à m'embêter ? chuchota-t-il.

— À quel propos ? répondis-je, alors que j'avais deviné l'allusion.

— Ne joue pas l'innocente. Quand tu as dit que ça ne me concernait pas s'il... s'il te mordait.

— Jake..., commençai-je avant de m'interrompre, la gorge nouée.

— Tu étais sérieuse ? répéta-t-il en fermant les yeux et en inspirant profondément.

Il s'était mis à trembler un peu.

— Oui.

— Je m'en doutais.

Je le dévisageai, attendant qu'il rouvrît les paupières.

— Tu comprends ce que ça signifie. Tu es au courant de ce qui se passera s'ils rompent le traité ?

— Nous partirons avant, objectai-je d'une toute petite voix.

Pour le coup, il écarquilla les yeux, dont la noire profondeur se teinta de colère et de chagrin.

— Le traité ne stipule aucune limite géographique, Bella. Nos arrière-grands-pères ont accepté la paix uniquement parce que les Cullen ont affirmé être différents, ont juré que les humains ne risquaient rien. Ils ont promis qu'ils ne tueraient ni ne changeraient plus personne. S'ils reviennent sur leur parole, l'accord sera caduc, et nous les traiterons comme les autres vampires.

— Mais, Jake, le traité n'a-t-il pas été déjà violé ? Une clause ne stipulait-elle pas que vous ne deviez en aucun cas mentionner leur existence ? Or, tu m'as tout dit.

Il n'apprécia guère que je lui rappelle ce détail, et ses prunelles se durcirent encore.

— Oui, j'ai rompu le traité. Avant de croire à toutes ces choses. Et je suis certain qu'ils l'ont appris de ta bouche. (Honteuse, je baissai la tête.) Cela ne leur donne pas pour autant le droit de prendre une revanche. Une erreur n'en autorise pas une autre dans le camp adverse. Leur seule option pour objecter à ma faute est la même que celle que nous aurons quand ils trahiront leur parole – l'attaque. La guerre.

Il l'affirmait avec une telle conviction que j'en frissonnai.

— Il n'y a rien d'obligatoire, protestai-je.

— C'est ainsi, gronda-t-il.

Le silence qui suivit me parut très bruyant.

— Me pardonneras-tu ? murmurai-je.

Paroles que je regrettai immédiatement, peu désireuse de connaître sa réponse.

— Tu ne seras plus Bella. Mon amie n'existera plus. Je n'aurai personne à pardonner.

— Cela ressemble à un non.

Nous nous dévisageâmes un long moment.

— Est-ce un adieu, Jake ? finis-je par lâcher.

— Pourquoi ? s'étonna-t-il. Il nous reste plusieurs années. Notre amitié ne peut-elle durer jusque-là ?

— Pas des années, le corrigeai-je avec un rire sans joie. Quelques semaines tout au plus.

Sa réaction me prit au dépourvu. Il bondit sur ses

pieds, et la canette explosa dans sa main, répandant du soda partout, y compris sur moi.

— Jake ! protestai-je.

Je me tus cependant en constatant qu'il tremblait, et qu'un grondement sourd émanait de son torse. Je me figeai, trop choquée pour bouger. Ses tremblements s'amplifièrent, de plus en plus violents, au point que sa silhouette devint floue. Puis il serra les dents, étouffa son feulement, ferma fort les paupières, se concentra. Peu à peu, il cessa de frémir, seules ses mains continuant de s'agiter.

— Des semaines, marmonna-t-il.

Je ne pipai mot, encore pétrifiée. Il rouvrit les yeux, la fureur les avait désertés.

— Il va te changer en infâme buveuse de sang dans quelques *semaines* ! siffla-t-il.

Trop frappée pour m'offenser des termes, je me contentai d'acquiescer. Sa peau vira au verdâtre.

— À quoi t'attendais-tu, Jake ? chuchotai-je. Il a *dix-sept* ans, j'approche à grands pas des dix-neuf. D'ailleurs, pourquoi retarder l'échéance ? Il est tout ce que je veux. Que puis-je faire d'autre ?

Ce n'était qu'une question rhétorique, mais sa réponse claqua comme un fouet.

— N'importe quoi. Mieux vaudrait encore que tu meures. Je préférerais cela.

Je me recroquevillai comme s'il m'avait giflée. Un coup aurait été moins douloureux. Rapidement cependant, ma souffrance le céda à la colère.

— Si ça se trouve, tu auras cette chance ! m'écriai-je en me levant. Un camion m'écrasera peut-être sur le chemin du retour.

Attrapant ma moto, je la sortis du garage. Jacob ne réagit pas. J'enfourchai l'engin dès que je l'eus poussé sur le chemin boueux et démarrai dans une gerbe de terre. Je priai pour que Jacob en fût éclaboussé.

J'arrivai chez les Cullen trempée comme une soupe. Sur la nationale, le vent avait gelé la pluie sur mes joues, et je m'étais mise à claquer des dents avant même d'avoir parcouru la moitié du chemin. Je poussai l'engin dans l'immense garage de la demeure et, sans surprise, découvris Alice perchée sur le capot de la Porsche. Elle en caressait la peinture jaune.

— Je n'aurai même pas eu l'occasion de la conduire, soupira-t-elle.

— Navrée, crachai-je en tremblotant.

— Une bonne douche a l'air de s'imposer, poursuivit-elle en sautant sur ses pieds.

— Oui.

Elle m'examina soigneusement, fit la moue.

— Souhaites-tu en discuter ?

— Non.

Elle hocha la tête, mais la curiosité allumait ses yeux.

— As-tu envie d'aller à Olympia ce soir ?

— Pas très, non. Puis-je rentrer chez moi ?

Elle grimaça.

— Tant pis. Si ça doit te faciliter les choses, je reste.

— Merci.

Elle parut soulagée.

Je me couchai tôt, roulée en boule sur le divan. Lorsque je m'éveillai, il faisait sombre. J'avais beau être dans la confusion, je devinai que le jour n'était pas encore levé. Yeux fermés, je m'étirai, roulai sur le côté.

Il me fallut une seconde pour me rendre compte que ce mouvement aurait dû me projeter par terre. Et que ma couche était bien trop confortable. Me remettant sur le dos, j'ouvris les paupières. On n'y voyait guère, les nuages étant trop épais pour que la lune les transperçât.

— Excuse-moi, murmura-t-il si doucement que sa voix se fondit dans l'obscurité. Je ne voulais pas te réveiller.

Je me raidis, guettant l'explosion de fureur – tant la sienne que la mienne. Rien ne vint cependant, et la pièce resta plongée dans la quiétude. Je sentais presque sur ma langue la douceur de nos retrouvailles, une fragrance différente de son haleine parfumée. Le vide né de notre séparation laissait son propre arrière-goût amer, une chose dont je ne prenais conscience qu'après qu'il eut été comblé.

L'espace nous séparant n'était pas hostile. L'immobilité était paisible, pas le calme avant la tempête, plutôt une nuit claire durant laquelle on n'aurait même pas songé à l'éventualité d'une tempête.

J'étais censée être en colère contre lui, cela m'était égal. J'étais censée en vouloir à la terre entière, je m'en fichais. Je tendis la main, tâtonnai à la recherche de ses doigts et me rapprochai. Ses bras m'enveloppèrent, me plaquant contre son torse. Mes lèvres traquèrent les siennes, inspectant sa gorge, son menton, jusqu'à ce qu'elles fussent au but. Il me donna un baiser long et tendre, puis rit doucement.

— J'étais prêt à subir un courroux plus fort que la rage des grizzlis, et à quoi ai-je droit ? Je devrais te fâcher plus souvent.

— Donne-moi une minute pour démarrer, plaisantai-je en l'embrassant derechef.

— Prends tout ton temps.

Ses doigts fourragèrent dans mes cheveux, mon souffle devint plus heurté.

— Demain matin, alors.

— Comme tu voudras.

— Je suis heureuse que tu sois rentré.

— Moi aussi, je suis content d'être ici.

Je resserrai ma prise autour de son cou. Sa main s'enroula autour de mon épaule avant de descendre le long de mon bras, d'effleurer mes côtes, ma taille, ma hanche, ma cuisse, mon genou, puis de s'arrêter sur mon mollet. Soudain, il souleva ma jambe, m'amena à moitié sur lui. Je cessai de respirer. D'ordinaire, il n'autorisait pas d'aussi sensuels attouchements. Malgré la fraîcheur de ses doigts, je m'enflammai. Ses lèvres chatouillaient le creux de ma gorge.

— Je ne voudrais pas déclencher ton ire prématurément, mais voudrais-tu m'expliquer en quoi ce lit te déplaît ?

Sans me laisser le temps de répondre ni même de saisir le sens de ses paroles, il roula sur le flanc et prit mon visage entre ses paumes, l'inclinant de telle façon que sa bouche pût reposer sur mon cou. Mon souffle devint bruyant au point que c'en était presque embarrassant, mais je n'éprouvais aucune honte.

— Alors, ce lit ? insista-t-il. Moi, je le trouve bien.

— Il était inutile, haletai-je.

Il m'attira à lui, ma bouche se colla à la sienne. Lentement cette fois, il roula de manière à se positionner au-dessus de moi. Son corps de marbre froid s'appuya contre le mien, bien qu'il évitât de peser sur moi. Le sang battait si fort à mes oreilles que j'eus du mal à entendre son rire léger.

— Voilà qui est sujet à débat, objecta-t-il. Nos galipettes seraient difficiles à exécuter sur un canapé.

Glacée comme la neige, sa langue lécha le contour de mes lèvres. J'avais le vertige à force d'avoir le souffle court.

— As-tu changé d'avis ? demandai-je, hors d'haleine.

Avait-il revu à la baisse ses règles de prudence ? Ce lit avait peut-être plus de sens que je ne lui en avais prêté au départ. J'attendis sa réponse, mes côtes rendues douloureuses par la chamade qui affolait mon cœur. Il soupira, roula de nouveau sur le côté.

— Ne sois pas sotte, Bella, me morigéna-t-il. J'essayais seulement d'illustrer les avantages d'une couche que tu n'as pas l'air d'apprécier. Ne t'emballe pas.

— Trop tard ! Et ce lit me plaît.

— Tant mieux. À moi aussi.

— Pour autant, il est inutile si nous ne nous emballons pas.

— Pour la centième fois, je te répète que c'est trop dangereux.

— J'aime les risques.

— Je sais.

Cette réplique fut prononcée avec une aigreur qui m'amena à penser qu'il avait remarqué la moto, dans le garage.

— Je vais te dire ce qui est périlleux, moi, enchaînai-je avant qu'il ne change de sujet. Un de ces jours, je vais me consumer entièrement, et tu n'auras plus qu'à t'en prendre à toi-même.

Il me repoussa.

— Hé ! protestai-je en m'agrippant à lui.

— Je t'évite la combustion spontanée, puisque tout cela est trop dur pour toi...

— Je tiens le coup.

Il m'autorisa à me blottir à nouveau dans ses bras.

— Désolé de t'avoir donné de faux espoirs et de te décevoir. Ce n'était pas bien.

— Au contraire. C'était très, très bien.

— Tu n'es pas fatiguée ? Je devrais te laisser dormir.

— Non, ça va. Et je ne refuserais pas que tu me redonnes de faux espoirs.

— Mauvaise idée. Tu n'es pas la seule à être transportée.

— Si ! grommelai-je.

— Tu n'as aucune idée de l'effet que tu produis sur moi, rigola-t-il. Et que tu t'efforces de saper mes résolutions n'aide en rien.

— Ne t'attends pas à ce que je m'excuse.

— Suis-je autorisé à m'excuser, moi ?

— Pour quoi ?

— Je te rappelle que tu étais fâchée contre moi.

— Oh ! ça.

— Je suis désolé. J'ai eu tort. Il m'est beaucoup plus facile de te savoir en sécurité ici. Je deviens un peu cinglé quand je m'éloigne de toi. Je ne crois pas que je repartirai aussi loin, ça n'en vaut pas la peine.

— As-tu déniché des pumas ?

— Oui. Ils ne pèsent pas lourd dans la balance de

mon anxiété, cependant. Je regrette d'avoir confié ton enlèvement à Alice. Ce n'était pas une bonne idée.

— Non, en effet.

— Je ne recommencerai pas.

— Bien, acceptai-je sans lutter, lui ayant déjà pardonné. Remarque, certains enlèvements ont leurs avantages. Je suis d'accord pour être *ta* prisonnière. Quand tu voudras.

— Hum... méfie-toi que je ne te prenne au mot.

— Tu as fini ? C'est mon tour, à présent ?

— Ton tour ?

— De m'excuser.

— Pour quelle raison ?

— Tu n'es pas furieux ? m'étonnai-je.

— Non.

Il semblait sincère.

— Tu n'as pas vu Alice à ton retour ?

— Si.

— Et tu ne vas pas lui reprendre la Porsche ?

— Bien sûr que non. C'est un cadeau.

J'aurais aimé voir son expression – il avait l'air insulté.

— Tu n'as pas envie de savoir ce que j'ai fait ? insistai-je, de plus en plus surprise par son absence de réaction.

Il haussa les épaules.

— Tout ce qui te concerne m'intéresse, mais tu n'es pas obligée de me le dire.

— Je suis allée à La Push, Edward !

— Je suis au courant.

— Et j'ai séché le lycée.

— Moi aussi.

Je relevai la tête, promenai mes doigts sur ses traits en tâchant de saisir son état d'esprit.

— D'où te vient cette subite tolérance ?

— Après mûre réflexion, j'ai conclu que tu avais raison, soupira-t-il. Mes réticences tiennent plus à mes... préjugés à l'encontre des loups-garous qu'à autre chose. Je vais essayer de me montrer plus raisonnable et de me fier à ton jugement. Si tu affirmes ne rien risquer là-bas, alors, je suis prêt à te croire.

— Eh bien !

— Plus important encore... je ne tiens pas à ce que cette question nous sépare.

M'appuyant de nouveau contre lui, je fermai les yeux, béate.

— Alors, poursuivit-il sur un ton décontracté, as-tu projeté de retourner bientôt à la réserve ?

Je ne répondis pas. Sa question avait réveillé le souvenir des paroles de Jacob, et j'avais la gorge serrée, soudain. Edward interpréta faussement mon silence et ma tension.

— Juste pour que je puisse établir mes propres plans, se justifia-t-il. Pour que tu ne te sentes pas obligée de revenir à toute vitesse sous prétexte que je suis là à t'attendre.

— Non, murmurai-je d'une voix que, moi-même, je ne reconnus pas. Je n'ai pas l'intention d'y retourner.

— Oh ! Tu n'es pas obligée de te sacrifier pour moi.

— Je pense que je ne suis plus la bienvenue là-bas.

— Aurais-tu écrasé un chat ? plaisanta-t-il.

Il ne voulait pas m'arracher des explications, même si sa curiosité était intense.

— Non, soupirai-je. Je croyais que Jake aurait compris que... je ne m'attendais pas à ce qu'il soit décontenancé... il n'avait pas deviné que... ce serait si tôt.

— Ah !

— Il a craché qu'il préférerait que je sois morte.

Edward se raidit un instant, luttant contre une réaction instinctive.

— Je suis désolé, murmura-t-il ensuite en me serrant contre lui.

— Tu n'es pas content ?

— Alors qu'il t'a blessée ? Je ne suis pas comme ça, Bella.

Je me blottis encore plus contre son corps de pierre. La tension l'avait repris, cependant.

— Qu'y a-t-il ? chuchotai-je.

— Rien.

— Dis-moi.

Il hésita.

— Je ne veux pas que tu te fâches.

— Dis-moi quand même.

Il grogna.

— Je serais capable de le tuer pour avoir prononcé pareils mots.

— Heureusement que tu sais te contrôler, alors, rétorquai-je avec un rire forcé.

— Il arrive que mes pulsions l'emportent.

— Auquel cas, choisis-moi pour cible.

Je m'emparai de son visage et tentai de l'embrasser. Il me cloua dans l'étau de ses bras.

— Pourquoi dois-je donc toujours être le plus responsable de nous deux ? se plaignit-il.

Je souris.

— Tu n'es pas obligé. Laisse-moi être responsable pendant quelques minutes... quelques heures.

— Bonne nuit, Bella.

— Attends ! Je veux te demander autre chose.

— Quoi ?

— J'ai discuté avec Rosalie, hier soir.

Il se cabra une fois encore.

— Je sais, murmura-t-il, elle y pensait quand je suis revenu. Elle t'a donné matière à réflexion, non ?

Il était anxieux, craignant sans doute que je voulusse parler des raisons que m'avait exposées sa sœur de rester humaine. C'était cependant une matière plus urgente qui m'intéressait.

— Elle a évoqué en passant votre séjour à Denali.

— Et ? s'étonna-t-il.

— Elle a mentionné une bande de femmes... et toi.

J'attendis en vain une réaction.

— Ne t'inquiète pas, ajoutai-je quand le silence devint gênant. Elle a précisé que tu n'avais... marqué aucune préférence. Mais, je m'interrogeais... l'une d'elles a-t-elle essayé de...

Là encore, il ne dit rien.

— Laquelle ? insistai-je en m'efforçant de rester calme. Ou... lesquelles ?

Toujours rien. J'aurais aimé distinguer ses traits pour saisir ce que ce mutisme dissimulait.

— Alice me racontera, m'agaçai-je. Je vais aller la trouver sur-le-champ.

Il resserra son étreinte, m'empêchant de bouger.

— Il est tard, lâcha-t-il d'une voix embarrassée, nerveuse. D'ailleurs, Alice est sortie.

— Alors, il y a vraiment eu quelque chose, hein ?

La panique commença à m'envahir, et mon pouls s'accéléra, tandis que j'imaginais une rivale somptueuse et immortelle dont je ne m'étais jamais doutée qu'elle avait existé.

— Calme-toi, Bella, me cajola-t-il en m'embrassant sur le nez. Tu es absurde.

— Ah bon ? Dans ce cas, pourquoi te tais-tu ?

— Parce qu'il n'y a rien à dire. Tu te montes le bourrichon.

— Laquelle ? persistai-je.

— Tanya a exprimé un vague intérêt, soupira-t-il. Je lui ai fait comprendre, d'une manière très courtoise, en vrai gentleman, qu'elle m'était indifférente. Point barre.

— À quoi ressemble-t-elle ? m'enquis-je en tâchant de rester imperturbable.

— À nous tous. Peau blanche, prunelles dorées.

— Et, naturellement, d'une beauté extraordinaire.

Il haussa les épaules.

— Aux yeux des humains, oui, j'imagine. Mais devine un peu.

— Quoi ? grognai-je.

— J'aime mieux les brunes.

— Donc, elle est blonde. Ça ne m'étonne pas.

— Blond vénitien, pas du tout mon type.

Il baisa mon oreille, descendit le long de ma joue, de ma gorge, remonta en suivant le même chemin. Ce petit jeu se répéta à trois reprises avant que je réussisse à retrouver ma voix.

— Bon, alors tout va bien, marmonnai-je.

— Hum, tu es plutôt adorable quand tu es jalouse. Ça me plaît assez.

Je grimaçai.

— Il est tard, enchaîna-t-il avec des intonations envoûtantes, telle une berceuse soyeuse. Dors, ma Bella. Fais de beaux rêves. Tu es la seule à avoir touché mon cœur. Il t'appartiendra toujours. Dors, mon unique amour.

Il se mit à fredonner la mélodie qu'il avait composée pour moi. Devinant que je serais incapable d'y résister, je renonçai à lutter, fermai les paupières et me pelotonnai contre son torse.

9

CIBLE

Le lendemain matin, Alice me déposa à la maison, histoire de sauvegarder les apparences de notre soirée entre filles. Edward était censé me rejoindre peu après, de retour de sa « randonnée », selon la version officielle. Toutes ces apparences commençaient à me peser, et cet aspect de mon existence humaine ne me manquerait pas à l'avenir.

En entendant la portière claquer, Charlie jeta un coup d'œil par la fenêtre. Il adressa un signe de la main à Alice avant de venir m'accueillir sur le seuil.

— Tu t'es bien amusée ? s'enquit-il.

— Super. C'était très... filles.

Je me délestai de mon sac au pied de l'escalier et filai dans la cuisine à la recherche d'un en-cas.

— On t'a appelée, me lança mon père.

Sur le plan de travail, le calepin destiné aux messages était posé en évidence contre une soucoupe. « Jacob a téléphoné, avait écrit Charlie. Il regrette ses paroles. Ne les pensait pas. Te demande de le joindre. Sois sympa. Il avait l'air bouleversé. » Je fis la moue. Il n'était pas dans les habitudes de mon père de commenter les appels que je recevais. Quant à Jacob, qu'il aille au diable, avec ses émotions. Je n'avais pas envie de lui parler. D'après ce que j'avais compris, les loups-garous n'appréciaient guère que leurs ennemis les contactent. Si Jacob me préférait morte, autant qu'il s'accoutume au silence. L'appétit coupé, je ressortis de la pièce afin d'aller ranger mes affaires.

— Tu ne rappelles pas Jacob ? s'étonna Charlie en passant la tête par la porte du salon.

— Non.

Je grimpai les marches.

— Voilà qui n'est pas très joli, Bella. Il faut savoir pardonner.

— Mêle-toi de tes oignons, marmonnai-je d'une voix assez basse pour que mes paroles lui échappent.

La lessive s'étant accumulée, après avoir rangé mon dentifrice et laissé mon linge sale dans le couloir, je fonçai chercher les draps de mon père que je roulai en boule sur le petit tas de mes affaires avant d'entrer dans ma chambre pour retirer les miens.

Sur le seuil, je marquai une halte. Où était passé mon oreiller ? Je fouillai la pièce des yeux. Rien. L'endroit me parut étrangement bien rangé. N'avais-je pas abandonné mon sweat-shirt gris au pied du lit ? J'aurais juré aussi qu'une paire de chaussettes traînait derrière le rocking-chair, de même que le corsage rouge que j'avais essayé deux jours plus tôt avant de le suspendre au bras du fauteuil parce que je l'avais jugé trop habillé pour le lycée. Je soulevai le couvercle de ma propre corbeille à linge sale. Contrairement à ce que je pensais, elle ne débordait pas. Mon père avait-il fait une lessive ? Cela ne lui ressemblait guère.

— Tu as lancé une machine, papa ? criai-je.

— Euh... non. Il fallait ?

— Non, je m'en occupe. Es-tu entré dans ma chambre ?

— Du tout. Pourquoi ?

— Je ne retrouve pas... un corsage.

— Je n'y ai pas mis les pieds.

Je me souvins alors qu'Alice était venue prendre mon pyjama. Je n'avais pas remarqué qu'elle avait également emporté mon oreiller, sans doute parce que j'avais fui le lit acheté par Edward. Apparemment, elle avait profité de sa visite pour nettoyer au passage, et j'eus honte de ma négligence. Mais puisque le corsage rouge était propre, inutile de le laver. Je fouillai mon panier, m'attendant à le trouver sur le haut de la pile, fis chou blanc. J'eus beau résister à la paranoïa, il me sembla que d'autres vêtements manquaient à l'appel. Il n'y avait même pas de quoi faire une lessive complète.

M'emparant de mes draps et de ceux de Charlie, je me rendis dans la cuisine. Le tambour de la machine était vide. Pareil pour le sèche-linge. Je fronçai les sourcils, surprise.

— Tu as mis la main sur ce que tu cherchais ? brailla Charlie depuis le salon.

— Pas encore.

Remontant à l'étage, je me baissai et regardai sous le

lit. Là encore, je ne vis rien, sinon quelques moutons de poussière. J'entrepris d'inspecter mon armoire. J'avais peut-être rangé le corsage et ne m'en rappelais plus. La sonnette retentit, interrompant mon enquête. Edward.

— Visite ! m'informa mon père du canapé où il était vautré.

— Merci de te déplacer ! ripostai-je.

Un grand sourire aux lèvres, j'ouvris la porte. Les prunelles dorées d'Edward étaient écarquillées, ses narines dilatées, ses lèvres pincées.

— Que..., balbutiai-je, choquée.

Il posa un doigt sur sa bouche.

— Deux secondes. Ne bouge pas.

Il fila tandis que je me figeais sur place. Il fut si rapide que Charlie ne dut même pas le voir passer. Avant que j'aie eu le temps de me ressaisir, il était revenu. Un bras autour de ma taille, il m'entraîna vivement dans la cuisine. Ses yeux regardaient partout, et il me serrait contre lui en un geste défensif. Je jetai un coup d'œil en direction de mon père, qui nous ignorait soigneusement.

— Quelqu'un a pénétré ici, murmura Edward à mon oreille.

Sa voix était tendue, si douce que j'avais du mal à la percevoir par-dessus le bruit de la machine.

— Je te jure qu'aucun loup-garou...

— Ce n'est pas l'un d'eux, m'interrompit-il, mais l'un des nôtres.

Je me sentis blêmir.

— Victoria ? m'étranglai-je.

— Je n'identifie pas son odeur.

— Les Volturi, alors.

— Sûrement.

— Quand ?

— Tôt ce matin, Charlie dormait encore. C'est ce qui m'incite à penser à eux, on ne l'a pas touché. La visite avait un autre but.

— Moi.

Il ne répondit pas, pétrifié.

— Qu'est-ce que c'est que ces messes basses ? demanda Charlie, soupçonneux, en entrant dans la cuisine, un bol vide à la main.

J'étais verte. Un vampire était venu ici et avait profité du sommeil de mon père pour visiter la maison. La panique monta en moi, me nouant la gorge, et je contemplai Charlie, horrifiée. Son expression se modifia et, soudain, il afficha un grand sourire.

— Si vous deux vous disputez, je ne veux pas m'en mêler.

Il déposa son bol dans l'évier et repartit d'un pas guilleret au salon.

— Allons-y, m'ordonna Edward.

— Non, il y a Charlie ! protestai-je, rigide de frayeur au point d'avoir du mal à respirer.

Edward réfléchit un instant puis sortit son portable.

— Emmett ? murmura-t-il.

Il se lança dans une conversation au débit si précipité que je n'y compris rien. Moins d'une minute plus tard, il coupa la communication et m'emmena en direction de la porte.

— Emmett et Jasper arrivent, m'expliqua-t-il pour vaincre mes résistances. Ils vont écumer la forêt. Ton père ne risque rien.

Je me laissai entraîner, les idées encore embrouillées. Charlie remarqua mon regard apeuré, ce qui transforma sa satisfaction en étonnement. Il n'eut pas le loisir de réagir cependant, car Edward me tira dehors.

— Où allons-nous ? m'enquis-je, une fois dans la voiture.

— Parler à Alice.

— Tu crois qu'elle a vu quelque chose ?

— Peut-être.

La famille nous attendait, sur le qui-vive après le coup de fil d'Edward. Tous étaient figés dans diverses positions reflétant l'anxiété, et j'eus un peu l'impression d'un musée de cire.

— Que s'est-il passé ? lança Edward, dès que nous eûmes franchi la porte.

Furieux après Alice, il serrait les poings. Elle ne broncha pas, bras croisés sur la poitrine.

— Aucune idée, rétorqua-t-elle froidement. Je n'ai rien vu.

— Comment est-ce possible ? ragea-t-il.

— Edward, tentai-je de le calmer, n'appréciant pas qu'il s'adresse sur ce ton à sa sœur.

— Le talent d'Alice n'est pas une science exacte, intervint Carlisle d'une voix calme.

— Il est entré dans la chambre de Bella ! Il aurait pu l'attendre là-bas !

— Ça, je l'aurais pressenti, répondit sa sœur.

— Vraiment ?

— Tu exiges déjà de moi que je surveille les décisions des Volturi, le retour de Victoria, les moindres mouvements de Bella, répliqua-t-elle fraîchement. Que te faut-il de plus ? Que je m'occupe de Charlie, de la rue, de toute la ville ? Plus j'en fais, Edward, moins je vois. Des failles apparaissent forcément.

— J'ai cru comprendre en effet, aboya-t-il.

— Elle n'a couru de danger à aucun moment, sinon, je l'aurais su.

— Si tu épies l'Italie, pourquoi n'as-tu pas deviné qu'ils...

— Pour moi, ce n'est pas eux. Dans le cas contraire, j'aurais été avertie.

— Qui d'autre aurait laissé la vie à Charlie ?

Je tressaillis.

— Aucune idée, répondit Alice.

— Voilà qui nous aide.

— Arrête ça, Edward ! chuchotai-je.

Il se tourna vers moi, livide, mâchoires serrées, et me toisa durant quelques instants avant de brusquement se détendre.

— Tu as raison, Bella, me dit-il. Désolé. Excuse-moi, Alice, j'ai eu tort de m'en prendre à toi.

— Je comprends, le rassura-t-elle. Et je ne suis pas plus heureuse que toi de ce qui arrive.

— Bien, souffla Edward. Essayons d'être logiques. Quelles sont les options ?

D'un seul coup, tout le monde parut se relaxer. Alice s'appuya contre le divan, tandis que Carlisle s'approchait d'elle, le regard perdu dans le lointain. Esmé s'assit sur le canapé, jambes repliées sous elle. Seule Rosalie resta figée devant la baie vitrée, dos tourné à la pièce. Ses deux mains enserrant la mienne, Edward me poussa gentiment vers le sofa, et je m'installai près d'Esmé qui passa son bras autour de moi.

— Victoria ? demanda Carlisle.

— Non, répondit Edward. Je n'ai pas reconnu son

odeur. Peut-être un envoyé des Volturi que je n'aurais jamais rencontré...

— Aro n'a encore mandé personne pour s'occuper d'elle, objecta Alice. Je guette cet ordre depuis assez longtemps, je te garantis qu'il ne m'aurait pas échappé.

— Mais si ce n'était pas officiel ? gronda son frère.

— Quelqu'un qui agirait en solo ? Pourquoi ?

— Poussé par Caïus, suggéra Edward, le visage fermé.

— Ou Jane, admit Alice. Tous deux ont les moyens d'expédier un émissaire secret...

— Et ils ne manquent pas de motivations.

— Cela paraît peu probable, protesta leur mère. Alice aurait vu n'importe qui traquant Bella. Celui, ou celle, qui est venu n'avait pas l'intention de s'en prendre à elle. Ni à Charlie.

Encore une fois, je sursautai.

— Tout ira bien, me rassura-t-elle en caressant mes cheveux.

— Mais dans quel but ? questionna Carlisle, songeur.

— Vérifier si j'étais encore humaine ? suggérai-je.

— Oui, c'est possible, acquiesça-t-il.

Rosalie émit un souffle suffisamment audible pour que, même moi, je le perçoive. Elle perdit sa raideur et tourna la tête vers la cuisine, tandis qu'Edward prenait un air découragé. Emmett surgit dans le salon, Jasper sur ses talons.

— Parti depuis longtemps, annonça le géant. Il y a des heures. La trace s'orientait à l'est, puis au sud avant de disparaître dans une route de traverse. Une voiture attendait sans aucun doute.

— Nous jouons de malchance, maugréa Edward. S'il avait filé vers l'ouest... les cabots auraient pu se rendre utiles, une fois n'est pas coutume.

Je sursautai, Esmé me frotta l'épaule.

— Ni Emmett ni moi ne l'avons identifié, révéla Jasper à Carlisle, mais tiens.

Il tendit une tige de fougère brisée à Carlisle qui la porta à son nez.

— Non, décréta le médecin, ce fumet ne m'est pas familier. Jamais rencontré ce vampire.

— Nous nous égarons peut-être, insinua Esmé. Si ça se trouve, il ne s'agit que d'une coïncidence.

Devant le regard incrédule qu'affichaient les autres, elle se tut.

— Je ne parle pas d'une visite au hasard, précisa-t-elle ensuite, juste de curiosité. Bella est cernée par nos odeurs. Et s'il s'était simplement interrogé sur cette bizarrerie ?

— Pourquoi ne pas pousser jusqu'ici pour assouvir cette curiosité, alors ? contra Emmett.

— C'est ce que toi, tu aurais fait, riposta sa mère avec un sourire affectueux. Nous ne sommes pas tous aussi directs. Notre famille est vaste. Cet inconnu a très bien pu avoir peur. Cependant, comme Charlie n'a pas été attaqué, ce n'est pas forcément un ennemi.

De la curiosité, sans plus. Comme James et Victoria, au début ? Penser à la rouquine déclencha mes tremblements, même s'il était clair qu'elle n'avait pas été l'intruse. Pas cette fois. Elle avait un *modus operandi* établi et s'y tenait. Non, l'inconnu était quelqu'un d'autre. Je commençais à me rendre compte que la population vampirique avait beaucoup plus d'impact sur le monde que ce que j'avais imaginé. Avec quelle fréquence le chemin d'un humain insoucieux croisait-il le leur ? Combien de morts, attribuées à des meurtres ou à des accidents, étaient-elles en réalité le résultat de leur soif ? Quel serait leur nombre lorsque je finirais par les rejoindre ?

Les Cullen réfléchissaient aux paroles d'Esmé avec des expressions diverses. Edward n'était pas d'accord, je le devinais aisément. Carlisle, lui, aurait bien aimé l'être. Alice pinça les lèvres.

— Une coïncidence est improbable, déclara-t-elle. Le timing est trop bien choisi. Le visiteur a veillé à ne pas entrer en contact. Comme s'il savait que je risquais de le repérer...

— Ou pour d'autres raisons, lui rappela Esmé.

— L'identité de cet étranger a-t-elle une réelle importance ? m'enquis-je. Ne suffit-il pas qu'on m'ait cherchée ? À mon avis, nous ne devrions pas attendre la fin de l'année scolaire.

— Non, s'empressa d'objecter Edward. Ce n'est pas aussi grave. Si le péril était réel, nous le sentirions.

— Pense à Charlie, renchérit Carlisle. Cela le blesserait terriblement, si tu disparaissais.

— Mais je pense à lui, justement ! protestai-je. C'est pour lui que je m'inquiète. Et si mon visiteur avait eu soif, la nuit dernière ? Tant que je suis près de mon père, il est une cible. S'il lui arrive quelque chose, ce sera ma faute !

— Bien sûr que non, Bella, me réconforta Esmé, et Charlie est en sécurité. Nous allons seulement devoir nous montrer un peu plus attentifs.

— Pardon ? m'exclamai-je, ahurie.

— Tout ira bien, me promit Alice, tandis qu'Edward serrait ma main.

Je lus sur les visages magnifiques qui m'entouraient que rien de ce que je pourrais dire n'aurait d'effet.

Le retour chez Charlie fut morose. J'étais énervée. En dépit de moi, j'étais encore humaine.

— Tu ne seras jamais seule, me rassura Edward. Il y aura toujours l'un de nous. Emmett, Alice, Jasper...

— Ridicule ! Ils vont tellement se barber qu'ils seront obligés de me tuer pour ne pas périr d'ennui.

— Très drôle !

Mon père était de bonne humeur quand nous arrivâmes. Devinant la tension qui régnait entre Edward et moi, il la prenait pour ce qu'elle n'était pas. Il me regarda préparer le dîner avec un petit sourire satisfait. Edward s'était excusé, sans doute pour exercer une surveillance alentour, mais Charlie attendit exprès qu'il revienne pour me transmettre mes messages.

— Jacob a rappelé, se fit-il un plaisir de m'annoncer, sitôt mon amoureux présent.

Je déposai une assiette devant mon père sans trahir mes sentiments.

— C'est tout ?

— Ne sois pas mesquine, Bella. Il m'a paru très déprimé.

— Est-ce qu'il te paye pour ce boulot de relations publiques ou es-tu bénévole ?

Charlie grommela quelques paroles incompréhensibles jusqu'à ce que je lui serve sa pâtée pour couper court aux reproches. Il avait beau ne pas s'en être aperçu, il avait touché un point sensible. Mon existence était en train de ressembler à une partie de dés. Allais-je tirer deux as au prochain coup ? Et s'il m'arrivait effectivement des ennuis ? Laisser Jacob mariner dans sa culpabilité serait largement plus que mesquin, alors.

En même temps, je n'avais pas envie de discuter devant Charlie, d'être contrainte de surveiller le moindre de mes mots afin de ne pas lâcher une parole malheureuse. J'étais jalouse de la relation qui unissait Jacob et Billy. Comme l'existence devait être aisée quand on n'avait rien à cacher à celui avec lequel on vivait ! J'attendrais le matin. Il y avait peu de chances que je meure dans la nuit. Et quelques heures d'angoisse supplémentaires ne feraient pas de mal à Jake. Elles lui feraient même beaucoup de bien.

Lorsque Edward prit officiellement congé pour la soirée, je songeai à celui ou celle qui, sous les trombes d'eau, montait la garde devant chez nous. J'avais de la peine pour lui ou elle, tout en étant rassurée. Force m'était d'admettre qu'il était bon de savoir que je n'étais pas seule. D'ailleurs, Edward me rejoignit dans ma chambre en un temps record.

Une fois encore, il me chanta ma berceuse, et je m'endormis d'un sommeil paisible, consciente même dans l'inconscience de sa présence.

Au matin, Charlie partit pêcher en compagnie de son adjoint, Mark, avant que je ne sois levée. Je décidai de mettre à profit cette absence de surveillance pour être « une gosse bien ».

— Je m'en vais apaiser Jacob, avertis-je Edward après mon petit déjeuner.

— J'étais certain que tu lui pardonnerais, répondit-il

avec un sourire. La rancune ne compte pas parmi tes innombrables talents.

Je levai les yeux au ciel, ravie cependant. Apparemment, Edward avait dépassé ses préjugés contre les loups-garous. Ce n'est qu'après avoir composé le numéro que je songeai à consulter la pendule. Il était un peu tôt pour appeler, et je craignis de réveiller les Black. Cependant, on décrocha dès la seconde tonalité.

— Allô ? fit une voix endormie.

— Jacob ?

— Bella ! Je suis tellement désolé, Bella ! Je te jure que mes paroles ont dépassé ma pensée. J'ai été bête. J'étais furieux, même si ce n'est pas une excuse. Ne m'en veux pas, d'accord ? S'il te plaît. Tu n'as qu'à demander, et je suis ton esclave pour la vie. Simplement, pardonne-moi.

Il parlait à un tel débit que les mots se bousculaient.

— Je ne suis pas fâchée. Tu es pardonné.

— Merci ! souffla-t-il, visiblement soulagé. Je regrette vraiment d'avoir été un pareil crétin.

— Ne t'inquiète pas, j'ai l'habitude.

Il s'esclaffa.

— Viens me voir, me supplia-t-il ensuite. Je veux faire amende honorable.

— De quelle façon ? demandai-je, soupçonneuse.

— Ce que tu voudras. On plongera des falaises, si ça te tente.

— Tu n'as pas mieux à proposer ?

— Je veillerai à ce qu'il ne t'arrive rien.

Je jetai un coup d'œil à Edward. Malgré son calme apparent, ce n'était pas le moment.

— Pas maintenant, répondis-je.

— *Il* n'est pas super-content de moi, hein ? lança Jacob, plus honteux qu'amer pour une fois.

— Ce n'est pas le problème. Un incident est survenu, un peu plus préoccupant qu'un loup-garou adolescent et pénible.

En dépit de mes efforts pour présenter la nouvelle sur le ton de la plaisanterie, il ne fut pas dupe.

— Que se passe-t-il ? demanda-t-il, sérieux soudain.

— Hum...

Fallait-il le lui révéler ? Edward tendit la main pour s'emparer du combiné. J'étudiai ses traits. Il avait l'air relativement serein.

— Bella ? insista Jake.

En soupirant, mon amoureux rapprocha ses doigts.

— Edward souhaite te parler, d'accord ?

Il y eut un long silence.

— O.K. Ça risque d'être amusant.

Je passai l'appareil à Edward tout en le mettant en garde d'un regard appuyé. Cette conversation me rendait nerveuse.

— Bonjour, Jacob, dit-il avec sa courtoisie habituelle. (Pause.) Quelqu'un est venu ici, expliqua Edward. Une odeur que je n'ai pas identifiée. Ta meute a flairé un truc bizarre ? (Nouvelle pause. Edward hocha la tête, guère surpris apparemment.) Je refuse de perdre Bella de vue tant que je n'aurai pas réglé la question. Ça n'a rien de personnel...

Il fut interrompu par un bourdonnement de protestations, plus intenses que jamais, dont je ne saisis pas un traître mot, naturellement. Au moins, ni l'un ni l'autre ne paraissaient en colère.

— Tu as peut-être raison, reprit-il. Ta suggestion est

intéressante. Nous sommes prêts à renégocier. Si Sam est d'accord. Merci. (Pause.) J'escomptais m'y rendre seul, enchaîna-t-il, une soudaine expression de surprise sur ses traits. Et la laisser avec les autres.

À l'autre bout du combiné, les intonations étouffées montèrent dans les aigus, comme si Jacob essayait de le persuader.

— Je vais tâcher d'y réfléchir en toute objectivité, promit Edward. Autant que faire se peut. (Cette fois, la coupure fut plus brève.) Très bonne idée. Quand... Non, c'est bon. J'aimerais suivre la trace en personne. Dix minutes... D'accord. Tiens, Bella.

Il me tendit le téléphone.

— Qu'avez-vous décidé ? m'enquis-je auprès de Jacob, irritée d'avoir été mise à l'écart.

— Une trêve. Rends-moi service, arrange-toi pour persuader ton buveur de sang que l'endroit où tu seras le plus en sécurité, surtout quand il sera absent, c'est sur la réserve. Nous veillerons au grain.

— Est-ce ce que tu essayais de lui dire ?

— Oui. Et ce n'est pas insensé. Charlie serait sans doute mieux ici aussi. Dans la mesure du possible.

— Mets Billy sur le coup, acceptai-je aussitôt. Quoi d'autre ?

Il me déplaisait souverainement d'entraîner mon père dans mes mésaventures.

— Nous avons défini de nouvelles frontières, de façon à être en mesure d'atteindre qui se rapproche trop de Forks. Je ne suis pas certain que Sam acceptera, mais je resterai vigilant jusqu'à ce qu'il comprenne que c'est la meilleure solution.

— Qu'entends-tu par « rester vigilant » ?

— Si tu vois un loup rôder autour de chez toi, ne lui tire pas dessus.

— Ça ne me viendrait pas à l'esprit. N'empêche, évite... les imprudences.

— Ne sois pas ridicule. Je sais prendre soin de moi. J'ai également tenté de le convaincre de t'autoriser à me rendre visite. Il hésite, alors dis-lui de remballer ses âneries sur ta sécurité. Tu ne cours aucun danger ici, il en est conscient.

— Compris.

— À tout de suite.

— Tu viens ici ?

— Oui. Pour renifler l'odeur de ton visiteur, au cas où il se manifesterait de nouveau. Comme ça, nous serons à même de le suivre à la trace.

— Je n'aime pas du tout l'idée que tu traques...

— Je t'en prie, Bella, pas de ça, s'esclaffa-t-il avant de raccrocher.

10

INDICES

Pourquoi Edward devait-il s'en aller pour que Jacob pût venir à la maison ? N'avions-nous pas dépassé l'âge des puérilités de ce genre ?

— Je n'éprouve nul antagonisme envers lui, Bella. C'est plus simple ainsi, pour lui comme pour moi, voilà tout. Je ne m'éloignerai pas. Tu ne risqueras rien.

— Ce n'est pas ça qui m'inquiète.

Une lueur narquoise dans les yeux, Edward m'attira à lui, enfouit son visage dans mes cheveux, et je sentis son haleine glacée sur mes mèches quand il exhala. J'en eus la chair de poule.

— Je reviens tout de suite après, me promit-il avant de rire, comme s'il avait sorti une bonne blague.

— Qu'y a-t-il de si drôle ?

Il ne répondit pas, se borna à filer vers la forêt, un

grand sourire aux lèvres. Maussade, je retournai dans la cuisine afin de ranger les reliefs de mon petit déjeuner. J'avais à peine rempli l'évier que la sonnette retentit. J'avais du mal à m'habituer à la célérité de Jack quand il n'était pas en voiture. Tout le monde paraissait tellement plus rapide que moi, ces derniers temps...

— Entre ! criai-je.

Occupée à empiler la vaisselle dans l'eau savonneuse, je sursautai quand sa voix résonna juste derrière moi. J'avais également oublié à quel point il était devenu silencieux.

— Est-il bien raisonnable de ne pas verrouiller la porte ? murmura-t-il.

Sous l'effet de la surprise, je m'étais éclaboussée. Il s'excusa.

— Ce n'est pas une serrure qui découragera celui ou celle qui me menace, répliquai-je en épongeant mon corsage avec un torchon.

— Oui, en effet.

Je me tournai vers lui, l'inspectai d'un regard critique.

— Tu ne pourrais pas t'habiller, Jacob ? Je sais que tu ne ressens plus le froid, n'empêche.

Une fois encore, il était torse nu, ne portait qu'un short taillé dans un vieux jean. Était-il si fier de sa musculature – certes impressionnante – qu'il souhaitait l'étaler au grand jour ? Je ne l'aurais jamais cru fat. Il passa une main dans ses cheveux mouillés, les repoussant de devant ses yeux.

— C'est plus facile ainsi, se justifia-t-il.

— Qu'est-ce qui est plus facile ?

Un sourire condescendant se dessina sur ses lèvres.

— Il m'est assez pénible de transbahuter mon short, alors une tenue complète...

— Pardon ?

— Mes vêtements ne disparaissent ni ne réapparaissent comme par magie quand je me transforme. Alors, autant en prendre le moins possible.

Je m'empourprai.

— Désolée, je n'y avais pas songé.

Hilare, il montra une fine cordelette de cuir noir qu'il avait enroulée trois fois autour de sa cheville. Je découvris au passage qu'il était aussi pieds nus.

— Porter son jean entre ses dents, ce n'est pas super.

Je ne sus que dire.

— Ça te gêne tant que ça, que je sois à moitié à poil ? rigola-t-il.

— Non.

Il s'esclaffa de plus belle, et je lui tournai le dos et m'attaquai à la vaisselle. Ma rougeur devait plus à la honte que j'éprouvais face à ma propre stupidité qu'à ce que sous-entendait sa question.

— Allez, au boulot ! reprit-il. Inutile de lui donner une occasion pour m'accuser de tirer au flanc.

— Jacob, ce n'est pas à toi de...

Il m'interrompit d'un geste.

— Je me suis porté volontaire. Où la trace de l'intrus est-elle la plus forte ?

— Dans ma chambre, je crois.

Il plissa le nez, aussi mécontent qu'Edward à l'idée qu'on eût pénétré dans le secret de mon intimité.

— J'en ai pour une minute.

Je me mis à frotter méticuleusement l'assiette que je tenais ; seuls crissaient les poils de la brosse sur la céramique. Je tendais l'oreille, à l'affût d'un bruit en provenance de l'étage, plancher qui craque, serrure qui cliquette. En vain. M'apercevant que je lavais la même assiette depuis un bon moment, je me ressaisis.

— Ouf ! lança soudain Jacob dans mon dos.

Une fois encore, je tressaillis en provoquant une grande gerbe d'eau.

— Flûte, Jake ! Arrête de me flanquer la frousse comme ça !

— Excuse-moi. Tiens, laisse-moi t'aider. Tu laves, je rince et j'essuie.

S'emparant d'un torchon, il épongea la flaque que j'avais provoquée.

— D'accord.

— La trace a été facile à détecter. Ta chambre empeste, à propos.

— J'achèterai du désodorisant.

Il rit, puis un silence complice et détendu s'installa, tandis que nous nous consacrions à notre tâche.

— Je peux te demander quelque chose ? finit-il par lancer.

— Tout dépend de ce que c'est.

— Aucune jalousie de ma part, ici. Juste une sincère curiosité.

— Bien. Vas-y.

Il hésita, se lança.

— À quoi ça ressemble, d'avoir un vampire pour petit ami ?

— Il n'y a rien de mieux ! blaguai-je.

— Je suis sérieux ! Tu n'as jamais... peur ?

— Non.

Il me prit le bol que je tenais. Il plissait le front, une moue sur les lèvres.

— Autre chose ? m'enquis-je.

— Eh bien... est-ce que... tu l'embrasses ?

— Oui, admis-je en rigolant.

— Beurk !

— Chacun son truc.

— Ses crocs ne t'inquiètent pas ?

— Boucle-la, Jake ! m'énervais-je en lui donnant une tape sur le bras. Tu sais très bien qu'il n'en a pas.

— Mouais...

Furieuse, j'entrepris de frotter un couteau avec plus de vigueur que nécessaire.

— J'ai droit à une autre question ? quémanda-t-il lorsque je lui passai le couvert pour qu'il le rince.

— Oui.

Il tourna et retourna la lame sous l'eau chaude.

— Tu as parlé de quelques semaines, chuchota-t-il d'une voix étranglée. Quand exactement ?

— Après la cérémonie de remise des diplômes, répondis-je sur le même ton.

J'examinai prudemment ses traits, de crainte qu'il ne se fâche à nouveau.

— Aussi vite ! souffla-t-il en fermant les yeux.

Ce n'était pas une réprobation, juste une constatation amère. Les muscles de ses bras se tendirent, tandis que son corps se raidissait.

— Aïe ! cria-t-il tout à coup, rompant la quiétude qui avait envahi la pièce.

De frayeur, j'en bondis carrément sur place. Sa main qui s'était refermée autour de la lame se déplia, le couteau se fracassa sur le plan de travail. Une estafilade longue et profonde entaillait sa paume. Le sang dégoulinait le long de ses doigts, gouttant sur le plancher.

— Nom d'un chien ! gronda-t-il. Ça fait mal.

Aussitôt en proie au vertige et à la nausée, je m'accrochai à l'évier tout en respirant par la bouche, puis me ressaisis.

— Tiens, enroule ta main là-dedans !

Je lui pris le torchon, esquissai un geste pour m'emparer de sa paume blessée. Il recula.

— Ce n'est rien.

— Tu rigoles ? protestai-je faiblement tandis que, autour de moi, les contours de la cuisine vacillaient.

M'ignorant, il passa sa main sous le robinet. L'eau vira au rouge, la tête me tourna. J'inhalai profondément.

— Bella ?

Je levai les yeux sur lui. Il était calme.

— Quoi ?

— J'ai l'impression que tu vas tomber dans les pommes. Arrête de te mordre les lèvres, détends-toi. Respire. Je vais bien.

J'obtempérai.

— Inutile de jouer les fiers-à-bras, marmonnai-je.

Il poussa un soupir agacé.

— Viens, insistai-je, je te conduis aux urgences.

Je pensais être en mesure de prendre le volant, les murs avaient cessé de trembler.

— Pas la peine.

Fermant le robinet, il s'empara du torchon qu'il serra autour de sa paume.

— Attends ! protestai-je. Laisse-moi regarder.

— Aurais-tu un diplôme de secouriste dont tu ne m'aurais pas parlé ?

— Je veux seulement voir s'il faut que je pique une crise pour t'emmener à l'hôpital.

— Pitié, pas de crise ! se moqua-t-il.

— Si tu ne me montres pas ta blessure, tu y auras droit, sûr et certain.

— Bon.

Cette fois, il m'autorisa à saisir sa main. Je l'examinai, allai jusqu'à la retourner – la plaie s'était transformée en une ligne rosâtre vaguement boursouflée.

— Mais... tu saignais tellement ! murmurai-je, décontenancée.

— Je guéris vite, ronchonna-t-il en s'écartant, ses yeux sombres fixés sur moi.

— C'est peu dire.

J'avais vu l'estafilade, le sang dont l'odeur aux saveurs de rouille avait failli m'expédier dans les vapes. Elle aurait dû nécessiter des points de suture. Elle aurait dû mettre des semaines à cicatriser et à devenir la marque rose qui barrait sa peau à présent.

— Je suis un loup-garou, lâcha-t-il avec un sourire tordu, et je t'avais parlé du phénomène, rappelle-toi. Tu te souviens de Paul, non ?

— Si. Disons qu'assister au prodige en direct est un peu différent.

M'agenouillant, je sortis l'eau de Javel du placard. J'en versai un peu sur un chiffon à poussière et entrepris de frotter le carrelage. L'odeur puissante du produit finit de m'éclaircir les idées.

— Donne ça, je m'en occupe, proposa Jacob.

— T'inquiète. Mets plutôt le torchon dans la machine à laver, s'il te plaît.

Le sol lavé, je m'attaquai aux contours de l'évier, puis

lançai un programme court pour le torchon. Là aussi, je fus généreuse avec la Javel.

— Tu es maniaque ou quoi ? râla Jacob.

Peut-être. Un peu. J'avais une bonne excuse.

— Nous sommes sensibles aux odeurs de sang, dans les parages. Tu peux piger ça, non ?

— Oh ! grogna-t-il en fronçant les sourcils.

— Je préfère rendre les choses les plus simples possibles. Edward fait déjà beaucoup d'efforts.

— Oui, oui.

Retirant la bonde, je vidai l'évier de son eau sale.

— Puis-je te poser une autre question, Bella ?

Je soupirai.

— À quoi ça ressemble d'avoir un loup-garou pour meilleur ami ?

Prise au dépourvu, j'éclatai de rire.

— Cela t'angoisse-t-il ? insista-t-il.

— Non. Et quand le loup-garou est gentil, c'est formidable.

Son visage se fendit d'un large sourire, dévoilant des dents éclatantes.

— Merci, Bella.

Sur ce, il me serra dans une de ses étreintes à vous étouffer. Aussitôt après, il me relâcha et recula d'un pas.

— Pouah ! marmonna-t-il. Tes cheveux empestent encore plus que ta chambre.

— Excuse-moi, murmurai-je en comprenant soudain pourquoi Edward avait eu l'air si content de lui avant de quitter les lieux.

— C'est l'un des nombreux inconvénients liés à la fréquentation des vampires. Tu sens mauvais. Mais bon, c'est un détail, par rapport au reste.

— Je ne sens mauvais que pour toi, Jacob ! m'emportai-je.

— À bientôt, Bella.

— Tu t'en vas ?

— Il n'attend que ça. Je l'entends, dehors.

— Ah !

— Je passe par-derrière... Hé ! Tu crois pouvoir venir à La Push aujourd'hui ? Soirée feu de camp. Emily sera là. Tu rencontreras Kim. Et Quil a envie de te revoir. Il est plutôt vexé que tu aies découvert avant lui ce qui nous arrivait.

Cette réflexion me fit sourire à mon tour. J'imaginai très bien l'agacement de Quil à l'idée que la vieille copine humaine de son ami eût été au courant alors que lui se posait encore des tas de questions.

— Je ne suis pas sûre, Jake. La situation est un peu délicate, en ce moment...

— Un peu de sérieux ! Personne n'oserait défier six... six gars comme nous.

Son hésitation me parut bizarre, comme s'il avait tout à coup du mal à prononcer le mot loup-garou, de même que j'en avais à prononcer celui de vampire. Ses yeux étaient suppliants.

— Je vais essayer, cédai-je, sans beaucoup d'optimisme.

— Il est aussi gardien de prison, à présent ? La semaine dernière, j'ai vu un reportage aux infos sur les ados brimés et...

— O.K., le coupai-je en attrapant son bras. Il est temps que le loup-garou déguerpisse.

— Salut, Bella, se marra-t-il. N'oublie pas de demander la *permission* !

Il fila avant que j'aie le temps de lui jeter un objet à la figure, et je me retrouvai seule dans la pièce à enguirlander le vide. La seconde suivante, Edward entra lentement dans la cuisine, les gouttes de pluie formant des diamants dans sa chevelure cuivrée. Il paraissait sur ses gardes.

— Vous êtes-vous disputés ? s'enquit-il.

Je me précipitai vers lui.

— Je suis là, chuchota-t-il en m'enlaçant. Est-ce une manœuvre de diversion ? Efficace.

— Je ne me suis pas disputée avec lui, m'offusquai-je. Un peu chamaillée. Pourquoi ?

— Je me demandais si tu l'avais poignardé. Non que ça me dérange.

Du menton, il désigna le couteau posé sur le plan de travail.

— Flûte ! Et moi qui croyais avoir tout nettoyé !

Échappant à son étreinte, je m'empressai de poser le couvert dans l'évier et d'y verser de la Javel.

— Je ne l'ai pas agressé, expliquai-je. Il a juste oublié qu'il tenait une lame.

— Alors, ce n'est pas aussi drôle que ce que j'avais imaginé.

— Sois sympa.

— Tiens, annonça-t-il en tirant une grosse enveloppe de sa veste, j'ai relevé ton courrier.

— Bonnes nouvelles ?

— À mon avis, oui.

Soupçonneuse, je m'emparai de la lettre qu'il avait pliée en deux. Tout en l'ouvrant, étonnée par le poids du papier coûteux, je déchiffrai l'adresse de l'expéditeur.

— Dartmouth ! C'est une plaisanterie ?

— Je suis certain que c'est une acceptation de ta candidature. J'ai reçu un courrier identique.

— Nom d'une pipe, Edward ! Qu'as-tu encore fait ?

— Juste envoyé ton dossier.

— Je ne suis pas suffisamment brillante pour entrer à Dartmouth, mais je ne suis pas idiote non plus.

— L'université semble penser que tu es digne d'intégrer ses rangs.

Je comptai lentement jusqu'à dix.

— Voilà qui est très généreux de leur part, repris-je. Acceptée ou non, reste le détail mineur des frais de scolarité. Je n'ai pas les moyens de payer une fac aussi prestigieuse et je refuse que tu gaspilles l'équivalent d'une voiture de sport rien que pour faire croire aux autres que je serai là-bas l'an prochain.

— Je n'ai pas besoin d'une voiture neuve. Et tu n'es pas obligée de feindre. Une année d'université ne te tuera pas. Si ça se trouve, tu aimeras ça. Réfléchis, Bella. Imagine la joie de Charlie et Renée quand ils...

Sa voix de velours était irrésistible. Naturellement, mon père exploserait de fierté, personne à Forks n'échapperait à l'exposé de sa satisfaction. Quant à Renée, elle serait folle de bonheur, même si elle affirmerait qu'elle s'y attendait. Je chassai cette image de ma tête.

— Je ne suis déjà pas certaine de survivre au bac, Edward. Encore moins à l'été ou à l'automne.

— Il ne t'arrivera rien, me rassura-t-il en m'enlaçant derechef. Tu as la vie devant toi.

— J'ai l'intention d'expédier mes économies en Alaska demain, objectai-je. Je n'ai pas besoin d'autre alibi. Juneau est assez loin pour que Charlie n'espère pas une visite avant Noël, et j'aurai inventé une excuse d'ici là pour y échapper aussi. Tous ces secrets et ces mensonges sont vraiment pénibles, tu sais.

— On s'habitue, rétorqua-t-il en se raidissant. Au bout de quelques décennies, tout le monde est au courant de ta mort. Problème résolu.

Je tressaillis.

— Désolé, s'excusa-t-il aussitôt, c'était inutilement dur.

— Mais vrai.

— Si je résous la situation actuelle, auras-tu au moins l'obligeance d'envisager de patienter ?

— Non.

— Toujours aussi têtue.

— Oui.

La machine à laver s'emballa avant de s'arrêter, déséquilibrée parce que j'y avais mis un seul torchon.

— Imbécile d'engin, marmonnai-je en échappant à Edward pour la relancer. À propos, pourrais-tu demander à Alice où elle a fourré mes affaires quand elle a nettoyé ma chambre ? Je ne retrouve rien.

— Alice a nettoyé ta chambre ?

— Je pense, oui. Quand elle est passée chercher mon pyjama, mon oreiller et tout ce dont j'avais besoin pour les deux soirées chez vous. Elle a ramassé tout ce qui traînait par terre, corsages, chaussettes, et les a rangés je ne sais où.

La stupeur d'Edward laissa soudain place à une rigidité cadavérique.

— Quand t'es-tu rendu compte de ces disparitions ?

— À mon retour, hier. Pourquoi ?

— Je ne crois pas qu'Alice ait pris quoi que ce soit. Ni tes vêtements ni ton oreiller. Ce qui s'est volatilisé, tu l'avais porté ? Touché ? Tu avais dormi dedans ?

— Oui... qu'y a-t-il ?

— Ces affaires étaient imprégnées de ton odeur.

— Oh !

Nous nous fixâmes du regard pendant un long moment.

— Mon visiteur, finis-je par murmurer.

— Il rassemblait des traces... des indices. Afin de prouver qu'il t'avait trouvée...

— Pourquoi ?

— Aucune idée, Bella, mais je te jure que je vais le découvrir. Compte sur moi.

J'avais appuyé ma tête contre son torse et perçus les vibrations de son téléphone, fourré dans sa poche intérieure. Il s'en saisit, identifia le numéro de son correspondant.

— Exactement celui à qui j'avais envie de parler, marmotta-t-il. Allô, Carlisle ? Je...

Il s'interrompit et écouta, concentré.

— D'accord, je vais vérifier. Écoute...

Il expliqua à son père ce que je venais de lui apprendre. Visiblement, Carlisle n'était pas en mesure de nous aider.

— J'irai peut-être, conclut-il. Pas sûr. Ne laisse pas Emmett y aller seul, tu le connais. Qu'Alice garde l'œil ouvert. Nous essayerons d'éclaircir ça plus tard.

Refermant le mobile, il me demanda où était le journal.

— Je ne sais pas, pourquoi ?

— Il faut que je vérifie quelque chose. Charlie l'a déjà lu et jeté ?

— Aucune idée.

Il disparut, revint une demi-seconde plus tard, de nouvelles gouttelettes dans les cheveux, le journal mouillé entre les mains. Il l'étala sur la table, parcourut rapidement les gros titres. Penché en avant, il posa le doigt sur un passage qui avait retenu son attention.

— Carlisle a raison... hum... négligent, oui. Jeune et fou ? Suicidaire ?

Je m'approchai pour lire par-dessus son épaule. La une du *Seattle Times* proclamait : « L'épidémie de meurtres se poursuit, la police n'a aucune piste. » L'article relatait grosso modo l'histoire qu'avait évoquée Charlie quelques semaines auparavant, à propos de la violence qui sévissait dans les grandes villes et propulsait Seattle au rang de championne nationale des assassinats. La seule différence, c'est que le nombre de victimes avait considérablement augmenté.

— De pire en pire, chuchotai-je.

— Aucun contrôle, grommela Edward. Il est impossible que ce soit l'œuvre d'un seul vampire nouveau-né. Que se passe-t-il ? À croire qu'ils n'ont jamais eu vent des Volturi. Ce qui est envisageable, remarque. Personne ne leur a expliqué les règles... mais qui les a créées, dans ce cas ?

— Les Volturi, répétai-je en frissonnant.

— C'est le genre d'ennuis qu'ils traitent au quotidien, ces immortels qui menacent de nous exposer. Ils ont fait le ménage lors d'événements semblables qui se sont déroulés à Atlanta il y a quelques années, alors que les dérapages n'étaient pas aussi flagrants. Ils ne vont pas tarder à intervenir, très vite, même, sauf si nous trouvons un moyen de calmer le jeu. Je préférerais qu'ils ne débarquent pas à Seattle maintenant. Vu la proximité, ils risqueraient de venir ici afin de vérifier si toi et moi avons respecté notre parole.

— Que pouvons-nous faire ?

— Nous devons en découvrir plus avant de prendre une décision. Si nous réussissons à discuter avec ces jeunes, à leur expliquer nos lois, les choses s'arrangeront en douceur.

Il plissa le front, peu convaincu apparemment.

— Attendons qu'Alice ait une meilleure idée de ce qui se passe. Inutile de nous en mêler si ce n'est pas nécessaire. Après tout, cette responsabilité ne nous incombe pas. Heureusement que nous avons Jasper, cependant. Il ne sera pas de trop s'il s'agit effectivement de jeunes vampires.

— Comment ça ?

— Il est une sorte d'expert en la matière, lâcha Edward avec un demi-sourire sans joie.

— Précise.

— Il t'expliquera lui-même. C'est lié à son histoire.

— Quel bazar ! soupirai-je.

— N'est-ce pas ? J'ai l'impression que tout nous tombe sur la tête en même temps. Tu ne crois pas que ta vie aurait été plus simple si tu ne t'étais pas amourachée de moi ?

— Ce ne serait pas une vie.

— Pas pour moi en effet. Bon, à présent, tu as une question à me poser, non ?

— Pardon ? m'étonnai-je.

— Tiens, tiens... j'avais cru comprendre que tu avais

promis de demander la permission de te rendre à une espèce de soirée entre loups-garous.

— Tu as encore écouté aux portes, toi !

— Presque pas, rigola-t-il. Juste à la fin.

— J'avais renoncé à aborder le sujet, de toute façon. Inutile d'ajouter à ton stress.

Me prenant par le menton, il releva ma tête pour me regarder droit dans les yeux.

— Tu as envie d'y aller ?

— Ce n'est pas grand-chose. Oublie.

— Tu n'as pas à solliciter mon autorisation, Bella. Je ne suis pas ton père, heureusement d'ailleurs. C'est à lui que tu devrais t'adresser.

— Charlie sera toujours d'accord, je ne t'apprends rien.

— Je reconnais que je devine comme personne ce qu'il a dans le crâne.

Je le fixai sans ciller, cherchant à deviner ce qu'il voulait, repoussant mon désir de me rendre à cette fête, refusant de me laisser influencer par ce que je souhaitais. Traîner en compagnie d'une bande de grands imbéciles à moitié loups relevait du caprice, alors que tant d'événements affolants et inexpliqués se déroulaient. Certes, c'était la raison même de mon vœu d'aller là-bas – échapper aux menaces, ne serait-ce que pendant quelques heures, cesser d'être mature un moment, redevenir la Bella insouciante qui était capable de rire avec Jacob. Cela ne devait pas entrer en ligne de compte cependant.

— Bella, enchaîna Edward, je t'ai promis de me montrer raisonnable et de me ranger à ton jugement. Je suis sincère. Si tu fais confiance aux loups-garous, je ne m'inquiéterai pas.

— Eh bien ! marmonnai-je, aussi surprise que la veille au soir.

— Jacob a raison, sur un point au moins. Sa meute devrait suffire à te protéger l'espace d'une soirée.

— Tu ne me mens pas, là ?

— Non. Sauf que... ne m'en veux pas si je prends quelques précautions, d'accord ? Autorise-moi à te conduire jusqu'à la frontière de nos territoires, pour commencer. Équipe-toi aussi d'un portable, de manière à ce que je sache quand revenir te chercher.

— Ça semble... raisonnable.

— Parfait.

Il sourit, et je ne détectai nulle trace d'appréhension dans ses prunelles pareilles à des bijoux.

Charlie n'objecta pas au projet, ce qui ne surprit personne. Jacob roucoula de bonheur lorsque je l'appelai pour l'en informer et il accepta de bonne grâce les conditions d'Edward. Il convint de nous retrouver à dix-huit heures sur le périmètre de la réserve.

Après mûre réflexion, j'avais décidé de ne pas vendre ma moto et de la rapporter à La Push, l'endroit où elle devait être, d'après moi. Lorsque je n'en aurais plus l'usage, je persuaderais Jacob de s'en séparer. Qu'il la cède ou l'offre à un ami, cela ne me concernerait plus. Autant profiter de la soirée pour ramener l'engin au garage de mon ami. Je n'étais pas d'humeur à remettre au lendemain les tâches qui m'incombaient, y compris les plus anodines, dans la mesure où chaque jour prenait des allures de dernière chance. Edward se borna à acquiescer quand je lui expliquai ce que je voulais, même si je décelai une lueur de consternation dans ses yeux. À l'instar de Charlie, il n'était guère heureux de me savoir perchée sur une moto.

Je le suivis dans ma camionnette jusque chez lui, où j'avais abandonné la machine. Ce ne fut qu'en descendant de voiture que je compris que sa réaction n'était peut-être pas seulement liée à ma sécurité. Écrasant mon antique bécane de sa majesté, un autre engin encombrait le garage. Énorme, argenté, il paraissait rapide, même à l'arrêt, et n'avait aucune commune mesure avec ma pétrolette.

— Qu'est-ce que c'est que ce machin ? m'écriai-je.

— Rien, marmonna Edward.

— Excuse-moi ?

Il afficha une expression décontractée, bien décidé à désamorcer ma colère.

— Comme j'ignorais si tu pardonnerais à ton ami et comme je me demandais si tu aurais toujours envie de faire de la moto, j'ai pensé que je pourrais t'accompagner. Au cas où. Tu sembles aimer cela.

— Tu m'aurais semée sur place.

— J'aurais maîtrisé ma vitesse.

— Tu te serais ennuyé.

— Bien sûr que non, puisque j'aurais été avec toi.

Il me sourit, tentant de me dérider, tandis que je me mordillais les lèvres.

— Admettons, maugréai-je. Juste un truc, cependant. Si tu avais estimé que je roulais trop vite, si tu avais craint que je ne perde le contrôle de la machine, comment aurais-tu réagi ?

Il hésita, chercha la réponse adéquate. Or, je la

connaissais déjà – il se serait débrouillé pour me sauver avant qu'il ne m'arrive un accident. Son sourire s'élargit, mais ses prunelles prirent une lueur circonspecte.

— Cette activité est réservée à Jacob, murmura-t-il enfin. D'accord.

— Lui et moi sommes sur la même longueur d'onde, dans ce domaine. Certes, toi et moi pourrions...

— Oublie. J'ai remarqué que Jasper avait contemplé la chose avec grand intérêt. Il est sans doute temps qu'il découvre un nouveau mode de transport. Maintenant qu'Alice a sa Porsche...

— Edward, je...

Il m'interrompit d'un baiser furtif.

— Oublie, je te répète. En revanche, j'ai une requête.

— Tout ce que tu voudras.

Me lâchant, il se pencha de l'autre côté de l'énorme moto rutilante pour attraper deux objets qu'il y avait entreposés. L'un était noir et sans forme, l'autre rouge vif et parfaitement identifiable.

— S'il te plaît, chuchota-t-il.

— J'aurai l'air idiot, répondis-je en contemplant le casque rouge qu'il avait fourré dans mes bras.

— Mais non. Juste assez intelligente pour te protéger comme il se doit. Je tiens tant à toi que j'aimerais que tu prennes soin de ton corps.

— Bien. Et ça, qu'est-ce que c'est ?

En s'esclaffant, il déplia un blouson en cuir rembourré.

— J'ai entendu dire que s'éplucher sur le goudron était douloureux.

Levant les yeux au ciel, j'enfilai le casque puis m'engonçai dans le vêtement. J'eus l'impression d'être raide comme la justice.

— Sois honnête, grognai-je, je suis hideuse, hein ?

Edward recula et réprima son hilarité.

— C'est si terrible que ça ? insistai-je.

— Non, non... en vérité, tu es plutôt... sexy.

— Ben tiens ! m'esclaffai-je.

— Si, si, je t'assure.

— Tu dis ça pour que j'accepte de mettre ce harnachement. Mais bon, d'accord. Tu as raison, c'est plus raisonnable.

Il m'enlaça de nouveau et m'attira contre lui.

— Tu es sotte, ça fait partie de ton charme. Bon, ce casque a ses inconvénients, je l'avoue.

Sur ce, il me le retira afin de pouvoir m'embrasser.

Un peu plus tard, alors qu'il me conduisait à La Push, je me rendis compte que cette scène sans précédent avait des airs de déjà-vu. Il me fallut un moment pour mettre le doigt sur le détail révélateur.

— Tu sais ce que ça me rappelle ? lançai-je. Mon enfance, lorsque Renée passait le relais à Charlie pour l'été. J'ai l'impression d'avoir sept ans.

Edward rit. Je me gardai de le mentionner, mais la grande différence entre les deux situations tenait à ce que mes parents avaient entretenu de meilleurs rapports que lui et Jake.

À mi-chemin de la réserve, nous découvrîmes ce dernier au détour d'un virage, appuyé contre la Volkswagen qu'il s'était bricolée. Son expression neutre se transforma en sourire quand il me vit agiter le bras depuis le siège passager. Edward se gara à une trentaine de mètres.

— Appelle-moi dès que tu seras prête à rentrer, et je viendrai te chercher.

— Je ne resterai pas tard.

Edward sortit la moto et mon équipement neuf du coffre – j'avais été surprise que tout tînt à l'intérieur. Jacob nous observa sans broncher, soudain grave et indéchiffrable. Je calai le casque sous mon bras, jetai le blouson en travers de la selle.

— Tu n'as rien oublié ?

— Non.

En soupirant, Edward se pencha vers moi. Je tendis la joue pour un baiser amical, mais il me prit au dépourvu en me serrant fort contre lui et en m'embrassant avec autant de ferveur que dans le garage, au point que je ne tardai pas à manquer d'air. Riant doucement, il me relâcha.

— Au revoir, me dit-il. J'adore ce blouson.

Me détournant, j'eus le temps d'apercevoir dans ses prunelles une lueur que je n'étais pas censée distinguer. Je ne réussis pas à l'identifier. De l'inquiétude ? De la panique ? Bah ! Je me faisais des idées, sans doute, comme d'habitude. Je sentis son regard fixé dans mon dos tandis que je poussais la moto au-delà de l'invisible frontière qu'avait fixée le traité entre les deux communautés ennemies.

— Qu'est-ce que c'est que tout ça ? s'enquit Jacob d'une voix prudente en contemplant la machine d'un air énigmatique.

— Je tenais à la remettre à sa bonne place.

Il médita ma réponse, puis se laissa aller à un vaste

sourire. Je sus à quel moment précis j'étais entrée en territoire loup-garou, car il vint vers moi en trois enjambées de géant. Il m'arracha l'engin, le mit sur sa béquille et m'étouffa dans une étreinte d'ogre. Entendant le moteur de la Volvo, je me débattis afin de me retourner.

— Ça suffit, Jake !

Hilare, il me déposa à terre. Je virevoltai pour un ultime geste d'adieu – la voiture avait déjà disparu.

— Bien joué, marmonnai-je, acide.

— Ben quoi ? protesta Jacob, l'innocence incarnée.

— Il a été sacrément sympa sur ce coup-là, alors ne force pas ta chance.

Ma réflexion eut pour seul mérite de plonger Jake dans un accès de fou rire inextinguible. Il m'accompagna vers la Golf et m'ouvrit la portière. Je n'avais toujours pas compris ce qui était si amusant.

— Bella, finit-il par hoqueter en refermant derrière moi, je ne peux pas pousser ce que je n'ai pas.

11

LÉGENDES

— Tu comptes manger ce hot-dog ? demanda Paul à Jacob, les yeux vrillés sur l'ultime vestige du repas gargantuesque qu'avaient englouti les loups-garous.

Mon ami s'appuya contre mes genoux et joua avec le sandwich qu'il avait fait rôtir au bout d'un cintre métallique déplié. Les flammes du feu de camp léchèrent la peau boursouflée de la saucisse. En soupirant, il se tapota l'estomac. Ce dernier restait plat, bien que j'eusse perdu le compte de ce que Jake avait avalé après son dixième hot-dog. Sans parler de l'énorme sachet de chips et des deux litres de limonade.

— Peut-être, répondit-il nonchalamment. Je me suis tellement gavé que je risque de vomir. Mais avec un petit effort... enfin, un effort quand même.

Il poussa un soupir de tristesse feinte. Paul avait beau

s'être goinfré tout autant, il rougit de rage et serra les poings.

— Du calme, se moqua Jacob. Je rigole. Tiens !

Il lança la broche bricolée par-dessus le foyer. Paul la rattrapa avec agilité, sans se brûler. À force de fréquenter des gens aussi adroits, j'allais finir par complexer.

— Merci, vieux, dit le glouton, dont la colère était déjà oubliée.

Le feu crépita sous l'effet d'une bourrasque. Des étincelles s'envolèrent, éclats orange dans le ciel nocturne. Bizarrement, je ne m'étais pas rendu compte que le soleil s'était couché. Pour la première fois depuis le début de la soirée, je me demandai s'il était tard. J'avais perdu la notion du temps. La compagnie de mes amis Quileute s'était révélée plus aisée que je ne l'avais craint. Jacob et moi avions garé la moto dans son garage – il avait d'ailleurs reconnu, de mauvaise grâce, que le casque était une bonne idée, avait regretté de ne pas y avoir pensé lui-même –, et j'avais commencé à m'inquiéter de l'accueil que me réserveraient les loups-garous. Me considéreraient-ils désormais comme une traîtresse ? Reprocheraient-ils à Jake de m'avoir invitée ? Gâcherais-je la fête ? Toutefois, lorsque Jake m'avait entraînée sur la falaise, lieu du rassemblement où le feu rugissait déjà, plus brillant que le soleil dissimulé par les nuages, tout s'était fort bien passé, et la décontraction avait été de mise.

— Salut, vampirette ! m'avait bruyamment saluée Embry.

Sautant sur ses pieds, Quil m'avait embrassée sur la joue tout en m'en tapant cinq. Emily m'avait serré la main quand nous nous étions assis sur le sol froid, près d'elle et de Sam.

Hormis quelques plaintes moqueuses émanant surtout de Paul à propos de ma puanteur de buveuse de sang que j'étais priée de garder sous le vent, ils m'avaient traitée comme une des leurs.

Il n'y avait pas que des jeunes. Billy était présent, son fauteuil roulant stationné à ce qui paraissait être la place d'honneur du cercle que nous formions. À côté de lui, sur une chaise longue, le grand-père cacochyme et chenu de Quil, le vieux Quil, d'apparence fragile. Sue Clearwater, veuve de Harry, l'ami de Charlie, était installée sur une chaise, de l'autre côté. Ses deux enfants, Leah et Seth, étaient également là, assis par terre comme nous autres. Leur présence m'avait d'abord surprise, mais tous les trois étaient visiblement dans le secret, à présent. Aux paroles qu'échangeaient Billy et le vieux Quil avec Sue, je compris qu'elle avait remplacé Harry au conseil. Cela faisait-il pour autant de ses rejetons des membres à part entière de la société la plus mystérieuse de La Push ?

Il devait être atroce pour Leah de se retrouver en face de Sam et Emily. Son beau visage ne trahissait rien, il n'empêche qu'elle évitait de quitter des yeux les flammes. La perfection de ses traits m'amena forcément à les comparer à ceux, défigurés, d'Emily. Que Leah pensait-elle des cicatrices d'Emily, à présent qu'elle connaissait la vérité qui se dissimulait derrière ? Estimait-elle que justice avait été rendue ? Le petit Seth Clearwater avait grandi. Avec sa bonne humeur évidente et son long corps dégingandé, il me rappelait un Jacob plus jeune, ressemblance qui me fit sourire puis soupirer. Seth était-il condamné à ce que sa vie changeât de manière aussi radicale que le reste des garçons ? Ce futur expliquait-il que lui et les siens fussent autorisés à participer à cette soirée ?

Car toute la meute était là. Sam et son Emily, Paul, Embry, Quil, Jared et Kim, la fille dont il s'était imprégné. Au premier abord, celle-ci me fit l'effet d'une adolescente sympa, un peu timide, fade. Son large visage était tout en pommettes, avec des yeux trop petits pour l'équilibrer. Son nez et sa bouche étaient trop larges pour qu'on pût la qualifier de beauté traditionnelle. Le vent qui semblait ne jamais cesser de souffler au sommet de la falaise ébouriffait ses cheveux noirs et fins. Au bout de quelques heures à observer la façon dont Jared la contemplait, je finis cependant par ne plus lui trouver rien de banal.

Son amoureux la scrutait avec la passion d'un aveugle retrouvant le soleil pour la première fois, d'un collectionneur mettant la main sur un Vinci non répertorié, d'une mère admirant son nouveau-né. Ses prunelles émerveillées me donnèrent à découvrir de nouveaux aspects de Kim – son teint qui prenait des allures de soie rouille sous les reflets du feu, le contraste de ses dents, si blanches en comparaison, la longueur de ses cils qui caressaient sa joue lorsqu'elle baissait les yeux. Sa peau brunissait parfois quand elle rencontrait le regard énamouré de Jared, et elle se détournait, gênée, même si elle avait bien du mal à ne pas le fixer de son côté aussi. Face à ce spectacle, j'avais l'impression de mieux saisir ce que Jacob m'avait expliqué de l'imprégnation. « Il est dur de résister à un tel degré d'adoration et de dévouement », avait-il dit. À présent, Kim était allongé contre le torse de Jared qui l'enlaçait. Elle n'avait sûrement pas froid.

— Il se fait tard, murmurai-je à Jake.

— Ne commence pas ! protesta-t-il sur le même ton, bien que l'ensemble de ses frères eussent l'ouïe assez fine pour capter notre échange. Le meilleur reste à venir.

— Et ça consiste en quoi ? Tu manges une vache entière ?

— Non, rigola-t-il, ça, ce sera le bouquet final. Nous ne nous sommes pas réunis juste pour le plaisir d'engloutir l'équivalent d'une semaine de ravitaillement, figure-toi. C'est le premier conseil de Quil, et il ne connaît pas encore nos histoires. Enfin, il les a déjà entendues, sauf qu'il a désormais conscience qu'elles sont vraies. Il risque d'être plus attentif. Pour Kim, Seth et Leah, c'est également une initiation.

— Quelles histoires ?

Jacob s'approcha de la saillie rocheuse contre laquelle j'étais blottie. Passant son bras par-dessus mon épaule, il murmura à mon oreille.

— Nos légendes. Les récits de notre origine. Elles débutent par le conte des esprits guerriers.

Tout se passa comme si ce chuchotis inaugurait la suite, et l'atmosphère changea brutalement. Paul et Embry se redressèrent, Jared releva doucement Kim, Emily tira de sa poche un carnet à spirale et un stylo, réplique exacte de l'étudiante assistant à un cours magistral. À son côté, Sam se tortilla de façon à regarder dans la même direction que le vieux Quil, qui était près de lui. Je devinai alors que le conseil ne comptait plus trois membres mais quatre. Leah, le visage aussi immobile qu'un masque magnifique et dénué d'émotions, ferma les yeux, non pour exprimer sa lassitude mais pour mieux se concentrer. Son frère se pencha en avant, impatient.

Le bois craqua derechef, expédiant une nouvelle gerbe d'étincelles qui scintillèrent dans la nuit. Billy se racla la gorge et, sans aucune introduction, se lança dans son récit, de sa voix grave aux riches intonations. Les mots lui venaient avec précision, comme s'il les connaissait par cœur, teintés cependant d'un rythme et d'une réelle musique, tel un poème déclamé par son auteur.

— Les Quileute ont toujours été un petit peuple. Nous n'avons cependant jamais été éradiqués de la surface de la Terre, grâce à la magie qui coule dans nos veines depuis la nuit des temps, même si notre capacité à changer de forme n'est venue que plus tard. Car, au commencement, nous étions des esprits guerriers.

Je découvrais une majesté chez Billy Black, reflet de l'autorité naturelle que je lui avais connue dès le début. Le stylo d'Emily dansait vivement sur le papier afin de ne rien perdre de ses précieuses paroles.

— La tribu s'installa sur cette côte et se spécialisa dans la construction de bateaux et la pêche. Malheureusement, nous étions peu nombreux, l'endroit regorgeait de poissons. Des rivaux convoitaient nos terres, et nous n'étions pas assez puissants pour les défendre. Une tribu plus importante nous envahit, et nous fûmes contraints de fuir sur nos navires.

« Kaheleha ne fut sans doute pas le premier esprit guerrier, mais nous avons oublié les légendes ayant précédé la sienne. Nous ne nous rappelons plus qui s'est aperçu de l'existence de notre pouvoir, ni comment il a été utilisé avant cette épreuve. Pour nous, Kaheleha inaugura la lignée des grands Chefs Esprits de notre peuple.

« Le jour de l'attaque, lui et son armée quittèrent les embarcations. Par l'esprit seulement. Les femmes restèrent sur les flots pour surveiller leurs enveloppes charnelles, tandis que les hommes regagnaient la grève.

« S'ils n'étaient pas en mesure d'atteindre physiquement leurs ennemis, ils disposaient d'autres moyens. Les récits nous apprennent qu'ils pouvaient déclencher de violentes bourrasques sur le camp adverse ; qu'ils étaient capables de faire hurler le vent pour terrifier leurs opposants. Les histoires nous disent aussi que les animaux les voyaient et les comprenaient, qu'ils leur obéissaient.

« Kaheleha et ses hommes vainquirent les envahisseurs. Ces derniers avaient des meutes de gros chiens à la fourrure épaisse dont ils se servaient pour tirer leurs traîneaux sur les terres gelées du nord. Les Quileute retournèrent les bêtes contre leurs maîtres puis déclenchèrent une invasion de chauves-souris qui peuplaient les cavernes des falaises. Ils provoquèrent les cris du vent afin d'aider les chiens à semer la pagaille parmi les hommes. Les animaux l'emportèrent, et les survivants s'égaillèrent en jurant que notre côte était maudite. Les Quileute victorieux libérèrent les chiens qui retournèrent à la vie sauvage, tandis qu'eux-mêmes réintégraient leurs corps et retrouvaient leurs épouses.

« Effrayées par notre magie, les tribus environnantes, les Hoh et les Makah, signèrent des traités de non-agression avec nos ancêtres. Si un ennemi se risquait quand même à nous affronter, les esprits guerriers le chassaient, et nous vécûmes en paix.

« Les générations se succédèrent ainsi jusqu'à l'ultime grand Chef Esprit, Taha Aki, réputé pour sa sagesse et son pacifisme. Sous son règne, le peuple connut la joie. Il n'y avait qu'un mécontent, Utlapa.

Un sifflement furieux retentit alors quelque part autour du feu, je ne fus pas assez rapide pour deviner de qui il émanait. L'ignorant, Billy enchaîna.

— Utlapa était l'un des guerriers les plus forts de Taha Aki. Sa puissance n'avait d'égale que son avidité. Il estimait que la tribu aurait dû se servir de sa magie pour étendre son territoire et réduire les Hoh et les Makah en esclavage, afin d'établir un véritable empire.

« Désormais, lorsque les soldats se transformaient en purs esprits, ils étaient capables de lire les pensées de leurs pairs. Taha Aki découvrit donc ce à quoi rêvait Utlapa et se fâcha. Il condamna l'ambitieux à l'exil et lui interdit de jamais se resservir de son esprit. Tout fort qu'il fût, Utlapa n'était pas en état de résister à une armée entière, et il fut contraint d'obéir. Rageur, il se cacha dans une forêt proche pour y guetter l'occasion qui lui permettrait de se venger de son supérieur.

« Même en temps de paix, le Chef Esprit restait vigilant quand il s'agissait de la sécurité des siens. Souvent, il gagnait un endroit secret et sacré, perdu dans la montagne. Il y abandonnait son corps et survolait les bois et la côte pour s'assurer qu'aucun danger ne menaçait. Un jour, alors que Taha Aki remplissait son devoir, Utlapa le suivit. Son intention première avait été de le tuer, purement et simplement. Ce plan avait des inconvénients, cependant. Les guerriers chercheraient sans doute à détruire l'assassin, qu'ils rattraperaient sans aucune difficulté. Dissimulé derrière un rocher, Utlapa observa les préparatifs du chef et il eut une autre idée.

« Taha Aki s'envola pour sa tournée d'inspection, Utlapa attendit qu'il se fût éloigné pour mettre son projet à exécution. Le chef sut immédiatement que son rival l'avait rejoint dans le monde spirituel et devina ses intentions meurtrières. Il retourna aussitôt vers le lieu secret, mais les vents ne réussirent pas à le porter assez vite pour le sauver. Quand il arriva là-bas, son enveloppe charnelle avait disparu. Celle d'Utlapa gisait au sol, abandonnée. Hélas, le maudit avait tout prévu en tranchant sa propre gorge des mains même de Taha Aki, si bien que ce dernier était condamné à rester esprit.

« Il suivit son corps dans la vallée, agonissant d'injures Utlapa, qui l'ignora comme une brise anodine. Désespéré, Taha Aki vit son ennemi prendre sa place au sein des Quileute. Durant quelques semaines, Utlapa garda profil bas, afin que chacun crût qu'il était Taha Aki. Puis les premiers changements intervinrent. Le traître commença par interdire aux guerriers d'entrer dans le monde spirituel. Il prétendit avoir eu la vision d'un danger, alors que, en réalité, il avait peur. Il était conscient que Taha Aki attendait une chance de raconter ce qui s'était passé. D'ailleurs, l'imposteur craignait lui aussi de se transformer en esprit, sachant pertinemment que Taha Aki exigerait la restitution de son corps. Ainsi, ses rêves de conquête tombèrent à l'eau, et il dut se contenter de diriger la tribu. Il oppressa celle-ci, réclamant des privilèges que l'ancien chef n'avait jamais demandés, refusant de travailler avec ses hommes, prenant une deuxième épouse, puis une troisième, alors que la femme de Taha Aki vivait encore, un événement extraordinaire pour les Quileute. Taha Aki assista à tout cela en proie à une rage impuissante.

« Il finit par essayer d'assassiner son propre corps afin d'épargner à son peuple les excès d'Utlapa. Il convoqua un loup féroce de la montagne, mais l'imposteur se cacha derrière ses soldats et, quand un jeune homme fut tué en tentant de protéger celui qu'il prenait pour son chef, Taha Aki ressentit un chagrin épouvantable et ordonna à la bête de regagner son repaire.

« Toutes les histoires insistent sur la difficulté d'être un esprit guerrier. Il était plus terrifiant qu'amusant de se libérer de son enveloppe charnelle, voilà pourquoi nos aïeux ne recouraient à leur magie qu'en cas de besoin. Les expéditions solitaires du chef étaient un fardeau, un sacrifice auquel il consentait pour le bien de la communauté. Être privé de corps était désorientant, inconfortable, très pénible. Taha Aki avait été éloigné du sien depuis si longtemps qu'il était à l'agonie. Il se croyait maudit, estimait qu'il n'atteindrait jamais la terre ultime où l'attendaient ses ancêtres, parce qu'il était à jamais voué à cette vacuité atroce.

« Le loup, animal imposant et magnifique, suivit dans les bois l'esprit de Taha Aki qui se tordait de douleur. L'ancien chef éprouva une soudaine jalousie pour cet animal sans cervelle. Lui possédait un corps ! Lui avait une vie ! L'existence d'une bête valait mieux que cet abominable vide conscient. Ce fut alors que Taha Aki eut l'idée qui allait changer notre destin à tous. Il pria le grand loup de l'accueillir, de partager son enveloppe terrestre. L'animal obtempéra, et Taha Aki se glissa en lui, à la fois soulagé et plein de gratitude. Certes, il n'était plus humain, mais il n'était plus condamné à la vacuité du monde spirituel.

« Ne faisant plus qu'un, la bête et l'homme retournèrent au village sur la côte. Les gens s'enfuirent, affolés, en appelant à l'intervention des guerriers. Ces derniers surgirent, armés de leurs lances. Bien sûr, Utlapa préféra rester derrière. Taha Aki n'attaqua pas ses anciens combattants. Il recula lentement, s'adressant à eux avec ses prunelles, tentant de chanter les chansons de son peuple, et ils comprirent peu à peu que ce loup n'était pas ordinaire, qu'une âme l'influençait. Un vieux guerrier nommé Yut décida de désobéir aux ordres de celui qu'il prenait pour son chef et d'essayer de communiquer avec l'animal.

« Dès que Yut eut franchi les limites du monde spirituel, Taha Aki quitta le corps du loup, qui attendit sagement son retour, et parla. Confronté à la vérité, Yut rendit hommage à son vrai chef. À cet instant, Utlapa vint voir si la bête avait été tuée. En découvrant la dépouille de Yut protégée par ses pairs, il saisit ce qui se passait. Tirant son couteau, il se précipita afin d'assassiner le vieux soldat avant qu'il ne réintègre son enveloppe charnelle. “Traître !” hurla-t-il. Les autres guerriers furent décontenancés. On leur avait interdit les voyages spirituels, et il appartenait au chef de punir qui contrevenait à ses ordres. Yut regagna prestement son corps. Malheureusement, Utlapa menaçait déjà sa gorge d'un couteau, une main plaquée sur sa bouche. Le corps de Taha Aki était fort, et l'âge avait affaibli Yut qui ne put même pas prononcer un mot et prévenir ses camarades, car Utlapa le fit taire à jamais.

« Taha Aki regarda l'esprit de Yut s'en aller vers

l'ultime contrée, celle qui lui était interdite pour l'éternité. Il ressentit une rage immense, la plus puissante de son existence. Il retourna dans le grand loup, bien décidé à déchirer la gorge d'Utlapa. C'est alors qu'une magie réellement extraordinaire se produisit. La colère du vieux chef était celle d'un homme. L'amour qu'il nourrissait envers les gens de sa tribu et la haine qui le consumait à l'encontre de leur oppresseur étaient trop vastes pour le loup, trop humaines. L'animal frissonna et, sous les yeux ahuris tant des guerriers que d'Utlapa, il se transforma en être humain. Ce nouvel homme ne ressemblait pas à Taha Aki. Il était bien plus splendide. Il était l'interprétation incarnée de l'esprit de Taha Aki. Ses soldats le reconnurent aussitôt, car ils avaient volé en sa compagnie. Utlapa tenta de fuir, mais la nouvelle enveloppe charnelle de Taha Aki avait la force du loup. S'emparant de l'imposteur, il anéantit son âme avant qu'elle ne s'évade du corps qu'il avait dérobé.

« Le peuple se réjouit en comprenant ce qui s'était produit. Taha Aki rétablit l'ordre, se remit à travailler avec les siens, rendit ses deux jeunes épouses à leurs familles. La seule chose sur laquelle il ne revint pas fut les voyages spirituels. Il avait compris qu'ils étaient devenus trop dangereux, à présent qu'avait germé l'idée de voler la vie d'un autre. Les esprits guerriers cessèrent donc d'exister.

« Dès lors, Taha Aki fut plus qu'un simple loup et qu'un simple homme. On le surnomma Taha Aki le Grand Loup ou Taha Aki l'Homme Esprit. Il présida à la destinée de la tribu durant de très nombreuses années, car il ne vieillissait plus. Dès lors qu'un danger menaçait, il se transformait en bête afin de combattre ou d'effaroucher l'ennemi. La vie se poursuivit dans la paix, Taha Aki engendra de multiples fils dont certains s'aperçurent, après avoir atteint l'âge adulte, qu'ils étaient eux aussi capables de transmuter. Ces loups différaient tous les uns des autres, car ils étaient des esprits et reflétaient la nature des hommes qui les habitaient.

— Voilà pourquoi Sam est tout noir, marmonna Quil en souriant. À cœur noir, poil noir.

J'étais si absorbée par le récit que le présent, la réalité du feu de camp, s'imposa à moi sous la forme d'un choc. S'ensuivit un deuxième, quand je me rendis compte que l'assemblée consistait en descendants de Taha Aki. Le foyer crépita, et des étincelles s'envolèrent, dessinant des silhouettes presque identifiables.

— Et toi ? chuchota Sam à Quil. Ta fourrure chocolat trahit à quel point tu es sucré ?

Billy ne tint aucun compte de ces moqueries.

— Quelques fils, reprit-il, se firent guerriers et arrêtèrent de vieillir. D'autres, qui n'appréciaient pas la transformation, refusèrent de se joindre à la meute. Ils se remirent à subir les assauts du temps, et la tribu comprit alors que les hommes-loups étaient comme n'importe quel être humain dès qu'ils abandonnaient leur esprit lupin. La vie de Taha Aki dura aussi longtemps que celle de trois vieillards. Après la mort de sa première femme, il en épousa une deuxième, puis une troisième quand la seconde fut décédée. En cette dernière, il rencontra sa véritable moitié. Certes, il avait aimé les autres, mais là, c'était différent. Il décida alors de renoncer à son esprit de loup afin de pouvoir mourir en même temps qu'elle. Ainsi nous a été transmise la magie, bien que ce ne soit pas là la fin de l'histoire...

Le père de Jake regarda le vieux Quil Ateara qui se tortilla sur sa chaise et redressa ses frêles épaules. Billy but une gorgée d'eau à la bouteille puis s'essuya le front. Sans faiblir, le stylo d'Emily continuait de courir sur le papier.

— Telle est la légende des esprits guerriers, entonna le vieux Quil de sa voix de ténor. Je vais vous narrer celle du sacrifice de la troisième épouse.

« Bien après que Taha Aki eut abandonné son esprit lupin, alors qu'il était chenu, des troubles éclatèrent au nord, avec les Makah. Plusieurs jeunes femmes de cette tribu disparurent, et leurs hommes blâmèrent les loups du voisinage qu'ils craignaient et dont ils se défiaient. Les hommes-loups pouvaient toujours lire les pensées de leurs pairs quand ils revêtaient leur forme animale, comme leurs ancêtres l'avaient fait en tant qu'esprits. Ils savaient donc qu'aucun d'entre eux n'était responsable. Taha Aki tenta d'apaiser le chef Makah, mais les peurs étaient trop fortes. Taha Aki ne souhaitait pas la guerre, il n'était plus un guerrier pour réussir à conduire les siens à la victoire. Il chargea son fils aîné, Taha Wi, d'identifier le vrai coupable avant que ne débutent les hostilités.

« Taha Wi entraîna cinq de ses compagnons lupins dans une quête à travers les montagnes, cherchant des indices sur les filles enlevées. Dans la forêt, ils tombèrent sur une chose inconnue, une étrange et douceâtre odeur qui leur brûla les narines jusqu'à ce qu'elles en soient douloureuses.

Je me recroquevillai et, du coin de l'œil, je vis la lèvre de Jacob frémir. Il se retint de rire, resserra l'étreinte de ses bras autour de moi.

— Ils ignoraient quelle créature laissait ces traces olfactives, les suivirent cependant, continua le vieux Quil dont les intonations, quoique dénuées de la majesté qui caractérisait la voix de Billy, étaient empreintes d'une sorte d'urgence. Ils trouvèrent également de vagues traces humaines, du sang, le long de la piste. Ils furent alors certains d'avoir repéré l'ennemi qu'ils traquaient. Leur voyage les mena si loin vers le nord que Taha Wi renvoya la moitié de la meute, les plus jeunes, vers le village, afin d'y faire un rapport à son père. Lui-même et ses deux frères ne revinrent jamais.

« Leurs cadets partirent à leur recherche, seul le silence leur répondit. Taha Aki pleura la perte de ses fils. Il aurait voulu les venger, il était si vieux. En habits de deuil, il alla à la rencontre du chef Makah et lui raconta ce qui s'était passé. L'autre crut en son chagrin, et les tensions s'apaisèrent.

« Un an plus tard, la même nuit, deux vierges Makah disparurent de chez elles. Les guerriers en appelèrent aussitôt aux Quileute, qui flairèrent l'identique puanteur dans tout le village. Ils repartirent donc en chasse. Seul l'un d'eux survécut, Yaha Uta, l'aîné de la troisième femme de Taha Aki, le benjamin de la meute. Il ramena avec lui quelque chose que les Quileute n'avaient jamais vu – un cadavre qu'il avait mis en pièces, froid comme la pierre. Tous ceux qui étaient du sang de Taha Aki, y compris ceux qui n'avaient pas été loups, sentirent l'odeur puissante qui émanait de la créature morte. C'était elle, l'ennemi des Makah.

« Yaha Uta narra ce qui s'était passé : lui et ses frères avaient trouvé l'être étrange qui, sous l'apparence d'un homme, était comme le granit, avec les deux filles Makah. L'une d'elles avait déjà perdu la vie et gisait, blanche, vidée de son sang, sur le sol. L'autre était prisonnière des bras du monstre qui avait la bouche tout contre sa gorge. Elle était sans doute encore vivante quand ils arrivèrent sur les lieux de l'abominable spectacle, mais la créature lui brisa rapidement le cou et jeta son corps à terre. Ses lèvres pâles étaient couvertes de sang, ses prunelles étaient allumées d'un rougeoiement furieux.

« Yaha Uta décrivit la force et la rapidité de l'adversaire. Un des frères mourut pour avoir sous-estimé cette puissance, car le monstre le déchira en deux, comme une poupée de son. Yaha Uta et son autre frère furent plus circonspects. Ils s'unirent, harcelant la créature de tous les côtés, le trompant par d'audacieuses manœuvres. Il leur fallut toutefois recourir à toute la célérité et à toute l'habileté de leurs corps de loups, d'en repousser les limites comme ils n'avaient jamais été obligés de le faire. L'étranger avait la dureté de la pierre et la froideur de la glace. Seules leurs dents réussissaient à l'entamer. Ils se mirent donc à le dépecer petit à petit tout en luttant contre lui.

« L'ennemi apprenait vite, néanmoins, et il ne tarda pas à les égaler en ruse. Il parvint à s'emparer d'un des deux loups, puis Yaha Uta trouva une ouverture vers la gorge du monstre et bondit. Ses crocs tranchèrent sa tête, mais les mains assassines continuèrent de broyer son frère. Yaha Uta lacéra la créature en mille morceaux avec une hargne désespérée destinée à sauver son malheureux allié. Hélas, il était trop tard, même s'il finit par anéantir l'assassin.

« Du moins, c'est ce que tout le monde croyait. Le survivant déposa les restes puants à terre pour que les anciens les examinent. Une main coupée traînait à côté d'un bras. Quand les sages les poussèrent avec des bouts de bois, les deux débris épars se touchèrent, et la main tenta de se ressouder au bras. Horrifiés, les aînés ordonnèrent qu'on y mît le feu. Un gros nuage de fumée malodorante pollua l'air. Lorsqu'il ne resta du monstre plus que des cendres, les Quileute les répartirent dans de nombreux sacs et les éparpillèrent au loin, un peu partout, dans l'océan, les bois, les cavernes des falaises. Taha Aki tint à garder un des sachets autour du cou afin d'être averti si la créature tentait une fois encore de se rassembler.

Le vieux Quil s'interrompit pour regarder Billy qui sortit de sous sa chemise un grand lacet de cuir au bout duquel était suspendue une petite bourse que les ans avaient noircie. Quelques auditeurs laissèrent échapper un souffle. Moi aussi peut-être.

— Ils l'appelèrent Sang froid, buveur de sang, et se mirent à vivre dans la crainte qu'il ne soit pas le seul représentant de son espèce. Il ne leur restait plus qu'un loup protecteur, le jeune Yaha Uta.

« Ils n'eurent pas longtemps à attendre. Le monstre avait une compagne, qui vint trouver la tribu, l'âme assoiffée de vengeance. Les légendes affirment que cette femelle était l'être le plus beau qu'œil humain eût jamais croisé. Elle ressemblait à la déesse de l'aube lorsqu'elle entra dans le village, ce matin-là. Pour une fois, le soleil brillait, se reflétant en mille éclats sur sa peau blanche et illuminant sa chevelure dorée qui lui tombait jusqu'aux reins. Son visage était magique de splendeur, avec ses prunelles noires sur toute cette pâleur. Certains tombèrent à genoux pour la révérer.

« Elle posa une question d'une voix haute et aiguë, dans une langue que nul ne connaissait. Ahuris, les gens ne surent que répondre. Dans l'assistance, personne n'était de la lignée de Taha Aki, mis à part un garçonnet qui s'accrocha aux jambes de sa mère en hurlant qu'une odeur lui brûlait le nez. L'un des anciens, en route pour le conseil, entendit ses paroles et comprit à qui il avait affaire. Il cria aux autres de se sauver. Ce fut lui qu'elle tua en premier.

« Il y eut vingt témoins de l'arrivée de la femelle Sang-froid, deux survécurent, uniquement parce que, distraite par le sang, elle s'arrêta pour s'y abreuver. Ils coururent chercher Taha Aki qui participait à la réunion en compagnie des autres sages, de ses fils et de sa troisième épouse. Yaha Uta se transmuta en esprit lupin sitôt qu'il eut vent des nouvelles. Il partit seul affronter et détruire l'intruse. Taha Aki, sa femme, ses fils et les anciens le suivirent. D'abord, ils ne réussirent pas à trouver la créature, juste les traces de son attaque. Des cadavres brisés jonchaient le chemin par lequel elle était venue, dont quelques-uns vidés de leur sang. Puis ils perçurent des hurlements et se ruèrent vers la grève.

« Une poignée de Quileute s'étaient réfugiés sur les bateaux. La femelle les poursuivait à la nage, tel un requin. Elle cassa la proue d'un navire avec une force incroyable. Lorsque l'embarcation coula, elle attrapa ceux qui tentaient de surnager et les brisa en deux également. Apercevant le grand loup sur la côte, elle oublia ses victimes et revint vers la rive à une telle allure qu'on distinguait à peine ses gestes. Alors, elle se dressa devant

Yaha Uta, dégoulinante d'eau, dans toute sa gloire. Elle pointa sur lui un doigt blême et posa une nouvelle question, aussi incompréhensible que la précédente. Yaha Uta se tint prêt.

« Ce fut un rude combat. Elle n'était pas de la trempe de son compagnon, certes, mais Yaha Uta était seul, cette fois, sans personne pour détourner de lui la furie du monstre. Quand Yaha Uta fut vaincu, Taha Aki lança un cri de défi. Il s'approcha en boitillant et reprit son ancien corps de loup au museau blanchi. La bête avait beau être âgée, elle était animée par Taha Aki l'Homme Esprit, et sa rage lui donnait des forces. La lutte repartit de plus belle.

« La troisième épouse de Taha Aki venait de voir mourir son fils. À présent, son mari se battait, et elle ne nourrissait aucune illusion quant à l'issue du combat. Elle avait entendu chaque mot que les témoins du massacre avaient rapporté au conseil ; elle connaissait le récit de la victoire de Yaha Uta sur le premier Sang-froid, elle savait qu'il ne s'en était sorti que grâce à la diversion de son frère.

« Elle tira un couteau de la ceinture d'un des fils qui se tenait à son côté. Tous étaient de jeunes gars, pas encore des hommes, elle avait conscience qu'ils mourraient en tentant de venger leur père. L'épouse se précipita vers la buveuse de sang en brandissant le poignard. La créature sourit, amusée par cette intervention. Elle ne craignait pas cette faible humaine ni la lame qui ne ferait qu'égratigner sa peau, et elle s'apprêtait à délivrer le coup de grâce. Ce fut alors que la troisième épouse eut un geste auquel la femelle ne s'attendait pas. Tombant aux pieds de l'ennemie, elle planta le couteau dans son propre sein. Le sang gicla entre les doigts de la malheureuse, éclaboussant le monstre qui ne put résister à son avidité. Poussée par son instinct, entièrement consumée par sa soif durant une seconde, elle se tourna vers la mourante. Aussitôt, les crocs de Taha Aki se refermèrent autour de son cou.

« Ce ne fut pas la fin du combat, mais Taha Aki n'était plus seul à lutter, désormais. En voyant leur mère mourir, les deux jeunes fils furent saisis d'une telle fureur qu'ils se ruèrent, transformés en loups alors qu'ils n'étaient pas encore des hommes faits. Ils vinrent à bout du monstre avec leur père.

« Taha Aki quitta la tribu. Il ne reprit pas sa forme humaine. Une journée entière, il resta couché près de la dépouille de sa troisième épouse, grondant dès que quelqu'un tentait de la toucher, puis il s'en alla dans la forêt pour ne plus jamais revenir.

« À compter de cette époque, les ennuis avec les Sang-froid furent l'exception. Les fils de Taha Aki veillèrent sur les Quileute jusqu'à ce que leurs propres fils soient assez âgés pour les remplacer. Il n'y eut jamais plus de trois loups à la fois. C'était suffisant. De temps en temps, un buveur de sang s'aventurait sur notre territoire – les loups, auxquels il ne s'attendait pas, le prenaient au dépourvu. Il arriva certes qu'une des bêtes mourût, elles ne furent cependant jamais décimées comme lors du premier affrontement. Elles avaient appris à combattre les Sang-froid et se transmirent ce savoir de loup en loup, d'esprit en esprit, de père en fils. Avec le temps, les descendants de Taha Aki cessèrent de se transformer à l'âge viril. Ce n'était que lorsqu'un ennemi surgissait que la transmutation se produisait.

Les Sang-froid venaient toujours par un ou deux, si bien que la meute restait peu nombreuse.

« Un jour, une famille plus importante arriva, et vos propres arrière-grands-pères se préparèrent à les affronter. Mais leur chef s'adressa à Ephraïm Black dans une langue humaine et jura de ne pas toucher aux Quileute. Ses étranges yeux jaunes prouvaient que lui et les siens se différenciaient des autres buveurs de sang. Ils surpassaient les loups en nombre, rien ne les obligeait donc à offrir un traité alors qu'ils auraient remporté le combat haut la main. Ephraïm accepta, eux restèrent fidèles à leur parole, bien que leur présence dans la région eût tendance à attirer d'autres représentants de leur espèce.

Le vieux Quil s'interrompit et soupira. Un instant, ses prunelles noires profondément enfoncées dans les rides de son visage parurent se poser sur moi.

— Il y en a tant, à présent, continua-t-il, que la tribu a dû développer une meute grande comme jamais depuis l'époque de Taha Aki. Les fils de notre peuple sont contraints de supporter à nouveau le fardeau et le sacrifice de leurs pères.

Un silence s'installa qui dura longtemps. Les héritiers de la magie et des légendes se contemplaient au-dessus du feu, leurs regards pleins de tristesse. Tous, sauf un.

— Fardeau, tu parles ! bougonna Quil. Moi, je trouve ça chouette.

De l'autre côté du brasier qui mourait lentement, Seth Clearwater, les traits empreints d'une adulation sans borne pour la fraternité des protecteurs de la tribu, acquiesça. Billy émit un petit rire, et la magie du moment sembla se dissoudre dans les braises rouges. Soudain, nous ne fûmes plus qu'un cercle d'amis. Jared lança un caillou vers Quil, et tout le monde s'esclaffa quand le garçon sursauta. Les conversations murmurées, moqueuses et décontractées, reprirent leur cours.

Leah n'ouvrit pas les paupières. Il me sembla distinguer un éclat brillant sur sa joue, telle une larme, mais cela fut furtif. Ni Jacob ni moi ne nous exprimâmes. Il était si immobile, sa respiration était si profonde et régulière, que je le crus presque endormi. Je flottais à mille années d'ici. Je ne songeais pas à Yaha Uta ni aux autres loups, ni à la somptueuse femelle Sang-froid que je me représentais trop bien. Non, je pensais à quelqu'un qui n'avait pas été touché par la magie. J'essayais d'imaginer le visage de l'épouse sans nom qui avait sauvé son peuple. Une humaine, rien que cela, sans dons ni pouvoirs particuliers, physiquement plus faible et plus lente que chacun des êtres mythiques de l'histoire. Elle avait pourtant été la solution. Elle avait permis d'épargner les vies de son mari, de ses jeunes fils, de sa tribu. Je regrettais que son nom eût été oublié...

On me secoua par le bras.

— Coucou, Bella, nous y sommes, murmura Jacob à mon oreille.

Je clignai des yeux, en pleine confusion. Le feu s'était éteint, apparemment. Je fixai l'obscurité en m'efforçant de me repérer. Il me fallut une minute pour m'apercevoir que je ne me trouvais plus sur la falaise. Jacob et moi étions seuls. Son bras s'enroulait toujours autour de mes épaules, mais j'avais quitté le sol. Comment diable étais-je montée dans sa voiture ?

— Oh, flûte ! me lamentai-je en comprenant que je m'étais assoupie. Quelle heure est-il ? Où est passé ce fichu téléphone ?

Je fouillai frénétiquement mes poches.

— Du calme. Il n'est pas encore minuit, et je l'ai déjà appelé. Tiens, regarde. Il nous attend.

— Minuit ? répétai-je comme une sotte.

Je scrutai la nuit, et mon pouls s'accéléra quand, ma vision s'étant habituée aux ombres, j'identifiai la Volvo, à une trentaine de mètres de nous. Je posai la main sur la poignée de la portière.

— N'oublie pas ça, me dit Jake en me tendant le portable.

— Tu as prévenu Edward à ma place ?

— J'ai songé qu'en me comportant bien j'aurais plus d'occasions de te revoir, sourit-il.

— Merci, chuchotai-je, émue. Et merci de m'avoir invitée ce soir. C'était... quelque chose.

— Tu ne m'as même pas vu avaler une vache, s'esclaffa-t-il. Je suis heureux que ça t'ait plu. Pour moi, c'était bien, que tu sois là.

Un mouvement rompit la quiétude de la pénombre, une silhouette fantomatique hantant les arbres. Faisait-il les cent pas ?

— Il n'est pas très patient, hein ? murmura Jacob qui l'avait également remarqué. Vas-y. Mais reviens-moi vite, d'accord ?

— Promis.

J'ouvris la portière, l'air froid déclencha mes frissons.

— Dors bien, Bella. Ne t'inquiète pas, je monterai la garde cette nuit.

— Non, Jake, repose-toi. Je ne risque rien.

— Oui, oui, éluda-t-il sur un ton paternaliste.

— Bonne nuit, merci.

— Bonne nuit.

Je filai. Edward m'accueillit sur la frontière invisible.

— Enfin ! souffla-t-il, soulagé.

Ses bras m'enlacèrent fermement.

— Salut, désolée d'être là si tard. Je me suis assoupie, et...

— Je sais, Jacob m'a tout expliqué. Si tu es fatiguée, je te porte.

— Ça va.

— Rentrons te mettre au lit. Tu as passé un moment agréable ?

— Oui, formidable. Je regrette que tu n'aies pu assister à cela. Le père de Jake nous a raconté leurs légendes, c'était... magique. Il n'y a pas d'autre mot.

— Tu m'en reparleras. Après quelques bonnes heures de sommeil.

— Ce ne sera pas pareil.

Un bâillement m'échappa. Ouvrant ma portière, il m'installa sur le siège avant et boucla ma ceinture à ma place. Des phares éblouissants balayèrent la voiture, et j'agitai la main en direction de la voiture de Jacob. Je ne suis pas certaine qu'il me vit.

Cette nuit-là, après avoir franchi le barrage paternel – mais Charlie ne me disputa pas, car Jacob l'avait également prévenu –, je ne me couchai pas tout de suite. Penchée par la fenêtre, j'attendis le retour d'Edward. Il faisait un froid étonnant pour la saison, presque hivernal. Je n'en avais pas du tout souffert sur la falaise venteuse, plus à cause de la proximité de Jacob que du feu, sans doute. Il se mit à pleuvoir, des gouttes glacées s'écrasèrent sur mes joues.

L'obscurité était trop épaisse pour distinguer autre

chose que les triangles noirs des épicéas qui s'agitaient dans le vent. Une silhouette pâle se détachait sur les ténèbres... ou était-ce les contours flous d'un loup énorme ? Mes yeux étaient trop faibles pour le deviner.

Brusquement, Edward fut tout à côté de moi. Il se glissa dans la pièce, les mains encore plus gelées que la pluie.

— Jacob est dans les parages ? demandai-je en frissonnant quand il me prit dans ses bras.

— Oui. Esmé rentre à la maison.

— Le temps est tellement épouvantable, soupirai-je. Cette surveillance est idiote.

— Tu es la seule à souffrir du froid, Bella, rit-il.

J'en souffris également en rêve, peut-être parce que je m'étais endormie dans l'étreinte d'Edward. Je songeai que j'étais en pleine tempête, des bourrasques fouettant mes cheveux, qui se plaquaient contre mon visage et m'aveuglaient. J'étais sur le croissant de First Beach, une des plages de la réserve, et je m'efforçais d'identifier ce qu'étaient les ombres mouvantes et rapides que je distinguais mal dans la faible lueur qui baignait la grève. D'abord, ce ne furent que des éclats de blanc et de noir, qui se jetaient l'un sur l'autre, reculaient en dansant. Puis, comme si la lune avait brutalement émergé de derrière les nuages, je compris.

Sa chevelure dorée et humide lui tombant dans le dos, Rosalie se ruait vers un énorme loup au museau argenté que je reconnus comme Billy Black. Je voulus courir, ne réussis à me déplacer qu'avec la lenteur des rêveurs ; je criai, le vent arracha mes paroles. J'agitai les bras pour attirer l'attention des combattants. Quelque chose dans ma main luit, et je découvris que je tenais un long couteau ancien et couleur argent, dont la lame était ternie par un sang noir et sec.

Je tressaillis, ouvris les yeux sur l'obscurité de ma chambre. J'enfouis ma tête dans le torse d'Edward, consciente que la douce odeur de sa peau chasserait le cauchemar avec une efficacité sans pareille.

— Je t'ai réveillée ? chuchota-t-il.

Un bruissement de papier résonna, des pages qu'on feuilletait, suivi par le faible écho d'un objet léger qui tombait sur le plancher.

— Non, marmonnai-je en soupirant de bonheur. J'ai fait un mauvais rêve.

— Tu souhaites en parler ?

— Trop fatiguée. Demain matin, peut-être. Si je m'en souviens.

Un rire silencieux le secoua.

— D'accord.

— Que lisais-tu ?

— *Les Hauts de Hurlevent*.

— Je croyais que tu ne l'aimais pas ?

— Il traînait dans le coin, répondit-il de sa voix caressante, berceuse me ramenant vers le sommeil. Et puis, plus je passe de temps avec toi, plus les émotions humaines me deviennent compréhensibles. J'ai découvert que j'étais capable de compassion envers Heathcliff, alors que je ne pensais pas cela possible.

— Hmm...

Il ajouta quelque chose, je dormais déjà.

Le lendemain, le ciel était gris perle. Edward m'interrogea sur mon rêve, je ne réussis pas à le raviver. Seule subsistait l'impression de froid que j'avais éprouvée. Et mon plaisir à ce que mon amour eût été présent quand je m'étais réveillée. Il m'embrassa, assez longtemps pour affoler mon cœur, puis rentra chez lui afin de se changer et de récupérer sa voiture.

Je m'habillai rapidement, encore perplexe de l'intrusion à laquelle ma garde-robe avait été soumise. Agacée aussi, car je n'avais plus rien à me mettre. La peur l'emportait sur ma contrariété, toutefois.

Je m'apprêtais à descendre prendre mon petit déjeuner quand je remarquai mon vieil exemplaire des *Hauts de Hurlevent*, ouvert par terre, à l'endroit où Edward l'avait laissé tomber, la couverture fatiguée marquant le passage où il avait interrompu sa lecture.

Je m'en emparai, curieuse, cherchant à me rappeler ce qu'il avait dit. Il avait parlé de compassion pour Heathcliff. Peu vraisemblable. Sûrement un autre rêve. Trois mots attirèrent mon regard, et je me penchai sur le paragraphe. Ces lignes du chapitre quatorze, prononcées par Heathcliff m'étaient bien connues.

C'est là tout ce qui nous sépare : eût-il été à ma place et moi à la sienne, et bien que je l'aie haï d'une haine qui a teinté ma vie d'amertume, jamais je n'aurais levé la main sur lui. Vous semblez sceptique, soit. Jamais pourtant je ne l'aurais séparé d'elle tant qu'elle souhaitait qu'il fût là. Du jour où ce désir aurait cessé, cependant, je lui aurais arraché le cœur, j'aurais bu son sang ! Mais jusque-là – si vous ne me croyez pas, c'est que vous ne me connaissez pas –, jusque-là, j'aurais préféré mourir peu à peu plutôt que de toucher à un seul de ses cheveux !

Les mots qui avaient accroché mon regard étaient « bu son sang ».

Je frissonnai.

Oui, j'avais sûrement rêvé la phrase d'Edward à propos des aspects positifs de Heathcliff. Et cette page n'était sans doute pas celle qu'il avait lue. Le livre pouvait fort bien s'être ouvert de lui-même.

12

LE TEMPS

— J'ai vu..., me lança Alice d'une voix menaçante.

Son frère voulut lui donner un coup de coude dans les côtes, elle l'évita lestement.

— Edward m'oblige à t'en parler, insista-t-elle, mécontente, mais j'ai vu que tu serais pénible si je te prenais par surprise.

Nous regagnions la voiture après notre journée de cours.

— Tu veux bien t'exprimer en anglais ? ripostai-je, n'ayant pas la moindre idée de ce dont elle parlait.

— Avant, je te prie de ne pas faire l'enfant. Pas de crise, s'il te plaît.

— Tu m'inquiètes, là.

— Figure-toi que tu vas, ou plutôt que *nous* allons organiser une petite fête de fin d'année. Rien d'extraordinaire, donc pas d'affolement. J'ai vu que tu paniquerais si je me risquais à ne pas t'en avertir au préalable, et Edward m'a ordonné de te prévenir. (Elle s'esquiva quand son frère tenta d'ébouriffer ses cheveux.) En tout cas, ce sera tout simple, je te le jure.

— J'imagine que mes protestations n'y changeront rien, n'est-ce pas ? soupirai-je.

— En effet.

— D'accord, Alice. J'y serai. Et je détesterai ça du début à la fin. Je te le jure.

— Je n'en attendais pas moins de ta part ! À propos, j'adore mon cadeau. Tu n'aurais pas dû.

— Je ne t'ai encore rien acheté !

— Ça ne va pas tarder.

Intriguée, je me creusai les méninges en tâchant de me rappeler sur quel présent de fin d'année j'avais arrêté mon choix.

— Je n'en reviens pas, marmonna Edward. Comment un être aussi chétif peut-il être aussi agaçant ?

— Le talent, mon cher, le talent ! s'esclaffa sa sœur.

— Tu n'aurais pas pu attendre quelques semaines pour m'annoncer la nouvelle ? m'emportai-je. Maintenant, je vais être stressée pendant encore plus longtemps.

— Bella, sais-tu quel jour nous sommes ? répliqua-t-elle, perplexe.

— Lundi ?

— Oui, lundi ! s'énerva-t-elle. Lundi quatre juin.

Me prenant par le coude, elle me fit virevolter et désigna une grande affiche jaune scotchée sur la porte du gymnase. La date de remise des diplômes s'y étalait en lettres grasses. D'ici une semaine exactement.

— Le quatre juin ? répétai-je. Tu es sûre ?

Ni elle ni Edward ne se donnèrent la peine de relever. Alice se borna à secouer la tête avec une tristesse et une déception feintes, Edward à sourciller.

— Ce n'est pas possible ! m'entêtai-je. Comment cela a-t-il pu se produire ?

Je m'efforçai de faire le compte des jours passés, en vain. Ils avaient filé sans que je ne m'en rendisse compte. J'eus l'impression d'avoir les jambes coupées. Avec ces semaines d'angoisse et de tension, mon obsession du temps n'avait pas empêché que celui-ci m'échappât et que me fût ôté le loisir de l'organiser, de tracer des plans sur la comète. J'avais été volée de mon temps.

Or, je n'étais pas prête.

Comment dire au revoir à Charlie et Renée ? À Jacob ? À mon humanité ? Je savais certes ce que je voulais, j'étais cependant terrifiée à l'idée de l'obtenir. J'aspirais à troquer mon statut de mortelle pour celui d'immortelle, puisque c'était la seule façon de rester à jamais auprès d'Edward. Sans compter que des ennemis, connus et inconnus, me traquaient. Autant éviter de m'offrir, proie succulente et impuissante. Bref, en théorie, mes choix avaient un sens. En pratique... je ne connaissais que l'humanité. Le futur qui se dessinait au-delà était un grand abysse noir que je ne découvrirais qu'après y avoir plongé.

La simple nouvelle de la date, si évidente que mon inconscient l'avait effacée, donnait à l'ultimatum que j'avais espéré avec tant d'impatience des allures de rendez-vous devant le peloton d'exécution.

Ce fut dans un brouillard vague que je vis Edward me

tenir la portière de la Volvo, que j'entendis Alice jacasser depuis la banquette arrière, que je perçus la pluie qui tambourinait sur le pare-brise. Edward parut se rendre compte que je n'étais plus avec eux. Il ne tenta pas de me ramener à la réalité. Ou s'il le fit, je ne m'en aperçus pas.

Nous arrivâmes devant chez moi. Il m'entraîna vers le canapé et m'attira dans ses bras. Je fixais la fenêtre, la brume liquide et grise à l'extérieur, tout en m'efforçant de comprendre à quel moment ma résolution m'avait désertée. Pourquoi cédais-je à l'affolement ? Pourquoi maintenant ? J'avais su que l'échéance fatale approchait. Pour quelle raison me terrifiait-elle, à présent qu'elle était là ? J'ignore combien de temps Edward me laissa ainsi me perdre dans le spectacle de l'averse sans mot dire. L'obscurité s'installait quand il finit par craquer.

— Aurais-tu l'obligeance de me confier à quoi tu penses ? Avant que je ne m'énerve.

Que pouvais-je répondre ? Que j'étais une froussarde ? J'hésitai sur les termes.

— Tes lèvres sont toutes blanches, Bella. Parle.

Je soufflai un bon coup. Depuis combien de minutes retenais-je ma respiration ?

— La date d'aujourd'hui m'a désarçonnée, chuchotai-je. C'est tout.

Il patienta, à la fois soucieux et sceptique.

— Je ne sais trop que faire... que raconter à Charlie... comment expliquer...

— Cela ne concerne pas la fête ?

— Non, même si tu aurais pu t'éviter de me rappeler ce détail.

Dehors, la pluie redoubla, tandis qu'il scrutait mes traits.

— Tu n'es pas prête, chuchota-t-il enfin.

— Si, mentis-je par réflexe. Je n'ai pas le choix, ajoutai-je, devinant qu'il lisait en moi comme dans un livre.

— Rien ne t'y oblige.

— Victoria, Jane, Caïus, l'inconnu qui a pénétré dans ma chambre... tout cela m'y contraint.

— Non, ce sont autant de raisons d'attendre.

— Tu n'es pas logique, Edward !

Saisissant mon visage entre ses mains – il dut déchiffrer l'angoisse qui imprégnait mes yeux –, il s'exprima avec une lenteur délibérée.

— Écoute-moi, Bella. Aucun de nous n'a décidé de son sort. Tu as constaté le résultat... surtout chez Rosalie. Tous, nous avons lutté pour nous réconcilier avec une nature sur laquelle nous n'avions pas de contrôle. Je refuse que tu subisses une telle épreuve. Toi, je veux que tu aies vraiment le choix.

— J'ai déjà choisi.

— Tu ne te résoudras pas à cela sous prétexte qu'une épée de Damoclès est suspendue au-dessus de ta tête, je l'interdis. Nous allons régler ce problème, et je prendrai soin de toi. Cela terminé, si rien ne te force la main, tu décréteras ou non de me rejoindre. Mais pas parce que tu auras peur. Personne ne t'obligera à cela.

— J'ai déjà la promesse de Carlisle, bougonnai-je, aiguillonnée par mon esprit de contradiction habituel. Après le bac.

— Il ne fera rien tant que tu ne seras pas prête, assena-t-il avec certitude. Et rien non plus tant que tu te sentiras menacée.

Je gardai le silence, car j'étais peu encline aux disputes, ce soir-là. Je n'en avais pas l'énergie. Edward m'embrassa sur le front.

— Ça va aller, murmura-t-il. Il n'y a pas de quoi s'inquiéter.

— Rien, si ce n'est un destin funeste.

— Fais-moi confiance.

— Je te fais confiance.

Il n'avait pas cessé, durant cet échange, de scruter mon visage.

— Puis-je te demander quelque chose ? lançai-je.

— Tout ce que tu voudras.

Je tergiversai, me mordis la lèvre, puis posai une question complètement différente de celle que j'avais eue à l'esprit.

— Quel est le cadeau que j'achète à Alice pour célébrer son diplôme ?

— Des billets de concert. Pour elle, toi et moi.

— Oui, c'est vrai ! m'exclamai-je, si soulagée que je faillis sourire. Celui de Tacoma. J'ai lu une pub dans le journal la semaine dernière, et j'ai pensé que ça te plairait, car tu as dit que le CD était bien.

— C'est une très bonne idée. Merci.

— J'espère qu'il reste des places.

— C'est l'intention qui compte. Je suis bien placé pour le savoir.

Je soupirai.

— Toi, tu as quelque chose d'autre à me demander, reprit-il.

— Trop fort ! maugréai-je.

— J'ai pas mal de pratique quand il s'agit de déchiffrer tes expressions. Vas-y.

Fermant les paupières, je m'appuyai contre lui, enfouis ma figure dans son torse.

— Tu n'as pas envie que je me transforme en vampire.

— Non, acquiesça-t-il doucement avant de se taire, guettant la suite. Mais c'est là une assertion, pas une question, m'encouragea-t-il au bout d'un instant.

— Je... je m'inquiète des raisons qui t'amènent à condamner mon désir d'immortalité.

— Pardon ? s'exclama-t-il, réellement surpris.

— Accepterais-tu de m'expliquer pourquoi ? De m'avouer toute la vérité, sans m'épargner ?

Il réfléchit, se lança.

— Tu pourrais avoir une vie tellement meilleure, Bella. Je sais que tu me crois doté d'une âme. Je n'en suis pas entièrement convaincu. Alors, mettre la tienne en péril... T'autoriser à devenir comme moi de façon à ne jamais te perdre est l'acte le plus égoïste qui soit. Je le désire par-dessus tout, pour *moi*. Pour toi en revanche, je veux plus. Accepter que... cela me paraît criminel. Le pire crime que j'aurai commis dans mon existence, dussé-je vivre éternellement. Si j'avais un moyen, n'importe lequel, de redevenir humain pour toi, j'en payerais le prix, aussi élevé fût-il.

Je ne bronchai pas. *Il* se trouvait égoïste. Un sourire étira lentement mes lèvres, et je me redressai.

— Alors... ce n'est pas parce que tu crains de... moins m'aimer quand j'aurai changé ? Quand je ne serai plus aussi souple, quand j'aurai perdu mon arôme ? Tu tiens véritablement à moi, quelle que soit la forme que je prenne ?

— Tu avais peur que je ne t'aime plus ? s'étonna-t-il

avant d'éclater de rire. Toi qui es si intuitive, il t'arrive de te montrer franchement obtuse, Bella !

Aussi bête que cela parût, j'étais rassurée. Dès l'instant où il me désirait, le reste ne comptait pas... presque. Soudain, le mot « égoïste » me semblait magnifique.

— Tu n'imagines pas à quel point les choses seront plus faciles pour moi quand je ne serai plus obligé de me concentrer à chaque minute pour ne pas te tuer, reprit-il avec des intonations pétillantes de gaieté. Certes, des détails me manqueront. Celui-là, par exemple.

Les yeux rivés sur les miens, il caressa ma joue, et je me sentis rougir. Il rit.

— Le bruit de ton cœur aussi, ajouta-t-il, plus sérieux. C'est le plus beau son qui soit. Mon oreille s'y est tellement habituée, désormais, que je le reconnaîtrais entre mille. Pourtant, rien de cela n'importe. Seule toi importe. Tu seras toujours ma Bella. Dotée d'une longévité un peu plus sûre.

Soupirant de bonheur, je fermai les paupières, mon visage entre ses mains.

— Et maintenant, demanda-t-il, accepteras-tu de répondre à *ma* question ? De m'avouer toute la vérité sans m'épargner ?

— Bien sûr, acceptai-je aussitôt en rouvrant les yeux. Laquelle ?

— Tu n'as pas envie de devenir ma femme.

Mon pouls s'arrêta, puis repartit à toute vitesse, tandis que ma nuque se couvrait d'une sueur froide et que mes doigts se glaçaient. Il attendit, observant ma réaction.

— C'est une assertion, finis-je par marmonner, pas une question.

Il baissa les yeux, ses cils dessinant de longues ombres sur ses pommettes, et lâcha mes joues pour s'emparer de ma main gelée.

— Je m'inquiète des raisons qui t'amènent à condamner mon envie de mariage, susurra-t-il en jouant avec mes doigts.

— Ce n'est pas une question non plus, objectai-je en avalant ma salive.

— Bella, je t'en prie.

— La vérité ?

— Oui. Je suis capable de l'encaisser.

— Tu vas te moquer de moi.

— Moi ? se récria-t-il, sincèrement choqué. Jamais de la vie !

— Oh que si, grommelai-je en rougissant de dépit. Très bien, je suis sûre que tu vas croire que je plaisante, mais franchement ! C'est tellement... tellement... embarrassant !

Une fois de plus, je dissimulai mon visage dans son torse.

— Je ne te suis pas, là, souffla-t-il après une petite pause.

Je relevai la tête et le toisai, rendue agressive par ma gêne.

— Je ne suis pas ce genre de fille, Edward. Je ne suis pas de celles qui se marient au sortir du lycée, de ces rustaudes de province que leurs petits copains ont mises en cloque. Pense à la rumeur, si je t'épousais. Nous ne sommes plus au XIXe siècle, les gens ne s'unissent plus à dix-huit ans ! En tout cas pas les gens intelligents, responsables et mûrs ! Je refuse d'être une rustaude. Ça ne me correspond pas...

Je m'interrompis, à court de véhémence et de mots. Impossible de deviner la réaction d'Edward sur ses traits impassibles.

— Et c'est tout ? demanda-t-il au bout d'un moment.

— Ça ne te suffit pas ?

— La vraie raison n'est pas que tu es... plus attirée par l'immortalité que par moi ?

Soudain, je partis d'un fou rire.

— Voyons, Edward ! hoquetai-je entre deux éclats hystériques. Moi... qui... avais toujours... pensé que... tu étais... bien plus intelligent... que moi !

Il m'attira dans ses bras, partageant mon hilarité.

— L'éternité sans toi ne m'intéresse pas, réussis-je à préciser peu après.

— Ouf !

— N'empêche, ça ne change rien.

— Certes. J'admets ton point de vue, Bella, crois-moi. J'aimerais cependant que tu envisages les choses du mien.

Je me calmai aussitôt, m'efforçai de cacher ma réprobation.

— Vois-tu, moi, j'ai toujours été ce genre de garçon. Dans mon monde, j'étais déjà un homme. Je ne cherchais pas l'amour, ayant trop envie de devenir soldat. Je ne songeais à rien d'autre qu'à la gloire idéalisée de la guerre telle qu'on la vendait aux futures recrues, à l'époque. Pourtant, si j'avais rencontré...

Il se tut, pencha la tête de côté.

— J'allais dire « si j'avais rencontré quelqu'un »,

reprit-il, mais ce serait inexact. Si je t'avais rencontrée, toi, je n'ai aucun doute sur la manière dont j'aurais réagi. Dès lors que j'aurais compris que tu étais celle qui m'était destinée, j'aurais mis un genou à terre et me serais efforcé d'obtenir ta main. Je t'aurais voulue pour l'éternité, même si ce mot n'avait alors pour moi pas la même signification qu'aujourd'hui.

Il m'adressa son sourire en coin, tandis que je le fixais avec des yeux écarquillés.

— Respire, Bella, me rappela-t-il, amusé.

J'obéis.

— Alors, vois-tu maintenant les choses comme moi, ne serait-ce qu'un tout petit peu ?

L'espace d'une seconde, j'y parvins, en effet. Je me vis dans une robe longue et un corsage en dentelle à col haut, mes cheveux en chignon. Je vis Edward époustouflant en costume léger, un bouquet de fleurs des champs à la main, assis à mon côté sur la balancelle d'une véranda. Je me secouai. Ce n'était là qu'une réminiscence de *La Maison aux pignons verts*, de Lucy Montgomery.

— Le problème, répondis-je d'une voix tremblante en éludant sa dernière question, c'est que, pour moi, mariage et éternité ne sont pas deux notions mutuellement exclusives ou inclusives. Et comme nous vivons pour l'instant dans *mon* monde, nous ferions sans doute mieux de nous adapter à ses mœurs, si tu me suis.

— D'un autre côté, contra-t-il, tu abandonneras bientôt derrière toi la notion de temps. Alors, pourquoi les coutumes passagères d'une culture donnée devraient-elles tant jouer sur notre décision ?

— Parce qu'il est d'usage de s'adapter aux us du pays dans lequel on est ?

— Je ne t'oblige pas à trancher aujourd'hui, Bella, s'esclaffa-t-il. Mais j'estime qu'il est toujours bon de regarder les choses selon chaque partie en cause, pas toi ?

— Donc, ta condition...

— Tient toujours. J'ai entendu tes réticences, mais si tu tiens à ce que je me charge en personne de ta transformation...

— Tra-la-la-la ! fredonnai-je.

Mon imitation de la *Marche nuptiale* résonna comme une marche funèbre.

Le temps continua de s'écouler trop vite.

Cette même nuit fut dénuée de rêve, puis surgit le matin, avec la remise des diplômes qui me fixait droit dans les yeux. J'avais des tonnes de révisions avant mes examens finaux, consciente toutefois que je n'en absorberais pas la moitié au cours des jours qui me restaient.

Lorsque je descendis prendre mon petit déjeuner, Charlie était déjà parti. Il avait laissé le journal sur la table, ce qui me permit de me rappeler que j'avais également quelques courses à faire. Pourvu que la réclame pour le concert soit encore publiée, car j'avais besoin de leur numéro de téléphone pour réserver les billets. Cela ne ressemblait plus vraiment à un cadeau, puisque la surprise avait été éventée. Mais avoir tenté de surprendre Alice n'était pas une preuve d'intelligence non plus.

Je comptais me rendre directement à la page des encarts publicitaires quand un gros titre retint mon attention. Une bouffée de peur m'envahit, alors que je me penchais pour lire l'article de la une.

SEATTLE TERRORISÉE PAR UNE SÉRIE DE MEURTRES

Il y a moins de dix ans, Seattle a servi de terrain de chasse au tueur en série le plus prolifique de l'histoire des États-Unis. Gary Ridgway, l'Assassin de la Green River, a été en effet reconnu coupable du meurtre de quarante-huit femmes.

Or, voici que la malheureuse ville se doit de convenir qu'elle pourrait fort bien abriter en ses murs un monstre encore plus abominable.

La police se refuse à considérer la récente flambée d'homicides et de disparitions comme l'œuvre d'un serial killer. Pas encore du moins. Les forces de l'ordre rechignent à croire qu'un carnage de pareille ampleur est l'œuvre d'un seul individu. Le meurtrier, s'il n'y en a qu'un, a fait trente-neuf victimes en l'espace de seulement trois mois. Pour comparaison, rappelons que les quarante-huit crimes de Ridgway se sont étalés sur une période de vingt et un ans. Si ces morts devaient être attribuées à un seul homme, nous serions alors face au déchaînement de violence le plus paroxystique qu'ait jamais connu l'Amérique.

La police tend plutôt pour une hypothèse impliquant un gang. Elle appuie sa thèse sur le grand nombre de victimes et l'absence de cohérence présidant à leur choix.

De Jack l'Éventreur à Ted Bundy, les cibles des tueurs en série ont en général des points communs – âge, sexe, race, combinaison des trois. Ici, leur spectre va de la lycéenne de quinze ans, Amanda Reed, au facteur retraité de soixante-sept ans, Omar Jenks. On y trouve un nombre presque égal de femmes (dix-huit) et d'hommes (vingt et un), de toutes origines : caucasiens, afro-américains, hispaniques, asiatiques.

Bref, le choix des malheureux a l'air de relever du plus grand hasard, et la seule motivation de tuer semble conduire l'assassin.

Pourquoi, dans ce cas, s'accrocher à l'idée d'un éventuel tueur en série ?

Le *modus operandi* présente suffisamment de points communs pour écarter l'hypothèse d'homicides sans lien entre eux. Toutes les victimes ont été calcinées au point qu'il a fallu recourir aux empreintes dentaires pour les identifier. Ces incendies paraissent avoir nécessité l'utilisation d'un accélérateur, comme de l'essence ou de l'alcool ; or, aucune trace n'en a encore été trouvée. Les corps ont aussi été abandonnés sans qu'on ait cherché à les dissimuler.

Plus atroce encore, les restes des dépouilles prouvent que le tueur a exercé une violence extrême à leur encontre – os broyés et brisés sous l'effet d'une pression ahurissante – dont les médecins légistes estiment qu'elle a été infligée avant le décès, même si, au regard de l'état des preuves, il est difficile d'être très affirmatif.

Autre point commun incitant à envisager un serial killer : mis à part le cadavre, les scènes des crimes sont vierges de tout indice. Pas une empreinte, pas une trace de pneu, pas un cheveu ne sont laissés derrière lui par le meurtrier. De même, aucun témoignage évoquant la présence d'un suspect n'a pu être établi.

Il y a aussi les disparitions. Nulle victime ne saurait être considérée comme une cible facile – pas de fugueurs ni de sans domicile fixe, personnes ayant tendance à disparaître aisément sans que personne ne soit au courant. Ici, les malheureux se sont volatilisés de chez eux (un immeuble de quatre étages par exemple), de leur salle de gym, d'un mariage. Exemple sans doute le plus stupéfiant, celui du boxeur amateur de trente ans Robert Walsh, qui est entré au cinéma avec son amie ; quelques minutes plus tard, celle-ci s'est rendu compte qu'il n'était plus à sa place. Son corps n'a été retrouvé que trois heures après, lorsque les pompiers ont été appelés pour éteindre une poubelle incendiée, à trente kilomètres de là.

Nouvelle récurrence : toutes les victimes ont disparu la nuit.

Enfin, le plus alarmant dans ce schéma meurtrier ? L'accélération. Six assassinats ont été commis le premier mois, onze le deuxième, vingt-deux ces dix derniers jours. Les forces de l'ordre ne sont cependant pas plus avancées aujourd'hui qu'au début de l'enquête.

Les indices sont paradoxaux, les preuves terrifiantes. S'agit-il d'un nouveau gang aux pratiques abominables, d'un tueur en série déchaîné, incontrôlable, ou d'une éventualité que la police n'a pas encore imaginée ?

Une seule conclusion est indiscutable : quelque chose de monstrueux hante les rues de Seattle.

Je dus relire trois fois la dernière phrase avant de me rendre compte que c'était parce que mes mains tremblaient tant.

— Bella ?

J'étais si concentrée que la voix d'Edward, bien que douce et pas franchement inattendue, me fit bondir et crier. Appuyé contre le chambranle de la porte d'entrée, il prit un air perplexe. La seconde suivante, il était à mon côté, serrait ma main.

— Je t'ai effrayée ? Désolé. J'ai frappé...

— Non, non, m'empressai-je de le rassurer. Tu as vu ça ? ajoutai-je en lui montrant le journal.

Un pli soucieux barra son front.

— Je n'ai pas encore regardé les nouvelles, mais je me doutais que cela empirerait. Nous allons devoir intervenir. Et vite.

Cette phrase ne me ravit pas. Je détestais que les Cullen prennent des risques. Ce qui se passait à Seattle, quel qu'en soit le responsable, commençait à me flanquer sérieusement la frousse. La perspective que les Volturi débarquent était cependant tout aussi terrifiante.

— Qu'en dit Alice ?

— Rien, et c'est tout le problème. Nous avons failli aller là-bas une bonne demi-douzaine de fois, mais elle ne détecte rien et perd confiance en elle. Elle a l'impression que beaucoup d'événements lui échappent, ces derniers temps, que quelque chose déraille, que ses visions faiblissent.

— C'est possible ?

— Va savoir. Le phénomène n'a jamais été étudié. Je n'y crois guère, pourtant. Les dons ont plutôt tendance à s'intensifier avec les années. Il suffit de penser à Aro et Jane.

— Qu'est-ce qui ne va pas, alors ?

— À mon avis, c'est comme une prophétie qui se réalise dès qu'on en parle. Nous attendons qu'Alice voie quelque chose pour nous rendre à Seattle, et elle ne voit rien parce que nous n'irons pas tant qu'elle n'aura pas déterminé ce qui s'y passe. Du coup, elle n'arrive pas à nous envisager sur place. Mieux vaudrait peut-être que nous tentions d'opérer à l'aveugle.

— Non ! protestai-je, glacée d'effroi.

— As-tu très envie d'aller en cours aujourd'hui ? Il ne reste que deux jours avant les derniers examens, nous n'apprendrons rien de nouveau.

— Je survivrai sans le lycée, me semble-t-il. Qu'as-tu en tête ?

— J'aimerais discuter avec Jasper.

Lui encore. Bizarrement, dans la famille, Jasper était toujours un peu à l'écart, jamais au centre de l'action. Pour moi, il ne restait que par amour pour Alice. J'avais le sentiment qu'il était prêt à la suivre partout, même si le mode de vie qu'elle avait adopté ne lui correspondait pas. Cet engagement partiel envers leur existence expliquait sûrement pourquoi il avait plus de mal qu'eux à s'y conformer.

Quoi qu'il en fût, c'était la première fois que je constatais qu'Edward pût dépendre de son frère. Il avait évoqué son expertise en matière de vampires nouveau-nés, je me demandais ce qu'elle recouvrait exactement. Je ne connaissais pas bien l'histoire de Jasper, savais juste qu'il avait écumé le sud avant qu'Alice ne le trouvât. Edward avait toujours éludé mes questions à son sujet et, de mon côté, j'avais été trop intimidée par le grand vampire blond aux allures de star taciturne et sévère pour l'interroger en direct.

En arrivant à la villa, nous découvrîmes Carlisle, Esmé et Jasper devant la télévision, concentrés sur les nouvelles. Le volume avait été poussé si bas que rien ne m'était intelligible. Assise sur la dernière marche de l'escalier, tête entre les mains, Alice paraissait découragée. Au moment où nous entrâmes, Emmett surgit par la porte de la cuisine, d'humeur joyeuse apparemment. Rien ne le perturbait jamais, ce garçon.

— Salut, Edward ! nous lança-t-il. On sèche les cours, Bella ?

— Moi aussi, lui signala son frère.

— Certes, mais elle, c'est son premier bac, s'esclaffa le géant.

Edward leva les yeux au ciel avant de tendre le journal à Carlisle.

— Ils évoquent un tueur en série, lui dit-il, tu étais au courant ?

— Deux spécialistes en ont débattu sur CNN toute la matinée, soupira le médecin.

— Nous ne pouvons pas laisser cela se poursuivre.

— Alors, allons-y tout de suite, suggéra Emmett avec entrain. Je m'ennuie à mourir.

Un sifflement furibond – en provenance du premier étage – accueillit cette déclaration.

— Quelle éternelle pessimiste ! marmonna Emmett.

Apparaissant au sommet de l'escalier, Rosalie descendit les marches, les traits indéchiffrables.

— Inutile de repousser l'inévitable, renchérit Edward de son côté.

— Je suis inquiet, objecta Carlisle. Nous ne nous sommes encore jamais mêlés d'histoires pareilles. Cela ne nous concerne pas. Nous ne sommes pas les Volturi.

— Je ne tiens pas à ce que les Volturi viennent ici, contra Edward.

— Il y a aussi tous ces innocents qui meurent, murmura Esmé. Ce n'est pas bien.

— Je sais, acquiesça son mari.

— Tiens ! s'exclama Edward en se tournant vivement vers Jasper. Je n'y avais pas songé. Tu as raison. Ça ne peut être que ça. Et ça change tout.

Si je ne fus pas la seule à être perdue, je fus la seule à ne pas prendre un air agacé.

— Mieux vaut que tu leur expliques, conseilla Edward à Jasper. En revanche, je me pose des questions sur le sens de la démarche.

Alice, que je n'avais pas vue se lever, fut soudain à mon côté.

— Qu'est-ce qu'il raconte ? lança-t-elle à son amoureux. À quoi penses-tu ?

Jasper sembla mal à l'aise d'être tout à coup le centre d'intérêt. Il hésita, scrutant les visages des uns et des autres à tour de rôle avant de s'arrêter sur le mien.

— Tu ne comprends pas, me dit-il de sa voix grave et très calme.

C'était une affirmation. Il savait pertinemment ce que je ressentais, ce que sa famille ressentait.

— C'est notre cas à tous, grommela Emmett.

— Sois patient, rétorqua Jasper. Il faut que Bella saisisse, elle aussi. Elle est des nôtres, à présent.

Ces paroles m'étonnèrent. Je ne l'avais guère fréquenté, surtout depuis mon dernier anniversaire, quand il avait tenté de me tuer, et je n'imaginais pas qu'il eût pensé à moi de cette façon.

— Que sais-tu de moi, Bella ? s'enquit-il ensuite.

Poussant un soupir exagéré, Emmett s'affala sur le canapé, mimant l'énervement.

— Pas grand-chose, admis-je.

Jasper fixa Edward qui releva la tête.

— Non, lâcha-t-il, en réponse à la question silencieuse qui lui avait été posée. Et tu devines pourquoi je ne lui ai pas raconté. Mais tu as raison, il est temps qu'elle l'apprenne.

Pensif, Jasper releva la manche de son pull ivoire. Curieuse et perplexe, je l'observai. Il approcha son poignet de la lampe posée près de lui, puis suivit du doigt la cicatrice en forme de croissant qui scarifiait sa peau. Je mis une minute à saisir pourquoi cette trace m'était familière.

— Oh ! soufflai-je. Tu as la même marque que moi !

À mon tour, je levai la main. Sur la couleur crème de ma peau, le stigmate argenté se détachait plus nettement que sur l'albâtre de la sienne. Il m'adressa un sourire sans joie.

— J'ai beaucoup de balafres comme les tiennes, Bella.

Il remonta encore sa manche, imperturbable. D'abord, j'eus du mal à comprendre la nature de la texture qui rayait son avant-bras en croisillons épais. Des demi-lunes dessinaient un schéma rappelant une plume qui, blanche sur fond blanc, n'était visible que sous l'éclat violent de la lampe, laquelle mettait en relief ses motifs dont les formes étaient soulignées par d'infimes creux. Je finis par saisir que le tableau était constitué de croissants pareils à celui de son poignet... à celui de ma main.

Je baissai les yeux sur ma cicatrice unique, solitaire, me souvins de la manière dont elle m'avait été infligée, contemplai la marque des dents de James, gravée à jamais.

Alors, je hoquetai et vrillai mon regard sur Jasper.

— Oh, mon Dieu ! Que t'est-il arrivé ?

13

NOUVEAU-NÉ

— La même chose qu'à toi, mais répétée mille fois, répondit Jasper d'un ton serein. Seul notre venin laisse une cicatrice, ajouta-t-il avec un petit rire contraint.

— Pourquoi ? murmurai-je, horrifiée.

Bien que ce fût impoli, j'étais incapable de détacher mes yeux de sa peau si subtilement ravagée.

— J'ai été élevé d'une façon différente de celle de mes frères et sœurs adoptifs. Mes débuts ont été très... particuliers.

Ces derniers mots furent prononcés d'une voix dure. Je le fixai, bouche bée.

— Avant que je ne te raconte mon histoire, poursuivit-il, il te faut admettre qu'il y a, dans notre univers, des endroits où l'espérance de vie se compte en semaines, non en siècles.

Les Cullen ayant déjà entendu ce récit, Carlisle et Emmett s'intéressèrent de nouveau à la télévision, Alice alla s'asseoir sans bruit aux pieds d'Esmé. Edward, en revanche, était tout aussi captivé que moi, et je devinai ses prunelles posées sur mes traits, guettant la moindre de mes réactions.

— Afin de comprendre pourquoi, tu dois envisager le monde selon une perspective nouvelle, imaginer l'allure qu'il revêt aux yeux des puissants, des avides... des assoiffés perpétuels. Prends par exemple une carte de l'Amérique centrale et représente-toi chaque vie humaine comme un petit point rouge. Plus le rouge est dense, plus nous, du moins ceux qui vivent ainsi, pouvons nous nourrir sans attirer l'attention.

Je frissonnai, à cause de l'image, à cause du mot « se nourrir », mais Jasper ne se souciait pas de m'effrayer ou non – au contraire d'Edward, il n'était pas protecteur. Il enchaîna donc.

— Il est vrai que, dans le sud, les clans se moquent bien de ce que les humains voient ou pas. Ce sont les Volturi dont ils se méfient, les seuls qu'ils craignent. Sans eux, nous autres serions très vite exposés.

Je sourcillai, car sa voix trahissait une révérence, presque de la gratitude, envers ce nom. J'avais du mal à accepter que les Volturi ne fussent pas qu'une bande de méchants.

— En comparaison, le nord est très civilisé. La plupart des nôtres sont des nomades qui profitent du jour comme de la nuit et permettent aux humains d'interagir avec nous sans se douter de rien. L'anonymat nous est vital. Au sud, c'est différent. Là-bas, les immortels ne sortent que la nuit et passent leurs journées à mettre au point leur prochaine attaque ou à anticiper celle de leurs ennemis. Parce que la guerre y dure depuis des siècles, sans un seul instant de répit. Les clans ont à peine plus conscience de l'existence des humains que des soldats remarquent des vaches dans un champ – il ne s'agit que de nourriture à disposition. S'ils évitent de trop s'exposer, ce n'est qu'à cause des Volturi.

— Mais pour quelle raison luttent-ils ?

— Tu te souviens de la carte pleine de points rouges ?

Je hochai la tête.

— Eh bien, ils se disputent les régions les plus peuplées. Un jour, quelqu'un s'est dit que s'il était le seul vampire restant à... Mexico par exemple, il pourrait se nourrir toutes les nuits, à deux, trois reprises, sans que personne ne s'en aperçoive. Il a donc élaboré une façon de liquider ses compétiteurs. D'autres ont cependant eu la même idée, et certains parmi eux ont échafaudé des tactiques plus efficaces.

« La meilleure a été inventée par un assez jeune vampire appelé Benito. La première fois qu'on a eu vent de lui, il venait de Dallas, et il a massacré les deux petits clans qui se partageaient les environs de Houston. Deux nuits plus tard, il a attaqué la famille bien plus puissante qui régnait sur Monterrey, au nord du Mexique. Là encore, il a gagné.

— Comment s'y est-il pris ? demandai-je, poussée par une réelle curiosité.

— Il avait créé une armée de nouveau-nés. Il a été le premier à y penser et, au départ, personne n'a pu l'arrêter. Les très jeunes vampires sont incontrôlables, sauvages, presque ingérables. Il est possible d'en raisonner un seul, de lui apprendre à se retenir. Dix en revanche, ou quinze, sont un véritable cauchemar. Ils se retourneront les uns contre les autres aussi facilement qu'ils se jetteront sur un adversaire qu'on leur aura désigné. Benito était contraint d'en produire de plus en plus, parce qu'ils se battaient entre eux, et parce que les clans qu'ils décimaient liquidaient plus de la moitié de ses troupes en se défendant.

« Car, aussi dangereux soient-ils, les nouveau-nés sont faillibles. Il suffit de savoir s'y prendre. La première année, ils sont dotés d'une force physique incroyable et, pour peu qu'on les y incite, ils n'ont aucune difficulté à tuer un pair plus âgé. Toutefois, ils sont esclaves de leurs instincts et, par conséquent, prévisibles. Ils n'ont en général aucune habileté au combat, ne jouent que de leurs muscles et de leur férocité. De leur supériorité numérique, dans le cas de l'armée de Benito.

« Les familles installées au sud du Mexique, ayant deviné ce qui allait arriver, n'ont trouvé qu'une solution : mettre sur pied leurs propres bataillons. Dès lors, ç'a été l'enfer, mot à prendre au pied de la lettre. Nous autres les immortels avons nos histoires, notre Histoire, et cet épisode, nous ne l'oublierons jamais. Naturellement, il ne faisait pas bon être humain à Mexico, à cette époque.

Je tressaillis.

— Quand le nombre de cadavres a atteint des proportions épidémiques – votre Histoire en attribue la responsabilité à une maladie qui aurait ravagé la population –, les Volturi ont fini par s'en mêler. La totalité des gardes a débarqué sur place et traqué le moindre nouveau-né vivant sur le continent sud-américain.

Benito s'était retranché à Puebla, fabriquant ses troupes aussi vite qu'il le pouvait afin de lancer l'assaut sur son objectif, Mexico. Les Volturi ont commencé par lui avant de s'occuper des autres.

« Tout vampire trouvé en compagnie de jeunes a été immédiatement exécuté. Comme c'était le cas de tous les clans qui tentaient de se défendre, la capitale a été débarrassée des nôtres pendant un bon moment. Les Volturi ont nettoyé les lieux de fond en comble, ce qui leur a pris presque une année. C'est un autre chapitre mémorable de notre Histoire, bien que fort peu de témoins aient survécu pour témoigner. J'en ai rencontré un, qui avait assisté de loin à leur visite à Culiacán.

Jasper réprima un frisson, et je me rendis compte que je ne l'avais encore jamais vu ni effrayé ni horrifié. Une première, en quelque sorte.

— Ces rétorsions ont suffi à calmer les soifs de conquête, et le mouvement ne s'est pas étendu au nord. Le reste de la planète n'a pas perdu l'esprit. Nous devons aux Volturi notre existence actuelle. Cependant, une fois qu'ils ont eu regagné l'Italie, les survivants n'ont pas tardé à faire valoir leurs droits dans cette région du monde, et il n'a pas fallu longtemps pour que les disputes reprennent. Beaucoup de sang a été versé, si tu me permets cette expression. Les vendettas se sont multipliées. L'idée de créer des nouveau-nés avait été implantée, et certains n'ont pu résister. Mais les Volturi ont la mémoire longue, et les familles se sont montrées plus prudentes, cette fois. Les jeunes étaient sélectionnés avec soin et mieux entraînés. On les utilisait avec circonspection, et les humains ne se sont aperçus de rien. Les Volturi n'ont pas eu à revenir.

« Ces luttes se sont poursuivies, à une échelle plus modeste néanmoins. De temps à autre, quelqu'un dépassait les bornes, les journaux humains se mettaient à poser des questions, les Volturi apparaissaient et réglaient le problème, sans pour autant toucher à ceux qui avaient respecté les règles, les autorisant à poursuivre leurs activités...

Jasper s'interrompit, le regard perdu dans le vide.

— C'est ainsi que tu as été créé ! chuchotai-je, comprenant soudain les raisons de cette genèse.

— Oui. Je vivais à Houston, au Texas. J'avais presque dix-sept ans lorsque je me suis engagé dans l'armée confédérée, en 1861. J'ai menti aux sergents recruteurs. J'étais assez grand pour qu'on croie que j'en avais vingt. Ma carrière militaire a été brève, bien que très prometteuse. Les gens... m'appréciaient, m'écoutaient toujours. Mon père appelait cela du charisme. Aujourd'hui, je sais que c'était sans doute un peu plus. Quoi qu'il en soit, j'ai vite été promu, avant même des hommes plus âgés que moi. L'armée confédérée débutait, avait du mal à se structurer, ce qui m'a offert des opportunités. À la bataille de Galveston, une des toutes premières, une escarmouche plutôt, j'étais parmi les plus jeunes majors du Texas.

« J'ai été chargé d'évacuer les femmes et les enfants quand les bateaux des Nordistes sont entrés dans le port. Il m'a fallu une journée pour tout organiser, puis je suis parti avec la première colonne de réfugiés en direction de Houston. Je n'ai rien oublié de ces moments. Nous avons atteint la ville à la tombée de la nuit. Je me suis attardé pour m'assurer que tout le monde allait bien avant de me procurer un cheval frais et de rebrousser chemin vers Galveston. Je n'avais pas le temps de prendre un peu de repos.

« À environ un kilomètre de la ville, je suis tombé sur trois femmes. Croyant qu'il s'agissait de malheureuses restées à la traîne, je suis descendu de cheval pour leur proposer de l'aide. C'est là que j'ai vu leurs visages sous la lune, et la stupeur m'a réduit au silence. Indéniablement, elles étaient les trois plus belles créatures que j'aie jamais vues. Leur peau était si pâle que je me rappelle m'en être émerveillé. Même la fillette brune, qui avait sans doute aucun des origines mexicaines, semblait de porcelaine. Toutes étaient jeunes, assez encore pour être qualifiées de filles plutôt que de femmes. Je compris qu'elles n'avaient pas fait partie de notre convoi. Sinon, je m'en serais souvenu.

« — Le voilà privé de parole, a dit la plus grande d'une voix adorable et délicate qui évoquait le carillon du vent.

« Elle avait les cheveux clairs, la peau d'une blan cheur de neige. La deuxième, encore plus blonde, le teint tout aussi crayeux, avait les traits d'un ange. Se penchant vers moi, elle a pris une profonde inspiration.

« — Mmm, a-t-elle murmuré, délicieux.

« La troisième, la petite brune, a posé sa main sur le bras de l'autre. Elle avait des intonations trop douces et trop musicales pour être âpres, bien qu'elle m'ait donné l'impression de vouloir l'être.

« — Concentre-toi, Nettie, a-t-elle recommandé.

« J'avais toujours eu un bon instinct pour déterminer quelles relations les gens entretenaient entre eux, et j'ai aussitôt deviné que la brunette l'emportait en autorité sur ses consœurs. Eussent-elles été dans l'armée, j'aurais dit qu'elle était d'un grade supérieur.

« — Il est idéal, jeune, costaud, officier..., a-t-elle continué avant de s'interrompre. (J'en ai profité pour tenter de m'exprimer, en vain.) Il a aussi quelque chose en plus, a-t-elle enchaîné. Vous le sentez ? Il est... captivant.

« — Oh que oui ! s'est empressée d'acquiescer Nettie en se penchant de nouveau vers moi.

« — Patience ! lui a enjoint la brunette. Celui-là, je tiens à le garder.

« Nettie a froncé les sourcils, contrariée.

« — Tu ferais mieux de t'en charger, Maria, est intervenue la plus grande des trois, s'il est important pour toi. Moi, je n'arrive pas à me retenir de les tuer.

« — Tu as raison, a reconnu Maria. Je m'en occupe. Éloigne Nettie, veux-tu ? Je ne veux pas être obligée de surveiller mes arrières alors que je suis en plein travail.

« Les poils de ma nuque s'étaient hérissés, même si je ne comprenais pas du tout ce que disaient ces splendides créatures. Mon instinct m'avertissait cependant d'un danger, me persuadait que l'ange n'avait pas plaisanté lorsqu'elle avait mentionné ses crimes ; malheureusement, mes préjugés l'ont emporté sur mon instinct. Je n'avais pas été élevé dans l'idée qu'il me fallait me méfier des femmes, mais dans celle qu'il me fallait les protéger.

« — Allons chasser ! a joyeusement lancé Nettie en s'emparant de la main de sa compagne.

« Elles s'en sont allées avec une grâce indescriptible en direction de Houston. Elles semblaient presque flotter tant elles étaient rapides, leurs robes blanches voletant derrière elles comme des ailes. Ébahi, je me suis retrouvé seul avec Maria, qui me contemplait avec curiosité. Moi qui n'avais jamais été superstitieux, qui n'avais jamais cru aux fantômes ni à pareilles billevesées, j'ai soudain eu des doutes.

« — Comment t'appelles-tu, soldat ? s'est enquise Maria.

« — Major Jasper Whitlock, mademoiselle, ai-je bégayé avec la politesse que je devais aux femmes, fussent-elles des spectres.

« — J'espère sincèrement que tu survivras, Jasper, a-t-elle tendrement chuchoté. J'ai un bon pressentiment te concernant.

« Elle s'est rapprochée, a incliné la tête comme si elle allait me donner un baiser. Je suis resté figé sur place, alors que tout en moi me hurlait de fuir.

Il se tut une minute, pensif, avant de poursuivre.

— Quelques jours plus tard commençait ma nouvelle existence.

Je ne sus déterminer s'il avait censuré son récit pour m'éviter l'horreur ou s'il se contentait de s'adapter à la tension qui émanait d'Edward, et que même moi je sentais.

— Elles se prénommaient Maria, Nettie et Lucy, enchaîna-t-il. Elles étaient ensemble depuis longtemps, seules survivantes d'une bataille récemment perdue. C'était Maria qui avait décidé de cette union. Leur partenariat relevait de la commodité. Elle souhaitait se venger et récupérer son territoire, tandis que ses compagnes désiraient agrandir leur... terrain de chasse, si je puis m'exprimer ainsi. Elles montaient une armée, de façon plus prudente que jamais, toutefois. Maria en avait eu l'idée. Elle exigeait des troupes de qualité supérieure et cherchait des humains ayant un potentiel. Elle nous accordait aussi plus d'attention, veillant à notre entraînement comme personne d'autre. Elle nous a appris à nous battre, à nous rendre invisibles aux humains. Quand nous réussissions, elle nous récompensait...

Une fois encore, il s'interrompit, éludant certains détails.

— Mais elle avait hâte. Elle savait que la force monstrueuse des nouveau-nés commençait à se dissiper vers la première année, et elle tenait à agir pendant qu'ils en étaient encore dotés.

« Nous étions six quand j'ai rejoint le clan. Elle en a ajouté quatre en quinze jours. Nous étions tous des hommes, car elle voulait des guerriers. Éviter que nous nous déchirions mutuellement en était d'autant plus délicat. J'ai mené mes premiers combats contre mes frères d'arme. J'étais plus vif qu'eux, meilleur à la lutte. Bien que contrariée de devoir remplacer ceux que je détruisais, Maria était contente de moi. J'étais souvent récompensé, ce qui me rendait encore plus fort.

« Mon égérie jugeait bien les personnalités. Elle a décidé de me nommer responsable des autres, une promotion en quelque sorte. Cela correspondait à ma nature. Le nombre de victimes a donc diminué, et notre clan a compté jusqu'à vingt membres, ce qui était considérable, au regard de l'époque dangereuse qui était la nôtre. Mon aptitude, encore non établie, à contrôler l'atmosphère émotionnelle autour de moi se révélait d'une efficacité vitale. Bientôt, nous nous sommes mis à travailler de conserve, comme jamais des nouveau-nés ne l'avaient fait. Même Maria, Nettie et Lucy se sont mieux entendues.

« Maria s'est attachée à moi, et une forme de dépendance à mon égard s'est instaurée. De mon côté, je vénérais le sol qu'elle foulait. Une autre existence me paraissait impossible. Elle nous disait comment les choses fonctionnaient, nous la croyions sur parole. Elle m'avait prié de l'avertir quand mes frères et moi serions prêts à combattre. Impatient de prouver ma bonne volonté, j'ai rassemblé une armée de vingt-trois soldats, vingt-trois jeunes vampires extrêmement forts, bien organisés et entraînés. Maria était ravie.

« Nous sommes partis pour Monterrey, sa ville d'origine, et elle nous a lancés à l'assaut de ses ennemis. Eux ne disposaient alors que de neuf nouveau-nés, gérés par un couple plus âgé. Nous les avons vaincus encore plus aisément que ce que Maria avait espéré, ne perdant que quatre recrues dans la bataille. Pareille victoire était exceptionnelle. Nous étions bien dressés. Personne ne s'était aperçu de rien. La ville a changé de mains sans que les humains ne s'en rendent compte.

« Malheureusement, le succès a ouvert l'appétit de Maria, qui n'a pas tardé à convoiter d'autres cités. Cette première année, elle a pris le contrôle de presque tout le Texas et du nord du Mexique. Résultat, des rivaux sont montés du sud afin de l'en chasser.

Jasper reprit son souffle, promenant deux doigts sur les dessins cicatriciels de son bras.

— Les combats ont été rudes, continua-t-il, et l'on a craint que les Volturi ne reviennent. De mes vingt-trois soldats, j'ai été le seul à survivre à ces dix-huit mois. Nous étions à la fois vainqueurs et vaincus. Nettie et

Lucy ont fini par se retourner contre leur ancienne complice ; cette bataille-là, Maria et moi l'avons remportée. Nous avons aussi réussi à conserver Monterrey. Le climat s'est un peu calmé, même si les guerres perduraient. Les envies de conquête s'éteignaient au profit des désirs de vengeance et des querelles de voisinage. Tant de vampires avaient perdu leurs partenaires. Ce n'est pas là chose qui se pardonne facilement...

« Nous maintenions une douzaine de nouveau-nés prêts à servir. Ils ne signifiaient rien, à nos yeux. Ils étaient des pions, juste bons à jeter après usage. Lorsqu'ils devenaient trop vieux pour être utiles, nous disposions d'eux en personne. Mon existence s'est ainsi déroulée sur plusieurs années dans un climat de grande violence. Je m'en suis vite lassé, bien avant que les choses ne changent...

« Quelques décennies plus tard, j'ai développé une amitié avec un nouveau-né qui, pouvant encore servir, a survécu à ses trois premières années, en dépit de toute logique. Il s'appelait Peter, et je l'appréciais. Il était... civilisé. Il n'aimait pas se battre, même s'il excellait sur le champ de bataille. Il a été assigné à la surveillance des jeunes. Il y travaillait à plein temps. Un jour, l'heure est venue de purger les troupes, de les remplacer par de la chair fraîche. Peter était censé m'aider dans cette tâche. Nous les avons pris un à un. La nuit a été longue, comme toujours dans ces cas-là. Peter a tenté de me persuader que certains gardaient un potentiel, mais Maria nous avait ordonné de les liquider tous. Ce que je lui ai dit.

« Nous avions exécuté la moitié de nos troupes quand j'ai deviné à quel point il en coûtait à mon ami, et j'envisageais de terminer le travail seul. J'ai appelé la victime suivante. Soudain, Peter est devenu furieux. Je me suis raidi, prêt à lutter. Il se battait bien, pas aussi bien que moi cependant. Le nouveau-né convoqué était une femme qui venait de dépasser l'année fatale. Elle se prénommait Charlotte. À son arrivée, Peter a changé du tout au tout, ses sentiments l'ont trahi. Il lui a crié de se sauver, a déguerpi derrière elle. J'aurais pu les pourchasser, j'y ai renoncé. Je... répugnais à le détruire. Pour cela, Maria m'en a voulu...

« Cinq ans après, Peter est revenu en douce. Il a choisi son jour, d'ailleurs. Maria ne comprenait pas la détérioration de mon état d'esprit. Elle, n'avait jamais connu la déprime, et je me demandais pourquoi je ne lui ressemblais pas. Je me suis mis à remarquer que ses émotions changeaient à mon contact, allant de la peur à la malveillance, signes qui m'avaient prévenu quand Nettie et Lucy s'étaient résolues à frapper. Je me préparais donc à détruire mon unique alliée, l'essence même de mon existence, quand Peter a surgi.

« Il m'a raconté sa nouvelle vie en compagnie de Charlotte, m'a révélé des options auxquelles je n'avais jamais osé songer. En cinq ans, ils ne s'étaient pas battus une seule fois, alors qu'ils avaient multiplié les rencontres dans le nord. Il était donc possible de coexister sans pagaille permanente. Une conversation a suffi à me convaincre. J'étais prêt à partir, soulagé de ne pas devoir tuer Maria. J'étais avec elle depuis autant de temps que Carlisle et Edward, même si notre lien était moins puissant. Lorsque le seul objectif de l'existence est la lutte et le sang, les relations sont faibles et se brisent facilement. Je m'en suis donc allé sans me retourner.

« J'ai voyagé avec Peter et Charlotte plusieurs années durant, apprenant un monde neuf et plus paisible. Malheureusement, ma dépression ne s'estompait pas. Je ne saisissais pas ce qui n'allait pas, chez moi, jusqu'à ce que Peter remarque que mon état empirait systématiquement après que j'avais chassé. J'y ai réfléchi. En autant de décennies de massacres, j'avais perdu presque toute mon humanité. J'étais un cauchemar, un monstre de la pire espèce. Pourtant, dès que je dénichais une victime humaine, j'étais touché par un vague souvenir de ma vie passée – ses yeux qui s'écarquillaient devant ma beauté me renvoyaient à Maria et à ses compagnes, à leur aspect, cette nuit où, pour la dernière fois, j'avais été Jasper Whitlock. Ces réminiscences empruntées me faisaient plus d'effet qu'à d'autres, car je ressentais tout ce que ma proie éprouvait. Je vivais ses émotions quand je la tuais.

« Tu as été témoin de la façon dont j'arrive à manipuler les sentiments de ceux qui m'entourent, Bella. J'ignore si tu prends cependant la mesure de ce qu'elle déclenche en moi : je suis submergé par les ressentis. Pendant un siècle, j'avais vécu dans un climat de vengeance sanguinaire, la haine avait été ma plus fidèle amie. Cela s'est quelque peu apaisé quand j'ai eu quitté Maria, mais j'étais touché par l'horreur et la frayeur de mes victimes. Cela a fini par être trop. Mon angoisse a pris de telles proportions que je me suis éloigné de Peter et Charlotte. Aussi civilisés soient-ils, ils n'avaient pas la même aversion que celle dont je commençais à souffrir. Eux ne désiraient que la paix. L'idée d'assassiner, même de simples humains, m'était une épreuve.

« Il fallait pourtant que je continue. Je n'avais guère

le choix. J'ai essayé de tuer moins souvent, ma soif était toutefois telle que j'étais incapable d'y résister. Après un siècle de satisfaction immédiate, j'ai trouvé l'autodiscipline plutôt... difficile. Je suis encore loin de la perfection.

Il était aussi absorbé que moi par son récit. Je fus donc surprise quand son air d'intense chagrin se transforma soudain en un sourire paisible.

— Puis, il y a eu ce jour de tempête à Philadelphie. J'étais sorti à la lumière, un acte qui me mettait encore mal à l'aise. Conscient que rester sous la pluie attirerait l'attention, je me suis réfugié dans un petit restaurant à moitié vide. Mes yeux étaient assez sombres pour que personne ne les remarque, même si cela m'inquiétait, car ils trahissaient ma soif.

« Elle était là. Elle m'attendait, évidemment. Dès que je suis apparu, elle a sauté de son tabouret, est venue directement à moi. J'étais sous le choc. Je ne savais pas trop si elle comptait m'attaquer, seule explication que mon passé me donnait d'un tel comportement. Mais elle souriait. Et les émotions qui émanaient d'elle ne ressemblaient en rien à ce que je connaissais.

« — Tu m'as fait attendre, m'a-t-elle dit.

— Et tu t'es incliné comme le parfait gentleman du sud et t'es excusé, rigola Alice qui s'était rapprochée sans que je m'en fusse rendu compte.

— Tu as tendu la main, enchaîna Jasper en s'emparant de ses doigts, je l'ai prise sans m'arrêter pour tenter de comprendre ce qui se passait. Pour la première fois depuis presque un siècle, j'ai espéré.

— J'étais drôlement soulagée, répondit-elle. J'avais peur que tu ne viennes jamais.

Longtemps, ils se regardèrent en souriant, puis Jasper tourna la tête vers moi, et la douceur de son visage s'estompa un peu.

— Alice m'a raconté ce qu'elle avait vu de Carlisle et des siens. J'ai eu du mal à croire que pareille existence était possible. Elle m'a redonné de l'optimisme, cependant, et nous sommes partis les retrouver.

— Et leur flanquer la frousse de leur vie, intervint Edward. Imagine, Bella. Emmett et moi étions en train de chasser, et voilà que Jasper débarque, couvert de cicatrices et traînant derrière lui ce petit lutin qui nous salue par notre prénom et demande dans quelle chambre elle peut s'installer.

Alice et Jasper s'esclaffèrent.

— Quand je suis rentré à la maison, toutes mes affaires avaient été entreposées au garage, poursuivit Edward.

— Tu avais la plus belle vue, expliqua Alice d'un ton léger.

Cette fois, tout le monde se mit à rire.

— C'est une belle histoire, commentai-je.

Ils me contemplèrent avec des yeux ronds, l'air de se demander si j'étais folle.

— La fin, me défendis-je. La rencontre avec Alice.

— Oui, admit Jasper, elle a tout changé. Je suis bien, ici.

Malheureusement, la bonne humeur ne dura pas, et la tension revint.

— Une armée, murmura Alice. Pourquoi ne m'en as-tu rien dit ?

Les Cullen regardèrent Jasper.

— Je craignais de me tromper, expliqua-t-il. De plus,

quelles sont leurs raisons ? Pourquoi quelqu'un créerait-il une bande de nouveau-nés à Seattle ? Il n'y a, là-bas, ni vieilles histoires ni vendettas. Rien à conquérir non plus, personne ne revendique ce territoire. Les nomades y passent sans s'y arrêter. Et pourtant, tout est là, et je suis sûr que la ville est ravagée par une armée de jeunes vampires. Moins de vingt, à mon avis. Celui ou celle qui les a fabriqués les a lâchés dans la nature. La situation va empirer, et les Volturi vont bientôt rappliquer. Je suis même surpris qu'ils aient laissé les choses s'envenimer aussi longtemps.

— Que pouvons-nous faire ? s'enquit Carlisle.

— Si nous souhaitons éviter l'intervention des Volturi, nous devons détruire ces troupes immédiatement, répliqua Jasper sans hésiter, le visage dur. (Connaissant à présent son histoire, je ne devinais que trop bien à quel point cette décision lui coûtait.) Je peux vous enseigner la manière de vous y prendre. Ce ne sera pas facile, sur place. Les jeunes se fichent du secret, pas nous ; nous serons coincés, pas eux. Mieux vaudrait sans doute que nous les attirions à l'extérieur.

— Ce ne sera sûrement pas nécessaire, lâcha Edward d'une voix morne. Aucun de vous ne s'est-il encore dit que la seule menace de la région exigeant la création d'une armée, c'était... nous ?

Jasper plissa le front, Carlisle ouvrit de grands yeux.

— Le clan de Tanya n'est pas très loin non plus, objecta Esmé.

— Les nouveau-nés ne ravagent pas Anchorage. Il me semble nécessaire de considérer que *nous* sommes leur cible.

— Ils ne nous visent pas, contra soudain Alice. Ou, du moins, pas encore.

— Ah bon ? Une vision te revient ?

— Juste des flashs, d'étranges illuminations. Je n'obtiens pas d'images nettes quand je m'efforce de voir ce qui se passe, rien de concret. Pas assez pour leur donner un sens. Comme si on ne cessait de changer d'avis, passant d'un plan à un autre, trop vite pour que je saisisse les intentions...

— Quelqu'un d'indécis ? sursauta Jasper, perplexe.

— Je ne suis pas sûre...

— Non, gronda Edward. Au contraire. Quelqu'un qui sait pertinemment ce qu'il veut. Qui sait aussi qu'Alice ne pourra rien déceler tant qu'il n'aura pas arrêté son choix. Qui se cache. Qui joue avec ton talent.

— Qui donc ? chuchota sa sœur.

— Aro te connaît comme sa poche, répondit Edward, ses prunelles dures comme la glace.

— Sauf que, s'ils avaient décidé de venir, je l'aurais repéré...

— À moins qu'ils ne veuillent pas se salir les mains.

— Ou alors, suggéra Rosalie qui s'exprimait pour la première fois, c'est une faveur. Quelqu'un du sud, qui a déjà eu des ennuis pour avoir rompu les lois, qui aurait dû être détruit, se voit offrir une seconde chance, à condition de se charger d'un petit problème... Voilà qui expliquerait la mollesse des Volturi.

— Mais pourquoi ? protesta Carlisle. Les Volturi n'ont aucune raison de...

— Si, le coupa Edward, même si je m'étonne que ça intervienne aussi vite. Aro nous a imaginés, Alice et moi, à ses côtés. Présent et futur, omniscience virtuelle.

Pareille puissance l'a séduit. Je pensais qu'il y renoncerait, or c'est là que tu entres en jeu, Carlisle. Toi et ta famille, toujours plus grande, toujours plus forte. Il est poussé par la jalousie et la crainte que tu n'aies... sinon plus que lui, certaines choses dont il a toujours rêvé. Il s'est efforcé de l'oublier, n'y est pas entièrement parvenu. L'idée de couper la tête à la concurrence a germé en lui. Nous sommes le plus vaste clan qui soit, en dehors du sien.

Un sentiment d'horreur m'envahit. Edward n'avait jamais abordé ce sujet, et je comprenais pourquoi. Il avait raison. Le songe d'Aro m'était palpable. Edward et Alice en manteaux sombres, flanquant le chef des Volturi, leurs prunelles rouge sang...

— Ils sont trop dévoués à leur mission, objecta Carlisle en interrompant mon cauchemar. Ils ne prendraient pas le risque de rompre les lois et de contrarier l'ordre qu'ils ont eux-mêmes établi.

— Il leur suffirait de faire le ménage ensuite, marmonna Edward. Une double trahison, en quelque sorte. Pas plus difficile que cela.

— Non, intervint Jasper, Carlisle a raison. Les Volturi n'enfreignent pas les règles. Et puis, tout cela sent bien trop le travail d'amateur. Celui qui a créé cette menace ignore ce qu'il a déclenché. Pour lui, c'est une première, j'en jurerais. À mon avis, les Volturi ne sont pas impliqués. Pas encore.

Tous les Cullen se dévisagèrent, la tension était palpable.

— Dans ce cas, allons-y, proposa Emmett. Qu'est-ce que nous attendons ?

Carlisle et Edward s'interrogèrent du regard, puis mon amoureux hocha le menton.

— Nous avons besoin de toi pour apprendre à les détruire, Jasper, reprit le médecin.

Il serrait les mâchoires, les yeux pleins de chagrin. Nul ne détestait la violence plus que lui. De mon côté, un détail me perturbait, sur lequel je n'arrivais pas à mettre le doigt. J'étais engourdie, horrifiée, morte de peur. Sous ces émotions, je pressentais néanmoins que je loupais quelque chose d'important. Un aspect qui donnerait un sens au chaos, qui l'éclairerait.

— Il va nous falloir des renforts, décréta Jasper. Penses-tu que le clan de Tanya accepterait... Cinq autres vampires matures feraient une sacrée différence. Avoir Kate et Eléazar de notre côté serait un énorme avantage. La tâche en deviendrait presque facile.

— Nous leur demanderons, acquiesça Carlisle.

— Ne tardons pas, alors, décida Jasper en tirant son portable de sa poche.

Jamais je n'avais vu le calme inné de Carlisle mis autant à mal. S'emparant du téléphone, il s'éloigna en direction de la baie vitrée. Il composa un numéro, porta l'appareil à son oreille, s'appuya contre la fenêtre, les yeux fixés sur la matinée brumeuse, les traits empreints de peine et d'indécision.

Me prenant la main, Edward m'entraîna vers la causeuse blanche, et je me perdis dans la contemplation de son visage pendant que Carlisle discutait. Il parlait vite et doucement, si bien que j'avais du mal à saisir sa conversation. Je l'entendis saluer Tanya, lui expliquer la situation sur un débit trop rapide pour que je distingue les mots, même si je devinai que les vampires d'Alaska n'ignoraient pas ce qui se passait à Seattle. Soudain, le ton du médecin changea.

— Oh ! s'exclama-t-il, étonné. Nous ne nous étions pas rendu compte... qu'Irina réagissait ainsi.

— Flûte ! grogna Edward en fermant les yeux. Flûte de flûte ! Maudit soit Laurent !

— Laurent ? murmurai-je, tandis que le sang refluait de mes joues.

Edward ne releva pas, concentré sur ce que disait son père. Le souvenir de ma brève rencontre avec Laurent, au début du printemps, ne s'était pas estompé avec le temps. Je me rappelais chacun des mots qu'il avait prononcés avant que Jacob et sa meute n'intervinssent. « Si je suis dans le coin, c'est parce que j'ai accepté de lui rendre service... » Victoria ! Laurent avait été sa première tentative. Elle l'avait envoyé observer les parages, déterminer s'il était facile ou non d'accéder à moi. Il n'avait pas survécu aux loups pour revenir faire son rapport.

Tout en conservant ses liens avec Victoria après la mort de James, il avait noué de nouvelles relations. Il était parti vivre en Alaska, avec le clan de Tanya – la femme aux cheveux blond vénitien –, les amis les plus proches des Cullen dans l'univers vampirique, presque une deuxième famille. Laurent était resté là-bas quasiment un an avant de mourir.

Carlisle continuait à parler, moins demandeur toutefois. Persuasif, mais raide, raideur qui finit par l'emporter d'ailleurs.

— Il n'en est pas question ! lâcha-t-il sèchement. Nous avons un accord. Ils ne l'ont pas rompu, nous ne commencerons pas à... j'en suis désolé... pas de souci, nous nous débrouillerons seuls.

Il coupa la communication sans attendre de réponse, ne se retourna pas tout de suite.

— Quel est le problème ? s'enquit Emmett auprès d'Edward.

— Irina a eu avec notre ami Laurent une amitié plus étroite que nous ne le supposions. Elle reproche aux loups-garous de l'avoir détruit afin de préserver Bella. Irina...

Il se tut, me regarda.

— Poursuis, l'encourageai-je en tâchant d'être la plus calme possible.

— Elle en appelle à la vengeance. Exige que la meute soit liquidée. Ils sont prêts à troquer leur aide contre notre permission.

— Non ! soufflai-je.

— Ne t'inquiète pas, Carlisle n'acceptera pas. Ni moi. Laurent n'a eu que ce qu'il méritait, et je suis toujours en dette vis-à-vis des chiens pour cela.

— Mauvaises nouvelles, commenta Jasper. Ça risque d'être une lutte d'égal à égal. Nous serions les meilleurs, techniquement, mais les plus faibles en nombre. Nous l'emporterions, mais à quel prix ?

Il jeta un coup d'œil furtif à Alice, se détourna. Je faillis hurler en devinant ce qu'il sous-entendait – d'aucuns parmi eux mourraient. Hébétée, je fixai tour à tour les visages de Jasper, Alice, Emmett, Rose, Esmé, Carlisle... Edward – ma famille.

14

DÉCLARATION

— Tu plaisantes ! m'exclamai-je le mercredi midi. Tu as complètement perdu l'esprit !

— Insulte-moi autant que tu veux, la fête est maintenue, rétorqua Alice. Il n'y a aucune raison d'annuler. Du reste, les invitations ont été envoyées.

— Mais les... tu... je... Folie !

— Tu m'as déjà acheté mon cadeau, je m'occupe de tout organiser, donc tu n'as plus qu'à venir.

— Avec ce qui se passe en ce moment, une bringue est parfaitement déplacée.

— Il ne se passe rien, si ce n'est la remise des diplômes, et une bringue se justifie comme jamais.

— Alice !

— Écoute, il nous reste à régler quelques détails avant d'intervenir à Seattle, et ça va prendre un peu de temps. Autant en profiter pour célébrer le positif. Le bac, ça ne se produit qu'une fois dans une vie humaine, Bella, tu n'auras pas de deuxième chance. Il faut fêter le tien maintenant ou jamais.

Edward, muet pendant cet échange, lui lança un coup d'œil réprobateur. Elle lui tira la langue ; à juste titre, car sa voix douce était couverte par le brouhaha régnant dans la cafétéria. De plus, personne ne risquait de saisir le sens réel de ses paroles.

— Quels détails ? demandai-je.

— Jasper préférerait que nous ayons des renforts, répondit Edward. Le clan de Tanya n'est pas la seule solution. Carlisle tente de retrouver la trace de vieux amis, et Jasper essaye de recontacter Peter et Charlotte. Il a même songé à Maria, sauf que nous ne tenons pas à impliquer des... gens du sud.

Alice fut secouée d'un frisson délicat.

— Nous devrions arriver à les convaincre, poursuivit Edward. Personne ne souhaite une visite d'Italie.

— Ces alliés, ils ne seront pas... végétariens ?

— Non, admit-il, en se renfrognant.

— Et vous les feriez quand même venir ici, à Forks ?

— Ce sont des amis, me rassura Alice. Tout ira bien. Par ailleurs, Jasper doit encore nous donner quelques ficelles sur la façon d'éliminer les nouveau-nés.

Les yeux d'Edward s'illuminèrent brusquement, et un bref sourire traversa son visage. Moi, en revanche, j'eus l'impression que des éclats de verre me déchiraient le ventre.

— Quand comptez-vous partir ? m'enquis-je d'une voix blanche.

L'idée que l'un d'eux pût ne pas revenir m'était

insupportable. Emmett, tellement courageux et insouciant qu'il ne prenait jamais la moindre précaution. Esmé, si gentille et si maternelle que je ne l'imaginais pas se battre. Alice, à l'air si fragile. Et... non ! Ce prénom-là, je n'étais même pas capable d'y penser.

— Dans une semaine, lâcha Edward avec décontraction. Histoire de nous préparer.

Les bouts de verre s'agitèrent dans mon estomac, j'eus envie de vomir.

— Tu es toute verte, Bella, commenta Alice.

— Ne t'inquiète pas, murmura Edward en m'enlaçant. Ça va aller. Fais-moi confiance.

Oui, bien sûr. Ce n'était pas lui qui resterait en arrière à s'angoisser, à se demander si son unique raison d'être rentrerait ou non à la maison. Je songeai tout à coup qu'il n'était peut-être pas nécessaire que je reste en arrière. Huit jours... je n'avais pas besoin de plus.

— Vous avez besoin d'aide, chuchotai-je lentement.

— Oui, acquiesça Alice, intriguée.

— Je pourrais me rendre utile.

Aussitôt, Edward se raidit, resserrant sa prise autour de ma taille. Il exhala longuement.

— Tu ne nous rendrais aucun service, rétorqua Alice sans se départir de son calme.

— Pourquoi ? Huit, c'est mieux que sept. Une semaine suffirait amplement à me transformer.

— Tu ne serais d'aucune efficacité, objecta-t-elle froidement. Souviens-toi de ce qu'a dit Jasper des jeunes. Tu ne saurais pas te battre, tu ne contrôlerais pas tes instincts, tu serais donc une cible facile. Edward risquerait d'être blessé en voulant te protéger.

Ravie par sa logique implacable, elle croisa les bras

sur sa poitrine. Il m'était difficile de protester quand la situation était ainsi présentée. Vaincue, je me tassai sur ma chaise. Edward se détendit.

— Tu ne deviendras pas l'une des nôtres juste parce que tu as peur, me rappela-t-il à mi-voix.

— Flûte ! s'exclama soudain sa sœur avec une grimace. Je déteste les désistements de dernière minute. Bon, nous ne serons plus que soixante-cinq.

— Soixante-cinq ! sursautai-je, abasourdie.

Depuis quand avais-je une telle foule d'amis ? Je n'étais même pas sûre de connaître autant de gens.

— Qui annule ? s'enquit Edward.

— Renée.

— Quoi ? m'écriai-je.

— Elle comptait te faire la surprise de sa venue, mais il s'est passé quelque chose. Un message t'attend chez toi.

Je me laissai envahir par le soulagement. Quoi qu'il se fût produit en Floride, j'étais contente que ma mère s'abstienne de débarquer à Forks en ce moment. Je n'osais envisager sa présence alors que... Je refusais d'y penser, tout bonnement.

Le répondeur clignotait, à mon retour à la maison. J'écoutai Renée me décrire l'accident dont avait été victime Phil sur le terrain de base-ball – il s'était brisé le fémur en heurtant de plein fouet un joueur. Le malheureux dépendait entièrement d'elle, il lui était impossible de l'abandonner. Elle s'en excusait encore quand le délai imparti lui coupa la parole.

— Eh bien, marmonnai-je, une de moins.

— Comment ça ? s'enquit Edward.

— Une personne dont je n'ai plus à craindre qu'elle sera tuée cette semaine.

Il leva les yeux au ciel.

— Pourquoi Alice et toi ne prenez-vous pas cela plus au sérieux ? m'énervai-je.

— Parce que nous avons confiance en nous, répondit-il en souriant.

— Quel argument convaincant !

M'emparant du combiné, j'appelai ma mère. La conversation risquait de durer, sans que j'aie besoin d'intervenir beaucoup toutefois. Comme prévu en effet, je me contentai de l'écouter et de la rassurer dès qu'elle me laissait en placer une. Non, je n'étais pas déçue, ni furieuse, ni vexée. Oui, il fallait qu'elle s'occupe de Phil. Je souhaitais d'ailleurs un prompt rétablissement à ce dernier, je jurais de téléphoner pour raconter la cérémonie de remise des diplômes dans le moindre détail. À la fin, j'en fus réduite à prétexter des révisions de dernière minute pour couper court à sa logorrhée.

La patience d'Edward était infinie. Il attendit sans manifester d'agacement, jouant avec mes cheveux, me souriant chaque fois que je le regardais. Il était sans doute superficiel de ma part de remarquer pareilles sottises dans des moments aussi graves, mais son sourire continuait à me couper le souffle. Il était si beau qu'il m'était parfois difficile de penser à autre chose, difficile aussi de me concentrer sur les ennuis de Phil, les excuses de Renée, l'hostilité d'armées vampiriques. Je n'étais qu'une pauvre humaine, après tout.

Dès que j'eus raccroché, je me mis sur la pointe des pieds et embrassai Edward. M'enlaçant, il me posa sur le plan de travail. Je nouai mes mains autour de sa nuque et me pelotonnai contre son torse glacé. Trop tôt hélas, il me repoussa. Il s'esclaffa en voyant ma moue, s'extirpa de mon étreinte.

— Tu me supposes capable d'un contrôle de moi absolu, mais ce n'est pas vrai, s'excusa-t-il.

— Dommage !

Nos soupirs résonnèrent à l'unisson.

— Demain, après le lycée, j'irai chasser avec Carlisle, Esmé et Rosalie. Nous ne serons absents que quelques heures et nous ne nous éloignerons pas. Alice, Jasper et Emmett suffiront à te protéger.

Le lendemain était le premier jour des examens finaux, et nous aurions l'après-midi libre. Je passais les maths et l'histoire, mes deux seuls vrais défis.

— Je ne suis pas un bébé qu'il faut garder, grognai-je.

— Ce n'est que temporaire.

— Jasper va s'ennuyer, Emmett se ficher de moi.

— Ils se comporteront en gentlemen.

— Ben tiens !

Je pensai soudain à une autre option possible.

— Je ne suis pas allée à La Push depuis la soirée feu de camp, avançai-je.

Il garda son calme, plissa juste légèrement les yeux.

— Là-bas, je ne risquerai rien.

— Tu as raison, admit-il après quelques instants de réflexion.

Ses traits étaient sereins, un peu trop lisses, peut-être. Je faillis lui demander s'il préférait que je reste ici, puis songeai aux railleries d'Emmett et m'abstins.

— Tu as déjà soif ? m'enquis-je en caressant l'ombre claire de ses cernes.

Ses iris, d'un doré soutenu, laissaient supposer qu'il n'avait pas besoin de se nourrir.

— Non, pas vraiment.

J'attendis qu'il daigne s'expliquer sur cette expédition.

— Nous désirons être les plus forts possible, finit-il par avouer, réticent. Nous chasserons sans doute en allant là-bas, d'ailleurs. Du gros gibier.

— Pour vous donner des forces ?

— Oui. Du sang humain serait plus efficace. Jasper a envisagé de tricher, en dépit de sa répugnance. Son sens pratique l'emporte toujours. Il ne le proposera pas, cependant. Il sait que Carlisle refusera.

— Pourtant, ce serait mieux.

— Aucune importance. Nous n'allons pas renoncer à nos pratiques pour autant.

Je fronçai les sourcils. Ma foi… s'il fallait en passer par là pour forcer la chance… Horrifiée, je sursautai, quand je pris conscience que j'étais prête à ce qu'un inconnu mourût pour qu'Edward survécût. N'empêche…

— C'est pourquoi les nouveau-nés sont si puissants, reprit-il. Ils sont gorgés de leur propre sang, qui réagit à la transformation. Il s'attarde dans leurs tissus, leur corps l'épuise lentement. Comme l'a précisé Jasper, il faut un an environ pour que le phénomène disparaisse.

— Et moi, je serai forte ?

— Plus que moi, sourit-il.

— Plus qu'Emmett ?

— Oui, s'esclaffa-t-il. Rends-moi service, à propos. Défie-le à un bras de fer, ça lui servira de leçon.

Je ris également, tout cela paraissait tellement bête. Puis je sautai de mon perchoir. Il fallait que je bachote sans plus tarder. Heureusement, Edward était là pour me donner un coup de main. Cet excellent répétiteur savait tout. Mon prochain souci serait de me concentrer sur mes examens. Si je n'y prenais garde, j'étais capable de rédiger ma dissertation d'histoire sur les guerres entre vampires du sud.

Je m'octroyai une pause pour appeler Jacob, et Edward sembla tout aussi détendu que lors de ma discussion avec Renée.

Bien que nous fussions au milieu de l'après-midi, je réveillai Jake, qui se montra d'abord grognon. Il se rasséréna toutefois en apprenant ma visite du lendemain. Son lycée avait déjà fermé pour les vacances, il m'invita donc à passer au plus tôt. Je raccrochai, heureuse de cette solution, plus digne que d'être sous la surveillance de baby-sitters.

Dignité qui fut cependant amoindrie le jour suivant par l'insistance d'Edward à me conduire jusqu'à la frontière, comme la dernière fois, telle une enfant de divorcés transmise de parent à parent.

— Alors, comment ont marché les examens ? me demanda-t-il en route.

— L'histoire a été facile, j'ai des doutes concernant les maths. J'ai eu l'impression de m'en tirer, ça signifie sûrement que je me suis plantée.

— Je suis certain du contraire. Mais si ça t'inquiète vraiment, je peux toujours soudoyer M. Varner pour qu'il te mette une bonne note.

— Non merci.

Ses rires s'arrêtèrent net quand, après un ultime virage, nous découvrîmes la voiture rouge de Jake qui nous attendait. Edward se gara et poussa un soupir anxieux.

— Que se passe-t-il ? demandai-je, la main déjà sur la poignée de la portière.

— Rien.

Il plissa les paupières tout en observant la Golf, expression que je ne connaissais que trop bien.

— Ne me dis pas que tu espionnes Jacob ! m'offusquai-je.

— Difficile d'ignorer quelqu'un qui braille autant.

— Ah ! Et que braille-t-il ?

— Je suis certain qu'il t'en parlera, riposta-t-il sèchement.

J'aurais bien insisté, mais Jacob klaxonna à deux reprises, impatient.

— Quel mal élevé ! grommela Edward.

— C'est tout lui, admis-je.

Je m'empressai de rejoindre Jake avant qu'Edward ne s'énerve. J'adressai à ce dernier un geste d'adieu, constatai qu'il était vraiment contrarié, soit par les coups d'avertisseur, soit par les pensées qui agitaient Jake. Je n'y prêtai guère attention cependant.

J'aurais voulu qu'Edward m'accompagne. J'aurais voulu forcer ces deux-là à sortir de leurs voitures, à se serrer la main, à être amis. À être Edward et Jacob plutôt qu'un vampire et un loup-garou. Comme avec les deux aimants de mon réfrigérateur, je souhaitais contraindre la nature à se plier à mes désirs.

Je m'installai près de Jacob.

— Salut, Bella !

Son ton était joyeux mais las. Il démarra. Il conduisait plus vite que moi, moins vite qu'Edward néanmoins. Il m'apparut différent, malade. Ses paupières étaient lourdes, ses traits tirés. Ses cheveux ébouriffés se hérissaient dans tous les sens.

— Tu vas bien, Jake ?

— Je suis crevé, c'est tout, eut-il le temps de répondre avant de bâiller à s'en décrocher la mâchoire. Qu'as-tu envie de faire, aujourd'hui ?

— Contentons-nous de traîner chez toi, suggérai-je, vu qu'il ne semblait guère en mesure d'entreprendre grand-chose d'autre. La moto peut attendre.

— D'accord, acquiesça-t-il en bâillant derechef.

La maison était vide quand nous y arrivâmes, ce qui me parut étrange – j'avais toujours considéré la présence de Billy comme acquise.

— Où est ton père ?

— Chez les Clearwater. Il les fréquente pas mal depuis la mort de Harry. Sue se sent seule.

Jacob s'assit sur le vieux canapé étroit, se poussant pour me laisser de la place.

— C'est gentil de sa part. Pauvre Sue.

— Oui... elle a des soucis... avec les gosses.

— J'imagine, en effet. Ils ont perdu leur père.

Il acquiesça, songeur, puis s'empara de la télécommande et alluma la télévision.

— Qu'as-tu, Jake ? On dirait un zombie.

— Je n'ai dormi que deux heures cette nuit, et quatre la précédente. Je suis éreinté.

Il s'étira, et j'entendis ses jointures craquer avant qu'il n'allonge un bras sur le dossier et appuie sa tête contre le mur.

— Tu fais des heures supplémentaires ? En montant

la garde autour de moi ? Ce n'est pas bien, Jake ! Il faut que tu te reposes. Je ne risque rien.

— Bah ! Je m'en remettrai. À propos, as-tu découvert qui était l'intrus ? Il y a du nouveau ?

— Non, nous n'avons rien appris sur le visiteur, répondis-je en éludant sa deuxième question.

— Dans ce cas, je continuerai à surveiller les alentours, commenta-t-il en fermant les yeux.

— Mais, Jake !

— C'est bien le moins que je puisse faire. Je te rappelle que je t'ai proposé mes services à vie. Je suis ton esclave.

— Je ne veux pas d'esclave !

— Que veux-tu alors, Bella ? s'enquit-il sans ouvrir les paupières.

— Mon ami Jacob, entier, pas à moitié mort de fatigue, parce qu'il commet l'erreur de...

— Hé, du calme ! Imagine juste que j'espère repérer un vampire que j'aurai le droit de tuer. Pigé ?

Je ne relevai pas.

— C'était une plaisanterie, Bella, plaida-t-il.

Je m'entêtai dans le silence.

— Tu as des plans pour la semaine prochaine, sinon ? Il y a le bac, ce n'est pas rien.

Sa voix s'était tendue, son visage, déjà tiré, prit un air hagard, et il referma les yeux. Pas à cause de l'épuisement, plutôt parce que la date de remise des diplômes revêtait une signification atroce pour lui.

— Non, rien de spécial, répondis-je.

Je croisai les doigts pour que mon ton rassurant suffise, car je ne tenais pas à m'expliquer. Et d'une, il n'était pas en état de supporter une nouvelle conversation à ce sujet ; et de deux, je me doutais qu'il décèlerait mes réticences, même si mon intention première restait intacte.

— Enfin, me corrigeai-je, si. Il faut que j'aille à une fête de fin d'année. Celle que je suis censée avoir organisée. Alice adore les soirées, elle a invité toute la ville chez eux. Ça va être horrible.

Il avait rouvert les yeux, souriait, soulagé.

— Je n'ai pas reçu de carton, je suis vexé, blagua-t-il.

— Considère-toi comme invité d'office. Après tout, c'est *ma* fête.

— Merci.

— Je serais heureuse que tu viennes, insistai-je sans beaucoup d'espoir. Ce serait plus amusant. Pour moi, s'entend.

— Mais oui, mais oui, marmonna-t-il. Voilà qui serait... fort... raisonnable...

Sa voix mourut et, la seconde d'après, il dormait. Le malheureux ! J'observai son visage apaisé. Quand il était assoupi, toute trace d'amertume et de colère disparaissait, il redevenait l'adolescent qui avait été mon meilleur ami avant que toutes ces bêtises de loups-garous n'entrent en scène. Il paraissait plus jeune. Il était mon Jacob.

Je me blottis sur le divan pour attendre son réveil. Il était essentiel qu'il se repose un peu. Je zappai, il n'y avait rien de bien intéressant, et fixai mon choix sur une émission de cuisine, consciente cependant que je ne me mettrais jamais en quatre comme ça pour Charlie. Jacob ronflant, je montai le volume. J'étais bizarrement détendue, presque ensommeillée moi-même. Cette maison me donnait l'impression d'être plus sûre que la mienne, sans doute parce que personne n'était venu m'y traquer. Me roulant en boule, je songeai à m'octroyer une sieste, mais Jacob était si bruyant que je n'y réussis pas. Je laissai mon esprit vagabonder.

Les examens seraient bientôt derrière moi. Ils avaient été faciles, la seule réelle exception étant les maths. J'en avais terminé avec eux, bonne ou mauvaise note à la clé. Mes années lycée s'achevaient. Je ne savais qu'en penser. Il m'était ardu d'analyser ce tournant avec objectivité, tant il était lié à la fin prochaine de mon existence humaine. Combien de temps encore Edward comptait-il s'abriter derrière l'excuse de la peur pour retarder l'échéance ? J'allais sûrement devoir régler cela prochainement.

D'un point de vue purement pratique, il aurait été plus sage de confier ma transformation à Carlisle juste après l'obtention de mon diplôme. Forks était en train de devenir aussi dangereuse qu'une zone de guerre. Correction : Forks *était* une zone de guerre. De plus, cela me permettrait d'échapper à la fête projetée par Alice. Je souris en pensant à cette raison des plus triviales, irrésistible quoique sotte.

Mais Edward avait raison – je n'étais pas tout à fait prête.

Et je n'avais pas envie d'être sage. Je voulais qu'Edward se charge de moi. C'était irrationnel. Je me doutais que, tout de suite après la première morsure et la brûlure du venin, je me ficherais comme d'une guigne de celui qui se serait dévoué. Dans l'absolu, Edward ou Carlisle, cela ne faisait aucune différence. Même moi, j'avais du mal à comprendre pourquoi j'y attachais tant d'importance. Simplement, qu'il soit celui qui décide comptait comme un symbole marquant son désir de me conserver, au point qu'il prendrait sur lui de me transformer plutôt que de laisser un autre le faire. Tout puéril que cela soit, j'aimais l'idée que ses lèvres fussent la dernière chose agréable que je sentirais. Plus embarrassant encore, je voulais que *son* venin m'empoisonne – ce que je n'avouerais jamais –, parce que cela me lierait à lui d'une manière tangible et quantifiable.

Certes, il allait s'accrocher à son projet de mariage comme une glu, manière de retarder l'échéance et, malheureusement, cette clause était efficace. J'avais beau essayer de m'imaginer annonçant la nouvelle de mon mariage pour l'été, à Angela, à Ben, à Mike, j'en étais incapable. Il m'eût été plus aisé de leur dire que je m'apprêtais à devenir vampire. J'étais d'ailleurs certaine que ma mère au moins, pour peu que je lui confiasse les moindres détails, s'opposerait plus vigoureusement à mes noces qu'à ma transmutation. Je voyais déjà sa grimace horrifiée à l'idée de noces aussi précoces.

Pendant une fraction de seconde, s'imposa à moi l'image de notre couple dans une balancelle, sur une véranda, habillé à l'ancienne mode, vestige d'un monde où nul ne s'étonnait de l'alliance à mon doigt, une époque plus facile, où l'amour répondait à des définitions plus simples. Genre, un plus un égale deux...

Jacob grogna et roula sur le flanc. Son bras s'envola du dossier pour me plaquer contre lui. Nom d'une pipe ! Qu'il était lourd ! Et brûlant ! Son contact m'étouffa en quelques minutes à peine. Je tentai d'échapper à son emprise sans le réveiller, mais ses yeux s'ouvrirent d'un coup quand son bras retomba. Il sauta sur ses pieds, regarda autour de lui, angoissé.

— Quoi ? Quoi ? bégaya-t-il, désorienté.

— Ce n'est que moi, Jake. Désolée de t'avoir tiré de ton sommeil.

— Bella ?

— Tu es complètement dans les vapes.

— Oh, flûte ! Navré. J'ai dormi longtemps ?

— Plusieurs émissions de cuisine. J'ai perdu le compte.

— Excuse-moi, dit-il en s'affalant sur le canapé.

— Ce n'est pas grave, le rassurai-je en lui tapotant la tête pour aplatir ses mèches rebelles. Je suis contente que tu te sois reposé.

— Je ne suis bon à rien, ces derniers temps, dit-il en s'étirant et en bâillant. Pas étonnant que Billy ait fichu le camp, je suis tellement ennuyeux.

— Mais non.

— Sortons. Il faut que je me bouge, sinon je vais sombrer de nouveau.

— Rendors-toi, Jake. J'appelle Edward pour qu'il vienne me chercher.

Je tapotai mes poches, m'aperçus qu'elles étaient vides.

— Zut, je vais être obligée de me servir de votre téléphone. J'ai dû oublier le portable dans sa voiture.

— Non, reste ! insista-t-il en m'attrapant au moment où je me levais. Déjà que tu ne me rends presque jamais visite ! Je suis furieux d'avoir gâché tout ce temps.

Tout en parlant, il m'avait entraînée dehors. Le temps avait beaucoup fraîchi pendant cette sieste. D'une manière générale, les températures étaient basses pour la saison. On se serait cru en février, pas début juin. Une tempête devait menacer. Le vent sembla rendre mon ami plus alerte. Pendant quelques instants, il arpenta les abords de la maison, moi à la remorque.

— Je suis un imbécile, marmonna-t-il.

— Qu'y a-t-il, Jake ? Tu t'es endormi, ce n'est pas un drame !

— Je voulais te parler.

— Tu n'as qu'à me parler maintenant.

Je me rappelai brusquement les paroles d'Edward quand il m'avait déposée à la frontière. Comme quoi Jacob me confierait sûrement ce qu'il braillait dans sa tête. Je cédai à la nervosité.

— Écoute, reprit Jake, je comptais m'y prendre différemment.

Il éclata de rire, un peu comme s'il se moquait de lui-même.

— De façon moins abrupte, enchaîna-t-il. Progressivement. Sauf que je n'ai plus le temps.

Il lâcha un nouveau ricanement embarrassé.

— Qu'est-ce que tu racontes ? demandai-je.

Il respira profondément.

— Il faut que je te dise quelque chose. Tu le sais déjà, mais il est nécessaire que je le formule à haute voix. Histoire de balayer tout malentendu.

Je me braquai, il s'arrêta. Reprenant ma main, je croisai mes bras. Soudain, je compris que je ne tenais pas à écouter ce qu'il mijotait. Il fronça les sourcils, renfonçant ses yeux noirs dans l'ombre de ses orbites, et vrilla son regard sur le mien.

— Je suis amoureux de toi, Bella, assena-t-il d'une voix ferme. Je t'aime. Et je veux que tu me choisisses à sa place. J'ai conscience que tu ne partages pas mes sentiments, n'empêche, c'est la vérité, et elle est incontournable. Tu dois savoir que tu as le choix. Je refuse qu'un non-dit se mette en travers de notre chemin.

15

PARI

Je le regardai durant une longue minute, bouche bée. J'étais à court de mots, ahurissement qui eut le don de transformer sa gravité en gaieté.

— Voilà, c'est tout, rigola-t-il.

— Jake... Je ne peux... je ne... il faut que j'y aille.

Je tournai les talons, il me retint par les épaules.

— Attends, j'ai une question. Préfères-tu que je reste au loin, et que nous cessions de nous voir ? Sois franche.

J'étais si déboussolée qu'il me fallut un moment pour trouver une réponse.

— Non, finis-je par admettre, déclenchant un grand sourire chez lui. Mais j'ai envie de te voir pour des raisons différentes des tiennes.

— Lesquelles ?

— Tu me manques quand tu n'es pas là. Lorsque tu

es heureux, je le suis aussi. Comme pour Charlie. Tu fais partie de ma famille, Jacob. Je t'aime, mais je ne suis pas amoureuse de toi.

— Il n'empêche que tu me souhaites à tes côtés.

— Oui, soupirai-je.

Il était impossible de le rebuter.

— Alors, compte sur moi pour te coller aux basques.

— Tu t'exposes à des ennuis, là.

— Oui.

Du bout des doigts, il caressa ma joue. J'assenai une tape sur sa main.

— Au moins, tiens-toi correctement ! grondai-je.

— Non. À toi de décider, Bella. Soit tu me prends comme je suis, mauvaise éducation comprise, soit tu ne me prends pas du tout.

— Voilà qui n'est pas très sympa.

— Tu ne l'es pas non plus.

Prise de court, je reculai. Il avait raison. Si j'avais été moins égoïste, je lui aurais répondu que je ne voulais pas de son amitié et je serais partie. Il était nul d'essayer de préserver des liens qui risquaient de lui faire du mal. Soudain, j'étais paumée, plus sûre de rien, sinon que je ne me comportais pas bien.

— C'est vrai, murmurai-je.

— Je te pardonne, s'esclaffa-t-il. Tâche seulement de ne pas te mettre trop en colère contre moi. J'ai décidé que je ne renoncerais pas. Les causes perdues ont quelque chose d'irrésistible.

— C'est lui que j'aime, Jacob, ripostai-je en tentant de le ramener au sérieux. Il est toute ma vie.

— Tu m'aimes aussi. Pas de la même façon, certes. Et il n'est pas toute ta vie. Plus maintenant. Avant oui, peut-être, plus depuis qu'il t'a abandonnée une fois. Désormais, il va devoir assumer les conséquences de son choix d'alors – moi.

— Tu es pénible.

Soudain, il recouvra sa gravité et prit mon menton d'une main ferme, m'empêchant de tourner la tête.

— Je serai là, Bella, jusqu'à ce que ton cœur cesse de battre. N'oublie pas que tu as plusieurs options.

— Je n'en veux pas. Et les battements de mon cœur sont comptés. Le délai s'amenuise.

— Raison de plus pour que je me batte de toutes mes forces, tant que c'est possible.

Il me tenait toujours, malgré mes efforts pour lui échapper, serrant ma mâchoire au point que c'en était douloureux. Je décelai un éclat dans sa prunelle, signe d'une résolution nouvelle. Je voulus protester. Trop tard ! Ses lèvres écrasèrent les miennes, tuant dans l'œuf mes objections. Il m'embrassa avec colère, avec hargne, sa deuxième main se plaquant sur ma nuque, rendant toute évasion impossible. Je me débattis, il ne sembla même pas s'en apercevoir. Sa bouche était douce, en dépit de sa rage, elle se moulait sur la mienne d'une façon et avec une tiédeur qui ne m'étaient pas familières.

J'attrapai son visage, essayai de le repousser, en vain. Il le remarqua, et cela l'exaspéra. Ses lèvres forcèrent les miennes, son haleine brûlante envahit ma bouche. Je cessai alors de lutter, ouvris grands les yeux, mes bras retombant contre mes flancs. Je me contentai d'attendre qu'il veuille bien cesser. Ça fonctionna. La fureur parut s'évaporer, et il recula pour me regarder. Il appuya doucement ses lèvres sur les miennes, à une, deux, trois reprises. Je ne réagis pas, statufiée. Il finit par renoncer, me lâcha.

— Tu en as terminé ? demandai-je d'une voix plate.

— Oui, souffla-t-il en fermant les paupières, une ombre de sourire sur le visage.

Alors, je lui assenai un coup de poing en pleine bouche, y mettant tout mon cœur. Il y eut un bruit d'os brisés.

— Ouille ! Ouille ! hurlai-je en sautant sur place, ma main contre ma poitrine.

Elle était cassée, j'en étais sûre.

— Ça va ? s'enquit-il, surpris.

— Non, bon Dieu ! Tu m'as cassé la main.

— Je n'ai rien fait de tel, Bella. Tu t'es débrouillée toute seule. Et maintenant, arrête de cabrioler partout et laisse-moi jeter un coup d'œil dessus.

— Ne me touche pas ! Je rentre !

— Je vais chercher la voiture, répliqua-t-il, très calme.

Il ne se frottait même pas la mâchoire, comme les acteurs dans les films. Minable !

— Inutile, crachai-je. Je préfère encore marcher.

Je partis en direction de la route. La frontière n'était qu'à quelques kilomètres. Dès que je me serais éloignée de lui, je réintégrerais l'esprit d'Alice. Elle enverrait quelqu'un à ma rescousse.

— Permets-moi de te raccompagner, insista Jacob.

Il eut le culot d'enlacer ma taille. Je m'écartai aussitôt.

— Très bien, raccompagne-moi ! J'ai hâte de voir ce qu'Edward t'infligera. J'espère bien qu'il te tordra le cou, espèce de sale clébard cinglé et répugnant !

Il se borna à lever les yeux au ciel. Il m'aida à m'asseoir dans sa voiture. Quand il s'installa derrière le volant, il sifflotait.

— Tu n'as pas eu mal ? demandai-je, partagée entre l'agacement et la colère.

— Tu rigoles ? Si tu ne t'étais pas mise à piailler, je ne me serais même pas rendu compte que tu avais essayé de me frapper. J'ai beau ne pas être dur comme la pierre, moi, je ne suis pas non plus une lavette.

— Je te hais, Jacob Black.

— Tant mieux. La haine est une passion.

— Je t'en ficherais, de la passion. Et du meurtre, l'ultime crime passionnel.

— Du calme, s'exclama-t-il joyeusement, l'air d'avoir envie de se remettre à siffler. C'était sûrement mieux qu'embrasser un caillou.

— Rêve, mon pote !

— Ça ne te coûterait pas grand-chose de l'avouer, répliqua-t-il, vexé.

— Encorc faudrait il que ce soit vrai.

Il parut inquiet, puis se rasséréna.

— Bah, tu es furax, c'est tout. Je n'ai pas beaucoup d'expérience dans ce domaine mais, personnellement, j'ai trouvé ça plutôt génial.

— Pfff !

— Tu y repenseras cette nuit. Quand il te croira endormie, tu réfléchiras à tes options.

— Si je pense à toi cette nuit, ce sera durant un cauchemar.

Ralentissant, il se tourna vers moi et me fixa de ses yeux sombres et sérieux.

— Songe un instant à ce que ça pourrait être, Bella,

plaida-t-il avec une tendresse pleine d'espoir. Tu n'aurais pas à changer quoi que ce soit pour moi. Charlie serait heureux que tu me choisisses. Je te protégerais aussi bien que ton vampire, mieux peut-être. Je te rendrais heureuse, Bella. Il y a tant de choses que je suis en mesure de t'offrir et pas lui. Je parie qu'il ne peut même pas t'embrasser comme ça, parce qu'il risque de te blesser. Moi, jamais, jamais je ne te blesserai.

Je montrai ma main abîmée.

— Ce n'est pas ma faute, soupira-t-il. Tu aurais dû réfléchir avant de me frapper.

— Sans lui, je ne serai pas heureuse, Jacob.

— Tu n'as pas essayé. Quand il t'a quittée, tu as dépensé toute ton énergie à t'accrocher à lui. Si tu te laissais aller, tu réussirais à être heureuse. Avec moi.

— Je n'ai envie d'être heureuse avec personne d'autre que lui.

— Tu ne pourras jamais compter sur lui comme sur moi. Il t'a déjà laissée, il recommencera.

— Non, grondai-je en serrant les dents, la souffrance de ce souvenir me giflant comme un fouet. Et tu m'as abandonnée une fois aussi, ajoutai-je froidement en me rappelant les semaines durant lesquelles il m'avait fuie et les paroles qu'il avait prononcées dans le bois près de chez moi.

— C'est faux ! se défendit-il avec ardeur. Ils m'ont dit que je n'avais pas le droit de... qu'il était dangereux pour toi d'être avec moi. Mais je ne suis pas parti. Je venais rôder le soir autour de ta maison, comme maintenant, afin de m'assurer que tu allais bien.

Il était hors de question de l'autoriser à me culpabiliser ainsi.

— Ramène-moi, lui ordonnai-je. J'ai mal à la main.

Il soupira derechef, reprit une allure normale et se concentra de nouveau sur la route.

— Réfléchis-y, Bella.

— Non.

— Si. Ce soir. Et je penserai à toi pendant que tu penseras à moi.

— Je te répète que ce sera un cauchemar, alors.

— Tu m'as rendu mon baiser, affirma-t-il, tout sourire.

J'en fus estomaquée. De rage, je serrai les poings, et ma main blessée m'arracha un hoquet.

— Ça va ? s'inquiéta-t-il.

— Je ne t'ai rien rendu du tout !

— Je crois que si.

— Des clous ! J'essayais juste de te repousser, espèce de crétin !

Il partit d'un long éclat de rire.

— Qu'est-ce que tu es teigneuse ! Un peu trop sur la défensive, même.

J'inspirai un bon coup. Inutile d'argumenter, il déformait mes paroles. Je me mis à plier et déplier mes doigts pour tenter de déterminer les endroits où les os étaient brisés. Des élancements coururent le long de mes phalanges, et je gémis.

— Je suis désolé, s'excusa Jacob, apparemment sincère. La prochaine fois que tu me frappes, sers-toi d'une batte de base-ball ou d'une clé à molette.

— J'y compte bien.

Soudain, je m'aperçus que nous étions dans ma rue.

— Pourquoi m'as-tu amenée ici ? demandai-je.

— Ben quoi ? Tu voulais rentrer chez toi, non ?

— J'imagine que tu ne peux pas me conduire chez Edward, hein ?

Un éclair de souffrance traversa son visage. Cette requête l'affectait par-dessus tout.

— Tu es chez toi, ici, murmura-t-il.

— Sauf qu'aucun médecin n'y habite.

— Ah ! Je peux t'emmener à l'hôpital. Moi ou Charlie.

— Je n'ai pas envie d'y aller. C'est inutile et embarrassant.

Il se gara devant la maison, réfléchissant. La voiture de patrouille était parquée dans l'allée.

— Allez, rentre, maintenant, soupirai-je.

Sans attendre sa réponse, je descendis maladroitement de la Golf et me dirigeai vers la porte. Derrière moi, j'entendis le moteur s'arrêter, et je fus moins surprise qu'agacée de découvrir Jacob à côté de moi.

— Que vas-tu faire ? s'enquit-il.

— Mettre de la glace sur ma main, puis appeler Edward pour qu'il me conduise à Carlisle qui me soignera. Ensuite, si tu traînes encore dans le coin, je chercherai une clé à molette.

Sans un mot, il m'ouvrit la porte. Nous entrâmes. Charlie était allongé sur le canapé.

— Salut, les enfants ! lança-t-il en s'asseyant. Heureux de te voir ici, Jake.

— Bonjour, Charlie, répondit ce dernier.

Je fonçai à la cuisine.

— Qu'est-ce qu'elle a ? marmonna mon père.

— Elle croit qu'elle s'est cassé la main.

Je tirai le bac à glaçons du congélateur.

— Et comment s'y est-elle prise ? poursuivit Charlie.

Je le trouvais un peu trop amusé à mon goût, pas assez soucieux.

— En me frappant, rigola Jacob.

Les rires de Charlie firent écho au sien. Furibonde, je tapai le bac contre les rebords de l'évier. Les glaçons s'éparpillèrent dedans, et j'en pris une poignée que j'enveloppai dans un torchon.

— En quel honneur ?

— Parce que je l'ai embrassée.

— Félicitations, mon gars !

Furieuse, je composai le numéro d'Edward. Il décrocha tout de suite.

— Bella ?

Sa voix trahissait plus que du soulagement – une joie sans égale. Le bruit de la Volvo me parvint en arrière-fond. Il était déjà dans sa voiture. Bien.

— Tu as oublié le portable, poursuivit-il. Je suis désolé. Jacob t'a raccompagnée chez toi ?

— Oui. Viens me chercher, s'il te plaît.

— Je suis en route. Que se passe-t-il ?

— Je voudrais que Carlisle examine ma main. Elle est cassée, me semble-t-il.

Dans le salon, les deux idiots s'étaient tus. J'espérais que Jacob ne tarderait pas à s'en aller. J'eus un sourire mauvais en imaginant son malaise.

— Comment est-ce arrivé ? demanda Edward.

— J'ai donné un coup de poing à Jacob.

— Bien. Navré que tu te sois fait mal.

— Je regrette de ne pas lui avoir fait mal à lui.

— Je peux t'arranger ça, si tu veux.

— Je n'en attendais pas moins de toi, merci.

— Voilà qui ne te ressemble pas. La raison de ce coup ?

— Il m'a embrassée.

Pour seule réponse, j'eus droit au rugissement du moteur tandis que la voiture accélérait.

— Il vaudrait mieux que tu t'en ailles, Jake, lâcha Charlie, dans la pièce voisine.

— Je préfère rester, si vous n'y voyez pas d'inconvénient.

— C'est toi qui choisis, marmonna mon père. Il s'agit de ta mort, pas de la mienne.

— Le clébard est encore dans les parages ? finit par reprendre Edward.

— Oui.

— Je suis au coin de la rue.

La communication fut coupée. Je raccrochai, ravie. Dehors, les freins couinèrent quand il s'arrêta brutalement. J'allai l'accueillir sur le seuil.

— Ça va, ta main ? me demanda Charlie, mal à l'aise, quand je passai devant lui.

À côté de lui, Jacob semblait parfaitement détendu, en revanche.

— Elle gonfle, répliquai-je en soulevant le torchon.

— À l'avenir, choisis des adversaires à ta taille, me conseilla-t-il.

— Merci du conseil !

J'ouvris la porte, Edward patientait derrière.

— Montre-moi ça, murmura-t-il.

Il m'examina avec soin et douceur. Ses doigts étaient presque aussi froids que les glaçons, ce qui était agréable.

— J'ai bien l'impression que c'est cassé, en effet. Je suis fier de toi. Tu n'as pas dû ménager ta force.

— J'y suis allée de bon cœur, admis-je. Ça n'a pas suffi, apparemment.

Il embrassa doucement ma paume.

— Je m'en occupe, chuchota-t-il. Jacob ? appela-t-il ensuite d'une voix sereine.

— Allons, allons messieurs, intervint Charlie.

Je l'entendis se lever du canapé. Jacob l'avait devancé, sans bruit. Il paraissait alerte, pressé de se battre.

— Pas de bagarre ! avertit mon père en ne regardant qu'Edward. C'est compris ? Et s'il vous faut de l'officiel, je remets mon badge.

— Ce ne sera pas nécessaire, répliqua Edward, tendu.

— Et si tu m'arrêtais, papa ? intervins-je. C'est moi qui ai commencé.

— Portes-tu plainte, Jake ? marmonna Charlie, vaguement surpris.

— Non, répondit Jacob en souriant, incorrigible. J'en ai vu d'autres.

— Papa ? Tu n'aurais pas une batte de base-ball dans ta chambre, par hasard ? J'en ai besoin. Rien qu'un instant.

— Ça suffit, Bella.

— Allons consulter Carlisle avant que tu ne finisses en taule, lança Edward.

Me prenant par l'épaule, il m'entraîna vers la voiture. Je ne résistai pas. Ma colère était retombée à son arrivée. Je me sentais réconfortée, ma main me tracassait moins. Soudain, un chuchotement inquiet de Charlie nous parvint.

— Qu'est-ce que tu fiches ? Tu es dingue ?

— Une minute, répliqua Jacob. Je reviens tout de suite.

Je me retournai. Il nous avait emboîté le pas. Il s'arrêta pour claquer la porte au nez d'un Charlie surpris et nous rejoignit. D'abord, Edward l'ignora et continua à me conduire à sa voiture. Il m'aida à m'y installer, referma la portière et fit face à son rival. Anxieuse, je me penchai par la fenêtre ouverte. Charlie nous espionnait de derrière les rideaux du salon. Jacob était décontracté, bras croisés sur son torse, même si les muscles de ses mâchoires étaient tendus.

— Je ne vais pas te tuer maintenant, lui lança Edward sur un ton si pacifique que ces paroles en sonnèrent d'autant plus menaçantes. Je ne tiens pas à bouleverser Bella.

— Je t'en prie ! grommelai-je. Ne te gêne pas pour moi.

— Tu le regretterais demain matin, objecta-t-il en me souriant et en effleurant ma joue. Mais toi, reprit-il en fixant Jacob, si tu me la ramènes une nouvelle fois abîmée, et je me fiche d'en connaître la raison, qu'elle ait trébuché ou qu'un météore lui soit tombé sur le crâne, bref, si elle ne revient pas en parfait état, tu te retrouveras à courir sur trois pattes. Pigé, espèce de sale cabot ?

Jacob se contenta de lever les yeux au ciel, guère impressionné.

— Ne t'inquiète pas, il est hors de question que je retourne là-bas, maugréai-je.

— Et si tu l'embrasses encore, enchaîna Edward en m'ignorant, je te jure que je te brise la nuque.

— Imagine un peu qu'elle en ait envie ? riposta Jacob avec arrogance.

— Ha ! rouspétai-je.

— Si c'est ce qu'elle veut, je ne m'y opposerai pas, répondit Edward, sans émotion. Seulement, attends qu'elle te l'ait demandé au lieu de prendre tes désirs pour des réalités.

— Ça, c'est sûr, lançai-je.

— Bon, si tu as fini ta leçon de morale, rétorqua Jacob, vaguement agacé, occupe-toi donc de la faire soigner.

— Dernière chose. Sache que je me battrai moi aussi. Je ne considère rien comme acquis, et je lutterai avec plus de vigueur que toi.

— Tant mieux. Ce n'est jamais drôle, quand l'adversaire déclare forfait.

— Elle m'appartient, gronda Edward, la voix dure. Je n'ai pas dit que je me battrais proprement.

— Moi non plus.

— Alors, bonne chance.

— Et que le meilleur gagne ! Le meilleur *homme*, s'entend.

— C'est ça... chiot.

Jacob grimaça puis se ressaisit et se pencha vers moi en souriant. Je le fusillai du regard.

— J'espère que tu iras très vite mieux, Bella. Navré pour ta main.

Puérilement, je lui tournai le dos. Edward s'assit près de moi, et nous partîmes. J'ignore si Jacob rentra à la maison ou resta planté là à nous fixer.

— Comment te sens-tu ? s'enquit Edward.
— Je suis irritée.
— Je parlais de ta main.
— J'ai connu pire.
— C'est vrai.

Edward fit le tour de la villa blanche pour gagner le garage. Emmett et Rosalie s'y trouvaient, les jambes parfaites de cette dernière reconnaissables entre toutes, y compris dans le fourreau du jean, dépassant de sous l'avant de l'énorme jeep de son compagnon. Lui était assis près d'elle, main tendue sous la voiture. Il me fallut un instant avant de comprendre qu'il servait de cric. Emmett nous observa avec curiosité, tandis qu'Edward m'aidait à sortir de la Volvo. Il repéra ma main appuyée contre mon ventre.

— Tu t'es encore cassé la figure, Bella ? rigola-t-il.

— Non, rétorquai-je, mauvaise. J'ai filé un coup de poing dans la tronche d'un loup-garou.

Il partit d'un éclat de rire homérique.

— Jasper va gagner votre pari, commenta calmement Rosalie.

Emmett cessa aussitôt de s'esclaffer et me détailla d'un air songeur.

— Quel pari ? demandai-je en m'arrêtant net.

— Allons voir Carlisle, intervint Edward.

Il jeta un coup d'œil à son frère, secoua imperceptiblement le menton.

— *Quel pari ?* insistai-je.

— Merci, Rosalie ! soupira Edward en m'entraînant à l'intérieur de la maison.

— Edward...

— Des bêtises. Emmett et Jasper sont joueurs.

— Si tu ne me dis pas de quoi il s'agit, je retourne questionner Emmett.

— Ils ont parié sur le nombre de fois où... tu flancherais, la première année, avoua-t-il à regret.

— Oh ! Sur le nombre de personnes que je risque de tuer ?

— Oui. Rosalie estime que ton tempérament joue en faveur de Jasper.

— Et il a parié gros.

— Il se sentira mieux si tu as du mal à t'adapter. Il en a assez d'être le maillon faible.

— Ben voyons ! Si ça peut lui faire plaisir, je commettrai un ou deux crimes supplémentaires.

Je plastronnais, mais j'avais le cœur au bord des lèvres. Me revenait à l'esprit la liste des victimes de Seattle.

— Ne t'inquiète pas de cela maintenant. Tu peux aussi renoncer, ça ne tient qu'à toi.

Je gémis. Croyant que c'était à cause de ma main, il s'empressa de me mener à son père. Elle était effectivement cassée, mais ce n'était pas bien grave. Juste l'os d'une phalange. Carlisle assura qu'une attelle suffirait si je promettais de ne pas l'enlever. Je promis.

Edward se rendit compte que je ne prêtai aucune attention à Carlisle pendant que ce dernier me soignait. Plusieurs fois, il m'interrogea sur ma douleur, je le rassurai. J'avais d'autres soucis en tête.

Les histoires de Jasper sur les vampires nouveau-nés me revenaient avec violence, maintenant que j'étais au courant du pari. Au passage, l'enjeu dont les deux frères étaient convenus m'intriguait vaguement. Que pouvaient-ils avoir mis sur le tapis, eux qui avaient déjà tout ?

J'avais toujours pressenti que je serais différente. J'espérais être aussi forte que ce que m'avait décrit Edward. Forte et rapide, belle surtout. Une femme digne d'Edward. En revanche, je m'étais efforcée de ne pas trop penser aux détails annexes. La sauvagerie. La soif de sang. Je ne serais peut-être pas en mesure de m'interdire de tuer des gens, des inconnus qui ne m'auraient rien fait. Des malheureux comme ceux de Seattle, toujours plus nombreux, qui avaient eu des familles, des amis, un avenir. Une vie. Je risquais de devenir le monstre qui la leur ôterait.

Pourtant, je me sentais capable d'affronter ce défi, parce que j'avais confiance en Edward. J'avais la certitude absolue qu'il m'empêcherait de commettre des actes que je regretterais par la suite. Il m'emmènerait chasser le pingouin en Antarctique si je l'en priais. J'étais prête à n'importe quoi pour être bonne. Un bon vampire – j'aurais ri de cet étrange concept si je n'avais pas été aussi soucieuse.

Pour peu que je me transforme en l'une des images cauchemardesques rapportées par Jasper, serais-je vraiment moi, en effet ? Si je n'aspirais qu'à assassiner des innocents, que deviendraient les valeurs qui me tenaient le plus à cœur ? Edward était obnubilé à l'idée que je loupe une expérience humaine. Cela m'avait toujours paru un peu sot, car tant que j'étais avec lui, le reste m'indifférait. Je ne désirais que lui, plus que tout au monde. Cela pouvait-il changer ? Parmi toutes ces expériences, y en avait-il une seule à laquelle je ne souhaitais pas renoncer ?

16

FIN D'UNE ÉPOQUE

— Je n'ai rien à me mettre ! me lamentai-je à voix haute.

Tous mes vêtements étaient étalés sur mon lit. Je contemplais mes tiroirs et mes placards vides, priant pour qu'une tenue correcte en sorte. Posée sur le dossier du rocking-chair, ma jupe kaki attendait que je lui trouve un haut adéquat qui me rendrait belle et adulte, qui soulignerait l'occasion. Or, je n'avais rien de tel. Il était presque l'heure d'y aller, je portais encore mon vieux survêtement. À moins de dénicher quelque chose, ce qui semblait mal parti, j'allais assister à la remise des diplômes en souillon. J'étais furieuse. Je savais ce que j'aurais enfilé si j'avais pu : le corsage rouge qu'on m'avait dérobé.

— Espèce de crétin de voleur vampirique ! grommelai-je en cognant le mur de ma main valide.

— Qu'est-ce que j'ai encore fait ? demanda Alice.

Elle se tenait près de la fenêtre ouverte, à croire qu'elle avait assisté à toute la scène.

— Toc, toc, ajouta-t-elle, hilare.

— C'est si difficile que ça d'utiliser la porte ?

— Je passais dans le coin, répondit-elle en jetant une longue boîte blanche et plate sur mon lit. Je me suis dit que tu aurais besoin d'un ensemble.

Je regardai le paquet et grimaçai.

— Avoue que je suis en train de te sauver la vie, reprit-elle.

— Tu me sauves la vie, marmonnai-je. Merci.

— Pour une fois que j'agis comme il faut ! Ça me change. Tu n'imagines pas à quel point il est irritant de rater tout ce que j'entreprends. Je me sens inutile. Tellement... normale.

— La normalité est sûrement une horreur, en effet.

— En tout cas, ça rachète l'erreur que j'ai commise en ne repérant pas ton voleur, s'esclaffa-t-elle. Il ne me reste plus qu'à tenter de voir ce qui se trame à Seattle, ce qui continue de m'échapper.

Parce qu'elle venait de mettre sur le même plan les deux événements, le vague détail qui me fuyait depuis des jours se mit soudain en place. Le fameux lien que je n'arrivais pas à établir devint très clair. Je la dévisageai, pétrifiée.

— Tu ne l'ouvres pas ? s'enquit-elle en montrant le paquet, inconsciente de mon état.

Comme je ne bronchais pas, elle soupira et souleva

elle-même le couvercle de la boîte. Elle en sortit un ensemble, le tint devant elle – je ne m'y intéressai pas.

— Joli, non ? J'ai choisi du bleu, parce que je sais que c'est dans cette couleur qu'Edward te préfère.

Peine perdue.

— Quoi ? s'agaça-t-elle. Tu ne possèdes rien de tel, juste une malheureuse jupe, nom d'un chien !

— Oublie les fringues, Alice, et écoute-moi !

— Tu ne l'aimes pas ? se renfrogna-t-elle, déçue.

— Ce n'est pas ça ! Tu ne comprends donc pas ? C'est le même. Celui qui est entré en douce ici et a volé mes affaires et celui qui a créé les nouveau-nés à Seattle. C'est une seule et même personne !

Les vêtements glissèrent de ses doigts.

— Qu'est-ce qui te pousse à croire cela ? demanda-t-elle, grave tout à coup.

— Tu te souviens de ce qu'a dit Edward ? Que quelqu'un utilisait les imperfections de ton talent pour t'empêcher de voir les jeunes vampires ? Et tu as toi-même souligné que l'intrusion était tombée au bon moment, que le voleur avait pris soin d'éviter tout contact, comme s'il avait deviné que tu risquais de le détecter. Tu avais raison. Lui aussi s'est arrangé pour se servir des défauts de ton don. À ton avis, quelles sont les chances que *deux* personnes différentes en sachent non seulement assez pour agir ainsi mais décident d'intervenir en même temps ? Aucune ! Celui qui fabrique cette armée est celui qui a dérobé mon odeur.

Alice n'était pas habituée à être décontenancée. Elle se figea, si longtemps que je me mis à compter mentalement en attendant qu'elle réagisse. Son immobilité dura deux minutes entières.

— Tu as raison, acquiesça-t-elle ensuite d'une voix plate. C'est évident. Présenté comme ça...

— Edward s'est trompé. L'intrusion était un test, destiné à vérifier qu'il était possible d'entrer et de ressortir en douce à condition de ne commettre aucun acte que tu sois susceptible de surveiller. Comme me tuer... Et le responsable n'a pas volé mes affaires pour prouver qu'il m'avait dénichée, il a emporté mon odeur afin que les *autres* me trouvent.

— Non ! souffla-t-elle en écarquillant les yeux, consciente que j'avais raison.

J'avais depuis longtemps dépassé le stade où je m'attendais à ce que mes émotions eussent un sens. Je ne fus donc pas étonnée quand ce fut le soulagement qui prédomina, alors que je découvrais qu'on avait créé une armée de vampires – celle qui décimait Seattle – uniquement pour me détruire. En partie parce que se résolvait l'irritant sentiment de manquer un détail essentiel. Mais surtout, parce que...

— Tout le monde peut se détendre, maintenant, marmonnai-je. Ce ne sont pas les Cullen qu'on vise.

— Si tu crois que ça change quelque chose ! Qu'ils essayent de toucher à l'une des nôtres, et c'est toute la famille qu'il leur faudra affronter.

— Merci, Alice. N'empêche, ça aide de savoir après qui ils en ont.

— Mouais...

Elle commença à arpenter ma chambre, plongée dans ses réflexions. Soudain, on frappa à ma porte. Je sursautai, Alice ne parut même pas s'en apercevoir.

— Tu es prête ? cria Charlie. Nous allons être en retard.

Il semblait nerveux. Il détestait ces pince-fesses autant que moi. Dans son cas, la raison essentielle de sa répugnance tenait à l'obligation de se mettre sur son trente et un.

— Presque ! répondis-je d'une voix rauque. Une minute encore, s'il te plaît.

Il y eut un silence, puis :

— Tu pleures ?

— Non, je suis anxieuse. File, je te rejoins.

J'entendis ses pas lourds marteler les marches.

— Je me sauve, murmura Alice.

— Pourquoi ?

— Edward arrive. S'il apprend que...

— Alors, déguerpis, vite, vite !

Il allait être fou de rage quand il saurait, et je ne réussirais pas à garder le secret très longtemps, même si la remise des diplômes n'était pas le meilleur moment pour lui révéler la vérité.

— Habille-toi ! me lança Alice avant de se sauver par la fenêtre.

Docile, j'enfilai l'ensemble. J'avais eu l'intention de me coiffer d'une manière un peu plus sophistiquée qu'à l'accoutumée, mais je n'en avais pas le temps, si bien que je laissai mes cheveux tomber sur mes épaules. Je n'en avais cure, de toute façon. Je ne pris même pas la peine de vérifier mon apparence dans le miroir, mais je m'en fichais également. Je jetai sur mon bras l'hideuse toge jaune en polyester qu'impliquait la cérémonie et descendis au rez-de-chaussée.

— Ravissante, me complimenta Charlie. C'est nouveau ?

— Oui. Un cadeau d'Alice.

Edward débarqua quelques minutes plus tard, un peu trop tôt pour que j'aie réussi à me composer un visage serein. Par bonheur, nous partîmes dans la voiture de patrouille, et il n'eut pas l'occasion de m'interroger sur ce qui n'allait pas.

Charlie avait boudé en apprenant, la semaine précédente, que j'avais l'intention de me faire accompagner au tralala par Edward. J'admettais son point de vue, d'ailleurs : les parents des heureux élus étaient en droit d'occuper une place privilégiée en la circonstance. J'avais donc accepté de bonne grâce quand Edward avait suggéré que nous y allions tous les trois ensemble. Carlisle et Esmé n'ayant pas objecté, Charlie avait été obligé de s'incliner. Lui l'avait fait en rechignant. Voilà pourquoi Edward était assis sur la banquette arrière, isolé par la vitre de séparation, arborant une expression amusée destinée sans doute à répondre à celle de mon père qui ne pouvait s'empêcher de sourire chaque fois qu'il jetait un coup d'œil dans le rétroviseur. À coup sûr, Charlie fantasmait sur des situations qui lui auraient valu des ennuis avec moi, pour peu qu'il eût osé les exprimer à voix haute.

— Ça va ? me chuchota Edward en m'aidant à descendre, une fois sur le parking du lycée.

— Un peu nerveuse.

Ce n'était même pas un mensonge.

— Tu es magnifique.

Il aurait aimé en dire plus, mais Charlie se glissa entre nous d'une façon peu subtile (contrairement à ce qu'il pensait) et posa son bras sur mes épaules.

— Contente ? me demanda-t-il.

— Pas spécialement.

— Voyons, Bella, c'est un jour important. La vraie vie commence, dorénavant. La fac, l'indépendance... Tu n'es plus ma petite fille.

Les derniers mots s'étaient un peu étranglés dans sa gorge.

— Pas de larmoiements, papa, s'il te plaît !

— Personne ne larmoie, se rebiffa-t-il. Pourquoi n'es-tu pas heureuse ?

— Aucune idée. Je ne réalise pas encore, sûrement.

— Heureusement qu'Alice a organisé cette fête. Ça te mettra de meilleure humeur.

— Tu as raison, tiens ! Une bringue est exactement ce qu'il me faut pour me remonter le moral.

Charlie s'esclaffa. De son côté, Edward contemplait les nuages, pensif. Mon père dut nous quitter devant le gymnase afin de rejoindre les autres parents. Mme Cope, la secrétaire, et M. Varner, le prof de maths, s'acharnèrent à faire aligner tout le monde par ordre alphabétique, ce qui ne fut pas aisé.

— Mettez-vous devant, monsieur Cullen ! aboya Varner.

— Salut, Bella ! me lança Jessica Stanley, un grand sourire aux lèvres.

Edward m'embrassa brièvement, soupira, puis alla se placer au milieu des C. Alice était absente. Comptait-elle sécher la cérémonie ? J'avais été maladroite, mieux aurait valu que je garde mes conclusions pour plus tard.

— Par ici, Bella ! cria Jessica.

Un peu intriguée par sa gentillesse soudaine, je filai me mettre derrière elle. Angela se trouvait cinq rangs plus loin, tout aussi surprise que moi par l'attitude de Jessica.

— ... vraiment super, jacassait cette dernière. J'ai l'impression qu'on vient à peine de se rencontrer, et voilà qu'on termine le lycée en même temps ! Tu arrives à croire que c'est fini, toi ? J'ai envie de hurler !

— Ne te gêne pas, marmonnai-je entre mes dents.

— C'est dingue ! Tu te rappelles ton arrivée ici ? Nous avons sympathisé tout de suite. Au premier regard. Trop génial. Et maintenant, je vais partir en Californie, et toi en Alaska. Tu vas tellement me manquer ! Promets-moi que nous resterons en contact. Et ta fête, c'est une idée excellente. Parce que nous n'avons pas eu l'occasion de beaucoup nous fréquenter, ces derniers temps, et comme nous quittons tous la ville...

Elle continua à pérorer ainsi, toute pleine d'une nostalgie qui ravivait une amitié défunte, résurrection renforcée par sa joie d'avoir été invitée à la soirée, alors que je n'en étais en rien responsable. J'enfilai ma toge tout en l'écoutant d'une oreille distraite. J'étais contente, cependant, que cette fin eût des accents heureux à ses yeux. Car c'était bien une fin, en dépit de ce qu'Eric, le responsable de notre promotion, dit dans son discours, parlant de commencement et autres thèmes rebattus. Vu ma situation, j'y étais peut-être plus sensible qu'eux, mais nous laissions tous une part de nous-mêmes ici.

Tout alla très vite, à croire qu'on avait appuyé sur le bouton d'avance rapide d'une télécommande. Étions-nous censés défiler au pas de course ? En proie à la nervosité, Eric débita son laïus à une telle allure que les mots et les phrases s'entrechoquaient, perdant leur sens. Le proviseur, M. Greene, entama l'appel des noms sans laisser assez de temps entre chacun et, au premier rang, on en était à galoper pour tenir le rythme. La malheureuse Mme Cope s'emmêlait les pinceaux en passant les diplômes à son supérieur.

Alice surgit soudain et grimpa sur l'estrade pour récupérer le sien. Elle avait l'air très concentrée. Edward était juste derrière elle, apparemment dérouté, mais pas bouleversé. Eux seuls arrivaient à porter la toge jaune immonde sans s'enlaidir. Ils se tenaient un peu à l'écart de leurs pairs, empreints d'une beauté et d'une grâce surnaturelles. Comment avais-je pu croire à la farce humaine qu'ils nous servaient ? Un couple d'anges ailés aurait moins éveillé les soupçons qu'eux !

M. Greene appela mon nom, et je me levai pour rejoindre la queue au pied de l'estrade. Entendant des hourras, je me retournai et aperçus Jacob qui poussait Charlie à se mettre debout. Tous deux criaient leurs félicitations. Je distinguai à peine la tête de Billy derrière l'épaule de son fils. Je leur adressai un vague sourire. Le proviseur en avait fini avec l'appel et terminait de distribuer les ultimes diplômes, comme agacé par tout ça.

— Félicitations, mademoiselle Stanley... Félicitations, mademoiselle Swan.

— Merci, marmottai-je.

Ce fut tout. Je me mêlai à la foule de mes camarades. Jess ne cessait d'essuyer ses yeux rouges avec sa manche. Je mis un moment à comprendre qu'elle pleurait. Soudain, tout le monde se mit à brailler en lançant son chapeau en l'air. Je retirai le mien trop tard, me contentai de le laisser tomber par terre.

— Oh, Bella ! bredouilla Jess. Je n'en reviens pas que ce soit fini.

— Moi non plus.

— Jure-moi que nous nous reverrons ! s'écria-t-elle en se jetant à mon cou.

Je la serrai gauchement contre moi.

— Je suis heureuse de te connaître, Jessica. Ces deux dernières années ont été chouettes.

— Oui, renifla-t-elle.

Puis elle me lâcha et se rua sur Lauren. Les familles commençaient à converger vers nous, la foule était de plus en plus compacte. J'aperçus Angela et Ben, mais ils étaient entourés par les leurs. Je me dévissai le cou, tentant de repérer Alice.

— Félicitations, murmura Edward à mon oreille tandis que ses bras enlaçaient ma taille.

D'un calme inhabituel, il paraissait distant.

— Merci.

— J'ai l'impression que tu es toujours aussi nerveuse.

— C'est vrai.

— Tu n'as plus à te soucier de rien, pourtant. C'est la fête ? Ce ne sera pas si terrible.

— Sans doute.

— Qui cherches-tu ?

Je n'avais donc pas été aussi discrète que je le croyais.

— Ta sœur.

— Elle a filé dès qu'elle a eu reçu son diplôme.

Une intonation étrange colorait sa voix. Je levai la tête, constatai qu'il semblait perplexe, yeux rivés sur la porte du gymnase. Je cédai à une impulsion, alors que j'aurais dû y réfléchir à deux fois, ce qui m'arrivait trop rarement hélas.

— Tu t'inquiètes pour elle ? demandai-je.

— Hum...

Charmante façon d'éluder ma question.

— Comment s'y est-elle prise ? insistai-je. Pour t'empêcher de lire ses pensées, s'entend.

Il me dévisagea aussitôt, soupçonneux.

— Elle a traduit l'hymne national en arabe. Puis en coréen.

— J'imagine que ç'a en effet brouillé les choses, m'esclaffai-je, mal à l'aise.

— Tu sais ce qu'elle me cache, toi.

— Oui. Parce que c'est moi la responsable.

Il patienta, intrigué. Je regardai alentour, Charlie approchait.

— La connaissant, m'empressai-je de murmurer, elle va tenter de garder ça pour elle jusqu'à la fin de la soirée. Comme je n'aime pas les fêtes, je vais tout te dire. Mais ne t'énerve pas, compris ?

— Crache le morceau.

Mon père avançait lentement. Il me fit un signe de la main.

— Pas de crise, juré ?

Il se borna à acquiescer sèchement. En quelques phrases, je lui exposai mon raisonnement.

— À mon avis, conclus-je, le danger n'a qu'une origine, et c'est moi qui suis visée. Tout se tient. L'intrus vérifiait qu'il était possible de tromper Alice. C'est forcément la même personne que celle qui ne cesse de changer d'avis pour brouiller les visions de ta sœur, la même qui a fabriqué ces nouveau-nés et volé mes fringues pour leur donner mon odeur.

Edward avait blêmi.

— Mais ce n'est pas vous la cible. Super, non ? Esmé, Alice, Carlisle, personne ne leur veut de mal.

Ses yeux étaient exorbités, affolés, stupéfiés, horrifiés.

— Bella ! cria Charlie en se frayant un chemin dans la pétaudière environnante. Félicitations, chérie !

Il me serra contre lui, s'arrangeant pour repousser Edward au passage.

— Merci, répondis-je, distraitement.

Mon amoureux ne s'était pas ressaisi. Ses mains se tendaient à moitié vers moi, comme s'il s'apprêtait à m'attraper pour m'entraîner dans une fuite éperdue. Ce qui n'était pas une bonne idée.

— Jacob et Billy ont dû partir, tu les as vus ? poursuivit Charlie.

Il recula d'un pas, sans pour autant me lâcher. Il tournait le dos à Edward, sa façon de l'exclure. Pour l'instant, ça ne me gênait pas du tout.

— Oui. Et je les ai entendus aussi !

— Sympa de leur part de venir.

— En effet.

Bon, parler à Edward avait été une erreur monumentale, et Alice avait eu raison de lui cacher ses pensées. Pour ma part, j'aurais mieux fait d'attendre que nous fussions seuls, ou avec les siens seulement. Et sans rien de cassable autour, ni fenêtres, ni voitures, ni établissements scolaires. L'expression de furie qu'il arborait me rappela les emportements dont il était capable.

— Alors, où souhaites-tu que je t'emmène dîner ? me demanda Charlie.

— Je peux cuisiner.

— Pas de sottises. Le Lodge, ça te tente ?

Je ne partageais pas spécialement l'engouement de Charlie pour ce restaurant, mais quelle importance, à ce stade ? Je serais incapable d'avaler quoi que ce soit, de toute façon.

— Super !

Mon père sourit et se retourna à demi vers Edward.

— Tu nous accompagnes ? lança-t-il sans le regarder.

Par bonheur, mon amoureux s'était recomposé une façade indéchiffrable, à défaut d'être sereine.

— Non merci, déclina-t-il avec raideur

— Tes parents et toi avez des projets ?

La froideur d'Edward, toujours si poli, avait surpris Charlie.

— Oui. Si vous voulez m'excuser.

Sur ce, il s'en alla à grands pas, juste un peu trop vite par rapport à la normale, quand il était en mesure de contrôler sa rapidité surnaturelle.

— Qu'est-ce que j'ai dit ? s'inquiéta mon père, l'air coupable.

— Ne t'en fais pas, tu n'y es pour rien.

— Vous vous êtes encore disputés ?

— Du tout. Et occupe-toi de tes oignons.

— Tu es mes oignons.

— Allons dîner, soupirai-je.

Le Lodge était bondé. Je trouvais l'endroit à la fois trop cher et vulgaire, mais c'était le seul en ville qui s'approchât d'un restaurant digne de ce nom. Du coup, il était très fréquenté lors des grandes occasions. Pendant que Charlie avalait des côtelettes, je fixai un wapiti empaillé complètement déprimant accroché au-dessus de la table des Crowley, les parents de Tyler. Le brouhaha était infernal, car tout Forks était venu fêter la remise des diplômes, et les convives s'adressaient la parole d'une rangée de tables à l'autre.

J'étais installée dos à la vitrine et j'eus du mal à ne pas me retourner afin de chercher les yeux que je devinais sur moi. Je ne le repérerais pas, de toute manière, même si j'étais sûre qu'il me surveillait. Pas question de se relâcher, surtout maintenant.

Le dîner traîna en longueur. Charlie, qui discutait avec les uns et les autres, ne se dépêchait pas de manger. Je chipotais, fourrant des morceaux de viande dans ma serviette quand il ne me prêtait pas attention. Tout cela me parut extrêmement long ; pourtant, quand je consultais la pendule, plus souvent que nécessaire, les aiguilles avaient à peine bougé. Enfin, Charlie récupéra sa monnaie et déposa un pourboire. Je me levai.

— Tu es pressée ? me demanda-t-il.

— J'aimerais aider Alice à préparer les choses.

— D'accord.

Il entreprit de saluer tout le monde, et je sortis l'attendre près de la voiture de patrouille. Le parking était presque obscur, et la couche de nuages si épaisse qu'il était impossible de deviner si le soleil s'était ou non couché. L'air était chargé de pluie. Soudain, une ombre bougea dans le noir. Je tressaillis, poussai un soupir de soulagement en identifiant Edward. Sans un mot, il m'attira contre lui. Une main glacée souleva mon menton, et il m'embrassa. Je sentis la tension de ses mâchoires.

— Comment va ? m'enquis-je dès qu'il m'eut relâchée.

— Pas terrible, même si je me contrôle. Désolé pour tout à l'heure.

— Je regrette de t'en avoir parlé si tôt.

— Non. Il fallait que je sois au courant. Je n'en reviens pas de ne pas avoir deviné avant.

— Tu étais préoccupé.

— Pas toi ?

Il m'embrassa derechef sans me laisser le temps de répondre, puis s'écarta rapidement.

— Charlie rapplique.

— Je vais lui demander de me déposer chez toi.

— Je vous y suivrai.

— Inutile.

Il était déjà parti.

— Bella ? appela mon père.

— Je suis ici !

Il vint vers moi en râlant contre mon impatience.

— Alors, lança-t-il un peu plus tard, comment te sens-tu ? Quelle journée !

— Très bien, mentis-je.

Il rigola, pas dupe.

— Tu te fais du mouron pour la fête ?

— Oui.

Cette fois, il ne décela pas le mensonge.

— Tu n'as jamais aimé ça.

— On se demande de qui je tiens ça.

— En tout cas, tu es ravissante. Excuse-moi de ne pas t'avoir acheté de cadeau.

— Aucune importance.

— Si. J'ai l'impression d'être toujours à côté de la plaque.

— Ne sois pas ridicule. Tu es un père formidable. Le meilleur qui soit. Et je...

Je m'interrompis, car il m'était difficile d'exposer mes sentiments à Charlie.

— Je suis très contente d'être venue m'installer chez toi, repris-je après m'être éclairci la gorge. Alors, ne t'inquiète pas. Je vais très bien. Juste un peu de pessimisme après avoir achevé le lycée.

— N'empêche, je suis sûr de ne pas avoir été à la hauteur, quelquefois. Il suffit de regarder ta main.

Je baissai les yeux sur l'attelle que j'avais tendance à oublier. Je n'avais presque plus mal.

— Je n'ai jamais songé à t'apprendre comment jouer des poings. Une erreur.

— Je croyais que tu soutenais Jacob ?

— Quelle que soit mon opinion, si un garçon t'embrasse sans en avoir eu la permission, j'estime que tu dois pouvoir réagir sans te blesser. Tu as oublié de mettre ton pouce dans ton poing, hein ?

— Oui. C'est gentil, de me donner ces conseils, mais je ne pense pas que ces leçons m'auraient été très utiles. Jacob a vraiment la tête dure.

— Alors, frappe-le à l'estomac, la prochaine fois, s'esclaffa-t-il.

— La prochaine fois ! m'offusquai-je.

— Bah ! Tâche de ne pas trop lui en vouloir. Il est si jeune.

— Il est surtout odieux.

— Il reste ton ami.

— Oui, et je ne sais pas trop quel comportement adopter à son égard.

— Je comprends. Ce n'est pas toujours facile. Ce qui est bien dans une situation ne l'est pas dans une autre. Bonne chance pour découvrir ce qu'il faut faire, en l'occurrence.

— Merci, lâchai-je froidement.

Il rit, puis changea de sujet.

— Si cette fête devait tourner à l'orgie...

— Du calme. Carlisle et Esmé seront présents. Tu es le bienvenu aussi, d'ailleurs.

Il grimaça, peu enthousiaste.

— Où est-ce qu'on tourne, déjà ? s'enquit-il. Ils pourraient nettoyer leur chemin. On ne s'y retrouve jamais, dans le noir.

— Juste après le prochain virage. Tu as raison, c'est pénible. Alice m'a assuré qu'elle avait joint un plan aux invitations, mais je suis sûre que les gens vont se perdre.

Cette perspective me rasséréna.

— Peut-être pas.

En effet, l'obscurité fut soudain rompue à l'embouchure de l'allée menant chez les Cullen. Les arbres avaient été festonnés de milliers d'ampoules électriques impossibles à rater.

— Cette Alice ! grommelai-je.

— Superbe, décréta Charlie en bifurquant.

Elle ne s'était pas contentée d'illuminer le début du chemin. Tous les six mètres environ, des balises conduisaient à la villa blanche.

— Elle n'est pas du genre à faire les choses à moitié, hein ? commenta mon père.

— Tu es sûr de ne pas vouloir entrer ?

— Oh oui ! Amuse-toi bien, chérie.

— Merci, espèce de lâcheur !

Il riait encore quand je claquai la portière. En soupirant, je grimpai les marches du perron afin d'endurer mon calvaire – *ma* fête.

17

ALLIANCE

— Bella ?

La voix veloutée d'Edward résonna derrière moi. Me retournant, je le vis sauter légèrement sur le perron, les cheveux ébouriffés par sa course. Comme sur le parking du Lodge, il me prit dans ses bras et m'embrassa. Ce baiser m'effraya. Il recelait trop de tension, ses lèvres écrasaient les miennes avec trop de force, comme s'il craignait qu'il ne nous restât plus de temps. Il était exclu que je m'autorise à penser à cela, dans la mesure où j'allais devoir me comporter en humaine durant les prochaines heures. Je le repoussai.

— Terminons-en avec cette idiote de soirée, marmonnai-je en fuyant son regard.

Ses mains s'emparèrent de mon visage, et il attendit que je lève les yeux.

— Il ne t'arrivera rien, murmura-t-il. Je serai là.

— Je ne suis pas inquiète pour moi, répondis-je en effleurant sa bouche.

— Le contraire m'aurait surpris, soupira-t-il. Alors, prête ?

Je grognai. Il me tint la porte, un bras passé autour de ma taille. En découvrant le salon, je me figeai.

— Incroyable !

— Alice sera toujours Alice, commenta-t-il.

L'intérieur de la villa avait été transformé en boîte de nuit, mais du genre qui n'existe qu'à la télévision.

— Edward ! appela Alice de derrière une gigantesque enceinte. J'ai besoin de tes conseils, ajouta-t-elle en montrant une pile de CD. On opte pour quoi ? De la musique familière qui met à l'aise ou un truc plus éducatif ?

— Restons-en au familier. Ne forçons pas les choses.

Sa sœur hocha la tête avec sérieux et se mit à ranger les disques éducatifs dans une boîte. Elle s'était changée, portait à présent un haut à paillettes et un pantalon de cuir rouge. Sa peau nue réagissait étrangement aux éclats pourpres et mauves des projecteurs.

— Je crois que je ne suis pas assez bien habillée, marmonnai-je.

— Tu es parfaite, objecta Edward.

— Ça ira, tempéra Alice.

— Merci beaucoup ! Vous pensez vraiment que les gens vont venir ?

J'espérais que non, et personne n'en fut dupe. Alice me lança un regard noir.

— Oui, répondit Edward. Ils meurent d'envie de découvrir la mystérieuse maison des Cullen.

— Génial ! maugréai-je.

Alice n'avait pas besoin de mes services. Je doutais de lui arriver à la hauteur, de toute façon, y compris quand je ne dormirais plus et me déplacerais à la vitesse de la lumière. Edward ne me lâchait pas d'une semelle. Il m'entraîna avec lui à la recherche de Jasper et Carlisle afin de leur apprendre ce que j'avais découvert. Ce fut avec une horreur muette que je les écoutai discuter de leur attaque contre l'armée de Seattle. Il était évident que Jasper n'était pas satisfait des forces en présence, mais ils n'avaient réussi à contacter personne en dehors du clan de Tanya. Jasper ne tenta pas de cacher son pessimisme. Il n'aimait pas jouer avec le hasard à ce point.

Quant à moi, je savais déjà que je ne pourrais rester en arrière, à attendre qu'ils rentrent à la maison. Sinon, je deviendrais folle.

La sonnette retentit.

Soudain, la situation retrouva une normalité surréaliste. Un sourire authentique, accueillant, impeccable se dessina sur les lèvres de Carlisle. Alice monta le son de la musique et alla accueillir les arrivants.

C'était ma bande d'amis, venus ensemble car ils avaient été trop intimidés pour faire le trajet chacun de leur côté. Jess ouvrait la marche, Mike juste derrière elle. Tyler, Conner, Austin, Lee, Samantha... même Lauren était là, bonne dernière du peloton, ses yeux critiques éclairés par la curiosité. Tous étaient d'ailleurs avides de découvrir ce qui les attendait, et ils furent épatés par l'immense pièce aménagée dans une tonalité rave chic. Les Cullen avaient sagement pris leur place, prêts à jouer leur pantomime humaine. J'avais le sentiment d'être aussi fausse qu'eux.

J'allai à la rencontre de Jess et Mike en espérant que la tension de ma voix passerait pour de l'excitation. Avant que j'aie eu le temps de souhaiter la bienvenue aux autres, la sonnette carillonna derechef, et j'ouvris la porte à Angela et Ben, aussitôt suivis d'Eric et Katie. L'affolement n'eut pas droit de cité, finalement, car je fus assaillie par mes obligations d'hôtesse. La soirée avait beau avoir été présentée comme une idée conjointe d'Alice, Edward et moi, j'étais sans conteste la cible privilégiée des félicitations et des remerciements. Peut-être parce que les Cullen semblaient très légèrement déplacés sous les lumières prévues par Alice ; peut-être parce que ces éclairages tamisaient la pièce d'une lueur mystérieuse, créant une atmosphère peu propice à décontracter tout adolescent moyen confronté à Emmett. Quand ce dernier sourit à Mike par-dessus le buffet, les lampes rouges se reflétant sur ses dents – le malheureux Mike eut un mouvement de recul instinctif.

C'était sans doute volontaire de la part d'Alice, histoire de me placer au centre de l'attention générale, ce que, d'après elle, j'aurais dû apprécier un peu plus. Elle s'efforçait sans cesse de me rendre humaine, selon l'image qu'elle se forgeait des humains.

La fête fut un franc succès, malgré la nervosité que provoquait la présence des Cullen – à moins que celle-ci ajoutât du piment à l'ambiance. La musique était entraînante, les lumières presque hypnotiques. Vu la vitesse à laquelle elle disparaissait, la nourriture devait être bonne. Le salon ne tarda pas à être bondé, sans pour autant l'être trop. Toute la promotion était là, de même que quelques lycéens plus jeunes. Les corps s'agitaient au rythme des basses, à deux doigts de se mettre à danser pour de bon. Ce ne fut pas l'épreuve que j'avais redoutée. À l'instar d'Alice, je me mêlai aux uns et aux autres, bavardant avec tout un chacun pendant quelques minutes. Les invités étaient faciles à contenter. Cette fête était la plus géniale que Forks eût connue. Alice en ronronnait presque – personne n'oublierait cette soirée.

Ayant effectué un premier tour du salon, je me retrouvai près de Jessica. Cette dernière bavardait avec tellement d'entrain, faisant les demandes et les réponses, que je n'eus pas besoin de prêter attention à ses paroles. J'étais flanquée d'Edward, qui refusait toujours de s'éloigner de moi, une main autour de ma taille, me serrant plus ou moins contre lui en fonction des pensées qu'il lisait dans les esprits de nos interlocuteurs, pensées qu'il me valait sûrement mieux ignorer, au passage. Je fus donc aussitôt sur mes gardes lorsque, soudain, il me lâcha.

— Ne bouge pas, murmura-t-il. Je reviens tout de suite.

Sans me donner l'occasion de l'interroger, il traversa la foule avec grâce, réussissant à ne toucher personne. Je le suivis des yeux, cependant que Jessica, agrippée à mon coude, s'égosillait par-dessus la musique, inconsciente de ma distraction. Edward était dans la pénombre du seuil de la cuisine, à présent, et se penchait sur quelqu'un que je ne distinguais pas, à cause de la mer de têtes qui nous séparait. Je me mis sur la pointe des pieds et me dévissai le cou. À ce moment, un flash rouge illumina son dos, ainsi que les paillettes du corsage de sa sœur. Le visage d'Alice m'apparut également, pas plus qu'une fraction de seconde, mais cela me suffit.

— Excuse-moi un instant, Jess, marmonnai-je en me dégageant.

Je n'attendis pas de voir comment elle réagissait à ma brusquerie. Plongeant au milieu des corps, dont certains s'étaient mis à danser, je fonçai en direction de la cuisine. Edward n'était plus là. Alice n'avait pas bougé, les traits vides d'expression, un peu comme qui vient d'assister à un accident abominable. Une de ses mains s'accrochait à l'encadrement de la porte, à croire qu'elle avait besoin d'un soutien.

— Qu'y a-t-il ? Qu'as-tu vu ? lançai-je, bras en avant, telle une suppliante.

Les yeux perdus dans le lointain, elle ne se tourna pas vers moi. Suivant son regard, je surpris Edward, le visage aussi dénué d'expression qu'une pierre, qui filait dans l'ombre de l'escalier. Alors, la sonnette retentit, après des heures de silence, et Alice sursauta, son air perplexe laissant rapidement place à une sorte de dégoût.

— Qui a invité les loups-garous ? gronda-t-elle.

— Je plaide coupable.

J'avais cru avoir annulé mon invitation, n'avais jamais escompté non plus que Jacob viendrait.

— Occupe-t'en, alors. Moi, il faut que je parle à Carlisle.

— Non, attends !

Je voulus la retenir, elle avait déjà décampé. Je lâchai un juron. C'était clair – Alice avait enfin vu ce qu'elle surveillait depuis des mois. Il fallait que je sache, maintenant, et tant pis pour la porte. Le carillon retentit, insistant, mais je me détournai résolument afin de scruter le salon, à la recherche d'Alice. Naturellement, je ne l'aperçus pas. Je me dirigeai vers l'escalier.

— Hé, Bella !

La voix grave de Jacob domina la musique et, malgré moi, je regardai par-dessus mon épaule. Aïe ! Nous n'avions pas là un loup-garou, mais trois. Jacob s'était permis d'entrer, flanqué par Quil et Embry. Ces deux derniers paraissaient d'ailleurs extrêmement nerveux, leurs yeux papillonnant sur toute la pièce, comme s'ils avaient le sentiment d'avoir pénétré dans une crypte hantée. La main tremblante d'Embry tenait encore la poignée de la porte, et il semblait prêt à déguerpir à la première occasion.

Plus calme que ses amis, le nez toutefois froncé et un air écœuré sur la figure, Jacob m'adressa de grands gestes. Je lui rendis son salut, histoire de le congédier, puis me remis à la recherche d'Alice et me glissai entre Conner et Lauren. Jacob fut sur moi en un instant, surgi de nulle part, et il me ramena vers l'ombre de la cuisine. Je tentai de lui échapper, il me retint sèchement par le poignet.

— Quel accueil ! ironisa-t-il.

— Qu'est-ce que tu fabriques ici ? grommelai-je.

— Tu m'as invité, je te rappelle.

— Puisque tu manques autant de subtilité, permets-moi d'éclairer ta lanterne : c'était ironique.

— Ne sois pas mauvaise joueuse. Je t'ai apporté un cadeau et tout.

Je croisai les bras. Je n'avais pas envie de me disputer avec lui maintenant. Je voulais apprendre ce qu'Alice avait vu, ce qu'Edward et Carlisle en disaient.

— Rapporte-le au magasin, Jake, répliquai-je en regardant au-delà de lui. Je dois...

Il se déplaça, se mettant dans mon champ de vision.

— Impossible, car je ne l'ai pas acheté, mais fabriqué. Ça m'a pris un sacré bout de temps, du reste.

L'ignorant, je me penchai sur le côté. Aucun Cullen dans les parages. Où étaient-ils partis, ceux-là ?

— Nom d'une pipe, Bella, merci de ne pas faire comme si je n'existais pas !

— D'accord. Écoute, j'ai autre chose en tête pour le moment, alors...

— Voudriez-vous bien m'accorder quelques secondes de votre attention, mademoiselle Swan ? insista-t-il en prenant mon menton dans sa paume.

— Bas les pattes ! m'offusquai-je en m'écartant.

— Désolé. Pardon, vraiment. Pour l'autre jour. Je n'aurais pas dû t'embrasser. C'était mal. Je... j'ai cru que tu en avais envie, c'était une erreur.

— Le mot est juste.

— Sois sympa. Tu pourrais accepter mes excuses, au moins.

— Très bien. Excuses acceptées. Et maintenant, si tu veux bien me laisser tranquille, je...

— Bon.

Ses intonations, tout à coup, étaient si différentes que je le dévisageai. Il avait baissé les yeux, sa lèvre frémissait.

— Tu préfères être avec tes vrais amis, ajouta-t-il, résigné. Compris.

— Ne sois pas injuste, Jake.

— Parce que c'est moi qui le suis ?

Je tentai de rencontrer son regard. Sans résultat.

— Jake ?

Il continua de m'esquiver.

— Tu m'as bien dit que tu m'avais fabriqué quelque chose, non ? Où est ce cadeau ?

Ma tentative pour feindre l'enthousiasme fut plutôt minable, mais efficace. Il m'adressa une grimace.

— J'attends, enchaînai-je en tendant la main.

— Bien.

De la poche arrière de son jean, il tira un petit sachet de tissu multicolore fermé par un cordon en cuir qu'il déposa dans ma paume.

— Comme c'est joli ! Merci, Jake.

— Le cadeau est à l'intérieur, soupira-t-il.

— Oh !

Je me débattis avec le cordon. Poussant un nouveau soupir, Jacob l'ouvrit pour moi et renversa le contenu de la bourse dans ma main. Des anneaux métalliques tintèrent doucement.

— Le bracelet, je l'ai acheté, précisa-t-il. J'ai juste fabriqué l'amulette.

En effet, était attachée à l'un des anneaux d'argent une figurine en bois sculpté. Je l'examinai de plus près. La précision et le nombre de détails étaient impressionnants, et ce loup miniature d'un réalisme époustouflant. Il avait même été taillé dans un bois brun-rouge qui rappelait la couleur de peau de Jake.

— C'est splendide, chuchotai-je. Tu l'as vraiment fait toi-même ?

— Billy m'a appris. Il est meilleur que moi, d'ailleurs.

— J'ai du mal à y croire.

— Il te plaît ?

— Oui, bien sûr ! C'est incroyable, Jake !

Il sourit, joyeusement d'abord, puis avec amertume.

— Je me suis dit que ça t'aiderait à te souvenir de moi une fois de temps en temps. Tu sais comment c'est : loin des yeux, loin du cœur.

— Aide-moi à le mettre, répondis-je sans relever sa remarque.

Je tendis mon poignet gauche, le droit étant pris dans l'attelle, et il y attacha le bracelet sans difficulté aucune, en dépit de ses gros doigts.

— Tu le porteras ? demanda-t-il.

— Évidemment !

Derechef, le sourire heureux, celui que j'aimais, fendit ses lèvres. Je le lui retournai, puis me remis à scruter la pièce, anxieuse de trouver Edward ou Alice.

— Qu'est-ce qui te préoccupe tant ? lança Jacob.

— Rien, mentis-je. Merci pour le cadeau, je l'adore.

— Bella ? Il se passe quelque chose, hein ?

— Je... non, ce n'est rien, Jake.

— Arrête de me raconter des salades. Tu es nulle, dans cet exercice. Dis-moi plutôt ce qu'il y a. Nous avons besoin d'être au courant.

Il avait sans doute raison. Les loups seraient sûrement intéressés. Sauf que j'ignorais de quoi il retournait exactement, et je n'en apprendrais pas plus tant que je n'aurais pas mis la main sur Alice.

— Laisse-moi du temps, Jake. Tu sauras, je te le promets. D'abord, il faut que je parle à Alice.

— L'extralucide a vu quelque chose, non ?

— Oui, juste au moment où vous arriviez.

— Ça concerne le buveur de sang qui a pénétré dans ta chambre ?

— Il y a sûrement un lien.

Il réfléchit quelques secondes en m'observant.

— Toi, tu me caches quelque chose. Quelque chose d'important.

— Oui.

À quoi bon mentir ? Il me connaissait si bien. Jacob continua de me fixer, puis il se tourna vers l'entrée où ses frères de meute patientaient, gauches et mal à l'aise. Un simple échange de regards suffit, et ils entreprirent de nous rejoindre, se frayant habilement un chemin au milieu des fêtards, presque comme s'ils dansaient, eux aussi. Trente secondes plus tard, ils encadraient Jacob.

— Explique-toi ! m'ordonna ce dernier.

Embry et Quil regardaient de tous les côtés, mal à l'aise, inquiets.

— Certains détails m'échappent encore, plaidai-je en cherchant une issue de secours.

Ils m'avaient acculée, dans tous les sens du terme.

— Juste ce que tu sais, alors.

Tous les trois croisèrent leurs bras sur leur torse dans un même geste synchronisé, qui aurait été amusant s'il n'avait été aussi menaçant. Soudain, j'aperçus Alice qui descendait les marches, sa peau blanche illuminée par les éclairages mauves. Je l'appelai, immensément soulagée. Malgré le tintamarre sourd des basses, elle m'entendit. J'agitai la main, cependant qu'elle prenait conscience de la présence des trois loups-garous qui me dominaient. Elle fronça les sourcils, ce qui ne m'empêcha pas de constater que, la seconde d'avant, elle avait eu l'air apeurée et angoissée. Je me mordis la lèvre, tandis qu'elle nous rejoignait. Jacob, Quil et Embry reculèrent, embarrassés. Elle glissa son bras autour de ma taille.

— Je dois discuter avec toi, murmura-t-elle à mon oreille.

— Jake ? Euh... à plus tard...

Nous commençâmes à les contourner, mais Jacob s'appuya contre le mur, nous bloquant le passage.

— Pas si vite.

— Pardon ? répliqua Alice, incrédule.

— Dis-nous ce qui se passe, gronda-t-il.

Sans crier gare, Jasper apparut à côté du Quileute, l'air parfaitement terrifiant. Sans se presser, Jacob s'écarta, ce qui semblait l'attitude la plus sage.

— Nous sommes en droit de savoir, maugréa-t-il cependant en toisant Alice.

Jasper s'intercala entre eux deux, et les loups-garous se tendirent.

— Hé, du calme ! intervins-je. Nous sommes à une fête, nous sommes censés nous amuser.

Personne ne m'écouta, naturellement. Jacob fusillait Alice du regard, Jasper le fusillait du regard. Soudain, la sœur d'Edward se détendit.

— Ça ira, Jasper, dit-elle, pensive. Il n'a pas tort.

Son ami ne relâcha pas sa garde pour autant.

— Qu'as-tu vu ? demandai-je à Alice, à deux doigts d'exploser.

Elle réfléchit une seconde, puis se tourna vers moi. Apparemment, elle avait jugé que ses ennemis héréditaires méritaient d'entendre les dernières nouvelles.

— La décision a été prise.

— Vous partez pour Seattle.

— Non.

— Ce sont eux qui viennent ici, balbutiai-je, un poids dans l'estomac.

Les Indiens nous observaient, lisant la moindre expression susceptible de passer sur nos traits. Ils étaient figés sur place, mais leurs mains tremblaient.

— Oui, admit Alice.

— À Forks.

— Oui.

— Pour...

— L'un d'eux avait ton corsage rouge.

Je déglutis. Jasper paraissait désapprobateur, peu enclin à discuter ces matières en présence des loups.

— Impossible de les laisser approcher, précisa-t-il toutefois. Nous ne sommes pas assez nombreux pour protéger toute la ville.

— C'est vrai, acquiesça Alice avec tristesse. L'endroit où nous les arrêterons n'a guère d'importance, cependant. Vu leur nombre, quelques-uns finiront par rappliquer ici.

— Non ! soufflai-je.

Le vacarme de la musique couvrit ma voix. Autour de nous, mes amis, mes voisins, mes ennemis mangeaient, riaient, dansaient, inconscients de l'horreur, du danger, de la mort qui se profilaient. Par ma faute.

— Je dois m'en aller, marmonnai-je. Loin d'ici.

— Ça ne changera rien. Ce n'est pas comme si nous avions affaire à un traqueur. Ils commenceront par Forks.

— Alors, j'irai à leur rencontre. S'ils trouvent ce qu'ils cherchent, ils partiront peut-être sans blesser personne.

— Bella ! protesta Alice.

— Un instant ! lança Jacob. Qui débarque ?

— Des représentants de notre espèce, répondit-elle. Beaucoup.

— En quel honneur ?

— Bella. Nous n'en savons pas plus.

— Et ils vous dépassent en nombre ?

— Nous avons quelques avantages sur eux, espèce de clébard ! se hérissa Jasper. Ce sera un combat égal.

— Non, rétorqua Jake, tandis qu'un demi-sourire étrange et féroce se dessinait sur ses traits. Il ne sera pas égal.

— Génial ! s'exclama Alice.

Figée d'horreur, je vis son visage passer du désespoir à l'exultation. Jacob et elle se sourirent, ravis.

— Au regard de la situation, c'est mieux que rien, décréta-t-elle. En dépit des inconvénients.

— Il faudra nous mettre d'accord sur la stratégie, lâcha Jacob. Ce ne sera pas facile pour nous, même si c'est plus notre boulot que le vôtre.

— Je n'irais pas aussi loin, mais toute aide est la bienvenue. Nous n'allons pas faire les fines bouches.

Alice était sur la pointe des pieds. Jacob se penchait vers elle. Tous deux étaient excités, bien qu'ils plissent le nez, à cause de l'odeur de chacun.

— Minute, minute, minute ! m'écriai-je. De quoi parlez-vous ?

Ils me regardèrent avec impatience.

— Tu ne croyais quand même pas que nous allions rester en dehors de cela ? rigola Jacob.

— Oh que si ! Je vous l'ordonne.

— Ton extralucide pense autrement.

— Alice ! Interdis-leur ! Ils vont se faire tuer !

Les trois Indiens s'esclaffèrent bruyamment.

— Bella, m'expliqua Alice d'une voix douce et rassurante, si nous ne nous allions pas, nous serons tous massacrés. Ensemble...

— Ce sera du gâteau, termina Jacob à sa place, déclenchant de nouveaux rires chez Quil.

— Combien sont-ils ? demande ce dernier, avide.

— Non ! hurlai-je.

— Ça varie, répondit Alice sans me prêter attention. Vingt et un aujourd'hui, mais leur nombre diminue.

— Pourquoi ? s'enquit Jacob avec curiosité.

— C'est une longue histoire, et ici n'est pas le meilleur endroit pour en discuter.

— Plus tard cette nuit ?

— Oui, intervint Jasper. Nous avons déjà planifié une réunion... préparatoire. Si vous devez lutter à nos côtés, vous aurez besoin d'instructions.

Cette dernière phrase arracha une grimace aux Indiens.

— Non, gémis-je.

— Ça risque d'être bizarre, commenta Jasper. Je n'avais jamais songé que nous bosserions ensemble un jour. Une première, en quelque sorte.

— Oui, acquiesça Jacob, pressé désormais. Il faut que nous avertissions Sam. À quelle heure ?

— Vous vous couchez quand ?

Les Quileute levèrent les yeux au ciel.

— Quelle heure ? répéta Jacob.

— Trois heures du matin ?

— Où ?

— À une quinzaine de kilomètres de la station des

gardes-chasses de Hoh Forest. Arrivez par l'ouest. À partir de là, suivez notre odeur.

— On y sera.

Jacob et ses amis se détournèrent, prêts à partir.

— Attends, Jake ! criai-je. Je t'en supplie, ne fais pas ça !

Il s'arrêta, me sourit, tandis que Quil et Embry filaient impatiemment vers la porte.

— Ne sois pas bête, Bella. Tu viens de m'offrir un cadeau beaucoup plus précieux que celui que je t'ai donné.

— Non ! hurlai-je une fois encore, mon cri couvert par une guitare électrique.

Sans relever, il s'empressa de rejoindre ses frères. Impuissante, je le regardai disparaître.

18

INSTRUCTIONS

— Sûrement la soirée la plus longue de l'histoire, me plaignis-je sur le chemin du retour.

— C'est fini, maintenant, acquiesça Edward en me caressant le bras.

Pour m'apaiser. J'étais la seule à avoir besoin de l'être, à présent. Edward allait bien, comme tous les Cullen. Ils m'avaient rassurée. Alice en me tapotant la tête et en regardant Jasper avec insistance, si bien qu'une bouffée de calme m'avait submergée ; Esmé en m'embrassant sur le front et en me promettant que tout se passerait bien ; Emmett en riant bruyamment et en me demandant pourquoi je devrais être la seule à avoir le droit de flanquer des gnons aux loups-garous. La proposition de Jacob les avait détendus, et ils étaient presque euphoriques, après ces longues semaines de stress. La confiance ayant remplacé le doute, la soirée s'était achevée sur une note réellement festive.

Sauf pour moi.

Il était déjà assez pénible – horrible, intolérable – que les Cullen se battent pour me défendre, que je les autorise à se mettre en danger pour moi ; or, voilà que Jacob se sentait obligé de s'y mettre lui aussi. Lui et ses sots de frères, dont la majorité étaient plus jeunes que moi, enfants surdimensionnés et trop musclés, qui attendaient la bagarre avec impatience, comme s'il s'était agi d'un pique-nique sur la plage. Je n'acceptais pas qu'ils courent pareils risques. C'en était trop pour mes pauvres nerfs. J'avais envie de hurler.

— Je viens avec toi, cette nuit, chuchotai-je, histoire de contrôler mes pulsions.

— Tu es épuisée, Bella.

— Parce que tu crois que je vais être capable de dormir ?

— C'est une première. Je ne suis pas sûr que nous réussirons tous à... coopérer. Je ne tiens pas à ce que tu te retrouves au milieu de tout cela.

Argument qui me rendit d'autant plus anxieuse.

— Si tu refuses, je demande à Jacob.

Il ferma les paupières face à ce coup bas. Tant pis ! Pas question d'être mise à l'écart. Il ne répondit pas, nous étions chez Charlie, la lumière du porche était allumée.

— Je te vois là-haut, maugréa-t-il.

J'entrai sans bruit. Mon père s'était assoupi sur le canapé trop étroit pour lui ; il ronflait si fort que j'aurais pu démarrer une scie électrique sans le réveiller. Je le secouai vigoureusement.

— Papa ! Charlie !

Il grommela, n'ouvrit pas les yeux.

— Je suis là. Monte te coucher. Tu vas t'abîmer le dos, ici. Allez, debout !

Il me fallut quelques autres secousses, il n'émergea pas vraiment, mais je parvins à le remettre sur ses pieds et à l'aider à gagner son lit, sur lequel il s'affala tout habillé et se remit à ronfler immédiatement. Pas de danger qu'il me cherche avant un bon moment.

Edward m'attendit dans ma chambre pendant que je me débarbouillais et enfilais un jean et une chemise en coton. Quand je revins, il me regarda, sinistre, suspendre dans l'armoire l'ensemble offert par Alice.

— Viens ici, dis-je en l'attirant vers mon lit.

Je le poussai dessus avant de me blottir contre lui. Il avait peut-être raison, j'étais assez fatiguée pour sombrer dans le sommeil. Pour autant, il ne s'esquiverait pas sans moi. M'enroulant dans ma couette, il me serra contre lui.

— Détends-toi, s'il te plaît, Bella.

— Oui, oui.

— Ça va marcher, j'ai un bon pressentiment.

Je serrai les dents. Lui irradiait le soulagement. J'étais la seule à me préoccuper de Jacob et de ses amis. Plus qu'eux-mêmes, d'ailleurs. Et de loin. Edward devina que j'allais craquer.

— Écoute-moi, murmura-t-il. La tâche va être *facile*. Les nouveau-nés seront complètement désarçonnés, ils ne sauront même pas que les loups-garous existent. Je les ai vus agir en groupe au travers des souvenirs de Jasper. Je suis persuadé à cent pour cent que les techniques de chasse des bêtes fonctionneront. Nos adversaires seront divisés, perdus, il n'en restera même pas assez pour nous autres. Si ça se trouve, d'aucuns seront réduits à jouer les spectateurs.

— Une vraie promenade de santé, marmonnai-je d'une voix plate.

— Chut ! Tu verras. Inutile de t'inquiéter maintenant.

Il se mit à fredonner ma berceuse qui, cependant, ne m'apporta nul apaisement. Des gens – d'accord, des vampires et des loups-garous – que j'aimais allaient être blessés. À cause de moi. Encore une fois. J'aurais préféré que ma malchance choisisse ses cibles plus soigneusement. J'avais envie de hurler au ciel vide : « C'est moi que tu veux ? Alors, par ici ! Je suis là ! » Je m'efforçai de trouver un moyen d'obliger le destin à se focaliser sur moi. Cela ne serait pas simple, j'allais devoir prendre mon mal en patience...

Je ne m'endormis pas. À ma grande surprise, les minutes s'écoulèrent rapidement, et j'étais alerte quand Edward se redressa.

— Tu es sûre de vouloir venir au lieu de te reposer ?

Je lui jetai un coup d'œil peu amène. En soupirant, il me prit dans ses bras et sauta par la fenêtre.

Il partit à toutes jambes dans les bois obscurs, moi perchée sur son dos, et je sentis son exaltation. Il courait comme s'il le faisait rien que pour nous deux, pour le plaisir, pour la sensation du vent dans ses cheveux. En une occurrence moins pénible, j'en aurais été heureuse.

Lorsque nous débouchâmes sur la grande prairie, le clan était déjà là, discutant à bâtons rompus en toute décontraction. Le rire tonitruant d'Emmett se répercutait dans la nuit. Edward me posa à terre, et nous les rejoignîmes, main dans la main. La lune étant cachée derrière les nuages, il me fallut une minute pour reconnaître le terrain de base-ball des Cullen. C'était là, qu'un an auparavant, lors de la première soirée détendue que j'avais passée en leur compagnie, un match avait été interrompu par James et son clan. Il était étrange de retrouver ces lieux, comme si le rassemblement était incomplet, en l'absence de James, de Laurent et de Victoria. Sauf que James et Laurent ne reviendraient jamais. Le schéma ne se répéterait pas. Tous les schémas étaient cassés, peut-être. Oui, à la réflexion, quelqu'un avait brisé le nôtre. Était-il possible que les Volturi soient le grain de sable qui avait grippé la machine ? J'en doutais.

Victoria m'était toujours apparue comme une force de la nature, pareille à un cyclone qui partait de la côte et filait tout droit à l'intérieur du pays, inévitable, implacable mais prévisible. Quoique... j'avais tort sans doute de la réduire à cela. Elle était peut-être capable de s'adapter.

— Tu sais ce que je pense ? demandai-je à Edward.

— Non, s'esclaffa-t-il. Que penses-tu ?

Pour moi, *tout* est relié.

— Qu'est-ce qui est relié ?

— Les trois événements désagréables qui se sont produits depuis ton retour. Victoria revenue dans les parages, les nouveau-nés à Seattle et l'intrus dans ma chambre. Je suis d'accord avec Jasper, les Volturi respectent leurs propres règles. D'ailleurs, si c'était eux les coupables, ils s'y prendraient mieux. (Et je serais morte à l'heure qu'il est, songeai-je.) Tu te souviens, l'an dernier, quand tu as pourchassé Victoria ?

— Oui. Elle m'a semée.

— D'après Alice, tu es allé au Texas. C'est elle qui t'y a mené ?

— Oui.

— L'idée des jeunes vampires lui est sûrement venue là-bas. Sauf qu'elle ne sait pas trop ce qu'elle fait, et que ses créations échappent à son contrôle.

— Seul Aro a une notion exacte de la façon dont fonctionne l'esprit d'Alice, objecta-t-il.

— Certes, cela n'empêche pas Tanya, Irina et le reste du clan de Denali d'être vaguement au courant. Laurent a vécu là-bas suffisamment longtemps. Il était encore assez complice avec Victoria pour accepter de lui rendre service. Pourquoi ne lui aurait-il pas confié ce qu'il avait appris ?

— Ce n'est pas Victoria qui est entrée chez toi, insista Edward.

— Elle peut très bien s'être fait de nouveaux amis. Réfléchis un instant. Si c'est vraiment elle qui est derrière ce qui se passe à Seattle, elle a des tas de nouveaux amis, pour le moins. Elle les a même créés.

— Oui, finit-il par admettre au bout de quelques minutes, des rides au front. Ça se tient. Bien que je continue de croire que les Volturi... ta théorie a du bon, cependant. Elle correspond bien à la personnalité de Victoria. Depuis le début, elle a montré un redoutable instinct de préservation. Si ça se trouve, c'est un don, chez elle. En tout cas, ce complot, pour peu qu'elle reste cachée derrière son armée, ne la mettra pas en danger vis-à-vis de nous. Voire des Volturi. Elle espère peut-être que nous gagnerons, même si nous y laissons des plumes. L'essentiel serait alors qu'il n'y ait aucun survivant parmi ses combattants. S'il y en avait, je te parie qu'elle les éliminerait en personne... Quoique... elle a au moins un ami mature, car aucun vampire de fraîche date n'aurait épargné ton père...

Il fronça les sourcils durant un long moment puis me sourit, soudain, s'arrachant à sa rêverie.

— C'est très possible. Nous devons néanmoins nous préparer jusqu'à ce que nous soyons sûrs de ce qui nous attend. Tu es très perspicace, aujourd'hui. Impressionnant.

— Cet endroit auquel je réagis, peut-être... j'ai l'impression qu'elle est tout près, qu'elle m'observe.

— Elle ne touchera pas à un cheveu de ta tête, Bella, se rebiffa-t-il.

En dépit de cette assurance, il balaya des yeux les bois sombres, une étrange lueur d'espoir dans ses prunelles.

— Que ne donnerais-je pas pour qu'elle soit effectivement ici, murmura-t-il. Elle, mais aussi tous ceux qui ont tenté de te faire du mal. J'aurais enfin l'occasion de régler cela. De mes propres mains, une fois pour toutes.

La férocité de son ton me fit frémir, et je resserrai mes doigts autour des siens.

Nous avions presque atteint le reste de la famille. Je notai alors qu'Alice ne paraissait pas aussi optimiste que les autres. Elle se tenait un peu à l'écart, observant Jasper qui s'étirait comme s'il s'échauffait.

— Alice a un souci ? demandai-je à Edward.

— Les loups arrivent, et elle ne voit plus rien de ce qui va se passer. Cette cécité la met mal à l'aise.

En dépit de la distance, sa sœur l'avait entendu, et elle lui tira la langue. Il s'esclaffa.

— Salut, Edward ! lança Emmett. Salut, Bella. Il est d'accord pour que tu t'entraînes toi aussi ?

— Je t'en prie, ne va pas lui donner des idées, protesta Edward.

— Quand nos invités seront-ils là ? s'enquit Carlisle.

— Dans une minute et demie, soupira mon amoureux après s'être brièvement concentré. Je vais être obligé de traduire. Ils n'ont pas assez confiance en nous pour garder leur forme humaine.

— Ce n'est pas facile pour eux, acquiesça son père. C'est déjà beau qu'ils viennent.

— Ils seront en loups ! m'exclamai-je.

Edward hocha le menton, surpris par ma réaction. Je déglutis en me rappelant les deux occurrences où j'avais eu droit au spectacle de Jacob dans sa peau de bête. La première, dans la petite clairière avec Laurent ; la seconde, sur le chemin forestier, lorsque Paul s'en était pris à moi. Ces souvenirs étaient empreints de terreur. De nouveau, un drôle d'éclat illumina les iris d'Edward, comme s'il venait de prendre conscience de quelque chose, une chose pas forcément déplaisante. Il se détourna vivement, de façon à ne pas m'en montrer plus.

— Préparez-vous, dit-il aux siens. Ils nous ont caché un truc.

— Comment ça ? demanda Alice.

— Chut !

Le cercle informel des Cullen s'élargit soudain, se transformant en une ligne lâche dont Jasper et Emmett étaient le fer de lance. À la manière dont Edward penchait le torse, j'en conclus qu'il regrettait de ne pas être à leur côté. Je renforçai ma prise autour de sa main. J'eus beau scruter la forêt, je n'y aperçus rien.

— Bon Dieu ! marmotta brusquement Edward. Je n'ai jamais vu pareil spectacle.

Esmé et Rosalie échangèrent un coup d'œil effaré.

— Qu'est-ce qu'il y a ? chuchotai-je. Je n'y vois rien !

— La meute s'est agrandie.

Ne lui avais-je pas annoncé la transformation de Quil ? Je poursuivis mon inspection de la lisière. Enfin, un éclat troua l'obscurité – leurs prunelles – à une hauteur anormale. J'avais oublié à quel point ils étaient immenses, hauts comme des chevaux, mais dotés de muscles épais, couverts de fourrure, armés de dents pareilles à des couteaux qu'il était impossible d'ignorer. Je ne distinguais que ces yeux et ne tardai à en compter plus de six paires. Je me raidis, recomptai. Dix, ils étaient dix...

— Fascinant, souffla Edward, à peine audible.

Carlisle avança d'un pas lent, mouvement prudent destiné à rassurer.

— Soyez les bienvenus ! lança-t-il.

— Merci, répondit Edward d'une drôle de voix atone.

Je compris qu'il transmettait les paroles de Sam. Je tournai la tête en direction des prunelles luisantes qui se trouvaient au milieu de la meute, vers le plus grand des loups, dont la silhouette noire ne se détachait pas sur la pénombre.

— Nous sommes prêts à écouter et à regarder, reprit Edward sur le même ton détaché, mais pas à participer. Notre self-control a ses limites.

— Cela sera amplement suffisant, acquiesça Carlisle. Mon fils, Jasper, ajouta-t-il en désignant ce dernier, a de l'expérience dans ce domaine. Il va nous enseigner comment nos adversaires se battent, la meilleure façon de les vaincre. Vous devriez réussir à appliquer ces conseils à vos méthodes de chasse.

— Diffèrent-ils de vous ? traduisit Edward pour Sam.

Carlisle opina.

— Tous sont très jeunes, âgés d'à peine quelques mois. Des enfants, en quelque sorte. Ils n'auront ni savoir-faire, ni stratégie, juste la force brute. Ils sont vingt, ce soir. Dix pour vous, dix pour nous. Cela ne devrait pas poser de difficultés. Leur nombre peut encore baisser. Les nouveau-nés se battent entre eux.

Un grondement sourd parcourut la ligne ombreuse des bêtes, grommellement étouffé qui réussit cependant à trahir un certain enthousiasme.

— Nous sommes prêts à prendre plus que notre part, transmit Edward.

— Nous verrons sur place, répliqua Carlisle en souriant.

— Savez-vous quand et comment ils arriveront ?

— Ils traverseront les montagnes d'ici quatre jours, en fin de matinée. Lorsqu'ils approcheront, Alice les localisera afin de nous aider à les intercepter.

— Merci pour cette information. Nous monterons la garde de notre côté.

Il y eut une sorte de soupir, et les prunelles s'affaissèrent au sol – les loups se couchaient. Après un court silence, Jasper alla se poster dans l'espace qui séparait les deux clans. Je n'avais aucune difficulté à le voir, car sa peau se détachait sur la masse sombre des bêtes. Il adressa un coup d'œil circonspect à Edward, qui hocha le menton, puis tourna le dos aux animaux, visiblement mal à l'aise.

— Carlisle a raison, décréta-t-il, ne s'adressant qu'à nous, comme s'il essayait d'ignorer le public derrière lui. Ils se battent comme des enfants. Les deux éléments importants à ne pas oublier sont : un, de ne jamais les laisser enrouler leurs bras autour de vous ; et deux, de ne pas tenter une approche directe, car ils y sont préparés. Tant que vous les attaquerez sur le flanc et ne cesserez de bouger, ils seront désorientés et ne sauront comment réagir. Emmett ?

Celui-ci s'écarta de nous, un vaste sourire aux lèvres. Jasper recula et lui fit signe d'approcher.

— Si je choisis Emmett en premier, c'est qu'il est le meilleur exemple de la stratégie brute.

— Prie pour que je ne te casse rien ! gronda l'autre, vexé.

— J'entends par là qu'Emmett compte sur sa puissance, qu'il va droit au but. Nos ennemis ne feront pas dans la subtilité non plus. Allez, Emmett, essaye de m'attraper.

Brusquement, je ne vis plus Jasper. Emmett fonça sur lui à une vitesse stupéfiante, mais son jeune frère fut plus rapide, à croire qu'il n'avait guère plus de substance qu'un fantôme. Chaque fois que les grosses mains du géant semblaient vouloir se refermer sur lui, elles ne saisissaient que du vide. À côté de moi, Edward observait le combat avec attention. Tout à coup, Emmett se figea. Jasper l'avait saisi par-derrière, ses dents à deux centimètres de sa gorge.

Le costaud lâcha un juron. Les loups marquèrent leur appréciation d'un grognement.

— On recommence, râla Emmett.

— C'est mon tour ! protesta Edward.

— Une minute, les impatients, plaisanta Jasper. Je tiens d'abord à montrer quelque chose à Bella.

Il invita Alice à le rejoindre.

— Je sais que tu t'inquiètes pour elle, reprit-il à mon adresse. Je vais te prouver que c'est inutile.

J'avais beau être certaine qu'il ne blesserait jamais Alice, j'eus du mal à ne pas hurler quand il s'accroupit devant elle. Immobile, elle avait l'air d'une toute petite poupée, après l'imposant Emmett. Elle souriait. Jasper avança, puis feinta à gauche. Elle ferma les yeux. Soudain, il bondit, disparaissant à mes yeux. Il réapparut de l'autre côté d'Alice. Elle semblait ne pas avoir bougé. Lui repartit à l'attaque... et se retrouva à côté de sa cible une fois encore. Tout ce temps-là, Alice n'avait cessé de sourire et de garder les paupières closes. Je décidai de l'observer plus attentivement : elle bougeait. Obnubilée par les mouvements de Jasper, je ne m'en étais pas aperçue. Elle se déplaçait d'un tout petit pas à l'instant précis où il se ruait sur elle, puis en effectuait un autre quand les mains tendues de Jasper passaient en sifflant là où elles avaient espéré attraper leur proie.

Jasper redoubla ses assauts, Alice accéléra le mouvement. Elle dansait, tournant, ondoyant, virevoltant sur elle-même, tandis que lui, tel un partenaire, bondissait sans jamais la toucher. On aurait dit une chorégraphie. Finalement, Alice éclata de rire. Comme surgie de nulle part, elle était perchée sur le dos de son compagnon, lèvres contre son cou.

— Je t'ai eu ! s'exclama-t-elle avant d'embrasser sa gorge.

— Tu n'es qu'un horrible petit monstre, répliqua-t-il, amusé.

Les loups grommelèrent. Cette fois, ils me parurent un peu anxieux.

— Apprendre à nous respecter ne leur fait pas de mal, marmonna Edward, amusé, avant d'ajouter à voix haute : à moi !

Il serra ma main puis s'éloigna, et Alice vint prendre sa place.

— C'est chouette, hein ? me dit-elle, ravie.

— Très ! maugréai-je.

Edward fila sans bruit vers son frère, agile et circonspect comme un lynx. Les deux garçons se mesuraient du regard, sur leurs gardes.

— Je te surveille, toi, lâcha soudain Alice, si bas que je l'entendis à peine, bien qu'elle eût parlé à mon oreille. Compte sur moi pour l'avertir si jamais tu tentes quelque chose. Te mettre en danger ne servira à rien. Si tu mourais, ni lui ni l'autre ne renonceraient à se battre. Tu ne changeras pas la situation. Alors, sois sage, compris ?

Je ne relevai pas.

Je te surveille, répéta t elle, la voix pleine de reproches.

Edward et son frère luttaient, à présent. Le combat était plus égal que les précédents. Jasper avait pour lui un siècle d'expérience et il tâchait de recourir autant que possible à son instinct. Ses pensées, déchiffrées par Edward, le trahissaient toujours cependant, une fraction de seconde avant chacun de ses mouvements. Ils se ruèrent à l'attaque, encore et encore, dans un concert de grognements primaux, sans qu'aucun d'eux ne réussisse à prendre l'avantage sur l'autre. Le spectacle était dur à supporter, encore plus dur à ignorer. Ils bougeaient trop vite pour que je puisse saisir précisément ce qui se passait. De temps en temps, les yeux des loups retenaient mon attention. J'avais le sentiment qu'ils comprenaient mieux que moi de quoi il retournait, un peu trop même, sans doute.

Carlisle finit par se racler la gorge. Riant, Jasper recula, tandis qu'Edward se redressait, hilare aussi.

— Match nul, déclara Jasper. On continue.

Tous passèrent à tour de rôle, Carlisle, Rosalie, Esmé et, de nouveau, Emmett. Le combat entre Jasper et Esmé fut le plus atroce pour moi. Enfin, l'instructeur ralentit ses gestes et les expliqua dans le détail.

— Vous voyez ce que je fais, là ? demandait-il. Oui, c'est ça. Concentrez votre attention sur leurs flancs, bougez tout le temps.

L'attention d'Edward ne se relâcha pas un instant. Moi, j'eus plus de mal à suivre, car mes paupières s'alourdissaient. Je n'avais pas dormi depuis bientôt vingt-quatre heures. M'appuyant contre Edward, je fermai les yeux.

— C'est bientôt terminé, murmura-t-il.

Ce que confirma Jasper en se tournant vers les loups, aussitôt rattrapé par son malaise.

— Nous recommencerons demain, annonça-t-il. N'hésitez pas à revenir.

— Bien, traduisit Edward. Nous serons là.

Mon amoureux poussa un soupir, me tapota le bras et s'écarta pour s'adresser aux Cullen.

— La meute estime qu'il serait utile que nous nous familiarisions avec les odeurs des uns et des autres, histoire d'éviter des erreurs, dans le futur. Si nous pouvions ne pas bouger, ça leur faciliterait la tâche.

— Très certainement, acquiesça Carlisle.

Les loups se mirent debout en grondant sourdement. J'écarquillai les yeux, toute fatigue oubliée. L'obscurité profonde de la nuit commençait à faiblir et, de l'autre côté des montagnes, le soleil illuminait les nuages, même s'il n'était pas encore levé. Quand les bêtes approchèrent, je fus soudain en état de distinguer leurs silhouettes et leurs couleurs.

Naturellement, Sam était en tête. Incroyablement grand, noir comme la nuit, véritable monstre de mes pires cauchemars – littéralement : la première fois que j'avais rencontré la meute, dans la clairière, ses membres s'étaient mis à hanter mes rêves. Là, en les voyant tous, en prenant conscience de leur taille, j'avais l'impression qu'ils étaient plus de dix. Du coin de l'œil, je notai qu'Edward observait mes réactions.

Sam vint à Carlisle. Jasper se raidit, cependant qu'Emmett souriait. Le chef des loups flaira le médecin et parut tressaillir. Puis il passa à Jasper.

J'inspectai la bande, à peu près certaine de repérer les nouveaux. Parmi eux, une bête gris clair, bien plus menue que ses compagnons, le poil de son échine hérissé de dégoût ; une autre, couleur sable, mal coordonnée, dégingandée, qui émit un long gémissement quand Sam s'éloigna, la laissant seule entre Carlisle et Jasper. Je me fixai sur l'animal qui se trouvait juste derrière Sam, presque aussi grand que lui. Son poil était brun roux, ébouriffé. Il se déplaçait avec décontraction, faisant preuve de nonchalance là où ses camarades vivaient cela comme une épreuve. Comme s'il avait senti mon regard, il tourna vers moi ses prunelles noires familières.

Je le dévisageai, à la fois émerveillée et fascinée. Son museau s'ouvrit, dévoilant ses crocs. Ce qui aurait pu être effrayant se transforma en sourire, car la langue vint pendre sur le côté. Je ris. Jacob écarta la gueule un peu plus. Ignorant ses compagnons qui l'observaient, il trotta jusqu'à moi, se bornant à jeter un coup d'œil à Edward. Ce dernier, immobile, ne réagit pas. Jacob plia les membres antérieurs et baissa la tête, de façon à être à ma hauteur, m'examinant avec autant de soin qu'Edward.

— Jacob ? soufflai-je.

Le grondement qui monta de sa poitrine sonna comme un assentiment. Je tendis une main qui tremblait légèrement et caressai sa joue. Les prunelles noires se fermèrent, la grosse tête s'appuya contre ma paume, tandis qu'un ronronnement ronflait dans sa gorge. Sa fourrure était douce et rêche à la fois, tiède. J'y passai des doigts curieux, découvrant sa texture, frottant le cou, là où la couleur s'assombrissait. Soudain, il me lécha le visage, du menton à la racine des cheveux, et je me rendis compte à quel point j'étais près de lui.

— Beurk ! Jacob ! C'est dégoûtant !

Je sautai en arrière, non sans l'avoir giflé, ce que j'aurais fait s'il avait été humain. Il évita le coup en toussotant, un rire visiblement. Je m'essuyai à ma manche, incapable de ne pas m'esclaffer moi aussi.

À cet instant, je m'aperçus que tout le monde nous observait, tant les Cullen que les loups-garous, les premiers avec une expression perplexe et vaguement écœurée. Quant aux seconds, il n'était pas facile de déchiffrer leurs traits. Sam me sembla toutefois mécontent. Edward, lui, était tendu et clairement déçu. Il avait sûrement espéré une autre réaction de ma part. Que je hurle de terreur et m'enfuie, par exemple. Jacob émit à nouveau ce drôle de feulement-rire.

Le reste de la meute reculait, à présent, sans quitter des yeux les Cullen. Jacob resta planté à côté de moi. Ils ne tardèrent pas à disparaître dans la forêt. Seuls deux hésitèrent, à la lisière, images vivantes de l'anxiété.

En soupirant, Edward vint prendre ma main.

— Prête à partir ? s'enquit-il avant de tourner la tête vers Jacob. Je n'ai pas encore tous les détails, ajouta-t-il en réponse à une question qu'avait pensée le loup.

Ce dernier gronda d'un air boudeur.

— Ce n'est pas aussi simple, expliqua Edward. Ne t'inquiète pas. Je veillerai à sa sécurité.

— De quoi parlez-vous ? intervins-je.

— De stratégie.

Jacob nous observa à tour de rôle puis, tout à coup, fila vers les bois. Je remarquai alors un carré de tissu noir noué à sa patte postérieure.

— Attends ! criai-je.

Mais il disparut entre les arbres, suivi par les deux compagnons qui l'avaient attendu.

— Pourquoi est-il parti aussi vite ? soufflai-je.

— Il va revenir. Il tient à parler en personne.

Je continuai d'observer les abords des bois en luttant contre le sommeil, épuisée. Comme promis, Jacob réapparut, sur ses jambes cette fois. Son large torse était nu, ses cheveux emmêlés. Il ne portait qu'un pantalon de survêtement, n'avait pas de chaussures. Il était seul, même si je soupçonnais ses amis de traîner dans le coin, invisibles. Il ne mit pas longtemps à nous rejoindre, même s'il exécuta un grand détour pour éviter les Cullen qui s'étaient regroupés et discutaient tranquillement.

— O.K., buveur de sang, lança Jacob à quelques pas de nous, reprenant la conversation là où il l'avait laissée. Qu'y a-t-il de si compliqué ?

— Je dois envisager toutes les éventualités, répondit Edward. Et si l'un d'eux vous échappait ?

— Admettons, grogna l'Indien, dédaigneux. Dans ce cas, confie-la-nous. Collin et Brady resteront à la réserve, de toute façon. Elle ne risquera rien.

— Seriez-vous en train d'évoquer ma petite personne ? m'emportai-je.

— Je veux juste savoir ce qu'il compte faire de toi pendant la bagarre, se justifia Jacob.

— *Faire* de moi ?

— Il est impossible que tu restes à Forks, Bella, expliqua Edward d'une voix apaisante. Imagine qu'un de nos adversaires parvienne à filer.

— Charlie ! soufflai-je, glacée d'effroi.

— Il sera avec Billy me rassura Jacob. S'il le faut, mon père commettra un meurtre pour l'attirer à La Push. Ça n'ira sans doute pas jusque-là. Ça se passera samedi, hein ? Il y a un match.

— Samedi ? m'écriai-je, en proie au vertige. Flûte ! Ton concert tombe à l'eau, dis-je à Edward.

— Pas grave, tu donneras les billets à quelqu'un d'autre.

— Angela et Ben, décidai-je immédiatement. Au moins, ces deux-là ne seront pas en ville.

— Tu ne réussiras pas à évacuer tout le monde, murmura-t-il. Nous te cacherons par précaution. Je te le répète, tout se passera bien. Ils ne seront pas assez nombreux pour nous occuper tous.

— Alors, intervint Jacob, impatient. Que penses-tu de la confiner à la réserve ?

— Elle y est allée trop souvent, objecta Edward. Elle a laissé sa trace partout. D'après Alice, il n'y aura que de très jeunes vampires, mais ils ont été créés par quelqu'un de mûr et d'expérimenté. Le combat pourrait n'être qu'une diversion. Certes, Alice devinera si cette personne décide d'intervenir elle-même, sauf que nous aurons d'autres chats à fouetter à ce moment-là. Si ça se trouve, le ou la responsable compte là-dessus. Bella doit être difficile à dénicher. Je refuse de courir ce risque.

— Dans ce cas, planque-la ici, proposa Jacob en désignant la forêt immense qui s'étirait jusqu'aux contreforts de la chaîne d'Olympic. Il y a des milliers de possibilités qui ne seraient qu'à quelques minutes de nous en cas de besoin.

— Non. Son arôme est trop fort et particulièrement identifiable, combiné au mien. Même si je la portais, nous laisserions une piste. L'odeur de notre clan est partout, certes, mais l'ajout du parfum de Bella attirerait leur attention. Nous ne sommes pas certains du chemin qu'ils emprunteront, parce qu'ils n'en savent encore rien eux-mêmes. S'ils croisaient notre trace avant...

Tous deux grimacèrent à cette perspective.

— Il y a bien une solution, maugréa Jacob, lèvres pincées, pensif.

Je tanguai sur mes pieds, et Edward m'enlaça pour me soutenir.

— Je te ramène, tu n'en peux plus. Et puis Charlie ne va pas tarder à se réveiller...

— Une seconde, interrompit Jacob. Mon fumet à moi vous répugne, non ?

— Bien imaginé, admit Edward qui avait deux longueurs d'avance. Oui, pourquoi pas ? Jasper ?

Ce dernier vint à nous, Alice sur ses talons.

— Vas-y, Jacob, dit Edward.

Le visage du Quileute trahissait un étrange mélange d'émotions. Il était à la fois excité par son plan et gêné par la proximité de ses ennemis. Il tendit les bras vers moi, je me cabrai. Edward souffla.

— Nous allons tester un truc, se défendit Jacob, juste voir si je suis capable de semer la pagaille dans les odeurs pour cacher ta trace.

Je le regardai avec suspicion.

— Laisse-le te porter, Bella, approuva Edward.

Je fronçai les sourcils.

— Cesse de faire l'enfant, s'énerva Jacob en levant les yeux au ciel.

Sur ce, il me prit d'autorité dans ses bras.

— L'arôme de Bella est beaucoup plus puissant pour moi, dit Edward à Jasper. Mieux vaut que tu essayes, toi.

Jacob prit la direction des bois. Je ne protestai pas, me contentai de bouder, gênée d'être étreinte par mon ami en un geste trop intime. Il n'était pas obligé de me serrer ainsi. Qu'éprouvait-il, lui ? Cela me rappelait notre dernier après-midi à La Push, un souvenir désagréable.

Nous n'allâmes pas très loin, Jacob parcourant un vaste arc de cercle avant de regagner la prairie par un autre chemin. Edward était seul.

— Tu peux me poser, maintenant.

— Je ne voudrais pas gâcher l'expérience.

Il ralentit le pas, raffermit son étreinte.

— Ce que tu es agaçant !

— Merci.

Soudain, Jasper et Alice surgirent de nulle part et se retrouvèrent près de leur frère. Jacob avança encore d'un pas et me lâcha. Sans le regarder, j'allai prendre la main d'Edward.

— Alors ? demandai-je.

— À condition que tu ne touches rien, Bella, aucun vampire n'osera fourrer son nez sur cette piste, répondit Jasper en plissant le nez.

— Succès garanti, renchérit Alice, tout aussi dégoûtée.

— Cela m'a donné une idée, reprit son compagnon.

— Bien vu, acquiesça Edward.

— Comment peux-tu supporter ça ? marmonna Jacob à mon intention.

L'ignorant, Edward se lança dans ses explications :

— Nous allons semer des indices olfactifs, Bella. Les nouveau-nés sont des traqueurs, ton odeur les excitera, et ils viendront à l'endroit exact que nous aurons choisi pour les recevoir. Nous nous séparerons pour qu'ils nous attaquent sur deux fronts. La moitié dans la forêt, où les loups les attendront...

— Oui ! le coupa Jacob, les yeux brillants.

Edward lui adressa un sourire de franche camaraderie. J'avais la nausée. Comment pouvaient-ils être aussi impatients ? Je refusais qu'ils courent pareil danger. Je m'y opposais.

— N'y compte pas ! lâcha soudain Edward, sèchement.

Je sursautai, croyant qu'il avait deviné mes pensées, mais il fixait Jasper.

— Oui, oui, je sais, s'empressa d'admettre celui-ci. C'était rien qu'une idée en l'air.

Alice lui écrasa le pied.

— Si Bella était avec nous, précisa-t-il à notre intention, ça les rendrait fous. Ils ne pourraient se concentrer sur rien d'autre, et cela nous faciliterait la tâche... Mais c'est trop risqué pour elle.

Je devinai qu'il lui était difficile de renoncer à ce plan, qu'il ne s'y résignait qu'à cause de la réprobation d'Edward.

— Hors de question ! décréta d'ailleurs ce dernier sur un ton sans appel.

— D'accord, s'inclina Jasper.

Prenant Alice par la main, il l'entraîna vers le reste de la famille, suivi par le regard médusé de Jacob.

— Jasper envisage les choses d'un point de vue stratégique, le défendit Edward. Il examine toutes les options. C'est de la rigueur, pas de l'insensibilité.

Jacob grogna, sceptique.

— J'amènerai Bella ici vendredi après-midi, reprit Edward. Afin d'y laisser la trace destinée à les attirer. Rejoins-nous, puis tu la porteras jusqu'à un endroit que je connais. Loin d'ici et facile à défendre, au cas où. Moi, je suivrai un autre chemin.

— Et après ? On l'abandonne là-bas avec un portable ? rétorqua le Quileute.

— Tu as mieux à suggérer ?

— Oui.

— Oh ! Encore une fois, félicitations, clébard.

— Nous avons tenté de persuader Seth de rester à la réserve avec les deux dernières recrues, m'expliqua Jacob. Malheureusement, il est têtu. Alors, je vais lui confier la tâche de téléphone mobile.

Je fis mine d'avoir pigé, ne trompai personne.

— Tant que Seth Clearwater gardera sa forme de loup, précisa Edward, il sera connecté à la meute. Il servira d'intermédiaire entre toi et nous. La distance ne pose pas de problème, Jacob ?

— Non.

— Quatre cents kilomètres ? Impressionnant !

— Nous n'avons pas poussé l'expérience plus loin, mais la communication était excellente.

Je hochai la tête, terrifiée cependant. Je revoyais le sourire joyeux de Seth, sa ressemblance avec le Jacob d'autrefois. Il ne devait guère avoir plus de quinze ans. Son enthousiasme lors de la soirée autour du feu de camp prenait soudain un nouveau sens.

— C'est une bonne idée, continua Edward. Je me sentirai mieux si Seth est là-bas. Je ne crois pas que j'aurais pu y laisser Bella seule. Quand je pense qu'on en est réduits à faire confiance aux loups-garous !

— Et nous ? Combattre aux côtés des vampires au lieu de les combattre !

— Il t'en restera quelques-uns quand même.

— C'est bien pour cela que nous avons accepté de jouer le jeu.

19

EGOÏSTE

Par crainte que je ne réussisse pas à m'accrocher à lui tant j'étais fatiguée, Edward me ramena à la maison dans ses bras. Je dus m'endormir sur le chemin.

Quand je revins à moi, j'étais au lit, et la lumière du jour, pâlotte, entrait par la fenêtre selon un angle bizarre, comme si nous étions au milieu de l'après-midi. Je bâillai et m'étirai, mes doigts cherchant Edward sans le trouver. Je marmonnai son nom, sa main fraîche et lisse frôla la mienne.

— Es-tu réveillée pour de bon, cette fois ? murmura-t-il.

— Oui. Pourquoi, il y a eu de fausses alertes ?

— Tu as été très agitée, tu as parlé toute la journée.

— Quoi ? Quelle heure est-il ?

— Tu as dormi longtemps. Tu méritais une grasse matinée.

Je m'assis, la tête me tourna. La lumière n'avait pas menti, l'après-midi était bien avancé.

— Tu as faim ? Tu veux que je t'apporte le petit déjeuner au lit ?

— Non, je m'en occupe. Il faut que je me dégourdisse les jambes.

Il me tint la main jusqu'au rez-de-chaussée, prudent, comme s'il craignait que je ne tombe. Dans la cuisine, alors que je mettais deux toasts dans le grille-pain, je surpris mon reflet dans l'enveloppe chromée de la machine.

— Beurk ! Je suis affreuse.

— Nuit blanche. Il aurait sûrement été préférable que tu restes tranquillement ici.

— Pour tout rater ? Merci bien ! Mets-toi dans le crâne que je ferai bientôt partie de la famille.

— C'est une perspective qui ne me déplaît pas, sourit-il.

Je m'assis pour manger, il s'installa à mon côté. Quand je soulevai ma tartine, je remarquai qu'il contemplait mon poignet. Je n'avais pas enlevé le bracelet donné par Jacob.

— Tu permets ? me demanda-t-il en tendant les doigts vers le minuscule loup.

— Oui, bien sûr.

Il soupesa le pendentif dans sa paume neigeuse. Un court instant, j'eus peur qu'il ne le réduise en miettes. Il ne se le permettrait jamais cependant, et je me sentis honteuse de l'avoir seulement envisagé. D'ailleurs, au bout d'un moment, il relâcha l'objet qui se balança doucement. Je tentai de déchiffrer l'expression d'Edward, en vain. Il paraissait songeur, rien de plus. S'il éprouvait quelque chose, il le cachait.

— Jacob Black peut t'offrir des cadeaux, lui.

C'était une constatation, pas une question ni une accusation. C'était également une allusion à mon dernier anniversaire, à ma réaction butée d'alors : je n'avais pas voulu qu'on me fasse de présents, surtout lui. Caprice sans grande logique que personne n'avait respecté, au demeurant.

— Tu m'as déjà offert des cadeaux, lui rappelai-je. J'aime ceux que l'on fabrique soi-même.

— Et les machins d'occasion, les objets de récupération, sont-ils acceptables ?

— Comment ça ?

— Comptes-tu porter ce bracelet longtemps ?

Je haussai les épaules.

— Tu ne voudrais pas vexer ton ami.

— Oui, j'imagine.

— Dans ce cas, ne serait-il pas juste que je sois moi aussi représenté ?

Tout en parlant, il caressait les veines de mon poignet.

— De quelle manière ?

— Avec un pendentif, quelque chose qui me rappellerait à ton bon souvenir.

— Tu ne quittes jamais mes pensées. Je n'ai pas besoin d'une piqûre de rappel.

— Si je te donnais quelque chose, le porterais-tu ?

— Un objet de récupération ?

— Oui, quelque chose que j'ai depuis pas mal de temps.

Il me gratifia de son sourire angélique. Pourquoi pas,

après tout ? Du moment que cela permettait de limiter sa réaction au cadeau de Jacob...

— S'il n'y a que cela pour te faire plaisir, murmurai-je.

— Tu n'as donc pas noté combien c'est injuste ? lança-t-il, accusateur tout à coup. Moi, si.

— Qu'est-ce qui est injuste ?

— Tout le monde a le droit de t'offrir des trucs, sauf moi. J'aurais adoré marquer ton diplôme avec un quelque chose ; je m'en suis abstenu parce que je savais que tu le prendrais plus mal que de la part d'un autre. Il y a vraiment deux poids deux mesures. Tu m'expliques ?

— Ce n'est pas bien compliqué. Tu comptes plus que quiconque, pour moi. Et tu m'as déjà donné ta personne. C'est plus que je ne mérite, et tout ce que tu rajoutes renforce le déséquilibre qui nous sépare.

— Cette façon de me considérer est d'un ridicule consommé.

Je me bornai à mâcher calmement, consciente qu'il ne m'écouterait pas si je lui retournais le compliment. Soudain, son portable sonna. Il vérifia le numéro de son correspondant avant de décrocher.

— Oui, Alice ?

Je fus aussitôt sur mes gardes, mais il ne parut guère étonné par ce que sa sœur lui révélait, se bornant à soupirer à plusieurs reprises.

— J'avais plus ou moins deviné, finit-il par répondre en me jetant un coup d'œil réprobateur. Elle en a parlé dans son sommeil.

Je rougis. Qu'avais-je pu encore dire ?

— Je m'en occupe, promit-il avant de raccrocher.

Aurais-tu quelque chose de particulier à me confier ? me demanda-t-il ensuite, mécontent.

Je réfléchis. Après l'avertissement d'Alice la veille, je devinai les raisons de son coup de fil. Je me souvins aussi des rêves qui avaient agité ma nuit, dans lesquels je pourchassais Jasper jusqu'à la prairie, où je finissais par trouver Edward... et les monstres qui souhaitaient me tuer, mais auxquels je ne prêtais aucune attention, car ma décision était d'ores et déjà arrêtée. Je ne devinai que trop bien aussi ce qu'Edward avait saisi de mes marmonnements ensommeillés. Je fis la moue, évitai son regard. Il patienta.

— L'idée de Jasper me plaît bien, finis-je par avouer.

Il grogna.

— J'ai envie d'aider. J'en ai *besoin*.

— T'exposer ne rendra service à personne.

— Ce n'est pas l'avis de ton frère. Qui est notre expert en la matière.

Edward me fusilla du regard.

— Tu ne réussiras pas à m'éloigner, insistai-je. Je refuse de me cacher pendant que vous autres vous mettez en danger pour moi.

— Alice ne t'a pas vue avec nous mais perdue dans les bois, se dérida-t-il brusquement. Tu n'arriveras pas à nous localiser, juste à m'inquiéter davantage quand il faudra que je parte en quête de toi.

— Elle a négligé Seth Clearwater, rétorquai-je en m'efforçant d'être aussi calme que lui. Sinon, elle n'aurait rien su. Or, il souhaite autant que moi assister aux opérations. Je ne devrais pas avoir beaucoup de mal à le persuader de me montrer le chemin.

Un éclair de colère traversa son visage, et il respira profondément pour garder le contrôle de lui-même.

— Voilà qui aurait pu marcher si tu ne m'en avais rien dit. Maintenant, je vais juste demander à Sam de donner certains ordres. Seth sera bien forcé d'y obéir.

— Pourquoi Sam t'écouterait-il ? ripostai-je sans cesser de sourire. Surtout si je lui explique qu'il m'est nécessaire d'être là-bas. Je suis certaine qu'il préférera *me* rendre service plutôt qu'à toi.

— Tu as peut-être raison. Auquel cas, je m'adresserai à Jacob.

— Et alors ?

— Il est le second de Sam. Tu l'ignorais ? Ses commandements sont également indiscutables.

Il me tenait, et il le savait, je le lus sur son sourire. Jacob se rangerait de son côté, pour cette circonstance au moins, c'était indubitable. Profitant de ma déroute momentanée, Edward enchaîna d'une voix douce et apaisante.

— Cette nuit, j'ai eu l'occasion de déchiffrer l'état d'esprit de la meute. Fascinant. Encore mieux qu'un feuilleton. Je ne me doutais pas que la dynamique régissant un aussi vaste groupe était à ce point complexe. La façon dont un individu se confronte à la psyché générale est tout bonnement passionnante.

Il essayait de m'entraîner sur un autre terrain. Je lui adressai un coup d'œil assassin.

— Jacob conserve bien des secrets, ajouta-t-il avec un grand sourire.

Je ne relevai pas, furieuse, attendant une ouverture pour pousser mes pions.

— As-tu remarqué le loup gris, le plus petit ?

Je hochai le menton avec raideur.

— Ils prennent leurs légendes avec un sérieux déconcertant. Rien ne les préparait à cela, toutefois.

— D'accord, je craque. Ne les préparait à quoi ?

— Ils ont toujours accepté comme un fait établi que seuls les descendants mâles du loup originel avaient le pouvoir de se transformer.

— Or, quelqu'un a récemment muté pour qui ce n'était pas le cas ?

— Si, si. Elle est bien une descendante directe.

— Elle ?

— Oui. Elle s'appelle Leah Clearwater.

— Leah est un loup-garou ! Depuis combien de temps ? Pourquoi Jacob ne m'en a-t-il rien dit ?

— Il est des détails qu'il n'avait pas le droit de partager, leur nombre, par exemple. Lorsque Sam donne un ordre, la meute ne peut pas l'ignorer. Jacob a toujours pris grand soin de penser à autre chose quand il se retrouvait près de moi. Mais naturellement, depuis la nuit dernière, ils n'ont plus de secrets pour moi.

— Je n'en reviens pas ! Leah Clearwater !

Je me rappelai soudain les paroles de Jake sur Leah et Sam, son air de regretter d'en avoir trop dévoilé quand il avait évoqué l'obligation qu'avait Sam de croiser les yeux accusateurs de Leah chaque jour après qu'il avait repris ses promesses. Je me souvins d'elle sur la falaise, une larme sur sa joue, lorsque le vieux Quil avait mentionné le fardeau et le sacrifice qu'avaient en commun les *fils* Quileute... Je me remémorai Billy qui passait beaucoup de temps chez Sue, parce qu'elle avait des difficultés avec ses enfants... autrement dit, parce que tous deux étaient des loups-garous à présent !

Leah Clearwater n'avait guère occupé mes pensées, si ce n'est que j'avais eu de la compassion à la mort de son père, Harry, et une certaine pitié quand Jacob m'avait révélé l'histoire de l'imprégnation de Sam. Or, voilà qu'elle était un membre à part entière de la meute, qu'elle entendait les pensées de son ancien amoureux, et lui les siennes. Jacob avait dit détester cela. « Toutes tes hontes étalées au grand jour. »

— La malheureuse ! chuchotai-je.

— Elle leur rend l'existence très pénible, gronda Edward. Je ne suis pas sûr qu'elle mérite ta sympathie.

— Dans quel sens ?

— Il leur est déjà assez dur de devoir partager leurs secrets intimes. La règle tacite est de coopérer, de se faciliter la tâche. Quand un membre du clan s'amuse de façon malsaine avec ça, tout le monde en pâtit.

— Elle a de bonnes excuses, la défendis-je.

— Je suis au courant. Cette imprégnation compulsive est l'une des choses les plus étranges à laquelle il m'ait été donné d'assister, et j'en ai pourtant vu, au cours de ma vie, des bizarreries. Le lien unissant Sam à Emily, ou plutôt Emily à Sam, est indescriptible. Lui n'a vraiment pas le choix. Cela me rappelle *Le Songe d'une nuit d'été*, l'atmosphère chaotique créée par les sortilèges amoureux que lancent les fées... c'est magique. Presque aussi fort que ce que je ressens envers toi.

— Pourquoi parles-tu de jeu malsain ?

— Elle ne cesse d'évoquer les événements désagréables. Comme avec Embry, par exemple.

— Qu'est-il arrivé à Embry ? m'étonnai-je.

— Sa mère est venue de la réserve Makah il y a dix-sept ans, enceinte de lui. Ce n'est pas une Quileute.

Tout le monde croyait qu'elle avait laissé le père derrière elle. Or, voilà que le fiston se transforme.

— Et alors ?

— Alors, les paris sur l'identité du géniteur se portent sur le vieux Quil Ateara, Joshua Uley ou Billy Black, lesquels étaient tous mariés à l'époque.

— Non !

Décidément, Edward avait eu raison en affirmant que c'était mieux qu'un feuilleton.

— Du coup, poursuivit-il, Sam, Jacob et Quil se demandent lequel d'entre eux a un demi-frère. Tous préfèrent s'imaginer que c'est Sam, dans la mesure où son père n'a jamais assuré. Le doute subsiste, toutefois. Jacob n'ose pas aborder la question avec Billy.

— Comment as-tu réussi à en apprendre autant en une seule nuit ?

— L'esprit de la meute est hypnotisant. Tant de pensées, à la fois séparées et unies ! Sacrée lecture !

Il avait l'air vaguement agacé, comme quelqu'un obligé de reposer un bon livre au moment critique.

— Les loups sont effectivement passionnants, acquiesçai-je, rieuse. Presque autant que toi lorsque tu essayes de me détourner de mon but.

Il redevint aussitôt distant et poli.

— Il est indispensable que je sois avec vous, Edward, insistai-je.

— Non, rétorqua-t-il sur un ton sans appel.

C'est là que j'eus une révélation. Ce que je voulais, finalement, c'était être au côté d'Edward. J'étais cruelle. Et égoïste.

— Très bien, déclarai-je d'une voix dure en m'obligeant à ne pas le regarder. Dans ce cas... j'ai vécu la folie une fois, je connais mes limites. *Je ne supporterai pas que tu m'abandonnes de nouveau.*

Je m'interdis de lever les yeux, par crainte de découvrir la souffrance que je lui infligeais. J'entendis une brusque inspiration, suivie d'un silence. Je fixai la nappe sombre, souhaitant ravaler mes mots, consciente cependant que je ne m'y résoudrais pas. Surtout s'ils étaient efficaces.

Tout à coup, il m'enlaça, caressa mes joues, mes bras. Il me réconfortait alors que j'avais cherché à le blesser ! Ma culpabilité en redoubla d'autant, sans le céder pour autant à l'instinct de survie. Or, Edward était fondamental dans celle-ci.

— Cela n'ira pas jusque-là, Bella, souffla-t-il. Nous réglerons la situation rapidement.

— Ignorer si tu en reviendras ou non est intolérable, ce n'est pas une question de rapidité.

— Ce sera facile. Tes peurs sont infondées.

— Ah oui ?

— Je te le jure.

— Tout le monde s'en sortira ?

— Oui.

— Donc, je n'ai pas besoin d'être présente ?

— Non. Alice vient de m'annoncer qu'ils ne sont plus que dix-neuf. Nous les battrons en un clin d'œil.

— Parfait. Si je ne m'abuse, tu as même affirmé que certains parmi vous n'auraient rien à faire, sinon regarder. Tu le pensais vraiment ?

— Oui.

C'était trop simple – il devait bien se douter du piège.

— Donc, tu pourrais ne pas y participer ?

Il ne répondit pas. Si longtemps que je me résolus à

le regarder. Ses traits avaient repris leur impassibilité marmoréenne.

— Pour résumer, enchaînai-je, il n'y a que deux possibilités. Soit c'est plus dangereux que tu ne veux bien me l'avouer, auquel cas j'estime que je devrais être sur place pour aider dans la mesure de mes faibles moyens, soit ce sera si facile qu'ils se passeront de toi. Qu'en penses-tu ?

Il ne pipa mot, et je compris qu'il éprouvait les mêmes angoisses que moi. Carlisle, Esmé, Emmett, Rosalie, Jasper, et... Alice. Étais-je un monstre ? Pas un comme celui que lui croyait être, mais un vrai. De ceux qui font du mal aux autres et ne s'imposent aucune limite quand il s'agit d'obtenir ce qu'ils désirent. Je voulais qu'il soit sain et sauf, avec moi. Avais-je des limites ? Je n'en savais trop rien.

— Es-tu en train de me demander de les laisser se battre seuls ? s'enquit-il très doucement.

— Oui, répliquai-jc d'une voix égale, qui me surprit tant j'étais déchirée au fond de moi. Ou de m'autoriser à t'accompagner sur le champ de bataille. L'essentiel est que nous soyons ensemble.

Il respira profondément. Ses mains se plaquèrent sur mes joues, m'obligeant à le regarder en face. Très longtemps, il plongea ses yeux dans les miens. Qu'y cherchait-il ? Qu'y trouvait-il ? Mon sentiment de culpabilité était-il aussi évident à lire sur mes traits qu'il pesait dans mon ventre ? Il plissa les paupières, dissimulant ses émotions, puis me lâcha pour s'emparer de son mobile.

— Alice ? souffla-t-il. Aurais-tu la gentillesse de venir

surveiller Bella un moment, s'il te plaît ? Il faut que je m'entretienne avec Jasper.

Apparemment, elle accepta aussitôt.

— Que vas-tu dire à ton frère ? demandai-je.

— Je vais discuter de ma... non-participation à l'affaire.

Je n'eus aucun mal à saisir combien il lui était difficile de prononcer ces paroles.

— Je suis désolée.

Et je l'étais. Je me détestais de lui infliger cela. Pas assez cependant pour retenir un sourire triomphant, ni pour céder.

— Ne t'excuse pas. Et n'aie jamais peur de me confier ce que tu ressens, Bella. Si cela t'est indispensable... tu es ma priorité.

— Je ne veux pas que tu le prennes comme un choix entre moi et les tiens.

— J'avais compris. Tu m'as proposé une alternative qui t'était nécessaire, j'ai opté pour la solution qui m'était indispensable. C'est ce qu'on appelle un compromis, sans doute.

— Merci, chuchotai-je en m'appuyant contre son torse.

— De rien, murmura-t-il en embrassant mon front.

Longtemps, nous restâmes ainsi sans bouger. Deux voix se disputaient en moi. L'une qui exigeait que je sois gentille et courageuse, une qui ordonnait à l'autre de se taire.

— Qui est la troisième épouse ? lança Edward, tout à trac.

— Pardon ?

— Tu l'as mentionnée, cette nuit. Je n'ai pas compris grand-chose.

— Ah, oui, marmonnai-je, gênée, ne me souvenant pas d'avoir rêvé d'elle. Ce n'est qu'une des histoires qu'on a racontées autour du feu de camp. Elle a dû me marquer.

S'écartant, il m'examina, alerté par l'embarras de ma voix. Par bonheur, Alice se matérialisa sur le seuil de la cuisine, m'épargnant d'autres questions. Elle avait le visage fermé.

— Tu vas tout rater, grommela-t-elle.

— Bonjour, la salua-t-il avant de soulever mon menton pour un baiser. Je serai de retour ce soir, ajouta-t-il. Le temps de réarranger les choses.

— D'accord.

— C'est inutile, intervint Alice, je leur ai déjà annoncé. Emmett est ravi.

— Ça ne me surprend pas, soupira Edward en s'en allant.

Je me retrouvai face à sa sœur, qui me toisa avec dureté.

— Navrée, m'excusai-je derechef. Est-ce que ça vous exposera à plus de dangers ?

— Tu t'inquiètes trop, Bella, rétorqua-t-elle. À force, tu vas blanchir prématurément.

— Pourquoi es-tu si fâchée, alors ?

— Edward est pénible quand on le contrarie. Je me contente d'anticiper ce que seront les prochains mois à vivre sous le même toit que lui. S'il faut en passer par là pour que tu ne deviennes pas folle, d'accord, mais j'apprécierais que tu brides un peu mieux ton pessimisme naturel.

— Laisserais-tu Jasper y aller sans toi ?

— C'est différent.

— Ben tiens !

— Va te préparer ! Charlie sera à la maison dans un quart d'heure. Si tu as l'air aussi mal en point que maintenant, il refusera de t'autoriser à sortir.

J'avais gâché ma journée et je me réjouis à la perspective que, bientôt, je ne gaspillerais plus mon temps à dormir. J'étais parfaitement présentable au retour de mon père. Habillée, coiffée, et occupée à préparer son dîner dans la cuisine. Alice occupait la place habituelle d'Edward, ce qui ravit Charlie.

— Nom d'une pipe, Alice ! Comment vas-tu, ma belle ?

— Très bien, Charlie, merci.

— Tu as enfin réussi à te tirer du lit, espèce de marmotte, me dit-il ensuite. Toute la ville jase sur la fête que tes parents ont donnée hier, ajouta-t-il à l'intention d'Alice. Vous devez avoir un sacré ménage !

La jeune fille haussa les épaules. La connaissant, j'étais prête à parier que tout était rangé depuis belle lurette.

— Ça valait le coup, éluda-t-elle. La soirée a été formidable.

— Où est Edward ? s'enquit mon père avec réticence. Il aide à nettoyer ?

Alice afficha une mine tragique, une façade destinée à mon géniteur, mais qui raviva mes inquiétudes.

— Il est parti pour des repérages. Carlisle, Emmett et lui envisagent une sortie, ce week-end.

— Encore une randonnée ?

— Oui. Toute la famille y va, sauf moi. C'est une

sorte de tradition, qui se répète à la fin de chaque année scolaire. Mais, ce coup-ci, j'ai préféré aller faire du lèche-vitrines en ville. Personne n'a accepté de m'accompagner ! Ils m'ont abandonnée.

Elle gratifia Charlie d'une grimace si triste qu'il se pencha vers elle, désireux de l'aider. Qu'était-elle en train de mijoter ?

— Et si tu venais t'installer chez nous pendant leur absence ? offrit mon père. L'idée que tu sois seule dans cette grande maison me révulse.

Elle poussa un soupir à fendre l'âme tout en m'écrasant le pied.

— Ouille !

— Qu'y a-t-il, Bella ? s'inquiéta Charlie.

— Je me suis cogné l'orteil, marmonnai-je en encaissant le regard désespéré d'Alice qui, visiblement, me jugeait lente à comprendre.

— Alors, repartit Charlie en se tournant vers elle, qu'en penses-tu ?

Elle me marcha de nouveau sur le pied.

— Hum, papa ? intervins-je. La maison n'est pas très confortable, et nous n'allons quand même pas obliger Alice à coucher sur le plancher de ma chambre.

Mon père grimaça, tandis que mon amie en rajoutait dans le désespoir.

— Et si Bella dormait chez toi ? suggéra-t-il. Jusqu'au retour de ta famille ?

— Tu serais d'accord, Bella ? minauda Alice, radieuse.

— Oui, bien sûr.

— Quand les tiens partent-ils ? demanda mon père.

— Demain ! soupira-t-elle.

— Et quand veux-tu que je te rejoigne ? lançai-je.

— Après dîner, par exemple. Tu n'as rien de prévu pour samedi, hein ? Je compte passer ma journée dans les magasins.

— Pas à Seattle ! objecta mon shérif de père.

— Il n'en est pas question ! se défendit-elle, bien qu'elle sût comme moi que la ville serait sans danger ce jour-là. Je pensais plutôt à Olympia.

— Tu vas adorer, Bella ! me lança Charlie. Toi qui aimes tant la grande ville.

— Ce sera super, papa.

En quelques phrases, Alice avait dégagé le terrain pour le jour de la confrontation.

Edward revint peu de temps après et accepta sans sourciller les vœux de bonne randonnée que lui adressait Charlie. Il affirma qu'ils comptaient partir le lendemain aux aurores et prit congé plus tôt que d'ordinaire. Alice s'en alla avec lui. De mon côté, je ne tardai pas à souhaiter bonne nuit à mon père.

— Ne me dis pas que tu es fatiguée ! protesta-t-il.

— Si, un peu, mentis-je.

— Pas surprenant que tu n'apprécies pas les fêtes s'il te faut aussi longtemps pour t'en remettre.

En haut, Edward m'attendait, couché sur mon lit.

— À quelle heure est programmé le rendez-vous avec les loups ? murmurai-je en m'approchant.

— Dans une heure.

— Tant mieux. Jacob et ses amis ont besoin de sommeil.

— Pas autant que toi.

Je changeai rapidement de sujet, de peur qu'il ne tente de me convaincre de rester à la maison.

— Alice t'a-t-elle informé qu'elle m'enlevait de nouveau ?

— Ce n'est pas exact, rigola-t-il.

Je le contemplai avec étonnement.

— Je suis le seul à avoir le droit de te prendre en otage, précisa-t-il. Alice ira chasser avec les autres. Moi, je n'en ai plus besoin.

— C'est toi qui me garderas ?

Il hocha la tête. J'imaginai la situation : pas de Charlie pour m'espionner depuis le rez-de-chaussée, pas de vampires bien éveillés et à l'ouïe ultrasensible pour errer dans la villa... rien que lui et moi, seuls.

— Ça te va ? s'inquiéta-t-il, face à mon silence.

Il était ahurissant qu'il pût encore douter de son emprise sur moi.

— Bien sûr. Sauf que...

— Oui ?

— Je regrette que ta sœur n'ait pas raconté à mon père que vous partiez dès ce soir !

Il s'esclaffa, soulagé.

Je profitai mieux que la veille du trajet jusqu'à la prairie. J'avais beau me sentir toujours aussi coupable et effrayée, je n'étais plus terrifiée. J'étais à même de réfléchir, d'envisager un futur au delà de la bataille, je croyais presque que tout irait bien. Edward semblait supporter la perspective de ne pas participer au carnage. Il m'était plus facile d'accepter ses assertions selon lesquelles la tâche serait facile parce qu'il avait renoncé à accompagner sa famille. Alice avait sûrement raison, je n'avais que trop tendance à m'angoisser.

Quand nous parvînmes à notre but, Jasper et Emmett

luttaient déjà, un simple échauffement, à en juger par leurs rires. Alice et Rosalie les observaient, couchées par terre. Esmé et Carlisle discutaient un peu plus loin, doigts entrelacés, penchés l'un vers l'autre, indifférents à la bagarre.

Le ciel était beaucoup plus dégagé, ce soir-là, et la lune transperçait le léger voile de nuages. Je distinguai sans mal les trois animaux assis autour de l'arène, positionnés de manière à regarder depuis trois angles différents. J'aurais reconnu Jacob partout, même s'il n'avait pas levé la tête à notre approche.

— Où est le reste de la meute ? m'enquis-je.

— Inutile que tout le monde soit là. Un seul suffirait, d'ailleurs, mais Sam n'a pas eu assez confiance en nous pour n'envoyer que Jacob, bien que ce dernier l'ait proposé. Il est donc venu avec Quil et Embry, ses... ailiers, en quelque sorte.

— Lui vous fait confiance.

— Juste assez pour se douter que nous ne le tuerons pas. Ça s'arrête là.

— As-tu l'intention de participer, ce soir ?

Assister aux entraînements risquait d'être aussi dur pour lui que l'aurait été pour moi l'idée de rester à l'écart le samedi. Plus, peut-être.

— Je donnerai un coup de main quand ce sera nécessaire. Jasper souhaite leur montrer des manœuvres pour se débarrasser d'une attaque groupée.

Une nouvelle vague de panique détruisit aussitôt ma confiance. Ils étaient encore en sous-nombre par rapport à nos adversaires. Mon intervention auprès d'Edward aggravait les choses. Je me focalisai sur le champ pour tenter de contrôler la honte qui me submergeait, de me mentir à moi-même, de me seriner que tout irait comme je voulais que ça aille.

Mauvaise idée. En me détournant de la bataille simulée qui serait trop réelle d'ici quelques jours, je croisai en effet le regard de Jacob, qui me sourit, de ce sourire lupin et pourtant si humain, les yeux plissés comme quand il avait sa forme d'homme. Je n'eus pas besoin de m'interroger pour deviner qui était Quil, qui Embry. Ce dernier était le loup mince et gris tacheté de noir sur le dos, observant sagement ce qui se passait, tandis que le premier, d'une couleur brun chocolat, plus clair au niveau de la gueule, ne cessait de se trémousser, l'air de mourir d'envie de se joindre à la bagarre. Même derrière cette apparence, ils n'étaient pas des monstres, mais des amis.

Des amis qui me paraissaient moins indestructibles qu'Emmett et Jasper, lesquels frappaient plus vite que des cobras, cependant que le clair de lune ruisselait sur leur peau dure comme le granit. Des amis qui ne me donnaient pas l'impression d'évaluer le péril. Des amis qui restaient mortels, qui pouvaient saigner, ou pire...

La quiétude d'Edward me réconfortait, tant il était évident qu'il ne se souciait guère du sort des siens. Serait-il touché s'il arrivait quelque chose aux loups ? Dans le cas contraire, il n'avait aucune raison d'être anxieux. Sa confiance ne concernait qu'une de mes deux angoisses. Je m'efforçai de retourner son sourire à Jacob et ravalai le nœud qui obstruait ma gorge. Je dus échouer, car il sauta sur ses pattes avec une agilité étonnante pour sa masse et trottina vers nous.

— Jacob, le salua poliment Edward.

Le loup l'ignora, ses prunelles sombres concentrées

sur moi. Comme la veille, il amena sa tête à mon niveau et émit un gémissement.

— Je vais bien, le rassurai-je sans attendre qu'Edward traduisît. Je suis juste soucieuse.

Il continua à me dévisager.

— Il demande pourquoi, chuchota Edward.

Jacob gronda – rien de menaçant, de l'agacement tout au plus – les lèvres de mon amoureux frémirent.

— Qu'y a-t-il ? voulus-je savoir.

— Ton ami trouve que mes traductions laissent à désirer. En vérité, il a pensé ceci : « Ne sois pas idiote. Tu n'as aucune raison de te biler. » J'ai préféré censurer, car je trouvais ça mal élevé.

Cette joute ne m'amusa guère.

— J'ai toutes les raisons du monde de me biler, rétorquai-je. Genre, une meute de loups stupides qui ont des chances d'être blessés.

J'eus droit au toussotement qui valait pour un rire.

— Jasper me réclame, soupira Edward. Tu t'en sortiras sans moi ?

— Oui.

Il hésita un instant, puis fila rejoindre son frère. Je m'assis sur la terre froide et inconfortable. Jacob avança d'un pas, et un long glapissement monta de sa gorge.

— Vas-y toi aussi, lui dis-je. Moi, je refuse de regarder ça.

Il pencha la tête sur le côté, puis se laissa tomber près de moi avec un soupir rauque.

— Franchement, vas-y, insistai-je.

Il se contenta de poser la tête sur ses pattes avant. Je levai les yeux sur les nuages argentés. Une brise traversa le terrain dégagé, je frémis. Aussitôt, Jacob colla contre moi la chaleur de son flanc.

— Hum… merci.

Quelques minutes plus tard, je m'adossai à son épaule robuste, position plus agréable que la précédente. Les nuages défilaient lentement, s'éclairant et s'obscurcissant tour à tour selon qu'ils passaient devant l'astre nocturne. Sans y prêter attention, je me mis à jouer avec les poils du cou de Jacob. Un bourdonnement monta de sa poitrine, étrangement familier. Plus rude et sauvage que le ronronnement d'un chat, expression cependant d'un identique bien-être.

— Je n'ai jamais eu de chien, murmurai-je, alors que j'en ai toujours voulu un. Renée est allergique.

Jacob fut secoué par un feulement.

— Tu n'es vraiment pas inquiet pour samedi ?

Il tourna la tête vers moi, je vis un de ses yeux se lever au ciel.

— J'aimerais être aussi sûre de moi que tu l'es.

S'appuyant contre ma jambe, il se remit à ronronner, ce qui ne fit que me rendre encore plus amère.

— Donc, demain, nous allons partir en balade.

Le ronronnement prit des accents joyeux.

— Méfie-toi, ça risque d'être long. Edward a un sens des distances plutôt inhabituel.

Il aboya un nouveau rire, et je m'enfonçai dans son poil, nuque contre son échine. Bizarrement, malgré l'apparence lupine de Jacob, j'avais l'impression de retrouver l'ambiance d'autrefois, celle d'une amitié facile et tout aussi naturelle que le fait de respirer, ce que j'avais perdu ces derniers temps avec lui, quand il avait forme humaine. J'étais surprise que ce sentiment se produisît ici, alors que j'avais cru que la perte était due au côté loup-garou de Jake.

Pendant que les jeux assassins se poursuivaient sur l'herbe, je fixais la lune floue.

20

COMPROMIS

Tout était prêt.

Mon sac en prévision de ma visite de deux jours chez les Cullen attendait sur le siège passager de ma camionnette. J'avais donné les billets du concert à Angela, Ben et Mike, lequel comptait y inviter Jessica, exactement comme je l'avais espéré. Billy avait emprunté le bateau du vieux Quil Ateara et proposé à Charlie une partie de pêche avant le match de l'après-midi. Collin et Brady, les deux plus jeunes membres de la meute, restaient sur place afin de protéger La Push, bien qu'ils ne fussent encore que des enfants de treize ans. Mais bon, Charlie serait plus en sécurité que quiconque à Forks.

J'avais fait mon maximum. Du moins, je tâchai de m'en persuader, comme j'essayais d'écarter de mon esprit ce qui ne dépendait pas de moi, pour ce soir en tout cas. D'une façon ou d'une autre, les choses seraient terminées d'ici quarante-huit heures, ce qui était presque réconfortant. Edward m'avait ordonné de me détendre. Là encore, j'allais agir au mieux.

— Rien que pour ce soir, pourrions-nous tenter d'oublier ce qui n'est pas seulement toi et moi ? avait-il plaidé en me dévastant de son regard ravageur. J'ai le sentiment de ne jamais vivre assez de moments semblables. J'ai besoin d'être avec toi. Juste toi.

C'était une demande peu difficile à satisfaire, même si j'avais conscience qu'étouffer mes peurs était plus facile à dire qu'à faire. Toutefois, j'avais d'autres choses en tête pour l'instant – savoir que cette nuit qui nous appartenait m'aiderait.

La situation avait changé – j'étais prête à rejoindre les rangs de sa famille.

L'angoisse et la culpabilité qui me tenaillaient depuis des jours avaient eu le mérite de m'apprendre au moins cela. J'avais eu l'opportunité d'y réfléchir – alors que, vautrée sur un loup-garou, je contemplais la lune derrière les nuages – et j'étais sûre que je ne m'affolerais plus. La prochaine fois qu'une tuile nous tomberait dessus, je serais prête. C'était un avantage, pas un handicap. Il n'aurait plus jamais à choisir entre moi et les siens. Nous deviendrions des partenaires, à l'instar d'Alice et Jasper. La prochaine fois, je jouerais mon rôle. J'attendrais qu'ait disparu l'épée de Damoclès suspendue au-dessus de ma tête, afin de ne pas fâcher Edward. Sauf que ce ne serait pas nécessaire – j'étais prête.

Seule une pièce manquait.

Car certaines choses n'avaient pas changé, notamment l'amour désespéré que j'éprouvais pour lui. J'avais largement eu le temps de penser aux implications du pari passé entre Jasper et Emmett, de décider ce que j'étais d'accord pour perdre avec mon humanité et ce à quoi je refusais de renoncer. Je savais quelle expérience humaine je désirais vivre avant de me transformer en immortelle.

Bref, nous avions quelques petits détails à régler, ce soir. Après tout ce que j'avais subi ces deux dernières années, je ne croyais plus au mot « impossible ». Il allait en falloir plus pour m'arrêter, à ce stade. Bon, d'accord... pour être honnête, ça risquait d'être beaucoup plus compliqué que cela, mais j'étais déterminée à essayer.

Pourtant, je ressentis une certaine nervosité en remontant l'allée qui menait à la villa blanche. Non que j'en fusse surprise, car j'ignorais complètement comment j'allais m'y prendre. Assis à côté de moi, il s'efforçait de retenir le sourire que lui arrachait ma lenteur. Il n'avait pas insisté pour conduire, ce qui m'avait un peu étonnée. Ce soir, se conformer à ma vitesse d'escargot ne lui posait aucun problème apparemment.

Nous atteignîmes la maison après le crépuscule ; toutes les fenêtres étaient éclairées. Je coupai le contact, et il m'extirpa de mon siège tout en s'emparant de mon sac d'un même mouvement. Il m'embrassa, referma la portière d'un coup de pied. Sans rompre notre baiser, il me porta jusqu'à la demeure. La porte était-elle déjà ouverte ? Je n'en sus rien, et me retrouvai à l'intérieur, en proie au vertige. Je dus me souvenir de respirer.

Ce baiser ne m'effraya pas, contrairement au jour de la remise des diplômes, lorsque j'avais senti sa peur l'emporter. Ses lèvres étaient calmes tout en étant avides. Il paraissait aussi enthousiaste que moi à l'idée de la nuit qui nous attendait. Il continua de m'embrasser durant quelques minutes, dans le hall. Il était moins sur ses gardes que d'ordinaire. Un optimisme mesuré s'empara de moi. Finalement, j'allais peut-être obtenir ce que je voulais sans trop de difficultés. Las ! En riant doucement, il m'écarta et me tint à bout de bras. Ça allait être tout aussi ardu que prévu.

— Ma façon de te souhaiter la bienvenue ! chuchota-t-il, ses prunelles ruisselant d'un ambre liquide et fauve.

— Super, haletai-je.

Il me déposa tendrement par terre. Je l'enlaçai aussitôt, refusant de le laisser s'éloigner.

— J'ai quelque chose pour toi.

— Ah bon ?

— L'occasion, tu te souviens ? C'est permis, tu l'as dit.

— Si tu insistes...

Mes réticences l'amusèrent.

— L'objet en question est dans ma chambre. Suis-je autorisé à monter le chercher ?

Sa chambre ?

— Naturellement, opinai-je en nouant mes doigts aux siens. Allons-y.

Il devait être très pressé de m'offrir ce non-cadeau, car il me reprit dans ses bras et survola littéralement les escaliers. Il me déposa sur le seuil de la pièce et fila vers son armoire, revenant avant que j'aie eu le temps de faire un pas. Je grimpai sur l'immense lit doré, me glissai au centre et me roulai en boule.

— Bien, marmonnai-je, montre-moi un peu ça.

Maintenant que j'étais où je voulais être, je pouvais

jouer les maussades. Il me rejoignit. Mon cœur se mit à battre de manière désordonnée. Avec un peu de chance, il prendrait cela pour une réaction au présent qu'il me donnait.

— De la récupération, me rappela-t-il gravement.

Il s'empara de mon poignet gauche, effleura un instant le bracelet d'argent puis me relâcha. J'inspectai prudemment le bijou. À l'opposé du loup pendait un cœur en cristal aux mille facettes qui renvoyaient la lumière diffuse de la lampe de chevet. J'en restai coite.

— Il appartenait à ma mère, murmura Edward. J'ai hérité quelques babioles de ce genre. J'en ai distribué à Esmé et Alice. Rien de bien exceptionnel, donc. Mais j'ai pensé qu'il serait un juste symbole. Il est dur et froid, et il étincelle au soleil.

— N'oublie pas le plus important – il est magnifique.

— Mon cœur est aussi silencieux que ce pendentif. Comme lui, il t'appartient.

— Merci, dis-je en tournant mon poignet çà et là afin de jouer avec les reflets du bijou. Pour les deux.

— Merci à toi. Je suis soulagé que tu l'acceptes aussi facilement. C'est un bon entraînement pour toi.

Je me blottis contre lui, calant ma tête sous son bras, une sensation semblable, certainement, à celle ressentie par qui se serait niché contre le David de Michel-Ange, sauf que ma statue referma ses bras autour pour me serrer contre elle. Hum ! Débuts prometteurs.

— J'aimerais que nous discutions de quelque chose, lançai-je, et ce serait sympa que tu commences par être un peu tolérant et ouvert.

— Je promets de faire de mon mieux, répondit-il après une brève hésitation.

— Il ne s'agit en aucun cas de rompre les règles. Cela ne concerne que nous deux. Alors, voilà... j'ai été impressionnée par la façon dont nous sommes parvenus à un compromis, l'autre nuit, et je me suis dit qu'il serait bien d'essayer d'appliquer ce principe à une situation différente.

Quel formalisme ! Les nerfs, sans doute.

— Que cherches-tu à négocier ? demanda-t-il, un sourire dans la voix. Écoute ton cœur, il volette comme les ailes d'un colibri. Ça va ?

— Oui.

— Continue, alors.

— D'accord. Bon... je souhaitais aborder cette condition ridicule que tu exiges de moi.

— Le mariage n'est ridicule qu'à tes yeux. Passons. Donc ?

— Ce sujet est-il susceptible d'être discuté ?

— J'ai déjà accepté une condition énorme en convenant de m'occuper de ta transformation. Il me semble que, en échange, tu pourrais concéder à ton tour certains points.

— Je ne pensais pas à celui-là, pour moi il est acquis. J'avais en tête d'autres détails.

— Lesquels ?

— Clarifions d'abord tes exigences.

— Tu les connais.

— Le mariage.

— Pour commencer, oui.

— Parce qu'il y a plus ?

— Eh bien, puisque tu seras mon épouse, tout ce qui m'appartient t'appartiendra... comme l'argent de tes études. Ainsi, plus de problème pour aller à Dartmouth.

— Autre chose, tant qu'on est dans la veine des idioties ?

— Je ne dirais pas non à un peu de temps.

— Hors de question. Cette clause est susceptible de couper court à toute négociation.

— Un an ? Deux ans ?

— Inutile d'insister. La suite, s'il te plaît.

— C'est tout. À moins que tu aies envie de parler voitures...

Ma grimace lui arracha un éclat de rire, il prit ma paume pour jouer avec mes doigts.

— À toi, enchaîna-t-il. Je ne m'étais pas rendu compte que tu désirais autre chose qu'être transformée en monstre. Tu as éveillé ma curiosité.

Il s'exprimait d'une voix douce et légère dont la tension, ténue, m'aurait échappé si je ne l'avais pas connu aussi bien. J'examinai nos mains enchevêtrées. Je ne savais toujours pas comment aborder le problème. Je sentis ses prunelles peser sur moi, scrutatrices, et je m'empourprai, gênée.

— Tu rougis ? s'étonna-t-il en caressant ma joue. Je t'en prie, Bella, le suspense est intolérable.

Je me mordis la lèvre.

— Bella ?

— Eh bien... disons que je suis un peu soucieuse... par rapport à l'après.

— Qu'est-ce qui t'inquiète ? demanda-t-il sur un ton toujours aussi mesuré, bien qu'il se fût raidi.

— Tous autant que vous êtes, vous paraissez persuadés que la seule chose qui m'intéressera, une fois transformée, sera de massacrer les humains qui auront le malheur de croiser ma route. Je crains de ne plus être moi à force de me préoccuper autant du grabuge que je risque de provoquer... et de ne plus... ne plus te désirer comme c'est le cas maintenant.

— Ce stade ne dure pas, Bella.

Il n'avait pas saisi.

— Edward, j'aimerais que tu fasses quelque chose avant que je cesse d'être humaine.

Il attendit que je précise, je m'en abstins. Mon visage me brûlait toujours.

— Ce que tu voudras, m'encouragea-t-il, complètement à côté de la plaque.

— Juré ?

J'avais beau être consciente que tenter de le piéger au moyen des mots était voué à l'échec, je ne pus résister à la tentation.

— Oui. Dis-moi ce que tu désires, tu l'auras.

Je le regardai – il semblait sincèrement intrigué. Quant à moi, je trouvais ma maladresse complètement idiote. Trop innocente – le cœur même de cette conversation –, je n'avais pas la moindre idée de la façon dont on s'y prenait pour séduire. J'en étais réduite aux rougissements et à l'embarras.

— Toi, murmurai-je.

— Je suis à toi.

Il souriait, pas plus avancé qu'avant, tentant de croiser mon regard. Soupirant, je m'agenouillai sur le lit puis enroulai mes bras autour de sa nuque et l'embrassai. Il me rendit mon baiser, surpris mais heureux. Ses lèvres manquaient de passion, cependant, et je devinai que son esprit vagabondait ailleurs, curieux de saisir ce que le mien mijotait. Il lui fallait un indice. Je dénouai mes mains de son cou, fis courir mes doigts sur son col.

Ils tremblaient tellement que je n'eus guère le temps de déboutonner sa chemise avant qu'il ne m'arrête. Sa bouche se figea, tandis qu'il reliait mes paroles et mes actes. Il me repoussa aussitôt, hautement désapprobateur.

— Sois raisonnable, Bella.

— Tu as promis, insistai-je sans beaucoup d'espoir.

— Pas cela, riposta-t-il, furieux, en se rajustant.

— Oh que si ! grondai-je.

J'ouvris le haut de mon corsage. Attrapant mes poignets, il les plaqua le long de mon corps.

— J'ai dit non.

Nous nous toisâmes.

— Tu voulais savoir ce qui me préoccupait.

— Je croyais à quelque chose d'un peu plus réaliste.

— Ainsi, *tu* as le droit d'exprimer des exigences ridicules comme le mariage, mais moi, je ne suis pas autorisée à parler de ce que…

Il avait emprisonné mes mains dans l'une des siennes pour coller l'autre sur ma bouche.

— Non, assena-t-il d'une voix dure.

Je respirai profondément afin de me calmer. La colère s'évanouit, laissant place à une nouvelle émotion, que je mis quelques secondes à identifier. Baissant les yeux, m'empourprant derechef, des larmes au coin des paupières, une boule dans l'estomac, j'eus soudain envie de me sauver, poussée par un sentiment de rejet très violent. C'était irrationnel. Edward n'avait jamais caché que ma sécurité était son seul souci. Mais c'était la première fois que je m'offrais à lui avec autant d'abandon. Maudissant le couvre-lit doré qui s'accordait à ses prunelles, je m'efforçai de bannir l'idée qu'il ne me désirait pas car je n'étais pas désirable. Lui soupira. La paume qui scellait mes lèvres se déplaça pour s'emparer de mon menton, qu'elle releva jusqu'à ce que je le regarde.

— Qu'y a-t-il, Bella ?

— Rien.

Au fur et à mesure qu'il m'observait, un air horrifié se dessina sur ses traits.

— Je t'ai offensée ! s'exclama-t-il, ahuri.

— Non, mentis-je.

Une fraction de seconde plus tard, j'étais dans ses bras, visage enfoui dans son épaule, bercée doucement, son pouce caressant ma joue.

— Tu sais bien pourquoi je suis obligé de refuser, murmura-t-il. Tu sais aussi combien j'ai envie de toi.

— C'est vrai ?

— Évidemment, petite sotte trop sensible ! s'esclaffa-t-il brièvement. N'est-ce pas le cas de tout le monde, d'ailleurs ? ajouta-t-il d'un ton lugubre. J'ai l'impression que les prétendants se bousculent au portillon, guettant mon premier gros faux pas. C'est à qui saura intriguer au mieux pour t'avoir. Tu es trop désirable, Bella.

— C'est toi qui dis des sottises, à présent.

Je ne voyais pas en quoi la maladresse, l'embarras et la bêtise étaient susceptibles d'éveiller le désir.

— Faut-il que je lance une pétition pour que tu me croies ? Faut-il que j'énumère les noms de ceux qui n'attendent que mon retrait ? Tu en connais certains, d'autres risqueraient de te surprendre.

— Tu essayes de me distraire, protestai-je. Revenons à nos moutons.

Il soupira.

— Je résume, repris-je, faussement détachée. Tu exiges le mariage, le règlement de mes frais de scolarité, et tu ne refuserais pas de m'offrir une voiture un peu plus rapide que la mienne. J'ai tout bon ? Sacrée liste, non ?

— Seul le premier point est une exigence. Les deux autres ne sont que de simples requêtes.

— Moi, je n'ai qu'une exigence, qui est...

— Parce que c'en est une ? m'interrompit-il en recouvrant son sérieux.

— Oui. Me marier est une épreuve. Je ne m'y résoudrai que si je reçois quelque chose en échange.

— Non, murmura-t-il suavement à mon oreille. C'est impossible maintenant. Plus tard, oui. Quand tu seras moins fragile. Sois un peu patiente, Bella.

— Ce ne sera pas la même chose quand je serai moins fragile. J'ignore qui je serai, alors !

— Tu resteras toi, Bella.

— Comment veux-tu que j'y croie, alors que je serai capable de tuer Charlie, Jacob, Angela ?

— Cela passera. Et je doute que tu auras envie de t'abreuver au sang du clébard. Même les nouveau-nés ont meilleur goût que ça.

— Sauf que ce sera ce que je désirerai le plus, du sang, encore du sang.

— Que tu sois encore vivante aujourd'hui est la preuve du contraire.

— Tu as plus de quatre-vingts ans ! Je parlais du physique, ici, pas du mental. Je sais que j'arriverai à être moi-même au bout d'un moment. N'empêche, physiquement, ma soif l'emportera sur tout le reste.

Il ne répondit pas.

— Je serai donc différente, poursuivis-je. Parce que là, maintenant, je ne désire physiquement rien d'autre que toi. La nourriture, l'eau, l'oxygène ne sont rien, en comparaison. Intellectuellement, j'ai certes d'autres priorités, mais sensuellement...

Je penchai la tête afin d'embrasser sa paume. Il respira profondément, mal à l'aise.

— Je pourrais te tuer, Bella, chuchota-t-il.

— Je ne pense pas.

Il plissa les yeux. Sa main disparut dans son dos, un bruit sec retentit, et le lit frémit. Quand il ramena sa main devant moi, il tenait une fleur, l'une des roses en fer forgé qui ornaient les montants du baldaquin. Ses doigts se refermèrent délicatement, rien qu'une seconde, puis se rouvrirent. Sans un mot, il offrit à mon regard le bout de métal tordu qui ressemblait à un morceau de pâte à modeler écrasé par un enfant. Un instant plus tard, la forme se délita en une poussière de sable noir.

— Ce n'est pas ce que je voulais dire, m'emportai-je. Je connais ta force. Inutile de casser les meubles.

— Que voulais-tu dire, alors ? répliqua-t-il d'une voix sombre en jetant les débris métalliques dans un coin de la chambre.

— Pas que tu ne serais pas capable de me faire du mal si tu le désirais, mais que tu ne le souhaites pas. Tu le souhaites si peu, même, que tu n'y arriverais pas, à mon avis.

Il secouait la tête avant que j'en aie terminé.

— Je ne parierais pas sur ça, Bella.

— Bah ! Tu n'en sais rien du tout !

— Exact. Raison de plus pour ne pas courir le risque, non ?

Je fixai ses prunelles. Implacables, elles ne recelaient aucune lueur d'un compromis possible.

— S'il te plaît, finis-je par chuchoter. Je ne veux que cela. Je t'en prie.

Je fermai les paupières, dans l'attente du non définitif. Aucune réponse ne me parvint, cependant, et j'entendis que sa respiration devenait saccadée. Stupéfaite, je rouvris les yeux. Ses traits étaient déchirés par le doute.

— Je t'en prie, répétai-je, le cœur battant. Je n'exige pas de garanties. Si ça ne marche pas, tant pis. Mais essayons, au moins. Ensuite, je te donnerai ce que tu souhaites. Le mariage. L'autorisation de payer pour Dartmouth. Je ne me plaindrai pas que tu leur graisses la patte pour m'y faire entrer. Tu pourras même me payer une voiture rapide si tu en as envie. Mais... s'il te plaît.

Ses bras de glace se resserrent autour de moi, ses lèvres frôlèrent mon oreille, son haleine gelée provoqua mes frissons.

— C'est intolérable. Il y a tant de choses que je voudrais te donner, et tu me demandes *cela*. Imagines-tu à quel point il m'est douloureux de te le refuser quand tu me supplies ainsi ?

— Alors, accepte.

Il ne releva pas.

— Je t'en prie, répétai-je.

— Bella...

Il secoua lentement la tête, mais ce n'était plus pour exprimer un refus, plutôt sa reddition, cependant que sa bouche picorait ma gorge. Mon cœur s'emballa et, une fois encore, je poussai mon avantage. Lorsqu'il tourna son visage vers moi, je plaquai mes lèvres sur les siennes. Ses mains s'emparèrent de mes joues, je crus qu'il allait me repousser. Il n'en fut rien. Il me rendit mon baiser avec violence, un mélange de désespoir et d'indécision. Contre ma peau soudain brûlante, son corps me sembla glacial comme jamais. Je me mis à trembler, mais pas de froid.

Ce fut à moi d'interrompre notre baiser pour reprendre mon souffle. Ses lèvres ne quittèrent pas ma peau, se déplacèrent sur mon cou. Le sentiment de victoire m'emplit d'un vertige, d'une sensation de puissance, de courage. Mes mains étaient fermes, à présent, et déboutonnèrent sa chemise sans difficulté. Mes doigts se promenèrent sur son torse de neige. Il était tellement beau. Quel mot venait-il d'employer ? Intolérable. C'était ça. Sa beauté était presque intolérable... Je ramenai sa bouche sur la mienne, et il fut aussi empressé que moi. Une de ses mains tenait mon menton, l'autre enlaçait ma taille, me serrant contre lui. J'eus un peu plus de mal à dégrafer mon corsage, y parvins cependant.

Deux fers implacables emprisonnèrent soudain mes poignets et soulevèrent mes bras au-dessus de ma tête qui se retrouva brutalement sur l'oreiller.

— Voudrais-tu s'il te plaît cesser de te déshabiller, Bella ? chuchota sa voix de velours.

— Tu préfères t'en charger ?

— Pas ce soir, répondit-il, toute sa maîtrise retrouvée.

— Edward, ne...

— Je n'ai pas dit non, juste pas ce soir.

— Donne-moi une bonne raison justifiant cette décision.

— Je ne suis pas né d'hier, rigola-t-il. De nous deux, lequel à ton avis est le moins enclin à accorder à l'autre ce que ce dernier réclame ? Tu viens de promettre de m'épouser avant ta transformation, mais si je cède aujourd'hui, quelle garantie ai-je que tu ne fileras pas trouver Carlisle au matin ? Je suis bien moins réticent que toi à t'offrir ce que tu exiges. Donc... tu passes en premier.

— Quoi ? m'exclamai-je, ahurie. Il faut que je me marie d'abord ?

— Oui. C'est à prendre ou à laisser. Nous faisons des compromis, je te rappelle.

Il m'enlaça, se remit à m'embrasser de façon éhontée, trop persuasive, presque contraignante, coercitive. Je tentai de garder les idées claires – en vain.

— C'est une très mauvaise idée, haletai-je quand il m'autorisa enfin à respirer.

— Ta réaction ne me surprend pas. Tu es tellement têtue.

— Je ne comprends pas. Je croyais tenir le bon bout... pour une fois, et voilà que...

— Tu es désormais fiancée.

— Pouah ! Je t'en prie, évite ces mots !

— Serais-tu prête à reprendre ta parole ?

Il se recula, et je constatai qu'il était aux anges, qu'il s'amusait comme un fou. Je le fusillai du regard.

— Alors ? insista-t-il.

— Non, râlai-je. Tu es content ?

— C'est l'extase ! se moqua-t-il en me régalant de son sourire éblouissant. Et toi, tu ne l'es pas ?

D'un baiser également trop persuasif, il coupa mes grognements.

— Si, un peu, admis-je. Mais pas à propos du mariage.

Nouveau baiser.

— N'as-tu pas l'impression que nous faisons les choses à l'envers ? La tradition voudrait que tu prennes mon parti, et moi le tien.

— Toi et moi n'avons rien de traditionnel.

— C'est vrai.

Il se remit à me bécoter, jusqu'à ce que mon cœur s'affole, et que ma peau s'enflamme.

— Écoute, Edward, murmurai-je, cajoleuse, j'ai juré de t'épouser, je ne me rétracterai pas. Si tu y tiens, je suis d'accord pour signer un pacte de mon sang.

— Ce n'est pas drôle.

— N'empêche. Je n'ai pas l'intention de te rouler dans la farine. Tu me connais. Il n'y a donc aucune raison d'attendre. Nous sommes seuls, ce qui n'arrive jamais, tu as acheté ce grand lit très confortable, et...

— Pas ce soir, répéta-t-il.

— Tu n'as pas confiance en moi ?

— Bien sûr que si.

Il embrassait ma paume, et je repoussai son visage pour mieux l'observer.

— Alors, où est le problème ? Ce n'est pas comme si tu allais perdre, à la fin. D'ailleurs, tu gagnes toujours.

— Simple mesure de précaution.

Je plissai le front. Ses traits recelaient une espèce de

retenue qui m'incita à penser qu'il gardait par-devers lui une motivation secrète.

— Toi, tu me caches quelque chose. Aurais-*tu* l'intention de reprendre ta parole ?

— Non, promit-il, solennel. Je te jure d'essayer. Après nos noces.

— Tu me cantonnes dans le rôle du méchant d'un mélodrame, maugréai-je avec un rire sombre. Celui qui tortille sa moustache tout en essayant de ravir sa vertu à une malheureuse innocente.

Ses prunelles circonspectes se posèrent sur moi, puis il s'empressa d'enfouir sa tête dans mon giron.

— C'est donc ça ! m'écriai-je, plus surprise qu'amusée. Tu défends ta vertu.

Je plaquai ma main sur ma bouche afin d'étouffer un éclat de rire. Ces paroles avaient l'air tellement démodées !

— Mais non, idiote. C'est la tienne, que je tâche de défendre. Et tu ne me facilites pas la tâche, loin de là.

— De toutes les âneries que tu...

— Permets-moi de te poser une question, me coupa-t-il promptement. Nous avons déjà abordé ce sujet, mais fais-moi plaisir. Combien de personnes dans cette pièce ont-elles une âme ? Un billet pour le paradis, ou ce qui existe après cette vie sur Terre.

— Deux, répondis-je sans hésiter.

— Admettons. Malgré les innombrables dissensions à ce propos, la majorité des êtres vivants semblent considérer qu'il existe des règles à suivre.

— Celles des vampires ne te suffisent pas ? Tu veux aussi prendre en compte celles des humains ?

— Cela ne mange pas de pain. Au cas où. Certes,

pour moi, il est sans doute déjà trop tard, que tu aies raison ou non quant à l'existence de mon âme.

— Faux.

— Tu ne tueras point est un commandement commun à la plupart des croyances. Or, j'ai tué nombre de gens, Bella.

— Des affreux.

— Ce détail pèsera peut-être dans la balance, peut-être pas. Toi, en revanche, tu n'as tué personne.

— Tu n'en sais rien.

Il sourit, ignora cependant mon interruption.

— Et j'ai bien l'intention de t'empêcher de prendre les chemins de la tentation.

— D'accord. Je te signale néanmoins que nous ne parlions pas de meurtres.

— Des principes identiques s'appliquent. La seule différence, c'est que je suis tout aussi innocent que toi dans ce domaine. Ai-je le droit de ne pas transgresser une loi ?

— Une seule ?

— J'ai volé, menti, convoité... ma vertu est tout ce qu'il me reste.

— Moi aussi, je passe mon temps à mentir.

— Certes, mais de façon tellement maladroite que ça ne compte pas, personne n'y croit.

— J'espère vraiment que tu te trompes, parce que, sinon, Charlie va débouler d'un instant à l'autre en brandissant une arme.

— Charlie est plus heureux quand il fait mine d'avaler tes salades. Il préférerait se mentir plutôt que d'y regarder d'un peu près.

— Qu'as-tu convoité ? Tu possèdes déjà tout.

— Toi. Je n'avais aucun droit de te vouloir, pourtant je t'ai prise. Et maintenant, regarde ce que tu es devenue ! Tu essayes de séduire un vampire.

— On ne convoite pas ce qui nous appartient déjà. Et puis, je croyais que tu te souciais de *ma* vertu.

— C'est le cas. S'il est trop tard pour ce qui me concerne... que je sois damné, sans jeu de mots, si je te laisse l'être aussi.

— Tu ne m'obligeras pas à aller où tu ne seras pas. Telle est ma définition de l'enfer. De toute façon, j'ai la solution : évitons de mourir, compris ?

— Cela paraît si simple ! Pourquoi n'y ai-je pas pensé ?

Il me sourit, jusqu'à ce que je cède et maugrée mon assentiment.

— Donc, tu ne dormiras pas avec moi avant que nous ne soyons mariés ?

— Techniquement, je ne dormirai jamais avec toi.

— Très amusant, Edward !

— Ce détail mis à part, tu as raison.

— Je crois que tu es poussé par une arrière-pensée.

— Laquelle ?

— Tu sais que cela ne fera qu'accélérer les choses.

Il tenta de réprimer une moue narquoise.

— Il n'y a qu'une chose que je désire accélérer, le reste peut attendre l'éternité... pour cela, il est vrai que des hormones d'humaine impatiente sont un puissant allié.

— Je suis ahurie de marcher là-dedans. Quand je songe à Charlie... et à Renée ! Tu imagines la réaction d'Angela ? De Jessica ? J'entends d'ici les ragots.

Il sourcilla, non sans raison. Qu'importaient les

rumeurs, puisque je partirais bientôt de Forks pour ne plus y revenir ? Étais-je d'une telle hypersensibilité que je répugnais à supporter quelques semaines de regards en coin et de questions tendancieuses ? Cela ne m'aurait peut-être pas autant ennuyée si je n'avais su que, comme tout le monde, j'aurais moi aussi donné dans les bavardages condescendants si quelqu'un d'autre avait choisi de s'unir cet été. Ces mots... Aaaaah ! J'en frissonnai d'horreur. En même temps, je n'aurais sans doute pas été aussi agacée si je n'avais été élevée dans une sainte détestation du mariage.

— Il ne sera pas nécessaire d'organiser une cérémonie en grande pompe, intervint Edward, interrompant mes angoisses. Je ne réclame pas de fanfare. Inutile que tu préviennes qui que ce soit non plus. Nous irons à Las Vegas, en vieux jeans, dans une chapelle accessible en voiture. Même pas la peine d'en descendre ! Je désire seulement que ce soit officiel, que tu sois unie à moi pour le meilleur et pour le pire.

— J'estime que notre relation est déjà assez officielle comme ça, répliquai-je.

Sa proposition ne m'était toutefois pas désagréable. Seule Alice serait déçue.

— On verra bien, souffla-t-il, ravi. Tu ne désires pas ta bague tout de suite, hein ?

— Non merci, en effet.

— Parfait. Je te la passerai au doigt bien assez tôt.

— Tu en parles comme si tu l'avais déjà.

— C'est le cas. Et je suis prêt à te l'enfiler de force au premier signe de faiblesse de ta part.

— Tu es incroyable.

— Tu veux la voir ?

Ses yeux topaze brillaient d'enthousiasme, soudain.

— Non ! criai-je.

Je regrettai aussitôt de m'être laissé emporter, quand ses traits se fermèrent.

— Sauf si tu tiens absolument à me la montrer, me rattrapai-je en serrant les mâchoires pour contenir ma terreur irrationnelle.

— Non, ça peut attendre.

— Montre-moi cette fichue bague, Edward, soupirai-je.

— Non.

— S'il te plaît ?

— Tu es la créature la plus dangereuse qui soit, bougonna-t-il.

Pourtant, il se leva et s'agenouilla avec une grâce inconsciente devant la table de nuit. Il regagna le lit en un clin d'œil et passa un bras autour de mes épaules. Il déposa un écrin noir en équilibre sur mon genou.

— Vas y, regarde ! m'ordonna-t-il avec brusquerie.

J'eus du mal à m'emparer de la petite boîte, m'y forçai cependant, ne voulant pas le blesser une deuxième fois. Je caressai le satin sombre, hésitante.

— Tu n'as pas dépensé trop d'argent, n'est-ce pas ? m'enquis-je.

— Pas un fifrelin. C'est encore de la récupération. Mon père avait offert cette bague à ma mère.

— Oh ! m'exclamai-je, surprise.

Je pinçai le couvercle entre mon pouce et mon index, ne le soulevai pas cependant.

— Elle est un peu démodée, dit-il sur un ton d'excuse outré. Dépassée, comme moi. Si tu préfères, je t'achèterai quelque chose de plus moderne. Chez Tiffany, par exemple.

— J'aime les objets vieillots.

J'ouvris l'écrin. La bague d'Elizabeth Masen brilla sur son satin noir. Le cœur en était ovale, bordé de pierres rondes placées en rangs inclinés qui étincelaient. La monture était délicate, fine, et en or, fragile réseau qui sertissait les diamants. Je n'avais jamais rien vu de pareil. Sans réfléchir, je caressai le bijou scintillant.

— Elle est si jolie ! murmurai-je.

— Tu l'aimes ?

— Pourquoi ne l'aimerais-je pas ? ripostai-je, faussement indifférente. Elle est magnifique.

— Essaye-la.

Je serrai la main gauche.

— Je ne vais pas la souder à ton doigt, Bella, soupira-t-il. C'est juste pour voir s'il faut l'adapter. Tu auras le droit de l'enlever tout de suite.

— Bon.

Il s'empara du bijou avant moi et le glissa à mon annulaire, puis il leva ma main, et nous examinâmes l'effet qu'elle produisait contre ma peau. La porter n'était pas aussi terrible que je l'avais craint.

— C'est la bonne taille, commenta-t-il. Tant mieux, ça m'évitera de passer chez le bijoutier.

Sous la décontraction affichée, je devinai une forte émotion, ce que me confirma un coup d'œil dans ses prunelles.

— Ça te plaît, hein ? demandai-je en agitant mes doigts, tout en pensant qu'il était vraiment dommage que je ne me fusse pas cassé la main gauche.

— Oui, admit-il en prenant toutefois soin de hausser les épaules, incarnation de la nonchalance. Elle te va très bien.

Je contemplai ses yeux, tâchant d'identifier ce qui couvait sous la surface. Il croisa mon regard, et toute son indifférence affectée s'évapora d'un coup. Il rayonnait de joie, victorieux, si beau que j'en eus le souffle coupé. Il m'embrassa avec fougue, et quand il se sépara de moi, il était aussi hors d'haleine que moi.

— Oui, je l'adore. Tu n'imagines pas à quel point.

— Je te crois volontiers, haletai-je.

— Cela t'ennuierait-il que je fasse quelque chose ? murmura-t-il en resserrant son étreinte.

— Tout ce que tu voudras.

Il se détacha de moi.

— Pas ça ! me récriai-je cependant en comprenant soudain.

Ignorant mes protestations, il m'aida à me lever du lit avant de se poster devant moi, mains sur mes épaules, l'air grave.

— Je tiens à ce que ce soit fait dans les règles, dit-il. Alors, s'il te plaît, je t'en conjure, garde à l'esprit que tu as déjà accepté et ne me gâche pas ce moment.

Sur ce, il mit un genou à terre.

— Flûte ! gémis-je.

— Chut ! m'intima-t-il.

Je respirai un bon coup.

— Isabella Swan, déclara-t-il en me contemplant à travers ses cils trop longs, ses yeux dorés empreints de douceur et pourtant brûlants, je te jure de t'aimer pour la vie, chaque jour restant jusqu'à la fin du monde. Acceptes-tu de m'épouser ?

Des tas de phrases me démangeaient la langue, dont

plusieurs pas très gentilles, d'autres plus entachées d'un romantisme guimauve écœurant qu'il ne m'en pensait capable sans doute.

— Oui, me bornai-je cependant à chuchoter, par crainte de me ridiculiser.

— Merci.

Prenant ma main gauche, il baisa chacun de mes doigts avant d'embrasser la bague qui m'appartenait désormais.

21

TRACES

Aussi désagréable que me fût l'idée de gâcher une partie de la nuit en dormant, je ne pus échapper au sommeil. Le soleil brillait derrière la baie vitrée lorsque je me réveillai. De petits nuages filaient dans le ciel, et le vent agitait les cimes des arbres avec une telle force qu'il menaçait de déchirer en deux la forêt.

Edward s'éclipsa pendant que je me préparais, ce qui me donna le loisir de réfléchir. Mon plan pour la nuit avait complètement échoué, j'allais devoir en affronter les conséquences. Même en lui rendant la bague aussi vite que sa susceptibilité me le permettait, ma main gauche me paraissait plus lourde, à croire que l'anneau était encore là, invisible. Ce mariage n'aurait pas dû m'ennuyer. Un aller-retour à Las Vegas ne représentait rien. J'irais dans une toilette encore plus appropriée qu'un jean usé – un vieux survêtement. La cérémonie serait expédiée en quinze minutes tout au plus. Bref, c'était supportable. Par la suite, ce mauvais moment passé, lui serait obligé d'exécuter sa part du contrat. Je n'avais qu'à me focaliser sur cela et occulter le reste. Il m'avait assuré que je n'étais pas forcée d'avertir qui que ce soit – j'y comptais bien. Mais c'était oublier Alice – la bêtise du siècle !

Les Cullen revinrent vers midi. Ils évoluaient à présent avec une gravité qui me replongea dans l'énormité de ce qui se préparait. Alice paraissait d'humeur massacrante, ce que j'attribuai à son agacement d'être privée de ses dons visionnaires, et ses premiers mots à l'adresse d'Edward cachèrent mal le désagrément qu'elle ressentait à collaborer avec les loups-garous.

— Il me *semble* que tu dois t'équiper contre le froid, lui dit-elle en grimaçant sur le mot « semble ». Je n'arrive pas à voir où tu seras dans la mesure où tu décampes avec le clébard, mais la tempête qui menace m'a l'air de vouloir être très méchante dans le coin.

Edward acquiesça.

— Il va neiger en altitude, le prévint-elle.

— Pff ! marmonnai-je.

Nous étions au mois de juin !

— Prends une veste, me recommanda-t-elle d'une voix inamicale qui me surprit.

Je tentai de déchiffrer son expression, elle me tourna le dos. Edward souriait – ce qui agaçait sa sœur l'amusait, apparemment.

Ce n'était pas le matériel de camping qui manquait, dans cette maison, autres accessoires de la comédie jouée aux humains. Les Cullen étaient des clients assidus du magasin des Newton. Il empaqueta un sac de couchage, une petite tente, plusieurs sachets de nourriture déshydratés qui m'arrachèrent une moue, ce qui le fit sourire. Pendant qu'il s'affairait, Alice traîna dans le garage, mutique. Il l'ignora. L'équipement rassemblé, il me tendit son portable.

— Appelle Jacob pour l'avertir que nous serons prêts dans une heure environ. Il sait où nous retrouver.

Jacob étant absent, Billy promit de contacter quelqu'un qui lui transmettrait le message.

— Ne t'inquiète pas pour Charlie, jugea-t-il bon de préciser. Je m'en occupe.

— Oui, merci, répondis-je sans préciser que j'étais tout sauf certaine de sa sécurité.

— Je regrette de ne pas pouvoir être avec vous demain, ajouta Billy avec un rire amer. La vieillesse est un fardeau, Bella.

Le bellicisme était décidément une caractéristique masculine. Ces mecs se ressemblaient tous.

— Amusez-vous bien avec Charlie.

— Bonne chance à toi, Bella. Et... passe mes vœux... de réussite aux Cullen.

— D'accord.

Encore étonnée par les derniers mots de Billy, je rendis son téléphone à Edward. Il était en pleine conversation silencieuse avec Alice, qui le fixait avec des yeux suppliants. Il plissait le front, guère heureux.

— Billy vous souhaite bonne chance, annonçai-je.

— C'est très gentil de sa part, commenta Edward.

— Bella ? lança sa sœur. J'aimerais te parler seule à seule.

— Je préférerais que tu t'abstiennes, objecta-t-il. Inutile de me compliquer l'existence.

— Cela ne te regarde pas, riposta-t-elle.

Bizarrement, il s'esclaffa.

— C'est un truc entre filles, insista Alice.

Il se renfrogna.

— Laisse-la faire, intervins-je, dévorée par la curiosité.

— Tu l'auras voulu.

Secoué par un rire à la fois amusé et mécontent, il quitta rapidement le garage. Je me tournai vers Alice, un peu soucieuse, mais elle alla s'asseoir sur le capot de la Porsche, toujours aussi revêche. Je l'y rejoignis. Elle semblait découragée, et sa voix avait des accents si malheureux quand elle reprit la parole que je ne pus m'empêcher de passer un bras autour de ses épaules.

— Bella ?

— Qu'y a-t-il, Alice ?

— Tu ne m'aimes donc pas ?

— Bien sûr que si !

— Alors, pourquoi t'ai-je vue filer en douce à Las Vegas pour te marier sans m'inviter ?

— Oh !

Je me sentis rougir. Visiblement, elle prenait très mal la chose.

— Tu sais combien je déteste les tralalas, me défendis-je. Et puis, c'est une idée d'Edward.

— Qu'elle vienne de lui ou de toi m'est bien égal. Comment oses-tu me faire un coup pareil ? Je n'en attendais pas moins de lui, mais de *toi* ! Je t'aime comme une sœur.

— Je te considère comme telle.

— Que des mots, oui !

— Bon, tu pourras venir avec nous. De toute façon, il n'y aura pas grand-chose à voir.

Pour autant, elle ne se dérida pas.

— Quoi encore ? m'impatientai-je.

— Combien tu m'aimes, Bella ?

— Pardon ?

Elle tourna vers moi son regard de martyre, sourcils noirs froncés, lèvres tremblantes, arborant une expression à fendre le cœur le plus dur.

— Je t'en prie, Bella. Je t'en conjure ! S'il te plaît... Laisse-moi organiser ton mariage.

— Alice, non ! gémis-je en me levant de la voiture. Épargne-moi ça !

— Si tu m'aimes pour de bon...

— Tu es immonde ! Edward a déjà utilisé le chantage affectif, au passage.

— Je suis sûre qu'il préférerait une cérémonie traditionnelle, même s'il ne te l'a pas dit. Et Esmé... Pense à ce que cela signifierait pour elle !

— Plutôt affronter les nouveau-nés toute seule.

— Je te serais redevable pour une décennie.

— Un siècle, oui !

— C'est un oui ? s'exclama-t-elle en s'illuminant.

— Non ! Je refuse.

— Tu n'aurais à t'occuper de rien. Juste à faire quelques pas et à répéter les paroles du pasteur.

— Non, non, et non !

— Je t'en conjure ! Sois gentille ! Sois gentille ! Sois gentille !

Elle s'était mise à sautiller sur place en scandant sa litanie.

— Je ne te le pardonnerai jamais, Alice, jamais.

— Hourra ! brailla-t-elle en tapant dans ses mains.

— Je n'ai pas dit oui !

— Ça ne saurait tarder.

— Edward ! appelai-je en déguerpissant. Je sais que tu nous espionnes. Rapplique ici.

Derrière moi, Alice continuait d'applaudir.

— Merci, lui lança fraîchement son frère en surgissant dans mon dos.

Je virevoltai, prête à l'incendier, mais il avait l'air si triste et inquiet que je ravalai mes jérémiades et me jetai à son cou, enfouissant mon visage dans son torse pour dissimuler mes larmes de rage. Pas question qu'on les confonde avec des larmes de bonheur !

— Las Vegas, chuchota-t-il à mon oreille.

— Cours toujours ! pépia sa sœur. Bella ne me fera jamais ça. Et toi, mon cher, sache qu'il t'arrive d'être extrêmement décevant, en tant que frère.

— Ne sois pas méchante, grommelai-je. Il essaye de me rendre heureuse, lui. Pas comme toi.

— Moi aussi j'essaye de te rendre heureuse, se récria-t-elle. La différence, c'est que je sais ce qui marchera le mieux... à long terme. Un jour, tu me remercieras. Bon, d'accord, peut-être pas avant cinquante ans, mais tu verras.

— Je ne pensais pas pouvoir relever un défi contre toi, ma vieille, sauf que là, si. Obligé.

Elle éclata de son rire argenté.

— Alors, reprit-elle, tu me montres la bague ?

Elle s'empara de ma main, la laissa aussitôt retomber.

— Je l'ai vu te la passer au doigt ! s'exclama-t-elle. J'ai loupé un épisode ou quoi ?

Elle se concentra un bref instant, répondit à sa propre question.

— Non ! Le mariage aura bien lieu.

— Bella a un problème avec les bijoux, avança Edward.

— Bah ! Un diamant de plus ou de moins ! La bague doit en avoir plein, j'imagine, mais vu qu'Edward t'en a déjà...

— Stop, Alice ! l'interrompit ce dernier, bizarrement furieux. Nous sommes en retard.

— On en reparlera, riposta-t-elle. Tu as raison, filez. Vous devez installer un piège et monter votre campement avant la tempête. N'oublie pas de bien te couvrir, Bella, le froid risque d'être... exceptionnel pour la saison.

— J'ai pris sa veste, assura Edward.

— Bonne soirée, alors.

Nous mîmes deux fois plus de temps que d'habitude pour gagner la prairie, car Edward prit des chemins de traverse, histoire que mon odeur n'entache pas la trace que Jacob fabriquerait plus tard. Il me portait dans ses bras, puisque son gros sac à dos occupait ma place habituelle. Arrivé sur place, il me déposa à la lisière la plus éloignée de la vaste clairière.

— Bon, décréta-t-il, à partir d'ici, tu marches en direction du nord en touchant un maximum de choses. Alice m'a renseigné sur la route qu'ils prendront, nous n'allons pas tarder à la croiser.

— Où c'est, le nord ?

En souriant, il tendit le doigt. Je m'aventurai dans la forêt, délaissant la lumière jaune de ce drôle de jour ensoleillé. La vision troublée d'Alice l'avait peut-être induite en erreur quant à la tempête à venir. Du moins, je l'espérais. Le ciel était dégagé, même si le vent soufflait furieusement. Sous le couvert des arbres, il était moins perceptible, bien qu'il fît trop froid pour un mois de juin. J'avais beau être vêtue d'une chemise à manches longues et d'un gros pull, j'avais la chair de poule. J'avançais lentement, tripotant tout ce qui se trouvait à ma portée – écorce rêche des troncs, fougères humides, rochers moussus. Edward m'accompagnait selon une ligne parallèle, à une vingtaine de mètres de moi.

— J'agis comme il le faut ? lançai-je.

— C'est parfait.

— Est-ce que cela aiderait ? demandai-je en récupérant quelques cheveux tombés sur mes épaules et en les déposant sur des feuilles.

— Ça renforce la piste, oui, mais inutile de t'arracher les cheveux, Bella.

— Pas de soucis, j'en perds assez pour ça.

Dans les bois, l'atmosphère était lugubre. J'aurais aimé être assez près d'Edward pour lui tenir la main. Je plaçai un nouveau cheveu sur une branche brisée.

— Tu n'es pas obligée d'obéir à Alice, tu sais ? me dit-il soudain.

— Rassure-toi, je ne me sauverai pas devant l'autel.

J'avais le pénible pressentiment que sa sœur obtiendrait ce qu'elle voulait, à la fois parce qu'elle était totalement dénuée de scrupules quand elle désirait quelque chose, et parce que je n'étais que trop encline à culpabiliser.

— Ce n'est pas ce qui m'inquiète. Je tiens à ce que ce soit comme tu l'auras souhaité.

Je réprimai un soupir. Si je lui avouais la vérité – la forme que prendraient ces noces ne comptait guère, tout n'étant qu'une variation dans les degrés de l'horreur –, il serait blessé.

— Même si Alice parvient à ses fins, reprit-il, nous devrions réussir à éviter le grandiose. Emmett n'aura qu'à décrocher l'autorisation d'officier sur l'Internet.

— Ce ne serait pas mal, en effet, ris-je.

Emmett en marieur aurait l'air d'un gag, ce qui me plaisait, même si j'aurais du mal à ne pas pouffer.

— Tu vois, ajouta Edward, on trouve toujours un compromis.

Je mis un certain temps à atteindre l'endroit où l'armée de jeunes vampires croiserait notre chemin. Edward eut la patience de supporter ma lenteur. Il lui fallut me ramener sur mes pas, car j'étais perdue, dans ces bois qui, à mes yeux, se ressemblaient tous. Nous avions presque rejoint la prairie, et je distinguais déjà une éclaircie devant moi quand, trop pressée, je fis un faux pas et m'affalai par terre. J'évitai de me cogner la tête contre un tronc en me rattrapant à une branche qui m'entama la peau.

— Aïe ! marmonnai-je. Génial, manquait plus que ça !

— Ça va ?

— Oui. N'approche pas, je saigne. Ça s'arrêtera dans un instant.

Ignorant mes recommandations, il fut à mon côté en une fraction de seconde.

— J'ai une trousse de premiers secours, annonça-t-il en enlevant son sac à dos. Je me doutais qu'elle nous servirait.

— Ce n'est rien. Je m'en charge. Inutile de te mettre dans une situation inconfortable.

— T'occupe, ça ne me gêne pas. Donne-moi ta main, que je nettoie la plaie.

— Une minute, je viens d'avoir une idée.

Sans regarder le sang et en prenant soin de respirer par la bouche pour éviter de vomir, j'appuyai ma paume sur un rocher proche.

— Qu'est-ce que tu fabriques ?

— Jasper va adorer ça.

Je repartis en direction du terrain dégagé, pressant ma blessure partout où je le pouvais.

— Je suis sûre que ça les rendra dingues.

Edward poussa un soupir.

— Retiens ton souffle, lui lançai-je.

— Ce n'est pas ça, je trouve seulement que tu en fais un peu trop.

— Je tiens à ce que les choses soient le mieux possible, c'est ma façon d'aider.

Nous émergeâmes de la forêt.

— Ne t'inquiète pas, les nouveau-nés seront cinglés, et Jasper très impressionné par ton sens du devoir. Et maintenant, laisse-moi te soigner. Tu as sali ta blessure.

— Je m'en charge, répétai-je.

— Cela ne m'est plus aussi difficile qu'autrefois, riposta-t-il en souriant.

Je l'observai laver la coupure. Effectivement, il était calme, et sa respiration mesurée.

— Comment l'expliques-tu ? demandai-je quand il posa le pansement.

— J'ai dépassé ce stade.

— De quelle manière ? Quand ?

La dernière fois qu'il avait été obligé de se contrôler face à mon sang remontait au mois de septembre précédent, lors de ma fête d'anniversaire gâchée.

— Durant vingt-quatre heures, je t'ai crue morte, répondit-il en cherchant ses mots. Cela a changé ma façon d'envisager les choses.

— L'impact de mon odeur sur toi aussi ?

— Non, pas du tout. Mais... avoir éprouvé le sentiment de ta perte... a modifié mes réactions. Tout mon être évite les situations qui pourraient provoquer de nouveau ce genre de souffrance.

J'en restai bouche bée.

— Appelons ça une expérience très instructive, rigola-t-il.

Le vent qui soufflait violemment agita mes cheveux et déclencha mes frissons.

— Bien, enchaîna Edward en sortant du sac ma veste d'hiver et en m'aidant à l'enfiler, tu as rempli ton rôle. Le reste nous appartient. Allons camper, maintenant !

Son enthousiasme moqueur me fit rire. Prenant ma main bandée – l'autre était en pire état, l'attelle toujours en place –, il m'entraîna à l'extrémité opposée de la prairie.

— Où retrouvons-nous Jacob ? m'enquis-je.

— Juste ici.

Il désigna les arbres qui nous faisaient face au moment même où le Quileute émergeait prudemment des bois. Il avait forme humaine, j'ignore pourquoi je m'étais attendue à le voir en loup. Il me parut plus grand, sans doute parce que, inconsciemment, je regrettais le Jacob d'avant, celui de mes souvenirs, l'ami qui n'avait pas encore compliqué les choses. Ses bras étaient croisés sur son torse nu, son poing tenait une veste. Son visage resta impassible tandis que nous le rejoignions.

— Il y avait sûrement une meilleure solution, maugréa Edward.

— Trop tard.

Il soupira.

— Salut, Jake, lançai-je quand nous fûmes près de lui.

— Salut, Bella.

— Bonjour, Jacob, dit Edward.

— Où est-ce que je l'emporte ? demanda ce dernier en faisant fi des civilités.

Edward tira une carte de sa poche et la lui donna. Il la déplia.

— Nous sommes ici, expliqua mon amoureux en tendant le doigt.

L'Indien eut un geste de recul instinctif avant de se ressaisir. Edward prétendit ne pas l'avoir remarqué.

— Tu vas l'emmener là-bas, continua-t-il en traçant une ligne sinueuse qui épousait les courbes de niveau. À une petite quinzaine de kilomètres.

Jacob hocha la tête.

— À environ deux kilomètres d'ici, tu devrais tomber sur ma piste. Suis-la. Tu as besoin de la carte ?

— Non, je connais bien le coin.

Apparemment, Jacob avait plus de difficultés qu'Edward à se montrer courtois.

— Je prendrai un chemin plus long, reprit ce dernier. Je vous retrouve dans quelques heures.

Il me regarda, malheureux. Cette partie du plan lui déplaisait souverainement.

— À plus, murmurai-je.

Il disparut dans les arbres, à l'opposé de la direction que nous allions prendre. Dès qu'il fut parti, Jacob retrouva sa bonne humeur.

— Alors, Bella, quoi de neuf ?

— Que du vieux, mon pote, que du vieux.

— Tu as raison. Une bande de vampires essaye de tuer, rien que de très ordinaire.

— Exact.

— Bon, filons, décréta-t-il en enfilant sa veste.

Je me rapprochai de lui en grimaçant. Il se pencha, passa son bras derrière mes genoux et me souleva d'une main, rattrapant ma tête avant qu'elle ne cogne par terre.

— Crétin ! grommelai-je.

Rieur, il partit en courant dans la forêt. Il gardait une allure mesurée, un trot enlevé sur lequel un humain aurait été capable de s'aligner... pour peu qu'il fût en terrain plat et débarrassé de mes cinquante kilos.

— Inutile de galoper, dis-je. Tu vas te fatiguer.

— Courir ne me fatigue pas, répondit-il, le souffle régulier comme celui d'un marathonien. Et puis, il ne va pas tarder à cailler. J'espère que ton chéri aura installé le campement à notre arrivée.

— Je croyais que tu n'avais plus froid ? m'étonnai-je en tapotant son épaisse parka.

— C'est vrai. Je l'ai apportée pour toi, au cas où tu ne serais pas équipée. Le temps m'inquiète. Tu as remarqué que nous n'avons pas croisé un seul animal ?

— Hum... non.

— Ça ne m'étonne pas. Tes sens ne sont pas assez développés.

Je ne relevai pas.

— Alice a parlé d'une sacrée tempête.

— Il est rare que la nature soit aussi silencieuse. Tu as choisi ta nuit pour camper.

— L'idée n'est pas de moi, je te rappelle.

L'itinéraire qu'il suivait se mit à grimper de plus en plus, ce qui ne le ralentit pas cependant. Il sautait de rocher en rocher sans difficulté, l'air de ne pas avoir besoin de ses mains pour garder son équilibre. Il me fit penser à un bouquetin.

— Qu'est-ce que c'est que cet ajout à ton bracelet ? me demanda-t-il soudain.

Je baissai les yeux sur le cœur en cristal.

— Un autre cadeau pour fêter mon diplôme, marmonnai-je en me sentant aussitôt coupable.

— Un caillou, rien de très surprenant, maugréa-t-il, méprisant.

Un caillou ? Le mot évoqua soudain la phrase qu'Alice n'avait pas terminée, dans le garage. Qu'avait-elle dit ? Elle avait parlé de diamants... « Edward t'en a déjà offert un. » Était-ce ce qu'elle avait failli lâcher avant qu'Edward ne l'interrompît ? C'était impossible. Le pendentif devait peser au moins cinq carats, une folie ! Jamais Edward...

— Voilà un moment que tu n'es pas venue à La Push, reprit Jacob, interrompant mes conjectures.

— J'étais occupée. De toute façon... je ne l'aurais pas souhaité.

— Je croyais que tu étais celle qui pardonnait et moi le rancunier ?

Je haussai les épaules.

— Tu as longuement réfléchi à ce qui s'est passé la dernière fois, hein ?

— Non.

— Soit tu mens, s'esclaffa-t-il, soit tu es la personne la plus entêtée sur terre.

— Je ne mens pas, et je te laisse le soin de juger pour ce qui est de ta deuxième suggestion.

Cette conversation me gênait, en pareilles circonstances – ses bras trop chauds serrés autour de moi, me réduisant à l'impuissance ; son visage trop près du mien à mon goût et me donnant envie de reculer.

— Les gens intelligents ne prennent une décision qu'après avoir examiné toutes les options.

— C'est ce que j'ai fait, rétorquai-je.

— Pas si tu n'as pas réfléchi à notre dernière... discussion.

— Une « discussion » qui n'impliquait nullement que je prenne une quelconque décision.

— Certaines personnes sont prêtes à tout pour se tromper.

— J'ai en effet remarqué que les loups-garous étaient enclins à ce mauvais penchant. Est-ce génétique, à ton avis ?

— Dois-je comprendre qu'il embrasse mieux que moi ? demanda-t-il, triste soudain.

— Aucune idée, mon cher. Je n'ai embrassé que lui.

— Et moi, alors ?

— Cela ne compte pas. Je considère cela plutôt comme une tentative de viol.

— Aïe ! Tu es dure.

Je ne répondis pas. Je pensais vraiment ces mots.

— Je me suis excusé, enchaîna-t-il.

— Et je t'ai pardonné... en gros. Ça ne change rien au souvenir que j'en ai.

Il marmonna quelques paroles inintelligibles, et le silence s'installa, rompu seulement par sa respiration et le souffle des bourrasques dans les cimes. Nous parvînmes au pied d'une falaise abrupte, nue et grise que nous longeâmes.

— Je continue d'estimer que c'est irresponsable, lâcha brusquement Jacob.

— J'ignore de quoi tu parles, mais tu as tort.

— Réfléchis deux minutes, Bella. Tu prétends n'avoir embrassé qu'un homme – qui n'en est même pas un, d'ailleurs – dans toute ta vie, et tu as l'intention de t'arrêter là ? Comment peux-tu être sûre que c'est le bon ? Tu ne crois pas qu'il vaudrait mieux acquérir un peu d'expérience ?

— Je sais exactement ce que je veux.

— Quand bien même, ça ne coûte rien de vérifier. Tu devrais essayer d'embrasser quelqu'un d'autre, juste pour comparer... et puisque ce qui s'est produit l'autre fois ne compte pas, tu pourrais m'embrasser, par exemple. Je n'ai rien contre le fait de servir de rat de laboratoire.

Il resserra son étreinte. Si sa propre blague l'amusait, il était exclu que j'entre dans son jeu.

— Méfie-toi, Jake. Je te jure que s'il décide de te casser la figure je ne l'en empêcherai pas.

Ma réaction renforça d'autant son sourire.

— Si tu me demandes un baiser, nous n'aurons aucune raison de nous inquiéter. Il a dit que ça ne le dérangeait pas.

— Ne gaspille pas ta salive... ou plutôt, gaspille-la autant que tu voudras, je ne t'embrasserai pas.

— Ce que tu es de mauvais poil, aujourd'hui !

— On se demande pourquoi, hein ?

— Des fois, j'ai l'impression que tu me préfères en loup.

— C'est le cas. Des fois. Sûrement parce que tu ne peux pas t'exprimer, dans ces moments-là.

— Non, je ne crois pas. Il t'est plus facile de me côtoyer quand je suis loup, parce que tu n'as plus besoin de faire semblant de ne pas être attirée par moi.

J'en restai comme deux ronds de flan, tandis qu'il arborait un air triomphant.

— Non, finis-je par répondre. Je suis certaine que tu te trompes.

— Tu n'en as jamais marre, de te mentir ? soupira-t-il. Tu devrais voir comment tu réagis à ma présence. Physiquement, s'entend.

— N'importe qui réagit à ta présence. Tu es un monstre énorme qui empiète sur le territoire de chacun.

— Je te rends nerveuse, lorsque je suis humain. Quand je suis loup, tu es plus à l'aise.

— La nervosité et l'irritation sont deux choses différentes.

Il me contempla pendant quelques minutes, ralentissant l'allure, et toute trace d'amusement déserta ses traits. Il plissa les paupières, fronça les sourcils. Son souffle, si calme, se fit plus court. Lentement, il pencha la tête vers moi. Je le toisai, parfaitement consciente de ses intentions.

— N'oublie pas, murmurai-je, il s'agit de ta figure.

Éclatant de rire, il se remit à courir.

— Je n'ai pas vraiment envie de me battre avec ton vampire, ce soir. Une autre fois, oui. Mais nous avons tous les deux du boulot, demain, et je ne voudrais pas que les Cullen soient privés d'un des leurs.

La honte m'arracha une grimace sur laquelle il se méprit.

— Je sais, je sais, ajouta-t-il en effet. Tu es persuadée qu'il gagnerait.

Je les privais d'un allié. Et si quelqu'un était blessé à cause de ma faiblesse ? Si, au contraire, je décidais d'être courageuse et autorisais Edward à... Non ! Je ne pouvais même pas y songer.

— Qu'as-tu, Bella ? (L'air bravache de Jacob s'était évanoui, à croire qu'il avait retiré un masque.) Désolé si je t'ai vexée, je blaguais juste. Hé, ça va ? Ne pleure pas.

— Je n'ai pas l'intention de fondre en larmes.

— Mais qu'est-ce que j'ai dit ?

— Tu n'y es pour rien. C'est moi. J'ai... mal agi.

Il me contempla avec des yeux ronds.

— Edward ne se battra pas, chuchotai-je. Je l'ai obligé à rester avec moi. Je suis une super-froussarde.

— Tu crois que notre plan échouera ? Qu'ils te trouveront ? Tu es au courant d'un détail que j'ignore ?

— Non, non, je n'ai pas peur de cela. Seulement... je refuse de le laisser y aller. S'il ne revient pas...

Je frissonnai et fermai les yeux, Jacob resta silencieux.

— Si jamais il arrive quelque chose à quelqu'un, repris-je, ce sera ma faute. Et si ce n'est pas le cas... j'ai été atroce. Il l'a fallu, pour le convaincre de veiller sur moi. Il ne m'en tiendra pas rigueur, mais je sais dorénavant ce dont je suis capable pour me le garder.

J'étais un petit peu soulagée de me décharger de ce fardeau, même si je n'avais que Jacob auprès de qui me confesser. Il grogna, m'amenant à ouvrir les paupières. Je fus désolée de constater qu'il avait remis son masque de dureté.

— Je n'en reviens pas qu'il se soit laissé persuader. Je ne manquerais ça pour rien au monde.

— Voilà qui ne me surprend pas.

— Ça ne signifie rien, cependant. En tout cas, pas qu'il t'aime plus que moi.

— Sauf que tu n'aurais pas accepté, toi, même si je t'avais supplié.

Il pinça les lèvres, et je me demandai s'il oserait protester. Nous n'étions dupes ni l'un ni l'autre.

— Parce que je te connais mieux que lui, finit-il par marmonner. Si tu me demandais de ne pas me battre, et si je refusais, je suis sûr que tu me pardonnerais, à la fin.

— Pour peu que la bagarre se termine bien, oui, sans doute. Il n'empêche que, tout le temps où tu serais parti, je serais morte d'inquiétude, Jake. Folle d'angoisse.

— Pourquoi donc ? Qu'est-ce que ça peut te faire, s'il m'arrive quelque chose ?

— Ne parle pas ainsi. Tu sais combien tu comptes à mes yeux. Je suis navrée que ça ne soit pas autant que tu le désirerais, mais c'est comme ça. Tu es mon meilleur ami. Enfin, tu l'étais. Et tu continues de l'être, parfois... quand tu relâches ta garde.

Il m'adressa le sourire que j'aimais tant.

— Je n'ai pas changé. Y compris quand je ne me comporte pas très bien. Sous l'apparence, je suis toujours le même.

— Je sais. Pourquoi crois-tu que je supporte toutes tes âneries ?

Nous éclatâmes de rire, puis son regard se voila de chagrin.

— Quand te rendras-tu compte que tu es amoureuse de moi ? lâcha-t-il.

— Ne gâche pas tout, s'il te plaît.

— Je ne prétends pas que tu ne l'aimes pas, je ne suis pas idiot. Mais il est possible d'aimer plus d'une personne à la fois. J'en ai été témoin.

— Et moi, Jacob, je ne suis pas un loup-garou dérangé.

Il sursauta, et je faillis m'excuser pour l'emploi de ces derniers mots, puis il changea de sujet.

— Nous ne sommes plus très loin, à présent. Je le flaire.

Je poussai un soupir. De nouveau, il interpréta ma réaction de travers, prenant pour des regrets ce qui était du soulagement.

— Je ralentirais bien, Bella, mais tu seras contente d'être à l'abri avant que ça pète.

Nous regardâmes le ciel. Un mur d'épais nuages noirs et violacés arrivait à toute vitesse de l'ouest, assombrissant la forêt sur son passage.

— La vache ! murmurai-je. Tu as intérêt à te dépêcher, en effet. Il faut que tu rentres avant que ça ne nous touche.

— Je n'ai pas l'intention de rentrer.

— Il est hors de question que tu campes avec nous !

— Je n'en ai pas l'intention non plus. Je n'entrerai pas dans la tente. Je préfère encore une chute de neige à son odeur. Ton buveur de sang aura sûrement envie de ne pas perdre le contact avec la meute, toutefois.

Histoire de rester coordonnés. Je me chargerai volontiers de cette mission.

— Et Seth ?

— Il prendra la relève demain.

Ce rappel des événements à venir me glaça d'un effroi renouvelé.

— Tu pourrais rester avec nous, puisque tu es déjà ici. Si je t'en supplie ? Si je te propose une vie de servitude ?

— C'est tentant, mais non merci. Remarque, tes supplications pourraient être intéressantes. Ne te gêne pas.

— Rien de ce que je pourrai dire ne te convaincra ?

— Non. À moins que tu sois en mesure de me proposer un combat plus chouette. Et puis, c'est Sam qui décide, pas moi.

— Edward m'a raconté autre chose, l'autre jour... à ton sujet.

— Sûrement un mensonge, se hérissa-t-il.

— Ah bon ? Donc, tu n'es pas le second en chef de la meute ?

Il parut surpris.

— Oh, ce n'est que ça ?

— En quel honneur ne m'as-tu jamais confié cela ?

— Pour quelle raison l'aurais-je fait ? Ce n'est qu'un détail.

— Je n'en suis pas certaine. Alors, comment ça fonctionne ? Comment ces rôles ont-ils été attribués ?

— Sam a été le premier d'entre nous, il est le plus âgé aussi. Il était normal qu'il prenne la tête.

— Jared ou Paul ne devraient-ils pas être ses seconds ? Ils ont été les suivants à se transformer.

— C'est... un peu compliqué à expliquer, éluda-t-il.

— Essaye.

Il soupira.

— C'est plus une question de lignage. Un peu ancienne mode, comme système. Personnellement, j'ai du mal à comprendre l'importance accordée à ce qu'était ou non ton aïeul.

Je me souvins d'une chose que Jacob avait mentionnée, longtemps avant que lui ou moi ne soyons au courant de l'existence des loups-garous.

— Ephraïm Black a bien été le dernier des grands chefs Quileute, non ?

— Si. Parce qu'il était aussi celui de la meute. Sais-tu que, techniquement, Sam est devenu le responsable de la tribu ? Ces traditions sont dingues.

— Tu m'as pourtant précisé que les gens écoutaient ton père plus que n'importe quel autre membre du conseil, parce qu'il était le petit-fils d'Ephraïm ?

— Et alors ?

— Eh bien... si c'est une affaire de descendance, ne devrais-tu pas être le chef ?

Il ne répondit pas, le regard perdu sur la forêt sombre, comme s'il éprouvait soudain la nécessité de se concentrer sur la route à suivre.

— Jake ?

— Non. C'est le boulot de Sam.

— Pourquoi ? insistai-je. Son arrière-grand-père était Levi Uley. Il était chef de meute lui aussi ?

— Il n'y en a qu'un à chaque génération.

— Qu'était Levi ?

— Un second. Comme moi.

— Ce n'est pas logique.

— Aucune importance.

— Je veux juste piger.

— Bon, d'accord, tu as raison, finit-il par admettre. Je devais être le chef.

— Et Sam n'a pas voulu céder sa place ?

— Non. C'est moi qui n'ai pas souhaité la prendre.

— Pourquoi ça ?

Il fronça les sourcils, mal à l'aise. Ha ! Chacun son tour.

— Je ne désire rien de tout cela, Bella. Je n'ai pas demandé à changer. Ni à devenir un chef légendaire. Je n'avais aucune envie de me transformer en un loup-garou, encore moins d'être le leader de la meute. Sam me l'a proposé, j'ai décliné.

Je méditai cette réponse.

— Je croyais que tu étais plus heureux, marmonnai-je au bout d'un temps. Que tu t'étais habitué.

— Ce n'est pas si terrible, me rassura-t-il en souriant. C'est même excitant, parfois, comme avec ce qui se passera demain. Au début, cependant, ç'a été comme d'être enrôlé pour une guerre dont j'ignorais qu'elle existait. On ne m'a pas laissé le choix, vois-tu ? Et ç'a été tellement définitif. Mais bon, j'en suis sûrement heureux, à présent. Il faut bien que quelqu'un s'y colle. Autant que ce soit moi, j'ai confiance en moi.

Je le contemplai avec stupeur. Il se montrait soudain beaucoup plus adulte que je ne l'en avais jamais cru capable. À l'instar de Billy, lors de la soirée autour du feu de camp, il était plein d'une majesté que je ne lui avais pas soupçonnée.

— Le Chef Jacob, murmurai-je, amusée par l'expression.

Il leva les yeux au ciel. Juste à cet instant, le vent redoubla de violence, froid comme la glace. L'écho des craquements du bois brisé rebondit contre les parois rocheuses. Malgré la lumière déclinante due aux nuages sinistres qui s'amoncelaient, je distinguai les flocons blancs qui voltigeaient de tous côtés. Jacob pressa le pas, le regard fixé sur le sol. Je me recroquevillai contre lui pour tenter de fuir la neige.

À peine quelques minutes plus tard, il contourna le côté sous le vent du pic montagneux, et j'aperçus la petite tente blottie au pied de la falaise. Les flocons redoublaient d'intensité, sans pouvoir cependant tenir, à cause des bourrasques.

— Bella ! cria Edward, visiblement soulagé.

Il arpentait l'espace dégagé devant notre campement. En une fraction de seconde, il fut à mon côté. Jacob recula puis me posa par terre. Ignorant sa réaction, Edward m'enlaça férocement.

— Merci, lança-t-il au-dessus de ma tête avec une sincérité authentique. Tu as été plus rapide que je ne le pensais, j'en suis vraiment content.

Je me tortillai pour jauger de la réponse de Jacob. Visage fermé, il se contenta d'un vague haussement d'épaule.

— Mets-la à l'abri, dit-il. Mes cheveux se dressent sur mon crâne, ça va être méchant. La tente est bien plantée ?

— Elle est quasiment soudée à la roche.

— Bien.

Jacob leva la tête vers le ciel, noir à présent, tacheté du blanc des flocons. Ses narines s'évasèrent.

— Je vais me transformer, annonça-t-il. Je tiens à savoir comment ça se passe, à la réserve.

Suspendant sa parka à une branche basse, il s'enfonça dans les bois obscurs sans se retourner.

22

LE FEU ET LA GLACE

Une fois encore, le vent secoua la tente, et moi avec.

La température chutait, je le sentais à travers mon duvet, ma veste. J'étais tout habillée, n'avais même pas enlevé mes chaussures de marche. Sans différence notable. Comment pouvait-il faire aussi froid ? Comment pouvait-il faire *de plus en plus* froid ? Il allait bien falloir que ça s'arrête un jour, non ?

— Q-q-q-quelle h-h-h-heure est-il ? réussis-je à bégayer en claquant des dents.

— Deux heures.

Edward était assis aussi loin de moi que le permettait l'espace confiné, redoutant que son haleine ne m'effleurât alors que j'étais déjà congelée. La pénombre m'empêchait de distinguer ses traits, mais sa voix était anxieuse, indécise, agacée.

— Nous devrions peut-être...

— Non ! Je v-v-vais b-b-b-bien, v-v-v-vraiment. Je n-n-n-ne v-v-v-veux p-p-p-pas sortir.

Il avait déjà tenté une bonne douzaine de fois de me convaincre d'aller courir pour me réchauffer, mais j'étais terrifiée à l'idée de quitter mon abri. Le froid était si intense à l'intérieur, où nous étions protégés du vent, que je n'osais imaginer la température qui régnait dehors. Au demeurant, cela risquait de réduire à néant nos efforts de l'après-midi. Aurions-nous le temps de nous installer ailleurs, la tempête terminée ? Et si elle était sans fin ? Bouger maintenant n'avait aucun sens. Je devais être capable de tenir une nuit en grelottant. J'avais peur que la piste que nous avions tracée ne se perdît, mais Edward avait été catégorique – les monstres la repéreraient sans difficulté, en dépit du mauvais temps.

— Comment puis-je t'aider ? me demanda-t-il, presque suppliant.

Je me bornai à secouer la tête. Dehors, Jacob laissa échapper un gémissement malheureux.

— V-v-v-va-t'en ! lui ordonnai-je pour la énième fois.

— Il s'inquiète pour toi, me traduisit Edward. Lui va bien. Il est équipé pour résister à cette météo.

Je voulus répondre qu'il valait quand même mieux qu'il s'en aille, n'y parvins pas tant mes dents s'entrechoquaient et faillis me mordre la langue. Certes, grâce à sa fourrure cuivrée ébouriffée, plus épaisse, plus longue, Jacob paraissait réellement en mesure de résister à pareille neige ; mieux que ses camarades, d'ailleurs, dont le poil était bizarrement plus court. Derechef, il poussa un glapissement perçant qui prit les échos d'une plainte.

— Et qu'est-ce que tu veux que je fasse ? s'énerva soudain Edward, trop angoissé pour rester poli. Tu n'as qu'à te rendre utile, toi. Va chercher un radiateur, je ne sais pas, moi !

— Je t-t-t-tiens le c-c-c-coup ! protestai-je.

Je ne convainquis personne, à en juger par le grognement d'Edward et le grommellement étouffé qui nous parvint de dehors. Une bourrasque secoua la toile, je frissonnai. Soudain, un ululement déchira les hurlements du vent, si fort que je me bouchai les oreilles.

— Voilà qui n'était pas indispensable, marmonna Edward, furieux. De plus, c'est une mauvaise idée.

— Elle est toujours meilleure que ce que tu as proposé jusqu'à maintenant, riposta la voix humaine de Jacob. (Je tressaillis.) « Va chercher un chauffage d'appoint. » Je ne suis pas un saint-bernard !

La fermeture Éclair de la porte descendit rapidement, et Jacob se faufila à l'intérieur, accompagné par une bouffée d'air proprement polaire. Je fus agitée par de tels frissons, qu'on eût dit des convulsions.

— Ça ne me plaît pas, siffla Edward, tandis que l'Indien refermait la tente. Donne-lui ta veste et file.

Jacob tenait la parka qu'il avait suspendue à une branche. Je voulus leur demander de quoi ils parlaient, n'y réussis pas, une fois de plus.

— Elle la mettra demain, répliqua-t-il. Pour l'instant, elle est gelée, et Bella est trop transie pour parvenir à la réchauffer par elle-même. Tu as mentionné un radiateur, je suis là.

Il écarta les bras autant que l'exiguïté de l'endroit le

lui permettait. Comme d'habitude quand il se transformait, il ne portait que le minimum, un survêtement, et ni chemise, ni chaussures.

— J-j-j-jake ! T-t-t-tu es f-f-f-fou ! T-t-t-tu vas m-m-m-mourir de f-f-f-froid !

— Il y a peu de chance, rigola-t-il. Ma température frôle les quarante-trois degrés. Je vais te faire transpirer en un rien de temps.

Edward gronda, Jacob l'ignora complètement et crapahuta jusqu'à moi. Il entreprit d'ouvrir mon sac de couchage. Tout à coup, une main dure et blanche comme la neige s'abattit sur son épaule mate. Le Quileute serra les mâchoires, plissa le nez et eut un mouvement de recul, prêt à riposter.

— Ne me touche pas ! feula-t-il.

— Alors, ne la touche pas ! répliqua Edward.

— N-n-n-ne vous b-b-b-battez pas !

— Elle te sera très reconnaissante quand ses orteils vireront au noir et tomberont, lâcha Jacob.

Edward hésita, puis se rencogna à sa place.

— Attention à toi, lança-t-il toutefois d'une voix menaçante.

Jacob ricana.

— Pousse-toi, Bella, m'ordonna-t-il en continuant à ouvrir le duvet.

Je le toisai, outragée et complètement solidaire de la réaction d'Edward.

— N-n-n-non ! objectai-je.

— Ne sois pas idiote. Tu n'aimes donc pas tes doigts de pied ?

Sur ce, il se glissa à côté de moi dans l'espace infime qu'offrait le sac de couchage et remonta la fermeture.

Alors, je cessai de résister. Il dégageait une telle chaleur que cela m'était impossible. Ses bras se refermèrent autour de moi, me collant à son torse nu. Ce feu, c'était comme pouvoir enfin respirer après être resté trop longtemps sous l'eau. Il tressaillit quand je plaquai mes doigts transis sur sa peau.

— Houps, Bella ! Tu es un vrai glaçon !

— D-d-d-désolée.

— Essaye de te détendre, me conseilla-t-il quand je fus secouée par un nouveau frisson. Tu auras chaud dans une minute. Bien sûr, ça irait plus vite si tu te déshabillais.

Edward grogna aussitôt.

— C'est juste une constatation, se défendit Jacob. Une technique de survie basique.

— Ç-ç-ç-ça s-s-s-suffit, J-j-j-jake ! m'emportai-je, en me gardant bien cependant de m'éloigner de lui.

— Ne t'inquiète pas du buveur de sang, répondit-il avec suffisance. Il est jaloux.

— Oui, admit Edward, et sa voix avait recouvré son calme, ses intonations veloutées et musicales. Tu n'imagines même pas à quel point je voudrais être à ta place, clébard.

— Chacun ses limites, plastronna Jacob avant d'ajouter sur un ton plus amer : au moins, tu sais qu'elle préférerait que ce soit toi.

— Vrai.

Mes frissons s'apaisèrent lentement, plus supportables.

— Là, murmura Jacob. Tu te sens mieux ?

— Oui, répondis-je, enfin en état de prononcer un mot sans bégayer.

— Tes lèvres sont encore bleues. Tu veux que je les réchauffe aussi ? Tu n'as qu'à demander.

Edward poussa un gros soupir.

— Sois sage, marmonnai-je à mon ami en enfouissant mon visage dans son épaule.

Une fois encore, il tressaillit au contact de ma peau glacée, et j'eus un petit sourire vindicatif. À l'intérieur du sac de couchage, il faisait bon désormais. Le corps de Jacob semblait irradier de partout, peut-être parce qu'il prenait toute la place. Je me débarrassai de mes chaussures et blottis mes orteils contre ses jambes. Il sursauta puis pencha sa tête pour coller sa joue brûlante contre mon oreille engourdie.

Sa peau dégageait une senteur boisée qui, ici, en pleine nature, paraissait s'imposer. C'était agréable. Les Cullen et les Quileute en rajoutaient-ils dans cette histoire d'odeurs insupportables à cause de leurs préjugés ? Pour moi, tous avaient un arôme délicieux.

La tempête hurlait comme une bête féroce, attaquant la tente sans relâche. Cela ne m'inquiéta pas, cependant. Jacob n'était plus dans le froid, moi non plus. J'étais également épuisée, à force de m'angoisser pour tout, et lasse d'avoir veillé aussi tard. Mes muscles crispés pendant des heures étaient douloureux. Je me détendis peu à peu, fondis à en devenir molle.

— Jake ? murmurai-je, à demi assoupie. Je peux te demander un truc ? Simple curiosité de ma part.

— Naturellement.

— Pourquoi es-tu beaucoup plus poilu que tes amis ? Tu n'es pas obligé de répondre si ma question te gêne.

— Parce que mes cheveux sont plus longs, expliqua-t-il, amusé.

Il secoua la tête, et sa tignasse désordonnée chatouilla ma joue.

— Oh !

J'étais surprise, bien que cela fût logique. Voilà pourquoi tous se tondaient au début de leur transformation.

— Pourquoi ne les coupes-tu pas, dans ce cas ? Tu aimes être poilu ?

Cette fois, il ne pipa mot. Edward rigola dans sa barbe.

— Excuse-moi, repris-je en bâillant. Je ne voulais pas être indiscrète.

— Il va te le dire de toute façon, maugréa Jacob. J'ai laissé pousser mes cheveux parce que... tu avais l'air de les préférer longs.

— Ah... Les deux me plaisent, Jake. Inutile de supporter cela si c'est un inconvénient.

— Cette nuit, ç'a plutôt été un avantage.

Le silence s'installa, mes paupières s'alourdirent, je fermai les yeux. Ma respiration ralentit, régulière.

— C'est ça, Bella, chuchota Jacob. Dors.

Je soupirai de bien-être.

— Seth est là, marmonna soudain Edward à l'adresse de l'Indien.

— Super. Comme ça, tu peux t'occuper du reste avec lui pendant que je veille sur ta chérie à ta place.

— Arrêtez ça, vous deux, marmottai-je.

L'intérieur de la tente était calme. Dehors, le vent poussait des hurlements insensés à travers les arbres et secouait notre abri avec tant de violence que j'avais du mal à trouver le sommeil. Les piquets tressaillaient brusquement, se penchaient, me tirant chaque fois de l'inconscient dans lequel je glissais. Par ailleurs, j'avais de la peine pour le jeune loup, l'adolescent qui affrontait la tempête. Mon esprit vagabondait en attendant de sombrer. Cet espace tiède et confiné me rappelait les premiers jours en compagnie de Jacob, l'époque où il avait été mon soleil de substitution, l'astre qui avait rendu supportable la vacuité de mon existence. Je n'avais pas pensé à lui ainsi depuis longtemps, et voici qu'il était là, qu'il me réchauffait de nouveau.

— S'il te plaît ! siffla soudain Edward. Fais un effort !

— Quoi ? chuchota mon ami, surpris.

— Essaye de contrôler ton cerveau !

— Personne ne t'a demandé de l'écouter, protesta Jacob sur un ton de défi derrière lequel perçait un certain embarras. Sors de ma tête.

— J'aimerais bien, figure-toi. Seulement, tes fantasmes sont bruyants. On dirait que tu les cries !

— Je vais tâcher de les garder pour moi, se moqua l'autre.

Il y eut un bref silence.

— Oui, reprit Edward, en réponse à une pensée muette du loup. Je suis jaloux de cela aussi.

— Je m'en doutais. Voilà qui remet à plat les choses, hein ?

— Ne rêve pas !

— Elle peut encore changer d'avis, vu tout ce que je suis capable de lui apporter, et pas toi. Du moins, tant que tu ne l'auras pas tuée.

— Endors-toi, Jacob. Tu commences à me taper sur les nerfs.

— Je vais en effet piquer un petit roupillon. Je suis installé si confortablement, moi.

Edward ne releva pas. J'étais déjà trop plongée dans les limbes pour exiger qu'ils cessent de parler de moi comme si j'étais absente. De plus, j'avais l'impression d'un rêve, je n'étais pas certaine que cette conversation était réelle.

— Pourquoi pas ? lâcha Edward, tout à coup.

— Seras-tu honnête ?

— Pose la question, tu verras bien.

— Tu lis dans mes pensées, laisse-moi voir les tiennes, cette nuit. Ce ne serait que justice.

— Tu fourmilles d'interrogations. À laquelle suis-je censé répondre ?

— La jalousie... elle doit te bouffer, non ? Tu ne peux être aussi sûr de toi que tu en as l'air. Sauf si tu es dépourvu d'émotions.

— Bien sûr qu'elle me ronge. En ce moment, elle est si intense que j'ai du mal à contrôler ma voix. C'est pire quand Bella est loin de moi et près de toi, quand je ne la vois pas.

— Elle t'obsède ? Arrives-tu à te concentrer quand elle est absente ?

— Oui et non. Mon cerveau ne fonctionne pas tout à fait de la même façon que le tien. Je peux penser à bien plus de choses en même temps. Donc, quand elle se tait, qu'elle réfléchit, il me suffit de songer à toi pour me demander si elle est avec toi par l'esprit.

Jacob ne répondit pas à haute voix.

— Oui, reprit Edward, elle pense à toi souvent, plus souvent que je le voudrais. Elle s'inquiète pour toi, souhaiterait que tu sois heureux. Mais tu le sais, et tu t'en sers.

— J'utilise les armes dont je dispose. Je n'ai pas tes avantages. Notamment sa certitude de t'aimer.

— Ça aide.

— Elle m'aime aussi, figure-toi.

Edward ne releva pas.

— Malheureusement, elle refuse de l'admettre, soupira Jacob. Elle se ment.

— Je ne suis pas en mesure de confirmer cela.

— Est-ce que ça t'ennuie de ne pas pouvoir déchiffrer ses pensées ?

— Oui et non, encore une fois. Elle préfère que ce ne soit pas le cas, bien que ça me rende dingue, parfois. Je préfère lui faire plaisir, cependant.

Le vent secoua la tente comme un tremblement de terre, et Jacob resserra son étreinte, protecteur.

— Merci, murmura Edward. Aussi bizarre que ça puisse sembler, je suis content que tu sois là.

— Autrement dit, tu as beau avoir une envie folle de me tuer, tu es soulagé qu'elle ait chaud.

— Cette trêve n'est facile pour personne.

— J'en étais sûr ! Tu es aussi jaloux que moi.

— Pas au point de l'afficher, contrairement à toi. Cela ne te rend pas service, sache-le.

— Tu es plus patient que moi.

— Normal, j'ai cent ans d'expérience. J'ai passé un siècle à l'attendre.

— À partir de quand as-tu décidé de jouer le mec tolérant et sympa ?

— Lorsque j'ai constaté combien elle souffrait de devoir choisir. Ce n'est pas trop compliqué à gérer. La plupart du temps, je suis en état de réprimer les sentiments les... moins charitables que je nourris à ton égard. Il me semble que, quelquefois, elle lit en moi, mais je n'en suis pas certain.

— À mon avis, tu as seulement eu peur qu'elle ne te choisisse pas si tu l'obligeais à décider.

— En partie, oui, avoua Edward au bout d'un moment de réflexion. Une toute petite partie, néanmoins. Nous avons tous nos instants de doute. Je craignais surtout qu'elle ne se fasse du mal en essayant de filer en douce pour te retrouver. Quand j'ai eu accepté l'idée qu'elle était plus ou moins en sécurité avec toi, il m'a paru préférable d'arrêter de la pousser dans ses retranchements.

— Si je le lui disais, moi, elle ne me croirait pas.

— Je sais.

Du fond de ma torpeur, j'eus l'impression qu'Edward souriait.

— Tu crois tout savoir, hein ? riposta Jacob.

— Le futur m'échappe, objecta mon amoureux, brusquement hésitant.

Il y eut une longue pause.

— Comment réagirais-tu si elle changeait d'avis ? s'enquit l'Indien.

— Cela aussi, je l'ignore.

— Tenterais-tu de me tuer ?

— Non.

— Pourquoi ?

— Tu me crois vraiment capable de la blesser de cette manière ?

— Hum... tu as raison. N'empêche... des fois...

— Des fois, l'idée est alléchante.

Jacob enfouit son visage dans le duvet pour étouffer son rire.

— Exactement, admit-il ensuite.

Quel rêve étrange ! Le vent incessant était-il à l'origine des chuchotements que j'imaginais ? Sauf qu'il ne chuchotait pas, il hurlait plutôt.

— À quoi ç'a ressemblé de la perdre ? enchaîna Jacob d'une voix rauque, à présent. Comment as-tu... tenu le coup ?

— Il m'est très difficile d'en parler.

Jacob patienta.

— Cette impression de perte, reprit Edward en détachant lentement chaque mot, je l'ai éprouvée à deux reprises. La première, quand je me suis cru capable de la quitter. C'était... presque intolérable. Je pensais qu'elle m'oublierait, que ce serait comme si je n'étais jamais entré dans sa vie. Pendant plus de six mois, j'ai réussi à m'éloigner, à tenir ma promesse de ne plus jamais perturber son existence. Ça n'a pas été aisé, je me suis battu, alors que j'étais conscient que je ne gagnerais pas, qu'il faudrait que je revienne... ne serait-ce que pour vérifier où elle en était. Enfin, tel était l'argument derrière lequel je m'abritais. Si je découvrais qu'elle était... raisonnablement heureuse, j'aime à songer que je serais reparti.

« Sauf qu'elle était malheureuse. C'est d'ailleurs comme ça qu'elle m'a convaincu de ne pas la laisser demain. Tu t'es demandé quelles étaient mes motivations, et en quel honneur elle se sentait tellement coupable. Elle m'a rappelé ce que je lui avais infligé en l'abandonnant, ce qu'elle ressent toujours quand je m'en vais. Elle s'en veut d'avoir ramené ça sur le tapis, mais elle a raison. Je ne rattraperai jamais cela, ce qui ne m'empêchera pas d'essayer.

Jacob ne réagit pas tout de suite, prêtant l'oreille à la tempête ou digérant ce qu'il venait d'apprendre.

— Et la deuxième fois ? murmura-t-il ensuite. Quand tu l'as crue morte ?

— Oui, marmonna Edward en réponse à une autre question. C'est sans doute ce que tu éprouveras. Vu la façon dont tu nous perçois, tu n'arriveras sûrement plus à l'envisager comme Bella. Pourtant, ce sera bien elle.

— Ce n'est pas ce que je t'ai demandé.

— Je ne peux pas te l'expliquer. Les mots n'y suffisent pas.

— Tu l'as abandonnée parce que tu refusais de la transformer en buveuse de sang, pourtant. Tu souhaites qu'elle reste humaine.

— À l'instant où j'ai compris que je l'aimais, j'ai aussi compris que nous n'avions que quatre solutions. La première, la meilleure pour Bella, aurait été qu'elle ne s'éprenne pas autant de moi, qu'elle m'oublie et passe à autre chose. Je l'aurais accepté, même si ça n'aurait rien changé à mes sentiments. Tu me considères comme un rocher vivant, dur, froid. C'est vrai. Nous sommes ainsi, et il est très rare que nous expérimentions un réel changement. Lorsque ça se produit, cependant, comme le jour où Bella est entrée dans ma vie, c'est pour l'éternité. Impossible de faire machine arrière...

« La deuxième option, celle que j'ai d'abord privilégiée, était de rester à son côté pendant son existence humaine. Ce n'était pas une bonne solution pour elle, car elle aurait gâché sa vie avec un inhumain. Pourtant, c'était l'alternative la plus facile pour moi, sachant que, quand elle mourrait, je me débrouillerais pour mourir aussi. Soixante, soixante-dix ans, cela m'aurait semblé un laps de temps extrêmement court... Malheureusement, vivre aussi près de mon univers s'est révélé dangereux pour elle. Le pire est arrivé systématiquement. J'ai été terrifié à l'idée que ces soixante années risquaient d'être encore écourtées.

« Alors, j'ai opté pour la troisième solution. En espérant l'obliger à choisir la première, j'ai choisi de m'éclipser. Cela n'a pas fonctionné, et j'ai failli nous pousser à la mort tous les deux. Ç'a été la pire erreur de ma très, très longue existence.

« Que me restait-il, sinon la dernière alternative ? C'est ce qu'elle veut, du moins, elle en est persuadée. J'ai tenté de retarder l'échéance, de lui donner le temps de se raviser. Mais elle est terriblement têtue, comme tu sais. Avec un peu de chance, je parviendrai à gagner quelques mois. Elle est horrifiée par la perspective de vieillir, et son anniversaire est en septembre.

— L'option numéro un me plaît bien, marmonna Jacob.

Edward ne pipa mot.

— Aussi détestable qu'il me soit de le reconnaître, je suis forcé d'admettre que tu l'aimes, enchaîna l'Indien. À ta façon. C'est un fait que je ne discuterai plus. Cela étant, je ne pense pas que tu devrais renoncer à la première solution. Pas encore. Je suis même sûr qu'elle finira par l'accepter. Si elle n'avait pas sauté de cette falaise en mars... si tu avais attendu encore six mois avant de venir vérifier comment elle allait... tu l'aurais retrouvée raisonnablement heureuse. J'avais un plan.

— Peut-être. C'était un bon plan.

— Oui, soupira Jacob. Sauf que... donne-moi un an, ajouta-t-il d'une manière soudain précipitée. Je crois vraiment que j'arriverai à la rendre heureuse. Elle est entêtée, je suis bien placé pour le savoir, mais elle peut guérir de toi. Elle a déjà failli le faire. Alors, elle resterait humaine, avec Charlie, Renée. Elle vieillirait, aurait des enfants... serait elle-même. Tu l'aimes assez pour voir les avantages de cette idée. Elle t'estime incapable d'égoïsme... prouve-le. Pourrais-tu envisager que je sois mieux que toi pour elle ?

— J'y ai déjà réfléchi. Sur certains points, tu lui correspondrais mieux que n'importe quel autre homme. Bella exige qu'on veille sur elle, et tu es assez fort pour la protéger d'elle-même et de tout ce qui conspire contre elle. Tu l'as montré par le passé, et je t'en serai redevable aussi longtemps que j'existerai, quoi qu'il arrive. J'ai même demandé à Alice si elle voyait cela, si Bella serait plus heureuse avec toi. Naturellement, elle n'a pas pu, dans la mesure où elle ne te voit pas, et où Bella est catégorique sur ses désirs, pour l'instant au moins. Je ne suis cependant pas assez bête pour répéter la même erreur qu'avant. Je ne l'obligerai pas à choisir la première option, Jacob. Tant qu'elle voudra de moi, je serai là.

— Et si elle décidait que c'est moi qu'elle préfère ? Je t'accorde qu'il y a peu de chance, mais bon.

— Alors, je la laisserais partir.

— Comme ça ?

— Je ne lui montrerais jamais à quel point cela me serait difficile. Attention, toutefois, je monterais la garde. Parce que tu pourrais la quitter un jour. Comme pour Sam et Emily, tu n'aurais pas le choix. J'attendrais dans la coulisse, en espérant que cela se produise.

— Tu as été plus franc que je ne le méritais. Merci, Edward.

— De rien. Je te répète que je te suis reconnaissant de ta présence ici cette nuit. Si nous n'étions pas des ennemis naturels, et si tu ne t'efforçais pas de me ravir Bella, je crois que je pourrais t'apprécier.

— Et toi, si tu n'étais pas un vampire répugnant qui s'apprête à boire la vie de la fille que j'aime... non, même comme ça, je n'y arriverais pas.

Edward s'esclaffa doucement.

— Puis-je te poser une question ? s'enquit-il ensuite.

— Parce que tu dois demander ?

— Je ne lis que ce que tu penses, or tu ne penses pas à ce qui m'intrigue en ce moment. Bella n'a pas voulu évoquer quelque chose, l'autre jour. Une histoire concernant une certaine troisième épouse.

— Ah bon ?

Edward se tut pendant qu'il écoutait le récit que Jacob déroulait dans sa tête. Puis il poussa un sifflement ténu.

— Quoi ? s'étonna l'Indien.

— C'est évident ! grogna Edward. Tellement évident ! J'aurais préféré que tes aînés gardent cette légende pour eux.

— Tu n'apprécies pas qu'on dépeigne les sangsues comme des vilains ? C'est pourtant vrai, et tu le sais. Autrefois comme maintenant.

— Je m'en fiche complètement ! Tu ne devines donc pas à quel personnage Bella s'est identifiée ?

— Oh ! murmura Jacob au bout de quelques secondes. Flûte ! La troisième épouse. Je vois.

— Elle tient à être présente, demain, afin de faire ce qu'elle peut pour aider, comme elle dit. Au passage, c'est la deuxième raison qui me pousse à rester ici. Bella est très inventive, quand elle le veut.

— Ton soldat de frère lui a soufflé cette idée tout autant que notre histoire.

— J'ai conscience que personne ne songeait à mal, l'apaisa Edward.

— Quand cette trêve prendra-t-elle fin ? Au lever du jour, ou attendrons-nous la fin de la bagarre ?

Le silence s'installa tandis que tous deux méditaient la question.

— Au lever du jour, soufflèrent-ils enfin comme un seul homme.

Ils rirent.

— Dors bien, Jacob. Profite de cette nuit.

Le silence retomba, et la tente retrouva son calme. Le vent semblait avoir renoncé à nous aplatir et désertait le champ de bataille.

— Je n'entendais pas cela de façon littérale, grogna soudain Edward.

— Désolé, chuchota Jacob. Tu n'as qu'à nous laisser, qu'on ait un peu d'intimité.

— Faut-il que je t'aide à t'endormir ?

— Tu peux toujours essayer, ce serait marrant.

— Ne me tente pas, loup. Ma patience a quelques limites quand même.

— Si ça ne t'ennuie pas, je préférerais ne pas bouger.

Edward se mit à fredonner, plus fort que d'habitude,

sans doute pour étouffer les pensées de Jacob. Mais c'était ma berceuse et, en dépit de l'inconfort que provoquait en moi ce rêve chuchoté, je sombrai dans l'inconscience... dans d'autres songes qui paraissaient plus sensés.

23

MONSTRE

Quand je m'éveillai au matin, la lumière était éclatante, y compris dans la tente, et le soleil me blessa les yeux. Je transpirais, comme Jacob me l'avait garanti. Lui ronflait doucement, ses bras toujours enroulés autour de moi. J'écartai la tête de son torse fiévreux, sentis la morsure du froid sur ma joue moite. Il soupira dans son sommeil, resserra son étreinte sans s'en rendre compte, et je me tortillai afin de lui échapper. Je levai la tête, Edward croisa mon regard. Il conservait un calme apparent, cependant que la souffrance luisait dans ses prunelles.

— La température a-t-elle un peu augmenté dehors ? chuchotai-je.

— Oui. Je ne crois pas que le radiateur sera nécessaire aujourd'hui.

Je tentai de baisser la fermeture Éclair du sac de couchage, mais mes mains étaient prisonnières, et j'étais incapable de lutter contre l'inertie de Jacob, qui marmonna et m'étouffa un peu plus.

— Au secours ! soufflai-je.

— Dois-je lui arracher les bras ? plaisanta Edward.

— Non merci. Contente-toi de me libérer. Je vais crever de chaleur.

Il ouvrit le duvet d'un geste vif, et Jake roula sur le côté, ses pieds entrant en contact avec le sol gelé.

— Hé ! ronchonna-t-il en soulevant aussitôt les paupières.

Instinctivement, voulant fuir le froid, il se jeta sur moi, son poids me coupant la respiration. Tout aussi vite, son corps fut hissé du mien et alla valdinguer dans les piquets. Des grondements jaillirent de partout. Accroupi devant moi, me tournant le dos, Edward rugissait de fureur. À demi baissé lui aussi, Jacob tremblait de tous ses membres, cependant que des grognements sourds s'échappaient de sa mâchoire crispée. Dehors, les ululements de Seth Clearwater résonnèrent, renvoyés par la montagne.

— Ça suffit ! hurlai-je en m'interposant. Stop !

L'espace était si étriqué que je n'eus qu'à tendre les bras pour poser une main sur la poitrine de chacun. Edward m'attrapa aussitôt par la taille, prêt à m'écarter.

— Tu arrêtes ça tout de suite ! le prévins-je.

À mon contact, Jacob avait commencé à se calmer. Ses frissons cessèrent, bien que ses dents soient restées découvertes, ses yeux toisant furieusement son ennemi juré. Seth continua à glapir, ses cris envahissant soudain le silence de la tente.

— Tu es blessé, Jacob ? m'enquis-je.

— Bien sûr que non.

Je me tournai vers Edward qui me regardait, furieux.

— Qu'est-ce que ce comportement ? le rabrouai-je. Excuse-toi.

— Tu plaisantes ? se récria-t-il, ahuri. Il t'écrasait !

— Parce que tu l'as jeté par terre. Et il ne m'écrasait pas.

Révolté, Edward grommela avant de poser ses yeux hostiles sur Jacob.

— Désolé, clébard.

— Y a pas de mal, répondit le Quileute, railleur.

Je m'enroulai dans mes bras, brusquement sensible au froid.

— Tiens, me dit Edward en ramassant la parka qu'il drapa sur mes épaules.

Il avait recouvré sa maîtrise de soi.

— C'est celle de Jacob, objectai-je.

— Jacob a de la fourrure.

— Si tu n'as rien contre, je préfère me remettre dans le duvet, rétorqua ce dernier. Je n'ai pas eu mon content de sommeil. J'ai passé de meilleures nuits.

— C'était ton idée, contra Edward.

Mais Jacob s'était déjà blotti dans le sac de couchage, paupières fermées. Il bâilla.

— Je ne pensais pas à la qualité de la nuit, riposta-t-il. Juste à l'insuffisance de sommeil. J'ai cru que Bella n'allait jamais la boucler.

Je fis la grimace, inquiète de ce que j'avais encore pu

dire en dormant. L'ampleur des éventualités était stressante.

— Ravi que tu aies apprécié, marmonna Edward.

— Et toi ? répondit le loup-garou en rouvrant les yeux. Tu as passé une mauvaise nuit ?

— J'en ai connu de pires.

— J'espère quand même qu'elle n'a pas fait partie des meilleures, ricana Jacob avec un malin plaisir.

— Sans doute.

Souriant, l'Indien referma les paupières.

— Toutefois, poursuivit Edward, si j'avais pu être à ta place, ça n'aurait pas été la meilleure de mes nuits. Contrairement à toi, pauvre type.

Jacob se redressa, furibond.

— Vous savez quoi ? siffla-t-il. Y a trop de monde, ici.

— Parfaitement d'accord.

Je filai un coup de coude dans les côtes d'Edward, ne récoltant qu'un hématome au passage.

— Je dormirai plus tard. De toute façon, il faut que je parle à Sam.

Se mettant à genoux, il attrapa la fermeture Éclair de la tente. Une brusque souffrance me tordit le ventre quand je compris que je le voyais peut-être pour la dernière fois. Il repartait vers son chef, il s'apprêtait à combattre une meute de vampires nouveau-nés.

— Jacob, attends ! m'écriai-je en tendant le bras.

Il recula avant que je puisse l'atteindre.

— S'il te plaît, Jake, reste !

— Non.

La réponse était tranchante, blessante. Mon visage

dut trahir ma peine, car un demi-sourire adoucit son expression.

— Ne t'inquiète pas pour moi, Bella. Je m'en sortirai, comme toujours. Et ne rêve pas non plus ! Je ne laisserai pas Seth prendre ma place et récolter tout le plaisir et toute la gloire.

— Sois prudent...

Il était sorti de la tente avant que j'aie pu terminer.

— Laisse tomber, Bella, marmonna-t-il en refermant la porte en toile.

Je guettai le son des pas qui s'éloignaient, ne perçus rien. Jacob n'émettait aucun bruit. Le vent était tombé. Seul nous parvenait le chant des oiseaux saluant l'aurore. M'enveloppant dans mes différentes couches de vêtements, je m'appuyai contre Edward. Longtemps, nous ne dîmes rien.

— Combien de temps encore ? finis-je par demander.

— Alice a prévenu Sam qu'ils seraient ici dans une heure tout au plus.

— Quoi qu'il arrive, nous ne nous séparons pas.

— Oui, soupira-t-il.

— Moi aussi, je me fais du souci pour eux.

— Ils sont capables de se défendre. Simplement, je regrette de manquer une occasion de m'amuser.

S'amuser ! Je me hérissai.

— Tranquillise-toi, insista-t-il en me serrant contre lui.

Ben voyons !

— Veux-tu que je te distraie ? proposa-t-il en caressant mes pommettes de ses doigts glacés.

Un frisson m'échappa. L'air était encore très froid.

— Non, pas maintenant, répondit-il de lui-même en retirant sa main.

— Il existe d'autres façons de me distraire.

— Quoi, par exemple ?

— Parle-moi de tes dix meilleures nuits. Ça m'intéresse.

— Devine ! s'esclaffa-t-il.

— Tu en as vécu trop. Un siècle de nuits dont je ne sais rien !

— Je vais réduire le choix. Les plus belles n'ont eu lieu que depuis que je t'ai rencontrée.

— Ah bon ?

— Oui. Et de loin, qui plus est.

— À l'aune des miennes, je le conçois, admis-je au bout d'une minute de réflexion.

— Ce sont peut-être les mêmes.

— Il y a eu la première où tu es resté.

— Pour moi également. Naturellement, tu as dormi pendant ma partie préférée.

— Vrai, me souvins-je. J'ai jacassé dans mon sommeil cette fois-là aussi.

— En effet.

Je rougis en me demandant derechef ce que j'avais pu raconter dans les bras de Jacob. Comme j'avais oublié de quoi j'avais rêvé, si seulement j'avais rêvé, je n'étais guère plus avancée.

— À propos, qu'ai-je dit, cette nuit ?

Il haussa les épaules.

— C'était à ce point ?

— Rien de trop affreux, me rassura-t-il.

— S'il te plaît, éclaire ma lanterne.

— Tu as surtout murmuré mon prénom, comme d'habitude.

— Alors, ça va.

— Vers la fin, cependant, tu t'es mise à délirer sur « Jacob, mon Jacob ». Il a beaucoup apprécié.

Ses chuchotements dissimulaient mal son chagrin. Tendant le cou, j'embrassai sa mâchoire. Il m'empêchait de lire dans ses yeux en fixant le sommet de la tente.

— Navrée, murmurai-je. C'est ma façon de les distinguer.

— Qui donc ?

— Le Jacob que j'aime et celui qui me tape sur les nerfs. Comme Docteur Jekyll et Mister Hyde.

— Ça se tient. Raconte-moi une autre de tes nuits favorites.

— Celle où nous sommes rentrés d'Italie.

Il fronça les sourcils.

— Tu ne l'as pas aimée, toi ? m'étonnai-je.

— Si, mais je suis surpris qu'elle soit sur ta liste. Je pensais que tu avais l'impression risible que je n'agissais que par culpabilité et que j'allais me sauver dès qu'ils ouvriraient les portes de l'avion.

— Pas faux, admis-je en souriant. Mais tu étais là, et c'était l'essentiel.

Il embrassa mes cheveux.

— Je ne mérite pas ton amour.

Cette réflexion me fit rire, tant elle était absurde.

— La suivante serait celle juste après notre retour à Forks.

— En effet, oui. Tu étais si drôle.

— Comment ça, drôle ?

— Je ne me doutais pas que tes rêves étaient aussi

réels. J'ai mis des heures à te convaincre que tu ne dormais pas.

— Je n'en suis toujours pas aussi convaincue. Pour moi, tu as toujours plus tenu de l'irréalité que de la réalité. À toi, maintenant. Est-ce que la mieux a été la première où tu es resté, comme pour moi ?

— Non. La meilleure date d'il y a deux jours, quand tu as accepté de m'épouser.

Je fis la moue.

— Tu n'es pas d'accord ?

Je me souvins de son baiser, de la concession que j'avais obtenue, de la manière dont j'avais fini par changer d'avis.

— Si... n'empêche... je ne comprends pas pourquoi c'est si important pour toi. Je me suis donnée à toi pour toujours depuis le début.

— Dans un siècle, quand tu auras pris suffisamment de recul, je t'expliquerai.

— Je ne manquerai pas de te le rappeler, dans ce cas.

— Tu n'as pas froid ? s'enquit-il soudain.

— Ça va. Pourquoi ?

Il n'eut pas le temps de répondre. À l'extérieur, un hurlement de douleur assourdissant déchira l'air. L'écho se répercuta contre la falaise, submergeant le silence. Telle une tornade, il explosa dans mon crâne, à la fois étrange et familier. Étrange, parce que je n'avais jamais entendu une souffrance aussi intense. Familier, parce que j'identifiai aussitôt cette voix. Je reconnus la nature de ce cri et j'en devinai le sens comme si je l'avais poussé en personne. Que Jacob ne fût pas humain en cet instant ne changeait rien – je n'avais pas besoin de traduction. Il était tout proche. Il avait entendu chacun des mots que nous venions de prononcer, avait reçu en plein cœur la nouvelle de notre prochaine union. La plainte déchirante se transforma en sanglot étranglé, puis le calme revint. Si je ne l'entendis pas fuir, je ressentis sa soudaine absence avec violence.

— Parce que ton radiateur est hors d'usage, marmonna Edward. La trêve est rompue.

— Il nous a écoutés.

— Oui.

— Tu le savais.

— Oui.

Je le regardai sans le voir.

— Je n'ai jamais promis de me battre avec loyauté. Et il a le droit d'être au courant.

Je me pris la tête entre les mains.

— Tu m'en veux ?

— Non. Je *me* fais horreur !

— Ne te flagelle pas.

— C'est ça ! Mieux vaudrait que je garde mon énergie pour tourmenter Jacob. Histoire de ne rien lui épargner.

— Il savait à quoi il s'exposait en restant ici.

— Et tu crois que ça compte ? m'emportai-je en ravalant mes larmes. Penses-tu qu'il m'importe qu'il soit ou non prévenu ? Que je trouve cela juste ? Je passe mon temps à le blesser. Chaque fois que j'agis, parle, respire, je lui fais du mal. Je suis un monstre.

— Non, ce n'est pas vrai, protesta-t-il en me serrant contre lui.

— Si ! Pourquoi suis-je aussi mauvaise ? Il faut que je le retrouve.

Je me débattis afin d'échapper à son étreinte.

— Il est déjà à des kilomètres d'ici, Bella. Et il gèle.

— Je m'en fiche. Je ne peux pas rester assise sans bouger.

Me débarrassant de la parka de Jacob, j'enfilai mes chaussures à la hâte et rampai vers l'entrée de la tente. J'étais engourdie, mes jambes m'obéissaient mal.

— Il le faut... il le faut...

Je haletai, presque hystérique, cela ne m'empêcha de remonter la fermeture Éclair et de sortir en titubant dans le matin glacé et aveuglant de clarté.

La couche de neige était moins importante que ce à quoi je m'étais attendue. Les bourrasques de la tempête de la veille l'avaient sans doute balayée au loin. Le soleil brillait, se reflétant sur les rares plaques blanches qui subsistaient. Je clignai des paupières. L'air était encore vif, bien que le temps fût calme, plus conforme à la saison. La tête sur les pattes, Seth Clearwater était roulé en boule sur un tapis d'aiguilles, à l'ombre d'un gros pin. Son poil sable se confondait presque avec le sol, sa présence n'était trahie que par l'éclat de la neige que renvoyaient ses prunelles accusatrices.

Je partis en vacillant vers la forêt, suivie par Edward – le soleil ruisselait sur sa peau en mille paillettes chatoyantes. Il ne tenta de m'arrêter que lorsque j'eus parcouru quelques pas dans les bois ombreux. Il me saisit par le poignet, m'ignora quand je tentai de me dégager.

— Tu ne le rattraperas pas. De plus, ce n'est pas le bon jour, et il est presque l'heure. Que tu t'égares ne nous aiderait pas.

Je me débattis de plus belle – sans résultat.

— Excuse-moi, Bella, chuchota-t-il. Je suis navré d'avoir agi ainsi.

— Tu n'y es pour rien. C'est ma faute. J'aurais pu... quand il a... je n'aurais pas dû...

Je pleurais à chaudes larmes, à présent.

— Bella, chut, Bella.

Il me prit dans ses bras, je ne résistai pas, cette fois.

— J'aurais dû... lui dire... j'aurais dû...

Quoi ? Y avait-il une manière correcte de lui annoncer la nouvelle ?

— Il aurait été mieux de... si seulement il ne l'avait pas appris ainsi.

— Veux-tu que je tente de le ramener pour que tu lui expliques ? Il nous reste un peu de temps.

Edward était torturé par les remords. J'acquiesçai.

— Regagne la tente. Je reviens tout de suite.

Il disparut si vite que, quand je relevai les yeux, je découvris que j'étais seule. Un nouveau sanglot secoua ma poitrine. Décidément, j'étais garce avec tout le monde. Étais-je donc incapable de ne pas abîmer tous ceux que j'approchais ? J'avais du mal à saisir pourquoi cette vérité ne m'apparaissait que maintenant, alors que j'aurais dû en être consciente depuis longtemps. Pour autant, c'était la première fois que Jacob avait une réaction aussi forte, qu'il perdait son insolente assurance et s'autorisait à dévoiler l'intensité de son chagrin. L'écho de sa souffrance résonnait encore en moi, juste à côté de ma douleur de faire du mal aux autres... à Jacob, à Edward. Et celle de ne pas réussir à être indifférente envers Jake, la seule solution pourtant.

J'étais égoïste. J'étais cruelle. Je torturais ceux que j'aimais.

J'étais Cathy des *Hauts de Hurlevent*, si ce n'est que ceux entre lesquels je devais choisir, ni diaboliques ni veules, valaient mieux que les siens. Or, j'étais là, à me lamenter sur mon sort, inutile. Exactement comme elle. Il était hors de question que *ma* souffrance continue d'influencer mes décisions. C'était peu, certes, et beaucoup trop tard, mais il était temps que j'agisse correctement. Si Edward échouait à ramener Jacob, ce serait tant pis pour moi. Je n'aurais plus qu'à poursuivre ma route. Je ne verserais plus une larme pour Jake devant Edward. Je ne verserais plus de larmes *du tout*. J'essuyai celles qui me coulaient sur les joues en me jurant que c'étaient les dernières.

Hélas... si Edward réussissait, il me faudrait dire à Jacob de partir pour ne plus jamais revenir. Pourquoi était-ce si difficile, si douloureux ? Tellement plus que quitter mes autres amis, Angela, Mike. C'était injuste. Cela n'aurait pas dû m'atteindre. J'avais ce que je désirais. Il m'était impossible d'avoir les deux, parce que Jacob refusait d'être seulement mon ami. Il était temps que je renonce à ce leurre. J'avais eu des exigences ridicules. Jacob n'avait pas de place dans mon existence, force m'était de l'admettre. Il ne pouvait être le Jacob que j'aimais alors que j'avais décidé d'appartenir à un autre.

Lentement, je retournai vers la tente. En passant, je jetai un coup d'œil à Seth qui n'avait pas bougé de sa couche, et je me détournai, honteuse. J'avais l'impression d'être une Gorgone, mes cheveux pareils à des serpents. Je tirai dessus, tentant de me recoiffer, renonçai. Quelle importance, de toute façon ?

Prenant la gourde accrochée au piquet de la tente, je la secouai. Il y eut un bruit d'eau. Je la dévissai, bus une gorgée pour me rincer la bouche. Le liquide glacé me brûla les lèvres. Edward avait apporté de la nourriture aussi, mais je n'avais pas faim. Je me mis à arpenter les alentours, sous le regard vigilant de Seth. Je pensais à lui comme au jeune garçon, pas comme au loup gigantesque ; comme à Jacob plus jeune. J'aurais voulu lui demander d'aboyer pour me prévenir du retour de mon ami. Je me retins. Qu'il revînt ou non ne comptait guère. Il serait peut-être même mieux qu'il ne réapparût pas. Dommage que je ne fusse pas en mesure de rappeler Edward.

Soudain, Seth gémit et bondit sur ses pattes.

— Qu'y a-t-il ?

M'ignorant, il trottina vers la lisière et pointa le museau en direction de l'ouest. Il se mit à glapir.

— Les autres arrivent, Seth ? Ils sont dans la prairie ?

Tournant la tête vers moi, il poussa un petit jappement avant de reprendre ses geignements, oreilles plaquées en arrière. Pourquoi étais-je aussi sotte ? À quoi avais-je songé en envoyant Edward au loin ? Comment allais-je savoir ce qui se passait, maintenant ? Je ne parlais pas le loup, moi.

Un frisson de peur me parcourut l'échine. Et s'il était trop tard ? Et si Jacob et Edward se rapprochaient trop du champ de bataille ? Si Edward décidait de participer à la bagarre ? Ma peur se transforma en une terreur qui me noua le ventre. Mais... un instant ! Et si les gémissements de Seth avaient une tout autre raison ? Si Jacob et Edward en étaient venus aux mains ? Ils n'oseraient pas, non ?

Soudain, une certitude atroce m'étreignit. Bien sûr que si ! Ils ne se gêneraient pas. Il suffisait que l'un d'eux prononçât le mot de trop. Je songeai à l'échauffourée de ce matin dans la tente : aurait-elle pu tourner à la rixe ? Avais-je minimisé les choses ?

À la réflexion, je méritais amplement de perdre les deux.

Cette fois, ce fut mon cœur qui se glaça d'effroi, et je faillis m'évanouir. Mais, à cet instant, Seth gronda puis regagna son lit d'aiguilles. Cela eut le don de m'apaiser aussitôt, tout en m'irritant. Ne pouvait-il au moins gratter un message dans la terre pour expliquer de quoi il retournait ?

À force de faire les cent pas, je transpirais sous mes couches de vêtements. Je jetai ma veste dans la tente, repartis à tourner en rond au pied de la falaise. Soudain, Seth se releva, le poil hérissé. Je scrutai les environs, n'aperçus rien. Si ce loup continuait à se comporter ainsi, je lui balancerais une pomme de pin à la tête. Il poussa un grognement, signal d'avertissement, retourna à la lisière des bois, et je ravalai mon impatience.

— Ce n'est que nous, Seth, l'interpella Jacob, à distance.

Mon cœur battit la chamade en entendant sa voix. Ce n'était plus l'angoisse, mais la simple peur de ce qui m'attendait. Le soulagement m'était interdit ; de plus, il ne me faciliterait en rien la tâche. Je distinguai d'abord Edward, ses traits indéchiffrables. Seth approcha pour le saluer, plongeant ses prunelles dans les siennes. Edward le gratifia d'un hochement de menton, et son front se plissa sous l'effet de l'inquiétude.

— Il ne manquait plus que cela, marmonna-t-il, comme pour lui-même. Ce n'est pourtant pas une grosse surprise, ajouta-t-il à l'intention du loup. Dommage que le temps nous soit aussi compté. S'il te plaît, envoie un message à Sam pour qu'il demande à Alice de réajuster notre plan de bataille.

Seth baissa la tête, ce qui me mit en rogne. Comme par hasard, il était à présent capable de communiquer. Énervée, je pivotai la tête pour découvrir Jacob qui me tournait le dos. J'attendis qu'il daigne me faire face.

— Bella, murmura Edward, soudain à mon côté. Ça se gâte. Seth et moi allons tenter de régler cela. Je ne m'éloigne pas beaucoup, mais rassure-toi, je n'écouterai pas. Quelle que soit ta décision, je sais que tu tiens à la prendre seule.

Je le contemplai. Son regard n'exprimait que de l'inquiétude. Sa générosité était illimitée. Jamais je n'avais aussi peu mérité qu'il m'aime. Seule sa dernière phrase avait trahi sa souffrance. De nouveau, je me jurai sur-le-champ de cesser de le blesser. Telle serait ma mission désormais. J'étais si bouleversée que je ne songeai même pas à m'enquérir des complications qu'il avait évoquées.

— Ne tarde pas, murmurai-je.

Il déposa un léger baiser sur mes lèvres, puis s'enfonça dans la forêt en compagnie de Seth. Jacob était toujours sous le couvert des arbres, son visage invisible.

— Je n'ai pas beaucoup de temps, Bella, marmonna-t-il. Et si on en finissait ?

J'avalai ma salive.

— Allez, vas-y.

Je pris une profonde inspiration.

— Je suis désolée d'être une aussi mauvaise personne, chuchotai-je. Navrée de m'être montrée aussi égoïste. J'aimerais ne t'avoir jamais rencontré, cela m'aurait évité de te torturer. C'est terminé, je te le promets. Je resterai à l'écart, je vais quitter l'État, de toute façon. Tu ne me verras plus.

— Voilà qui ne ressemble guère à des excuses, rétorqua-t-il, amer.

— Explique-moi comment m'y prendre alors, soufflai-je, la gorge si serrée que j'étais incapable de produire un son plus audible.

— Et si je ne voulais pas que tu t'en ailles ? Si je préférais que tu restes, égoïste ou non ? Tu essayes de réparer, mais n'ai-je pas mon mot à dire ?

— Tes paroles ne serviraient à rien, Jake. J'ai eu tort de continuer à te fréquenter alors que nous désirions des choses différentes. La situation ne fera qu'empirer, je continuerai à te blesser. Or, je ne le veux plus. Je déteste ça.

Ma voix se brisa, il soupira.

— Arrête ça. N'ajoute rien. Je comprends.

J'aurais voulu lui avouer combien il allait me manquer, je me mordis cependant la langue. Yeux fixés sur le sol, il garda le silence un moment. Je luttai contre l'envie de le prendre dans mes bras pour le consoler. Soudain, il releva la tête.

— Figure-toi que tu n'es pas la seule à être capable de te sacrifier, lança-t-il d'une voix raffermie. C'est un jeu qu'on peut jouer à deux.

— Pardon ?

— Moi aussi, j'ai mal agi. Je t'ai compliqué la tâche plus que nécessaire, j'aurais pu renoncer dès le début. Je t'ai blessée également.

— Non, c'est ma faute.

— Ne compte pas sur moi pour te laisser porter le

chapeau, Bella. Ni pour t'octroyer le beau rôle. Moi aussi, je peux me sacrifier.

— Mais de quoi parles-tu ?

La lueur de folie qui illuminait son regard m'effrayait. Il fixa un instant le soleil, me sourit.

— Il va y avoir un sérieux grabuge, là-bas, tout à l'heure. Il ne me sera guère difficile d'en profiter pour tirer ma révérence.

Ses paroles s'insinuèrent dans mon esprit une à une, lentement. J'en eus le souffle coupé. J'avais eu l'intention d'éliminer Jacob de ma vie, mais je me rendais compte seulement maintenant à quel point il faudrait pour cela que je tranche dans le vif.

— Non, Jake ! hurlai-je. Non, non, non ! Je t'en supplie.

— Oh ! s'il te plaît, Bella. Ça sera plus simple pour tout le monde. Tu n'auras même pas à déménager.

— Non ! Je te l'interdis, Jacob ! Je t'en empêcherai.

— Ah oui ? ricana-t-il. Et comment ?

— Je t'en conjure, reste avec moi.

Aurais-je été en état de bouger, je me serais jetée à ses genoux.

— Un quart d'heure ? Le temps que je rate la bagarre du siècle, puis tu fileras dès que tu me croiras à nouveau en sécurité ? Tu rigoles ?

— Je ne filerai pas. J'ai changé d'avis. Nous trouverons une solution, Jacob, il y a toujours une solution. Ne pars pas.

— Menteuse !

— Tu sais que je ne sais pas mentir. Lis dans mes yeux. Je resterai avec toi si tu acceptes.

Ses traits se durcirent.

— Et quoi, ensuite ? Tu me proposeras d'être témoin à ton mariage ?

Cette pique me laissa un instant sans réaction.

— S'il te plaît, répétai-je, piteusement.

— C'est bien ce que je pensais, conclut-il, en reprenant le contrôle de lui, même si la sauvagerie de ses yeux perdura. Je t'aime, Bella.

— Je t'aime aussi, Jacob.

Il sourit.

— Je le sais depuis longtemps.

Sur ce, il tourna les talons pour s'éloigner.

— Tout ce que tu voudras ! hurlai-je d'une voix étranglée. Je ferai tout ce que tu voudras. Mais reviens !

Il s'arrêta, pivota lentement.

— Je ne crois pas que tu mesures la portée de tes paroles.

— Reste, le suppliai-je.

— Non, objecta-t-il, tu ne me retiendras pas. En revanche, je laisserai peut-être le destin décider, ajouta-t-il après une brève pause.

— Comment ça ?

— Je ne commettrai aucun acte délibéré. Je me battrai au côté des miens, et advienne que pourra. Mais uniquement si tu réussis à me convaincre que tu souhaites vraiment mon retour, et non en jouant les grandes âmes.

— De quelle façon ?

— Demande.

— Reviens, chuchotai-je.

Comment osait-il douter de moi ? Il secoua la tête, me sourit de nouveau.

— Je ne pensais pas à ça.

Il me fallut plusieurs secondes pour saisir ce qu'il entendait, durant lesquelles il me toisa d'un air supérieur, sûr de ma réponse. Quand je compris enfin, les mots sortirent sans que je réfléchisse.

— Embrasse-moi, Jacob !

Sous la surprise, il écarquilla les yeux. Très vite, l'étonnement le céda à la suspicion.

— Tu n'es pas sérieuse ?

— Embrasse-moi, Jacob. Embrasse-moi et reviens-moi.

Il hésita. Il commença à s'éloigner, se ravisa, fit un pas incertain dans ma direction, puis un second. Il posa sur moi un regard interrogateur que je soutins. Il se balança sur ses talons et, soudain, plongea vers moi, me rejoignit en trois enjambées. Ayant deviné qu'il tirerait avantage de la situation, je ne bronchai pas, paupières closes, poings serrés. Ses mains se refermèrent autour de mes joues, et ses lèvres trouvèrent les miennes avec une soif proche du désespoir.

Je sentis sa colère lorsque sa bouche se heurta à ma résistance passive. Une de ses paumes se plaqua sur ma nuque, agrippant la racine de mes cheveux, tandis que l'autre, posée sur mon épaule, me collait à lui. Elle descendit le long de mon bras, saisit mon poignet qu'elle plaça autour de son cou. Je l'y laissai, poing toujours fermé, ignorant jusqu'où mon envie folle de le garder vivant était susceptible de me mener. Pendant ce temps-là, ses lèvres, incroyablement douces et chaudes, cherchaient à m'arracher une réaction.

Dès qu'il fut certain que je ne le lâcherais pas, il libéra mon poignet, et sa main tâtonna en direction de ma hanche, puis glissa sur mes reins et me serra avec une force inouïe contre lui, me cassant en deux. Sa bouche abandonna le combat un instant, même si je devinai qu'il n'en avait pas fini avec moi. Elle suivit le contour de ma mâchoire, puis explora le creux de mon cou. Il lâcha mes cheveux, positionna d'office mon deuxième bras près du premier – autour de sa nuque. Il emprisonna ma taille, ses lèvres frôlèrent mon oreille.

— Tu peux faire mieux que ça, Bella, murmura-t-il d'une voix rauque. Tu réfléchis trop.

Je frissonnai lorsque ses dents agacèrent mon lobe.

— Oui, marmonna-t-il. Une fois, rien qu'une fois dans ta vie, laisse-toi aller.

Instinctivement, je secouai la tête. D'une main ferme, il arrêta mon geste. Sa voix se fit acide.

— Es-tu vraiment sûre de ne pas préférer que je meure ?

Je me cabrai sous l'effet de la colère. C'en était trop, il n'était pas fair-play. Serrant mes doigts autour de ses cheveux, je tirai de toutes mes forces pour éloigner son visage du mien, en dépit de la douleur de ma main abîmée.

Jacob se méprit. Il était trop fort pour saisir que je cherchais à lui faire mal. Il confondit ma colère avec de la passion. Il crut que je répondais enfin à son appel. Haletant de désir, il ramena ses lèvres sur les miennes, cependant que ses doigts trituraient mes hanches. Une nouvelle bouffée de rage m'envahit, ravageant le peu de contrôle que j'essayais de garder sur moi. Sa réaction fougueuse acheva de miner mes meilleures résolutions. N'eût-il été que triomphant, j'aurais réussi à lui résister ; mais son abandon absolu, son ivresse joyeuse me firent perdre toute raison. Je lui rendis son baiser avec une ardeur pour moi nouvelle – je n'avais pas besoin de me montrer prudente avec Jacob ; quant à lui, il ne songeait même pas à me ménager.

Mes doigts raffermirent leur prise autour de ses cheveux – pour l'attirer à moi, cette fois.

Il était partout. Derrière mes paupières, le soleil rougeoya, couleur violente qui s'accordait à la chaleur de notre étreinte. Une brûlure qui était, elle aussi, partout. Je ne voyais, ne sentais, n'entendais plus rien qui ne fût Jacob. Le seul neurone qui me restait entreprit de hurler des questions. Pourquoi ne mettais-je pas un terme à cela ? Pire, pourquoi ne *désirais*-je pas y mettre un terme ? Pour quelle raison n'avais-je pas envie que cela se termine ? Pour quelle raison mes mains agrippaient-elles ses épaules, appréciaient-elles que ces dernières soient carrées et fortes ? Pour quelle raison aimais-je tant que ses mains à lui me serrent trop fort, trop fort et pourtant pas assez pour me rassasier ?

Questions idiotes. La réponse était simple – je m'étais menti à moi-même.

Jacob avait eu raison. Depuis le début. Il était plus que mon ami. Voilà pourquoi il m'était impossible de lui dire au revoir. Je l'aimais aussi. Je l'aimais d'amour. Je l'aimais plus qu'il n'aurait fallu, mais d'un amour hélas insuffisant pour changer quoi que ce soit, juste assez puissant pour nous blesser tous deux. Pour le blesser comme jamais.

Seule sa souffrance m'importait, cependant. Moi, je méritais d'avoir mal. J'espérais même que j'aurais très mal.

Nous ne faisions plus qu'un. Sa douleur avait toujours été et serait toujours la mienne ; à présent, son bonheur était le mien aussi. J'étais heureuse, bien que son contentement fût teinté d'un chagrin presque tangible, qui m'irradiait la peau comme de l'acide, lente torture.

L'espace d'un très bref instant, un chemin entièrement différent se déroula devant mes paupières baignées de larmes. Comme si je regardais à travers le filtre des pensées de Jacob, je vis ce à quoi j'allais renoncer. Je vis Charlie et Renée mêlés à Billy, Sam et La Push dans un étrange collage. Je vis les années qui passaient et me transformaient. Je vis l'énorme loup aux reflets cuivrés que j'aimais, mon protecteur à vie. Durant une fraction de seconde, je vis les têtes de deux enfants noirs de cheveux qui me fuyaient pour se réfugier dans la forêt familière. Lorsqu'ils disparurent, ils emportèrent ma vision avec eux.

Alors, je sentis mon cœur se fissurer en deux parts inégales, la plus petite s'arrachant à l'autre en provoquant une douleur atroce.

Jacob interrompit notre baiser le premier. Ouvrant les yeux, je constatai qu'il me contemplait avec un émerveillement teinté d'exaltation.

— Je dois partir, murmura-t-il.

— Non.

Il sourit, ravi par ma réponse.

— Je ne serai pas long. Mais chaque chose en son temps...

Il se pencha pour m'embrasser derechef. À quoi bon lui résister ? Cette fois, ce fut différent. Ses mains se firent douces sur ma peau, et ses lèvres tendres sur les miennes, et bizarrement hésitantes. Ce fut un baiser très bref et extrêmement voluptueux. Enroulant ses bras autour de moi, il me serra contre lui avant de chuchoter à mon oreille :

— Voilà qui aurait dû être notre premier baiser. Mieux vaut tard que jamais.

Mes larmes roulèrent sur son torse, là où il ne pouvait les voir.

24

IMPRÉVU

Couchée à plat ventre sur le duvet, j'attendais que la justice frappe. Une avalanche m'enterrerait peut-être sur place. Je le désirais. Je ne voulais plus jamais recroiser mon reflet dans une glace.

Aucun son ne m'avertit – soudain pourtant, la main glacée d'Edward caressa mes cheveux emmêlés. Un frisson de culpabilité me secoua à son contact.

— Ça va ? s'enquit-il d'une voix anxieuse.

— Non. J'ai envie de mourir.

— Cela n'arrivera jamais. Je ne le permettrai pas.

— Ne t'avance pas trop, gémis-je. Tu risques de changer d'avis.

— Où est Jacob ?

— Il est parti se battre.

Il avait quitté notre campement d'une démarche primesautière avant de se mettre à galoper afin de rejoindre le champ de bataille, tremblant déjà de tout son corps, signe avant-coureur de sa transformation. Désormais, toute la meute était au courant. Seth Clearwater, qui arpentait les alentours, avait été le témoin intime de mon déshonneur.

— Ah ! finit par commenter Edward au bout d'un long moment.

Ses intonations me firent regretter que l'avalanche ne se soit pas produite. Relevant la tête, je découvris son regard vide, cependant qu'il prêtait l'oreille à des nouvelles que j'aurais préféré lui épargner, quitte à le payer de ma vie. Je renfonçai aussitôt mon visage dans le sac de couchage. Edward lâcha soudain un ricanement amer qui me stupéfia.

— Et moi qui me croyais prêt à tous les coups bas, marmotta-t-il avec une admiration contrainte. En comparaison, j'ai l'air d'un saint. Je ne t'en veux pas, mon amour, ajouta-t-il en frôlant ma joue. Jacob est plus sournois que je ne le pensais. J'aurais bien aimé cependant que tu ne lui demandes pas ce baiser.

— Edward, je... je... je suis...

— Chut ! Ce n'est pas grave, il t'aurait embrassée de toute façon, que tu sois ou non tombée dans le panneau. Simplement, je n'ai plus d'excuse pour lui casser la figure. Dommage, j'aurais adoré.

— Quel panneau ?

— Voyons, Bella, tu as vraiment cru qu'il était d'une telle noblesse ? Qu'il se sacrifierait glorieusement rien que pour me laisser la voie libre ?

Lentement, je relevai le menton, rencontrai ses prunelles pleines de patience. Il arborait une expression de douce compassion alors que je n'inspirais à mon avis que révulsion.

— Oui, admis-je, je l'ai cru.

Je détournai les yeux. Je n'éprouvais aucune rancœur à l'encontre de Jacob et de ses tromperies. La haine envers moi-même occupait tant d'espace en moi, que je n'avais plus de place pour d'autres émotions.

— Tu mens si mal que tu gobes le premier un peu doué dans ce domaine, s'esclaffa Edward.

— Pourquoi n'es-tu pas fâché ? Pourquoi ne me hais-tu pas ? N'as-tu pas eu vent de toute l'histoire ?

— J'ai eu l'essentiel. Jacob émet des images mentales très parlantes. J'ai autant de peine pour la meute que pour moi. Le pauvre Sam en était écœuré. Heureusement, il a obligé Jacob à se concentrer sur autre chose, à présent.

Fermant les paupières, je secouai la tête.

— Tu n'es qu'humaine, reprit Edward en se remettant à caresser mes cheveux.

— C'est l'excuse la plus minable qu'il m'ait été donné d'entendre.

— Il n'empêche, tu l'es. Lui aussi, d'ailleurs, quand bien même je le regrette. Il y a des vides dans ton existence que je ne peux pas remplir, j'en suis conscient.

— C'est faux. Il n'y a pas de vides. Je suis horrible, c'est tout.

— Tu l'aimes, chuchota-t-il tendrement.

Tout en moi cherchait douloureusement à nier cette vérité.

— Je t'aime plus que lui, répondis-je, faute de mieux.

— Oui, je le sais. Mais... quand je t'ai quittée, Bella, tu as souffert, et Jacob a été là pour te raccommoder. Il est normal que ça ait laissé des traces, tant sur lui que sur toi. Je ne suis pas certain que ces points de suture s'effaceront d'eux-mêmes, et je ne suis pas en droit de vous blâmer pour quelque chose dont je suis responsable. Puisses-tu me pardonner un jour, je ne saurais cependant fuir les conséquences de mes actes.

— J'aurais dû me douter que tu trouverais une façon de te reprocher les choses. Arrête ça, s'il te plaît. C'est intolérable.

— Comment voudrais-tu que je réagisse, alors ?

— Insulte-moi dans toutes les langues que tu connais. Dis-moi que je te dégoûte, que tu vas m'abandonner, de manière à ce que je me traîne à tes genoux et te supplie de rester.

— Je suis navré, soupira-t-il, je n'en suis pas capable.

— Au moins, cesse de me réconforter. Laisse-moi souffrir, je le mérite.

— Non.

— Après tout, tu as raison. Continue à être compréhensif, c'est sûrement pire.

Il garda le silence un bon moment, je devinai une tension nouvelle dans l'air, une urgence.

— Ça se rapproche, marmonnai-je.

— Plus que quelques minutes, en effet. Juste le temps pour une dernière chose...

J'attendis. Il finit par reprendre la parole, tout doucement.

— La noblesse ne m'est pas étrangère, Bella. Je ne t'obligerai pas à choisir entre nous deux. Je souhaite ton bonheur, je te donne tout ce que tu voudras de moi, ou rien si c'est mieux pour toi. Ne te laisse pas influencer parce que tu te sens redevable envers moi.

— Tais-toi ! m'écriai-je en me redressant.

Il écarquilla les yeux de surprise.

— Non, tu ne comprends pas. Je ne m'efforce pas de te soulager, Bella. Je suis sincère.

— Je sais. Qu'est devenue ta ténacité ? Ne t'offre pas en sacrifice. Bats-toi !

— Comment ? demanda-t-il, empreint d'une tristesse profonde.

— Je me fiche qu'il fasse froid, répondis-je en l'enlaçant. Je me fiche d'empester l'animal. Aide-moi à oublier à quel point je suis horrible. À l'oublier, lui. À oublier mon propre nom. Bats-toi !

Je n'attendis pas qu'il se décide ni qu'il m'annonce qu'un monstre cruel et sans foi comme moi ne l'intéressait pas. Me jetant contre lui, j'écrasai ma bouche sur ses lèvres de glace.

— Attention, mon amour, murmura-t-il.

— Non ! grognai-je.

— Tu n'as rien à me prouver, objecta-t-il en m'écartant doucement.

— Je ne cherche pas à prouver quoi que ce soit. Tu as affirmé m'offrir toute partie de toi que je désirais. Je veux celle-ci. Je veux *tout*.

Nouant mes bras autour de sa nuque, je me tendis pour atteindre sa bouche. Il se pencha pour m'embrasser, mais ses lèvres hésitèrent, cependant que mon impatience grandissait. Tout dans mon corps trahissait mes intentions. Inévitablement, ses mains m'arrêtèrent.

— Ce n'est sans doute pas le meilleur moment, suggéra-t-il, un peu trop calme à mon goût.

— Pourquoi ? soupirai-je.

S'il avait décidé d'être raisonnable, il était vain de lutter. Je le relâchai.

— D'abord, parce qu'il fait vraiment froid, répondit-il en m'enveloppant dans le duvet.

— Tu parles ! C'est parce que tu es bizarrement moral pour un vampire.

— D'accord, rigola-t-il, je te l'accorde. Le froid vient en deuxième position. Troisièmement, donc, tu... eh bien, tu empestes, mon amour.

Il plissa le nez.

— Quatrièmement, reprit-il, en collant ses lèvres à mon oreille, nous essayerons, Bella. J'en fais le serment. Mais je préférerais que ce ne soit pas en réaction aux actes ou paroles de Jacob Black.

Je tressaillis, enfonçai mon visage dans son épaule.

— Et cinquièmement...

— Quelle liste !

— Certes, mais il me semble que tu voulais être tenue au courant de la bataille, non ?

À cet instant, Seth poussa un hurlement strident. Je me raidis, ne m'apercevant que je serrais le poing que lorsque Edward dénoua mes doigts.

— Tout ira bien, Bella, assura-t-il. Nous sommes doués, entraînés, et la surprise est de notre côté. Ce sera terminé très vite. Si je n'en étais pas persuadé, je serais sur place, et toi ici, enchaînée à un arbre ou quelque chose dans ce genre.

— Alice est si menue, gémis-je.

— Cela poserait un problème si quelqu'un réussissait à l'attraper.

Seth se mit à geindre.

— Que se passe-t-il ?

— Il n'est pas content d'être coincé ici avec nous. Il a compris que la meute le tenait à l'écart pour sa propre sécurité, et il bave d'envie à l'idée de la rejoindre. Les nouveau-nés ont remonté la piste. Notre plan a marché comme sur des roulettes. Jasper est un génie. Ils ont aussi flairé la piste de ceux qui se trouvent dans la prairie et se sont séparés. Comme prévu. Sam nous emmène par un détour vers l'embuscade.

Il était si pris dans ce qu'il entendait qu'il utilisait la première personne du pluriel.

— Respire, Bella, ajouta-t-il ensuite.

Je m'efforçai d'obtempérer. Dehors, Seth haletait fort, je me réglai sur son rythme cardiaque.

— Le premier groupe a atteint la prairie. Déjà, nous percevons les bruits de la bagarre.

Je serrai les dents.

— Emmett prend du bon temps, s'esclaffa Edward.

Je pris une nouvelle inspiration.

— Le deuxième groupe se prépare. Ils ne font pas attention, ils ne nous ont pas encore repérés.

Soudain, il gronda.

— Quoi ? m'écriai-je immédiatement.

— Ils parlent de toi. Ils sont censés se débrouiller pour que tu n'en réchappes pas... Bien joué, Leah. Drôlement rapide, cette petite. Un des nouveau-nés a flairé notre trace, elle l'a attrapé avant qu'il n'ait eu le temps de tourner les talons. Sam l'aide à l'achever. Paul et Jacob en ont eu un autre. Ils sont sur leurs gardes, maintenant, ils ne savent pas quoi faire. Les deux parties s'observent et feintent... Non ! Que Sam dirige les opérations. Restez en dehors de cela. Séparez-les, ne les laissez pas couvrir leurs arrières.

Seth gémit.

— C'est mieux. Entraînez-les vers la prairie.

Le corps d'Edward bougeait en fonction de ce à quoi il assistait mentalement, des mouvements qu'il aurait adoptés sur place, sans qu'il s'en rende compte cependant. Ses mains tenaient toujours les miennes. Je caressais ses doigts. Au moins, il était ici, avec moi.

La brusque absence de bruit fut l'unique indice. La respiration de Seth s'interrompit, ce que je remarquai forcément, puisque je la copiais. Je m'arrêtais donc d'inhaler moi aussi, effrayée, me rendant compte qu'Edward, à mon côté, s'était figé comme un bloc de glace.

Oh non ! Non ! Non ! Non !

Qui avions-nous perdu ? Un vampire ou un loup ? Un des miens, en tout cas. Qui avais-*je* perdu ?

Tout à coup, si brutalement que je ne m'aperçus de rien, je me retrouvai sur mes pieds, tandis que la tente gisait en lambeaux autour de nous. Je clignai des yeux dans la lumière étincelante, ne distinguant que Seth, juste à côté de nous, le museau à une dizaine de centimètres du visage d'Edward. Ils se regardèrent pendant une seconde infinie avec une concentration absolue. Le soleil ruisselait sur la peau d'Edward, envoyant des étincelles sur le poil du loup.

— Vas-y ! murmura ensuite Edward d'une voix pressante.

L'animal déguerpit à travers la forêt.

Combien de temps s'était-il réellement écoulé ? J'avais l'impression que le tout avait duré des heures. J'étais terrifiée de savoir qu'une chose atroce s'était produite là-bas. J'ouvrais la bouche pour demander à

Edward de m'y emmener. Ils avaient besoin de lui, ils avaient besoin de *moi*. S'il fallait que je saigne pour les sauver, je le ferais. Je mourrais, à l'instar de la troisième épouse. Je n'avais pas de poignard sur moi, je trouverais cependant un moyen...

Sans avoir eu le temps de prononcer un mot, cependant, je fus transportée dans les airs et plaquée contre la paroi vertigineuse de la falaise. Edward se tenait devant moi, dans une posture que, le cœur au bord des lèvres, je reconnus. Le soulagement m'envahit au moment où mon estomac se tordait d'horreur : j'avais mal interprété les événements. J'étais soulagée, parce qu'il ne s'était rien passé sur le champ de bataille ; horrifiée, parce que le danger était *ici*.

Edward avait adopté une position de défense, à moitié accroupi, les bras vaguement écartés. Derrière moi, la roche aurait tout aussi bien pu être les murs en brique d'une certaine ruelle italienne, le jour où il s'était interposé entre moi et les gardes en manteaux sombres des Volturi.

Un péril se rapprochait de nous.

— Qui ? chuchotai-je.

Quand il me répondit, les mots prirent la forme d'un grondement plus fort que la normale. Trop fort. Signifiant qu'il était trop tard pour se cacher. Nous étions piégés, peu importait que l'ennemi nous entendît.

— Victoria, cracha-t-il, telle une insulte. Elle n'est pas seule. Elle a croisé ma piste en suivant les nouveau-nés de loin. Elle-même ne comptait pas se battre. Au dernier moment, elle a préféré me chercher, devinant que tu serais là où je serais. Elle a bien raisonné. Toi aussi. Elle a toujours été derrière cette machination.

Elle était donc assez près pour qu'il perçût ses pensées. Encore une fois, j'en fus soulagée. S'il s'était agi des Volturi, nous n'en aurions pas réchappé. Avec Victoria, nous n'étions pas forcément condamnés. Edward pouvait survivre. Il se battait aussi bien que Jasper. Si elle ne venait pas avec trop de soutien, il devait être en mesure de s'en sortir, de retourner vers les siens. Il était le plus rapide, il y arriverait.

J'étais tellement heureuse qu'il eût renvoyé Seth. Certes, ce dernier n'aurait pas le temps d'aller chercher des renforts. Victoria s'était décidée au moment le plus opportun pour elle. Mais au moins, il était en sécurité. Lorsque je songeais à lui, ce n'était pas le loup sable qui s'imposait à moi, juste l'adolescent de quinze ans.

Edward bougea légèrement, imperceptiblement, cela me suffit néanmoins pour savoir où regarder. Tournant les yeux vers les ombres de la forêt, j'eus l'impression que mes cauchemars venaient à moi.

Deux vampires émergèrent lentement devant ce qu'il restait de notre campement, aux aguets, ne ratant rien. Sous le soleil, ils étincelaient comme des diamants.

Je fus incapable de contempler le garçon blond – oui, il était tout jeune, bien que grand et musculeux, mon âge sans doute lorsqu'il avait été transformé. Ses prunelles d'un rouge vif comme je n'en avais encore jamais vu pourtant ne retinrent pas mon attention. Bien qu'il fût le plus proche, le plus dangereux par conséquent, je ne réussis pas à m'intéresser à lui. Car, à quelques pas en arrière, Victoria me dévisageait.

Sa tignasse orange avait des reflets plus violents que dans mon souvenir, telle une flamme. Il y avait beau ne pas avoir de vent, le feu qui encadrait sa figure donnait l'impression de vaciller, comme vivant. La soif noircissait ses yeux. Contrairement à ce qui avait lieu dans mes rêves, elle ne me sourit pas – ses lèvres étaient pincées en une ligne mince. Son attitude avait quelque chose de félin, lionne guettant le moment de bondir. Son regard sauvage fit la navette entre Edward et moi, sans jamais se poser sur lui plus d'une demi-seconde. Pas plus que moi, elle n'était capable de s'arracher à ma contemplation. La tension qui émanait d'elle était presque palpable. Je sentais le désir, la passion dévorante dont elle était prisonnière. Comme si j'étais soudain capable de déchiffrer son esprit, je savais également ce qu'elle pensait. Elle était enfin tout près de ce qu'elle désirait, du but de son existence depuis maintenant plus d'un an : ma mort.

Son plan était aussi évident que pratique. Le grand blond attaquerait Edward ; dès que ce dernier serait suffisamment occupé, elle se chargerait de me liquider. Ce serait rapide – elle n'était pas ici pour s'amuser – mais efficace. Je ne m'en relèverais pas. Aucun venin vampirique ne me sauverait. Elle allait arrêter les battements de mon cœur, peut-être en fourrant sa main dans ma poitrine, en l'écrasant. Quelque chose dans ce genre, en tout cas. Comme s'il souhaitait attirer son attention sur lui, mon cœur s'affola.

Très, très loin, au-delà des bois sombres, un hurlement de loup retentit dans l'air figé. Seth parti, il nous était impossible d'en interpréter le sens.

Le garçon épiait Victoria du coin de l'œil, attendant ses ordres. Il était jeune à plus d'un titre. À ses iris cramoisis, je devinai qu'il n'était pas vampire depuis longtemps. Il serait fort, inepte. Edward n'aurait aucun mal à le vaincre... et survivrait. Sans un mot, Victoria tendit le menton, lui lâchant la bride.

— Riley, murmura Edward soudain d'une voix douce et apaisante.

L'autre se figea, prunelles rouges écarquillées.

— Elle te ment, Riley, enchaîna Edward. Écoute-moi. Elle te ment comme elle a menti à ceux qui meurent à présent dans la prairie. Tu sais qu'aucun de vous deux n'ira jamais leur porter secours. Est-il si difficile d'admettre qu'elle t'a trompé également ?

L'hébétude se dessina sur le visage du nouveau-né. Edward se déplaça latéralement de quelques centimètres ; automatiquement, Riley ajusta sa position à la sienne.

— Elle ne t'aime pas, reprit Edward avec des intonations hypnotiques. Elle ne t'a jamais aimé. Elle en aimait un autre, James, et tu n'es qu'un outil pour elle.

Au nom de James, Victoria retroussa ses lèvres sur ses crocs sans pour autant me quitter des yeux. Riley lui jeta un regard éperdu. Mais Edward l'appela, et il tourna aussitôt la tête vers lui.

— Elle ne doute pas que je vais te tuer, Riley. Elle *souhaite* que tu meures, de façon à ne plus être obligée de jouer la comédie. Tu l'as deviné, n'est-ce pas ? Tu as lu ses réticences dans ses yeux, tu as soupçonné les fausses notes dans ses promesses. Tu avais raison. Elle ne t'a jamais désiré. Chaque baiser, chaque caresse ont été des leurres.

Une fois encore, Edward bougea, s'approchant à peine de son ennemi, s'écartant à peine de moi. Les prunelles de Victoria se portèrent sur l'espace qui nous séparait. Elle mettrait moins d'une seconde à me tuer, il lui suffisait juste d'une ouverture. Plus lentement cette fois, Riley se repositionna lui aussi.

— Rien ne te force à mourir, continua Edward. Il existe d'autres façons de vivre que celles qu'elle t'a inculquées. Tout n'est pas que mensonges et sang, Riley. Tu peux encore partir. Tu n'es pas obligé de te sacrifier pour elle.

Edward se déplaça derechef, mettant trente centimètres entre lui et moi. Le jeune vampire réagit aussitôt, mais alla trop loin. Victoria se pencha en avant.

— C'est ta dernière chance, Riley, murmura Edward.

Le garçon chercha un conseil auprès de sa maîtresse.

— C'est lui le menteur, décréta-t-elle. Je t'ai parlé de leurs ruses. Tu sais bien que je n'aime que toi.

Sa voix me surprit. Elle n'était pas le grondement félin, sauvage et puissant que j'avais associé à sa posture et à son visage, mais un doux soprano, pareil au gazouillis d'un enfant. On imaginait en l'entendant des boucles blondes et des joues roses. Échappée des dents luisantes, cette voix perdait tout sens.

Riley serra les mâchoires et carra les épaules. Ses iris se vidèrent de leur doute, de leur égarement, de toute réflexion. Il se tendit, prêt à bondir. Le corps de Victoria se mit à trembler sous l'effet de la tension. Ses doigts pareils à des griffes attendaient l'instant où Edward s'écarterait un peu plus.

Tout à coup, un grognement résonna, qui n'émanait d'aucun des vampires, et une silhouette énorme vola au milieu de nous, sautant à la gorge de Riley.

— Non ! hurla la rouquine de sa voix de bébé.

À un mètre et demi de moi, le loup déchirait le corps de son adversaire. Une chose blanche et dure alla frapper les rochers à mes pieds, et je reculai. Victoria n'accorda pas un regard au garçon dont elle venait pourtant d'affirmer qu'elle l'aimait. Ses prunelles ne m'avaient pas quittée, empreintes d'une déception si féroce qu'elle lui donnait un air fou.

— Non, répéta-t-elle, cependant qu'Edward s'interposait entre elle et moi.

Riley s'était relevé, hagard et comme difforme, ce qui ne l'empêcha pas d'expédier un coup de pied vicieux dans l'épaule de Seth. J'entendis les os craquer, le loup fit retraite en boitillant. Riley avait écarté les bras, il lui manquait une partie de la main. À quelques mètres de là, Edward et Victoria dansaient comme des lutteurs. Pas en cercle cependant, car lui s'arrangeait pour qu'elle ne pût approcher de moi. Elle tentait de trouver une fissure dans la défense qu'il lui opposait, mais il répondait à chacun de ses pas avec une concentration infaillible.

Seth attaqua Riley sur le flanc, et un déchirement abominable retentit tandis qu'un autre débris blanc volait vers la forêt. Le nouveau-né poussa un rugissement de fureur, et l'animal recula, étonnamment léger pour sa taille, cependant que l'autre lançait son bras mutilé dans sa direction.

Victoria avait regagné les arbres en lisière de notre campement. Elle hésitait, partagée entre son envie de sauver sa peau et celle de m'assassiner, ses yeux revenant sans cesse sur moi, comme aimantés. L'instinct de survie et l'envie de tuer se le disputaient en elle, je le remarquai, tout comme Edward.

— Ne t'en va pas, Victoria, murmura-t-il sur le même ton hypnotique. Tu tiens une chance qui ne se représentera pas.

Elle cracha et montra les dents, sembla toutefois incapable de se décider.

— Tu t'enfuiras plus tard, ronronna Edward. Tu auras largement le temps. Parce que c'est cela, ton talent, hein ? C'est la raison pour laquelle James te gardait à ses côtés. Pratique, quand on joue avec la mort, une partenaire dotée d'un instinct infaillible quand il s'agit de s'éclipser. Il n'aurait pas dû te laisser. Tes dons lui auraient été très utiles, lorsque nous l'avons attrapé, à Phoenix.

Un grognement lui répondit.

— Malheureusement, tu ne représentais guère plus, à ses yeux. Quelle bêtise de gaspiller autant d'énergie à venger un homme qui avait moins d'affection pour toi qu'un chasseur pour sa monture. Tu n'as jamais été qu'un objet utile. Tu ne me tromperas pas là-dessus.

Il tapota sa tempe. Poussant un cri étranglé, Victoria bondit tout en exécutant une feinte latérale. Edward ne s'y laissa pas prendre, et la danse recommença de plus belle.

À cet instant, Riley toucha le flanc de Seth, qui émit un jappement sourd. Il recula, secouant ses épaules, comme s'il essayait de chasser la douleur. J'aurais voulu supplier le vampire blond, lui dire qu'il se battait contre un enfant. Malheureusement, j'étais hors d'état de parler. Pourquoi, pourquoi, grands dieux, Seth ne s'était-il pas enfui ? Pourquoi ne s'enfuyait-il pas maintenant ? De nouveau, Riley rétrécit la distance les séparant, ramenant son ennemi contre la falaise, près de moi. Victoria sembla soudain s'intéresser au sort de son compagnon, et je la vis jauger l'espace entre lui et moi. Seth claqua des mâchoires, forçant Riley à faire machine arrière, Victoria en siffla de dépit. Le loup ne boitait plus. Ses mouvements le portèrent près d'Edward, sa queue effleura son dos. La rouquine parut ahurie.

— Non, expliqua Edward en se servant de la distraction subite de Victoria pour avancer, il ne m'attaquera pas. Tu nous as fourni un adversaire commun. Tu as réussi à nous rendre alliés.

Serrant les dents, elle s'obligea à rester concentrée sur le seul Edward.

— Observe mieux, Victoria, la défia-t-il, poussant plus le pion de la diversion. Est-il si semblable au monstre que James a pourchassé à travers toute la Sibérie ?

Elle écarquilla de grands yeux, son regard papillonnant d'Edward à Seth puis à moi, encore et encore.

— Ce n'est pas le même ? gronda-t-elle. Impossible !

— Rien n'est jamais impossible, murmura Edward de sa voix veloutée. Sauf ce que tu cherches ici. Tu ne toucheras pas un des cheveux de Bella.

Elle secoua la tête, luttant contre les voies où il l'entraînait, puis essaya de le feinter, en vain, puisqu'il devinait ses intentions sitôt qu'elle les pensait. Furieuse, elle grimaça et se ramassa sur elle-même, lionne encore une fois, qui avança délibérément vers lui. Victoria n'était pas un nouveau-né sans expérience, guidé par son seul instinct. Elle était dangereuse. Même moi, je décelais la différence entre elle et Riley, et je devinais que Seth n'aurait pas tenu longtemps face à un vampire de cette trempe. Edward adopta la même position qu'elle, lion affrontant la lionne. Leur danse s'accéléra. Ils me rappelèrent Alice et Jasper dans la prairie, ensemble de mouvements fluides et flous, si ce n'est que cette sarabande ne relevait pas d'une chorégraphie aussi perfectionnée. Des bruits de cassures, des craquements rebondissaient sur la falaise quand l'un d'eux commettait une erreur. Hélas, ils se déplaçaient trop rapidement pour que je puisse voir lequel était faillible...

Distrait par ce ballet violent, Riley suivait sa compagne avec des yeux anxieux, et Seth en profita pour lui arracher un autre lambeau de corps. Le nouveau-né hurla et réagit en abattant un poing massif dans le torse du loup, qui décolla à trois mètres du sol avant de percuter la falaise derrière moi avec une force qui sembla ébranler toute la montagne. J'entendis l'air quitter ses poumons et me baissai quand il rebondit sur les pierres et s'écrasa à mes pieds. Un faible gémissement lui échappa.

Des éclats de roche dégringolèrent sur ma tête, égratignant ma peau. L'un d'eux, en forme d'épieu, roula le long de mon bras droit, et je m'en saisis automatiquement, mue par l'instinct de survie. Aussi vain que soit ce geste, j'étais prête à lutter, puisque la fuite était exclue. L'adrénaline s'activa dans mes veines. L'attelle coupait ma paume, la fissure de mes jointures protestait. J'en avais conscience, ne ressentais aucune souffrance cependant.

Au-delà de Riley, je ne distinguais qu'un tourbillon orange et blanc – cheveux de Victoria et peau d'Edward. La multiplication et l'accélération des chocs aux résonances métalliques, des claquements de dents, des déchirures, des sifflements et des halètements indiquaient que le combat tournait au désavantage de l'un des lutteurs. Lequel, cependant ? Riley se rua sur moi, ses prunelles rouges luisant de rage. Il toisa l'amas affaissé de fourrure couleur sable qui nous séparait, et ses mains brisées et mutilées se muèrent en griffes. Il ouvrit une grande bouche aux dents étincelantes, à deux doigts d'égorger Seth.

Une deuxième montée d'adrénaline me secoua comme une décharge électrique et, soudain, tout fut clair : les deux combats étaient trop égaux. Seth allait perdre le sien, et j'ignorais ce qu'il en était d'Edward. Ils avaient besoin d'aide. D'une diversion. De quelque chose pour les soulager. J'agrippai mon épieu avec tant de violence qu'un des étais de mon attelle se rompit. Serais-je assez forte ? Assez courageuse ? Jusqu'à quel point pouvais-je enfoncer le morceau de roche dans mon corps ? Cela donnerait-il assez de temps à Seth pour qu'il s'enfuie ? Récupérerait-il assez vite pour que mon sacrifice lui soit utile ?

Relevant la manche de mon pull, j'appuyai la pointe de mon arme à la saignée de mon coude. J'avais là une cicatrice datant de mon précédent anniversaire. Cette nuit-là, mon sang avait suffi à attirer l'attention de tous les vampires présents, les figeant sur place. Je priai pour que cela fonctionne de nouveau. Me raidissant, j'inspirai une grande bouffée d'air.

Ce bruit interpella Victoria. Ses yeux, immobiles une fraction de seconde, rencontrèrent les miens. Fureur et curiosité s'y mêlaient étrangement. Je ne suis pas certaine de la façon dont je perçus le bruit ténu qui suivit, au milieu du vacarme qui rebondissait sur la falaise et de celui qui martelait l'intérieur de mon crâne. Rien que les battements de mon cœur auraient dû l'étouffer. Pourtant, dans le court espace où je contemplai Victoria, j'entendis un soupir exaspéré et familier.

Dans le même court laps de temps, la danse s'interrompit brutalement. Si vite qu'elle fut terminée avant que j'aie eu le loisir de comprendre l'enchaînement des actions. Victoria fut éjectée de la mêlée et s'envola à mi-hauteur d'un épicéa. Elle retomba à terre, déjà prête à repartir à l'attaque. De son côté, Edward, invisible à force de rapidité, s'était retourné pour attraper Riley par le bras. J'eus l'impression qu'il plantait son pied dans le dos du vampire blond tout en le soulevant… Un hurlement de douleur envahit l'espace. Au même instant, Seth bondit sur ses pattes, se mettant devant mon champ de vision.

Ce qui ne m'empêcha pas toutefois de distinguer Victoria. Bien qu'elle parût étrangement déformée, comme si elle n'arrivait pas à se redresser entièrement, je vis se dessiner sur ses lèvres le sourire dont j'avais si souvent rêvé. Elle plongea. Une petite chose blanche traversa l'air en sifflant, la heurtant de plein fouet et la projetant contre un autre arbre. Elle atterrit de nouveau sur ses jambes, mais Edward était déjà sur elle. Le soulagement me submergea quand je constatai qu'il n'avait rien.

Victoria shoota dans le missile qui venait de ralentir sa course. Il roula dans ma direction et, quand je constatai de quoi il s'agissait, je manquai de vomir. Les doigts bougeaient encore, agrippant des brins d'herbe, et le bras de Riley se mit à ramper sans but sur le sol.

Seth avait repris son harcèlement, et le jeune homme blond reculait à présent, les traits raidis par la souffrance. Les dents de l'animal se refermèrent sur son épaule et, poussant un nouveau cri d'agonie, Riley perdit son deuxième bras. Seth secoua la tête, balançant son trophée dans la forêt, puis un feulement lui échappa, qui ressemblait à un ricanement.

— Victoria ! appela le nouveau-né d'une voix suppliante.

Cette dernière ne réagit pas, ne tourna même pas la tête. Seth se lança sur son adversaire avec la force d'un boulet de démolition. Emporté par son élan, il fut blackboulé dans les arbres en compagnie de Riley. De nouveaux sons métalliques résonnèrent, à l'unisson des braillements du vampire. Braillements qui, tout à coup, s'interrompirent, cependant que les bruits de la pierre dépecée se poursuivaient.

Bien qu'elle n'eût même pas accordé un regard d'adieu à son compagnon, Victoria sembla se rendre compte qu'elle était désormais seule. Elle entreprit de reculer devant Edward, une déception teintée de panique illuminant ses prunelles. Elle me jeta un ultime coup d'œil de regret avant de commencer à tourner les talons.

— Non ! lui lança Edward sur un ton séducteur. Reste encore un peu.

Virevoltant, elle fonça vers l'abri des arbres. Malheureusement pour elle, Edward fut plus leste – une balle échappée de la gueule d'un pistolet. Il la rattrapa à la lisière et, en un seul geste, le ballet s'acheva. La bouche d'Edward frôla le cou de son adversaire avec des allures de caresse. Les glapissements aigus de Seth couvrant tout le reste, aucun son n'imprégna de violence le spectacle qui se déroulait devant moi. Edward aurait pu tout aussi bien embrasser son ennemie.

Pourtant, la chevelure rousse se détacha brusquement du reste du corps de Victoria, tomba à terre et rebondit une fois avant de rouler dans les bois.

25

REFLET

J'obligeai mes yeux, figés par l'horreur, à bouger, de façon à examiner l'objet ovale enroulé dans les vrilles de cheveux roux frissonnants.

Edward se déplaçait, vif, froid, tout à son affaire de démembrer le corps étêté. Rivée à la roche, j'étais incapable de m'approcher de lui, de forcer mes jambes au mouvement. Cela ne m'empêcha pas cependant d'observer chacun de ses gestes avec minutie, cherchant un signe quelconque de blessure. À force de ne rien trouver, je sentis mon pouls s'apaiser. Il était aussi agile et gracieux que d'habitude. Ses vêtements ne comportaient pas même une déchirure.

Tout le temps qu'il empila les membres frémissants avant de les recouvrir d'aiguilles de pin, il ne se tourna pas vers moi et il ne m'adressa pas non plus un regard quand il fila rejoindre Seth dans la forêt.

Je n'étais toujours pas remise lorsque tous deux revinrent. Edward avait les bras chargés de lambeaux de Riley, Seth tenait un grand bout – le torse – dans sa gueule. Ils déposèrent leur chargement sur la pile constituée par Victoria, puis Edward tira un rectangle en argent de sa poche. Il alluma le briquet, enflamma l'amadou, qui s'embrasa aussitôt. De longues flammes orange se mirent à lécher le bûcher.

— Ramassons tous les morceaux, murmura Edward au loup.

Ensemble, le vampire et la bête parcoururent les parages, lançant de temps en temps des débris de pierre blanche dans le feu. Seth se servait de ses dents, naturellement. J'étais trop hébétée pour me demander pourquoi il ne reprenait pas forme humaine. Edward était très concentré.

Ils en eurent bientôt terminé. Le brasier dégageait des colonnes de fumée mauve plus solide que la normale qui s'enroulaient lentement. Il en émanait une odeur d'encens, mais désagréable, lourde, forte. Une fois encore, Seth émit son espèce de ricanement sourd. Un sourire traversa le visage tendu d'Edward, qui lui tendit son poing serré. Le loup sourit, dévoilant ses crocs acérés, et donna du nez contre la main offerte.

— Beau travail d'équipe, marmonna le vampire.

Seth toussota en un signe de complicité satisfaite.

Alors, après avoir pris une profonde inspiration, Edward se tourna vers moi, l'expression de ses traits illisible. Ses yeux restaient circonspects, comme si j'étais une ennemie ; plus même, ils étaient effrayés. Pourtant, il n'avait montré aucune peur lorsqu'il avait affronté Victoria et Riley. Mon cerveau était stupéfait, aussi gourd et inutile que mon corps, et je le dévisageai avec ahurissement.

— Bella, mon amour, dit-il de sa voix la plus tendre en venant vers moi avec une lenteur exagérée.

Il tendait les mains, paumes en l'air. Bien que je fusse perdue, l'image m'évoqua brièvement celle d'un suspect approchant un policier, lui prouvant ainsi qu'il n'est pas armé.

— Bella, s'il te plaît, accepterais-tu de lâcher cette pierre ? Doucement. Ne te blesse pas.

J'avais complètement oublié mon arme pitoyable, alors que je la serrais si fort que mes jointures hurlaient leur douleur. Les avais-je de nouveau cassées ? Si oui, j'étais bonne pour un plâtre, Carlisle y veillerait. Edward hésita, à quelques pas de moi, toujours aussi prudent. Il me fallut quelques secondes pour me rappeler comment on bougeait les doigts, puis la pierre tomba avec fracas sur le sol. Edward se détendit un peu, sans pour autant approcher toutefois.

— Inutile d'avoir peur, Bella, chuchota-t-il. Tu ne crains rien, je ne te ferai pas de mal.

Cette promesse cryptique ne servit qu'à m'égarer plus avant. Je le fixai comme une imbécile, incapable de saisir.

— Tout ira bien, Bella. Je sais que tu es terrifiée, mais c'est fini. Personne ne te fera aucun mal, je ne te toucherai pas, je ne te ferai aucun mal.

— Pourquoi répètes-tu cela ? dis-je en retrouvant enfin ma voix.

J'avançai d'un pas maladroit, il recula.

— Que se passe-t-il ? soufflai-je. Qu'est-ce que tu as ?

— Tu n'as pas peur de moi ? demanda-t-il, soudain aussi égaré que je l'étais.

— Quoi ? En quel honneur ?

Je titubai un peu plus, puis trébuchai – sur mes propres pieds sans doute –, et il me rattrapa. Enfouissant ma tête dans son torse, je fondis en larmes.

— Bella... Bella... je suis désolé. C'est fini, fini.

— Ça va, haletai-je. Je vais bien. Je craque, c'est tout. Accorde-moi une minute.

Ses bras resserrèrent leur étreinte, et il s'excusa une fois encore. Je m'accrochai à lui jusqu'à ce que j'eusse repris haleine, puis me mis à l'embrasser – sa poitrine, son épaule, son cou, chaque parcelle de lui que j'arrivais à atteindre. Peu à peu, mon esprit retrouva ses fonctions.

— Tu n'as rien ? m'enquis-je entre deux baisers. Elle ne t'a pas blessé ?

— Non, je suis indemne.

— Et Seth ?

— Il se porte comme un charme, rigola-t-il. Et il est très fier de lui.

— Et les autres ? Alice ? Esmé ? Les loups ?

— Pas un bobo. Eux aussi ont terminé. Tout s'est déroulé aussi facilement que prévu.

Je m'imprégnai de cette nouvelle – ma famille et mes amis étaient sains et saufs. Victoria ne s'attaquerait plus jamais à moi. Point final. Nonobstant, quelque chose m'intriguait encore.

— Dis-moi, insistai-je, pourquoi as-tu cru que j'aurais peur de toi ?

— Je suis navré, je ne voulais pas que tu assistes à cela. Que tu *me* voies ainsi. J'ai dû te terrifier, j'en suis conscient.

Je réfléchis quelques instants encore, me rappelai ses hésitations, sa prudence quand il s'était rapproché de moi, comme s'il avait craint que je ne m'enfuie s'il bougeait trop brusquement.

— Tu es sérieux ? repris-je. Toi, m'effrayer ?

J'eus un reniflement dédaigneux. Renifler était plus aisé que parler, nul tremblement de voix là-dedans. C'était poseur, désinvolte. Il souleva mon menton, me dévisagea.

— Bella ! soupira-t-il. Je viens de... je viens de démembrer une créature sensible après l'avoir étêtée, et ce à moins de vingt mètres de toi. Cela ne t'inquiète pas ?

Je haussai les épaules, geste tout aussi bon que les reniflements. Très blasé.

— Pas vraiment. J'ai eu peur que Seth ou toi soyez blessés, rien de plus. Je voulais aider, mais je ne suis pas bonne à grand-chose.

Je m'interrompis soudain, car son teint avait tourné au livide.

— En effet, lâcha-t-il sur un ton glacial. Ton caillou. J'ai failli avoir une crise cardiaque.

— C'était seulement pour donner un coup de main, me défendis-je mollement. Seth avait mal...

— Une feinte, Bella. Une ruse. Et toi qui... Il n'a pas vu ce que tu t'apprêtais à faire, alors j'ai dû intervenir. Il n'est pas très content de ne pouvoir se vanter d'une victoire obtenue tout seul.

— Il... feignait ?

Edward acquiesça sèchement.

— Oh !

Tous deux nous tournâmes vers Seth qui nous ignorait soigneusement, prunelles fixées sur le brasier. Il transpirait l'autosatisfaction par tous les poils de sa toison.

— Je n'ai pas compris, me justifiai-je, un peu agacée. Et puis, il n'est pas facile d'être la seule personne impuissante dans les parages. Tu verras, quand je serai vampire ! Je ne resterai pas sur le banc de touche, la prochaine fois !

— Quelle prochaine fois ? s'esclaffa-t-il. Tu prévois une autre guerre très bientôt ?

— Tu connais ma poisse.

Il leva les yeux au ciel, mais cela ne m'empêcha pas de remarquer qu'il était ravi. Le plus difficile était définitivement passé. Quoique... Je me souvins soudain de ce que j'allais devoir dire à Jacob, et mon cœur partagé en deux fut secoué par la souffrance. Non, le plus dur restait à venir. Repenser à Jacob me rappela soudain un autre détail.

— Hé, un instant ! m'exclamai-je. Tout à l'heure, tu as parlé de... d'une complication ? D'Alice obligée de réajuster le plan de bataille ? Du temps compté ?

Edward et Seth échangèrent un coup d'œil.

— Quoi ? insistai-je.

— Rien d'important, répondit Edward. Sauf qu'il faut que nous partions d'ici...

Il tenta de me mettre sur son dos, je résistai.

— Qu'entends-tu par rien ?

— Crois-moi quand j'affirme qu'il n'y a aucune raison de paniquer. Nous n'avons qu'une minute, alors, fais-moi confiance, d'accord ?

Je hochai la tête, tâchant de dissimuler une bouffée de terreur.

— Aucune raison de paniquer ? Pigé.

Il fit la moue, réfléchissant à ce qu'il pouvait ou non me confier, puis se détourna vivement vers Seth, comme si ce dernier l'avait appelé.

— Que fait-elle ? demanda-t-il.

Seth gémit, anxieux et gêné. J'en eus la chair de poule. L'espace d'une interminable seconde, le silence régna, puis Edward hoqueta.

— Non ! Ne...

Un spasme agita le loup qui poussa un douloureux hurlement. Au même moment, Edward tomba à genoux. Je voulus ôter ses mains de son visage, mes paumes moites glissèrent sur le marbre de sa peau.

— Edward ! Edward !

Avec un effort énorme, il me regarda.

— Ça va, murmura-t-il, les mâchoires serrées. Ça va...

Il se tut, grimaça.

— Que se passe-t-il ? criai-je, tandis que Seth continuait à glapir.

— Rien, tout va bien, haleta Edward. On va s'en tirer. Sam... aide-le...

À cet instant, parce qu'il avait prononcé le nom de Sam, je compris qu'il ne parlait ni de lui ni de Seth. Nulle force invisible ne s'en prenait à eux. La crise se déroulait ailleurs. Je titubai, épuisée, et manquai de me fracasser contre les rochers. Sautant sur ses pieds, Edward me retint.

— Seth ! appela-t-il.

Ce dernier, tapi sur le sol, tendu comme un arc, avait l'air de vouloir se ruer dans la forêt.

— Non ! lui ordonna Edward. Rentre tout droit à la réserve ! Maintenant ! Et en vitesse !

Seth gémit et secoua la tête.

— Aie confiance, lui lança Edward.

Le loup le fixa durant une minute puis, se redressant, fila dans les bois et s'évapora comme un fantôme. Edward m'avait plaquée contre son torse et, à notre tour, nous fonçâmes entre les arbres.

— Que s'est-il passé ? me forçai-je à demander. Qu'est-il arrivé à Sam ? Où allons-nous ?

— À la prairie. Nous nous doutions que cela risquait de se produire. Plus tôt ce matin, Alice l'a vu et en a averti Seth par l'intermédiaire de Sam. Les Volturi ont décidé qu'il était temps d'intervenir.

Les Volturi !

C'en était trop. Mon esprit refusa de mettre un sens sur ces mots, fit semblant de ne pas les comprendre. Autour de nous, les troncs défilaient à toute vitesse. Edward galopait le long de la montagne, si vite que j'avais l'impression de voler.

— Pas d'affolement ! me recommanda-t-il. Ils ne viennent pas pour nous et n'ont envoyé que le contingent habituel pour régler ce genre de crise. Rien d'exceptionnel. Ils font leur boulot, c'est tout. Certes, ils ont programmé leur arrivée avec beaucoup de soin, ce qui me laisse à penser que personne, en Italie, n'aurait porté le deuil si ces nouveau-nés avaient réussi à diminuer le nombre de membres du clan Cullen. J'en saurai plus quand nous serons là-bas.

— C'est la raison pour laquelle on y va ?

Je n'étais pas certaine d'être en état d'affronter cela. Des images de grands manteaux gris se ranimaient dans mon cerveau réticent, et je tressaillais. Je n'étais plus très loin de craquer.

— En partie. Surtout, il sera plus sûr que nous présentions un front uni, à ce stade. Ils n'ont aucun prétexte pour nous ennuyer, mais... Jane est avec eux. Elle pourrait être tentée si elle savait que nous sommes à l'écart. Comme Victoria, elle devinerait sans peine que je suis avec toi. Démétri est là aussi, naturellement. Il suffirait qu'elle lui demande de me trouver.

Jane... ce prénom me révulsait. Je n'avais aucune envie de voir ce visage enfantin et exquis. Un son étrange monta de ma poitrine.

— Chut, Bella, chut ! Tout va bien se passer. Alice l'a vu.

Ah bon ? Dans ce cas, où étaient les Quileute ?

— Et la meute ?

— Ils ont dû partir de façon impromptue. Les Volturi n'ont pas signé de trêve avec les loups-garous.

Ma respiration s'accéléra sans que je puisse la contrôler. Je me mis à haleter.

— Je te jure que nous ne risquons rien, insista Edward. Les Volturi n'identifieront pas les odeurs, ils ne se douteront pas de la présence des loups. Cette espèce ne leur est pas familière. Tes amis ne courent aucun danger.

Ces explications m'échappaient tant mes angoisses m'empêchaient de réfléchir. Il avait déjà assuré que tout irait bien... n'empêche, Seth avait hurlé à la mort. Edward avait esquivé ma première question, m'avait distraite en évoquant les Volturi. Mes nerfs étaient vraiment à deux doigts de lâcher, à présent.

— Que s'est-il passé ? m'enquis-je de nouveau. Quand Seth a ululé. Quand tu es tombé à genoux ?

Il hésita.

— Dis-moi !

— Tout était terminé, chuchota-t-il enfin. Les loups n'ont pas compté la part qui leur revenait. Ils ont cru qu'ils les avaient tous eus. Et Alice, bien sûr, était aveugle...

— Et ?

— Un des jeunes s'était caché... Leah l'a trouvé. Elle s'est comportée comme une idiote, elle a été trop sûre d'elle, elle a tenté de prouver quelque chose. Bref, elle l'a attaqué seule...

— Leah, chuchotai-je, trop faible pour éprouver de la honte parce que j'étais soudain très soulagée. Elle va s'en tirer ?

— Elle n'a pas été blessée.

Je le contemplai. « Sam... aide-le... » avait soufflé Edward. « Le », pas « la ».

— Nous sommes presque arrivés, dit-il en regardant en l'air.

Mes yeux copièrent les siens. Un nuage mauve sombre obscurcissait le ciel. De la fumée... comme celle que le bûcher avait dégagée à notre campement.

— Edward, quelqu'un a été blessé.

— Oui, admit-il.

— Qui ?

Je connaissais déjà la réponse, cependant. Alentour, le défilé des arbres ralentit. Edward mit un long moment à se décider.

— Jacob.

— Logique, chuchotai-je en hochant la tête.

C'est alors que je lâchai prise et glissai dans le néant.

Ma première sensation fut celle de mains glacées qui m'effleuraient. Plus de deux. De bras me tenant, d'une paume enserrant ma joue, de doigts caressant mon front, d'autres doigts prenant mon pouls.

Puis des voix me parvinrent. D'abord, rien qu'un bourdonnement qui augmenta en volume et en netteté, comme si quelqu'un avait tourné le bouton de la radio.

— Ça fait déjà cinq minutes, Carlisle, marmonna Edward, anxieux.

— Elle reprendra conscience quand elle sera prête, riposta le médecin avec calme et assurance. Elle en a trop vu, aujourd'hui. Laisse son esprit se protéger.

Ce n'était pas le cas, toutefois. Mon esprit était prisonnier de ce que je savais, de ce qui ne m'avait pas quitté, y compris dans l'inconscience, de la douleur qui avait accompagné le néant. J'avais l'impression d'être totalement déconnectée de mon corps, enfermée dans un petit coin de ma tête, sans plus de contrôle sur rien. J'étais impuissante face à cela, incapable de réfléchir. La souffrance était trop forte. Je n'avais aucun moyen de lui échapper.

Jacob. *Jacob.*

Non, non, non, non, non...

— Combien de temps nous reste-t-il, Alice ? demanda Edward, toujours aussi tendu.

Les mots apaisants de Carlisle n'avaient donc eu aucun effet.

— Encore cinq minutes ! lança sa sœur, à quelque

distance de là. Et Bella ouvrira les yeux dans trente-sept secondes. Je suis certaine qu'elle nous entend déjà.

— Bella, ma chérie ? murmura Esmé. Tu es en sécurité, maintenant.

Oui, je l'étais. Cela avait-il une quelconque importance, cependant ?

Soudain, des lèvres froides se collèrent à mon oreille, et Edward murmura les mots qui me permirent d'échapper à la torture qui me retenait prisonnière de mon propre cerveau.

— Il va vivre, Bella. Jacob Black guérit au moment où je te parle. Il s'en sortira.

La souffrance s'estompa, je réintégrai mon corps, battis des paupières.

— Oh, Bella ! soupira Edward en effleurant ma bouche de la sienne.

— Edward ! soufflai-je.

— Je suis là.

Je me forçai à ouvrir entièrement les yeux, plongeai dans l'or chaud des siens.

— Jacob va bien ?

— Oui.

Je scrutai attentivement ses prunelles à la recherche du mensonge, n'en détectai aucun.

— Je l'ai ausculté en personne, intervint Carlisle.

Je tournai la tête, découvris qu'il était tout près, arborant une expression à la fois grave et rassurante. Il était impossible de douter de lui.

— Sa vie n'est pas menacée, enchaîna-t-il. Il se remet à une vitesse incroyable, même si ses blessures sont assez sérieuses pour que plusieurs jours soient nécessaires avant qu'il ne se rétablisse complètement. Dès que nous en aurons terminé ici, je verrai ce que je peux faire pour l'aider. Sam est en train d'essayer de le ramener à sa forme humaine, ce qui permettra un traitement plus aisé. Après tout, ajouta-t-il en souriant, je ne suis pas vétérinaire.

— Que lui est-il arrivé exactement ? Ses blessures sont graves ?

— Un autre loup avait des difficultés...

— Leah !

— Oui. Il l'a sauvée mais n'a pas eu le temps de se protéger. Le nouveau-né l'a comprimé dans ses bras, et la plupart des os de son flanc droit ont explosé.

Je tressaillis.

— Sam et Paul sont arrivés à la rescousse. Il allait déjà mieux quand ils l'ont ramené à La Push.

— Retrouvera-t-il pleinement l'usage de son corps ?

— Oui. Aucun dégât permanent.

J'inhalai profondément.

— Trois minutes, annonça doucement Alice.

Je me relevai, aidée par Edward, puis contemplai la scène qui s'offrait à mes yeux. Les Cullen avaient formé un demi-cercle autour du bûcher. Il n'y avait plus de flammes, juste l'épaisse fumée mauve, qui flottait au-dessus de l'herbe, telle une maladie. Jasper était le plus proche de cette brume à moitié solide dont l'ombre empêchait que sa peau ruisselât au soleil, contrairement aux siens. Il me tournait le dos, raide, ses bras légèrement écartés. Quelque chose était à ses pieds, une chose sur laquelle il se penchait avec une attention soucieuse. J'étais trop engourdie pour ne pas éprouver plus qu'un vague choc quand je me rendis compte de ce que c'était.

Il y avait huit vampires sur la prairie, pas sept.

La fille était pelotonnée près du feu, bras autour des jambes. Petite, très jeune, plus jeune que moi, elle avait tout au plus quinze ans et des cheveux bruns. Son regard était fixé sur moi, et ses iris étaient d'un rouge écarlate déstabilisant, bien plus vif que le cramoisi des prunelles de Riley. Les siennes roulaient, totalement incontrôlées.

— Elle s'est rendue, m'expliqua Edward en remarquant ma surprise. C'est la première fois que je vois ça. Seul Carlisle a pu le lui proposer. Jasper désapprouve.

J'avais du mal à m'arracher au spectacle. Inconsciemment, Jasper se frottait le bras gauche.

— Il va bien ? demandai-je.

— Oui. Juste le venin qui brûle.

— Il a été mordu ? m'exclamai-je, horrifiée.

— Il voulait être partout à la fois pour épargner du travail à Alice. Qui se débrouille très bien seule.

— Espèce d'idiot trop protecteur, marmonna l'intéressée.

L'adolescente rejeta brusquement la tête et lâcha une plainte perçante. Jasper gronda aussitôt, et elle se calma, bien que ses doigts fussent plantés dans le sol, pareils à des griffes, et qu'elle secouât le menton d'avant en arrière sous l'effet de l'angoisse. S'accroupissant un peu plus, Jasper avança. Avec une décontraction étudiée, Edward s'arrangea pour s'interposer entre la malheureuse et moi, et je fus obligée de me pencher pour continuer de voir ce qui se passait.

Carlisle avait déjà rejoint l'inconnue et son fils, qu'il retenait de la main.

— As-tu changé d'avis, jeune fille ? demanda-t-il,

toujours aussi calme. Nous ne tenons pas à te détruire, mais nous n'hésiterons pas si tu ne te maîtrises pas.

— Comment arrivez-vous à le supporter ? geignit la gamine d'une voix claire. Je la veux.

Ses iris rouges se portèrent sur Edward, au-delà de lui, sur moi, donc, et ses ongles crochetèrent derechef la terre dure.

— Tu dois le tolérer, reprit Carlisle avec gravité. Tu dois apprendre à exercer ton contrôle. C'est possible, c'est aussi la seule façon de sauver ta vie.

La fille se prit la tête entre les mains. Elle gémissait pitoyablement.

— Ne vaudrait-il pas mieux que nous nous éloignions d'elle ? suggérai-je.

En entendant ma voix, l'adolescente retroussa les lèvres. Elle souffrait le martyre.

— Nous sommes obligés de rester ici, murmura Edward. Ils sont au nord de la prairie, à présent.

Le cœur battant, je scrutai les environs. Malheureusement, la fumée me cachait tout. Renonçant, je posai de nouveau mes yeux sur la jeune vampire, toujours focalisée sur moi. Nos regards se croisèrent. Ses cheveux coupés au niveau du menton encadraient son visage d'albâtre. Il était difficile de déterminer si elle était belle, tant ses traits étaient déformés par la rage et la soif. Ce qui dominait, c'étaient ses iris pourpres dont il était difficile de se détacher. Elle m'observait avec méchanceté tout en frissonnant. J'étais hypnotisée, me demandant si j'étais en train de contempler mon propre futur, le reflet de celle que je serai bientôt.

Soudain, Jasper et Carlisle reculèrent dans notre direction. Emmett, Rosalie et Esmé se dépêchèrent de converger autour de l'endroit où Edward, Alice et moi nous tenions. Ils présentaient un front uni, selon les paroles mêmes d'Edward, s'arrangeant pour me placer au milieu, là où je courais un danger moindre.

Détournant mon attention de la jeune fille, je m'apprêtai à affronter les monstres.

Je ne détectai cependant aucune trace de leur présence. Un coup d'œil à mon voisin m'apprit qu'il fixait l'horizon. Je l'imitai, ne distinguai rien d'autre que les volutes violettes et huileuses qui ondulaient, paresseuses, au-dessus de l'herbe. Tout à coup, elles se déformèrent et s'assombrirent en leur centre.

— Hum ! marmonna une voix morte dont je reconnus aussitôt l'apathie.

— Bienvenue, Jane, répondit Edward avec une froide courtoisie.

Les ombres se rapprochèrent, se séparant de la fumée pour se solidifier. Jane était devant, comme de bien entendu, manteau le plus sombre, presque noir, silhouette la plus petite. Son capuchon dissimulait en grande partie ses traits angéliques. Les quatre personnages qui se dressaient derrière elle m'étaient également familiers. J'identifiai sans peine le plus grand qui releva d'ailleurs la tête. Félix rejeta en arrière sa capuche et m'adressa un clin d'œil ainsi qu'un sourire. Près de moi, Edward était raide.

Jane promena lentement son regard sur les figures lumineuses des Cullen avant de s'arrêter sur la nouvelle-née, près du bûcher. La fille se cachait de nouveau le visage entre les mains.

— Je ne comprends pas, lâcha Jane sur un ton un peu moins indifférent que précédemment.

— Elle s'est rendue, expliqua Edward.

— Pardon ?

Félix et un de ses compagnons échangèrent un coup d'œil.

— Carlisle lui a laissé le choix.

— Ceux qui enfreignent les règles n'ont pas le choix, riposta Jane.

— La décision t'appartient, intervint Carlisle de sa voix douce. Dans la mesure où elle était prête à renoncer à nous attaquer, je n'ai pas jugé utile de la détruire. Personne ne l'a éduquée.

— Voilà qui est hors de propos.

— À ta guise.

Un instant, Jane parut consternée, puis elle se ressaisit.

— Aro espérait que nous irions assez à l'ouest pour te rencontrer, Carlisle, poursuivit-elle. Il te salue.

— Merci de lui retourner la politesse.

— Naturellement.

Jane sourit. Elle était presque adorable quand elle daignait s'animer. Elle se retourna vers le feu.

— Il semble que vous ayez accompli notre tâche à notre place, aujourd'hui... enfin, presque. Simple curiosité professionnelle de ma part, mais combien étaient-ils ? Ils ont fait pas mal de dégâts à Seattle.

— Dix-huit, celle-ci comprise, répondit Carlisle.

Jane parut étonnée, et contempla de nouveau le feu, comme pour en évaluer la taille. Félix et son compère échangèrent un autre regard, plus long cette fois.

— Dix-huit, répéta l'émissaire d'Aro, visiblement déstabilisée.

— Des jeunes, non entraînés, tempéra Carlisle.

— Tous ? sursauta son interlocutrice. Qui les a créés, alors ?

— Elle s'appelait Victoria, intervint Edward.

— S'appelait ?

Il inclina la tête du côté des bois. Ouvrant grandes les paupières, Jane se concentra sur l'horizon. L'autre colonne de fumée, peut-être. J'évitai de tourner la tête pour vérifier.

— Cette Victoria, reprit-elle, elle est comprise dans les dix-huit ?

— Non. Et elle avait un acolyte. Pas aussi jeune que celle-ci, mais guère plus âgé que d'un an.

— Vingt, donc, souffla Jane. Qui s'est occupé du créateur ?

— Moi, répondit Edward.

Jane plissa les yeux avant de s'adresser à la fille blottie près du bûcher.

— Toi ! lança-t-elle durement. Ton nom ?

La gamine lui jeta un regard méprisant et serra les lèvres, ce qui amena un sourire sur le visage de son interlocutrice. Le hurlement de souffrance de la nouvelle-née fut assourdissant. Son corps se raidit dans une torsion qui était tout sauf naturelle. Je baissai le menton, à deux doigts des larmes, résistant à l'envie de me boucher les oreilles. Je serrai les dents, retins ma nausée. Les cris s'intensifièrent, et je m'efforçai de me concentrer sur les traits impassibles d'Edward, ce qui eut cependant le désagrément de me rappeler le jour où lui-même avait été victime du don maléfique de Jane. Du coup, je me fixai sur Alice et Esmé – elles n'exprimaient rien de plus que lui.

Enfin, le silence revint.

— Ton nom, répéta Jane, inflexible.

— Bree, haleta la gosse.

Jane sourit, l'autre se remit à brailler. Je retins mon souffle jusqu'à ce que ses cris cessent.

— Pourquoi t'acharner ? marmotta Edward, mâchoires crispées. Elle te dira tout ce que tu veux savoir, maintenant.

Jane releva la tête, un éclat amusé et plutôt inattendu dans ses prunelles mortes.

— J'en ai conscience, répondit-elle, presque hilare. Bree, ajouta-t-elle ensuite en reprenant sa voix glacée, cette histoire est-elle vraie ? Étiez-vous vingt ?

La malheureuse haletait, joue appuyée sur le sol.

— Dix-neuf ou vingt, peut-être plus, aucune idée, s'empressa-t-elle de répondre, terrifiée à l'idée que son ignorance lui vaille de nouveaux tourments. Sara et un type dont je ne connaissais pas le nom se sont battus en chemin...

— Cette Victoria t'a-t-elle créée ?

— Peut-être. Riley n'a jamais prononcé son nom. Cette nuit-là, je ne l'ai pas vue... il faisait sombre, et j'avais mal... Riley ne voulait pas que nous pensions à elle, d'après lui nos esprits n'étaient pas assez sûrs.

Jane regarda brièvement Edward. Décidément, Victoria avait été rusée. Si elle n'avait pas suivi la trace d'Edward, nous n'aurions jamais su avec précision qu'elle était impliquée.

— Parle-moi de Riley, dit Jane. Pourquoi vous a-t-il amenés ici ?

— Nous devions détruire les étranges vampires aux yeux jaunes. D'après lui, ce serait facile. Comme la ville leur appartenait, ils viendraient à notre rencontre.

Quand nous en aurions fini avec eux, tout ce sang frais serait à nous. Il nous a donné leur odeur. Il a précisé que nous serions certains d'avoir trouvé le bon clan, si celle-là (elle me désigna du doigt) était avec eux. Le premier d'entre nous qui mettait la main dessus pouvait en faire ce qu'il voulait.

Edward gronda.

— Apparemment, Riley se trompait sur le côté facile des choses, commenta Jane.

Soulagée que la conversation ait pris un aspect aisé, Bree acquiesça et se rassit prudemment.

— Je ne sais pas ce qui s'est passé, enchaîna-t-elle. Nous nous sommes séparés, mais les autres ne nous ont jamais rejoints. Et Riley nous a laissés tomber et n'est pas venu à notre aide, contrairement à ce qu'il avait promis. Après, tout est devenu confus, nous avons été taillés en pièces. J'ai eu peur, j'ai voulu m'enfuir, et celui-là (cette fois, elle montra Carlisle) m'a dit qu'ils ne m'attaqueraient pas si je me rendais.

— Malheureusement, jeune fille, murmura Jane, étrangement tendre, à présent, il n'était pas en position de te faire cette offre. Enfreindre les règles a des conséquences.

Bree la dévisagea sans comprendre.

— Vous êtes sûrs d'avoir eu les autres ? lança Jane à Carlisle. Le deuxième groupe ?

— Nous aussi nous sommes séparés, répondit-il sans broncher.

— J'avoue que je suis impressionnée, reconnut Jane avec un demi-sourire, et ses acolytes opinèrent. Je n'avais encore jamais vu un clan réchapper d'une agression de cette ampleur. Sais-tu quelles en étaient les raisons ? Pourquoi la fille en était la clé ?

Ses prunelles s'arrêtèrent un instant sur moi, et je frémis.

— Victoria en voulait à Bella, expliqua Edward, impassible.

Jane éclata de rire, roucoulement doré et joyeux d'enfant heureux.

— Cette personne semble décidément provoquer des réactions bizarrement puissantes chez les membres de notre espèce.

De nouveau, elle me fixa, et Edward se figea.

— Aurais-tu l'obligeance de cesser ? demanda-t-il d'un ton sec.

— Je vérifiais, rien de plus. Je n'ai fait aucun mal, visiblement.

Je fus heureuse que le petit truc étrange que je possédais – et qui m'avait protégée de Jane lorsque nous nous étions rencontrées en Italie – fonctionnât encore. Edward me serra contre lui.

— Bon, nous n'avons plus guère de travail, repartit Jane, sa voix retrouvant son apathie. Nous n'avons pas l'habitude d'être inutiles. Dommage que nous ayons loupé la bagarre. D'après ce que j'ai compris, il était sûrement intéressant d'y assister.

— En effet, convint Edward. Et vous l'avez manqué de peu. Une demi-heure plus tôt, et vous auriez pu accomplir vos desseins.

Jane soutint son regard sans flancher.

— Oui. Parfois, les événements s'arrangent d'une bien triste façon.

Elle se tourna pour contempler la nouvelle-née.

— Félix ! ordonna-t-elle.

— Un instant ! protesta Edward.

Jane sourcilla, mais Edward s'adressait à Carlisle.

— Nous pourrions expliquer les règles à cette jeune fille. Elle paraît prête à apprendre. Elle ignorait ce dans quoi on l'entraînait.

— Nous sommes tout disposés à prendre Bree en charge, accepta aussitôt son père.

Jane sembla partagée entre l'incrédulité et l'amusement.

— Nous ne tolérons aucune exception, décréta-t-elle, et nous ne donnons pas de deuxième chance non plus. Cela nuirait à notre réputation. À propos... Caïus sera ravi d'apprendre que tu es toujours humaine, Bella. Cela l'amènera peut-être à te rendre une petite visite.

— La date est déjà fixée, lança Alice, qui s'exprimait pour la première fois. Si ça se trouve, *nous* vous rendrons une petite visite dans quelques mois.

Le sourire de Jane s'effaça, puis elle haussa les épaules, indifférente, sans même daigner se tourner vers Alice.

— Contente de t'avoir revu, Carlisle, dit-elle. Moi qui pensais qu'Aro exagérait. À la prochaine, donc...

Carlisle hocha la tête, l'air peiné.

— Règle-moi ça, Félix, ordonna Jane avec un signe du menton en direction de Bree. Je veux rentrer.

— Ne regarde pas ! chuchota Edward à mon oreille.

Je ne fus que trop heureuse de lui obéir, j'avais eu mon content d'horreurs pour la journée – pour la vie entière. Je fermai les paupières et enfouis mon visage dans l'épaule d'Edward.

Hélas, je ne pus m'empêcher d'entendre. D'abord,

un grondement grave et rauque, puis un hurlement aigu et trop familier qui s'interrompit brutalement, suivi de bruits écœurants – chairs broyées et os brisés.

Edward me frottait le dos.

— Partons ! ordonna Jane.

Je relevai la tête à temps pour voir le dos des grands manteaux gris s'éloigner dans la fumée virevoltante. L'odeur d'encens s'était ravivée, toute fraîche. Les silhouettes disparurent dans le brouillard mauve.

26

MORALE

Dans la salle de bains d'Alice, les flacons et les tubes pullulaient, tous revendiquant leur capacité à embellir l'aspect extérieur d'une personne. Comme tous, dans cette maison, étaient à la fois parfaits et imperméables, je songeai qu'elle avait dû acquérir l'essentiel de ces onguents en pensant à moi. Effarée par autant de gâchis, je parcourus les étiquettes.

C'était toujours ça pour éviter de me regarder dans le miroir, tandis qu'Alice brossait mes cheveux en longs mouvements mesurés.

— C'est bon, finis-je par décréter, d'une voix atone. Je veux retourner à La Push.

J'avais déjà été obligée de patienter *des heures* avant que Charlie ne daignât quitter la maison de Billy. Chacune de ces minutes écoulées à ignorer si Jacob était ou non vivant m'avait paru durer une vie. Lorsque j'avais été enfin autorisée à aller là-bas afin de le vérifier en personne, j'avais eu l'impression qu'Alice ne m'avait accordé qu'un huitième de seconde pour le voir – elle avait appelé Edward afin de lui remémorer que j'étais censée être en ville avec elle toute la journée, version officielle destinée à rassurer mon père. Préserver les apparences me semblait ridicule et insignifiant.

— Jacob n'a pas encore repris connaissance, objecta-t-elle. Carlisle ou Edward nous téléphoneront quand ce sera le cas. De toute façon, il faut d'abord que tu passes chez Charlie. En allant chez Billy, il a constaté qu'ils étaient revenus de leur randonnée. Il risque d'avoir des soupçons.

J'avais déjà élaboré et appris par cœur l'histoire que j'allais lui servir.

— Je m'en fiche. Je veux être là-bas quand Jake se réveillera.

— C'est ton père qui compte, pour l'instant. La journée a été rude, d'accord, ce n'est pas une raison pour fuir tes responsabilités. Il est plus important que jamais qu'il reste dans l'ignorance. Commence par jouer ton rôle, Bella, tu pourras faire ce que tu voudras ensuite. Appartenir au clan des Cullen suppose méticulosité et maturité.

Elle avait raison, naturellement. Au demeurant, c'était cette raison, plus puissante que ma peur, ma peine et ma culpabilité, qui avait permis à Carlisle de m'éloigner du chevet de Jacob.

— Rentre chez toi, m'ordonna Alice. Parle à Charlie. Rajoutes-en dans l'alibi. Préserve-le.

Je me levai, des fourmis plein les jambes. J'étais restée assise trop longtemps.

— Cette robe te va à ravir, roucoula Alice.

— Quoi ? Oh... euh, merci encore, marmonnai-je plus par courtoisie que par gratitude.

— C'est une preuve, insista-t-elle, l'innocence incarnée. Que serait le lèche-vitrines sans nouvelle tenue ? Et, si je puis me permettre, celle-ci est très flatteuse.

Je tressaillis, incapable de me souvenir de la façon dont elle m'avait habillée. Mon esprit ne cessait de s'évader, tels des insectes fuyant une lumière trop vive.

— Jacob va bien, Bella ! soupira-t-elle sans se leurrer sur mes préoccupations. Inutile de te dépêcher. Si tu soupçonnais quelle dose de morphine lui a administrée Carlisle, tu comprendrais qu'il est dans les vapes pour un bon moment.

Au moins, il ne souffrait pas. Pas encore.

— Souhaites-tu aborder certains sujets avant de partir ? s'enquit-elle. Tu dois être un peu traumatisée.

Je me doutais de ce qui titillait sa curiosité, mais j'avais d'autres questions à lui poser.

— Serai-je ainsi ? marmonnai-je. Comme cette Bree ?

J'avais beau avoir énormément de soucis, je ne parvenais pas à me chasser la malheureuse du crâne. Nouvelle-née dont l'existence avait si brutalement pris fin. Dont le visage, tordu par la soif que lui avait inspirée mon sang, continuait à me hanter.

— Tout le monde est différent, murmura Alice en caressant mon bras. Mais oui, il y aura de cela.

Je me figeai, cherchant à imaginer.

— Ça passe, assura-t-elle.

— En combien de temps ?

— Quelques années, un peu moins parfois. Pour toi, ce sera peut-être différent. Tu es la première que je rencontre qui l'ait choisi. Il sera intéressant de voir si cela a une influence quelconque.

— Intéressant...

— Nous t'éviterons les ennuis.

— Je sais, et j'ai confiance en vous, reconnus-je d'un ton morne.

— Si tu t'inquiètes pour Carlisle et Edward, se méprit-elle, je suis sûre qu'ils vont bien. Sam commence à nous respecter... enfin, au moins Carlisle. Ce qui est tant mieux, parce que les choses n'ont pas été faciles quand mon père a dû recasser les os...

— Alice ! Je t'en prie !

— Désolée.

Jacob ayant entamé sa guérison spectaculaire, certaines de ses fractures s'étaient mal résorbées. Il avait donc fallu calmer le jeu, mais y penser restait difficile.

— Puis-je te poser une question, Alice ? À propos du futur ?

— Hum... je te rappelle que je ne suis pas en mesure de tout voir.

— Je ne te demande rien de précis. Seulement, ton talent fonctionne sur moi, alors pourquoi ceux de Jane, d'Edward ou d'Aro sont-ils impuissants face à moi ?

À peine posée, je me rendis compte que la question perdait de son intérêt, au regard des soucis plus pressants qui m'encombraient la tête. Ce ne fut pas le cas pour Alice, en revanche.

— Le don de Jasper fonctionne également sur toi, me fit-elle remarquer. Comme sur tout le monde, d'ailleurs, parce que le sien est physique, concret. Quant à moi, j'ai des visions sur les événements, pas sur les raisons de leur origine. Mon talent n'affecte donc pas le cerveau et concerne la réalité, ou du moins une version de la réalité, et pas l'illusion. Mais Jane, Edward et Aro travaillent à l'intérieur du mental. Jane ne crée qu'une illusion de douleur, elle ne touche pas vraiment le corps. Toi, tu es en sécurité dans ton esprit, personne ne parvient à t'y atteindre. Pas étonnant qu'Aro ait été intrigué sur ce que seraient tes prochaines aptitudes.

Elle m'étudiait, cherchant à deviner si je suivais son raisonnement logique. En vérité, ses mots s'étaient fondus les uns dans les autres, perdant leur sens. Je n'arrivais pas à me concentrer. Nonobstant, j'acquiesçai, affichant un air compréhensif. Je ne la trompai pas, toutefois.

— Ça va aller, me rassura-t-elle en effleurant ma joue. Il va s'en tirer, Bella, et je n'ai pas besoin de vision pour en être certaine. Bon, prête à partir ?

— Une dernière chose. Toujours au sujet de l'avenir.

— Vas-y.

— Me vois-tu encore devenir vampire ?

— Oh oui, naturellement !

Je hochai lentement la tête.

— Douterais-tu de ton propre esprit ? me demanda-t-elle, ses prunelles insondables.

— Non, je voulais juste en être sûre.

— Je ne le suis qu'autant que tu l'es, cependant. Si tu devais... changer d'avis, ce que je verrais se modifierait également... ou, dans ton cas, disparaîtrait.

— Ça n'arrivera pas, soupirai-je.

— Je suis désolée, me consola-t-elle. Je ne peux pas

vraiment compatir. Mon premier souvenir, c'est d'avoir capté le visage de Jasper dans mon avenir personnel. J'ai toujours su que ma vie tendait vers lui. Malheureusement, ma sympathie s'arrête là. Je regrette que tu aies à choisir entre deux bonnes options.

— Ne t'inquiète pas pour cela, protestai-je.

Certaines personnes méritaient la compassion des autres. Pas moi. Quant au choix, ce n'en était pas un – il s'agissait seulement de briser un cœur.

— Je me sauve, ajoutai-je. Je pars affronter Charlie.

Je regagnai la maison, y trouvai un père aussi soupçonneux que l'avait pressenti Alice.

— Salut, Bella. Comment c'était, ce tour en ville ?

Debout dans la cuisine, il m'accueillit avec les bras croisés sur la poitrine, les yeux scrutateurs.

— Long, bougonnai-je. Nous venons juste de rentrer.

— Tu es au courant, pour Jake ?

— Oui, le reste des Cullen étaient déjà là. Esmé nous a expliqué où étaient Carlisle et Edward.

— Je t'avais dit que ces motos étaient dangereuses ! J'espère que tu admettras que j'avais raison, maintenant.

Je hochai le menton, tout en sortant des ingrédients du réfrigérateur. Charlie s'installa à table, apparemment plus disert que d'habitude.

— Inutile de trop s'en faire pour Jake, marmonna-t-il. Il a de l'énergie à revendre, il va se rétablir.

— Était-il conscient quand tu l'as vu ? m'exclamai-je en me retournant.

— Pour ça, oui ! Tu l'aurais entendu ! Non, d'ailleurs, c'est mieux ainsi. Aucun habitant de La Push n'a dû y échapper. J'ignore où il a appris des mots pareils, mais j'espère bien qu'il ne les emploie pas en ta compagnie.

— Il a des excuses, aujourd'hui. Quelle tête avait-il ?

— Fracassée. Ses amis l'ont porté à la maison. Heureusement que ce sont de sacrés gaillards, parce qu'il pèse comme un âne mort. D'après Carlisle, sa jambe et son bras droits sont brisés. Grosso modo, il a eu tout le côté droit écrabouillé par cette fichue moto. Si jamais j'apprends que tu en as refait, Bella...

— Oublie, papa. C'est exclu. Tu penses vraiment qu'il va s'en sortir ?

— Bien sûr. Il avait déjà assez récupéré pour se ficher de moi, figure-toi.

— Comment ça ?

— Oui, entre deux insultes à l'adresse de la mère de quelqu'un et des blasphèmes à la pelle, il m'a balancé : « Je parie que vous êtes content qu'elle aime Cullen plutôt que moi, hein, Charlie ? »

Je m'empressai de pivoter vers le réfrigérateur pour dissimuler mon visage.

— Je n'ai pas objecté, poursuivit mon père. Edward est tellement plus mature que lui, quand il s'agit de ton bien-être. Je dois lui reconnaître ça.

— Jacob est parfaitement mûr. Je suis certaine que ce n'est pas sa faute.

— Quelle drôle de journée, reprit Charlie au bout d'un instant. Tu me connais, je ne suis pas enclin aux bêtises superstitieuses, mais quand même... J'ai eu l'impression que Billy se doutait qu'il allait arriver quelque chose à Jake. Il était nerveux comme une dinde le matin de Thanksgiving ! Je ne suis même pas sûr qu'il ait entendu quoi que ce soit de ce que j'ai pu lui raconter. Et il y a autre chose... Tu te rappelles, les soucis que nous avons eus en février et mars avec les loups ?

Je me réfugiai dans un placard sous prétexte d'y prendre une poêle.

— Euh... oui.

— J'espère que ça ne va pas recommencer. Ce matin, alors que nous étions dans le bateau, et que Billy ne prêtait attention ni à moi ni au poisson, nous avons soudain entendu des loups hurler dans les bois. Plus d'un et, crois-moi, ils braillaient drôlement fort. Comme s'ils étaient juste à côté du village. Le plus bizarre, c'est que Billy a aussitôt ramené la barque vers le port, à croire qu'on l'appelait. Je lui ai demandé ce qui lui prenait, il ne m'a pas répondu.

Charlie s'interrompit pour reprendre haleine.

— Le vacarme a cessé dès que nous avons accosté, enchaîna-t-il aussitôt. Et tout à coup, Billy n'avait plus qu'une chose en tête, ne pas rater le match, alors qu'il restait des heures avant qu'il ne débute. Il a raconté qu'il commençait plus tôt, enfin bref, n'importe quoi. Vraiment étrange, Bella. Une fois chez lui, il a dégoté un autre match, a prétendu vouloir le regarder et n'y a pas jeté un coup d'œil. Il a passé sa vie au téléphone, appelant Sue, Emily et le grand-père de Quil. Je n'ai pas pigé ce qu'il cherchait, il a discuté de tout et de rien. Ensuite, les glapissements ont repris, juste derrière la maison. Je n'avais jamais rien entendu de tel, j'en avais la chair de poule. J'ai demandé à Billy s'il avait installé des pièges dans sa cour, il a fallu que je crie pour dominer le boucan. En tout cas, l'animal avait l'air de souffrir mille morts.

Je tressaillis. Par bonheur, tout à son récit, mon père ne s'en aperçut pas.

— Bien sûr, j'ai tout oublié ensuite, parce que c'est à ce moment que Jake a débarqué. Une seconde avant, tu avais ce loup qui hurlait, celle d'après ce garçon qui jurait comme un charretier. Il a de sacrés poumons, ce voyou !

Il se tut, réfléchit.

— C'est amusant, finalement, continua-t-il ensuite. Tout ce bazar aura au moins eu un point positif. Je pensais que les Quileute ne surmonteraient jamais leurs préjugés contre les Cullen, mais quelqu'un a prévenu Carlisle, et Billy a été très heureux quand il est arrivé. Moi, j'étais d'avis qu'on emmène Jake à l'hôpital. Billy n'a rien voulu savoir, et le médecin a accepté. J'imagine qu'il sait ce qui est le mieux. N'empêche, c'était drôlement sympa de sa part de parcourir tout ce chemin pour une consultation. Et puis...

Il hésita, réticent à poursuivre, soupira et se lança.

— Edward a été vraiment... gentil. Il semblait aussi inquiet que toi pour Jacob. Comme si c'était son frère. Tu aurais vu son regard... C'est un type bien, Bella. Je tâcherai de m'en souvenir. Mais je ne te garantis rien.

Il me sourit.

— Je ne t'en voudrai pas.

— Je suis content d'être rentré, grogna-t-il en étirant ses jambes. Incroyable comme la petite baraque de Billy était bondée. Sept copains de Jake se sont tassés là-dedans, j'arrivais à peine à respirer. Tu as remarqué comme ils sont costauds, ces Quileute ?

— Oui.

— Franchement, Bella ! s'écria-t-il en prenant ma

sécheresse pour de l'angoisse. Carlisle a assuré que Jake serait debout en un rien de temps. C'est moins pire que ça n'en a l'air. Alors, calme-toi.

J'acquiesçai. Jacob m'avait paru tellement fragile quand je m'étais précipitée à son chevet, Charlie parti. Il avait des attelles partout, Carlisle jugeant les plâtres inutiles, vu la vitesse à laquelle il se rétablissait. N'empêche, il avait les traits tirés, le teint pâle, et il était inconscient à ce moment-là. Aussi immense fût-il, il avait l'air cassable. Ou alors, c'était un tour de mon imagination, que renforçait la certitude que je ne tarderais pas à le briser.

Si seulement j'avais pu être frappée par la foudre et coupée en deux ! De façon bien douloureuse, si possible. Pour la première fois, renoncer à être humaine m'apparaissait comme un véritable sacrifice. Comme si j'avais trop à perdre en m'y résignant.

Je posai le dîner de Charlie sur la table avant de me diriger vers la porte.

— Bella ? Une seconde, s'il te plaît.

— J'ai oublié quelque chose ? sursautai-je en inspectant son assiette.

— Non, non, c'est juste que... je voudrais te demander un service. Assieds-toi, ce ne sera pas long.

J'obtempérai, un peu étonnée.

— Qu'est-ce qu'il te faut, papa ?

Il s'empourpra, bafouilla.

— Eh bien, pour l'essentiel... ce n'est peut-être que... de la superstition, après cette journée si bizarre avec Billy, mais... j'ai le drôle de pressentiment que... je vais te perdre bientôt.

— Ne dis pas de bêtises, papa. Tu souhaites que je fasse des études, non ?

— Promets-moi une chose.

— D'accord, acceptai-je après quelques secondes d'hésitation.

— Je te demande de me prévenir avant toute décision majeure. Comme t'enfuir avec lui, que sais-je encore ?

— Papa !

— Je ne plaisante pas. Je ne ferai pas d'esclandre, je veux juste être averti, avoir une chance de te serrer dans mes bras pour te dire au revoir.

— C'est idiot, mais s'il n'y a que ça pour te contenter, alors oui, je te le promets.

— Merci, Bella. Je t'aime, chérie.

— Moi aussi, papa, je t'aime.

Prenant soin de dissimuler combien sa requête m'était pénible, je frôlai son épaule et me levai.

— Si tu as besoin de moi, je serai chez Billy, ajoutai-je.

Sur ce, je m'enfuis sans me retourner. Nom d'un chien ! Il ne manquait plus que cela !

Je bougonnai tout le long du chemin jusqu'à La Push. Quand j'y arrivai, la Mercedes noire de Carlisle n'était plus devant la maison de Billy, ce qui était à la fois bien et mal. Il fallait que j'aie un tête-à-tête avec Jacob. Pourtant, j'aurais bien aimé tenir la main d'Edward pendant que mon ami était inconscient, comme je l'avais fait quelques heures auparavant. Edward m'avait manqué, l'après-midi en la seule compagnie d'Alice m'avait paru bien long. Voilà qui devait me rassurer sur mon choix

– j'étais incapable de vivre sans lui. Pour autant, cela ne rendrait pas ma tâche plus aisée.

Je frappai doucement à la porte.

— Entre, Bella ! me lança Billy.

Les grondements de ma camionnette permettaient toujours de m'identifier de loin. J'obéis.

— Bonjour, Billy. Il s'est réveillé ?

— Il y a une demi-heure, juste avant le départ du docteur. Vas-y. Je crois qu'il t'attend.

Je tressaillis, respirai profondément.

— Merci.

Devant la chambre de Jacob, je marquai un pas. Fallait-il ou non que je tape au battant ? En bonne trouillarde, je décidai de l'entrouvrir d'abord, histoire de jeter un coup d'œil, espérant aussi qu'il se serait rendormi. Je n'aurais pas craché sur quelques minutes de répit supplémentaire.

Jacob patientait, les traits calmes et lisses. Son apparence hagarde et hantée l'avait quitté, remplacée hélas par une impassibilité soigneusement étudiée. Ses prunelles noires étaient ternes. J'eus du mal à le regarder en face, maintenant que j'étais consciente de l'aimer. À ma surprise, ce savoir nouveau marquait une différence non négligeable. Ç'avait donc été aussi dur pour lui, pendant tous ces mois ?

Dieu merci, quelqu'un avait pris la peine de le couvrir. Cela m'éviterait d'avoir à contempler les dégâts. J'entrai, refermai sans bruit la porte.

— Salut, Jake, murmurai-je.

D'abord, il ne répondit pas, se bornant à me dévisager pendant un long moment. Puis, au prix d'un véritable effort, il se composa un sourire légèrement moqueur.

— Je me disais que ça se passerait comme ça, soupira-t-il. Aujourd'hui n'est décidément pas un bon jour. Pour commencer, je choisis le mauvais endroit et loupe la meilleure bagarre, et c'est Seth qui récolte toute la gloire. Puis Leah se sent obligée de jouer les imbéciles en essayant de prouver qu'elle est aussi impitoyable que nous autres, et j'ai été obligé de jouer l'imbécile à mon tour afin de la sauver. Et maintenant, toi.

— Comment te sens-tu ?

Question idiote.

— Un peu dans les vapes. Le docteur Croc ne sait pas trop quelles doses d'antalgiques me sont nécessaires, alors il navigue à vue. J'ai l'impression qu'il a mis le paquet.

— Au moins, tu ne souffres pas.

— Non. Je ne sens pas mes blessures.

Je me mordis la lèvre. Ça n'allait pas être facile. Pourquoi personne n'essayait jamais de me tuer, moi, quand j'avais tellement envie de mourir ? L'humour sans joie s'effaça des traits de Jacob, et ses yeux se réchauffèrent, tandis qu'il plissait le front, l'air soucieux.

Et toi ? s'enquit-il. Ça va ?

— Moi ? Tu délires, ou quoi ?

— Eh bien, même si j'étais sûr que lui ne te ferait aucun mal, j'ignorais jusqu'à quel point les choses iraient. Je suis mort d'inquiétude depuis que j'ai repris connaissance. Je ne savais pas si tu aurais le droit de me rendre visite. L'attente a été épouvantable. Comment cela s'est-il passé ? A-t-il été horrible avec toi ? Désolé si c'est le cas. Je ne voulais pas que tu l'affrontes seule, je pensais pouvoir être présent...

Je mis un moment à comprendre ce dont il parlait, tandis que lui jacassait, toujours plus gauche. Je m'empressai de le rassurer.

— Non, non, Jake ! Je vais bien. Trop, même. Il n'a pas été méchant du tout. J'aurais préféré, d'ailleurs.

— Pardon ?

— Il ne s'est pas fâché ni rien. Ni après moi, ni après toi. Il est si peu égoïste que je me sens encore plus mal. J'aurais voulu qu'il me crie dessus, après tout je le méritais... je méritais plus, du reste. Mais non, il s'en moque, il ne souhaite que mon bonheur.

— Il n'a pas piqué de crise ? s'exclama Jacob, incrédule.

— Non. Il a été... trop gentil.

Jacob ne réagit pas tout de suite, puis il fronça les sourcils et jura.

— Qu'est-ce qu'il y a ? m'écriai-je. Tu as mal ?

— Mais non ! grommela-t-il. Je suis scotché, c'est tout. Il ne t'a même pas posé d'ultimatum ?

— Non, pourquoi ?

— Je comptais sur une réaction négative. Bon Dieu, il est meilleur que je ne le croyais !

Sa colère me rappela l'hommage qu'avait porté Edward le matin au manque de morale de Jacob. Ce dernier continuait d'espérer, de se battre. Ce fut comme un coup de poignard.

— Ce n'est pas un jeu, Jake, murmurai-je.

— Un peu, que c'en est un ! Et lui joue avec autant d'acharnement que moi. La seule différence, c'est qu'il sait ce qu'il fait, et pas moi. Ne m'en veux pas parce qu'il est meilleur manipulateur que moi. Je ne le connais pas depuis suffisamment longtemps pour identifier ses coups bas.

— Il ne me manipule pas ! protestai-je.

— Oh que si ! Quand vas-tu te réveiller et admettre qu'il n'est pas aussi parfait que tu l'imagines ?

— Au moins, lui n'a pas menacé de se tuer pour que je l'embrasse !

Ces paroles prononcées, je m'en voulus aussitôt.

— Attends, m'empressai-je d'ajouter. Oublie ça. Je me suis juré que je n'aborderais pas ce sujet.

— Pourquoi ?

— Parce que je ne suis pas venue te faire des reproches.

— Pourtant, c'est vrai. Je plaide coupable.

— Je m'en fiche, je ne suis pas fâchée.

— Je m'en fiche aussi, sourit-il. J'avais deviné que tu me pardonnerais, et je suis heureux de t'avoir embrassée. Je compte bien remettre ça, d'ailleurs. Ce sera toujours ça que j'aurai obtenu, au moins. Et puis, j'ai enfin réussi à te prouver que tu m'aimais. Ça valait le coup.

— Vraiment ? Tu n'estimes pas qu'il était mieux que je l'ignore ?

— Non. Pour moi, il est essentiel que tu saches ce que tu ressens. Histoire de ne pas être étonnée le jour où il sera trop tard, quand tu seras mariée à un vampire.

— Je ne pensais pas à moi, mais à toi. Que j'aie pris conscience de ce que j'éprouve à ton égard améliore-t-il les choses pour toi ? Alors que ça ne change rien dans l'absolu.

Il réfléchit à la question avec beaucoup de sérieux.

— Oui, c'est préférable, finit-il par répondre. Si tu ne l'avais pas su, j'aurais passé ma vie à me demander si ta décision aurait été autre. Maintenant, je ne peux plus me voiler la face. J'aurai fait le maximum.

Il inhala, ferma les yeux. Je ne pus m'empêcher de le réconforter. Traversant la petite pièce, je m'agenouillai près de sa tête, par peur de m'asseoir sur le lit et de frôler une de ces blessures. Je posai mon front sur sa joue. En soupirant, il caressa mes cheveux.

— Je suis navrée, Jake.

— Ce n'est pas ta faute. Je me doutais que ce serait ardu.

— Oh, non pas toi aussi ! Je t'en prie !

— Quoi ?

— Je suis coupable. Et j'en ai marre qu'on me soutienne le contraire.

— Tu tiens vraiment à ce que je t'engueule ?

— Oui.

Il rigola, puis se renfrogna.

— Me rendre mon baiser était inexcusable, cracha-t-il. Si tu te doutais que tu me le reprendrais, tu aurais dû te montrer moins convaincante.

— Excuse-moi.

— Tu aurais dû me dire d'aller mourir, puisque c'est ce que tu souhaites.

— Non ! gémis-je en luttant contre les larmes. C'est faux !

— Tu ne pleures pas, quand même ? s'exclama-t-il en reprenant une voix normale.

— Si, marmonnai-je en sanglotant carrément.

Se déplaçant, il sortit sa jambe valide du lit, comme pour se lever.

— Qu'est-ce que tu fabriques ? objectai-je. Allonge-toi, imbécile ! Tu vas te faire mal.

Je sautai sur mes pieds et repoussai son épaule des deux mains. Il ne résista pas, se rallongea en étouffant un cri de souffrance, ce qui ne l'empêcha pas de m'attraper par la taille et de m'attirer à lui. Je me blottis contre son flanc gauche, tout en m'efforçant de retenir mes pleurs.

— Je n'en reviens pas que tu chiales, marmonna-t-il en me frottant le dos. Je ne t'ai adressé ces reproches que parce que tu me l'as demandé. Je ne les pensais pas.

— Je sais. N'empêche, c'est vrai. Merci de l'avoir dit tout fort.

— Est-ce que j'ai droit à une récompense pour t'avoir fait pleurer ?

— Bien sûr. Tout ce que tu voudras.

— Cesse de t'inquiéter, Bella, ça va s'arranger.

— Je ne vois pas bien comment.

— Je vais renoncer et être sage.

— Encore des jeux ?

— Peut-être. J'essaierai, cependant.

Je plissai le nez, sceptique.

— Un peu d'optimisme, que diable ! protesta-t-il. Et de confiance envers moi !

— Qu'entends-tu par « être sage » ?

— Je serai ton ami. Je n'exigerai rien de plus.

— Il me semble qu'il est trop tard pour ça, Jake. Comment être amis alors que nous nous aimons ?

Il contempla le plafond avec intensité, comme s'il y lisait quelque chose.

— Ce sera peut-être une amitié... à longue distance.

Je serrai les dents, heureuse qu'il ne me regarde pas,

luttant contre les larmes qui menaçaient de me submerger de nouveau. Il fallait que je sois forte, or j'ignorais comment y parvenir...

— Tu te souviens de cette histoire, dans la Bible ? me demanda-t-il soudain. Celle sur le roi et les deux femmes qui se disputaient un bébé ?

— Oui, naturellement, celle du jugement du roi Salomon.

— C'est ça. Il a ordonné qu'on coupe l'enfant en deux, mais ce n'était qu'une épreuve afin de voir laquelle des deux était prête à abandonner ses exigences pour sauver le petit. Je ne te couperai plus en deux, Bella.

Par cette allusion, il était en train de déclarer qu'il était celui qui m'aimait le plus, que son renoncement en était la preuve. J'avais envie de défendre Edward, d'expliquer à Jacob qu'il aurait fait comme lui si je l'avais voulu, si je l'y avais autorisé. J'étais celle qui, ici, refusait d'abandonner ses exigences. Toutefois, il était vain d'entamer une dispute qui n'aurait servi qu'à le blesser encore plus. Je fermai les paupières afin de contrôler ma peine. Je refusais de la lui imposer ainsi.

Le silence régna durant quelques minutes. Jake semblait attendre que je réagisse, je cherchais désespérément quels mots prononcer.

— Me permets-tu de te dire ce qui est le pire ? finit-il par murmurer, hésitant. S'il te plaît. Je te promets d'être sage.

— Cela t'aidera-t-il ?

— Sans doute. En tout cas, ça ne fera pas de mal.

— Quel est le pire, alors ?

— Ignorer ce que ça aurait été.

— Ce que ça aurait *pu* être, le corrigeai-je.

— Non, insista-t-il. Je suis l'homme idéal, pour toi. Cela ne nous aurait demandé aucun effort, ç'aurait été comme de respirer. J'étais la voie naturelle que ta vie aurait empruntée. Si le monde était comme il devait être, s'il n'existait ni monstres ni magie...

Je voyais où il voulait en venir, et je ne pouvais qu'être d'accord. Si le monde n'avait pas été fou, Jacob et moi aurions été ensemble. Et heureux. Il était mon âme sœur, dans cet univers, aurait continué à l'être si quelque chose de plus fort n'avait supplanté cela, de si fort que cette chose ne pouvait pas exister dans un monde rationnel. Jacob aurait-il lui aussi droit à cela ? À cette passion qui réduisait l'âme sœur à néant ? Il me fallait le croire.

Deux futurs, deux âmes sœurs... c'était trop pour une seule personne. Et si injuste que je ne serais pas la seule à régler la note. La souffrance de Jacob me paraissait un prix trop élevé. Si je n'avais pas perdu Edward déjà une fois, si j'avais ignoré ce qu'était vivre sans lui, aurais-je ainsi hésité ? Aucune idée. Cette connaissance était trop profondément ancrée en moi. Je ne savais pas ce qu'était ne pas la ressentir.

— Il est comme une drogue, pour toi, reprit Jacob, sans critique cependant. Je vois à présent que tu es incapable de vivre sans lui. Il est trop tard. N'empêche, j'aurais été plus sain pour toi. Je n'aurais pas été une drogue, mais ton air, ton soleil.

— C'est drôle, c'est ainsi que je t'envisageais, avant. Comme mon soleil qui compensait les nuages de ma vie.

— Je peux combattre les nuages, soupira-t-il. Pas une éclipse.

Ma main caressa sa joue, y resta. Il ferma les yeux. J'entendais les battements de son cœur, calmes, réguliers.

— Dis-moi quel est le pire, pour toi, chuchota-t-il.

— Je crois que ce serait une mauvaise idée.

— S'il te plaît.

— J'ai peur que ça ne te blesse.

— Je t'en prie.

À ce stade, valait-il la peine de l'épargner ?

— Le pire... Le pire, c'est que j'ai vu ce qu'aurait été notre vie. Et que je meurs d'envie de l'obtenir, Jake, tout entière. J'ai envie de rester ici et de n'en partir jamais. J'ai envie de t'aimer et de te rendre heureux. Or, c'est impossible et ça me tue. C'est comme Sam et Emily. Je n'ai jamais eu le choix, Jake. J'ai toujours pressenti que rien ne changerait. Voilà pourquoi, sans doute, j'ai tant lutté contre toi.

Il parut se concentrer afin de réussir à respirer.

— Et voilà, maugréai-je, je n'aurais pas dû te l'avouer, j'en étais sûre.

— Si, je suis content que tu l'aies fait. Merci.

Il soupira, embrassa le sommet de mon crâne.

— À partir de maintenant, ajouta-t-il, je serai sage.

Je levai les yeux, il souriait.

— Alors, vous allez vous marier, hein ? reprit-il.

— Nous ne sommes pas obligés d'aborder ce sujet.

— Certains détails m'intéressent. Et j'ignore quand je te reparlerai.

Cette sentence aux accents si définitifs me coupa mes moyens, et je fus obligée d'attendre un moment avant de retrouver l'usage de la parole.

— Ce mariage, ce n'est pas mon idée, marmonnai-je enfin. Mais c'est important pour lui. Alors...

— Et puis, ce n'est pas si grave... en comparaison.

Il s'exprimait calmement. Je cherchai son regard, tâchant de deviner comme il y parvenait, cela gâcha tout. Ses prunelles croisèrent les miennes, puis il détourna la tête.

— Oui, acquiesçai-je, une fois qu'il eut repris le contrôle de sa respiration.

— Combien de temps te reste-t-il ?

— Cela dépendra de celui que mettra Alice à organiser les noces.

— Avant ou après ?

— Après.

Il hocha le menton, comme soulagé. Combien de nuits d'insomnie la seule perspective de mon bac lui avait-elle donné ?

— Tu as peur ? chuchota-t-il.

— Oui, répondis-je sur le même ton.

— De quoi ?

— De tas de choses. N'ayant jamais eu beaucoup de goût pour le masochisme, je ne suis pas pressée d'avoir mal. J'aimerais aussi l'éloigner, inutile qu'il souffre avec moi, tout en devinant que ce ne sera pas possible. Il y a aussi Charlie et Renée... Et puis, il y a l'après. J'espère que j'arriverai à me maîtriser rapidement. Je serai une telle menace, peut-être, que la meute sera contrainte de me liquider.

— Je couperais les jarrets du premier de mes frères qui s'y risquerait, riposta-t-il, désapprobateur.

— Merci.

— N'est-ce pas plus dangereux que ça ? Dans toutes

les histoires, il est dit que c'est très dur... qu'ils ne se contrôlent plus... que des innocents meurent...

— Cela ne m'effraie pas. Tu crois encore aux histoires de vampire, bêta ?

Cette tentative d'humour ne fut guère appréciée.

— Bref, conclus-je, j'ai des tas de raisons de m'inquiéter, mais le jeu en vaut la chandelle.

Il acquiesça, de mauvaise grâce, et je compris qu'il ne serait jamais d'accord sur ce point. Étirant le cou pour murmurer à son oreille, je collai ma joue à sa peau brûlante.

— Tu sais que je t'aime.

— Oui, souffla-t-il, et son bras me serra automatiquement contre lui. Et toi, tu sais combien j'aurais voulu que ça suffise.

— Oui.

— Je t'attendrai toujours, Bella. Dans la coulisse.

Il avait parlé d'une voix plus légère, et me relâcha. Je m'écartai, en proie à un affreux sentiment de perte, à l'impression d'une séparation déchirante, comme si je laissai une partie de moi là, sur le lit, à côté de lui.

— Il te restera cette possibilité de repli, si tu le souhaites, précisa-t-il encore.

— Jusqu'à ce que mon cœur cesse de battre, renchéris-je en forçant un sourire sur mes lèvres.

— Je crois que je t'accepterai, que je te reprendrai, tout dépendra de la puanteur que tu dégageras, plaisanta-t-il.

— Pourrai-je revenir te voir, ou tu ne préfères pas ?

— Je vais y réfléchir, je te le ferai savoir. Une visite m'empêchera sans doute de tourner fou. Le génial médecin vampirique affirme que je n'ai pas le droit de me transformer tant qu'il ne m'aura pas donné son feu vert, sous prétexte que ça risque d'endommager mes os.

— Écoute Carlisle. Tu guériras d'autant plus vite.

— Oui, oui.

— Je me demande quand ça va arriver. Quand la bonne fille retiendra ton attention.

— Ne rêve pas trop, Bella. Même si je me doute que ce sera un soulagement pour toi.

— Va savoir. Je jugerai sans doute qu'elle n'est pas assez bien pour toi. Je serai jalouse.

— Voilà qui serait amusant.

— Avertis-moi si tu as envie que je revienne, je serai là.

En soupirant, il me tendit sa joue. J'y déposai un léger baiser.

— Je t'aime, Jacob.

— Et moi encore plus, rit-il.

Ses yeux noirs me suivirent jusqu'à ce que je sorte, indéchiffrables.

27

BESOINS

Je ne parcourus guère de kilomètres avant d'être obligée de me garer. Lorsque ma vue se brouilla tout à fait, je laissai les pneus mordre le bas-côté et m'arrêtai en douceur. Affalée dans mon siège, je permis à la faiblesse que j'avais combattue dans la chambre de Jacob de m'envahir. Elle fut pire que ce à quoi je m'attendais, elle m'écrasa littéralement. J'avais eu raison de la dissimuler à mon ami. Personne n'avait le droit d'assister à pareil spectacle.

Je ne restai pas seule très longtemps toutefois. Juste le temps qu'Alice me repère et qu'il arrive. La portière grinça, et il me prit dans ses bras.

Au début, ce fut encore pire, car la plus petite part de moi – plus petite mais plus bruyante et furieuse de minute en minute – désirait d'autres bras que les siens.

Un sentiment de culpabilité tout frais vint donc assaisonner ma souffrance. Il ne prononça pas un mot, patientant tandis que je sanglotais, jusqu'à ce que je bafouille le nom de Charlie.

— Tu te sens vraiment prête à rentrer chez toi ? s'enquit-il, perplexe.

Je finis par balbutier, après plusieurs tentatives, que ça n'allait pas s'améliorer très vite. Il fallait que mon père me voie avant qu'il ne soit trop tard et qu'il décide d'appeler Billy. Bref, Edward me reconduisit à la maison sans, pour une fois, pousser ma camionnette au maximum de ses limites en matière de vitesse, un bras passé autour de ma taille. Tout le long du trajet, je tâchai de me ressaisir. Cela parut perdu d'avance au départ, mais je ne me décourageai pas. Quelques secondes seulement, me disais-je. Le temps d'inventer des excuses, des mensonges, et je pourrais craquer de nouveau. J'en étais sûrement capable. Je fouillais dans mon crâne, à la recherche de mes ultimes forces.

Je n'en trouvai assez que pour apaiser mes pleurs – les retenir, pas les arrêter. Les larmes, elles, continuèrent de couler. Je n'étais pas en mesure de régler cela aussi.

— Attends-moi là-haut, marmonnai-je quand nous fûmes devant la maison.

Il me serra plus intensément, s'évanouit dans la nature. À l'intérieur, je filai droit vers l'escalier.

— Bella ? appela Charlie depuis sa place habituelle, le canapé du salon.

Je me retournai sans parler. Écarquillant les yeux, il bondit sur ses pieds.

— Qu'est-il arrivé à Jacob ? s'écria-t-il.

— Il va bien, assurai-je avec difficulté.

Ce qui était vrai, physiquement du moins. Pour le reste, Charlie n'avait pas besoin d'être au courant.

— Mais que s'est-il passé ? insista-t-il cependant en m'attrapant par les épaules. Toi ? Qu'as-tu ?

J'avais sans doute une plus sale tête que je ne l'avais imaginé.

— Rien, papa. Simplement, j'ai dû... aborder quelques sujets... déplaisants avec Jacob.

Son anxiété disparut aussitôt, remplacée par de la réprobation.

— Tu ne crois pas que tu aurais pu choisir un autre moment ?

— Si. Sauf que je n'avais pas le choix. Il a fallu que je me décide... parfois, le compromis est exclu.

— Comment l'a-t-il pris ?

Je ne répondis pas. Il m'examina quelques instants, hocha le menton. Mon air devait avoir suffi à le renseigner.

— J'espère que tu n'auras pas mis en péril son réta blissement.

— Il guérit vite.

Charlie soupira. De mon côté, je sentis que je n'allais plus tenir très longtemps.

— Je serai dans ma chambre, décrétai-je en me dégageant.

— D'accord.

Il avait sans doute repéré les cataractes qui se préparaient – rien ne l'effrayait plus que les larmes. Je montai à l'étage en trébuchant, à moitié aveugle. Une fois dans mon refuge, je tentai d'ôter mon bracelet. Mes doigts tremblaient trop.

— Non, Bella, murmura Edward en emprisonnant mes mains. Il fait partie de celle que tu es.

Il me reprit dans ses bras, et je laissai libre cours à mes sanglots.

Ce jour parmi les plus longs de mon existence sembla s'étirer comme jamais, au point que je me demandai s'il finirait. Pourtant, cette nuit, bien que se traînant, ne fut pas la pire, ce qui me réconforta. Au demeurant, je n'étais pas seule, ce qui était également d'une grande aide.

La peur de Charlie envers les crises émotionnelles le retint de venir vérifier mon état, même si je fus tout sauf discrète. Il ne dormit certainement pas plus que moi.

Ce soir-là, le recul m'apporta une clairvoyance rarement atteinte. Je fus en mesure de comptabiliser toutes les erreurs que j'avais commises, tout le mal que j'avais fait, les plus petits détails comme les plus grosses maladresses. Les souffrances occasionnées à Jacob, les blessures infligées à Edward empilées en tas bien nets qu'il m'était impossible de nier comme d'ignorer.

Je compris aussi que je m'étais trompée par rapport aux aimants. Ce n'était pas Edward et Jacob que j'avais essayé de réconcilier, c'étaient les deux parts de moi-même, la Bella d'Edward et la Bella de Jacob. Malheureusement, elles ne pouvaient coexister, et j'avais eu tort de tenter de les y contraindre.

J'avais provoqué tant de dégâts !

Quelque part dans la nuit, je me rappelai la promesse que je m'étais faite au matin, le serment de ne plus permettre à Edward de me voir pleurer pour Jacob Black. Ce souvenir me plongea dans une crise d'hystérie qui affola Edward plus que mes larmes incessantes. Elle passa néanmoins, comme le reste, après qu'elle se fut exprimée pleinement.

Mon compagnon parla peu, se bornant à me tenir enlacée sur le lit, moi qui détruisais sa chemise à force d'y déverser de l'eau salée.

Il fallut en effet plus de temps que je l'avais prévu pour que cette petite partie de moi-même épuise son chagrin. Cela finit par se produire, cependant, et je m'endormis, éreintée. L'inconscience ne soulagea guère ma douleur, se contentant de l'amoindrir, de l'engourdir, à l'instar d'un analgésique. Elle fut plus tolérable, ne s'en alla pas toutefois – j'en sentis la présence, même en dormant, ce qui m'aida à procéder aux derniers ajustements.

À défaut de perspectives plus alléchantes, le matin apporta avec lui une dose de maîtrise, une sorte d'acceptation. D'instinct, je devinai que la balafre de mon cœur me ferait toujours souffrir, qu'elle serait désormais une nouvelle part de moi, à l'égal des autres. Le temps apaiserait les choses, comme on dit. Je me fichais pourtant que le temps me soigne ou non, du moment que Jacob allait mieux, qu'il était en mesure d'être heureux.

Lorsque je m'éveillai, je ne fus pas désorientée. J'ouvris des yeux enfin secs et plongeai dans les prunelles anxieuses d'Edward.

— Bonjour, murmurai-je d'une voix rauque.

Je m'éclaircis la gorge, il garda le silence, attendant que la crise reparte de plus belle.

— Non, je vais bien, le rassurai-je. Ça ne va pas recommencer.

Il plissa les paupières.

— Désolée de t'avoir imposé ce spectacle. Ce n'était pas fair-play.

— Bella, chuchota-t-il en prenant mon visage entre ses mains. Es-tu sûre de toi ? D'avoir fait le bon choix ? Je ne t'ai jamais vue souffrir autant.

Pourtant, j'avais connu pire.

— Oui, soufflai-je en caressant ses lèvres.

— Je me demande... si cela est tellement douloureux, comment sais-tu que c'est la bonne décision ?

— Je sais seulement que je ne peux pas vivre sans toi, Edward.

— Mais...

— Tu ne comprends pas. Si c'était mieux, tu serais sûrement assez courageux ou assez fort pour te passer de ma présence. Moi, en revanche, je ne serai jamais capable d'un tel sacrifice. Il faut que je sois à ton côté. C'est ma seule façon d'exister.

Il paraissait dubitatif. Je n'aurais pas dû l'autoriser à rester en ma compagnie, cette nuit-là. En même temps, j'avais eu tellement besoin de lui...

— Passe-moi ce livre, veux-tu ? dis-je en tendant le doigt derrière son épaule.

— Encore ? s'étonna-t-il, un peu surpris.

— Je souhaite juste trouver un extrait que je me suis rappelé... histoire de voir comment c'est exprimé.

Je feuilletai l'ouvrage, tombai très vite sur la page concernée. Le coin en était corné, pour toutes les fois où j'avais interrompu ma lecture à cet endroit.

— Cathy est un monstre, marmonnai-je, mais elle a pigé certains trucs. *Si tous les autres mouraient mais que lui restait, je continuerais d'être ; si tous les autres survivaient mais que lui disparaissait, l'univers me deviendrait étranger*, lus-je à haute voix. Je ne peux qu'approuver ce qu'elle dit, ici, et je connais moi aussi celui sans lequel je ne pourrais vivre.

Me prenant le roman, Edward le jeta à travers la pièce. Il atterrit sur mon bureau. Mon amoureux enroula ses bras autour de ma taille, un petit sourire sur ses lèvres parfaites, le front à peine ridé par l'inquiétude.

— Heathcliff a aussi ses sommets, objecta-t-il en se rapprochant pour souffler à mon oreille. *Je ne peux vivre sans ma vie ! Je ne peux vivre sans mon âme !* cita-t-il sans avoir besoin du texte.

— Exactement, acquiesçai-je.

— Je ne tolérerai pas que tu souffres, Bella, alors...

— Non, Edward. J'ai tout bousillé, et je vais devoir exister avec ça. Mais je ne doute pas de ce que je désire, ni de ce dont j'ai besoin... ni de ce que je vais faire, là maintenant.

— Et qu'allons-*nous* faire ?

La correction m'arracha un mince sourire.

— Nous allons voir Alice, soupirai-je.

Alice était au pied du porche, trop excitée pour nous attendre à l'intérieur. Elle semblait sur le point d'exécuter une petite danse triomphale, aux anges de la nouvelle que je lui apportais.

— Merci, Bella ! s'écria-t-elle dès que nous descendîmes de la camionnette.

— Du calme ! tempérai-je en levant un doigt. J'ai encore quelques réserves à émettre.

— Oui, oui, oui, je suis au courant. Je n'ai que jusqu'au treize août au plus tard, tu as un droit de veto sur la liste des invités, et si je dépasse les bornes en quoi que ce soit, tu ne me parleras plus jamais.

— Bon, je constate que tu connais les règles.

— Ne te bile pas, Bella. Ça sera impeccable. Tu veux voir ta robe ?

Je fus forcée de respirer plusieurs fois de suite profondément. « Si ça lui plaît ! » m'exhortai-je.

— Bien sûr.

Elle sourit, visiblement très contente d'elle-même.

— Excuse-moi, repris-je, mais quand m'as-tu acheté une robe ?

Mon apparente décontraction ne dut tromper personne, car Edward serra mes doigts tandis que nous suivions sa sœur à l'intérieur, puis dans l'escalier.

— Ces choses-là ne s'improvisent pas, expliqua-t-elle sur un ton un peu... évasif. Certes, je n'étais certaine de rien, mais mes doutes étaient assez sérieux pour...

— Quand ? répétai-je.

— Perrine Bruyère a une liste d'attente longue comme le bras, éluda-t-elle, sur la défensive à présent. Les vêtements de qualité exigent du temps. Si je n'avais pas anticipé, tu aurais été obligée de te fringuer en prêt-à-porter !

— Perrine qui ? demandai-je, devinant que je n'allais pas obtenir de réponse franche.

— Ce n'est pas la plus prestigieuse des maisons de haute couture, Bella, alors inutile de piquer une crise. Mais elle est prometteuse et se spécialise dans ce dont j'avais besoin.

— Je ne pique pas de crise.

— Non, en effet.

Elle dévisagea mon visage paisible d'un air suspicieux, puis entra dans sa chambre.

— Toi, lança-t-elle à Edward, dégage !

— Pourquoi ? m'offusquai-je.

— Voyons, Bella ! La tradition ! Il n'est pas censé voir la robe avant le grand jour !

— Je m'en fiche. En plus, il l'a déjà vue dans tes pensées. Mais bon, puisque tu insistes...

Alice repoussa son frère dans le couloir. Il ne lui prêta pas la moindre attention, focalisé sur moi, craignant visiblement de me laisser seule. Je lui adressai un signe de tête rassurant, en espérant que mon calme suffirait à l'apaiser. Sa sœur lui claqua la porte au nez.

— Bon, marmonna-t-elle, allons-y.

M'attrapant par le poignet, elle me traîna vers son dressing, qui était plus grand que ma propre chambre. Là, elle me poussa dans un des coins du fond, où était suspendue une longue housse à vêtement blanche, seule sur sa tringle. Elle ouvrit le sac, en retira le cintre avec soin. Reculant d'un pas, elle brandit la robe avec des gestes dignes d'une animatrice de jeu télévisé.

— Alors ? demanda-t-elle, le souffle court.

Je pris tout mon temps pour examiner la tenue, histoire d'agacer un peu Alice, laquelle ne tarda pas à céder à l'inquiétude.

— Hum, fis-je en souriant, je vois.

— Qu'en penses-tu ?

De nouveau, c'était *La Maison aux pignons verts*.

— Magnifique. Idéale. Tu es géniale.

— Merci.

— 1918 ?

— Plus ou moins. Il y a des idées à moi. La traîne, le voile... La dentelle est d'époque. Tu aimes ?

— Elle est splendide. Exactement ce qu'il appréciera.

— Mais toi ?

— Moi aussi. Bon boulot. Je sais que le reste sera aussi bien... si tu parviens à te contrôler.

Elle sourit, ravie.

— Puis-je voir la tienne ? demandai-je.

Elle parut surprise.

— Ne t'es-tu pas commandé une robe de demoiselle d'honneur en même temps ? Pas question que ma demoiselle d'honneur mette du prêt-à-porter !

— Oh, merci, Bella ! s'écria-t-elle en se jetant à mon cou.

— Tu avais forcément deviné, non ? ris-je en embrassant ses cheveux. C'est toi l'extralucide !

Elle recula et sautilla, emballée par un regain d'enthousiasme.

— Va jouer avec Edward, m'ordonna-t-elle. J'ai des tonnes de trucs à faire.

Sur ce, elle fila dans le couloir en appelant Esmé à grands cris. Je suivis plus calmement. Edward m'attendait sur le palier, appuyé aux lambris.

— Tu es vraiment, vraiment adorable, commenta-t-il.

— Elle semble si heureuse.

Il effleura mes joues, scruta mon visage.

— Sortons, proposa-t-il soudain. Allons dans la prairie.

— Je n'ai plus à me cacher ?

— Non, le danger est vraiment passé.

Nous partîmes, moi sur son dos tandis que lui courait, silencieux, pensif. Le vent, plus tiède maintenant que la tempête était retombée, ébouriffait mes cheveux. Le ciel était couvert, comme d'habitude.

La prairie était paisible et joyeuse, aujourd'hui. Des taches de pâquerettes illuminaient l'herbe de jaune et de blanc. Je m'allongeai, insoucieuse de l'humidité qui suintait de la terre, et contemplai les dessins que formaient les nuages. Ces derniers, trop unis, ne proposaient en réalité qu'une douce couverture grise. Couché à mon côté, Edward tenait ma main.

— Le treize août ? demanda-t-il avec décontraction au bout de quelques minutes.

— Un mois avant mon anniversaire.

— Esmé a trois ans de plus que Carlisle. Tu le savais ?

Je secouai la tête.

— Pour eux, ça ne fait aucune différence.

— Mon âge n'est plus si important. Je suis prête. J'ai choisi une vie, j'ai envie de la commencer.

— Veto sur la liste des invités ? s'enquit-il ensuite.

— Ce n'est pas fondamental, mais... Alice comptait peut-être convier quelques loups-garous. Je me suis posé des questions... sur Jake. Il se sentirait peut-être obligé de venir, pour ne pas me vexer... je ne pense pas qu'il devrait subir cette épreuve.

Edward ne réagit pas tout de suite, puis il me fit basculer sur lui.

— Explique-moi un peu, Bella. Pourquoi as-tu finalement décidé de laisser à Alice la bride sur le cou ?

— Il serait injuste de laisser Charlie en dehors de cela, répondis-je en repensant à la conversation que j'avais eue la veille avec mon père. Pareil pour Renée et Phil, donc. Et puis, Alice a le droit de s'amuser. Ces adieux dans les règles faciliteront peut-être les choses à Charlie. Même s'il estime que c'est trop tôt, je ne souhaite pas le frustrer de la perspective de mener sa fille à l'autel. Au moins, ma famille, mes amis seront au courant de mon choix, de la part que je suis en droit de leur révéler. Ils sauront que je t'ai élu, que toi et moi serons ensemble. Que je serai heureuse, quel que soit l'endroit où je me trouverai. C'est le moins que je puisse leur donner, à mon avis.

Edward me dévisagea.

— Le marché ne tient plus, décréta-t-il soudain.

— Quoi ? Tu te défiles ? Non !

— Je ne me défile pas, Bella. Je respecterai ma parole. Mais toi, je te libère de la tienne. Ce sera ce que tu voudras, sans obligation de ta part.

— Pourquoi ce revirement ?

— Tu essayes de faire plaisir à tout le monde. Moi, je me fiche des autres, seul ton bonheur m'intéresse. Je me chargerai d'apprendre la nouvelle à Alice. Elle ne te culpabilisera pas, je te le jure.

— Mais, je...

— Non. Nous allons procéder en fonction de tes règles, puisque les miennes ne fonctionnent pas. Je t'ai accusée d'être têtue, or je ne vaux pas mieux. Je me suis accroché comme un crétin à ce que j'estimais le mieux pour toi, et je n'ai fait que te blesser, profondément, trop souvent. Nous agirons à ta guise, parce que je passe mon temps à me tromper. Nous allons accéder à tes désirs, Bella. Cette nuit. Aujourd'hui. Le plus tôt sera le mieux. J'en parlerai à Carlisle. S'il te donne assez de morphine, ça ira sans doute. Ça mérite qu'on essaye.

— Non, Edward...

— Chut, mon amour. Je n'ai pas oublié tes autres exigences.

Il m'embrassa, fourragea dans mes cheveux, sans me laisser le temps de comprendre ce qu'il venait de dire. Ce qu'il s'apprêtait à faire. Je devais réagir, vite, sinon je ne me rappellerais plus pourquoi il était nécessaire que je l'arrête. Déjà, je respirais de manière désordonnée. Mes mains agrippaient ses bras, mon corps se plaquait sur le sien, ma bouche se collait à ses lèvres.

Je tentai de recouvrer ma raison, de parler. Il roula doucement sur le sol, me coucha dans l'herbe.

Tant pis ! Le côté le moins noble de ma personne exultait. Mon esprit était embrumé par l'arôme de son haleine. Non, non ! Je me battis contre moi-même, secouai la tête, échappai à sa bouche.

— Stop, Edward ! Attends !

— Pourquoi ?

— Je n'ai pas envie de le faire maintenant.

— Vraiment ?

Sa voix avait des intonations moqueuses. Ses lèvres trouvèrent de nouveau les miennes, m'empêchèrent de parler. Mes veines étaient en feu, le contact de sa peau me brûlait.

Avec bien des efforts, je réussis cependant à lâcher ses boucles de cuivre, à poser mes mains sur son torse et à le repousser. Je n'y serais pas parvenue seule, naturellement, mais il le sentit, s'exécuta. S'écartant de quelques centimètres, il m'observa, et ses prunelles incendiaires ne m'aidèrent en rien à tenir mes résolutions.

— Pourquoi ? répéta-t-il. Je t'aime. Je te veux. Maintenant.

Je restai coite, trop énervée pour répondre. Il en profita aussitôt.

— Attends, attends ! protestai-je en dépit de ses baisers.

— Ne renonce pas pour moi, marmonna-t-il.

— Je t'en prie !

En grognant, il se détacha de moi, s'allongea dans l'herbe.

— Explique-moi, Bella ! Donne-moi une bonne raison, et pas une qui soit moi.

Quelle requête idiote ! Toute ma vie ne tournait qu'autour de lui.

— Cette étape est très importante, me justifiai-je. Je tiens à la réussir.

— Définition de la réussite ?

— La mienne.

— Comment comptes-tu y parvenir, alors ? demanda-t-il en s'appuyant sur son coude et en me jetant un regard plein de reproches.

— Je tiens à me montrer responsable. À ce que tout soit parfait. Je ne priverai pas Charlie et Renée de ce que je suis en mesure de leur offrir. Et, puisque je dois me marier, je ne refuserai pas son plaisir à Alice. Et je me donnerai à toi de toutes les manières humaines possibles avant que tu ne me transformes en immortelle. J'observe les règles, Edward. Ton âme est beaucoup trop importante à mes yeux pour que je la mette en péril. Tu ne me feras pas changer d'avis.

— Je te parie que j'y arriverai, pourtant.

— Sauf que tu n'essayeras même pas. Pas en sachant que tout cela est ce dont j'ai vraiment besoin.

— Tu n'es pas fair-play, gémit-il.

— Je ne t'ai jamais promis de l'être, rigolai-je.

— Bon, convint-il. Si jamais tu devais te raviser...

— Tu seras le premier à en être averti.

À cet instant, la pluie se mit à tomber. Je fusillai le ciel du regard.

— Je te ramène, proposa-t-il en essuyant des gouttes sur mes joues.

— La pluie ne me dérange pas. Elle signifie seulement qu'il est temps d'accomplir un acte extrêmement déplaisant et terriblement dangereux.

Alarmé, il écarquilla les yeux.

— Heureusement que les balles ne peuvent pas t'atteindre, précisai-je. Nous allons avoir besoin de cette fichue bague. C'est le moment de mettre Charlie au courant.

— Alors, oui, tu as raison, c'est effectivement périlleux, s'esclaffa-t-il.

Ayant tiré l'écrin de la poche de son jean, il glissa, une fois encore, la bague à ma main gauche, là où elle resterait pour l'éternité.

Épilogue – Décision

JACOB BLACK

— Tu crois que ça va durer encore longtemps, Jacob ? s'impatienta Leah d'une voix geignarde.

Je serrai les dents. Comme tous les membres de la meute, Leah était au courant de tout – pourquoi j'étais venu ici, à l'extrémité de la terre, du ciel et de la mer. Pour être seul. Elle savait que je ne désirais qu'une chose – la solitude. Cela ne l'empêchait pas de m'imposer sa présence.

J'étais certes furieux, je me sentis pourtant brièvement satisfait, parce que je n'eus même pas à songer à contrôler ma mauvaise humeur. Cela m'était facile, à présent, naturel. Fini, le brouillard rouge qui obscurcissait mes yeux. Finie, la brûlure qui frémissait le long de ma colonne vertébrale. Aussi, ce fut sur un ton calme que je répondis à l'importune.

— Saute de la falaise, Leah.

— Franchement, gros bébé, tu n'as pas idée de ce que j'endure.

Elle se jeta par terre, à côté de moi.

— Toi ? m'écriai-je, éberlué. Tu es la personne la plus égocentrique qui soit, Leah. Mais comme je ne tiens pas à détruire ton petit monde, celui où le soleil tourne en orbite autour de ta chère personne, je ne te dirai pas à quel point ça m'est égal. Déguerpis !

— Mets-toi à ma place cinq minutes, insista-t-elle comme si je n'avais pas parlé.

Si elle avait cherché à me sortir de ma morosité, cela fonctionna, et j'éclatai de rire, un son qui, bizarrement, me fit mal.

— Arrête de rigoler et écoute-moi, s'énerva-t-elle.

— Si je fais semblant, partiras-tu ?

Je jetai un coup d'œil à sa mine renfrognée, seule expression qu'elle avait à sa disposition ces temps-ci, apparemment. Je me souvins de l'époque où j'avais trouvé Leah jolie, belle, même. C'était il y a longtemps. Plus personne ne la considérait ainsi, à présent. Sauf Sam, qui ne se pardonnerait jamais. Comme s'il était responsable qu'elle ait viré à la harpie revêche. Elle afficha une mine encore plus mauvaise, à croire qu'elle avait deviné mes pensées, ce qui était sans doute le cas.

— Ça me rend malade, Jacob. Te rends-tu compte de ce que je ressens, moi ? Je n'apprécie même pas Bella Swan, et tu m'obliges à pleurer cette amoureuse des sangsues comme si, moi aussi, je l'aimais. C'est un peu déroutant, vois-tu ? La nuit dernière, j'ai rêvé que je l'embrassais ! Non mais tu imagines ?

— Je m'en moque.

— Je ne supporte plus d'être dans ta tête ! Oublie-la ! Elle va épouser ce machin, et il va la transformer en l'un d'eux ! Il est temps de passer à autre chose, mec !

— La ferme !

Il ne fallait pas que je m'énerve, donc je me mordis la langue. N'empêche, si elle ne filait pas, elle allait le regretter.

— De toute façon, ricana-t-elle, il se bornera sûrement à la tuer, un point c'est tout. Les histoires racontent que ça arrive souvent. Si ça se trouve, un enterrement sera une meilleure fin qu'un mariage. Ha !

Cette fois, je fus obligé de lutter. Fermant les yeux, je repoussai la bile amère qui m'envahissait la bouche, la langue de feu qui dévorait mon échine, m'obligeant à ne pas changer de forme, cependant que mon corps tremblait de toutes parts. Quand j'eus regagné la maîtrise de moi, je toisai Leah. Elle contemplait mes mains, souriait. Quelle blague !

— La confusion des genres t'embête, ma vieille, mais songe un peu à ce qu'il en est de nous, à force de regarder Sam à travers tes yeux. Emily doit déjà supporter ta fixation, elle n'a vraiment pas besoin que nous autres, les gars, nous crevions de désir pour lui aussi.

J'avais beau être furax, j'éprouvai une bouffée de culpabilité quand un éclair de souffrance traversa ses traits. Elle bondit sur ses pieds et fila vers les bois, non sans avoir craché dans ma direction auparavant.

— Raté ! me moquai-je.

Sam allait m'engueuler de l'avoir blessée, mais ça

valait la peine. Leah ne m'ennuierait plus. Et je n'hésiterais pas à recommencer à la première occasion.

Parce que ses paroles étaient encore fichées en moi, si douloureuses que j'avais du mal à respirer. Ce n'était pas tant que Bella en avait choisi un autre. Cette souffrance-là n'était presque rien, je serais capable de la supporter pour le restant de ma trop longue vie, de ma débile de vie. En revanche, que Bella renonce à tout, qu'elle permette à son cœur de s'arrêter de battre, à sa peau de se glacer et à son esprit de se dévoyer en traqueur sanguinaire était insupportable. Elle allait devenir un monstre. Une étrangère.

Pour moi, il n'y avait rien de pire ni de plus torturant. Sauf... s'il la *tuait*...

Une fois encore, je dus me battre contre ma rage. Laisser la chaleur me transformer en une créature mieux à même de gérer cela était peut-être la solution. Une créature dont les instincts étaient tellement plus forts que les émotions humaines. Un animal qui ne ressentait pas la douleur de la même façon. Cela constituerait un peu de variété, au moins. Malheureusement, Leah était en train de muter, et je ne tenais pas à partager ses pensées. Je jurai, mécontent d'être privé de cette échappatoire-là également.

Malgré moi, mes mains tremblaient. Pourquoi ? La colère ? La souffrance ? Je n'étais même plus sûr de ce contre quoi je luttais, à présent.

Il fallait que je croie à la survie de Bella. Toutefois, cela exigeait que j'aie confiance dans le buveur de sang. Or, je refusais de lui accorder cette confiance.

Bella allait être différente, et je me demandais à quel point cela m'affecterait. Serait-ce comme si elle était morte, de la voir pareille à une pierre, à de la glace ? Quand son odeur me brûlerait le nez, réveillerait en moi l'instinct d'attaquer, de déchirer... Comment allais-je le vivre ? Aurais-je envie de la tuer ? Était-il possible que je puisse échapper à l'envie de liquider un représentant de l'espèce ennemie ?

Je regardai la houle rouler vers la plage. Sans voir les vagues, cachées par la falaise, je les entendais s'abattre sur le sable. Je restai ainsi longtemps, très longtemps après la tombée de la nuit.

Rentrer à la maison n'était pas une très bonne idée, mais j'avais faim, et je n'avais rien de mieux à faire. Avec une grimace, je glissai mon bras dans son attelle et attrapai mes béquilles. Si seulement Charlie ne m'avait pas vu, ce jour-là, s'il n'avait pas répandu l'histoire de mon accident de moto ! Je détestais ces accessoires destinés à tromper le monde, à feindre une longue convalescence.

Néanmoins, mon appétit commença à représenter un semblant d'intérêt quand j'entrai chez nous et jetai un coup d'œil à mon père. Il mijotait quelque chose. C'était facile à deviner, vu qu'il affichait toujours, dans ces cas-là, un air trop détaché. Il parlait trop aussi. Je n'étais même pas assis qu'il s'était lancé dans un rapport circonstancié de sa journée. Il ne jacassait jamais ainsi, sauf pour m'annoncer une nouvelle qu'il n'avait pas envie de m'annoncer. Je l'ignorai de mon mieux, concentré sur mon repas. Plus vite je mangeais...

— ... et Sue est passée, aujourd'hui, pérorait mon père d'une voix trop forte. Quelle femme étonnante ! Elle est encore plus dure qu'un grizzli. Je ne sais pas comment elle se débrouille pour supporter sa fille. Cette

Sue, elle aurait fait un sacré loup. Leah n'est qu'une petite louve, elle.

Il rigola, amusé par sa propre blague, attendit que je réagisse, l'air de ne pas avoir remarqué mon expression lugubre et sans vie qui, en général, l'agaçait. J'aurais bien aimé qu'il la boucle au sujet de Leah, parce que je m'efforçais de ne pas penser à elle.

— Seth est beaucoup plus facile. Bien sûr, toi aussi, tu as été plus facile que tes sœurs. Enfin, jusqu'à ce que... disons que tu as eu plus de problèmes à affronter qu'elles.

Je poussai un long soupir, me tournai vers la fenêtre.

— Nous avons reçu une lettre aujourd'hui, finit par marmonner Billy après un silence appuyé.

Ainsi, c'était ce qu'il avait tenté d'éviter.

— Oui ?

— Une invitation... à un mariage.

Tous mes muscles se raidirent. Une langue chaude effleura mon échine. J'agrippai la table pour cacher le tremblement de mes mains. Billy fit semblant de ne rien avoir remarqué.

— Il y avait un mot à ton intention, à l'intérieur. Je ne l'ai pas lu.

Sur ce, il tira une épaisse enveloppe ivoire de sa cachette, entre sa cuisse et le rebord de son fauteuil roulant, et la déposa sur la table.

— Ne te sens pas obligé de la lire. Le contenu n'a sûrement aucune importance.

Quel idiot ! Je m'emparai de la lettre. C'était du papier lourd et raide, cher. Trop beau pour Forks. La carte qui m'était destinée était du même acabit, élégante, formelle. Elle ne ressemblait pas à Bella. Rien ne rappelait ses goûts, dans ces pages translucides et imprimées de pétales. J'étais prêt à parier qu'elle détestait ça. Je ne lus pas les mots, pas même la date. Je m'en moquais éperdument.

Une feuille pliée en deux portait mon nom écrit à l'encre noire. Je ne reconnus pas l'écriture, mais elle était aussi pompeuse que le reste. Un instant, je me demandai si le buveur de sang jubilait à mes dépens. Je l'ouvris.

Jacob,

J'enfreins les règles en t'envoyant ceci. Elle redoutait de te faire du mal, ne souhaitait pas que tu te sentes obligé de venir. Mais je sais que, si les choses avaient tourné autrement, j'aurais voulu avoir le choix.

Je te promets de prendre soin d'elle, Jacob. Merci à toi – pour elle, pour tout.

Edward.

— Nous n'avons qu'une table, Jake, lâcha Billy en fixant ma main gauche.

Mes doigts étaient crispés autour du bois avec tant de force que le meuble courait un réel danger. Un à un, je les dépliai, focalisé sur ce seul mouvement, puis je serrai mes mains l'une contre l'autre de façon à ne rien casser.

— Oui, ça n'a pas d'importance, répéta-t-il.

Je me levai tout en retirant mon T-shirt. Avec un peu de chance, Leah serait retournée chez elle, à cette heure.

— Ne rentre pas trop tard, marmonna Billy tandis que j'ouvrais la porte à la volée.

Je me mis à courir avant même d'atteindre les bois, éparpillant mes vêtements derrière moi comme les miettes de pain du petit Poucet. Il était presque trop aisé de transmuter, désormais. Je n'avais plus à y réfléchir. Mon corps devinait mes intentions et y répondait sans qu'il me soit nécessaire de le solliciter.

J'avais quatre pattes, je volais.

Les troncs défilaient à l'instar d'une mer noire dans laquelle j'aurais plongé. Mes muscles adoptaient un rythme régulier. Je pouvais galoper ainsi pendant des jours sans me fatiguer. Peut-être que, cette fois, je ne m'arrêterais pas.

Hélas, je n'étais pas seul, me rendis-je compte assez vite.

« Je suis désolé », souffla Embry dans ma tête. Je voyais à travers ses yeux. Il était loin au nord, avait rebroussé chemin cependant, se ruait vers moi. En grondant, j'accélérai. « Attends-nous ! » gémit Quil. Lui était plus proche, juste à la sortie du village. « Fichez-moi la paix ! » grognai-je. Je sentais leur inquiétude, bien que je m'efforce d'en noyer le bruit sous le souffle du vent dans les arbres. C'était ce que je haïssais par-dessus tout, ce reflet de moi dans leur regard, encore pire que si leurs prunelles avaient été empreintes de pitié. Eux devinaient la haine, ils me poursuivaient quand même.

Soudain, une nouvelle voix retentit. « Laissez-le partir. » La pensée de Sam avait été exprimée avec douceur, elle n'en restait pas moins un ordre. Embry et Quil ralentirent. Si seulement j'avais pu cesser d'entendre et de voir comme eux ! Mon esprit débordait. Malheureusement, la seule façon d'y échapper était de redevenir humain, et j'étais incapable de supporter la souffrance qui allait avec.

« Reprenez votre forme initiale, ajouta Sam. Je passe te chercher, Embry. » L'une après l'autre, leurs consciences se turent. Il ne restait plus que Sam. « Merci », parvins-je à penser. « Reviens quand tu pourras. » Alors, il disparut à son tour, et je me retrouvai enfin seul.

C'était tellement mieux ainsi. Maintenant, je percevais les frémissements des feuilles sous mes griffes, le chuchotis provoqué par les ailes d'une chouette, le roulement de l'océan sur la grève, loin, très loin à l'ouest. Entendre cela et rien d'autre. Ne sentir que la vitesse, que le travail des muscles, des tendons, des os qui me permettaient de couvrir des kilomètres en toute harmonie.

Si le silence de mon crâne durait, je ne reviendrais pas. Je ne serais pas le premier à choisir cette forme plutôt que l'autre. Si j'allais assez loin, peut-être que je n'aurais plus jamais à entendre...

Mes pattes redoublèrent de vélocité, et je laissai Jacob Black s'effacer derrière moi.

Table des matières

CE ROMAN VOUS A PLU ?

Donnez votre avis
et retrouvez la communauté
jeunes adultes sur le site

www.Lecture-Academy.com

Découvrez un extrait de
16 Lunes
de Kami Garcia et Margaret Stohl

Avant
AU MILIEU DE NULLE PART

Il n'y avait que deux types de citoyens dans notre ville. « Les bouchés et les bornés », selon l'affectueuse expression de mon père pour qualifier nos voisins. « Les trop bêtes pour partir et les condamnés à rester. Les autres finissent toujours par trouver une façon de s'en aller. » La catégorie à laquelle lui-même appartenait avait beau être évidente, je n'avais jamais eu le courage de l'interroger à ce sujet. Mon père était écrivain, et nous vivions à Gatlin, en Caroline du Sud, parce que les Wate y vivaient depuis la nuit des temps, depuis que mon arrière-arrière-arrière-arrière-grand-père, Ellis Wate, avait trouvé la mort au front, sur l'autre berge de la rivière Santee, lors de la guerre de Sécession.

Que les locaux n'appelaient pas ainsi ; ceux qui avaient moins de soixante ans l'appelaient guerre inter-États ; ceux qui avaient dépassé cet âge, guerre de l'Agression yankee, comme si le Nord avait déclenché les hostilités suite à la livraison d'une balle de mauvais coton.

Notre maisonnée était la seule à l'appeler guerre de Sécession.

Une raison de plus pour expliquer ma hâte de décamper d'ici.

Gatlin ne ressemblait pas aux autres petites villes qu'on voit au cinéma, à moins que le film n'ait un demi-siècle. Trop éloignés de Charleston pour avoir un Starbucks ou un McDo, nous devions nous contenter d'un restaurant Dairy Queen, calligraphié Dar-ee Keen, car les Gentry avaient été trop radins pour remplacer toutes les lettres de l'enseigne lorsqu'ils avaient racheté l'ancien Dairy King. La bibliothèque utilisait encore un fichier papier, l'école était toujours équipée de tableaux d'ardoise, et la piscine municipale se réduisait au lac Moultrie, avec ses eaux tiédasses et boueuses. Le Cineplex projetait les films à peu près en même temps qu'ils sortaient en DVD, mais il fallait faire du stop pour se rendre jusqu'à Summerville, où se trouvait également l'université de premier cycle. Les boutiques étaient regroupées sur la Grand-Rue, les demeures patriciennes sur River Street, et les pauvres au sud de la Nationale 9, là où les trottoirs se désintégraient en morceaux de béton inégaux – guère pratiques pour marcher mais idéaux pour caillasser les opossums agressifs, les animaux les plus mauvais qui soient. Ça, ils ne le montrent jamais, au cinéma.

Gatlin n'était pas une bourgade compliquée ; Gatlin était Gatlin. Pendant la canicule, les habitants montaient la garde à l'abri de leurs vérandas. Quand bien même ils se liquéfiaient de chaleur, rien ne les aurait fait renoncer. D'ailleurs, rien ne changeait jamais, ici. Demain aurait lieu la rentrée scolaire, mon année de seconde au lycée Thomas Jackson, et je savais déjà comment la journée se déroulerait : où je m'assiérais, à qui j'adresserais la parole, les blagues, les filles, qui se garerait où.

Le comté de Gatlin ne réservait aucune surprise. En gros, nous étions l'épicentre du milieu de nulle part.

Du moins, c'est ce que je croyais quand j'ai refermé mon vieil exemplaire d'*Abattoir 5* de Kurt Vonnegut, que j'ai coupé mon iPod et que j'ai éteint la lumière sur cet ultime jour des vacances d'été.

Au bout du compte, il s'est révélé que je me trompais complètement.

Car il y a eu une malédiction.

Une fille.

Et, pour terminer, une tombe.

Je n'ai rien vu venir.

2 septembre
Rêve

Chute.

Je dégringolais en chute libre.

Ethan !

Elle m'appelait. Le seul son de sa voix provoquait les battements de mon cœur.

À l'aide !

Elle aussi tombait. Je tendais le bras pour essayer de la retenir, mais je ne saisissais que du vide. Il n'y avait pas de terre ferme sous mes pieds, je me débattais dans la boue. Nos doigts s'effleuraient, je distinguais des éclats de lumière verte dans l'obscurité. Puis elle m'échappait, et je n'éprouvais plus qu'un intolérable sentiment de perte.

Citrons et romarin. Son odeur continuait de flotter dans l'air, cependant.

Mais il m'était impossible de la rattraper.

Or, il m'était impossible de vivre sans elle.

Je me suis redressé d'un bond dans mon lit, le souffle court.

— Debout, Ethan Wate ! Je ne tolérerai pas que tu sois en retard le jour de la rentrée !

La voix d'Amma, qui s'égosillait au pied de l'escalier.

Mes yeux se sont posés sur une tache de lumière blême qui transperçait le noir. J'ai perçu le martèlement lointain de la pluie sur nos vieux volets en bois à claire-voie. Il devait pleuvoir, donc. Ce devait être le matin. Je devais être dans ma chambre. Cette dernière était étouffante et humide. Pourquoi ma fenêtre était-elle ouverte ?

J'avais mal à la tête. Je me suis laissé retomber sur l'oreiller, et le rêve s'est estompé, comme toujours. J'étais en sécurité dans notre maison ancestrale. Dans le lit d'acajou grinçant qui avait sans doute accueilli le sommeil de six générations de Wate avant moi. Le lit où personne ne basculait dans des trous noirs de boue. Le lit où il ne se passait jamais rien.

J'ai fixé le plafond, peint de la couleur du ciel afin d'empêcher les xylocopes d'y nicher. Qu'est-ce qui débloquait, chez moi ? Ce rêve me hantait depuis des mois, maintenant. Je ne me souvenais pas de tout, toujours du même passage. La fille tombait, je tombais, il fallait que je m'accroche à elle, je n'y parvenais pas. Si je lâchais prise, quelque chose de terrible allait lui arriver. C'était ça, le truc : je ne pouvais pas la lâcher, il était inconcevable que je la perde. Comme si j'étais amoureux d'elle, alors que je ne la connaissais pas. Un amour avant coup de foudre, en quelque sorte.

Ce qui paraissait fou, car elle n'était qu'une vision onirique. Je ne savais même pas à quoi elle ressemblait. Le rêve avait beau revenir depuis des semaines et des semaines, je n'avais jamais vu le visage de cette fille. Ou bien, je l'avais oublié. Mon unique certitude, c'était que chaque fois qu'elle disparaissait, je ressentais un profond malêtre. Elle échappait à mes doigts, et mon ventre semblait se détacher de mon corps, une sensation pareille à celle que l'on éprouve sur les montagnes russes, quand la voiturette plonge trop brutalement.

Des papillons dans l'estomac, dit-on. Quelle métaphore idiote ! Plutôt des abeilles tueuses, oui.

J'étais peut-être en train de devenir fou. À moins que j'aie juste besoin d'une bonne douche. Mes écouteurs étaient encore autour de mon cou. Quand j'ai jeté un coup d'œil à mon iPod, j'y ai vu un titre inconnu. *Seize Lunes.* Qu'est-ce que c'était ? J'ai allumé l'appareil, et la mélodie s'est déroulée, captivante. Si je n'ai pas identifié la voix, j'ai eu l'impression de l'avoir déjà entendue.

Seize lunes, seize années,
Seize de tes pires peurs,
Seize songes de mes pleurs,
Tombent, tombent les années…

La chanson était lugubre, angoissante, presque hypnotique.

— Ethan Lawson Wate !

Les cris d'Amma me sont parvenus par-dessus la musique. Éteignant l'engin, je me suis assis et j'ai rejeté la couverture. Mes draps donnaient l'impression d'être pleins de sable. Ce n'était pas une apparence, cependant. De la poussière. Quant à mes ongles, ils étaient en deuil, noirs de la boue qui s'y était incrustée, comme dans le rêve.

Après avoir roulé les draps en boule, je les ai fourrés au fond du panier à linge sale, avec mon maillot de basket qui empestait encore la transpiration de mon entraînement de la veille. Sous la douche, je me suis efforcé d'oublier ma nuit tout en me récurant à fond. L'eau a entraîné avec elle les ultimes pans obscurs du rêve dans le tuyau d'évacuation. Il suffisait que je n'y pense plus pour décider qu'il ne s'était rien passé. Telle était mon approche de la plupart des choses, ces derniers temps.

Sauf quand il s'agissait d'elle. Là, c'était plus fort que moi, je songeais constamment à elle. Je ne cessais de revenir au rêve, même si je ne le comprenais pas. Il n'y avait rien à ajouter, c'était mon secret. J'avais seize ans, j'étais en train de m'éprendre d'une fille qui n'existait pas et je perdais peu à peu l'esprit.

J'avais beau frotter, mon cœur continuait de battre la chamade ; malgré le parfum du savon et du shampooing, je sentais encore son odeur. Rien qu'un effluve, bien réel pourtant.

Citrons et romarin.

J'ai gagné le quotidien immuable et rassurant du rez-de-chaussée. Amma a déposé devant moi la sempiternelle assiette à motifs bleus et blancs – la porcelaine chinoise de ma mère – contenant œufs sur le plat, bacon, pain grillé beurré et bouillie d'avoine. Amma était notre gouvernante. Je la considérais plus comme ma grand-mère, bien qu'elle fût plus intelligente et rouspéteuse que ma véritable aïeule. Elle m'avait pratiquement élevé et elle jugeait de son devoir de m'aider à grandir de quelques centimètres supplémentaires, alors que je mesurais déjà un mètre quatre-vingt-douze. Ce matin, je mourais étrangement de faim, à croire que je n'avais rien avalé depuis huit jours. Je me suis dépêché d'engloutir un œuf et deux tranches de bacon, ce qui m'a tout de suite ragaillardi. La bouche pleine, j'ai souri à Amma.

— Parle-moi ! lui ai-je lancé. C'est mon premier jour de bahut.

D'un geste brusque, elle a placé sur la table un immense

verre de jus d'orange et un encore plus grand de lait – entier, le seul qu'on buvait dans la région.

— Il n'y a plus de lait chocolaté ?

J'en consommais comme d'autres carburent au Coca ou au café. Même le matin. J'étais accro à ma dose de sucre.

— A.D.A.P.T.A.T.I.O.N.

Amma vous servait la solution d'une grille de mots croisés dans à peu près toutes les situations. Plus le terme était long, plus elle était contente. Sa manière de l'épeler vous donnait l'impression qu'elle vous enfonçait les lettres dans le crâne à grands coups de spatule en bois.

— Autrement dit, fais avec, a-t-elle développé. Et n'espère pas mettre un pied dehors tant que tu n'auras pas vidé ton verre.

— Oui, madame.

— Tu t'es vêtu comme un milord, à ce que je vois.

Ce n'était pas le cas. Je portais un jean et un tee-shirt usé, ma tenue quotidienne. Tous mes tee-shirts arboraient des imprimés différents ; celui d'aujourd'hui, c'était Harley-Davidson. Aux pieds, j'avais mes baskets noires achetées trois ans auparavant.

— Je croyais que tu devais couper cette tignasse, a ajouté Amma.

Sur le ton de la réprimande, que j'ai cependant identifié pour ce qu'il était, celui d'une affection profonde.

— J'ai dit ça, moi ?

— Ignores-tu que les yeux sont une fenêtre sur l'âme ?

— Je n'ai peut-être pas envie qu'on regarde dans la mienne.

Ma punition a été une deuxième fournée de bacon. Amma mesurait à peine un mètre cinquante et était, sûrement, encore plus âgée que la porcelaine chinoise de ma mère, bien qu'elle prétendît avoir cinquante-trois ans à chacun de ses anniversaires. Elle était tout sauf une vieille dame charmante, cependant. Elle régnait sans partage sur notre maisonnée.

— En tout cas, ne t'imagine pas que je vais te laisser sortir sous ce temps avec les cheveux mouillés. Cet orage ne me plaît guère. On croirait qu'un esprit maléfique a été réveillé par le vent et qu'il va faire des siennes toute la sainte journée. Cette présence n'obéit qu'à elle-même.

J'ai grimacé. Amma avait un mode de pensée très personnel. Quand elle était en proie à l'une de ses humeurs, ma mère avait eu l'habitude de déclarer qu'elle virait au noir – mélange de religion et de superstition, comme seul le Sud profond en a le secret. Lorsque Amma virait au noir, mieux valait s'écarter. De même, il était préférable de ne pas déplacer les talismans qu'elle posait sur les rebords des fenêtres, ni les poupées qu'elle fabriquait et planquait dans les tiroirs.

Après une dernière bouchée d'œufs, j'ai liquidé le petit déjeuner des champions, mon invention, œufs, confiture et bacon, le tout écrasé entre deux tranches de pain grillé. Tout en m'empiffrant, j'ai jeté un coup d'œil dans le couloir. Réflexe ordinaire. La porte du bureau de mon père était déjà fermée. Il écrivait la nuit et dormait le jour sur le canapé antique de son repaire. Il en avait été ainsi depuis la mort de ma mère, au mois d'avril. Il aurait pu tout aussi bien être un vampire, ainsi que l'avait déclaré ma tante Caroline lors de son séjour chez nous, au printemps. Bref, j'avais sans doute raté l'occasion de le voir jusqu'au lendemain : une fois cette porte close, il était exclu de la rouvrir.

Dans la rue, un avertisseur a retenti. Attrapant mon sac à dos noir usé, je me suis précipité sous la pluie. Le ciel était si sombre qu'il aurait pu être sept heures comme dix-neuf heures. Cela faisait quelques jours que la météo était capricieuse. La voiture de Link, La Poubelle, attendait le long du trottoir, moteur crachotant, musique à fond. Link et moi allions à l'école ensemble depuis le jardin d'enfants, depuis le jour où nous étions devenus les meilleurs amis du monde après qu'il m'avait offert la moitié de son gâteau fourré à la vanille – parce qu'elle était tombée par terre, ce que je n'avais appris que plus tard. Bien que nous ayons tous deux décroché notre permis cet été, Link était le seul à avoir un véhicule, pour peu que La Poubelle mérite cette dénomination. Au moins, elle nous protégerait de l'orage.

Debout sur le porche, les bras croisés, Amma incarnait la réprobation.

— Je t'interdis de mettre ta musique aussi fort ici, Wesley Jefferson Lincoln. Si tu crois que je ne suis pas capable d'appeler ta maman pour lui raconter ce que tu as mijoté dans le sous-sol durant tout l'été de tes neuf ans, tu te trompes.

Link s'est renfrogné. Peu de gens le gratifiaient de son nom complet, excepté sa mère et Amma.

— Entendu, madame.

La moustiquaire a claqué. Link a éclaté de rire et a démarré en dérapant sur l'asphalte humide, comme si nous prenions la fuite, son habitude en matière de conduite. Si ce n'est que nous ne nous enfuyions nulle part.

— Qu'as-tu fait dans mon sous-sol à neuf ans ? me suis-je enquis.

— Demande-moi plutôt ce que je n'y ai pas fait, a-t-il rétorqué en baissant l'autoradio.

Une excellente idée, parce que la musique était atroce, et qu'il allait me demander si elle me plaisait, notre routine quotidienne. Le drame de son groupe, Qui a tué

Lincoln ?, c'est qu'aucun de ses membres ne savait ni jouer d'un instrument ni chanter. Cela n'empêchait pas Link de jacasser sans arrêt à propos de batterie, de son projet de filer à New York après son bac et de contrats mirifiques avec des maisons de disques qui ne verraient probablement jamais le jour. Par probablement, entendez qu'il avait plus de chances de marquer un panier à trois points depuis le parking du gymnase, les yeux bandés et ivre.

Link avait beau ne pas envisager d'études longues, il avait une longueur d'avance sur moi : il savait ce qu'il voulait faire, même si ce n'était pas gagné. Moi, tout ce que j'avais, c'était une boîte à chaussures pleine de dépliants envoyés par des universités que je ne pouvais pas montrer à mon père. Je me fichais de la qualité des facs en question, du moment qu'elles se trouvaient à au moins mille cinq cents kilomètres de Gatlin.

Je ne tenais pas à finir comme mon paternel, à vivre dans la même maison, la même petite ville que celle où j'avais grandi, avec les mêmes personnes qui n'avaient pas su rêver assez pour partir d'ici.

De chaque côté de la chaussée se dressaient de vieilles demeures victoriennes dégoulinantes de pluie, quasi identiques au jour où elles avaient été construites, plus d'un siècle auparavant. Ma rue avait été baptisée Cotton Bend[1], parce que, autrefois, ces maisons avaient été adossées à des kilomètres carrés de plantations de coton. Aujourd'hui, elles n'étaient plus adossées qu'à la Nationale 9. À peu près la seule chose à avoir changé dans le coin.

---

1. Soit « le virage du coton ». *(Toutes les notes sont du traducteur.)*

J'ai pioché un beignet rassis dans une boîte qui traînait sur le plancher de la voiture.

— C'est toi qui as téléchargé une chanson bizarre sur mon iPod hier ?

— Quelle chanson ? Et que penses-tu de celle-ci ?

Link a monté le volume de sa dernière maquette.

— Je pense qu'il faut encore travailler dessus. Comme sur toutes les autres.

Ma rengaine, jour après jour, ou presque.

— Ouais, ben ta tronche aura elle aussi besoin d'être retravaillée quand je t'aurais flanqué la raclée que tu mérites, a-t-il répondu.

Sa rengaine, jour après jour, ou presque.

J'ai fait défiler les titres sur l'écran de mon iPod.

— Je crois qu'elle s'appelait *Seize Lunes*, un truc comme ça.

— Connais pas.

Le morceau n'était pas répertorié. Il avait disparu, alors que je l'avais écouté ce matin même. Or, j'étais sûr de ne pas l'avoir imaginé, car la mélodie continuait de me trotter dans la tête.

— Tu veux une chanson ? Je vais t'en donner une, moi. Une nouvelle.

Link s'est penché pour tripoter l'autoradio.

— Hé ! Regarde où tu vas !

Il ne m'a pas écouté. Du coin de l'œil, j'ai vu une drôle de voiture déboucher devant nous. L'espace d'une seconde, les bruits de la route, de la pluie et de Link se sont dissous dans le silence, et la scène a paru ralentir. J'étais hypnotisé par cette voiture, incapable de m'en détacher. Juste une impression, rien que j'aurais pu décrire. Puis la bagnole est passée à côté de nous avant de bifurquer.

Je ne l'ai pas reconnue. Je ne l'avais encore jamais vue. Ce qui était totalement incongru, car aucun véhicule ne m'était étranger, en ville. À cette époque de l'année, il n'y avait pas de touristes – ils n'étaient pas assez fous pour visiter la région en pleine saison des ouragans. La voiture était longue et noire, pareille à un corbillard. D'ailleurs, j'étais presque sûr que c'en était un.

Un mauvais présage, si ça se trouve. Cette année allait peut-être se révéler pire que ce que j'avais craint.

— Et voilà ! a triomphé Link. *Bandana noir.* Ce morceau va faire de moi une star.

Quand il a relevé la tête, la voiture avait disparu.

2 septembre

La nouvelle

De Cotton Bend au lycée Jackson, il n'y avait que huit blocs à parcourir. Je n'avais pas besoin d'un trajet plus long pour résumer ma vie entière. Apparemment, il a aussi suffi à me sortir de l'esprit l'étrange corbillard noir. Voilà pourquoi, sans doute, je n'en ai pas parlé à Link.

Nous avons dépassé le Stop & Shop, également connu sous le nom de Stop & Steal[1], l'unique épicerie de Gatlin, le seul magasin se rapprochant *grosso modo* d'un 7-Eleven. En conséquence de quoi, chaque fois que vous traîniez devant avec vos copains, vous n'aviez plus qu'à espérer ne pas tomber sur la mère de l'un d'eux faisant ses courses pour le dîner. Ou pire, sur Amma.

Une Pontiac Grand Prix bien trop familière était garée sur le parking de la boutique.

— Houps ! Gros Lard a déjà planté son camp.

1. Soit « Stoppe et pique ».

Assis derrière le volant, il lisait le journal de l'armée, *Stars and Stripes*[1].

— Il ne nous a peut-être pas vus ? a soufflé Link, tendu, en regardant dans son rétroviseur.

— Ben tiens ! À mon avis, on est cuits.

En plus d'avoir le privilège d'appartenir aux forces de la police de Gatlin, Gros Lard était chargé de traquer les lycéens séchant les cours. Sa bonne amie, Amanda, travaillant au Stop & Steal, presque tous les matins, Gros Lard montait la garde devant la boutique, en attendant qu'on livre le pain et les pâtisseries. Ce qui représentait un inconvénient majeur pour les élèves systématiquement à la bourre, tels Link et moi.

Il était impossible de fréquenter le bahut sans connaître le train-train quotidien de Gros Lard aussi bien que son propre emploi du temps. Ce jour-là cependant, il nous a adressé un signe nonchalant sans même lever les yeux de la page des sports. Il avait décidé de se montrer généreux.

— La page des sports et un beignet bien gras. Tu sais ce que ça signifie.

— Qu'il nous accorde cinq minutes.

Nous sommes entrés sur le parking de Jackson au point mort dans l'espoir de ne pas attirer l'attention de la CPE chargée de tacler les retardataires. Malheureusement, il pleuvait toujours à verse. Aussi, quand nous avons pénétré dans le bâtiment, nous étions trempés jusqu'aux os, et nos baskets couinaient si bruyamment que nous ne pouvions que nous faire choper en passant devant le bureau.

---

1. Autrement dit, le drapeau américain. Journal fondé à l'origine par les armées confédérées lors de la guerre de Sécession.

— Ethan Wate ! Wesley Lincoln !

Nous avons rebroussé chemin et, dégoulinant de flotte, avons attendu nos feuilles de colle.

— En retard le jour de la rentrée ! Votre maman aura sûrement deux mots à vous dire ce soir, monsieur Lincoln. Quant à vous, monsieur Wate, effacez-moi ce sourire suffisant. Amma ne va pas se gêner pour vous tanner le derrière.

Mlle Hester n'avait pas tort. D'ici peu, Amma apprendrait que j'étais arrivé avec cinq minutes de retard. Si elle n'était pas déjà au courant, s'entend. Telle était l'existence, ici. Ma mère disait que Carlton Eaton, le facteur, lisait tout le courrier qui lui paraissait un tant soit peu intéressant. Il ne se donnait même pas la peine de recacheter les enveloppes ensuite. Au demeurant, ce n'était pas comme s'il avait pu découvrir des informations un tantinet juteuses. Certes, toute famille a ses secrets, mais aucun de vos voisins n'ignorait les vôtres, à Gatlin. Ce qui n'était un secret pour personne.

— Je conduisais prudemment à cause de la pluie, mademoiselle Hester, a plaidé Link en essayant son numéro de charme.

Pas du tout charmée, la CPE l'a contemplé par-dessus les carreaux de ses lunettes. La chaînette retenant ces dernières s'est balancée d'avant en arrière.

— Je n'ai pas le temps de discuter, les garçons, a-t-elle répondu. Je suis bien trop occupée à remplir vos feuilles de retenue, puisque vous serez en retenue cet après-midi.

Sur ce, elle nous a tendu à chacun le papier bleu de la condamnation sans appel.

Occupée, mon œil ! L'air a empesté le vernis à ongles avant même que nous ayons tourné dans le couloir. Bienvenue au lycée Jackson !

CE ROMAN VOUS A PLU ?

Donnez votre avis
et retrouvez la communauté
jeunes adultes sur le site

www.Lecture-Academy.com

« Pour l'éditeur, le principe est d'utiliser des papiers composés de fibres naturelles, renouvelables, recyclables et fabriquées à partir de bois issus de forêts qui adoptent un système d'aménagement durable. En outre, l'éditeur attend de ses fournisseurs de papier qu'ils s'inscrivent dans une démarche de certification environnementale reconnue. »

Composition Nord Compo
Achevé d'imprimer en Espagne par BLACK PRINT CPI IBERICA
32.05.2459.9/01 - ISBN : 978-2-01-322-459-8
Loi n° 49-956 du 16 juillet 1949 sur les publications destinées à la jeunesse
Dépôt légal : octobre 2011